热点与前沿

青年文艺论坛 2014

Hot Issues and Frontier Research:
Youth Forum on
Literature and Arts 2014

主编

—

祝东力

—

李云雷

—

孙佳山

文化艺术出版社
Culture and Art Publishing House

图书在版编目（CIP）数据

热点与前沿：青年文艺论坛2014 / 祝东力，李云雷，孙佳山主编.
—北京：文化艺术出版社，2015.9
ISBN 978-7-5039-6028-4
Ⅰ.①热…　Ⅱ.①祝…　②李…　③孙…　Ⅲ.①文艺评论—文集
Ⅳ.①I06-53

中国版本图书馆CIP数据核字（2015）第196263号

热点与前沿
——青年文艺论坛2014

主　　编　祝东力　李云雷　孙佳山
责任编辑　陶　玮
封面设计　李　鹏
出版发行　文化艺术出版社
地　　址　北京市东城区东四八条52号（100700）
网　　址　www.whyscbs.com
电子邮箱　whysbooks@263.net
电　　话　（010）84057666（总编室）　84057667（办公室）
　　　　　（010）84057691-84057699（发行部）
传　　真　（010）84057660（总编室）　84057670（办公室）
　　　　　（010）84057690（发行部）
经　　销　新华书店
印　　刷　国英印务有限公司
印　　次　2015年9月第1版
　　　　　2015年9月第1次印刷
开　　本　710毫米×1000毫米　1/16
印　　张　36.5
字　　数　620千字
书　　号　ISBN 978-7-5039-6028-4
定　　价　55.00 元

前言

自2011年6月以来，“青年文艺论坛”以每月一期的频率，迄今已举办51期，受到评论界、学术界同仁的广泛关注和支持，也产生了一定的影响。文艺是时代精神的升华，也是时代问题的症候，我们希望，通过追踪文艺领域的热点与前沿，通过文艺这个社会自我表达的特殊的剖面和媒质，深化我们的思想，推进我们对时代的认知。

2014年，我们共举办青年文艺论坛12期，即从总第32期到第43期，其中包括第二届、第三届全国青年文艺论坛。这里呈现给大家的各期论坛发言，经过发言者本人调整润色，既较为精炼准确，又保留了现场感，我们认为，这种集体分享式的带有一定随机性的思考与碰撞，对于人文社会科学来说，也是一种重要的思想方式和表达方式。

本书收入2014年各期青年文艺论坛发言，包括6月份举办的第二届全国青年文艺论坛。第三届全国青年文艺论坛于2014年11月在海南大学召开，发言内容拟另编成册。

青年文艺论坛的持续举办及本书的出版受惠于许多方面，这里要特别感谢王文章院长、谭平副院长，感谢杨斌先生，感谢文化艺术出版社的沈梅社长、陶玮女士以及其他许多领导、同仁和朋友，感谢他们的关心、支持和辛勤劳动。

2015年9月16日

目 录

青年文艺论坛 2014

第二届全国青年文艺论坛
文艺评论：新的方向与可能性

附　录

青年文艺论坛2014第一期

“中国梦”与当代文艺前沿问题

主持人：孙佳山（中国艺术研究院马克思主义文艺理论研究所）

时　间：2014年1月23日（星期四）下午14：30—18：00

地　点：中国艺术研究院334会议室

主　办：中国艺术研究院马克思主义文艺理论研究所

编者的话

2012年11月29日，习近平总书记首次阐释了“中国梦”，将“中国梦”定义为“实现中华民族伟大复兴，就是中华民族近代以来最伟大梦想”，并在此后，又将“中国梦”的核心诉求概括为“两个百年”的奋斗目标。目前，“中国梦”已经成为当下时代的关键词，受到国内外舆论的高度关注。对于我们来说，怎样理解“中国梦”的内涵及其历史背景？文艺怎样回应“中国梦”？“中国梦”与文艺的未来，与中国的未来是什么样的关系？这些现实的和理论的问题迫切需要给予及时的梳理和思考。

在本期论坛上，青年学者从不同层面探讨了“中国梦”的内涵与外延、“中国梦”与当代中国现实的联系、“中国梦”与近代以来历史的联系、“中国梦”与“美国梦”的联系及区别、“中国梦”对当代世界体系的超越等重要话题，尤其探讨了“中国梦”的提出对当代文艺的影响及其理论价值。本期论坛既具有比较强的学术理论性，又体现了时代的正能量，青年学者们从不同角度，围绕“中国梦”这样的重大时代课题，做出了颇有新意的探索。

孙佳山：欢迎大家出席第三十二期青年文艺论坛"'中国梦'与当代文艺前沿问题"。值此辞旧迎新之际，对大家能在小年还来参加论坛表示由衷的感谢！众所周知，2012年末，习主席在视察国家博物馆的时候首次阐释了"中国梦"，"中国梦"成为理解和认知当下时代的一个重要关键词，受到了国内外舆论的高度关注。怎样理解"中国梦"的内涵及其历史背景？文艺怎样回应"中国梦"？"中国梦"与当前文艺实践是什么关系，与中国的未来发展是什么关系？这些来自现实的和理论的多重问题，迫切需要当前所有文艺工作者思考。

从历时的角度看，改革开放以来，当中国经济发展到今天，GDP总量已跃居到世界第二，人均GDP也超过6000美元。在这样的历史阶段，无论是政治领域、经济领域，还是文化艺术领域，都要重新审视当下这样一个特殊的历史时期。在历史上，美国梦的提出和兴盛，也是处在一个类似的历史结点，并逐渐衍变至今，它作为"中国梦"的重要参照，对于在今后不断丰富和完善"中国梦"的内涵外延有着重要的意义。

从共时的角度看，我们国家在新世纪以来，特别是在近年来，出现很大变化，面临新局面、新形势。比如，以前提出的"四个现代化"目标已基本实现，但是新世纪以来，我们现有的理论也好、话语也好，还基本停留在80–90年代。回到今天的主题，文艺领域的"中国梦"，也是在回应这样一个全社会整体转型的时代挑战。在文艺领域内部，新世纪以来一直都在呼吁建立中国话语、中国风格、中国标准，重建以中国为本位的文艺价值观念，这些其实都和文艺领域的"中国梦"之相关。

今天大家不要有什么束缚，只要跟我们的话题相关，哪一个角度都行，哪位先讲一下？

张慧瑜（中国艺术研究院电影电视艺术研究所）：我简单说两句，党的十八大以来，“中国梦”已经成为全国各族人民团结一致奋发图强的新梦想，就像佳山所说，“中国梦”是在“中国崛起”的背景下提出的奋斗目标和社会共识。“中国梦”的核心是“实现中华民族的伟大复兴”，基本内涵是国家富强、民族振兴和人民幸福。所以，“中国梦”是国家梦、民族梦和人民梦，如果说前两个是过去百余年来实现中华民族伟大复兴的强国梦和民族复兴梦，那么人民幸福则是每个中国人艰苦奋斗实现理想的个人梦。国家梦、民族梦与个人梦不是彼此冲突和排斥的，而是相得益彰、彼此成就。“中国梦”最大的特点就是把国家、民族和个人作为一个命运的共同体，把国家利益、民族利益和每个人的具体利益都紧密地联系在一起。

对于“中国梦”的理解，我认为有两个基本的层次，一个就是“中国梦”的主体是谁，是谁的“中国梦”。“中国梦”的主体有两个，一个是“中国”，一个是“中华民族”，前者强调一种国家身份，后者强调一种民族身份，也就是说，“中国梦”是一种民族国家的梦想。当然，不管是中国，还是中华民族，都是一个历史的、地域的概念。从历史上看，中国可以分为古代中国、现代中国和当代中国，其中现代中国是理解中国历史的关键；从空间上看，中国始终是多元民族共存的区域，以至于形成一种“印象”，就是不管中国怎么变，中国的历史好像没有中断过，空间也相对固定，尤其是相对近代欧洲和美国来说，这是“中国梦”的第一个层次。第二个层次就是“中国梦”的内涵，国家富强、民族振兴和人民幸福，如果换一个词，就是实现现代化、过上现代文明的生活。也就是中国要变成一个现代的、工业的、后工业的国家，人民要过上现代化的、工业化的文明生活。这就决定了一系列基本的现代化指标：政治上，人人平等以及大众民主或人民民主的理念；经济上，市场化的、商品化的、货币化的交换关系；文化上，则是现代资本主义或现代工业文明的形态。这是一种与封建制、奴隶制有着根本区别的现代生活方式。这就是理解“中国梦”的两个基本点：一个是关于中国的、中华民族的，一个是关于现代、现代化的。

中国如何现代化、通过什么方式实现现代化，确实是近代以来中国最为核心的主题。从晚清、“五四”、30年代到新中国成立后、“文革”以及80–90年代以来，中国选择了革命或改革的方式，在政治、经济、文化等不同层次上推进中国现代化的进程，可以说各种不同的方案在中国百余年现代史中产生过激烈的冲突和对抗，也深刻地改变了中国自身的肌理。如果把中国比作一台机器或电脑，在这台电脑上不仅更新换代过不同的软件、硬件，而且光操作系统也换过好几次，更不用说各种不同性质的软件了。不过，对于“中国梦”来说，有一个最为切近的背景，就是80年代。不管是中国、中华民族的主体，还是现代化的命题，都是在80年代提出的。在80年代，我们开始用民族、国家的主体来讨论问题，比如“寻根”文学要寻找中国根，比如先锋文学要实现中国文学的现代化，比如政论片《河殇》也是以中华民族来作为主体论述的。需要指出的是，这套民族、国家、文明的概念本身是近代以来西方描述现代资本主义社会的范畴，是20世纪以社会主义与资本主义意识形态对抗之前曾流行的政治社会概念。在80年代我们又重新使用这些19世纪的概念来勘定中国的位置，又重新回归到中国近代以来的经典命题——如何实现民族国家的现代化。

对于文化工作者来说，我觉得“中国梦”为我们带来了三点启示：“中国梦”是一种态度、一种方法和一种视野。所谓“态度”就是一种文化自信的态度；所谓“方法”是一种理解中国历史的方法；所谓“视野”则是一种当下中国的视野。

首先，“中国梦”是一种文化自信的态度。为何需要文化自信？是因为中国人经常不自信，尤其是近代以来，不自信是常态，甚至形成了一种自我仇恨、自我批判的文化传统。比如五四时期在西方的冲击下，出现了一种激烈的反传统的文化情结，比如鲁迅所说的从来不读中国书、中国几千年的历史都是吃人的历史，这就有一种很特殊的文化耻辱感，这是一种遭受西方文明巨大挑战之下而形成的文化自省。不过，并非所有第三世界或被殖民地区都会产生这样一种自我否定式的文化批判。印度的甘地就是通过重提“传统”来回应西方现代文明的挑战，他脱掉西服、穿起印度传统服装，用印度纺车来对抗现代纺织工业。当然，这种对西方文明的批判方式恰好是甘地深受20世纪之初西方文明冲击，而内部自我反思的结果。在这里，不管是鲁迅对中国传统文化的否定，还是甘地提倡传统文明，都是在遭遇现代性的过程中所产生出来的。另外，按照英国历史学家霍布斯鲍姆的说法，所谓的“传统”也是一种“现代的发明”，是为了确认现代文明的身份而重构出来的传统仪式。正如现代中国是理解古代中国和当代中国的关键，因为古典中国、古代中国正是在现代性的视野中被重新阐释、发明出来的。

“五四”时代虽然激烈反传统，把传统文化的根都掘掉，但是“五四”的文化并非不自信，相反“五四”是文化非常自信的时期，因为，当时的知识分子对创造一种新文化很有自信。还有一个时代，也经常被认为是反传统的时代，就是毛泽东时代或“文革”时期。和“五四”也很像，这种反传统并没有带来文化的不自信，反而使人们拥有一种创造新传统、新文化的自信，就像毛主席所提出的“古为今用，洋为中用”，就是一种创造新的民族形式、民族文化的尝试。现在经常一提“传统”、一提“民族”，就马上想到古代的、过去的、非现代的文化，而“古为今用，洋为中用，”就是要创造一种既传统又现代的文化、艺术形式。而文化的不自信的时代，恰好是80年代出现的新现象，当然，也可能是失败、绝望之后的不自信，最极端的表现就是说“中国要被殖民三百年”。80年代面对西方、面对新世界，中国再次变成一个落后的、愚昧的形象，所以80年代最流行中华民族的悲情史。其实，近代以来当然有悲情，但是正因为有悲情所以才会有反抗、有革命，这恰好是80年代看不到的。所以说，“中国梦”需要创造一种自信的文化、自信的文明。

其次，“中国梦”是一种理解中国历史的方法。“中国梦”打开了重新理解中国历史的空间，理解一个多面的、多维度的中国历史。尤其是习总书记也提到两个30年的问题，不能用后30年否定前30年，也不能用前30年否定后30年。改革开放以来，最大的问题就是对50–70年代、当代中国历史的“雪藏”和“冰冻”。文化领域基本上用两种方式来对待50–70年代或毛泽东时代：一种就是“视而不见”、假装不存在，只谈晚清、谈现代中国、谈民国；第二种就是对这段历史用一些相对抽象的概念来描述，带有一种情绪性、立场性的判断，或完全肯定、或完全否定，我们现在还很难真正触摸那个时代的艺术和日常生活的伦理。离我们越切近的历史，也有可能隔着十万八千里，反而我们更能亲近于更早的历史。“中国梦”的意义在于打开了中国不同历史的层次，包括古代中国、现代中国和当代中国的历史。在这里，我再多说一句，对于古代中国的理解很难离开当代中国，因为不管是《三国演义》、《红楼梦》、《西游记》等文学作品，还是诸子百家等哲学经典，都是毛泽东时代文化意识形态斗争的主战场，今天重新阐释这些作品的前提在于清理毛泽东时代的债务和遗产。

再次，“中国梦”是一种当下中国的视野。任何一种历史的眼光，任何一种回顾历史的努力，都是在回应当下的问题。正因为当下中国发生了巨大的变化，处在一个历史转折点上，才会提出“中国梦”的说法，才会重新论述中国历史。“中国梦”的提出有两个基本背景：一是中国经济总量位居世界第二位；二是中国城市化、工业化率超过50%。中国已经变成了一个现代化的、工业化的国家，或者说以工业化为主体的国家。现在的问题不再是中国要不要现代化，或者如何现代化，而是中国已经基本完成了现代化之后，该怎么办？我们都知道，现代文明、现代资本主义文明带来的进步和毁灭一样多，马克思就清晰地阐释过资本主义巨大的进步性，以及这种进步的代价。其中社会代价和环境代价最为沉重，社会代价在于资本主义是一种不平等、不均衡发展的制度，这曾经是19世纪欧洲国家最大的矛盾，当然，只不过欧洲向殖民地转移了本国的社会矛盾。环境代价就更清晰了，如雾霾天等，因为发展总是要面对生态和自然的极限。因此，“中国梦”必然是一种反思现代文明制度，思考可持续、均衡发展的梦。这就是我对“中国梦”的一些粗浅认识。

孙佳山：谢谢慧瑜，一如既往的长大厚重，对于今天的讨论有一点总论的意思。大家可以从他的脉络继续展开，也可以从别的角度进一步丰富我们的讨论。

祝东力（中国艺术研究院马克思主义文艺理论研究所）：我说几句。“中国梦”是用这个“梦”字表达一种社会理想，我们在表述社会理想的时候，一般不用“梦”这个字。在日常语言的层次上怎样理解这个概念，这个概念为什么会产生，产生的机制是什么呢？我想，梦表达的是一种“不可能之事”，它完全在现实这个层面、这个纬度之外，完全是另一个领域，才能叫梦，否则就是词不达意。所以说，这个理想一定是超出一般意义上的社会理想，比一般的高得多，难度大得多，才适合用“梦”来命名这种理想。

在国家层面，大概只有美国梦和“中国梦”是两个可以流行开来的概念。比如也有“欧洲梦”这种说法，还专门有一本书，但这个词就是流行不起来。当然，美国梦和“中国梦”流行的前提、基础是不一样的。另外，“中国梦”这个词不是2012年才提出来的，之前也讨论过。2010年《南方都市报》在纪念深圳作为特区城市30周年的时候，把深圳梦、美国梦、“中国梦”放在一起讨论。这个概念早先就有，只是习近平在《复兴之路》展览上又重提这个概念，赋予了新的含义。

先说一下美国梦。美国梦是1931年有一个叫《美国史诗》的作品第一次提出的概念，当然美国梦作为一种社会现象，作为一种个人奋斗的理想早就出现了。可以说，从“五月花号”1620年靠岸，那一批欧洲移民发布了《五月花号公约》之后，在北美大陆拓殖、发展，美国梦就开始出现了。它的含义，我觉得就是在欧洲的旧体制之外，在一个新大陆去实现在旧欧洲无法实现的梦想，也就是依靠个人的勤奋、努力和机遇，来获取在旧欧洲体制下一般人得不到的财富和成功。当时，17–19世纪的欧洲还是一个被等级、宗教、民族隔绝、禁锢的旧世界，所以，当欧洲人到了北美大陆之后，就会有一种解放感。北美大陆提供给这些移民的是一个极其丰富的资源环境，到了20世纪，随着美国成为世界霸主，又由全球来提供这种无限敞开的资源环境。

所以，美国梦第一是跟欧洲的旧体制相对比而激发出来的新的社会理想，这个理想的力度足够大，所以用“梦”来命名；再有，一个无限敞开的资源环境在支撑这个梦，支撑两三百年，而这也是美国霸权建立和巩固的历史时期。

回到“中国梦”。“中国梦”的情况跟美国完全不一样，因为中国没有美国那样的资源环境，不管国内也好，全球也好，都无法支撑像美国那样靠个人奋斗来获得财富和成功的模式。我赞同刚才慧瑜讲的，“中国梦”的民族国家层面的内容比较明确，而且一定意义上到达了刚才说的“梦”的高度。比如说，前两天才看到按日元比价，2013年中国的GDP是日本的一倍多，日本是460万亿日元，中国是980万亿日元，这是因为日元贬值比较厉害。我们2010年GDP超过了日本，这个数字有没有意义另说，但是从数字来看，确实是让人有点瞠目结舌，有点像“不可能之事”突然实现了那样的感觉。

按照习近平的说法，中国再有一二十年高速增长是没有问题的，按照这个势头，中国可以迅速走出1840年以来的困境，速度之快是一般人意想不到的。这一点，在民族国家这个层面比较明显，但是在个人层面至少是不够的，我们个人的发展，比如说到2020年我们个人会怎么样？好像没有一种“梦”的感觉，力度肯定是不够的。所以，在这个方面，也取决于新一届领导集体在带领我们把民族国家的“中国梦”做好的同时，也能赋予个人的“中国梦”以扎实的内容。我先说这些。

孙佳山：谢谢祝老师，他从比较的视野，为我们提供了多维度的参照。

郑以然（首都师范大学文化研究院）：我想接着祝老师说。我第一次来这个论坛，我觉得这个论坛特别好，之前办的各期主题都非常有意思，我们研究院的同事也特别想参与，今天我作为代表来参加，不过真的没有准备，随便说两句吧。

关于美国梦和“中国梦”的比较，我有一点不是太明白，想请教一下祝老师和各位。以我个人理解，美国梦可以从广义和狭义两方面来看，一方面从广义角度看，它代表着平等、自由、民主等理念，这和习总书记提出的建立一个民主化的社会是相通的。但是另一方面，从狭义角度看，美国梦和“中国梦”似乎有很大的不同。在全世界范围内，人们对美国梦比较普遍和直接的理解是追求个人实现，是一个非常个人主义的概念，强调每个个体通过自己的奋斗，通过勤劳劳动就可以获得成功。而说到“中国梦”，我觉得更多是强调集体主义的概念，我不知道这个个人主义和集体主义的理解对不对。

在文艺创作上，美国有很多文学、电影作品表现美国梦的理想，比如说从《勇敢的心》、《洛奇》，还有《阿甘正传》。阿甘是一个智力低下的人，但是通过他的不断奋斗，最后实现了梦想，这被看作是美国梦的典型，也被很多美国人奉为至高无上的精神。

而现实的层面，美国梦也确实影响了一代又一代美国人。虽然我们说现实生活当中种族歧视仍然是真实存在的，比如黑人被白人警察打了，会引起示威游行和骚乱；但是尽管有这些现象，奥巴马一旦当选，所有人都觉得美国梦是确实存在的，没有人能否认黑人当选总统是对美国梦最好的诠释。不管是在艺术表现层面，还是现实生活的层面，我们都能看到很清晰的关于个人奋斗的美国梦的轨迹。所以，我也想和大家一起探讨，对于"中国梦"，我们以往的文学作品或者将来可能产生的文学作品，会有什么样的模式？

以我看来，我们也不乏反映个人奋斗的作品。比如说第六代电影像《十七岁的单车》也好，贾樟柯的《世界》也好，都表现了一个外地打工者到北京来，特别想通过个人奋斗，就像当年的骆驼祥子一样，来改变自己的生活；但是很遗憾，他们的结局也像骆驼祥子一样，在一次次经历打击之后，结局是悲剧性的。那么，我们是不是在文学作品当中倾向于把理想表现成一个梦？又因为没法实现，从而以悲情的结局去追求一种批判的深度？就此，我也想请教一下大家。

孙佳山：谢谢郑老师，我觉得至此我们今天的讨论已经彻底打开了，大家尽可能的畅所欲言吧。

戴嘉崎（自由撰稿人）：我补充一句，刚刚您说美国梦是一个个人主义的东西，实际上不完全是这样的。刚才祝老师提到《五月花号公约》，我印象里面其中提到他们建立北弗吉尼亚殖民地是"for the glory of God, and advancement of the Christian faith, and honor of our king and country"，意思是说我们建立这个殖民地是为了上帝的荣耀，为了基督信仰的传播，为了国王和国家。实际上在北美殖民地刚开始建立的时候，也就是美国梦开始的时候，美国人先辈的梦想是同时具有个人和国家这两个层面的，这也很容易理解。一群欧洲白人到了新的大陆上，自然会觉得：我们好了，我们的国家也好了。为什么呢？因为这是殖民地，所以个人利益和国家利益是统一的。美国梦之所以能流传下来，就是因为它有这样一个机遇，就是说个人的奋斗目标和国家的奋斗目标，包括整个欧洲基督教文明发展的目标是重合的。这是我想说的第一点。

第二，您刚才提到《骆驼祥子》，我觉得祥子的故事恰好可以理解为30年代一个进城农民的"中国梦"的破灭过程。之所以梦想最终破灭，我个人理解，可能是由于在当时的社会环境下，个人和整个大环境的利益是冲突的。我就补充这一句。

郑以然：我再追问一下，您觉得美国梦和“中国梦”相比是不是有一个方向性的问题？从1620年的“五月花号”开始，就像您说的，个人好了，国家就好了，是一个从下往上的过程。我觉得习总书记的提法并不是没有强调个人，只是说国家好了，民族好了，大家才会好。我记得看过一个白岩松的采访，他说“中国梦”的提法就是让我们由国到家，先让国家实现伟大复兴，然后每个小家、每个人才能都好。

孙佳山：我稍微回应一下。结合中国现代历史的实际进程，其实就比较好理解，如果没有中国共产党的实践，以及中华人民共和国的成立，中国人民的命运在原有的世界格局中能有多大改变？这些都是改革开放的历史前提，改革开放也是这一大格局的延续和调整，所以“中国梦”以及两个百年的奋斗目标，这种阐释历史的框架，有着一以贯之的历史发展脉络。

张慧瑜：我接着以然提到的说两句，黑人奥巴马当选总统是美国梦的印证，这确实符合人人都有可能奋斗成功的美国梦的定义。但这也是美国梦的限度所在，美国梦更强调机会平等，而不是结果平等或实质平等。哪怕一千个人中有一个人成功了，美国梦也是成立的，显然，这不能带来真正的平等。十八大之后有一个叫“复兴路上工作室”的网游在网上传了《领导人是怎样炼成的》的卡通片，介绍了美国、英国和中国的领导人选拔过程，说在中国成为正部级干部的几率只有“一点四万分之一，平均所需时间至少要23年”，而习近平主席从基层干部到国家主席“至少经历了16次大的工作调整，治理过的地区人口累计超过1.5亿，这一过程前后用了四十多年时间”，这很像美国梦的故事，从个人成功的角度解读中国领导人的选拔机制。

刚才还说到个人和国家的关系，好莱坞电影中好像个人主义意识比较强，但其实好莱坞中的个人主义也是国家主义，就像所有超级英雄电影中，最后都有一面美国星条旗高高飘扬，这只能说在美国的主流价值观中，个人主义与国家主义、爱国主义是统一的、一体的。有趣的是，美国的个人主义恰好需要一个非常强大的美国政府和军事实力来维系，这也是支撑美国梦的基础。祝老师已经提到美国梦是有特殊性的，是与美国特殊的历史相关的，是适合于美国国情的特定产物，其他国家很难复制，尤其是像中国这种自然禀赋有限和人口基数众多的国家，很难支撑美国式的美国梦想。二战后，美国梦发生了变化，从个人成功梦变成了中产阶级的梦，因为个人已经很难像19世纪那样成为产业大亨了，所以美国梦降低为有房有车的中产梦。这也是一种美国特色的梦，其制度基础建立在把制造业、工业转移到第三世界等欠发达地区，除了军工、高科技行业，美国只保留如金融业、文化产业和服务业等非工业化的产业，这种中产梦也是中国很难复制的，就像新世纪以来伴随着中国的发展，基本上是伴随着中产梦的破碎。

说到“中国梦”，往往会提到集体、国家的层面，好像个人的层面被忽视了。我觉得可以从两个方面来理解这个问题：一方面，个人主义在现代中国的历史中确实经常被打断，被民族、国家的诉求所压抑，问题在于为何个人主义的路在中国走不通，或者说个人的梦为何经常会失败？正如“五四”之后，个人主义成为启蒙的主旋律，但是人们很快发现个人根本没有出路，只有通过改变社会、改变国家的基本制度，个人才能获得成功和幸福，我们现在很难把个人的困境归结为国家、社会制度的问题，只能怨自己；另一方面，经过 30 多年，尤其是 20 多年来的激进市场化改革，原子化的个人已经随着市场经济的建立而真正变成现实，我们感受到了社会、集体、社会、单位的全面瓦解，个人成为市场经济中的唯一的承载者，所以个人在市场经济的大潮中不堪重负、步履蹒跚，现在不是个人主义的不够，而是什么都要个人来背负。

其实，个人主义在现代社会就是一种幻想，马克思早就分析过《鲁滨逊漂流记》的故事，我们每个人都离不开组织和集体的存在。说到组织，上到国家、民族，下到社区、朋友圈，个人总是生活在各种各样的组织中，其中家庭最为重要。就像好莱坞电影中，个人主义总是和中产阶级家庭密切联系在一起，甚至家庭比个人更重要，哪怕世界都要毁灭了，但是中产阶级家庭一定要获得拯救，因为家庭是个人抵御市场经济的最后的避风港。

孙佳山：谢谢。慧瑜提醒了我，其实在现代世界体系中，美国有一整套金融－军事机器在维持他们宣扬的美国式的个人主义。比如影视界已经定论的“所有好莱坞电影都是男人回家的故事”，好莱坞电影的“回家”叙事能讲得通，自然离不开这一套举国战争体制的保护。而对中国来说，毫无疑问很长一段时间，个人是得不到国家保护的，如果没有共产党的话，即便资产阶级再革命，也没有能力摆脱半殖民地性质。所以在 20 世纪的中国，集体的力量被格外强调，只有大家团结起来才有出路。

石一枫（《当代》杂志社）：我感觉“中国梦”和美国梦的区别，比较粗浅的可能有几方面，一个是刚才你们说的，我认同，就是美国梦更强调个人成功，“中国梦”首先强调集体的成功、集体的强大。应该是有这么一个逻辑。

祝东力：最标准的界定就是：“实现中华民族伟大复兴，就是中华民族近代以来最伟大的梦想。”

石一枫：对，是一个民族的概念。刚才说西方人是为了上帝建立殖民地，这个没必要太信他们的话，西方人打个喷嚏都要喊一声上帝。这帮囚犯真的是为了上帝跑到北美？他们在欧洲怎么不为上帝干活啊？当然美国梦是伴随着殖民活动的，不止是美国梦，像狄更斯作品里面的人，混不下去就去澳大利亚，《大卫·科波菲尔》里好几个人都是到澳洲去了。当然，在通俗意义上，大家更多的理解，美国梦还是指个人梦，“中国梦”是民族梦。具体说哪个梦好呢？恐怕不好比较。有可能有的时候个人梦好点，有的时候是集体梦好点，恐怕没有道德上的优劣，得具体情况具体分析。

我觉得美国梦和“中国梦”的第二个区别，就是美国梦往往是伴随着对某种秩序的破坏而产生的。刚才祝老师也提到了，它是对欧洲的宗教秩序和等级秩序的破坏，本来在欧洲的时候分三六九等，去的人也是混得不太好的人，但到了美国就“大相国寺的水浇了菜园子——贵贱一码平”。因为都抹平了，于是就看谁本事大了。各个时期的美国梦可能都伴随着对旧有秩序的破坏。比如说过去最早的那批殖民者，还有后来的牛仔。20–30 年代那批在美国搞石油、搞钢铁、搞金融的投机客，也是对欧洲那套资本主义经营方式的破坏。他们不守原来那套规矩，结果他们发财了。一直到今天，美国的 IT 新贵，还是不遵守工业社会那套规矩，最后通过 IT 的手段，通过乔布斯那些东西实现了美国梦。当然这个破坏可能是进步。而“中国梦”好像是通过对规则的遵守而实现的，或者说相当一部分人理解的“中国梦”，可能是这么一个逻辑，就是得服从权威、服从领导、服从组织，只有在这个前提下，中华民族才什么事都好办。

还有一个不一样的地方，刚才大家提美国梦的时候说了很多美国电影，电影还是相当美好的东西，因为电影是造梦的。然而在文学和思想领域中，好像美国梦一出现，就伴随着美国人自己对美国梦的质疑。比如说 30 年代明确提出了美国梦，但是《了不起的盖茨比》写在什么年代？就是在美国梦产生的年代，至今《了不起的盖茨比》都是反思美国梦的最好的作品，对美国梦是反思的，在相当意义上持否定态度的。盖茨比即使靠坑蒙拐骗和机缘巧合实现了财富梦想，但是依然实现不了情感的梦想，实现不了归属的梦想，他的精神世界依然是空虚的。任何一个时代都有对美国梦的尖锐反思，而且还是美国人自己在反思。50 年代的《蒂凡内的早餐》，再往后《阿甘正传》的原著小说都是类似的作品。

孙佳山：谢谢石老师，石老师也指出了一个关键问题，美国梦也是有历史层级的，并不是一个本质化的概念，它也有一个不断更新、调整的演变过程。

戴嘉崎：我觉得石老师有一点是对的，咱们如果光抠字眼，从字面上讲美国梦或“中国梦”的话，不一定能完全探讨出它的内涵来。因为如果把梦理解为对未来的期许的话，“中国梦”也不是最近才有的。从1949年毛泽东登上天安门，“中国人民从此站起来了”，这就是一个“中国梦”。包括我们以前的“解放台湾”、“拯救亚非拉”，都是曾经的“中国梦”。当然“中国梦”跟美国梦不一样，因为不同的人的梦想也是不一样的，如果我们的讨论拘泥于这个字眼，意义也不大，咱们还是要讨论中国人和美国人的梦到底有什么不一样。

刚才石老师说的第二个要点，“中国梦”是对于规则的遵守，美国梦是对于规则的破坏，我觉得这个适用于毛泽东的一句话，“不破不立”。如果不是打破了蒋介石的制度，我们就建立不起来新中国，也就没有今天的“中国梦”。

物理学上讲究合力，一个国家的梦想，最终取决于这个国家大多数人的梦的“合力”，大多数的人都做着什么样的梦，不是一两个人或者一小部分人做着什么样的梦，大多数中国人的梦形成的“合力”就是“中国梦”。

侯百川（中国艺术研究院艺术人类学研究所）：我说一下，去年我听了一次王能宪副院长和方李莉老师对“中国梦”的解读，就是关于同美国梦差异的理解。当时方老师提出：美国梦或美国的这种发展不光是经济领域的，也包括在文化上提出了一套自由、民主等主张。但是“中国梦”还只是停留在经济领域，咱们在文化上并没有提出一个东西，好像咱们都忙于呐喊中国自己的信念，爱中华文化、爱国，但咱们并没有为全人类造就一个相当于自由、民主、人权等类似的文化主张。

郭松民（《国企》杂志社、知名媒体人）：如果说“中国梦”就是中华民族伟大复兴的话，那我也同意。我长期以来对民族复兴保持一种强烈的同情态度，自我定位也是一个民族主义者。当中国是一个边缘化的国家时，民族主义是有很强的积极意义的，具有反抗帝国主义压迫的作用。但今天中国已经是世界第二，坐二望一，如果我们的目标就是要中华民族伟大复兴，这在世界上其他国家看起来还是挺吓人的一件事。所以我觉得“中国梦”如果要真正长久走下去的话，一定要有普世价值的东西，这不是美国人的普世价值，是我们中国人提出来的，比如说世界大同或者社会主义，一定要有这样普世的东西。否则的话，“中国梦”会成为其他国家指责和围剿中国的一个借口，这是我担心的。

石一枫：我们理解的复兴，很多人还是时间概念。就是曾经兴过，后来不兴了，我们要重新再兴。唐朝是复兴的目标，还是汉朝是复兴的目标？稍微有历史常识的人都知道，按照GDP来算，南宋是中国历史上最伟大的时期，人民生活水平最高，GDP最高，但是一天到晚吃败仗，你说那个是兴吗？这个复兴的标准和复兴的时段如果说不清，恐怕这个复兴也要界定一下，否则不知道复兴到哪里去。

卢燕娟（中国政法大学人文学院）：我理解的“中国梦”有两层意义。一是目标意义，以在不远的将来即将实现的中华民族的伟大复兴作为宏大目标；二是道路意义，即实现“中国梦”必须走中国道路。这二者之间有内在联系：我们将什么作为民族复兴实现的标准，决定了我们认可和选择什么样的中国道路；同时，我们选择什么样的道路，也必将面对这条道路所带来的一系列后果。

从目标意义来说，民族复兴是什么？20世纪80年代以来，我们建立了一个关于现代化的神话叙事，即中国面临的一切问题就是落后，而这一“落后”又特指经济领域的贫困和经济发展模式的不现代化。这里的“不现代”，其标准是欧美经典资本主义的发展模式。今天，中国的经济地位在某种意义上已经实现了80年代预设的目标，但是我们发现，目标的实现并没有支撑当年的神话叙事，经济崛起并没有让一切问题迎刃而解，各种矛盾反而前所未有地尖锐和深刻。现实瓦解了80年代的神话，更重要的，现实逼迫我们重新思考，民族复兴是什么？和美国梦不同，美国梦是个人创造奇迹、鸡毛能够上天的神话；“中国梦”则将自己定位在一个整体性概念“中华民族”上，那就更需要从一个国家社会的整体结构和中华民族的主体构成来思考这个问题。从国家社会的整体结构来说，在经济发展之外，实现社会公平正义、建构自信繁荣的民族文化，是否都应该包含其中？从中华民族的主体构成来说，我们经历了漫长的现代革命和建设，“人民”曾经是中国独立、社会解放、国家发展的主体力量，今天如何处理国家和人民的关系，理应成为“中国梦”的重要内容，即使仅从经济领域来说，国家经济地位的上升和人民的关系是什么？人民如何与国家共处于一个上升的历史中？

这些思考背后，是中国道路的反思和选择。在这个问题上，对历史的反思和对未来的选择是分不开的。如果我们像今天某种普泛性的叙事那样，把中国的历史道路简单理解为五千年灿烂文明直接对接今天的经济腾飞，那么“复兴”的目标就会变得很简单：文化上面向传统简单复古，制度上面向全球资本主义简单复制。但如果我们把今天的中国放在完整的历史进程中来理解，就会发现今天对“中国道路”的认识和讨论远没有达到应有的深度。所谓完整的历史进程当然应该包括五千年灿烂文明，但更应该包括近代以来的沉沦、奋斗、探索，在这一整个过程中我们经历过的困境，我们为克服这些困境所做的艰难选择，以及在这背后整个民族付出的牺牲。这里面，有经验，也有教训，非左即右的肯定、否定在今天看来都是不对的，但更不对的是在谈“中国道路”的时候，直接遗忘这段沉重而又和我们今天关系这么密切的历史。对今天而言，这段历史才是真正的“中国道路”——更严谨地说，至少是“中国现代道路”的起点，我们今天仍然身处其所创造的后果之中。正因为我们在这条独特的“中国现代道路”上，创造了在世界历史进程中都堪称独特的政权结构、社会制度和文化体系，我们才谈得上“中国道路”；否则，中国无非是现代世界中的另一个日本——西方道路的成功复制者，或者另一个拉美国家——单纯依靠民族主义谋求解放的失败例证。

对历史认真地反思和讨论，最终目的当然指向未来道路的选择。独特的中国道路在历史上客观存在，决定着“民族复兴”目标在经济发展以外的丰富内涵，也决定着今天谈“中国梦”的高度和难度。在这个资本主义席卷全球的时代，人类正身处其强大的宰割之中，中国如何选择未来道路？走向什么样的复兴？

孙佳山：谢谢，几位老师的发言进一步的拓展了今天讨论的深度。

刘岩（对外经贸大学中文学院）：刚刚听大家的发言很有收获。感觉大家主要是在围绕两个关键词谈的：一个是“民族”，一个是“个人”。“中国梦”究竟对中华民族意味着什么，对这个国家的每个个体意味着什么？我更关心的问题是，“中国梦”对中国社会的底层，对工人、农民等普通劳动者意味着什么？

我第一次看到“中国梦”这个词，是在 2005 年。当时赵本山的《马大帅》正在热播，读到张颐武老师写的一篇文章《马大帅带给我们的“中国梦”》，文章说：“通过自己的自强不息和坚忍奋斗超越贫困的命运，超越贫困的物质现实和文化束缚，正是我们二十年来打造得最为激动人心的‘中国梦’”。联系剧情，这里说的“中国梦”就是穷人的致富梦，或农民、农民工成为城市中产阶级的梦想。

张老师的文章主要是对《马大帅》第一部和第二部的评论，而《马大帅》第三部的第一组镜头就是一个梦的场景：马家堡子众乡亲夹道欢迎马大帅荣归故里，为家乡投资。梦境过后，清洁工马大帅正窝在墙脚，满脸疲态地打着瞌睡。显然，美梦开场起的是开篇破题的作用。在第三部里，“梦”几乎成了一个结构性的表意元素。范伟扮演的剧中另一位男主角——“城市发财梦”做得更深更久——范德彪不但为梦所缠绕，而且不断自我解梦。由于梦的启示，他做出了和妻子桂英离婚等一系列荒唐的决定，并且开办了“彪哥解梦馆”，用《梦的解析》为人指点迷津，墙上挂着弗洛伊德的画像，两边是一副对联："古有奥地利国弗洛伊德，今有辽北大地范德依彪"。当范德彪不再解梦的时候，他已从种种城市幻梦中彻底清醒过来，随马大帅回到了农村。

范伟最近演的一个电影也和梦有关，就是冯小刚导演的《私人定制》，司机想当领导，清洁工想当富婆。"私人定制"为底层圆了一回梦，但是梦醒之后，还是原来干什么的现在接着干什么，一切都没变。在这个电影里，"圆梦"就是在幻想中过把瘾。那么，值得追问的是，底层改变自身命运的梦想，究竟是基于现实之上的愿景，还是虚幻的白日梦呢？

关于这个问题，刚才大家的发言对我特别有启发，尤其是祝老师说到为什么要用"梦"这个词，"梦"这个词意味着"不可能之事"。"不可能之事"恰好就是拉康和齐泽克对"实在界"或者说"大写的真实"（the Real）的界定。按照齐泽克的说法，梦既不属于现实，也不属于虚幻，它属于大写的真实，大写的真实就是把现实变成非现实的东西，它意味着支撑现实的现实逻辑的解体，意味着从不可能中创造新的可能性。贫富分化、阶级分化之所以是"现实"，很大程度上是因为大多数人相信，无论什么时候，总是有人有钱、有人没钱，有人有权、有人没权，这种社会秩序永远存在。在这种"现实"逻辑之下，《马大帅》和《私人订制》中的那些小人物要改变自身命运，当然是虚幻的白日梦，就算某些幸运的个体能够梦想成真，更为庞大的底层仍然只有做白日梦的份。

而反过来说，如果"梦"不是虚幻的，是真实的，那首先就要质疑今天的这种"现实"逻辑。我想这也应该是"中国梦"区别于美国梦的地方。刚才石老师说到，美国梦有对秩序的破坏，比如说从工业社会到后工业社会，有新贵或新型资本家的出现。这种秩序的破坏，同时也是秩序的再生产，资本的逻辑在其再生产中延续着自身。所以，美国梦基本上还是在既定的秩序和逻辑之下，通过个人奋斗来改变自身命运的这样一种梦想。那么"中国梦"呢，我理解或期待的"中国梦"是对既定的现实逻辑的变革，在这种变革实践中，底层和普通劳动者将真正成为经济、政治和文化的主体。

陈春红（中南博集天卷文化传媒有限公司）：听完各位老师发言我在想，现在的"中国梦"和美国梦是已经被提炼出来的概念，那么，我们是先有大势，再有口号；还是因为先有口号，才用大势辅以论证呢？比如，刚才郑以然老师提到《阿甘正传》，作为美国梦的解读。但其实《阿甘正传》是在美国发展到了一个反智的阶段，民众由对文化明星的推崇，转为对体育、娱乐界明星的推崇，是对经典文化消解的一个反讽，并没有过多从美国梦的角度理解这个问题。

第二个，我更感兴趣的是，现在的这种“中国梦”是怎么应运而生的？比如跟选秀有关的，就是“中国好声音”、“我是歌手”或“超女”等一系列现象，是在国人的心理到了一个什么样的发展阶段，才涌现出大量这样的节目呢？

在“中国梦”这个问题上,我觉得它也有可能是文明发展阶段的一个关键词而已，而不是过分被强调跟国家荣誉联系起来。像李娜和林丹，就已经开始了从专业运动员到职业运动员转型的阶段，专业运动员每次去参赛可能就过多地强调我要代表国家、民族，肩负着一种沉重的历史使命；职业运动员则更强调个人形象的塑造。所以我在这个问题上还有疑问，我们是不是要把个人价值和某种娱乐现象跟国家的荣誉联系起来？

另外，为什么会有“中国梦”这样一个说法产生呢？刚才刘岩老师说的《马大帅》，打的是奋斗牌和苦情牌，而现在喜欢《小时代》的年轻人，更注重轻松、时尚、有趣的东西，“梦”这个概念，就是一种虚幻与现实的交融，更符合轻松、时尚、有趣的主题。

孙佳山：您提出的问题，大概分两个层次。第一个是先有口号，还是先有时势。我们一开始就提到了一系列基本事实，比如四个现代化目标已经基本实现，GDP世界第二，人均GDP超过6000美元，城市化超过50%，这些是全新的，不仅在20世纪中国没有出现，在改革开放30年的大多数时期也不曾面对。当然，作为一个新生事物，肯定还有许多需要完善的地方，还要排除很多潜在的风险。但是，用过去的概念来标识“中国梦”，肯定不适用，用改革开放的话语，也不能完全适用。这个意义上我不知道能不能回答您的第一个问题，用文件式的语体说，这是面对新世纪、新挑战、新形势、新任务，提出的一个新纲领、新问题。

第二个，你提到《中国好声音》这类娱乐节目，《小时代》这类电影，以及体育明星的身份问题，可以把它们放到一个问题来回答。首先，李娜也好、林丹也好，这些人固然由专业运动员转化为职业体育明星，但李娜、林丹毕竟是华人，到了白人世界，你就是黄种人，Asian。整体格局没有变，欧美白人世界将李娜、姚明等人视为中国文化软实力的载体，就很说明问题。我就曾看见国外媒体报道，说中国不如把软实力的工作外包给李娜和玉兔吧。这和当年的“为国争光”式的文化表述确实有区别，但区别有多大呢？我看都差不多。

（休息）

孙佳山：上半场大家在理论上把话题都打开了。下半场可以多分析一下作品，比如说“中国梦”怎么在文艺领域落地，文艺怎么将“中国梦”整合到当代的前沿领域中，可以从各方面展开。

李松睿（中国艺术研究院《艺术评论》杂志社）：“中国梦”是最近这段时间的热点话题，不过今天对“中国梦”的宣传其实有点问题。例如最近北京街头出现了很多广告牌，上面的文字大多突出“中国梦”的主题，而图画部分则是关于农业丰收、家人团聚以及现代化建设的成就等内容。还有像央视一个名为《中国故事》的纪录片，从该片旁白看，编导们直接把纪录片讲述的柳传志等“成功人士”在改革开放30多年来的经历，理解为“中国梦”的代表和例证。从这两个关于“中国梦”的宣传案例可以看出，支撑这一理解方式背后的东西，是所谓发展主义逻辑。在这种情况下，“中国梦”的提法也就成了我们过去30多年来所取得的重大成就的见证，和现行发展模式的合法性证明。

不过在我看来，把“中国梦”理解为现行发展模式的合法性证明，其实并不是真正意义上的“梦”，而只是今天主宰中国社会的现实逻辑的延伸。这样反而把这个概念的意义削弱了，没有把“中国梦”概念的潜力发挥出来。因为既然是“中国梦”，“梦”就应该是这个概念的关键。而“梦”之所以为“梦”，就是因为与现实存在很大差异，可以提供一个与现实生活不同的异质空间。这也就是祝老师刚才说的，梦应该是现实中不存在的东西。正是在这个空间里，我们可以暂时搁置现实生活、利益诉求等因素对思想的种种限制，去构想中国未来发展的道路。因此，只有当我们把“中国梦”真正当作梦想，而不仅仅是现实逻辑的延伸时，这个概念所蕴涵的巨大潜力才能够发挥出来。

当然我的意思并不是说“中国梦”应该是某种完全脱离现实的虚幻之物。事实上，如果我们在理论层面上仔细思考“中国梦”这个概念，那么“中国”与“梦”这二者并不能以本质主义的方式来理解，它们其实应该是一种相互阐释、相互限定的关系。在某种意义上可以说，正是在“中国”与“梦”之间的张力关系中，“中国梦”这个概念才有可能具有无穷的潜力，其理论意义才凸显出来。一方面，如果我们把“梦”当作是对中国未来远景的想象和憧憬的话，那么如何去梦想中国的未来，其实直接关系到我们怎么去理解今天的现状，怎么去阐释中国历史的发展历程。正像本雅明在《历史哲学论纲》中描绘的那个令人印象深刻的意象：历史天使把脸朝向过去，被天堂刮来的风暴吹向他背后的未来。在这一过程中，他只能反身面对逝去的历史，想要停留却永远无法驻足。这个在思想界产生了广泛影响的意象似乎在告诉我们，意义总是来自未来。我们今天所身处的现实、中国历史的发展历程，其意义只能被未来赋予。也就是说，正是那个处在异质空间的"梦"在赋予今天的"中国"以意义。中国人在当下的行动、努力以及奋斗的方向，必须在那个"梦"的指引下进行。

另一方面，"梦"究竟能呈现为什么样子，它可以为我们提供怎样一个不同的空间，其实也和当下的社会状况，同中国人对国际、国内形势的理解息息相关。换句话说，我们不可能完全脱离中国现实去空谈"中国梦"。因此"中国"与"梦"之间的关系是相互阐释、相互参照并随时变化的。今天，应该以对中国现实状况的深刻理解为基础，构想我们的"中国梦"，思考中国的未来远景；并同时用这种"梦"和远景来参照、思考当下的现实生活。这两者应该处在一种极富张力、动态的关系中。在这种关系里，无论是"中国"还是"梦"都会随着时代的发展、随时出现的新问题、新情况发生变化。

今天讨论的主题是"中国梦"与当代文艺问题，其实文艺和梦的关系是一个非常古老的话题。从柏拉图时代开始，文艺在某种意义上就被理解为一种梦的形式。在我看来，当人们建立起梦与文艺之间的联系时，是在指认文艺作品超越了现实生活的种种限制，带有很强的非现实性的东西，因而带有某种梦的特质。

20 世纪以来出现了一系列以弗洛依德为代表的对梦的研究。这类研究往往将梦分为两种不同的类型，一种可以称之为"梦"，另一种则可以称为"魇"。如果将梦理解为"梦"这种类型，那么梦就是人的某种愿望在头脑中的显现，即人们无法实现的愿望，在梦境中以虚幻的方式得以实现。而如果以"魇"的方式来理解梦，那么梦就不再是美好的事物，而是某种病症在意识层面的反映。也就是说，人在童年时代、现实生活中遭遇的种种创伤性体验，会对人的头脑产生巨大的冲击，有可能使人患上精神疾病。为了避免这种情况发生，人的头脑具有某种防卫机制，可以将那些会对头脑造成伤害的创伤性体验压抑到潜意识中。然而在有些时候，那些创伤性体验的冲击因过于强大，会暂时冲破大脑防卫机制的限制，进入到意识层面，幻化为折磨人们精神世界的魇。由于魇直接联系着潜藏在人们潜意识中的创伤性体验，因此它也就成了人们内在伤痛的表征与症候。

简单梳理梦的两种类型之后，我们回过头来重新思考当代文艺问题。我觉得整个当代文艺存在两种类型，分别对应着梦与魇这两种梦的方式。第一种类型可以看作是“中国梦”的文艺，大致是指1949年到1966年的作品，也就是所谓十七年文艺，以及1976到1989年的作品。我没有提及“文革”文艺，主要是因为这段时期的作品我看得非常少，没有什么发言权，暂时不去处理。之所以将这两个时段的文艺看作“中国梦”的文艺，主要是因为这些文艺虽然在人物形象、语言风格以及政治立场等方面截然不同，但都蕴涵着强烈的历史感，试图以文艺的方式构想中国的未来，思考中国的历史远景问题。在十七年文艺中，可以鲜明地感受到意气风发、昂扬向上的精神面貌。它充分肯定中国的社会主义道路，由衷相信这条道路会带领中国人民建设现代化国家。同样的，1976年到1989年的文艺也有类似的精神面貌。虽然这一时段对十七年文艺及“文革”文艺有深刻的反思，并极力划清界限，但它同样在物质条件极其简陋的情况下，努力去构想中国的历史远景和未来发展方向。只不过在1949年到1966年的作品中，人们构想中国未来的资源非常少，更像是要在本来没有路的地方硬走出一条路；而在新时期文学中，人们在构想中国的发展方向时，主要参考的样板是美国和西欧社会。正是因为这种未来远景的存在，所以我将这两个时期的文学理解为“中国梦”的文学，它们都努力用文艺的方式去回答中国应该是一样怎样的国家，中国人应该过怎样的生活，究竟什么样的生活才是好的这样的问题。

而进入90年代以后，当代文艺渐渐对这些问题不再感兴趣，不再思考中国的未来在哪里、中国人的生活应该怎样的问题，对历史也不再有严肃认真的态度，而总是对当下日常生活中那些鸡毛蒜皮的琐事津津有味。所以，这一时期的文艺已经不再是“中国梦”的文艺，而是在某种程度上成了另一种类型的文艺，即“中国魇”的文艺。它成了90年代以来中国社会在改革过程中所出现的种种现实问题的症候。于是我们看到，这一时期的文艺充斥着日常生活的琐碎描写，充斥着对成功、女人以及金钱等事物的强烈欲望，因此也就成了“中国魇”的文艺。我们可以从这些文艺中看到无数困扰中国人的社会病症，使它成了中国社会问题的症候，而很难在其中看到中国的未来远景。在这个意义上，它已经丧失了“梦”的气质，而沦落为“魇”。

今天我们讨论“中国梦”与中国当代文艺的问题，意义很大！因为“中国梦”的提出，使得文艺的发展获得了新的契机，可能使它重新获得某种思考和想象中国未来的能力。需要特别提出的是，这种思考和想象中国未来的能力，其实与中国现在的GDP的全球排名，中国人现在如何富裕、如何有钱无关。我觉得石一枫刚才举的例子特别好，南宋时期 GDP 非常高，但很难说当时中国是一个强国。如果以美国梦为参照，我们会发现美国梦其实从来不仅仅是美国人的梦，那个每个人都能通过自己的拼搏与能力取得成功的神话，在很大程度上被世界各地的人们所向往。当全世界都在分享美国梦并进而向往美国时，那正是美国取得全球霸权的表征。同样，"中国梦"如果真的是一种极具生产力的概念，那么它也绝不仅仅与中国是否有钱，中国 GDP 达到多少相关，真正决定其价值的应该是它能否提出一套关于未来的不同想象，提供一套富有感召力的生活方式，能否在今天美国主宰的世界经济政治格局之外，提出另一个对世界的规划与想象。如果我们的文艺能尝试重新进行这样的努力，那么它将再次成为"中国梦"的文艺。正像在十七年文艺那里，虽然它面对的是一个贫困落后的国度，但它通过自己的描绘，试图思考和想象一个不一样的世界图景，真诚地相信会在苏美两大阵营对峙的世界图景之外，硬走出一条新的道路；而且这条道路也确实在那个年代，在广大的第三世界受剥削、受压迫的人民那里成为希望之源，成为富有感召力的生活方式。因此当我们去思考文艺与"中国梦"的关系时，可能最关键的一点是如何用文艺打开想象的空间，去思考有关中国的另类可能。

说到当代文艺与另类可能的问题，我想到一个朋友对当代文学的看法，这位朋友是与文学网站签约的网络文学写手，主要创作玄幻小说。我有时候会有意无意的说他是通俗文学作家，而他每次听到"通俗文学"这个词都会特别悲愤地表示他们写的根本不是通俗文学。他觉得我们使用"通俗文学"这个概念，隐含着某种歧视，似乎意味着格调不高、价值不大。所以他觉得通俗文学这个条目应该取消，而以所谓类型文学代之，因为像武侠、言情以及玄幻等文学形式，其实都是一种类型文学。而且他提出了一个观点，即每个时代的主流文学都是类型文学，而纯文学反而是边缘的、学院派的东西。

比较有意思的是，他认为中国现在的类型文学存在一个很大的问题，就是不管故事如何改变，但其背后的叙述逻辑其实是一种成功学的逻辑，就是讲怎么追求金钱、追求漂亮女人、追求大富大贵。所以我的朋友立志要写一本玄幻小说，去破坏这套成功学的逻辑，创造出一种新的小说模式。正是在这里，我发现那些处在边缘的网络作家，他们已经开始用文艺的方式去构想一种全新的世界，因此这种文学可能是新的"中国梦"文学的萌芽。相反在一些写纯文学的老作家那里，可能还是在以主流逻辑进行写作，还没有提出新的模式来思考、来写作。

石一枫：我补充一点，你朋友说的那个问题，在比较老的作家那里还真不成问题。

李松睿：他说得对不对其实和我们的讨论并不特别相关，我引述他的观点只想说明：也许恰恰是在我们看不太起的文学形式，例如科幻、言情以及玄幻小说等类型文学中，年轻的作家正尝试创造一种新的文学表达方式、新的对世界的想象。而且从创作现状来看，这些作家的写作生态、语言方式、文学想象模式，其实跟专业作家、专业文学研究者都不太一样。所以我有时候会想，是不是在这些文学创作中，会产生一套新的对中国人生活道路的思考，“中国梦”的文学是否会在这里重新生发出来？

崔柯（中国艺术研究院马克思主义文艺理论研究所）：我们讨论“中国梦”，还是要探究从现实通向梦想的可行途径，“梦”的实现不是包饺子，什么好吃的馅儿一掺和都裹进去了就行。而“梦”和现实的辩证关系问题背后又有另一个问题，就是郑老师刚才提到的集体主义和个体主义的关系问题，再具体一点则是“中国梦”和美国梦的关系。今天我们在说超越美国梦的时候，得把美国梦所包含的那些问题消化掉，不是说因为它是美国的、跟我们没什么关系，所以我们不用去管它，相反，只有认真清理掉这些问题，我们才能找到一个新的道路。

赵柔柔（北京大学中文系）：听了各位老师发言，很受启发，尤其是祝老师提到的“‘梦’意味着不可能之事”，以及刘岩老师说的“做梦的主体”以及“白日梦”的问题，让我想到了自己最近正在进行的乌托邦研究。有趣的是，我看到一些关于“中国梦”的文章，其中绝大多数是将重心放在“中国”上，而不是“梦”上，因此被凸显出来的，更多的是民族主义维度，也就是如何实现民族复兴，于是“中国梦”在很大程度上是“梦中国”。这个侧重点令我感兴趣，因为它似乎说明了相对于“中国”的比较清楚的意指，“梦”是很难被框定、解释的概念，虽然有一个模糊的价值指向，但具体内涵却并不清晰，也很难进入理性讨论。那么问题是，为什么会选择“梦”，而不是“理想”或其他概念呢？“梦”这个词语在不经意间携带着怎样的意义呢？从这个角度，我想结合我目前的研究谈一下。

首先，弗洛伊德的精神分析对“梦”有复杂的阐释，它也在很大程度上启示、影响了20世纪的乌托邦研究。其中最重要的一点是“夜梦”和“白日梦”的区分。布洛赫不满足于弗洛伊德关于“白日梦”的简单解释——将它看做夜梦的某种形态或前阶段——而在二者之间做出更深入和详细的辨析，突出了白日梦的重要性。在一系列对比分析中，他认为，尽管一切梦都是愿望的满足，但是夜梦与白日梦走向了两种不同的方向。夜梦往往带上假面具，显现为象征性的东西，充满隐喻性，躲避自我的审查，做梦者并不能理解它。它的材料来自过去，来自幼年时期的自我，同时也受到白天思想残余的影响，有点近似于一种应激反应，因此它并不产生任何新的东西。白日梦不同，是"清醒之梦"，是一种带有规划性质的幻想与希冀。它指向未来，并且渴望成为现实，内含着改造世界的愿望，具有强大的、积极的召唤力量。简单说，从夜梦到白日梦，一个重要区别在于"自我"是否参与其中，是被动的、潜藏在意识之下的愿望满足，还是自我可以意识到的主动建构。

在我看来，在"中国梦"问题上，借用这个区分是很有意义的。因为如果不加辨析，那么由于"梦"这个字眼跟"理想"不同，有着某种模糊性和幻想性，便很容易唤起一种不切实际的、镜花水月式的想象，而这样的话，"中国梦"便成为了某种夜梦，也就是自我安慰、自我满足式的幻觉。显然，"中国梦"的提法不是这个意思。那么，因为有这种混淆的可能，是不是中国"梦"就应该用"理想"替代呢？我认为不是。"梦"本身有特殊的理论意义，联系前面祝老师所说的"不可能之事"，"梦"对比于"理想"的特殊性在于，它带有"不可能"的色彩。也就是说，它不纯粹是一个现实逻辑的衍生物，并非彻底内在于现实逻辑之中，而是向往一些另类可能，渴求一些新的、与现实不同的东西。站在现实的立场上，就会认为它有某种脱离现实感，即"不可能"感。不过，中国"梦"显然不是夜梦，不是某种被动的、无法把握的幻觉，而是更偏向于白日梦。当然，"白日梦"并不是日常所用的贬义词，而是前面讨论的积极建构的未来愿景，比起夜梦，它最关键的是带有主观能动性。

在此，"梦"的重要性在于，它强调了理想主义的层面和人对不同于现实的、超越性的未来的渴求。因此，我最初看到"中国梦"时，首先想到它是否携带着理想主义的层面，是否在唤起一种虽无法脱离现代经济发展，但也多少与之疏离的价值？无可否认，"中国"这个定语给出了最大的限定，亦即被着力突出的"中华民族伟大复兴"，然而我试图指出的是，"梦"这个后缀，凸显出了这种复兴内涵的丰富和复杂。正如前面很多老师说到的，"伟大复兴"本身也潜在地隐含着复兴什么的问题，而这种丰富和复杂实际上也打开了某种讨论场域，或者说不再限于经济发展的场域。因为"梦"特别是"白日梦"的本质是超越性的、不被现实逻辑锁死的、召唤着人的主观能动性的。不过，一些问题也随之而来：如果核心词是梦的话，那么究竟是谁的梦？具体说，是哪个阶层、哪个人群的梦？另外，当我们以国家为梦时，这个梦究竟是什么？我们是否仍然在延续现代化之梦？换言之，民族复兴是否仍然是现代经济发展的同义词？我们能否发挥白日梦的最大效能，去想象、梦想一些不一样的东西？这些是我在“中国梦”问题上想要进一步思考和讨论的问题。

孙佳山：谢谢。我有一个问题请教一下，你刚才说的乌托邦分夜梦和白日梦，那么像《盗梦空间》中的梦是属于白日梦吗？

赵柔柔：我觉得，严格说来，《盗梦空间》的“梦”与白日梦和夜梦的区分不在同一个讨论层面上，它是带科幻色彩的叙事文本，讲述的是对梦从外部进行强制干预，不是理论探讨中作为一种自然现象的梦。不过，硬要说的话，我觉得它仍然是夜梦而非白日梦，因为它不包含对一个未来愿景的构想，而更多的凸显一种夜梦式的、逃避自我审查的愿望实现，最明显的例证是那个妻子的不断出现。

李松睿：《盗梦空间》那个是有意识的梦，夜梦还分你可以控制的梦和你不能控制的梦，弗洛依德讲你要醒没醒之前那个梦是你可以控制的，《盗梦空间》属于这种梦。

郑以然：刚才崔柯和柔柔使我又想到另外一点，咱们讨论“中国梦”是不是可以从两层意思上理解。一是从现实层面，对我们现实生活确实有指导意义的，也是习总书记的一个出发点，让我们通过努力改变我们的生活、建设国家的未来，这是最实际的、看得见的。但是从这个方面来认识“中国梦”，也不免存在一个问题，就是说，现在我们每个人通过自己的双手去改变人生、实现理想的可能性有多大？现在的年轻人，尤其是“85后”，被房子绑架了一生，他们的未来已经被透支了。那么他们还对成功抱有多大希望，是否还有活力，敢于去梦想？确实有些人已经不敢去梦想，不敢追求自己想做的事情了。这是一个梦想实现可能性的问题。

但是在另一个层面，是不是习总书记也有另外一个意思，“中国梦”也具有一个信仰上、精神追求上的价值。即使我们不能实现理想的个人成功，但我们至少在这种信仰之下生活。现在的年轻人普遍有一个信仰缺失的问题，那么在这种情况下，是不是“中国梦”可以作为一个我们的信仰？现在很多网络论坛里大家想办成什么事，比如说希望考试通过，会“求祝福”，认为求到多少个祝福就能心想事成。这其实就有点像宗教组织里面一个人遇到困难请教友们一起为自己祈祷。现在的年轻人中流行这一套，可见他们非常需要精神上的寄托和支持。所以，“中国梦”可以在现实和精神两层意义上来发挥作用。

孙佳山：郑老师说的这个问题，我们去年的第一届全国青年文艺论坛也涉及过。

崔柯：郑老师说的那个可能性，当下作品其实没什么对策，就像电影《等风来》

中有个情节，主人公要飞起来，但是没有风怎么办，那只能“等风来”。我记得电影那个切换很有意思，大家“等风来”的时候，切换到了另外的场景，我当时的感觉是很漫长的时间过去了，两个人还在等。当然最后风终于来了，那风要是不来怎么办？当前的文艺作品对这个问题是没有答案的。如果我们的信仰就是“等风来”式的，那么这种信仰是值得商榷的。

鲁太光（中国作协《长篇小说选刊》）：现实可能性都没有，怎么会产生信仰呢？我觉得你提的这两点都非常有针对性，问题在于怎么对接。把“中国梦”这个还需要进一步建构的理念当作一种信仰的话，我觉得有问题。

李雷（中国艺术研究院《艺术评论》杂志社）：我主要结合文艺谈一些粗浅的想法。美国梦在文化艺术层面上的实现是其大众文化在世界各地大行其道，可口可乐、麦当劳和好莱坞等作为美国文化的象征可谓无往不胜，而且在不断侵蚀着其他民族文化，这种大众文化恰恰是与美国梦的内在精神相互契合的。美国梦，简单而言便是机会均等，人人可通过勤劳致富，通过努力奋斗实现个人愿望和自我价值。美国波普艺术大师安迪·沃霍尔便把大众文化、波普艺术作为美国梦的代表。他认为，美国最了不起的地方就是创造了一种传统：最有钱的消费者和最穷的人享有同样的机会，总统和叫花子买的可口可乐都一样，所有的可口可乐都好喝。有趣的是，沃霍尔本人也是个美国梦的成功典型。他通过不断努力和各种艺术尝试，实现了从东欧移民后裔到明星艺术家的身份转变。所以，如果我们将大众文化在全世界的大行其道作为美国梦在文化艺术层面实现的标志，那么，“中国梦”的实现便指向中国文化艺术在世界范围的被认知、被认可。

具体而言，我们可以说莫言获诺贝尔文学奖，李安获得奥斯卡奖是“中国梦”实现的标志，但这毕竟属于少数个体，作为整体的中国文化艺术走向国际还任重而道远。在这里，我以水墨为例，水墨艺术是中国传统文化艺术的标志和象征。自现代以来有许多艺术家致力于将中国的水墨画推向国际，比如赵无极、吴冠中等。当下也有不少艺术家借鉴了好多西方的艺术理念和方法，打破传统的用笔墨来完成的创作手法，超越传统的平面宣纸，将水墨拓展到三维空间。这种新型水墨创作正越来越受当下西方艺术市场的青睐，近几年所谓“当代水墨”、“实验水墨”、“抽象水墨”、“观念水墨”等出入于各种国际大展，而且这些新型水墨作品也获得了西方艺术市场的认可。这给人的感觉是传统水墨画走向了国际，实现了国家民族层面的“中国梦”，而其中有些艺术家也借此摇身成为身价过亿的明星艺术家，实现了个人层面的“中国梦”。

但令人担忧的是，这种“中国梦”的实现，就像石一枫说的，事实上是对传统的戏仿或颠覆，并不是真正对传统的继承与传扬。因为国内许多从事传统的或纯粹水墨画创作的艺术家，对新兴的“观念水墨”、“抽象水墨”并不认同，认为这种种水墨实验中的水墨只是一个空壳，所彰显的是西方后现代观念，是对西方艺术话题和审美标准的献媚与逢迎。事实上，这种虚假繁荣不仅体现在水墨领域，近年来在诸多领域盛行的“中国风”也或多或少存在上述问题，更多的是对中国元素和符号的简单移植与堆砌，舍弃了最本质、最有价值的东西，而我们所要复兴的恰恰是这种本质的东西。

所以，从文化艺术层面讲，我感觉“中国梦”之所以是梦想，关键在于有一个逐渐实现的过程，这个过程就是中国的文化艺术不断走向国际，建立起自己的话语体系与价值规范，打破西方话语中心与文化霸权，重现汉唐时期的文化盛景。

孙佳山：他们是采用了油画的中心透视法，还是改变了水墨画的构图规则，还是说只是一种类似波普艺术的涂鸦？

李雷：他们主要还是对西方后现代艺术理念的模仿，水墨在这里仅仅是一个空壳。我再举一个例子，在某个现代书法展上，有人将中国的宣纸挂起来，然后在宣纸前面挂一些麻绳，取中国传统的结绳记事之意，他们把这种书法形式称为现代书法艺术。

孙佳山：那是装置艺术啊，和中国水墨或书法一点关系都没有。

李雷：对，徒有书法的名字。所以，现在有一些艺术家，为了迎合西方的某些怪诞趣味或后现代艺术理念，刻意追求新奇或所谓艺术实验，殊不知，他们把中国传统最好的东西给丢弃掉了。

鲁太光：我觉得现在大家已经没有梦了，或者说不会做梦了，从个人或整个来看，都是如此。我是从事文学工作的，就结合文学方面的状况来谈谈吧。在座的有好多做文学工作的，都是一线的。不知道大家感觉如何，我的一个感觉就是现在的文学作品缺乏梦想。现在的文学作品还有梦吗？如果有，不是噩梦，也是“反梦”吧？好多作品，像阎连科的《炸裂志》，内容其实非常简单，是说我们取得的成绩是靠两种手段取得的：第一种就是偷盗、第二种就是卖淫，结合起来就是男盗女娼。小说的整体情节就是这样的。炸裂村从一个小村子发展成为一个巨大的都市，所依靠的资源无非就是这两种。这是一个极端的例子，是一个噩梦或者“反梦”。还有好多作品，也都是没有方向感，甚至困惑都很少，就是无力啊、脆弱啊、绝望啊这些东西。

一些年轻作家，按说应该有梦的，可我想来想去，最多就是“人艰不拆”，人生很累啊，最后是“一声叹息”。我的感受是百分之七八十的作品都是这个样子的。

本来，作家是最会做梦的，也是最应该做梦的人。所以，如果我们的作家也失去了做梦的能力，这肯定是一个巨大的问题，是一种危机。从这个角度说，我觉得提出“中国梦”从某种意义上是对我们社会的提醒，提醒我们问问这样的问题：我们怎么把我们的梦丢了，不管是个人，还是集体，还是国家。下一个问题就是：我们是怎样丢了自己的梦的？最后一个问题是：我们还能不能找回自己的梦，或者，我们如何才能找回自己的梦？我觉得这是“中国梦”提出的一个大背景，也是“中国梦”提出的意义之一种。因而，这个提法很重要。

从中国历史看，至少从近代以来的历史看，是在梦或者理想、信仰的推动下一直走到今天的。今天没有梦的现状，应该是上一个梦的结果。怎么说呢？从近代以来一直到1978年，假如我们把这当做一个大的时段，那是一个“革命梦”的阶段，它所要求的是民族独立、国家富强、百姓幸福，用孙中山的话说就是民族主义、民权主义、民生主义。我觉得“革命梦”的内涵大体是这样的。当然，我们无产阶级的革命还有一个世界大同的理想，那是一个更高级的梦了，刚才赵柔柔说的乌托邦就是这样的梦。这是第一个阶段。从1978年到2008年这30年大致也可以算一个阶段，在这个阶段，我们也是有梦的，说白了就是一个发展梦，一个经济梦，就是以发展看待自由、民主、公正等一切，以发展作为衡量其他一切价值的标准，以发展作为带动其他一切的动力。这么说或许有点儿阶段论，但整体上看，应该问题不大。这在文学里有特别多的例子，也有特别好的例子。高晓声的“陈焕生系列作品”就是一个好例子。“陈焕生系列作品”一开始想的是发小财，恢复我们的小农经济，恢复小市场；后来是进城、出国、倒买倒卖，是发大财；再后来，有的文学作品就是“发横财”。伴随着发财梦，我们的爱情梦、自由梦、民主梦等也应运而生。但是很奇怪，这个梦——发展梦、发财梦——梦了30年后，突然在小说里面大家对钱都很疲惫了，觉得这个东西太可怕了。过去的文学里面没有爱情，全是欲望，更极端的是，在现在一些作品里面，对欲望的表达也是有气无力了，欲望也是半死不活的，一点精神也没有。在改革开放初期可不是这样，是生气勃勃，不仅像早晨八九点钟的太阳，简直就像中午十二点的太阳，热气腾腾，可有生命力了。如果联系19世纪欧美社会发展史来看，联系那个时候的文学作品来看，这个问题就更有意思了。

现在这个梦出问题了，疲劳了，甚至奄奄一息了。怎么办？升级换代！也就是说，以发展看待其他一切的这个理念在实践中遭遇了瓶颈，那么，我们就要升级这个梦。这并不是说不要发展了，不发展，衣食住行就麻烦了。问题在于怎样发展，或者是什么样的发展，是综合发展的问题。而这，应该是“中国梦”这个构想的价值之所在。其实，“中国梦”的构想从国家层面看，它的框架还是很清晰的。我今天提到了，估计之前很多人已经提到了，包括刚才说的民族主义。其实十八大刚刚开完接见中外记者的时候，习近平同志的讲话里面就有“中国梦”的框架。他第一个是说民族主义，说中国多少年来饱受列强侵略，先辈解放了我们，我们应该捍卫这种权利、这种解放，这就是民族主义的表述。他还有一句话，说民众过好生活的愿望也是我们工作和执政的最大动力，这是民生主义的表述。他还对执政党提出了要求，要求打铁还需自身硬，以此作为实现民族主义和民生主义的保证条件之一。当然，随着“中国梦”这个概念的提出和展开，其内涵在不断丰富，而且，习近平同志在讲话中还将“中国梦”与每个人的个人梦想联系起来，赋予了民众丰富“中国梦”的权利，这就给了“中国梦”更多的活力和内涵。但截至目前，在我看到的文字中，对“中国梦”的阐释大多局限在民族主义和民生主义上。如果“中国梦”仅仅包含这两方面内容，那我们这个梦的空间还比较有限，不用说革命的梦想、天下大同的梦想，仅从目前的形势来说，民族主义和民生主义的梦如果缺了民权主义的梦，我觉得也是不完整的。因为，就目前来看，在某种程度上，民权主义是凝聚民气、发展民生的重要动力之一。因而，有了这个梦之后才能够发挥三角形的稳定性，立体地推进“中国梦”。尤其是民生梦和民权梦之间，二者应该是息息相关的，如果缺乏了民权梦的支撑，民生梦也不大可能。不用讲那些宏大理论，结合每个人的生活来说，如果缺乏了民权，我们的民生梦能实现吗？现在好多事情都是民权梦的障碍。打个比方说，你去医院，你交上钱医生就给你看病，按市场的逻辑也是这样的，但实际情况怎样？完全不是这么回事，而是你去了，交了钱之后，还要哀求他们，你要找个好大夫，还要找关系、送礼。所以，我觉得我们“中国梦”的内涵应包括民权梦。

最后，我想说一句，我们要讨论“中国梦”。为什么讨论这个问题有必要？提“中国梦”不是说被一种意识形态限定，或者被一种话语限定，而是思考用怎样的思想、怎样的资源、怎样的叙述去推动“中国梦”的发展，让它成为一个汇集大多数人理想、情感和智慧的理念。

杨晓华（《中国文化报》社）：刚才听大家畅所欲言，运用各种表述方式，有学术的，也有比较生活化的，我也谈点自己的体会。

对我自己而言，"中国梦"这个提法作为一种梦想，首先它有强烈指涉现实的意图。当代中国现实有一个巨大的问题，就是在市场经济体制的演进和发展中，个人欲望得到极大释放，在解放生产力的同时导致了很多社会问题的发生，比如刚才太光兄讲的很多案例。当我们发现这种现实问题后，希望用梦这样的提法，用一个特别通俗，容易为各种阶层、特别是大众层面接受，又包含了丰富历史文化内涵的提法，来解决僵硬的物质主义的问题。比如《小时代》所反映的青年人的价值观问题，其实也应该包括年龄更大的一代人心理世界的僵化和价值世界坍塌的问题。所以，"中国梦"具有很强的现实针对性。这是我的一个感受。

我觉得梦想虽然是针对现实的，但它的存在，某种意义上又是一个虚空，需要扎实的现实力量去兑现，更像一个承诺，是一个以国家为主体的需要践行的承诺。就国家层面来讲，从这种意识形态的动员，到现在所采取的各种深化改革开放的措施，都有强烈的意志灌注其间，就是想把这种承诺变成一个现实的中华民族复兴的图景。这种政治意志，通过凝聚社会的善意，产生巨大合力或者正能量，应该举双手欢迎。这是我的一个基本体验。

我的专业属于政治学的范畴，我感觉"中国梦"的提法具有强烈的政治属性，或者说政治文化的属性。中国到21世纪以后，经济飞速发展，生活水平大幅提高，特别是在国际舞台上，国际地位空前提高，过去我们经常说"有一天我们要扬眉吐气"，现在大家觉得扬眉吐气已经是一种现实了。在这样一种社会心态之下，思想界有一种强劲的冲动，企图把这种现实力量的呈现和零碎的社会意识加以概括和提升，最典型的就是"北京共识"和"中国模式"的提法和争论。

应该说，习近平总书记带着班子成员去国家博物馆，以强烈的政治行为把这样一个思想界的冲动进行了一种含义提升和意义深化——这个含义的提升大家也许会有不同的理解。这样一个以大众心态变迁为依据，以思想界的理论冲动为集中表现的社会文化趋向，被一个政治家或者政治领导集团上升为强烈的国家意志，这应该是"中国梦"的第一个基本属性，就是政治文化的属性。这个强烈政治意图，就是希望在价值观多元化，在大家积极追求个人利益的现实情况下，来寻找这个社会的最大公约数，以此来进行意识形态的整合，或者说它要通过"中国梦"的倡导建立一个很好的意识形态整合机制。

前几天，我作为媒体记者参加了艺术研究院的"中国梦"主题的专家座谈会。听了很多著名专家的发言。我有一个总体感受，文艺界的专家并没有简单地觉得"中国梦”醒目地提出来，就能够解决每一个艺术领域面临的实际问题，但大家又都公认“中国梦”确实是一个很有正能量的提法。之所以有正能量，有很多原因。比如说，它暗合了中国人自古以来一直有的面向未来、探讨未来的文化情节，从大同世界到桃花源，中国人一直有这种浓郁浪漫主义色彩的文化情结。另外，这样一种提法和现在的经济发展、生活水平提高、人们心气提高的现状也合拍。还有，这样一种提法也很好地提醒当下的中国人在原子式的个人主义观念支配下，出现了市场紊乱、道德紊乱等问题，大家应该重新反思和回到集体价值层面，以寻找精神动力。

从我自己来看，“中国梦”最大的意义可能是提供了很好的意识形态整合机制，是共产党从执政党的自觉出发，在意识形态及其话语表达上，寻求和社会大众、思想界的共识和共振，而不是过去那种灌输式的，认为我们是先锋队，我们掌握了历史规律，作为规律的代言人和执行者来教育大家、引导大家。我觉得和以往意识形态工作的思路相比，这是一个非常大的提升。但是，我认为“中国梦”最本质的价值和意义还不止这些内容。

其实，从共产主义运动诞生开始，整个国际共产主义运动的历史，不管犯过多少错误，有过多少挫折，它一直就在一个高远理想的指引下寻找解决现实问题、实现人类解放的办法和道路。再具体一点，从中国社会主义的历史过程来看，中国共产党好像用一个放大镜，不断在对焦。我觉得最有意义的就是 1992 年对准了社会主义市场经济，当然经过了非常痛苦的探索，可以把苏联探索的过程加进来考虑。从古代中国人的大同梦想，到近现代以来的民族复兴的梦想，一直是虚幻的，在当代中国，我们找到了破解这个历史之谜的钥匙，找到了实现这个梦想的强有力的现实基础，就是在市场体制支撑下来实现所有人的梦想。这是我的体会，谢谢。

孙佳山：谢谢杨老师，视野特别的开阔。

祝东力：我补充两点吧。美国梦我想说一下它的局限，刚才也涉及到了，它是独一无二的，因为它的资源环境是独一无二的，连欧洲都不具备。我要说的局限是另一个明显的事实，就是在新教移民登陆美洲大陆的时候，美国梦肯定是不包括印第安人的，不包括原住民的，在 20 世纪 60 年代民权运动之前也是不包括黑人的，这是美国梦非常大的局限。

所谓美国梦的载体就是 WASP，White Anglo-Saxon Protestant，就是白人的昂格鲁·萨克逊的新教徒，实际上是非常有限的人群。这肯定是“中国梦”需要克服的一个局限。另外，刚才说美国梦作为一个概念在世界范围内都非常流行，是有它流行的条件，大量移民从 17 世纪一直到现在不断奔赴美国，追寻他们的梦想，前提是美国相对平等的环境和相当丰富的资源。我现在的问题是，“中国梦”为什么能在世界范围内流行？这肯定主要不是因为我们的对外宣传，对外宣传起不了这么大作用，在国际上“中国梦”这个概念一定程度上能流行起来，肯定有另外的原因。我的理解是，中国在近 20 多年来确实表现出了一些非凡之处，做出了一些不可能之事。我要说的是三次国际性危机，中国基本上安然度过了，而其他条件相同、体量相近的一些国家却纷纷倒下或严重受挫。

第一次危机是 20 世纪 80 年代末 90 年代初，国际社会主义阵营危机，从苏联到那些东欧国家，在一两年内纷纷倒台解体，而中国在当时被整个国际社会非常不看好的情况下居然是平稳过渡，很快实现了经济高速成长。第二次，是 1997 年亚洲金融危机，出口导向的一批大大小小的国家和地区，大多出现了一个长时期的衰退局面，而中国逆势而上，度过了 90 年代末的危机。第三次是 2007–2008 年的世界金融危机，和中国体量差不多的像欧盟、美国都严重受挫或衰退，但中国经历住了震荡仍然保持一枝独秀的局面，这又是一次危机。

所以，我觉得在国际社会“中国梦”这个概念还能够流行开来，确实是因为中国独一无二的表现，有特定的事实来支撑。我就做这点补充。

郑以然：祝老师又说回美国了，那我再发散一点吧。我想到美国的占领华尔街事件，一枫刚才说美国梦的特点是破坏秩序，中国是维持秩序。那么在华尔街事件中则表现出一种矛盾性：一方面左翼的民粹或大众对金融巨头偷走他们的财富表示抗议，那么，从这个颠覆现存秩序的意义上讲，它似乎应该是美国梦；但另一方面，在活动当中大家举出来的口号都是 RIP American Dream——安息吧，美国梦，因为他们都觉得自己的美国梦不在了，觉得自己虽然勤劳努力了，但最后没有得到自己应得的，从个人角度看，他们认为自己没有实现美国梦。

石一枫：这就是高度强调个人主义的坏处。实际上华尔街那些人之所以能偷走他们的劳动成果，是因为人家实现了美国梦，就是 1% 的人实现美国梦是建立在对 99% 人的剥削基础之上，就是谁的美国梦的问题。

郑以然：对，是谁的梦很关键。再说刚才太光提到的民权问题，联系华尔街事件看，美国的人权价值观以及对秩序的维持有两方面。一方面，这些自称 99% 的群众有抗议的权利；另一方面，在他们行为出格的时候，警察也有把他们打得头破血流的权利。而在中国，这个情况就变成另一个极端了。比如说城管，城管本来是维持秩序的，但是在我们某些流行话语里面却把城管妖魔化了，一旦城管和民众发生了冲突，大家就觉得是城管的问题，不管青红皂白就指责城管。显然对秩序的维持是必要的，这是在日常生活中切实存在的问题。

孙佳山：郑老师曾在亚利桑那大学就读，对美国社会有感受。

李云雷（中国艺术研究院马克思主义文艺理论研究所）：对于当代中国人来说，民族复兴是一个激动人心的“中国梦”，这是因为我们有一个光辉灿烂的古代史，也有一个饱受屈辱的近代史。在1840年之前的两千年间，中国一直走在世界的前沿，创造了发达的农耕文明，也创造了独特的文化体系，在政治、经济、文化、科技等方面都达到了人类文明的最高水准。但是近代以来，当遭遇到西方列强与工业文明时，中华民族却遇到了前所未有的危机，不仅从“先进”变为“落后”，而且几度濒临亡国灭种的边缘，这一巨大的落差深深刺激着中国人的心灵，而实现民族的伟大复兴，也是几代仁人志士追求的“中国梦”。

近代以来中国遭遇了严重的民族危机与社会危机，只有在新中国成立以后，中国人才开始掌握自己的命运，但是我们在社会经济与生产方面仍处于落后的状态；改革开放以来，我们开始实行以经济建设为中心的政策，在短短30年的时间内，我国的经济实力得到了飞跃式的发展，已成为世界第二大经济体，在世界上占据着举足轻重的位置。这是近代以来中国的一个转折点，也是新中国成立以来中国的一个转折点，更是改革开放以来中国的一个转折点，我们正走在一条前所未有的道路上，我们不仅在探索中国的未来，也在探索着整个世界的出路。

对于中华民族来说，“民族复兴”是我们伟大的梦想，但也只是我们的阶段性目标，无论从传统中国的“天下观”来看，还是从社会主义理论的整体性来看，中国文化都具有一种普遍性的诉求。“中国应当对人类有较大的贡献”，不仅中国革命为第三世界的民族解放提供了一条途径，中国的改革开放也是发展中国家跨越式发展的一个典范。我们当然不能骄傲自满，但也不宜妄自菲薄，只有实事求是地总结历史上正反两方面的经验，审时度势地在复杂的国际环境中发展自我，中国才能迎来一个更加光明的未来。而我们也相信，近代以来经历了那么多苦难的中华民族，不仅将会以生生不息的生命力与“旧邦新命”的创造精神，最终实现“民族复兴”的伟大使命；而且也将会以传统中国文化的包容精神与社会主义文化的平等追求，为世界文明注入新的因素，从根本上改变不公平的世界秩序，为人类带来一个更加和谐美好的新时代。

我们可以从历史与现实的对比，来看“中国梦”概念的政治文化内涵。比如2008年奥运会的口号是“同一个世界，同一个梦想”，而我们现在提出“中国梦”，便是对“同一个世界”的超越，可以说我们有新的梦想，跟“同一个梦想”不一样的另外的梦想，我觉得这在文化上是很自信的表述。从改革开放以来我们走的路就是要融入资本主义世界体系之中，但是我觉得“中国梦”的提出，可能会有一些不一样的东西出来。这个问题分两个层面，一个是在道路上我们更坚定地走自己的路；另一方面，在目标上还不是很清晰，其中阐释的国家富强、民族振兴、人民幸福还只是一个很描述性的内容，没有阐释“中国梦”本质性的内容，缺乏价值观层面的内涵。

祝东力：是一个比较朴素的界定。

李云雷：不像美国梦有比较明确的内涵，不过我觉得“中国梦”作为一个新的概念，可能在发展过程之中会形成自己的本质性内容，它背后应当有一套价值观。

祝东力：实际上应当是一种发展模式的体现。

李云雷：对，应该有一些对中国经验的概括以及在此之上的价值凝聚，现在还没有出来，如果提炼出来，我觉得会超越美国梦。大家讨论中也谈到美国梦是只允许自己做梦，而在国际关系上还是处于一种强权的支配性的地位，在国内也是只允许一小部分人做梦，大部分美国人也与美国梦无缘。而“中国梦”，比如说强调每个国家根据自己的国情选择发展的道路，在这个意义上，“中国梦”在国际范围内是可以复制的。在国内也是一样，它不仅注重机会平等与个人发展，也注重结果平等，注重个人发展与集体发展、国家整体发展的协调，这些都是可以阐发的内容。

另外从中国的角度来说，从近代以来到现在，中国已经发生了很多变化。近代以来中国的总主题就是启蒙和救亡，现在随着我们经济的发展，可能救亡这种危险，不像以前那么严重了；启蒙也遇到一些问题，像我们讨论《甄嬛传》的时候说，里面那些勾心斗角的都是理性的人，他们不是启蒙不够，而是理性过于发达所以现在提出“中国梦”，可能会让我们反思近代以来整个时代的主题，现在是不是已经发生了变化？如果发生了变化，我们应该用什么方式去应对它。我觉得“中国梦”的提出，是应对现在正在发生的变化的一个方式，也是超越启蒙与救亡的一种时代新主题的概括，这个方式是不是有效，能不能构造出一个新的未来，可能还需要去观察。

祝东力：你说的这个挺有道理。从改革开放初期一直到前几年，实际上我们一直都想和世界做一个梦，想加入同一个梦。而到了“中国梦”由领导人提出的时候，这表明我们要做一个新的梦。确实有这么个变化。但我觉得还有一个背景，2007–2008 年世界金融危机导致全球经济衰退，许多国家都走了一个 L 型，衰落下去了，但是中国基本上没有受太大影响，由此增加了自信。总之，“中国梦”的提出，有一个全球经济，特别是发达经济体深度衰退的背景。

郭松民：刚才祝老师的发言有一个观点很有意思，就是美国梦实际上是跟资源状况紧密结合在一起的，如果没有充分的资源提供的话这个梦是做不了的。我觉得如果把美国梦搬到中国来，可能只有一小部分人能实现，大部分人比如说像屌丝，还有农民、新工人，他们要想实现美国梦的中国版是非常困难的。

从另一个角度说，中国也有一些新的迹象，比如说像农村的一些集体经济，像华西村、南街村。我那年去南街村，发现南街村自己建了一个围墙，出了门之后就是北街村、西街村什么的。我出去以后跟一个农民聊天，问他怎么看南街村？那个农民告诉我：人家才是社会主义新农村。我就问为什么你们不能这样做？他们说需要一个好的带头人。这是我跟周边农民交流的意见。我意识到，如果中国农民、屌丝或城乡接合部的农民工，他们想要实现自己的梦想，这个梦一定是跟美国梦不太一样的。美国梦是个人奋斗，“中国梦”则很有可能是在集体合作的形式下，像南街村那样教育、医疗、住房全部免费，一切由集体包起来，我想也是很多农民的梦想，我相信很多农民是愿意过这种生活的，而靠单个农民的力量没有办法做到这一点。所以，我觉得在这个意义上，“中国梦”还是有它新的东西，确实跟美国不一样。

包括新工人艺术团，他们那天演出“打工春晚”，我正好出差没去。像他们这种打工者，要成为中产阶级是很困难的，但是他们想过一种有尊严的生活，这也是一个梦想，也是要依靠组织起来的力量，这可能就是“中国梦”和美国梦在不同的资源环境下来实现的不同形式。

孙佳山：我觉得郭老师和祝老师从不同角度回应了郑老师上半场提出的问题。

李云雷：孙恒他们不只是在经济层面，现在也在探索一种新的合作关系，生活中也是这样。

孙佳山：戴老师有什么要补充的吗？上半场没有完全展开，您对美国梦初始阶段的追溯很有价值。

戴嘉崎：我们讨论一个现象的基础是要有共识。今天中国之所以不同人的观点有尖锐的对立，很大一部分原因在于对现实的判断，各自分歧比较大。比方讲现在的舆论都在强调我们的国际地位是“坐二望一”，我们的 GDP、政治、军事各方面的力量都有很大增长，但从另一些角度看，以上这些描述可能是不全面的。

比如咱们就讲经济，我印象里是从2012年开始，美国的股市一直是在上扬，道指、纳指一直是走高，一直延续到2013年下半年，相反中国的股市一直比较低迷。当然同样的现象我们可以做出不同的解读，但至少美国经济复苏的强劲，也是许多人眼中的一个事实。在对现象的基本判断有分歧的时候，我们对一个概念的讨论也会有分歧。我先说这么多，因为有些东西我也没太想清楚。

杨晓华：我有一个小问题，祝老师刚才讲，中国和美国的国情不一样。我一直在想一个问题，比如说美国和前苏联，意识形态完全不一样，但为什么都分享了一个共同的东西，就是国际领域的霸权主义政策。我在想，是不是也有一个类似于资源性的问题，比如像美国和苏联，人口都很少，可能在自然资源上很丰富，但是市场消费能力非常有限，需要一个强大的市场来消费他们生产的东西。在这样的情况下，因为没找到一个合理的渠道，尤其是看到中国人口世界第一，是一个这么大的市场，他们自然想占有这个市场。

而中国现在对世界的吸引力，我觉得其中一个方面是因为我们是一个和平崛起的经济力量，有一个巨大的市场，使得中国可以把外部的资源拿来，在一定阶段借助于国外，当国外不行或者疲软的时候，又可以很好的利用国内资源，但这个好像在美国、苏联都很难实现。

孙佳山：中国依靠国内市场恐怕也解决不了自身的问题，实际上我们在很多领域都是非常大的消费国，比如说能源，比如说粮食。说实话，尽管加入WTO付出了很大代价，但是如果没有WTO这套体系，中国这么大的资源消耗该怎么维系呢？所以回到戴老师的观点，确实现在对当下现实的认知，各方面有很大分歧。我印象里，新世纪以来，狄更斯《双城记》中那最经典的句子“这是最美好的时代，这是最糟糕的时代。我们全都直奔天堂，我们全都朝着相反的方向”就不断被引用。在这个意义上，“中国梦”虽然只是一个初始化的概念，但它就是要试图对这种截然相反的认知进行整合，它的出现，就是在回应时代挑战。

戴嘉崎：我刚才想强调的是基于不同的现实判断，大家对“中国梦”的理解包括提出的概念可能都是不一样的。

孙佳山：刚才云雷说的观点也很有道理。因为我们至少从过去的“同一个梦想”迈出了一步。很多问题不是一朝一夕产生的，自然也不能一朝一夕解决，但这种有着明确指向的表述出现了，可能就意味着时代已经打开了新的方向。

还有 10 分钟时间，大家可以继续讨论。

李云雷：刚才没有说当代文艺的前沿问题，我觉得“中国梦”其实对文艺应该会有启发，可以从两个方面理解：一方面是中国，讨论中国故事的时候，我说过中国故事有两个针对的对象，一个是个人的故事，另一个是西方式的写作。中国故事或“中国梦”，其实是对一种新的宏观视野的强调，是针对 80 年代以来中国文学病症的一副药。另一方面，文艺还是要有梦，要有理想，有未来，有对未来的想象，现在我们的文学缺的就是这个，大部分文学都是对现实的很琐屑的描写，缺少对未来的展望。

石一枫：90 年代以来文学有一个区别高下的标准，就在于谁能把生活看透了，看得越透就越是大师。最极致的就是零度写作，那就叫看得最透，比如有个作家的经典作品叫《冷也好，热也好，活着就好》，还有《烦恼人生》。这确实涉及评判标准的问题，如果说用这个“看透了”的标准去评判，那么车尔尼雪夫斯基的《怎么办》可能就太幼稚了，但是它确实代表着一个与中国文学尤其是当下中国文学不同的传统。俄国文学有另一套衡量的标准，有一套理想主义的宏大目标，和中国文学确实不一样。

祝东力：你说的这种所谓“看透了”的中国人，在美术作品里就是那种一脸傻笑的形象。其实，从 80 年代后期开始，新写实、新状态文学所表达的所谓“看透”，从今天屌丝的生存状况看都是一种奢侈。那其实还是衣食无忧的状态，假如你天天住在北京东边的燕郊，而到西四环去上班，你就是看得再透都没有意义。

孙佳山：不仅文学领域，各个艺术门类，尽管表述方式不太一样，有的新一点，有的旧一点，但是基本的焦虑、困惑都差不多。

郭松民：不光是文学作品，现实生活当中也是这样，比如说像中东的“茉莉花”革命，搞到最后也是一地鸡毛，像埃及解放广场上的那些人，把穆巴拉克推翻以后，怎么办呢？只好去选总统，也没有更好的办法，他们不能建立苏维埃政权，不能提出一个新的社会模式。但事实上，埃及面临的问题根本不是选总统能解决得了的，所以最后又变成这样。

孙佳山：的确，美国也很焦虑，不知道该支持谁，似乎支持谁都有很大风险。

吴新锋（新疆石河子大学中文系）：我来自石河子大学中文系，我们学校是教育部和新疆生产建设兵团共建的 211 高校。因此，我想谈谈当下兵团的“中国梦”。

首先谈谈兵团。2014 年即将迎来新疆生产建设兵团成立 60 周年。新中国成立后不久，毛主席于 1954 年 10 月命令驻疆人民解放军大部队就地集体转业，组成生产建设兵团，以生产队、工作队、战斗队的方式屯垦戍边。此后，来自五湖四海的复员转业军人、知青、女兵、大中专毕业生响应号召加入兵团。60 年来，兵团四代人在戈壁滩、边境线上战天斗地、屯垦戍边，兵团文化便是在这样的精神氛围中形成的，她继承了自秦汉以来古屯垦文化的基因，传承着南泥湾的革命文化传统，浸润着新疆各民族优秀的文化养分；兵团人用 60 年的奉献与坚守诠释了"热爱祖国、无私奉献、艰苦创业、开拓进取"的兵团精神。

过去，兵团在开拓边疆、守卫边疆中发挥了中流砥柱的作用，也曾在经济困难时期为国家贡献了宝贵的棉花和粮食。而在新的历史时期，面对新疆相对复杂的局面，兵团如何继续发挥其历史使命，与各族人民一起实现"中国梦"，确实值得认真思考。我觉得一个重要的遗产还是集体主义的奉献精神，而且即便现在兵团也还能坚持着这种奉献精神，这确实蕴含着与美国梦不一样的精神内涵。

回到文艺上来，兵团有个文艺"双优计划"工程，一个重要成果就是《金戈壁文学丛书》，一共 35 本，小说 15 本、散文 10 本、诗歌 10 本。这套丛书无论是散文、诗歌，还是小说，"奉献"是大多数作品的主题，体现了兵团文化的价值内核。我想以一部长篇小说《夹面滩》来具体谈一谈。《夹面滩》是兵团作家姜继先的新近代表作，以生动、细腻甚至冷峻的笔法穿越了兵团的历史与现实。小说塑造了以耿铁柱、傅友清、贺琼芳等为代表的兵团第一代形象，他们用朴实的坚守、无声的誓言、青春的鲜血和进取的精神谱写了一曲战天斗地、建设兵团、保卫边疆的史诗赞歌。兵团创业的大历史与拓荒者的个人命运纠葛在一起，更加丰富、生动。与兵团一些老作家如许特生在《家族之谜》中对同类题材的处理相比，这种叙事方式和主题思想明显体现出作家对兵团历史的独特理解。可以说，作家既深刻地表现了奉献的崇高感，也描摹了个人命运的沧桑感。集体主义的梦是实现了，个体的命运也在创伤与梦想之间升华了。单从反映兵团历史与现实的角度来看，这部作品有足够的厚重感；然而我总觉得"不过瘾"，如果作家把视野伸向更丰富、多元的新疆社会、历史、宗教、文化，作品会更立体，更具历史质感。

新疆问题既包含政治、经济问题，更包含民族、文化和宗教的问题。从这个意义上，我觉得兵团、新疆的作家尤其更要深入思考习总书记的"中国梦"。在这个意义上，我比较认同杨晓华老师有关"中国梦"的"政治文化的属性"和"意识形态整合"的提法。兵团作家应该以这种政治文化的使命感进行新时期的文艺创作，以便在新疆达到一种意识形态整合和文化引领的目的。

在新的时期，兵团除了屯垦戍边、创造财富之外，更重要的是文化戍边，这并不是说以前从未文化戍边，而是现在更加突出。新疆有十三个世居民族，少数民族都有自己的文化传统和宗教信仰，相互之间的包容和理解非常重要。但这说起来容易，做起来就面临着复杂的问题。兵团文化是现代文化的重要代表，兵团的文化戍边应起到意识形态整合和引领的作用。同时，这里面既要避免大汉族文化主义，也要对过度保护某些民族文化保持足够的警惕。只有各民族真正的包容与理解，才能实现真正和谐共荣。"中国梦"理应超越美国梦的种族歧视局限，所以，兵团梦或者说新疆梦就首先应该是新疆各族人民的梦想。

孙佳山：谢谢新锋，在论坛的最后引入了一个非常独特的视角。时间关系，我们就讨论到这里，再次对大家在小年来参加论坛表示感谢！

（根据速记整理，经过本人校订）

青年文艺论坛2014第二期

春晚：新民俗与文化共同体

主持人：崔　柯（中国艺术研究院马克思主义文艺理论研究所）

主讲人：刘　岩（对外经贸大学中文学院）

陈欣瑶（北京大学中文系）

孙　恒（新工人艺术团北京工友之家）

吴　可（北京大学中文系）

评议人：师力斌（《北京文学》杂志社）

时　间：2014年2月27日（周四）14：30—18：00

地　点：北京大学李兆基人文学苑6号楼（中文系）B124会议室

主　办：中国艺术研究院马克思主义文艺理论研究所、北京大学中文系

编者的话

一年一度的“春晚”不仅是一台娱乐节目,也似乎成为中国人过年必不可少的重要元素,成为一种“新民俗”。但近些年来，围绕春晚的争议愈来愈多。在本期论坛上，青年学者们从不同层面探讨了央视春晚的叙事特征，并通过对这些特征的深度分析，指出了春晚在当下的突出困境及其成因。20 世纪 90 年代中后期以来，急剧变迁的社会生态决定了春晚越来越难以为继。与 20 世纪 80 年代相比，春晚的舞台已很难再兼容不同社会群体之间截然不同的经验、情感和期待。另一方面，“打工春晚”作为近年来新的文化现象，作为打工群体自身的文艺创作，体现了劳动者的思想感情，包括尝试将“劳动”这种生产性的日常活动上升为一种美学形式，特别值得关注。

本期论坛围绕春晚现象以及相关的争议，从春晚与中国的社会进程、时代心理和意识形态的关系入手，透视了央视春晚与打工春晚、地方台春晚以及其他娱乐文化形式的关系，并对这一“新民俗”的有效性做了深入分析，为我们深刻理解当下中国现实，建构一种更富活力的文化形态做出了有益探索。

另外，需要说明的是，本期青年文艺论坛是同北京大学中文系联合举办，青年学子表现出了良好的理论素养和活跃的问题意识，为论坛增添了活力。从今年开始，我们将同在京的各高校和科研机构陆续展开合作，诚请大家给予关注。

崔柯：大家好！欢迎参加第 33 期青年文艺论坛，这是论坛第一次走出中国艺术研究院，本期论坛和北京大学中文系共同举办。我们首先请北京大学中文系党委书记、副系主任金永兵老师讲几句。

金永兵（北京大学中文系）：各位嘉宾、各位系友，首先我代表中文系欢迎大家的到来！青年文艺论坛我已经关注很久了，最开始的时候，他们没有人告诉我，我是一不小心看到的，然后我就有了极大的兴趣，通过内部关系拿到了他们每期的纸质资料。说实话我不敢说自己年轻了，但是确确实实生活在年轻人中间。我对这个论坛的很多主题，包括大家的发言都特别关注。这么多年来每期我都看，真切地感受到每期论坛那些充满智慧的花火，也给了我很多启发，我觉得非常好，尽管未必每个观点我都认同。我个人觉得自己现在趋于保守了，批判性越来越弱，所以大家对当下流行文化，特别是对青年亚文化的研究和富有建设性的批判，对我是一个巨大的触动和提高。

我个人认为这个论坛是一个真正有分量、有学术含金量的论坛，尤其是关注当代青年文化的论坛在全国并不多，产生这么大影响的就更少了，我非常看好、看重这个论坛，这也是我们请论坛到北大的一个主要原因。其实，不光是我在关注，我们系有很多老师都很关注这个论坛。青年文艺论坛，是青年人对当代文化进行思考和观察的学术平台，就像中央电视台的节目录制，在央视演播厅进行录制和走到广大的农村、工厂、部队比起来，我想效果肯定是不一样的，它所感受的地气和新鲜的生活氛围也是不一样的。所以，我建议论坛能不能从高高在上的、小范围的象牙塔中搬到我们广大同学中间来，与同学们进行亲密的接触，很好的沟通、交流、碰撞，让同学们了解这个论坛、参与这个论坛；也让这个论坛和我们当代大学生的实际生活结合得更密切一些，这样也能更接地气，更准确地切入到大学生所关心的焦点上来。我想说，这个论坛非常有价值：关注当代文化，表达青年声音，这就是我对论坛的欣赏、钦佩或者说是一种期待、期许。

这次的选题叫“新民俗与文化共同体”，我很佩服他们特别强大的理论概括和升华能力。春晚搞了几十年了，但在网络上，说春晚好的帖子几乎看不到，基本上只能看到那种简单的批评、吐槽甚至谩骂；但是，春晚又是很多人的文化期待，特别是在特定的时候是很多人的消费期待。那么，在这个意义上，到底该如何看待春晚？我们可能需要跳出一般娱乐欣赏这个意义来作评判。今天这个题目就能给人很多启示，春晚能不能构成新时代的新“民俗”？这个“民俗”对于当代中国人，对于当代这样一个特定文化时期的文化共同体的构建，有没有真正的意义与可能性？这个思路是非常有引导意义的，很值得探讨，甚至可以超越春晚这样一个话题本身。当然，春晚本身也是非常值得讨论的一个问题，你说民俗也好、你说流行也好、你说娱乐也好，它作为一个国家的娱乐、全民的娱乐、传统节日的娱乐，这几个方面的形式决定了春晚的一些特征。

我个人的感受特别深。过去的春晚就像布谷鸟一样是报春的，是一年流行文化的一个开幕式；而现在的春晚更像总结会，各种流行文化到了春晚基本上就要告一个段落了，此后流行文化就要改变形式了。从开幕式到闭幕式的变化，显示出春晚对流行文化介入能力的变化。也许有的同学说，你还关注春晚是因为你老了，但是我觉得这不重要，重要的是可以让我们已经不再年轻的人也看一看青年朋友们是怎么来讨论春晚，怎么来评价春晚的；而这对于当代文化建设而言、对于整个学术界而言，都会有非常大的启发性。

另外，我想借此机会，简单介绍两句我们中文系的一点情况。这两年中文系有了一些比较大的变化，其中一个明显的变化是办公场地，每个老师都有了研究室，系里整个硬件设施有了比较大的改观。而在软件建设方面，系里也在竭尽力量为老师的教学、科研，为同学的学习、研究，提供更为便捷和优越的条件，系里为此做了很多努力。我们这些努力不能只存在于设想或者报告中，应该更多地落实在大家的日常学习、工作和生活中。系里现在已经做出了一个支持学生科研和学术交流的系列计划，包括搭建一些重要的国内和国际学术交流平台，为我们同学的学术研究，包括学术氛围的营造，提供力所能及的帮助与支持。今天的活动就是其中的一种形式，以后还会有其他形式的学术活动陆续展开。这里也呼吁广大同学，尤其是研究生同学，用好系里为大家安排的科研和学术交流平台，努力钻研学术。希望通过系里的努力，能够让我们的研究生感受到做学术的尊严、感受到做学术的快乐，这是系里的一个目标，也希望这个目标能吸引同学们和系里一起努力，带动我们系整个学术氛围和科研水平的稳步提高。再一次欢迎并感谢大家的光临！也随时欢迎大家到中文系交流、访问、指导，希望大家以各种各样的形式，关注和关心我们中文系的发展，谢谢大家！

崔柯：谢谢金老师！金老师提到了对我们青年学人来讲很重要的一点，就是要感受到做学术的尊严和快乐，我们青年文艺论坛一直以来也是力图搭建这样一个平台。下面请中国艺术研究院马克思主义文艺理论研究所当代文艺批评中心主任、《文艺理论与批评》杂志副主编李云雷为论坛讲几句。

李云雷（中国艺术研究院马克思主义文艺理论研究所）：谢谢永兵的致辞，我简单说几句。回到北大感觉很激动，因为毕业多年，再到北大来就像回家一样。我简单介绍一下我们青年文艺论坛，大家手里面拿到的小册子，是我们青年文艺论坛每期都印的内部交流资料。从2011年6月开始，“青年文艺论坛”每个月举办一期，到现在是第33期。“青年文艺论坛”所关注的，是最新的文艺作品、文艺现象与文艺思潮。我们试图站在文艺发展的前沿，对这些新的作品及新的美学经验做出及时而深入的分析，以理论的自觉对新经验、新现象、新问题做出积极的回应。2012年9月15日，电影《白鹿原》首映，同月20日，“青年文艺论坛”便组织了以“《白鹿原》：如何讲述中国故事”为题的讨论。莫言获诺贝尔文学奖的消息是在2012年10月11日发布的，一周之后，“青年文艺论坛”便在18日举办了题为“诺贝尔文学奖与当代中国文学”的座谈会。类似这样新鲜话题，是“青年文艺论坛”在选题时着重关注的。当然我们也并非简单地追逐热点，而是选择那些能够由点及面、深刻反映时代症候的热点加以讨论。另外，在关注热点的同时，我们也会选择那些尚未被普遍关注但处于文艺发展前沿的主题，比如“当前文化语境中的文风问题”、“现代主义思潮再反思”、“‘底层叙事’与新型批评的可能性”等几期论坛，都是针对当前文艺思潮中的重要问题进行讨论，试图在理论上做出探索与创新。

“青年文艺论坛”的核心成员主要是高校与科研机构的青年学人，有的是教师，有的是研究人员，还有在读的研究生。他们既经过良好的专业训练，有着扎实的学科基础和知识结构，同时也具有敏锐的艺术感受力，对当代文艺有着独特的观察与思考。20世纪90年代以来，学科化、职业化是人文社科领域的一个重要趋势，这当然有助于中国学术理论循序渐进地建设和发展。但另一方面，过度的学科化、职业化也造成分科窄细、脱离现实、问题意识淡漠以及学术等级森严等缺点。“青年文艺论坛”以当下的热点和前沿问题为中心，努力使学术理论和知识重新回到现实，针对现实，分析时代症候，寻找其症结。倡导青年学人以深厚的学科知识为背景，从当前的现实经验与文艺经验出发，不断提出新的问题，在讨论中深化对世界的认识，探寻文艺发展的新思路。

“青年文艺论坛”的组织形式也颇有新意。在每期讨论之前，我们会做这些准备：第一，根据文艺发展的现况精心选择主题；第二，物色在相关研究领域富有创见的青年学者担任主持人、主讲人；第三，搜集相关学术资料与评论文章，通过网络群发给论坛的所有参与者，使大家提前有所准备。这些措施为提高论坛的学术质量提供了保证。在讨论形式上，我们发展出一种“专题发言＋自由讨论”的方法，论坛一般分为上下两个半场，上半场是主讲人的专业解读，下半场则是所有与会者的交流讨论。在讨论中，有思想、观点的商榷和交锋，也有跨学科、多角度的交流互动，形成了一种既严肃认真，又平等开放的学术氛围。每次论坛结束，我们将发言录音整理后，请发言人审阅，编校印成内部资料，以供交流。

以上这些，我觉得都是特别适合青年人进入当前学术问题的方式。这一期论坛与北大中文系合作，是年前见到永兵时谈起，后来才商定的。从论坛的角度，跟北大中文系合作比较好的一点，就是可以不断吸收新鲜的血液。跟北大中文系的合作只是一个开始，以后还可以再继续深入去做，也欢迎更多的学弟学妹去参加我们论坛以后的讨论，谢谢大家。

崔柯：谢谢云雷！我们论坛在筹备的过程中，北京大学中文系研究生会的同学做了很多工作，在此也感谢他们！

这期论坛的主题是“春晚：新民俗与文化共同体”。1983年，中央电视台开始举办一年一度的“春晚”，此后，“春晚”越来越成为大家过年不可缺少的一部分，被视为一种“新民俗”。“新民俗”这个说法是一个很有意思的表述，因为民俗应该是经过漫长的历史时段积淀下来的风俗。但“春晚”的历史只有短短的三十多年，它是在我们当代中国——确切地说，是在新时期以来的社会文化语境中被建构起来的。实际上我们发现，就“春晚”的形式、内容，以及围绕“春晚”的种种争议来看，它所承载的，已经远远超过了一种民俗和一台电视晚会的范畴。就在前年，我们青年文艺论坛第九期曾经以"'春晚'30年:我们的记忆与反思"为题讨论过这一话题，那次讨论我们得出的一个结论是，"春晚"是新时期以来中国社会文化转型的表征，它曾一度成功地凝聚了当代中国人的文化认同，但渐渐也出现了危机。而危机的一个重要的原因，是"春晚"背后的那种社会共识失去了。那么，近两年，中国社会文化领域又发生了一些新的变化，我们再审视"春晚"，或许会有一些新的发现，就让我们一起来讨论一下。首先请对外经贸大学中文学院的刘岩老师为我们做第一个发言。

刘岩：谢谢大家，谢谢主持人崔柯老师，谢谢金老师，谢谢祝老师和云雷老师。非常荣幸有这样一个宝贵的机会，不仅能和大家来交流一下我对春晚的一些粗浅的理解，而且有机会第一次回到我们焕然一新的北大中文系。

我今天的题目是"冯氏春晚与转型期贺岁喜剧的终结"。正像刚才崔柯老师说的，两年前我曾在咱们"青年文艺论坛"上和大家交流过一个相关的题目，叫"春晚中的赵本山"，今天的发言也是建立在两年前讨论的基础上。为了表述完整，有些说过的话可能还得再重复一下，希望听过两年前发言的老师能够谅解。

关于今年春晚，争议从晚会开始前就已经开始了，节目单一曝光，人们就开始吐槽。一个非常集中的吐槽点是说，今年的语言类节目就四五个，快成歌舞晚会了，过个年，看个晚会，不就是要在三十儿乐呵一下嘛。而就是硕果仅存的那几个小品，也实在让人觉得乏味无趣，这可能是冯氏春晚最让人失望的地方。央视之所以选择冯小刚做春晚导演，显然不是因为他近年拍过《唐山大地震》、《1942》这类灾难片，而是看中了他20世纪90年代后期以来执导贺岁喜剧的成功经验。无独有偶的是，他今年的贺岁片《私人订制》同样很失败，同样让人乐不起来。值得思考的问题是，为什么春晚小品和贺岁喜剧同时都失去了喜剧效果?

春晚之前，还有这样的新闻：赵本山是负责语言类节目的副导演，看着小品这么少，实在看不下去了，说实在不行，现排一个小品，我上！这个新闻让我们看到，今年冯小刚面对的问题，其实是一个后赵本山时代的问题。尽管连续三年没上春晚，尽管他退出春晚前的最后两个小品已是强弩之末，但是当观众对眼前的春晚感到不满时，还是会想到赵本山，他始终是这个舞台上缺席的在场。以赵本山为标志，春晚的历史可以粗略分成三个时代。80年代是前赵本山时代，在这个时代，人们看春晚是看整台晚会，春晚没有唯一的中心或焦点。90年代到新世纪头十年是赵本山时代，赵本山1990年第一次上春晚，很快成为最引人注目的小品明星，从90年代后期开始，人们看春晚基本就是为了看赵本山，对赵本山的观看，本身构成了一种新的年俗和仪式。而几乎与此同时期，中国电影的贺岁片时代也因为一个人的一部作品而开启，就是1997年冯小刚导演的《甲方乙方》。赵本山的春晚小品和冯小刚的贺岁喜剧，这二者的巅峰期几乎重叠。而同样并非偶然的是，当央视把冯小刚当作一棵救命稻草来应对后赵本山时代的春晚危机的时候，冯小刚自己的贺岁喜剧也陷入了危机。

因此，我们讨论今年冯氏春晚的问题，可能有一个前提，就是得先回到赵本山春晚小品和冯小刚贺岁喜剧共同的巅峰期。试着分析一下，在90年代后期到新世纪初，在电视机前看赵本山的春晚小品，或者在电影院里看冯小刚的电影，都能成为一种贺岁的仪式，这其中有什么共同的因素在起作用？如果能找到这种共同因素，那么今年冯氏春晚及其贺岁片的共同问题，可能也就比较容易分析了。

当然，已经有不少人分析过赵本山代表的春晚小品由盛到衰的原因，一种比较普遍的说法是，赵本山的小品，乃至整个春晚语言类节目衰落的原因是这些节目不再讽刺、不再针砭时弊。这种说法看起来挺有道理，比如赵本山90年代中期的一些作品是和讽刺腐败有关，且有脍炙人口的名句流传——《牛大叔提干》中“扯蛋，扯蛋，就是从这儿来的吧”，《三鞭子》中的“就你那腐败的肚子”。但有意思的是，这些都不是赵本山最受欢迎的作品，就是在央视春晚最受观众欢迎的节目评选中，这两个节目也都是第二名。赵本山1994年缺席一届，1995–1998年获“我最喜爱的春节晚会节目”戏剧小品类第二名，1999年重新夺回了失去六年之久的春晚小品王的宝座，凭借的恰恰是一个歌颂型的作品《昨天·今天·明天》。从题目就能看出来，这是歌颂时代进步的，里边还有一首很著名的“诗”：

九八，九八，不得了！
粮食大丰收，洪水被赶跑。
人民安居乐业，齐夸党的领导。
尤其人民军队，更是天下难找。
国外比较乱套，成天勾心斗角。
今天内阁下台，明天首相被炒。
闹完金融危机，又要弹劾领导。
纵观世界风云，风景这边更好！

90 年代后期到新世纪初这段历史，大家都还有印象，90 年代末、新世纪初是国企工人下岗进行得最惨烈的时刻，也是三农问题非常突出的时刻，2000 年 3 月，李昌平致信朱镕基总理，说“农民真苦，农村真穷，农业真危险”。在这种严峻的现实面前，按照今天很多人批评春晚没有讽刺的逻辑，这种歌颂性的段子是应该挨骂的，可当时没人骂赵本山，看这个小品也没有抵触情绪，全都笑得前仰后合。观众捧腹大笑的时候，不会去深究他是在讽刺还是在歌颂，赵本山小品的主题内容是可以忽略不计的。

两年前，我曾经在咱们论坛试着讨论过，作为一种制造快感和认同的节日仪式，赵本山小品的一些关键性的形式元素，是不变的，年复一年不断重复。那么为了后边的讨论，我还得再简单重复概括一下，赵本山在春晚舞台上有两个始终不变：首先是他的视觉形象从来没变过，永远是那身毛泽东时代的服装——破旧的中山装和钱广帽；在年龄上永远是扮老，无论演员本身是三十多岁，还是五十多岁，他扮演的角色永远都是上年纪的老年人；他的肢体动作永远都是那两步，走两步，走着走着就拌蒜，不是拌了、就是拐了，要不就是半身不遂了。总之，赵本山的视觉形象就是这样的：过去的、年老的、腿脚不灵便的、跟不上节奏的。跟不上什么节奏？就是无论“昨天、今天、明天”，他都跟不上时代的节奏。《昨天・今天・明天》这个剧名，看起来是要表达一种线性的历史进步，一直在进步。但是谁能想象白云和黑土这样两个人物，他们把美容表述为“做一个拉皮，拍一个黄瓜”，说“秋波”是“秋天的菠菜”，把铁岭称作大城市，用“薅社会主义羊毛”来讲述个人爱情故事？谁会觉得这样的人物可以真正走进新世纪，走进明天？没有人会觉得他们和时代是同步的。这已经说到了赵本山的第二个不变，错位的语言。他的话语系统似乎也是属于过去的，一旦试图表述今天的事物和观念，或者使用当下的新词，就会出错，闹笑话，产生喜剧效果。我们会发现，“昨天・今天・明天”这个名字是要表现进步，但是快感来自什么地方呢？恰恰来自跟这个主题相反的地方：主人公踩不上现代化的点儿。而当观众从这样一个现代化他者的身上获得喜剧快感的时候，也就自然而然地认同了我们的时代，认同了我们这个现代化的社会共同体。

这是我在两年前跟在座的很多老师分享过的一个讨论。今天看来，这是一个未完成的讨论，之所以“未完成”，是因为没有回答这样一个问题：在 90 年代后期阶层分化如此剧烈的社会条件下，这种喜剧性的认同政治如何成为可能？越来越多的人被抛入底层，底层如何可能想象性地认同一个穿越同质时间的社会共同体？1999

年我在沈阳过年，记忆里，很多下岗工人看《昨天·今天·明天》的时候，也都乐得不行，这些被时代抛下的人如何可能获得时间性的快感？我觉得，当时冯小刚的贺岁片恰好能为我们提供一种参照和解释。

在冯小刚的《甲方乙方》里，有一个很有意思的段落：有个大款想过几天苦日子，就被送到贫困山区。富人到穷人家，又是从城市到农村，应该是进入了一个陌生空间，但异质空间在影片中却被表述为一种同质的时间。大款说："做梦都想过几天苦日子，野菜、棒渣粥你就让我可劲儿的造。"这个过苦日子的梦不是抽象的，而是非常具体的，在物质匮乏的年代，大多数中国人都吃过野菜、棒渣粥。过苦日子的梦其实是忆苦思甜的梦，农村的贫困生活就是城里人的过去，而且姚远（葛优饰）把大款送到农村，其实是把他送到自己的二舅家，都市和农村仍然具有某种密切的亲缘或人际关系。当时都市生活的主体是从农村出来的，或像当时四五十岁这批人年轻时大都有过上山下乡的经历，而子一代对父母年轻时的这段经历也都有明晰的意识，90年代还有过一段知青文化热。这时候我们发现，《甲方乙方》和《昨天·今天·明天》的喜剧快感的来源都在时间的维度上。如果说后者源自主人公踩不上现代化的点儿，那么前者则是源自一个当下的人物又被扔回了过去的物质生活或文化情境中。《甲方乙方》里最让人津津乐道的两句台词都与此有关："打死我也不说"——嘴不严的厨子像地下党一样被严刑逼供；"地主家也没有余粮啊"——不懂体贴妻子的丈夫被放到了类似《白毛女》的情境中。这当然是对社会主义文化的戏仿，但这种戏仿的前提是对于共同的过去的集体记忆。

给大款圆梦之后，钱康（冯小刚饰）对大款说："一切都会好起来的，等过两年，山里头也富了，你再想吃苦受罪，就得往沙漠无人区送了。"大款说："拉倒吧你，我都想一辈子和龙虾睡一块了。"这个对话让我们看到，对富人进行善意调侃的背景是什么，就是"一切都会好起来的"的共同愿景——被时代抛下的人总有一天会赶上来。之所以有这种愿景，不是因为大款会到农村来投资，而是和前面说的亲缘关系有关，在90年代后期，指望下一代（读书、考大学）来改变整体家庭的命运，仍然具有非常大的可能性。重新跟上时代的可能性与对共同体记忆的分享，这二者是相互支撑的，因为有"一切都会好起来的"这样一种愿景，异质的空间才能被表述为同质的时间。

而在十多年之后，当《甲方乙方》被升级为《私人订制》，我们再也体验不到这种同质的时间。《私人订制》是《甲方乙方》的升级版，而80年代还有一个《甲方乙方》

的 1.0 版，就是根据王朔同名小说改编的《顽主》——米家山导演，但主演还是葛优。《顽主》、《甲方乙方》、《私人订制》一脉相承，故事模式一致，不一样的是对社会共同体的想象方式。

如果说，《甲方乙方》是以共同的过去来消解现在的区隔，那么，《顽主》则是以混杂的现在消解过去的区隔——话语中的区隔，《顽主》开头的摇滚唱道："我曾经梦想着现代化的都市生活，可是现在的感觉不知道该怎么说。"在一个现代化的、能指混杂的当下，一切既有的话语秩序都丧失了表意的功效。影片中有一个极著名的段落，酣畅淋漓地表达了这种时代征候，就是 3T 文学奖颁奖仪式前的表演：最新潮的时装模特与京剧中的古人，头戴白手巾的游击队员和日本鬼子、国共两党的军人，比基尼女郎和长袍马褂的乡绅，以及举着大字报的红卫兵全都在一块劲歌热舞，把酒言欢。在混杂的当下日常生活中，一切关于区隔对立的话语都是虚妄可笑的。在王朔式的表述中，混杂的、大伙一块狂欢的当下生活被概括为一个词，叫"俗"。在表演开始前，有一个青年，问里边演什么节目？张国立扮演的于观回答："可以透露一下，表演相当粗俗。"对方说"哥们儿就喜欢俗的！"为所谓作家颁奖的会场变成了群众狂欢的场所，也就是雅变成了俗，"雅"只属于少数精英，"俗"则是多数人共享的空间。这种雅俗的区分一直沿续到了 90 年代后期，冯小刚的贺岁片被称为"俗"，而某些第五代导演的电影被称为"雅"，"雅"或"俗"首先意味着是被少数人还是被多数人观看。

但到了最近这部《私人订制》，雅俗之辨变得非常吊诡。一个以拍俗片而著称的导演决心脱俗入雅，离开了自己的豪宅，住进了农民工的工棚。豪宅是俗、工棚是雅，但导演不是要跟农民工住在一块，而是先把工人们迁走，自己再住进去。就像 798 以前是工厂，现在作为艺术空间跟工人无关。《私人订制》里的雅俗之辨，仅仅是新富阶层关于自身品位或格调的符号游戏，而和多数人的生活一点关系也没有。

导演离开豪宅到工棚去受苦，显然是《甲方乙方》的大款受苦梦的翻版，但二者的不同在于，《甲方乙方》是一个社会转型期的喜剧，也就是阶层分化还现在进行时，正分化为不同阶层的人群，仍分享着对共同生活的记忆。到了《私人订制》，转型已经完成，阶层已然固化，人们不仅被不同的生活世界所区隔，而且似乎从一开始就不是同一种人类，所以影片有一个导演和弹棉花的换血的情节，李诚儒的一腔俗血改变的不是王宝强的品味——雅俗之辨对底层是没意义的，而是他的阶级身份和社会地位。联系另外两个故事，司机的当官梦、清洁工的富婆梦，冯小刚试图通过让人物置换社会位置的游戏，来制造喜剧快感，但在这种虚幻的过把瘾的游戏中，人们却恰恰真切地体验到了阶层秩序和社会空间的区隔是多么难以打破。而这种区隔的凸显，恰恰和贺岁喜剧本身的性质相冲突。

所谓贺岁，是在庆贺一个想象的共同体的共同时间，无论春晚也好，贺岁片也好，它要履行的最重要的功能，就是让参加贺岁仪式的个人，暂时忘记现实中的分化与区隔，想象性地体验同质时间的快感。而今年冯小刚导演的贺岁片和春晚的共同问题，就是它们无法为观众提供这种时间性快感，这并不是说导演没有朝制造同质时间想象的方向努力，而是进行这种想象的社会条件已经消失了。

在电影《私人订制》里，过了把富婆瘾后，丹姐收到了马青为他点播的庆祝生日的歌曲——《时间都去哪儿了》；若干天后，这首歌又出现在冯小刚执导的央视春晚上；又过了些天，歌名成了中央台新闻报道的专题。这首歌本身听起来确实让人不无感动，感动什么呢？爸爸妈妈“生儿养女一辈子”，“转眼就只剩下满脸的皱纹了”，是对血缘亲情的岁月缅怀，能召唤出曾经社会共同体的同质时间体验。在传统社会主义时期，这种同构想象有着真实的基础，即以社会主义生产关系为前提的社会福利和保障体制，尤其是在城市里，通过这一体制，历来在血缘家庭内部分担着家庭成员的生、老、病、死，以及教育等方面的责任，都成了“社会主义大家庭”的份内事，小学课本上的“人民抚育我成长”和单位文宣中的“以厂为家”，都绝非空话。正是以这个“大家庭”的真实存在为前提，在90年代后期，新主旋律文艺的“分享艰难”叙事（以家庭成员共渡难关的故事来讲述国企改革和工人下岗）才得以履行它的意识形态功能，但这一意识形态所助推的实际历史过程，却最终瓦解了它所召唤的那种同质时间想象的基础。在不可能呈现清洁工和富婆的同一种“生儿养女”经验的前提下，《时间都去哪儿了》这首歌完全游离于《私人订制》的影片情节之外，而央视记者一面采访各界名流，一面在大街上拉住人就问：“你的时间都去哪儿了？”像是小学生命题作文，非要生硬地扣题。把时间作为同一性的标志着意抽象出来，反倒更突出了具体生活世界的分化。春晚也是如此，导演越是刻意营造同质时间的表象，越是试图超越分化的努力，就越显得力不从心。

最典型的例子是冯氏春晚中最受争议的那个节目——《英雄组歌》。其实春晚几乎每年都有红歌，比如去年还有《迎来春色换人间》，也是样板戏，但没有任何反响，因为在春晚上，这种节目一直都是例行公事的点缀。今年不一样的地方是，采取了一个致青春的形式——说这是40后、50后、60后，甚至70后的青春记忆，当年的我们或我们的父辈，都唱这样的歌，看这样的戏。导演非常自觉地在建构“想象的共同体”的同质时间，但恰恰在这个他非常自觉的地方，引发了激烈的两极化的反应。

以红色文化作为致青春的媒介，也不是今天才有的，就在冯小刚贺岁喜剧和赵本山春晚小品的共同的巅峰期，大众媒介上同时出现了一股非常强劲的红色怀旧热潮。比如2001年的《激情燃烧的岁月》，那也是致青春，也有抗美援朝，对同质时间想象的召唤，就非常有效。一些学者用汪晖的说法“去政治化的政治”，来描述当时的红色怀旧，就是把社会主义时期的历史“日常生活化”，说我们的父辈在那个年代都是那样生活的，在共同的时代生活表象下面，矛盾和对立的因素都被抽空了。今天的情况是，过去被去政治化的东西今天又被重新政治化了，当年全民共享的红色经典引起的是人们对历史的不同态度。当然，自由派和新左派的争论从90年代中后期就开始了，但在相当长的时间里，并没有在大众文化层面产生影响。而今天对春晚的吐槽竟也像被卷到这种政治意识形态的争论里去了，这与其说是左派或右派知识分子的影响力变大了，不如说是阶层固化的现实使然：当日常生活的阶层区隔已经成为一种常态——而不再是一种转型期状态的时候，相对平等的社会主义时期的历史也就不再能充当召唤同质时间想象的资源。比如说，十多年前，70后、80后也不会觉得红歌、社会主义时期的历史和自己有什么关系，但会觉得那是“我父亲”那代人的青春记忆。而今天不同阶层的年轻人已无法分享对同一个“父亲时代”的想象：你爸是李刚，我爸是清洁工，致青春致的是谁的青春啊？而且到了这个时候，人们越来越容易把对现实的不同理解，投射到社会主义时期的历史上。当下的区隔最终导致了历史想象的对立。

最后，简单总结一下，冯氏春晚的失败，在实质上，是为全民制造时间性快感的失败，它宣告着转型期贺岁喜剧的终结，在中国社会的阶层秩序已然牢固确立的今天，人们再也无法通过消费一个“共同的过去”，来想象性地消解当下生活世界的分化与区隔。谢谢大家。

崔柯：谢谢刘岩老师！他通过比较赵本山小品和冯小刚电影，提出了一个重要的问题，就是一种喜剧性的认同如何有效以及如何失去，并以此入手对当代中国的社会文化语境做了一个分析。接下来请北京大学中文系当代文学专业博士研究生陈欣瑶发言。

陈欣瑶：各位老师好，各位前辈好。这是我第一次参加这种论坛活动，很高兴能有机会说一说我对当下文化现象的看法，也希望我的话题能让在座的老师、前辈还有各位同学感到有趣。围绕今天的主题，我打算从冯氏春晚和打工春晚的对照出发，讨论“中国故事”的不同讲法。

首先，我想从新民俗和传统文化热的问题开始。《光明日报》在2014年1月4日刊登了一篇叫做《央视春晚是新民俗吗？》的文章，作者是《中国艺术报》社社长、民间文化学者向云驹。文章分两个部分，前一部分归纳了“新民俗说”的所谓“致命弱点”，后一个部分回过头来肯定央视春晚的“民俗特质”。具体说，“致命弱点”有三条：即“央视春晚”积累、流传的时间不够；缺乏参与性、互动性；具有易碎性。最后，作者将央视春晚定位为“老民俗中的新民俗”，就是用时代元素、现代样式补充或完善老民俗后所产生的文化变体。他认为，这样一种文化变体能够“在国际文化舞台上展露中华文化的形象和魅力”，也在事实上构成了人们生活中的“文化时间”和“文化空间”。

姑且将“春晚”与“央视春晚”的暧昧关系放在一边，这篇文章的有趣之处在于提出了“老民俗中的新民俗”一说。在此，“老民俗”与“新民俗”之间的建构关系，很容易让人联想到近几年非常红火的“传统文化热”。恰好，《中国社会科学报》2014年1月9日刊登了贺桂梅老师有关传统文化热的一篇文章，即《“传统文化热”：“国家”与“文明”交互塑造》。文章围绕“传统文化”的复兴或再创，在现代民族国家的层面上，展开了类似“文明批评”的尝试。其中，传统文化热被解释为霍布斯鲍姆意义上的“传统的发明”，八九十年代至今社会主流意识对传统文化的态度转变——从否定、拒绝到肯定、认同，隐藏着中国叙事的转变——在2008年后或曰“中国崛起”的情境之下，“‘中华民族’的一体性”必须与“现代世界体系中的主权国家相一致”，“中华人民共和国”本身则必须“在主权国家内部与过去的传统间形成一定的协商关系”。在这个层面上，国家与文明形成了相互建构的关系，传统文化热的几个重要特质也得以浮出水面。

贺桂梅老师指出，传统文化热的第一个特质在于国家形象的改变。其中，“复兴传统文化”取代了“反传统”或者“社会主义革命”，变成了更具整合力的意识形态实践。第二，传统文化热本身既是消费性的，也是实践性的。第三，传统文化热是一种“被展览的文化”，集中体现在旅游业上。它始终置身于一个“国际与国内、中央与地方、文化记忆和资本活动”的协商场域之内。

参考这种思路，我觉得可以把春晚打造或者追认为“新民俗”，也可以放置在“传统的发明”的框架中考量，它同样涉及现代民族的建构和现代国民的养成，也同样涉及与旧传统的协商问题。一方面，旧传统既包括上下五千年的文化中国史，也包括社会主义的红色革命传统；另一方面，与旧传统的协商方式，决定了这种新的文化叙事对特定社群是不是有足够的意识形态整合力。

现在，我回到马年春晚的话题上。张承志的《劳动者的休憩时刻》让我觉得很有意思：作者一面忍耐或克服着打工春晚的粗糙简陋，一面在央视春晚的进逼下发现了打工春晚的感人之处，这很像从前知识分子接受工农兵文艺的心理状态。令张承志感同身受的表意关键词至少包括劳动者、国际歌、世界、劳动、奋斗与光荣，这些概念无不扎根在红色中国的革命传统之中，如果把它们与冯氏春晚的《英雄组歌》放在一起，则有一种微妙的互文感。

继社区剧场与街道礼堂之后，第三届打工春晚移师北京市朝阳区的TNT小剧场，以《劳动者赞歌》作为开场与收尾，讲述着"生活就是一场战斗"乃至于"我们的理想终将实现"的劳动者故事。另一方面，冯氏春晚的暖场短片将春晚定义为伴随性的、离不开的、由热闹转向场面的、由分享艰难转向轻松逗乐的"新民俗"。在开放、亲民、伴随的主题之下，"中国故事"的不同版本被扭合在一起，譬如红色串烧《英雄组歌》、黄渤的《我的要求不算高》以及张明敏的《我的中国梦》等。在对相同意义资源的编排与使用上，冯氏春晚与打工春晚显示出交汇、碰撞与分歧。

之前，第九期论坛同样提到了第一届打工春晚，认为这一届打工春晚的特质之一，是"以个人之名反抗主流社会对打工者的整体代言"，因此"我"不需要"打工者"这个集体之名，而需要自己的名字。不过，"集体之名"又被设置为重点唤回的对象，即"新工人"与"劳动者"。在此，改革开放的最新产物"新工人"与中华人民共和国前三十年的标志"劳动者"合二为一，成为打工春晚主体认同的根本依据。通过《劳动者赞歌》，"打工春晚"再次唱出了革命传统式的无产阶级理想，应和着新工人艺术团的新专辑《劳动与尊严》：

我们不是一无所有，
我们有智慧和双手，
……
我们的幸福和权利，
要靠我们自己去争取。
劳动创造了这个世界，

劳动者最光荣！

从昨天到今天到永远——

劳动者最光荣！

如上所述，打工春晚以某种“角色扮演”的方式，唤回了社会主义革命话语的根基。而在冯氏春晚中，身着中山装的朱军完成了一套极具五七年遗风的串场报幕，名为王芳的青年演员演唱了属于“王芳”的电影主题曲《英雄赞歌》，青年张明敏的“我的中国心”则升级成为中年张明敏的“我的中国梦”——它们构成了对革命传统或昨日记忆的另一轮复习与扮演。换句话说，中国故事的两种讲法，最直观地表现为对革命传统的两种使用方式——“代人”VS.“拟仿”。

在冯氏春晚被诟病为“华谊年会”与“海南旅游宣传”的时刻（恰恰符合“传统文化热”的特征），在《英雄组歌》被斥为“文革标志”的时刻，在“文革”被判定为绝对“邪恶”的时刻；第三届打工春晚中的“新工人”，再度将自我指认为凭借双手创造世界的“劳动者”。贺桂梅在分析电影《钢的琴》的时候曾经提到，旧工人或曰老工人在对革命/劳动场景的复习中，再度获得了某种“阶级意识”，继而获得了新的准共同体意识。与此参照，打工春晚对革命时代集体之名的“认祖归宗”，一方面同样意味着对共同经验的体认与命名，另一方面则与《钢的琴》不同——在唤回“共名”的同时，“打工春晚”完成了对红色革命成功经验的援引，以便向自己证明“我们的未来不是梦”。在这个意义上，台前幕后界限的模糊、穿帮的出现、艺术水平的粗糙与舞美设计的简陋，作为某种民族风格、民族气派，营造了人民大众喜闻乐见的参与感，构成了共同体想象的基础。于是，小剧场取代大舞台返回到“联欢”的初衷之上，“阶级认同”或曰“特定社群的共同体意识”从过去走到现在，在想象的关系之上恢复了乡土中国式的面对面的关系。

而冯氏春晚，晚会内容（不同版本的中国故事）与晚会主题（伴随与亲民）之间的松散关系，则展示出拼贴杂糅或曰后现代性的中国叙事。举几个简单的例子——首先，张国立作为“多余人”的主持，以某种属性重复的方式（张国立的憨厚或冷幽默冲击着毕福剑的傻笨或“出洋相”），凸显了主持人四人团的僵化枯燥乃至于晚会本身的乏善可陈。其次，《英雄组歌》中，“舞台上的人”集体完成了对中华人民共和国前三十年的拟仿。其中，柔美纤细的红色娘子军、通俗唱法的《万泉河》以及王芳对“王芳”的扮演，则以某种怀旧或反讽的距离感，展示出“拟仿”与“原版”之间显而易见的差别。随后，黄渤在履带上以某种“原地踏步”的方式唱出了“中国梦”。其中，社会个体在衣食住行各个方面的“全面发展”式的社会理想，被冠以“我的要求不算高”的名义，而停不下来的梦想时刻，最终以“跳出”履带的方式重回现实。

可以说，在副导演赵本山以及艺术顾问阎肃、冯骥才、刘恒等人的列席支援下，冯小刚的确完成了他所许诺的另一种“致青春”——抛开“逝者不可追”式的伤感，冯小刚用舞台上的复习与扮演，确认了“闪亮的日子”与当下的关系，即前世今生与时过境迁。

从某种意义上说，集打造中国梦、重访革命传统与商业资本运作于一身的后现代“讲法”，只有在这样一台没有亮点节目、无人“喧宾夺主”的盛大晚会中方能显现自身。在构造与消解、接续与反讽的混沌局面中，冯小刚有意或无意地染指了一类正处于“刚需”中的宏大叙事——讲述中国故事，为“现在”订制中华人民共和国的过去与未来。与此同时，“伴音伴影”（张颐武语）式的设定，则似乎有助于对抗鲍德里亚意义上的后现代式的“内爆”——伴随性的设定主动“让渡”了20世纪以来“电视”所占据的媒介中心位置，在结构上以退为进地袒露出冯氏春晚斩获新意义的野心。

在上述对照之后，我们可以发现，在构造新传统或接续旧传统的过程中，打工春晚借革命传统说出了新工人的诉求，冯氏春晚则立足于商业化、全球化、阶层化的现代化语境，给出了操作/使用革命记忆的试验方案，这同时也是与革命传统、台下观众的双向“协商”。如果说，陈桂林与其旧工人兄弟们在打造“钢的琴”的复习场景中获得了失落已久的准阶级意识，舞台上的代入–拟仿则有可能指向某种新的“准革命意识”的养成。

可做参考的或者是索契冬奥会开幕式。其中，俄罗斯在苏联解体之后第一次向全世界展示自己的文明史。在漫长的文明史展示之后，“苏联”前史被表现为深红灯光下的工业剪影。在极短的时间内，镰刀+锤头的组合造型与钢铁天车携手，在经济层面谨慎地定义了自身的合法性——另一种“大生产”形态。在此，图腾背后的革命传统或曰意识形态意义被避而不谈，作为资本主义另类选择的社会主义革命道路被压缩进作为意识形态的“现代化”叙事之内，“实现”了与资本主义道路的“殊途同归”。

这时候我们一定会想到北京奥运会。在2008年北京奥运会开幕式上，四大发明与孔儒文明的表演单元紧接着改革开放“新时期”的腾飞画卷。有趣的是，在观看索契开幕式的时候，我时刻准备着审视俄罗斯将如何表述它与社会主义前史的关系。而在 2008 年，我则一心为中华人民共和国终于成功地将自己与上下五千年的古老中国合为一体而兴奋，完全没想到这一合体是以怎样的遮蔽、悬置与断裂为代价方才勉强缝合而成。

从这一点继续延伸下去，可以说冯氏春晚与打工春晚“不约而同”地将目光转向了 2008 中国故事中失落的一环。正因为有着失落的一环，“打工者”跳过种种偏差而自我指认为“劳动者”，“我们的理想一定会实现”在面向世界的时刻则只能被表述为原地踏步的“中国梦”。在革命前史的撕扯之下，“梦”与“理想”仿佛两副面孔，呼唤着对同一套象征符号发起新一轮的“言文一致”运动。

在此，比起运用西方透视法逻辑对民族文化史进行重构而言，两台春晚或者共同问出了有关新的“革命认识”的问题——再次问出“为什么战旗美如画”乃至于“为什么大地春常在”。

崔柯：谢谢陈欣瑶！她在央视春晚和打工春晚等对比之中，做了细致的分析，并重点分析了对革命传统叙事的使用以及如何有效地讲述中国故事等问题，切中了当前现实，值得我们继续思考。下面请“新工人艺术团”团长、打工春晚总策划孙恒老师发言。

孙恒：各位老师、各位同学，大家好。我是来自北京工友之家的孙恒，非常高兴能够参加咱们这次活动，我们来更多是希望跟大家分享我们的一些实践活动。谈到文化对于我们来讲，我觉得是一个比较抽象的事情，我们很不善于从概念到概念去讨论问题。因为从我们自己的组织和工作来讲，我觉得我们是行动者、实践者，所以我们更愿意从实践的层面，来跟大家分享我们打工春晚和打工春晚背后的一些体验、一些想法、一些思考。

今年打工春晚已经是第三届了。第一届是在 2012 年 1 月 8 日，在新工人小剧场里面，而打工春晚并不是横空出世突然就冒出来的。我想给大家做一点介绍，我们这个组织叫北京工友之家，是一个公益性的社会组织，它本身就是服务于我们打工群体或者今天被称为“新工人”这样的群体。这个机构是 2002 年成立的，我、王德志和许多，都是这个组织的发起人。当时成立这个组织，就是因为我们有一些文艺上的共同爱好。我曾经是音乐教师，喜欢写歌、唱歌，王德志喜欢相声表演类的，许多也喜欢唱歌，所以就走到了一起。当时想法很简单，第一，就是我们自己那时确实也是从农村、从小城市到大城市来，当时的理想是非常抽象，说不清楚的。一方面，对现代主流的生活方式、价值观，我们不认同，因为我们觉得主流生活方式根本就不是一种适合人的生活方式；所以另一方面，我们就非常迷茫，又不知道该做什么。

我们当时做的第一件事情，就是去工地、工厂为工人演出，因为我们发现，工人，就是从农村进入城市打工的群体，像建筑工地上的工友们大量时间就是体力劳动，一天十七八个小时连轴转，但另一方面精神文化生活特别匮乏。这个情况其实我们是经过不断演出才认识到的，最开始没有去工地演出的时候，我们也在想，建筑工人他们那么苦、那么累，还有时间听你唱歌，还有时间去思考问题吗？但事实上，在演出过程中，我们发现，其实精神文化是一个人最基本的需要，不是说等你经济状况好了，精神文化就越来越高，需求越来越高。我们认为正好相反，就是越处于生活艰辛，越处于困境当中的人们，越需要精神力量的支持。这就是让我们坚持 12 年，我们这个组织一直能存在的根本原因。

我们最开始就是从艺术团开始，后来为什么要成立工友之家这个组织，也是因为我们发现改革开放以来，伴随中国三十多年工业化、城市化的发展，产生了世界上、人类历史上最庞大的一个新的劳动群体，那就是中国新工人，近 3 亿的新工人群体。他们从农村老家来到城市，一个非常重要的变化是失去了一切社会关系。因为中国农村和城市是二元社会，生活方式、劳动方式、人际关系、思想价值观，都是完全不同的。在农村我们有一个家，有爸爸、妈妈、同学、老乡、朋友，这在我们看来是一个社会支持网络，在遇到困难的时候，可以支持、帮助我们；但是当我们离开农村，来到城市，我们一无所有，失去了一切社会关系。所以当时的想法就是，要成立一个工友之家，成为一个我们自己互助的社会支持网络。这是我们成立这个组织的初衷。

那么，成立这个组织做什么工作呢？ 12 年来，我们主要是在做新工人群体的文化教育工作。为什么工人群体的文化教育工作这么重要？因为我们在想，是什么在影响着一个人的行动、一个人的选择、一个人的改变？一个人的思想意识非常重要，他的思想观念如果没有新的变化，他的行动就不会有什么变化。那么一样的道理，这么庞大的新工人群体，为什么今天反倒成了一个弱势群体？

我们在想一个问题，这么多劳动者如何才能有力量？我们认为有两个必要的社会条件。一个是思想意识的改变，一个人的思想意识非常重要，一个群体的思想意识也非常重要，思想意识如何形成？需要大量的文化教育工作，打工春晚只是这个工作中的一项而已。第二个是，仅仅有了思想意识的改变还不够，还需要有组织，这个问题就不单独在这说了，今天光说打工春晚。正是在这样一种背景下，我们十几年做了大量关于新工人群体的教育工作，比如说我们除了打工春晚之外，已经连续四届举办全国规模的新工人文化艺术节，那也是来自全国各地的新工人，用各种文艺方式来展现新工人的生存状况，表达新工人的心声。我们也办了一所新工人子弟学校，创办了新工人大学，也会做一些文化教育活动。

最初办打工春晚也比较偶然，也不是说什么都策划好了，想法也很简单。每年春节，很多工友有一些回老家，有一些不回去，大家都会看央视春晚。我们很多工友就在一起讨论，央视春晚真是一年不如一年，80年代还有点意思，还有很多讽刺、批判，接地气的节目能搬上舞台，而现在的春晚真是已经烂到没法看的地步，因为它完全脱离了我们的现实生活——不仅脱离生活，还可耻到每年都会选那么几个节目来代表我们、妖魔化我们。我们觉得特别糟糕，比如说王宝强经常会扮演农民工唱歌，戴个安全帽好像就变成农民工了。所以我们就在想，是不是也可以来做一个自己的春晚，通过网络让工友看。这是最初的想法。

第一届因为网络的传播，再加上崔永元老师的明星效应，所以传播比较广。那年社会各界的关注力度是超出我们想象的，春节几天，几十万人在网上看，而且有很多评论。于是，接着做了第二届、第三届。打工春晚我们认为跟央视春晚最根本的区别，是它的主体性非常明确，央视春晚想代表所有人，但那是不可能的，最起码没有代表我们新工人群体。打工春晚的主体性非常明确，就是现在近3亿的新工人群体。所有的节目都是围绕这个群体的现实生活，以他们的真实情感来展开，所以选拔节目有两个标准：第一个标准就是演员都是以一线工人为主，不是脱产的演员、专业的演员；第二个是原创节目。这两点其实要求是非常高的，为什么高呢？比如说专业演员就是专门做这个事的，专业作家就是专门写文章的，对于专业人士来说很轻松的事，对新工人来讲一定很难。第一，他们要有排练时间要求，这就很难；第二，我们的节目都是原创，就更难了。但是，我们为什么要坚持这两个标准？因为，既然这个晚会的定位和目标是工人群体的春晚，那么如果脱离了这两个标准就很容易走偏。比如说做着做着明星就越来越多，资本也会介入，就变质了。这是我们对打工春晚的一些最初想法。

我们也看了网上的很多评论，很多人对打工春晚确实有很高期待。对于我们来讲，觉得还是要客观一点，不要期待那么高，不要认为一台打工春晚就能成为一个什么文化共同体，就能提高一个群体的阶级意识，那都是美好的想象。但是我觉得又不要小看它，毕竟今天的工人和解放前相比，有一个重要的变化，就是工人已经具备了基本的文化教育，大部分工人都是初中、高中毕业。尤其是随着今天互联网的发展，很多技术已经大众化了。比如说工人也可以写自己的诗歌、写自己的小说，拿起吉他唱自己的歌，编自己的小品，利用互联网传播自己的文化。今天已经具备这些物质条件了，所以这个春晚也是一个开始。我们的春晚所承载的内容和社会责任毕竟是有限的，我们也希望它作为一个工人文化的交流平台，希望借助这个平台传递工人的声音，展现工人的现实存在的问题。因为今天我们能听到、看到的所谓主流文化，太缺少劳动者的声音，听不到工人、农民的声音。别说央视春晚了，我们打开任何一个电视频道，看现在的娱乐节目，完全没有劳动者的声音。说到跟央视春晚去对比，我觉得还是要回到一个根本的价值观问题，背后还是有不同的价值观，我们希望通过打工春晚提倡新工人文化或者劳动文化。我们也不完全赞同说我们就该去照搬过去革命的话语，有些是可以继承的；但我们绝不只是去照搬，更希望从今天的现实、今天的社会矛盾出发，以新工人为主体，从这样一个角度，来找到今天的新工人话语，重新建立属于我们劳动者的价值观和劳动文化。谢谢大家。

崔柯：谢谢孙恒老师！可以看出，打工春晚的独特之处在于，它是和打工者平日的劳动以及他们的社会实践紧密结合在一起的，所以很多人都会用“真诚”来形容打工春晚。当然，打工春晚的受众在现实中有着较为一致的诉求，而央视春晚受众的庞大和复杂程度远超过打工春晚。我们似乎可以追问，现实中面对不同的职业、身份以及文化诉求的人群，该如何建立起某种社会共识？下面请北京大学中文系文艺学专业博士研究生吴可发言。

吴可：各位老师、各位同学，大家下午好。很高兴能有这样一个机会在青年文艺论坛做主题发言。刚才三位老师、同学的发言都对我特别有启发性，特别是刘岩老师在发言里提到了关于异质化的空间与同质化的时间这样一个相互关系。我今天的讨论或许会接着刘老师刚才提出的时间和空间继续往下说，基于我自己的经验，也包括我周边同学的经验，做一些可能是片面的分析和观察，希望大家能够对我进行批评。

我今天发言的题目是“春晚都去哪儿了？——从小彩旗说起”。“春晚都去哪了”，是我对马年春晚上一首具有催泪效果的煽情歌曲《时间都去哪儿了》的一个戏访。

通过这一戏访，我想提问的是关于春晚的时空问题，以及进一步追问将春晚定位为新民俗是否合适？

马年春晚给我印象最深，或者说最具有创造性的，也是相当吊诡的一个“节目”，是独立空间内小彩旗长达4个小时连续不断的孤独的旋转。它既不在42个节目的名单之中，也没有自己节目的名字，但是在统计春晚之最的时候又将其视为历届春晚时长最长的节目。在我看来，这是一个极具症候性的阅读文本。这是“时间”，我给它打了引号，第一次在春晚舞台上得到了真正的“表演”。

历年的春晚好像都保留了新年倒计时，就是敲响零点钟声这样一个环节，然而无论是倒计时的呼喊，或者电视荧幕上走动的钟表，都不过是计时的一个工具，远远没有小彩旗带给我们“时间”的某种主体性的，甚至是生命性的震撼。小彩旗的表演将时间与生命，特别是与具体生命相关联，把时间的流逝、更替直接表现在个体身上，使得观众有了一种切身的紧迫感和对时间流逝的参与感。当然，这震撼中或许更多地包含了观众对时间的“代表”，即小彩旗或敬佩或同情的复杂心情。这也使得这个打引号的节目成为春晚吐槽的重要对象。

尽管褒贬不一，但是在吐槽声中我感觉到了马年春晚对“时间”的深深焦虑。无论是史无前例的开场短片，还是《想你的365天》、《时间都去哪儿了》、《英雄组歌》，甚至《我的要求不算高》等节目，冯小刚导演都试图将叙事、时间以更加本体性的形式植入春晚的舞台。由此，时间的线性、或者循环性、或者破碎性、拼贴性等，似乎都得到了很好的“表演”。

不过，比较失望的是，“镜头”——作为现代性凝视的机制之一，并没有充分地对小彩旗及其所代表的“时间”进行很好的捕捉，四个小时的旋转大概只有一分钟左右的镜头总长，而且镜头也没有记录下零点钟声敲响时小彩旗停止的瞬间。小彩旗在独立空间内的时间与主舞台上人员众多的倒计时——而且倒计时往往还是被冠了名的，相冲突了。对比之下，也无怪乎很多观众会对小彩旗的遭遇表示义愤。

小彩旗及其表演的“时间”在春晚舞台上淋漓尽致地展现了主观意图与客观效果相背离的尴尬。尴尬中透露出两个信息：一是与宏大旋律的普遍性相对应的个性的鸡肋；二是“伴音伴影”的无聊，刚才陈欣瑶也提到了这一问题。就前者而言，旋转，是一种最简单、最基本的身体运动，没什么个性可言，但长达四小时连续不断的旋转，却只能是特定的技能，甚至说绝技也不夸张。不过，再绝的技能都因为个人化而很难与主旋律的普遍性相接轨，再加上小彩旗身处的位置是在主舞台之外的附属的独立空间，小彩旗所代表的“时间”就已经不再是主舞台上普遍意义的时间，而充满了个性化、特殊性。这四小时于她而言，与每一位在主舞台上表演的演员，甚至坐在电视机前的观众都不相同，这种个性化的时间在“三春两岸共，一梦九州同”这一春晚所宣扬的主流意识形态所创造的带有强烈“大同”性质的“时间”之外，只能是食之无味，弃之可惜。

就后者而言，小彩旗的处境其实也代表了这些年春晚在人们心中每况愈下的尴尬处境，就是“伴音伴影”的无聊。正如张颐武老师指出的那样，“就像我多年说的，春晚早就不是全家围坐目不转睛观看的节目,而成为欢聚的‘伴音伴影’,在家人聊天、吃饭、打牌、玩游戏的中间渲染热闹氛围，填补冷场。客厅里春晚一定开着，但大家会分散各干各的。”不过，在我看来，张颐武老师的观察虽然准确，但或许有一些乐观了。据统计，“除夕当晚央视直播春晚收视率为 9.032%，低于去年的 11.362%。这也是央视春晚首次收视率低于 10%。除夕，全国有 202 家电视台对春晚同步播出，并机收视率为 30.98%，这一数字同样在近十年中垫底。”“伴音伴影”的无聊，逐渐使人们看都不愿意看春晚，更不要说重复地看或者讨论。就我自己和身边一些人的体验而言，春晚已经不再是过年饭桌上或闲暇时的话题。特别是对于只有两三口人的核心家庭而言，春晚的“伴音伴影”作用越来越变成一种防止在守岁时瞌睡的吵闹的背景音，或者是一个简单的计时工具，时刻提醒我们零点的钟声还没有敲响，还没有完成新旧岁交替时出门放鞭炮的旧习俗——在我们当地称为“接天”，天不接上，不能睡觉。即便是提前睡觉，家里也必须留一个人去完成这一仪式。因此，在我看来，春晚是在帮忙维系旧习俗，而不是去消解它。我不太认同这样的说法，就是春晚“后来则逐渐发展为‘没有春节联欢晚会便没有春节’”。这种颠倒的观点好像忽视了日益简化的旧习俗、旧仪式的根深蒂固，可能夸张了春晚作为新民俗的普遍性与重要性。

不过，值得庆幸的是，小彩旗的尴尬让观众得以记住她，记住马年春晚为数不多的几个有亮点的节目。春晚越发缺少值得咀嚼的余味，一方面与春晚节目选拔机制——很多春晚节目往往提前与观众多次见面——密切相关；另一方面，也与春晚节目本身对时空问题处理的失效相关。

就前者而言，首先，选拔机制通过媒体过多娱乐化地反复呈现在观众面前，提前造成了审美疲劳和过剩，使春晚逐渐沦为“炒冷饭”。从之前的阿宝、凤凰传奇、玖月奇迹等，到今年表演腹语的刘成、《卷珠帘》的霍尊、《时间都去哪儿了》等，春晚的生产机制大量受制于、甚至捆绑于当年度的各类选秀节目，并成了一种噱头，比如《星光大道》、《我要上春晚》以及《直通春晚》等。在现代传媒娱乐高度发展的社会现状下，春晚确实从之前的新人新作初亮相的舞台，逐渐变成了本年度最受欢迎的新人新作的红毯。新人新作也确实由80年代以来的"从春晚走出去"变成了"走到春晚来"。春晚的拼盘性也好、年鉴性也罢，都在选秀机制的影响之下，在资本逻辑的运作之下，与观众拉不开时空的距离，从而使观众丧失了审美愉悦，越来越变成没有太多意义的"炒冷饭"。此外，还必须要警惕这种选秀文化风靡所带来的娱乐至死问题。

其次，春晚作为选秀的终极赛场，将"草根"或"底层"纳入了主流话语，使其逐步丧失了民间性和底层性。其实，我并不反对通过电视节目挖掘草根达人，发现一些新鲜血液。事实上，这些节目也确实做到了这一点，也改变了一些人的命运，其作用应该肯定。但我想反对的是，春晚——这一全国人民大联欢的晚会，却成了选秀的终极赛场，成了确证他们成功的神坛，成了草根开始变质的危险开始，成为复制、粘贴，进而粗制滥造的理由。以今年春晚和元宵晚会为例，相比而言，无论是哪个版本的《卷珠帘》都不再能给人以最初的惊艳，反而给人以导演、剧组缺乏诚意、抄袭的感觉。正可谓是春晚抄袭选秀，元宵晚会抄袭春晚。对于冯小刚导演这次"炒冷饭"，清华大学肖鹰教授做了非常尖刻的批评，甚至要求对冯小刚本人进行问责。

就节目本身而言，时空处理的失效在今年语言类节目上表现得尤为明显。其实，刚才也提到了很多节目脱离我们的生活，不能很好地反映或代表我们，比如刚才提到"新工人"；但从我个人经验的角度，可能情况恰恰相反。今年语言类节目非常少，而且质量特别差。蔡明的"毒舌"好像依旧在炒去年春晚的冷饭，冯巩、曹云金等人的表演汇集了今年网络流行的段子，即便是矮子当中选将军选出来的《扶不扶》这个小品，也没能逃脱关注社会焦点的泥滩。当然，我并不是说春晚语言类节目不能或不应该就社会热点、焦点着墨，在喜剧性的氛围内承担意识形态的教化或宣传功能。我想强调的是，这些语言类节目必须清醒地认识到拉开和社会生活的时空距离，留给观众以足够的审美空间，真正做到陌生化效果的重要性。正如大家所熟知的，艺术既要源于生活又要高于生活。但是，今年春晚语言类节目普遍给人以完全沉入生活而不浮出的无聊和无趣，即便是《扶不扶》中相互讹诈、相互转换的设置，也是生活中常见的现象，并且是已经被大众以及各种新旧媒体普遍讨论的社会问题，所谓的创意也并没真正做到既出人意料又在情理之中，自然也就没什么新奇之感和审美体验可言了。相形之下，在北京台春晚大获好评，继而登上央视元宵晚会的苗阜、王声的相声，正是因为实在太“脱离”生活而笑料不断。由此，在我看来，春晚语言类节目的问题可能并不在于不贴近生活，而是太贴近生活；并不在于不接地气，而是太接地气。这种恨不得与生活融为一体的创作思路将会使作品逐渐丧失自身的主体性。

就现代民族国家的想象、文化共同体的建构而言，确实需要同质而空洞的时间，但是对于春晚来说，想要营造举国同庆的意识形态时空氛围，就必须先设置并留足与现实社会生活的时空距离，允许某些“杂质”和他者的存在，借用阿多诺的一个概念就是“非同一性”——必须要在同一性整体之中留有一定的非同一性、非同质性要素。正是在此意义上，赵本山所表征的前现代时空，与苗阜、王声所表征的文学时空，甚至是里面“掉书袋”的行为，才在今天显得尤为珍贵。

既然春晚自身并不能提供异质的时间和空间，也不能拉开节目与生活太过紧密的时空距离，观众自己就必须要想办法创造一个异质的时空，拉开与春晚的距离，去围观它、吐槽它，进行一种另类的“审美”，于是就有了伴随近几年春晚并且越发严重的集体吐槽全面乱讲。对此，萧铁认为吐槽春晚已经陷入一个巨大的悖论之中，即观众不自觉沦为春晚商业利益的间接抬轿者，骂春晚就等于赞春晚，二者并没有实质区别。确实如此，当观众坐在电视机前或通过网络收看春晚的那一刻，不管是赞叹还是骂街，其实都已经自觉或不自觉地接受了春晚及其所代表的意识形态的规训。

不过应该看到，基于微博、SNS等社交平台的这种集体吐槽或全民乱讲，确实在一定程度上做到了拉开围观的距离，延展开一个类似于小彩旗所在的独立又异质的时空结构。尽管在这一时空结构中，特别是在与观看春晚同步的实时状态下，吐槽基本上以个人的个性化言说为主，即便是有朋友之间的讨论、交流，也大多停留于简短的语词或句子，很难持续，不是严格意义上的讨论，更不能称之为批评或批判。但是，微博、SNS等特有的以文字为载体的记录性、交互性、“小世界”效应，弥补了家庭之间吐槽的易于消逝与耗散，为搭建起具有某些文化共性的各种独立空间提供了可能。在这些拉开了距离的时空之中，我们看到了文本以及文本之间的互文，它们可以被视作解构春晚的力量所在。比如，刚才陈欣瑶也提到了将小彩旗连续四小时的旋转与电影《盗梦空间》做一个对比：究竟小彩旗是停下来还是没停下来，这被视为这样一个时空的区隔与表征，即我们观众是在梦境中还是在现实中。一如电影到最后也没有揭示出那个陀螺是否停止下来，在马年春晚中，我们同样也没有看到小彩旗在零点钟声敲响之际究竟是停下来还是没停下来，尽管我们知道事实上她是停下来了。那么，这样的安排是否有意为之呢？尽管如此，吐槽确实以一种否定的方式与主流意识形态相挂钩，以便观众在消解的过程中重新结构某种共同体，而且这种方式似乎更容易引起共鸣。不过需要注意的是，这样的共同体实际上仍然只是局部的、小团体的、圈子化的、个性化的，与春晚所宣扬的“两岸共、九州同”的普遍民族共同体还是有质的区别。

最后，还要捎带提及的是，春晚的收视其实大多集中在中国的北方。再加上之前提及的春晚收视逐年下降，春晚究竟在多大程度上真正被全国、全民族所分享，成为一种可以比肩旧习俗的新习俗，实现宏大时空的建构，恐怕还不能十分确定。再加上春晚的组织、节目的选拔和创作等诸多环节存在的时空处理不协调，甚至失效，使得春晚的前景日趋晦暗。究竟是要取消央视春晚，发展地方台春晚，还是让春晚真正走进社区，走进民间和底层，在我看来，春晚都去哪儿，或者春晚该去哪儿的问题,或多或少都沾染了或怀旧或义愤的调子。这些论述和观点确实有启发意义，但也许并没有像真正评估春晚客观效果与主观动机之间的裂隙，思考美学意义上的时空结构那样富有建设性。

以上就是我的发言，请大家多批评。

崔柯：谢谢吴可！吴可关注了很多小细节，但是提出的是一个大问题，就是时间焦虑的问题，我们知道从理论上说一个想象的共同体的建立是以一个同质的、空洞的时间为前提的；而刘岩老师在上一次讨论“春晚”的时候曾经分析说，2008 年以后，社会阶层分化的感觉越来越突出，异质性的东西开始出现，这个同质空洞的时间不再有效。不妨说，吴可提到的小彩旗，就是一种异质性的因素，这是否可被视为当今社会文化状况的一个隐喻呢？

以上是四位主讲人的发言。下面请《北京文学》杂志副主编师力斌老师来做一个评议。

师力斌：特别惭愧，我觉得今天这个角色选错了。在纸上记了很多，听完刘岩我还有点想法，听这几位说完以后，我觉得脑子里一片混乱，想要理出一个头绪非常困难。今天几位关于春晚的发言，总的来说让我感觉是一个批判会议，就是央视春晚完全失败，就是意识形态的诡计已经都被识破了，感觉如果冯小刚坐在这儿或者央视导演坐在这儿，明年可以不再办了。但是平心而论，我们到底该怎样去感受春晚？在这种感觉和理论之间该怎样平衡，或者找到一个切入点？我刚才听几位的发言，就是刘岩、吴可、陈欣瑶和孙恒，他们三个和孙恒之间我觉得也应有一个连接点，但这个很难。孙恒从实践的角度来谈春晚，前面几位从学术角度谈春晚，那么这个连接点该怎样来连接？这可能对我们都是一个挑战。因为我自己需要在他们的叙述之间来回穿梭，注意到很多细节。可能刘岩最让我眼睛一亮的就是，他把整个 90 年代以后大众文化脉络基本上梳理了一下，把影视剧、红色经典等文化样式，包括春晚小品，打包在一起，尤其是把冯小刚电影和赵本山小品两个并列，确实对我有很大启发。我也做春晚研究，刘岩的研究让我感觉我的春晚研究丢掉了一大半内容，冯小刚基本上就没在我的研究里出现，这可能是个问题。刘岩给了我很好的启发，他的视野确实非常开阔，能把喜剧或者一种中国式幽默，之所以能让大众发笑的机制形成的历史揭示出来：先前为什么能取得认同，后来为什么得不到认同。包括今天发言的几位，像吴可不仅仅是一个阐述者，而且在我看来是一个不喜欢、不认同春晚的个案。春晚对大家已经失去吸引力了，我们都很清楚主流意识形态的这一场“诡计”没必要再演了。这样的个案添加到刘岩的叙述里面就是互相能印证的。

所以我感觉，这个问题实际上已经不仅仅是评论春晚，而涉及到真正的文化实践。打工春晚已经出现，该如何来看待这些东西？其实我想的最多的是这个问题：在失去文化共识的时代，在阶层变动、贫富分化特别严重，在改革进入新的历史时期的时代，如何在文化上找准我们自己的定位？我觉得历史主体可能是最主要的问题。我听了几位的发言，我们如何寻找这样的历史主体，有没有可能有一个共同的历史主体？崔柯刚才提到文化共识已经破裂。既然共识破裂了，先不去管春晚能不能办下去，问题是该如何来重新建构一个新的共同体或者文化共识，这个新的历史主体是建立在什么样的基础之上、阶层之上？打工春晚给我的启发就是“劳动者”这个概念。我最近一直在想这个问题，“劳动者”可能是一个新的历史主体。就是说潘石屹可能也是一个劳动者——如果他是诚实劳动致富的话，孙恒可能也是一个劳动者，我们在座的诸位，祝老师，各位学生，各位师弟师妹们，可能都是劳动者。能不能在这样一个阶层或这么一个概念之下建构一个新的历史主体？就是说将来怎样看待这个社会的主体阶层，还有没有这样的主体阶层？这是一个重要问题。“劳动者”或许是一个值得期待的概念。大家对央视春晚现在已经不抱期望了，不知道能不能办下去，据我所知去年好像被列为国家工程，而恰恰当它被列为国家工程时，却只有不超过10%的收视率。收视率越来越低，扶持力度越来越大，这是个悖论。同时，各种形式的春晚越来越多，不同的诉求其实已经用实践形式表达了出来，不仅是理论上，在实践方面的挑战要比理论挑战更强烈，打工春晚就是最典型的。打工春晚给我们的启示是，将来它的发展有没有可能建构出一种另外的历史主体？同时，我在看完打工春晚以后对照央视春晚，发现也有一个问题，就是刚才吴可提到的，我们吐槽也好，谈论春晚也好，但所有形式的春晚都在模拟、山寨央视春晚，一旦叫春晚，人们马上就想到央视春晚。我在看打工春晚的时候，时时刻刻在想着央视春晚。打工春晚请外国人、泰国工人来表演，让我想到央视春晚里的法国女星；看到打工春晚的一个道具，也会去想央视春晚有个什么道具；看到杨锦麟来了，就想到央视春晚张国立来了。我始终在这两个空间里穿梭，虽然央视是不在场的，但是我感觉它总是在场。所以，即便大家都吐槽，那也是对央视春晚的宣传，现在办打工春晚，也难逃央视春晚的潜在影响。

所以这是一种文化的怪圈，现在央视春晚是一种反力量，是一种被吐槽、被骂的形式，但它是存在的，我们大家都说不看，周围的人又好像都看过，这个问题也很重要。怎么破解这种逻辑，将来打工春晚能不能不叫春晚，或者就叫打工晚会？我觉得有这个必要。能不能不请杨锦麟？这种消费逻辑也好，或者明星文化也好，其实在打工春晚里面也都有。刚才孙恒也说到这个问题，就是我们实际上不对春晚抱太大希望；不过作为一种文化的表达，作为新工人的一种文化意识，我觉得打工春晚是有价值的，但是怎样和主流的话语机制拉开距离，或者把自己的特色更加突出出来，这可能也是一个问题。我就谈这么多。

崔柯：谢谢师力斌老师的评议。他在评议的同时，也从文化实践的角度提出了重建历史主体的问题。接下来休息十分钟。

（休息）

崔柯：我们开始下半场讨论。打工春晚的总导演王德志老师、“新工人艺术团”的许多老师也来了，先请两位结合筹办和演出打工春晚的情况发言。

王德志（新工人艺术团）：我就随便讲几句。刚才听了几个老师和同学的发言，给我们打工春晚这么高的评价，我感觉还是非常荣幸的。我们做的事能让大家这么支持和认同，也是出乎我意料的。我们是实践者，不是做理论的，所以参加这个研讨会确实也学了不少名词，以前我们可能说出一大堆词汇才能说清楚，可是你们一句话就说明白了，这对于我来讲是很有意思的一件事。我也希望咱们中国艺术研究院还有北京大学的学生、老师都能去基层走一走，咱们多互动互动。

刚才师老师谈到央视春晚将来该怎么办的时候，提到我们大家是不是都是劳动者，是不是能办一个可以包含所有劳动者的晚会？我感觉这是在讲一个重建整体性价值的问题。我个人认为，这些不同的劳动者，他们的经济地位和所处的精神环境是不一样的，所以如果想创作出不同阶层都能接受的作品，那也只能是《时间都去哪了？》这种歌曲，因为大家都有共同的抽象感受。而一旦涉及立场或者切身利益，想要通过春晚，文艺的形式表现出来，我感觉就太难了。

还有刚才师老师也提到，我们以后是不是不叫春晚或者叫别的，我感觉可能没有必要跟春晚较劲。作为打工者来讲，作为新工人群体来讲，我们可能更多的是需要发出自己的声音，让更多人知道和了解我们的现状和精神文化的情况，这是最重要的。还有刚才有的老师提到，新工人的主体性很缺失，但我们可以通过喜闻乐见的形式，来表达新工人群体的主体性，用自己的视角来阐释我们的现实生活，并不是说要为打工者的全部整体进行代言。但我们确实也不需要王宝强式的代言，因为他们的代言既不像，也不对。

所以说，我还是希望通过新工人自己的视角来解释自己。比如说我们不喜欢别人叫我们农民工，我们很多人都不同意；但我们不能因为说不喜欢就能让别人别叫了，这没用，因为我们说了不算。这种情况我遇到过很多次，这种话语霸权，对于我们来讲确实挺难受的，没办法，人家嘴大，因为话筒在他们那儿。

所以，这也是我今天的一个感受。我们这些人做打工春晚也有我们的小聪明，比如我们为什么请名人，因为只有通过名人才能让媒体感兴趣，让大家宣传出去，才会有更多的人知道我们，看到我们的节目。如果看不到打工春晚的节目，我们的定位再准、再好，也没意义。只有通过名人、通过媒体的宣传，才能让大家知道，有这么一台打工春晚。只有这样，打工春晚背后的这么多人、这么多事，才能展示出去，我们所谓的文化主体性，或者说我们的声誉，才能传出去，这可能是我们的一点小聪明。包括开始让崔永元大哥来参与，包括与其他媒体打交道也都一样，甚至跟个别媒体合作时，还要做一点妥协，都是希望能让更多的人知道和了解，最后支持我们。这就是我们做打工春晚的原始动机。大概说这么多，谢谢。

许多（新工人艺术团）：前两届打工春晚我主要负责演出开始前的暖场，今年第三届由另一个副导演做这个事，所以这次我主要就排演小品了。前面第一位老师说到了春晚语言类小品，还有刚才说到马列主义，那我们拿马克思的喜剧理论来分析春晚的小品。马克思说世界历史形式的最后一个阶段是喜剧，就是说随着新生进步力量的发展壮大，旧势力却不甘于退出历史舞台，仍旧以强大的假象来掩盖其虚弱的本质，这时新生进步力量要把旧势力虚假的外衣撕破，这就是喜剧。当然这个旧势力，还包括人们的旧思想、旧习惯。我们用这个观点来看一下春晚小品，它的进步力量和旧势力分别是什么呢？就像第一位老师说的，现代化是一个进步力量，那旧势力就是农民，农民在努力追赶现代化的步伐中，那些拖后腿的旧思想、旧习惯成了调侃的笑点，再后来就是调侃进城打工者，城市高高在上的优越感，自以为是进步力量。那在我们打工春晚，这个进步力量就是我们劳动者从生活当中感受到的劳动应有的尊严、价值和力量，并针对打着“自由、博爱”旗号，高高在上占据着主流地位，却对劳动者进行压迫的异化的资本、权贵等旧势力，撕破其虚伪，揭露其不公，打破这些幻像，一起寻找真正的希望。

另外，在当下分化如此严重的现实面前，建立整体的文化共同体可能越来越难，但至少不同阶层可以发声，可以办自己的春晚。央视春晚代表的是主流意识形态，打工春晚代表的是大多数劳动者的立场，不同的春晚可以一起碰撞。谢谢。

崔柯：大家继续发言，可以就主讲人的发言做交流，也可以谈自己的感想。

盖琪（首都师范大学文化研究院）：我想简单说两句，起到一个抛砖引玉的作用。我碰巧在2010年也写过一篇小论文涉及春晚，主要是讨论中国电视文艺在公共性方面的困境——我当时把2010年的春晚作为一个公共性困境的典型例子。那年春晚估计大家应该还有印象，是广告意识最突出的一年，几乎每个小品都会有一个什么牛奶或者红枣这类的产品摆在镜头前。这种广告的大肆植入引发了当年观众的强烈反感，因此还被媒体称为是春晚遭遇“广告门”。当时我做过一个比较粗浅的分析，主要观点是说，这是一种在两极之间撕扯的中国电视文艺的困境，这两极就是政治性和商业性。而居于这两极之间的，却是一个相对意义上的空洞，一种必要的公共性，或者说一种必要的公共文化精神。换句话说，多年来，我们的春晚在价值立场上一方面大幅度倒向主流意识形态，另一方面则大幅度倒向商业资本，而能够对这两极起到制衡作用的公共价值理念却一直是处于中空状态的。2010年之后的几届春晚，可能尝试着做了一些调整，主要是把特别碍眼、特别明显的广告取消了，但是实质上，这种主流意识形态与商业资本合谋的叙事状态并没有得到彻底改善。

刚才几位老师的发言对我有很大启发，这样一种华丽、精致、由主流意识形态与商业资本合谋进行的叙事，其实可以说是一种典型的属于当下时代的“中国故事”，也可以说是一种具有中国特色的“娱乐致死”。传统意义上的“娱乐致死”更多强调商业资本的负面效应，但在当下仅仅强调这一面显然是不够的，这种在艺术上已经非常精致的宏大叙事——艺术的精致也是央视的创作者曾经引以为傲的——现在却遭到了受众的嘲弄、反感、排斥。由此，我觉得应该思考的是，我们的社会究竟发生了什么？或者学术一点说，华丽的能指与其后的所指之间如此巨大的反差说明了什么？当然前面几位老师可能都在一定层面上回答了这个问题，我就不重复了。

我还想补充一点，即打工春晚作为相比央视春晚的另一种“反拨”，所显现出的刚才陈欣瑶同学提到的所谓“革命话语”色彩的问题。这其实并非一种简单的表意策略，更大程度上是原有文本被放置到我们比较吊诡的时代语境中之后，所激发出的延展意义。举个小例子，去年上映的好莱坞音乐电影《悲惨世界》，在拍摄时并未针对中国市场去做特殊设定，但在上映后，却在中国的网络平台上引发激烈讨论，遭遇很多引申解读。里面有一首主题曲 *Do You Hear the People Sing*，在网友尤其是青年中引起了比较大的反响。这种叙事的原初意图与其最终接受效果之间的关系，其实与打工春晚有类似之处，非常值得我们关注。

李云雷：我说两句。一直在听大家发言，我觉得比较集中的问题就是打工春晚跟央视春晚的关系。刚才师力斌说打工春晚可以不叫春晚，但是我觉得还是应该叫打工春晚，因为叫打工晚会，观众就会特别少，而打工春晚因为借助了春晚 30 年来的影响力和象征资本，则可以引起很多人关注，所以我觉得打工春晚的命名就是新工人争取文化领导权的一种很重要的方式，尤其对处于发展期的弱小的新工人文化来说，这是很重要的。

新工人艺术团和打工春晚，其实最宝贵的就是他们的艺术来源于生活，来源于内心真切的感受，他们的艺术也与生活紧密联系在一起，成为组织生活的一种方式，成为精神生活的重要形式。“生活是文艺创作的唯一源泉”，但在现实中，我们更多看到的却是艺术与生活的割裂，很多文艺作品并非来自生活的真情实感，而是以华丽的形式掩饰内容的空洞。如果我们将打工春晚与央视春晚比较一下就可以看出，打工春晚虽然简陋质朴，但是节目却都言之有物，是从他们的生活中生发出来的；而央视春晚的很多节目，却只注重炫目的舞美、灯光、造型，节目的内容苍白空洞，无法真正深入人的内心。在这个意义上，新工人艺术团的打工春晚可以为将来文艺的发展提供启示。

其实我们现在正处在一个复杂的文化艺术格局里面，打工春晚的命名是一个很好的游击战的策略，这个策略可以让很多人听到打工春晚的声音，听到新工人的声音，会把打工春晚内在的劳动者的价值、劳动者本身的文化创作，以及其中表现出来的新工人的思想、感情、经验，他们的内心世界，通过春晚的方式带给大家，我觉得这是个很好的方式。

另外补充一点，刚才介绍论坛的时候没有说，青年文艺论坛的一个特点就是参加论坛的人都是平等的。所以我觉得刚才有发言者说这个同学那个同学，我觉得这个方式不是很好，直接叫名字就可以，因为在讨论问题时也没有老师与同学之分，也没什么年龄大和年龄小之分，大家用平等的态度交流比较好。

祝东力（中国艺术研究院马克思主义文艺理论研究所）：刚才听了几位主讲和大家的发言都很受启发，谈一点想法。在我记忆中，过春节有三个阶段。第一个阶段，比如“文革”时期当然也是过春节的，但那时候调子最高的提法叫做“过一个革命化的春节”,大家可能也都听说过,所谓“过一个革命化的春节”实际上就是不过春节，继续工作，就是在应该休息的时候不休息，继续为革命而工作。这是春节在文革时期的具有鲜明时代特征的说法和过法。

再一个阶段就是我们熟悉的80年代,特别是从1983年开始的央视春晚这个阶段。我先不说这个阶段，先说后边那个阶段。后边的阶段大概是从90年代——具体分期我还比较模糊，究竟是90年代中期还是后期？总之最迟到新世纪之交就很清楚了，我们进入了一个市场的时代。文革时期如果说是一个“革命时代”，那么新世纪之交以后就是“市场时代”，特点是改革和开放这两个方面都取得了阶段性成果。

农村改革当然在80年代就完成了，城市改革——主要是国企改革，是在90年代末完成的。刚才刘岩提到了，工人大规模下岗，这是国企改革产生的震荡，最终我们看到传统社会主义的工人群体完成了向雇佣身份的转换，这是一个社会经济关系的根本变化，这是改革完成的阶段性标志。

在开放方面，2001年11月加入WTO，意味着中国融入了国际经济体系，成为全球产业链的一个环节，这是开放的阶段性成果。这两个方面的成果标志着中国特色市场经济体制已经建立起来。

市场经济的一个根本特点就是利益的多元化，不同的利益主体之间展开利益的博弈，是利益的分化，甚至分裂。这样的利益关系、社会关系在90年代末以后形成并固化，对春晚产生了重要影响，使得春晚这样一个节日晚会的舞台再也装不下不同的利益群体，装不下他们截然不同的经验、情感和期待。这个社会结构层面的决定性因素，决定了春晚越来越难办，至于换什么导演，添加什么节目，其实都是技术性问题，不起根本作用。

再回头看 80 年代。80 年代春晚之所以成功，就在于这是一个过渡时期，既有过去时代的理想主义的残留——80 年代社会仍然有理想、有激情，同时又允许放松娱乐，理想和娱乐在80年代能够短暂的兼容。同时，不同利益群体，不同的经验、情感和期待，能够被改革初期所许诺的美好的未来世俗生活所凝聚。这种状态是 80 年代春晚成功的社会基础，而一旦这个社会基础消失，舞台就开始动摇，就很难再承载或恢复像 80 年代那样的盛况。

正是在这样一个背景下，就显示出打工春晚的意义。为什么这么多人去关注，都到现场去观看？是因为对它抱有特别多的期待。现场演出是两天，我是第一天去看的，也抱着很大的期望，当然我觉得很不错，也有一点不满足。刚才听王德志的介绍，我可以理解比如说为什么请杨锦麟，我看了他的主持之后，对他还是很钦佩的，可以说他确实是真心诚意为打工春晚做贡献。但是，他那种港腔港调和打工春晚整个氛围不太合拍，有点破坏氛围。另外，对打工春晚有一个期望，就是不但要在价值观、在内容上有特点，还应该在形式上有自己的特点。比如说，我们能不能不办成传统晚会的形式，能不能更多一点自己形式上的创新？第一次打工春晚，2012 年那一次我是看的视频，其中有一个节目特别好，是一个女工的舞蹈，就是把日常劳动的动作舞蹈化，比如擦玻璃的、拖地板的，特别有感染力。今年的打工春晚，声光电的东西多了一些，但是那种来自劳动现场的氛围好像稍微少了一点。我就说这些。

林品（北京大学中文系）：在听了好多老师还有同学的发言之后，我想简单谈一些感想。刚才吴可谈到今年春晚有亮点的节目特别少，我基本同意这个判断，不过，也依然有很精彩的节目。从我的观看经验来说，在审美的角度上，最让我感到惊艳的是匈牙利影子舞团的《符号中国》，节目编排得非常有特色，而且带给我非常愉悦的审美享受。但是，恰好是这个节目，也让我产生了另一些联想。我们都知道，匈牙利或中国在冷战时期不仅是与以美国为首的资本主义阵营相对立的国家，而且也是在社会主义阵营内部反抗苏联大国沙文主义，试图在斯大林模式之外探索另一条社会主义道路的国家。但是，在苏东剧变，社会主义阵营解体之后，匈牙利和中国以不同的方式融入全球资本主义体系。在这次央视春晚上，由一个匈牙利艺术团来表演这样一个取名为“符号中国”的节目，他们提供的那些中国符号，要么是要像桂林山水那样的自然美景、自然风光，要么是一些体现中国传统文化的文物古迹，刚好结合了春晚从80年代开始，在中国社会转型带来的意识形态转型过程中，所采取的两种重新建构想象性共同体的方式。一种是邀请海外华人或港澳台的演艺明星来唱“我的中国心”那样一种脉络，就是“长江长城、黄山黄河”那种通过自然地理空间来建立“祖国母亲”、“大好山河”式的中国想象。另一种是大概从90年代中期开始的“国学热”、“传统文化热”的那条脉络，比如说2008年邀请了台湾的SHE——一个因为曾经宣称“我们是台湾人”而在“八卦”的领域,或者说“政治娱乐化、娱乐政治化”的舆论场域里被某些人称为具有“汉奸倾向”的那样一个乐团——来演唱《中国话》，就是“孔夫子的话越来越国际化”这样一种从传统文化的角度来建构大中华共同体想象的方式。而今，这两条脉络一起融合到了《符号中国》节目中，同时，他们在展示完了中国的大好山河和传统文化之后，直接以一个巨大的历史跨越给出了最后一个符号，就是中国的航天火箭升空那样一个符号。这里蕴含的意味应该是说，在以宏观经济和高科技大工程为标识的“大国崛起”下，我们就可以重新认同中国的传统文化和自然山水，进而认同伟大的中国。今年春晚其实有某种意义上的“通三统”的感觉，既有像刚开场成龙朗诵千字文的那种节目，又有《英雄组歌》，然后有像陈欣瑶分析的黄渤在跑步机上高唱“中国梦”那种节目。

再提一下《符号中国》，这个东欧国家提供的节目，是东欧国家对中国的一种想象和表征。那么,中国的“符号世界”是什么呢？是不是就像黄渤歌里面唱的那样:“我能挣钱，我还有时间，去巴黎、纽约、阿尔卑斯山，我逛商场、我滑雪山……”中国所想象的要达到的世界符号，是巴黎和纽约。那么，我们除了请来匈牙利的歌舞团来表演，还请了法国影后苏菲玛索，由她来跟中国歌手对唱一首情歌,《玫瑰人生》,这是法国著名女歌手伊迪丝·琵雅芙的代表作,有一部和《玫瑰人生》同名的传记电影，就是表现这位女歌手从巴黎的底层通过个人奋斗成为了“香颂女王”，最终以她登上纽约卡耐基音乐厅作为全片的高潮。而我们想象的，也刚好就是巴黎和纽约。同时，黄渤这个节目最有意思的一点是，他实际上是想像着孙恒老师刚才讲到的那种姿态来代言新工人,因为他的那一身衣服的造型是蓝色的工装,而其他的伴舞也都是工装,橙色的工装。最有意思的是，后来经过网络上的“揭秘”，那个工装原来是一件“爱马仕”，这就使它本身构成了一种自反或者反讽，它作为一个象征符号似乎表现出了中国的某种状态，给我的联想是，它不自觉地表现了名实不符或者名实颠倒的意味。

我们知道，其实那样的奢侈品是在巴黎或纽约的时装发布会上发布的时装，那种衣服都是“即时死亡”的,它是一个并不通向任何意义而只是指向形式自身的一种游戏。在这个意义上，工装与奢侈品的这种自反就更有意思了。

而且，黄渤这首歌似乎是想代表新工人来唱出一种理想，但“我逛商场、我滑雪山”，其实是一种消费主义语境下“新穷人”的理想。刚好陈国战老师也在这里，我曾经读过陈国战老师、刘岩老师、刘昕亭老师，还有我曾经跟随他一起做过调研的廉思老师的一组文章，关于“新穷人”的文章。汪晖老师曾经为那组文章写了一个总结性的概括，说现代中国有两种穷人：一种是经典意义上的穷人，就是中国在融入全球资本主义体系后，承担世界产业链终端的加工制造职能，在成为世界工厂的过程中，形成了一个庞大的新工人群体，或者说经典意义上的穷人群体;另一方面，在中国沿海重要城市以及内陆一些都市成为消费主义的飞地后，在经济从实体经济向虚拟经济转型的过程中，也形成了一种穷人，齐格蒙·鲍曼意义上的“新穷人”，一种在消费社会中遭受失败感的消费者。问题是，一般来说，在微博这种社交媒体上吐槽春晚、拥有较大话语权的，其实是新穷人，他们通过新媒体不断表达意愿和诉求。而经典意义上的穷人，一方面很难拥有这种“媒介的权力”，另一方面经常会被“新穷人”代言或挪用。比如说，时下非常流行的那个网络用语“搬砖”，其实指的是经典意义上的穷人的典型职业，但它在网络上的内涵却被从事虚拟经济的各种工作的那些白领职业者挪用，作为他们对自己工作类型的一种概称，以及对自己生活、工作状况的一种概称。这里就有一个符号的挪用，但也恰恰是这种符号的挪用，透露出一个信息，就是这种“新穷人”其实对现实有着某种强烈的不满。如何让“新穷人”与经典意义上的穷人互相之间产生真正的认同与沟通，如何通过互联网这样一种有着很大民主潜能的媒介环境使二者形成某种联合？或许这里蕴含着摆脱现在这种文化困境的一种可能性。以上是我的一些感想，谢谢大家。

李松睿（中国艺术研究院《艺术评论》杂志）：像央视春晚这样能够汇聚全国的演艺界明星，将多种类型的作品凑在一起的文艺表演形式，是很有中国特色的。可能也只有中国这样有社会主义历史的国家才会有，从某种意义上说，这也是社会主义遗产的一部分。我记得以前跟一个美国朋友聊天，无意中向他介绍了央视春晚的情况，他的反应让我很惊讶。因为对中国人来说，央视春晚是如此的陈腐、无聊，往往沦为吐槽的对象；但对美国人来说，却是一个很新鲜的东西。由于美国普通民众文化生活单调，使他们一听说有央视春晚这种大型的综合性文艺表演形式，会非常兴奋。这可能是我们在讨论春晚时值得留意的一点。

看2014年央视春晚，一个最大的感受就是表演的异化。正像这次发的材料里说的，整个演播大厅居然有1800平方米！这种巨大的空间其实已经不再能为观众和演员提供一个传统的表演平台，让他们处在良性的互动关系中。例如这次央视春晚中变魔术的节目，由于表演的拙劣，使得我们在电视机前很容易发现里面的“穿帮”镜头，而且前排观众与表演者很显然是合谋关系。从这里我们可以想到，现场观众其实可以比电视机前的观众更轻易看出魔术的漏洞，但他们并没有指出来，而对这个节目报以热烈掌声。因此那些现场观众其实同样是“表演者”，和舞台上的魔术师一起为电视机前的观众“表演”节目。在这种情况下，“表演”已经丧失了原本的涵义，而把目标对准了那些和表演现场相距万里的观众们。因此央视春晚不仅仅是一个提供演出的平台，相反，现在它自身也变成了一个表演的节目。这是我认为央视春晚的表演已经异化的原因。

看央视春晚还有另外的感受，那就是演出安排特别拥挤，很多时候演员没办法完整地唱完一首歌，只是把一首歌的高潮部分唱完就匆匆下台。因此这些演员在台上的演唱并不是在进行真正的艺术创造，而仅仅是“露一下脸”。这种舞台安排非常像几年前的电影《建国大业》、《建党伟业》，重要的不在于剧情、表演，而在于是否能“露脸”。因此对比之下，打工春晚真正让表演成为表演，至少在形式上，那些演员能完整地唱完一首歌，跟观众能保持一种良性的互动关系。

此外，今年央视春晚的一大特点是歌舞类节目特别多，但在歌舞类节目中，双人舞、单人舞很少，群舞所占比例惊人。这么多集体舞出场，让人很自然的联想起20世纪30年代的好莱坞歌舞片，在诸如《花团锦簇》（1934年）等好莱坞黄金时代的歌舞片中，非常适宜制造热闹气氛、营造歌舞升平氛围的群舞特别常见。从美国歌舞片的历史经验看，一方面整个国民经济处在低迷时期，是产生大量群舞类节目的土壤；另一方面，群舞这种艺术形式本身需要演员们的动作整齐划一，以肢体构造某种形式或图案。因此在群舞中，每个演员都没有自己的个性，而只是群体表演里的齿轮和螺丝钉，今天的研究者多认为这类群舞艺术形式与资本主义大生产有着象征性关系。在这个意义上，以群舞为主，似乎隐喻着这一方面是一个危机时代，另一方面则是一个资本主义大生产方式占主导的时代。

看过央视春晚，再来看打工春晚。我特别赞同师力斌老师的说法，就是央视春晚对打工春晚有巨大的影响，是打工春晚中缺席的在场。我没有在现场看打工春晚，只是在网络上看的，所以看的时候我就产生了疑惑，不知道录制打工春晚的工作人员究竟是专业的还是业余的？

王德志：专业的。

李松睿：如果是专业的就比较好理解了。因为从影像上看，诸如摄影机摇臂的运动轨迹，拍摄过程中的推、拉、摇、移等机位变化，都和央视春晚类似。或许可以说，那些专业摄影师只要是拍摄晚会类节目，就会使用同样的技法进行拍摄；所以对于那些从网络或电视上收看打工春晚的观众来说，打工春晚和央视春晚特别类似，而那些现场观众的感受可能会不一样。

打工春晚给人感觉空间非常小，可以在台上台下较为亲密的气氛中进行表演，而且因为演员是非专业演员，他们的肢体动作很有特点。另外有意思的地方在于，打工春晚在语言上实现了突破，因为演员们在用自己的家乡话进行表演，所以天南海北的方言汇聚一堂。再来看央视春晚，可以说普通话和东北方言统治了整台晚会。当年我跟本科同学一起讨论央视春晚，发现诸如广东、福建等地的同学基本上没办法听懂里面的相声和小品。因此央视春晚的观众可能没我们想象的那么多，它只是流行在北方地区，而打工春晚突破了普通话和东北方言在央视春晚中的“霸权”。

打工春晚另一个值得关注的地方，是代表性特别明确。它的表演有很多关键词，比如“新工人”、“家庭”、“尊严”以及“自由”等等。这些关键词在小品、歌舞等多种类型节目中反复出现，一方面凸显了打工春晚是为新的工人主体服务；另一方面，所表现的内容，诸如留守儿童、打工子女上学问题等，反映了这个群体的切身利益。整台晚会有很明确的代表性，演员为谁而演，观众为什么来看都很明确。而反观央视春晚，舞台很大，排的节目很挤很密，但过度追求把太多的东西吸纳到里面来，使每个节目的表演都很仓促，整台晚会的面目也很模糊。

而打工春晚最值得注意的地方，或许是它尝试把劳动变成一种美学形式。这一尝试无论是在理论上，还是在实践上，都是非常艰难的，也是非常伟大的！纵观艺术史的发展历程，劳动场景其实在艺术作品中非常少见，尤其是资本主义时代以来，劳动更是被艺术作品有意识地摒弃。真正直接去表现劳动生产过程的，大概也就是卓别林电影等有限的几部。而社会主义文艺实践的一大困境，其实也正是它很难把劳动纳入进来，使之成为一种真正意义上的美学形式。打工春晚的难能可贵之处在于，并不回避劳动过程，不会因为劳动的过程不符合已有的美学规范而予以排斥。相反，它把生产线上枯燥的劳动，家政工人扫地、擦拭等行为，直接吸纳到表演过程中，使之成为具有美感的形式。这无疑是打工春晚最难能可贵的尝试。

赵铭（陕西农林卫视）：打工春晚由我们陕西广播电视台农林卫视频道播出，晚会具体是由新工人艺术团来组织，我们只是提供一个平台，就是播出和技术性的录制，也对他们的一些节目做了进一步筛选。

孙恒：农林卫视是我们第二届、第三届打工春晚的合作伙伴，节目的所有内容由我们决定，他们帮我们摄制，在卫星转播。晚会肯定是有剪辑的，我们有两个版本，网络版是完整的。根据之前和农林卫视签的协议，他们剪辑出一个多小时的转播版，自然有大量删减，而且有一些敏感的节目是完全砍掉的。而网络版在我们手里，是我们自己剪辑的，所以同一台打工春晚有两个版本。

很多人反映电视转播版效果不好，包括摄影等很多环节，我们也非常不满意。不是说农林卫视不好，而是说电视转播的整体套路就是商业化的操作，谁去拍都那个样子。为什么央视春晚要求必须假唱？因为这是晚会转播，只要上卫星播出就必须如此，真唱的效果不符合卫视转播的那套审美观。而我们的晚会必须要真唱的，所以现场的声音一旦要录播出来，大家都会不习惯。因此很多人说你们那个声音怎么那么不好，包括画面也都被批评。这个我们也有反思，但是条件确实有限，即便我们想到，但也不一定就真能改变。

冯巍（中国传媒大学艺术研究院）：说到现在，我特别突出地感到，我们就是在把春晚作为一个国家符号来解读。当然，这个研究对象有了巨大的变化，80年代初只有一台春晚，就是央视春晚，现在却有形形色色的春晚，地方春晚、打工春晚，乃至比打工春晚更草根的春晚。打工春晚算是比较有组织的，还有那种在网上传了一些节目片断的、老百姓自娱自乐的春晚。如果把春晚作为一个国家符号，就不能把它看成是一个特指的单独概念。按照逻辑学的讲法，现在的春晚应该是一个集合概念。春晚能成为“新民俗”，能作为一个“文化共同体”来看待，就是因为它不只包括央视春晚，也包括地方春晚、打工春晚等各级各类春晚。央视春晚和打工春晚，无论是节目内容还是观众群体的覆盖面，及其被赋予的文化政治解读，都靠近这一系列春晚的两端。

我这次看了三台地方春晚，都是南方的。一个是东方卫视，马年春晚的主题词是“情暖东方”，我是北方人，一开始下意识地就想看看上海那边的春晚是什么样。总体上，商业气息很浓郁，比如李宇春、罗志祥会重复地演节目，还出现了若干个影视剧组的演职人员集体跟大家拜年，甚至直接说某部电视剧正月初二就在东方台开播。还有一个是安徽卫视，马年春晚的主题词是“万马奔腾幸福年”。最突出的一点，没有大明星，至少没有我熟悉的明星，多人合唱很多，主持人直接全程参与说相声、演小品；虽然也提到很多中国概念的东西，什么红灯笼、中国结，什么南方花、北方雪，但是，我感觉没有凝成一个整体。

再一个是湖北卫视，主题词是“全球华人年夜饭”。这是我比较欣赏的一台春晚，推荐大家也看看。这台春晚给我的感觉特别好，我认认真真从头看到尾，因为它就像祝老师说的，让我找到了 80 年代的感觉，借用杨坤的说法就是“走心”。节目编排节奏特别舒缓，它关于“年”的概念从一开始就打造出来了。开场歌舞后的第一个节目，就是相声《我的中国味》，讲年夜饭。晚会节目的编排技巧，我是外行，但我发现它有一个循环，从整体上强调、贯穿和体现的就是“过年味”；从“中国味”开始，然后是它自己的地方特色，“荆楚味”，再接着也有国际范、“国际味”。整台晚会二三十个节目基本上是 3 个循环，每个循环都有相声、歌曲、舞蹈，每个循环都是中国味、荆楚味、国际味交融。我印象特别深的一个节目，就是校园民谣 20 年的纪念演出。那些熟悉的人坐成一排，一个接一个唱我熟悉的歌，当年的总制作人也坐在台下。主持人这个段落特别提到武汉高校有多好，大学生有多好，提到白衣飘飘的时代，还特别强调高校的质量和学生的数量。在春晚的这种语境里，突出了对文化内涵的看重，这种自觉意识特别强。

对比央视春晚，我印象最深就是黄渤的那个节目。也许因为他一直在跑，尤其是最后有点狂奔的效果。我就想起了一个词，“速度狂热症”。如果央视春晚是一个社会症候的话，黄渤这个节目就是象征意味最浓的。

回到湖北春晚，特别好的一点，就是那种从容和分享的感觉，真的是台上台下在联欢，符合我对春晚的期待。其实，现在讨论春晚，就是对春晚依然有期待，希望年三十晚上有一个很好的节目陪着我们。最后说一句，关于收视率统计，姑且不考虑有些人是通过网络观看的，我觉得既然春晚是一个集合概念，那么，所有春晚的收视率都要综合考虑，这样才会对“春晚现象”有一个更全面的把握。

吴可：我想补充一下。刚才冯巍老师提到各地方春晚，并指出春晚应该作为一个集合概念进行考量，但就是在这个集合里，也要考虑各要素的权重或地位的问题。我在网上也搜了一些资料，今年很多地方台春晚受到好评，但收视率也还是比央视春晚要低一些。而且有一个现象很常见，但可能容易被忽视：就是不管地方春晚再怎么好看、再怎么受好评，它必须选择——其实不是选择——它不得不和央视春晚错开，要么提前、要么就错后，反正是绝对不能挑战大年三十儿从晚上8点到凌晨这个时段。所以，这也说明春晚这个概念，在涉及地方卫视的时候，它的集合的有效性，我觉得还是有争议的。因为现在一提到春晚，首先想到的肯定是央视的春晚，它的霸权地位短时间内好像还没办法去撼动。

符鹏（首都师范大学文化研究院）：我接着吴可说两句，前面祝老师对春晚历史过程的分析，我特别认同。事实上，春晚在80年代出现，和改革进程差不多同步。改革开放在起步之初就面临一个意识形态困境，而春晚作为一种形式被创造出来，其实在某种意义上是为了应对这种困境。所以，从80年代到90年代前期，我们看到春晚有不少语言类节目，显示出鲜明的讽刺色彩。之所以允许这样的讽刺性表意空间存在，我觉得和改革意识形态在民心中的共同基础有很大关系。就是这个共同基础，使得国家知道这样的讽刺性力量其实能化解矛盾，并维持普通人的改革信念。正因为有这种自信，所以对它来说，那种讽刺的力量是可以通过化解机制转换到自己内部，继续推动改革进程的。但是，随着改革深度推进带来的利益分化和阶层重组，原来还能自我修复的意识形态信念逐渐丧失。事实上，改革内部的分化已经非常剧烈，让那些具有讽刺色彩的节目在这个表意层面丧失了原有的位置，因为对于这种意识形态危机而言，任何一种讽刺都会变成一种瓦解性的力量，危及原来的改革。

从语言类节目在春晚的不断减少，可以想见改革内部的分化如何不断扩大，以至于一切影射的语言都变得不合时宜。如果我们以此来对照打工春晚中语言类节目的讽刺，会发现它与前者不同。刚才有朋友已经指出两者在形式上暗含的共同点，但同时，央视春晚确实是打工春晚不满和讽刺的对象。在打工春晚中，这种讽刺指向权贵势力、指向国家资本、指向市场等等。显然，这种讽刺性力量是外在的，它有一个具体的对象物存在，而央视春晚必须将这种力量化解到内部才行，它不可能创造一个新的具体对象物。

所以，在打工春晚通过讽刺性力量来创造自己的主体性的时候，我们要看到，这个主体性在今天的大格局中的位置，已经不能简单等同于过去的左翼政治。在前三十年的社会主义实践中，左翼政治作为国家的基本理念，代表劳工阶级的利益。而在今天，这个利益不再与政党政治直接等同，只是不同阶层的多元利益中的一元而已。从这个角度看打工春晚，它的主体性诉求是显而易见的，但同时也面临着内在的危机，因为它没办法摆脱央视春晚作为一个巨大的阴影、巨大的讽刺对象，来单独谈自身的主体性。我们当然承认这种劳动者的文化实践的丰富内涵，但一旦离开这种讽刺性构造原则，它的文化表述方式可能就会面临种种困难。我刚才听很多老师都讲到，打工春晚需要借助其他力量发出自己的声音，比如李云雷老师特别说到，打工春晚借助各种游击战术的方式让自己凸现出来，可是在这个过程中它也面临巨大的危险。比如说它会遭遇流行文化的渗透，但有时候又不得不借助流行文化的形式，甚至是主流意识形态的表达方式来展现自己，这时候其实也是打工群体表述自己的危机时刻。从这个角度说，寻求打工春晚的主体性会遇到很多的表述困难。今天，我们重新讨论这种主体性，不能轻易地将它与既有的左翼历史的成功经验进行对比。这不是说要放弃左翼政治的诉求，而是要深究这种政治诉求在当代历史中到底处在什么样的思想环节，如何重新激活这种历史资源和政治意识，怎么样把它转化为今天的内在主体性。我觉得，这是非常困难的工作，需要我们重新去面对当代史的展开过程，看这个过程是怎么展开的，在今天如何产生新的现实力量。

还有一点，前面有老师提到张承志对打工春晚的评论，我再稍作补充。他讲，一开始看打工春晚，认为有些简陋，这种感觉的消失是在他看到央视春晚之后，觉得央视春晚更粗俗。对照之下，他觉得，打工春晚的简陋里包含着真诚。显然，从这种接受心理的变化来看，张承志的评价内含着某种文化理想的诉求，而这种文化理想他没有直观地从打工春晚里看到，但是有了这个对比之后他就觉得也许会有。我认为，这其实是我们今天重新面对左翼理想应该特别关注的问题。我们要如何重塑左翼的理想，一方面，新工人在现实生活中进行着各种文化实践的尝试，如何为这种尝试找到新的方向，是非常具有挑战性的理论课题；另一方面，打工春晚对劳动价值和尊严的张扬，包含着某种普遍性，能够在不同阶层的劳动者那里获得一些共同的回应。可是，今天新工人寻求的自我主体性，不再是当代文化政治的直接表述形式，它只是在多元的文化格局里处在某种位置而已，如何通过这种位置关系来构造一个共同的理想，也是巨大的思想难题。

金永兵：刚才听了大家的发言觉得启发很大，特别是将央视春晚和打工春晚并置，带来了一个别开生面的关于春节文化和娱乐的新的解读，把春晚这个文化样式背后所蕴含的很多内容和层面呈现了出来，我觉得这非常好。我还有一种感觉，我们在这样做的过程中其实还充满着悖论，我们在这两个春晚的对比中，赋予了春晚这种娱乐形式很多有意思的内容，但这样会不会过于沉重，有没有一个阐释过度的问题？换句话说，我们这个阐释和解读有没有把央视春晚过度政治化的问题？我们在做这样表达的时候可能还需要有一个反思，尤其是当将一种全民的节日娱乐形式与打工春晚，与特定阶层的娱乐表达方式进行对比的时候，会有一种不对称感，有一种先入为主地带着特定意识形态倾向去解读央视春晚的感觉。

我有一个个人经验：作为普通百姓，而不是作为所谓知识分子，我有一年在国外赶上过春节，那里没有春节的氛围，也没机会看春晚，当然我也没想过要在网络上看春晚，当时也觉得过得挺开心的，过去了也就过去了，没觉得少了什么。今年碰巧我一个人在家过年，我把除夕晚上所有的时间都给了春晚，看了也就看了，并没觉得今年春晚就比往年差到哪儿去，没有赵本山我也没觉得春晚的柱子就塌了。这都是我真实的体验，就像鞭炮霹雳啪啦响的时候，谁在那儿唱、谁在那儿演，没关系，它只是一个消磨时光的方式，只是过节的一个环节，就像贴春联、放鞭炮一样，如此而已。在这种意义上讲，我觉得哪一年的春晚好一点或差一点，问题不是很大，但是，如果在有浓厚春节氛围的情况下，有没有春晚是不一样的。如果把春晚作为一个民族国家的全民娱乐形式，在传统节日的氛围中，应不应该取消春晚，就值得商榷了。它作为全民娱乐，是一家男女老少一起看，在这样的情况下，就像大家讲到的，它为什么是以普遍话为主体？因为要符合这么多不同人群的需求。除夕之夜家庭团圆需要有这样一个场合，适合一家所有人都可以参与或关注的娱乐形式，一个民族传统中的节日狂欢形式。所以，家的问题、年的问题、民族文化传统的问题在这里都呈现出来了，很有意味。但是，如果我们赋予它太多意识形态的内涵，给予它太多政治解读，合不合适，有没有一个度的问题？我没有答案，只是想把问题提供给大家，希望可以引起大家的思考。

刚才符鹏老师讲到关于春晚作品的讽刺性的问题。其实，在过年过节的时候，我们有多少激情和需求，说我们要战斗、我们要讽刺，有没有这么多的需求？讽刺当然会引来巨大的兴奋乃至共鸣，但是这些讽刺也只是娱乐而已，能有多大现实力量，是个问题。劝百讽一，但即使有了讽刺又怎样？春晚只是我们的一种节日娱乐形式，或者说一种新的民俗文化形式，正如一般民俗中并没有太多一定要解读出的政治内涵，当然是有，但没那么多。在这种意义上，如果春晚被定位成新民俗的话，其中也并没有太多需要我们拔高的所谓政治内涵。

关于央视春晚，我个人认为还是应该力挺其存在的，至于怎么办好，办成什么样，另当别论。央视春晚办了几十年，本身已经成为一代人的文化记忆和期待，是我们共同的文化意识的有效组成。不能没有载体、没有形式，我们就可以形成文化共识，形成所谓文化共同体。但是，当代社会承载共同文化记忆和文化共识的载体及形式却越来越少，拆除很容易，搭建却很难。在这种意义上，央视春晚应该继续存在。当然，我也非常赞同现在的打工春晚，大可以存在，大可以发扬光大，作为一个另类的存在，作为与央视春晚截然不同的存在，我觉得对于推动春晚这种形式的发展，都是极为重要的。

秦兰珺（中国文联文艺资源中心）：我想对刚才老师们提到的关于参照的问题、关于过度政治化的问题做一个回应。我的方式是提供另一组参照，不知道合不合适。大家知道中国文联每年也有类似春晚的晚会叫“百花迎春——中国文学艺术界春节大联欢”，取“百家争鸣、百花齐放”的“百花”，“百花”要迎春节、迎春天，合起来就是“百花迎春”。之所以提出用“百花迎春”作为春晚的参照，首先是因为中国文联有音乐家协会、舞蹈家协会、戏曲家协会等，这些协会的艺术家都具备上春晚的资格。第二点，因为他们作为已经进入体制、获得国家级会员资格的艺术家，实际上已经在各种竞争中胜出，他们本身就是主流艺术、权力或者经济关系的表达者，这和春晚也有一定关系。

但是“百花迎春”和春晚有什么不一样呢？如果说，在某种意义上，春晚是通过艺术形式表达对国家的认同。那么，“百花迎春”则首先表达的是大家对文学艺术界这个共同体的认同。当然，由于受到领导关注，要上电视，他们很多时候也会和春晚有一样的顾忌；但是在社会功能上，“百花迎春”的定位毕竟和春晚不同。正是由于演员群体的重合，又由于社会功能上稍有不同，我觉得，“百花迎春”可以成为研究春晚的重要参照。或许一些节目、一些演员在表演细节上的差异，可以让我们看到在不同社会功能的要求下，艺术会有哪些不同的应对手段；有哪些艺术由于自身的特点，又是不能被我们做过度政治化解读的。

盖琪：我很简短的说一句，就是关于“过度政治化”的问题。首先我赞同保留春晚，这是一种无论是为了维护文化共同体还是单纯为了节日娱乐，都非常有价值的形式；其次我想说，“央视春晚”和“春晚”是有区别的，不是我们把央视春晚过度政治化了，而是它自己把自己“过度政治化”了。在央视春晚播出当晚，其他地方台春晚不能同期播出，这本身就是一个典型的过度政治化的行为，所以我们希望央视春晚能先从过度政治化的思维定势中走出来。

赵铁凯（北京大学中文系）：春晚开头有一段微电影，我个人挺欣赏这段影像带有的解构性，在春晚开始前先解构一番自己。比如说有一个很深的印象，有个南方人说“北方的笑话听不懂”，在别人吐槽前，先自我解构一番，说明从主办方来看，春晚究竟还是一场晚会。如果我们设身处地来想一想，假如我来办春晚，那我办一个什么样的春晚？我肯定要一个符合春节氛围，让观众高兴的春晚。怎样才能高兴？可能要更多歌舞，有一些讽刺性的东西固然会给我们力量，但太多讽刺会给我们泄气，那可能会少一点，还必须老少咸宜。从具体执行者的角度看，很多做法是可以理解的。还有，有时候我们可能对某些东西的批评是受先入为主的意见影响，有的人因为不喜欢央视，所以不喜欢央视的一切，失去了理性分析的能力。这是一种倒置，对任何东西还是要理性地分析它的好与坏。

陈亦水（北京师范大学艺术传媒学院）：刚才听到各位老师和同学的发言很受启发，这里我也简短表达一下自己的感受。我主要想提出对全民大吐槽和央视春晚的反思。也就是说，它们二者之间，真的看起来如表面上那么针锋相对吗？它们在本质上真的对立吗？我估计在座的各位大概或多或少都参加过全民大吐槽，至少我本人也在除夕偶尔参与了，但是后来越来越发现其实没那么简单。

第一，春晚的本质是文艺大联欢，而文艺大联欢的本质，其实是来自我们的革命传统，最早在战争时期，在共产党领导的人民军队里，曾经发挥着社会动员的作用。而文艺联欢作为社会动员，它行之有效的前提与新工人艺术团类似，必须从创作者到演出者再到观众，一定都是人民，而且这个人民一定都必须能够基本无障碍地分享同一种价值观和同一种意识形态。所以说，文艺大联欢本质上是一个建立和认同文化共同体的过程。但是在今天，这个过程显然失效了。

第二，今天有目共睹的是，意识形态坍塌之后，在舞台上，央视春晚近些年开始用相当廉价的噱头，通过讽刺社会内部被压抑的群体来当作笑料包袱。

第三，我想着重说的是，有关舞台下全民大吐槽的反思，所表现出的这种共同体危机，实际上并不比舞台上所暴露出来的危机高端多少。但是，舞台下的全民大吐槽却完成了央视春晚想要完成而无法完成的任务，就好像汪峰因为得不到关注反而得到关注那种怪诞的逻辑。现在在 SNS 上，恰恰是因为央视春晚建立想象共同体的努力失败了，我们却因为它的失败而成功建构了某种想象的共同体。但是，我们建构想象共同体的方式，并不是像新工人艺术团所建构的那种社会阶级、性别、职业身份认同，全民大吐槽所建立的想象共同体，用一句比较时髦的话说，可能比较偏激——是某种负能量的认同，本质而言是齐泽克意义上的犬儒主义的理性认同。再用一个比较时髦的话讲，就是你通过充分感受来自这个世界的恶意，从中获得了正能量。我们今年的春晚，其实过得比蛇年、龙年、虎年春晚都要开心，但是，看看全民大吐槽却不难发现，其中充满了太多的阶级优越感、种族仇恨，还有性别歧视。这些东西最后统统成为我们的槽点，所以我觉得全民大吐槽相比央视春晚失败的建构认同过程，反倒是更没有底线。

在此意义上我想追问的是，我们纵然能够充满洞察地发现来自社会内部的主流意识形态的宣教，进而去吐槽它；但我个人认为，这种幽默、机智的批判，好像跟我们所吐槽的对象有所区别，实际上没有我们想的那么大。问题在于，我们几乎不能感知经济全球化所建立的文化全球共同体带给我们的意识形态宣教，也就是说，全民大吐槽和春晚本身所压抑和遮蔽的现实，却常常被我们忽略，而且我们拒绝面对。比如说，我们在 SNS 上吐槽的时候，可能某种程度来说，都怀着一种小资趣味，或者某种消费文化的审美逻辑。不管是我们在吐槽还是在欣赏央视春晚，都以为所处的是一个纺锤型的社会，可以根据我们所臆想的社会现实进行吐槽，央视春晚也是根据这种臆想去建构这样一种想象共同体。但是，我们真正面临的是什么社会架构呢？前年清华大学社会学教授李强他们做的调研发现，今天的社会结构是倒丁字型，底层群体超乎想象地大。然而今天无论是在舞台上的演出，还是舞台下的全民大吐槽当中，根本看不到这种倒丁字型的社会结构或社会意识。我想问的是，这个倒丁字型社会中如此庞大的底层去哪儿了？他们如何变得不可见了呢？所以说，我们意识不到的问题是，经济全球化已经越来越成功地建构着某种消费文化共同体。今天，我们居然和美国中产阶级越来越毫无障碍地去分享着同一种价值观，同一种情感结构。

最后，我想举一个现实中的例子，虽然它并没有发生在中国，但是确实隐喻了世界上的发展中国家，尤其是正在崛起的中国的文化身份的问题。在索契冬奥会上，来自南太平洋岛国汤加的一个运动员，因为受到德国一个叫博奴百纳尼内衣品牌的资助，连名带姓改成博奴百纳尼，他就以这个名字去参加冬奥会的，而且汤加政府为此已经在 2010 年，给他颁发了一个叫博奴百纳尼的全新身份。这意味着什么呢？意味着不仅这个汤加运动员此生都要叫博奴百纳尼，理论上，他的后代都要以百纳尼为姓，而这个姓氏来源于一个德国内衣品牌。虽然这相当怪诞，但它却毫不妨碍这名汤加运动员走进冬奥会场时那一脸兴奋自豪的微笑，还有他头顶上汤加王国的国旗。所以，我就想，今天中国面临着转型期，不管我们的身份为何，无论我们想象的共同体的建构过程多么失败，不管我们怀着多么布尔乔亚式的小资趣味；只要我们头上顶的还是五星红旗，用戴锦华老师的话就是，中国就还是这个世界仅存的不超过五个国家的 title 里边还保存着 people，保存着“人民”这个概念的国度。

而从春晚暴露出来的这个共同体危机来看，我们似乎已经丧失了那种积极去建构或者认同某种共同体的能力，更不要说我们在今天该如何去面对和处理来自外部的经济全球化和文化全球化的能力了。所以也就是在这两个意义上，我个人觉得打工春晚是特别值得关注的。另外让我觉得巧合或者幸运的是，打工春晚所试图寻找和整合的共同体，恰好与《宪法》中所规定的那个领导阶级及其同盟极为吻合，我以为这可能是真正的人民。某种意义上说，打工春晚，可能也是面对今天共同体身份危机的一次人民意义上的突围。

以上这番话，就是我对除夕之夜的全民吐槽的一种反思。

王恺文（北京大学中文系）：我想针对这位学姐还有吴可师兄的发言说一个问题，就是全民大吐槽。在春晚开头听到主持人说吐槽这个词，我非常惊讶，因为这个词是网络亚文化群体使用的，在之前从没看到一个主流媒体会在这样的场合使用这个词。当这个词出现在春晚舞台的时候，我觉得春晚不是像吴可师兄说的那样丧失了主体性，变得不接地气，而是它接的这块地气变了。当我们这些深深卷入网络亚文化的一代看春晚的时候，会觉得乏善可陈，觉得这些语言类节目使用的词语和段子都是我们看滥掉的。但是当我父母看的时候，他们没这个感觉。有一个人吐槽是这么说的："当我看春晚的时候，我听了上句就可以说出下句，因为春晚的相声、小品用的全是老段子；但是我父母就是一脸诧异，他们根本没听过，他们甚至觉得我有说相声的才华。"春晚作为主流文化的代表，汲取了大量网络亚文化元素，包括形容蔡明的"毒舌"都是动漫亚文化圈使用的词语。所以我觉得春晚在接网络这个地气，但是距离网络之外的世界越来越远，包括今年各种小品和相声中的各种热点事件，都是通过网络炒热，进入主流文化视野，最后再进入春晚的。当主流文化的生产场域逐渐移向网络，春晚的主创者和预设观众都深深地带有网络的烙印，那么如何关注网络之外的世界，就成为春晚面临的一个问题。

孙佳山（中国艺术研究院马克思主义文艺理论研究所）：时间不多了，我就简单接着金老师、祝老师刚才提到的几个问题谈一下。实际上，如果谈我个人感受的话，今天多少还是有点失望的。可能由于学术体制的原因，整体上今天下午的讨论，有些过于意识形态化，这种理论上或自身逻辑上无懈可击的解读，或许脱离了今天春节、春晚和我们现实生活的实际关系。我想通过对春晚发生学的梳理，简单展开一下。

首先，今天的春节节日形态，也是一个新民俗。春节作为法定假日，是从袁世凯时代开始的。辛亥革命之后，民国政府规定从 1912 年开始废除农历、强制用西历，也就是只过元旦、不过春节，所以袁世凯为了迎合全社会的反抗情绪，在1913年把春节作为法定假日。而国民党在北伐之后，在1929年又恢复了之前的西洋历法，继续要废除春节，并且通过暴力的方式驱散民众春节期间的节庆活动。刚才祝老师提到“过一个革命化的春节”并不是在“文革”时期才有，最有“民国范儿”的20世纪30年代，国民党政府也明确提出过“过一个革命的春节”，还请来了“民国范儿”教育楷模蔡元培出来站台，告诉老百姓西历多么好。中国现代春节问题的解决，也就是该过阳历年还是过农历年，是在1949年，第一届全国政协明确规定农历春节放假，阳历元旦也放假，各过各的年，这种时间双轨制的模式才得以稳定下来。所以在这个意义上，我们的春节、春晚问题都是一个如何将传统时间和文化秩序进行现代性转换的问题。春晚的兴起并一直持续到今日，恰恰是因为其植根在现代春节的文化脉络中。

其次，刚才陈亦水提到“大联欢”的娱乐形式，可以解释为什么春晚能够在20世纪的时空结构中留下位置。大家都认为第一台春晚是1983年春晚，其实第一台春晚是1956年春晚，当时是中央新闻电影制片厂拍摄的，并通过电台全国直播，这个片子也通过电影纪录片的形式制作了出来。所以1983年春晚没那么大的开创意义，很大程度是借鉴了1956年春晚的很多形式。

因此，在这个意义上，我刚才说今天很多解读都有一些过于意识形态化，就是这个原因。大家把春晚放置在从1983年春晚开始的序列中，放在改革共识的框架下，认为春晚是改革开放的文化逻辑的产物，而忽略了春晚其实是植根于现代春节，忽略了这种现代新民俗在20世纪文化时空中的结构性位置。

刚才祝老师说没找到春晚商业化的时间节点，其实这个时间节点是有的，就是在2000年。2000年央视春晚正式采用了圆形舞台，比较适用于商业演出的空间布局，也就是说，新世纪伊始，央视春晚的商业观演模式已经正式确立了起来，今天的问题不过是新世纪十几年来自然衍生的结果。在这里，我不太同意吴可的一些观点，确实，选秀节目出来的歌手这两年大规模出现在央视春晚，但问题是在春晚之外，2013年有哪些歌曲给我们留下了深刻印象？是选秀节目有，还是青歌赛有？并不是春晚推没推出新人新作的问题，而是当下整个娱乐文化出了问题，春晚的问题其实缩影了20世纪娱乐文化在今天的困境。同样，我们说春晚没有好的小品、相声等语言类节目，那么2013年有哪个小品、相声给我们留下了印象？还是没有。所以我特别同意金老师说不要过于政治化地解读春晚，春晚很重要，但是它没有那么大的功能，春晚再漂亮也解决不了今天娱乐文化面临的问题。新世纪以来，我们整体的社会结构已经和20世纪有了明显区隔，所以这里面就有一个文化周期律的问题，现在确实到了一个大的文化转折阶段，春晚自然也逃不出这个框架，我们不该把当下娱乐文化的各种问题都往春晚里扔，说白了，除夕晚上那点事，平时也没好到哪儿去啊。

最后回到打工春晚。打工春晚出现在2012年，1990年开始的“春兰杯”观众最喜爱的春晚节目评选，恰恰也是在2012年终止的，而全民吐槽现象也是在新世纪新媒体文化形态逐渐主流化的过程中出现的，每年正月十五评选春晚节目座次之所以在2012年终止也是这个原因，再评选就成笑话了。

所以，打工春晚的意义在于，它是一个真正不同的春晚类型。因为各种形式的春晚热闹三十多年了，地方省市春晚、部委春晚等，尽管挺热闹，但都没有突破央视春晚的类型。我不太同意刚才盖琪老师提出的央视利用了国家权力的说法，就像我最初说的，这一开始就是一个现代民族国家从传统到现代性转换的必然结果，不可避免也没法克服这个问题；但是地方春晚也好，部委春晚也好，我们似乎也没发现哪个地方春晚或部委春晚突破了央视春晚的类型。检验标准很简单，这三十多年，那么多春晚，除了央视春晚之外，哪个春晚形成了大规模公共话题？恐怕还是没有。

因此，打工春晚是除央视春晚之外，改革开放以来第一台形成社会公共话题的春晚，虽然有很多问题和瑕疵，但它是央视春晚之外一个有着明显区隔性的新类型。它汲取了20世纪最具生命力的联欢晚会的文化形式，这也是它能迅速和央视春晚那种类型拉开距离的原因所在。

在这个意义上，打工春晚的独特性就比较清楚了，它扎根在20世纪最有生命力的文化根脉中，试图处理的是21世纪的全新问题，这种新的春晚类型直接指向一直在改变中国命运的那三分之一人口。时间太晚了，就说到这吧。

崔柯：接下来我们请祝东力老师做一个总结。

祝东力：不是总结，耽误大家一点时间，就是想感谢一下北大中文系，感谢金永兵老师，还有北大中文系各位同学，另外感谢孙恒老师的这个团队，还有出席论坛的新老朋友们。今天论坛的质量相当高，北大同学确实有水平，这就不多说了。我用一点时间再介绍一下我们论坛的一个特点，刚才云雷介绍说，平等交流是论坛的一个特点，我觉得还有一个特点，或者说是我们的一个追求，就是论坛特别强调互动性，也就是对话。“对话”这个概念这么多年来在我们的理论语境里面，已经把它的原始含义消磨掉了。今天我听好几位都说“在谁谁的意义上”，我也套用一下，就是在巴赫金的意义上，对话，是强调对等的、旗鼓相当的，不同观点立场之间的一种碰撞，实际上也是苏格拉底意义上的对话。在古希腊，对话（dialogue）和辩证法（dialectics）实际上是一个意思，都是通过交换看法，最后超越初始的不同立场观点，达到一个更新、更高、更综合的立场和观点。我们这个论坛确实有这样一个想法，通过这样一种对话式的研讨，使论坛成为一种思想生产的机制、理论生产的机制，成为一个集体的、大家都在场的思想方式，希望这越来越成为我们论坛的一个特点。这是我要说的意思。

另外，就是非常真诚地邀请大家，欢迎大家今后继续参加我们的论坛，特别是今天第一次参加论坛的新朋友。我们一般是在每个月中下旬的星期四下午，大概是这么一个时间。我就说这些，谢谢大家！

崔柯：谢谢祝老师！我们今天的讨论就到这里。谢谢大家！

（根据速记整理，经过本人校订）

青年文艺论坛2014第三期

文艺与政治：意识形态去哪儿了？

——以当前文艺作品为中心

主持人：陈亦水（北京师范大学艺术与传媒学院）

主讲人：李玥阳（中国传媒大学中国文化国际推广研究所）

孙佳山（中国艺术研究院马克思主义文艺理论研究所）

时　间：2014年3月27日（周四）14：30—18：00

地　点：中国艺术研究院334会议室

主　办：中国艺术研究院马克思主义文艺理论研究所

编者的话

热播美剧《纸牌屋》向我们展示了当代文艺想象政治的一个重大变化：在当前文艺所想象的政治生活中，意识形态的对立趋于消失，而权力斗争则浮出水面，成为文艺关注的中心。不仅《纸牌屋》如此，中国的《甄嬛传》、韩剧《继承者们》、英剧《神探夏洛克》，以及众多的文艺作品，也都从不同层面涉及这一问题，可以说这是一个全球性的文艺现象。这一现象的出现，与冷战结束后意识形态对峙的淡化、"去政治化"的政治、政治的公共性与代表性的弱化等诸多问题息息相关。

本期论坛以这一现象为中心，深入探讨了当下文艺想象政治方式的变化及其成因。不仅详细分析了美版《纸牌屋》如何在大数据时代下，将原创叙事改写为美国梦的成功逻辑，并指出其背后的技术专制主义的表达，还着重说明了宫斗叙事在当前为何能成为主流文艺的话语方式，更揭示了这一当前世界范围内可通约的文化表征背后的资本逻辑。这些讨论将有助于我们深刻理解当今世界的严峻现实，理解 21 世纪第二个十年文艺与政治关系中的新问题、新症候、新趋势。

陈亦水：大家下午好，欢迎参加中国艺术研究院马文所举办的第三十四期青年文艺论坛。本次论坛以当前的文艺作品为中心，主要讨论文艺和政治意识形态之间的关系。非常感谢各位老师和同学对本次论坛的支持，身为马文所的毕业生，我也非常荣幸能够在此为大家做主持工作。

今天的题目是“文艺与政治：意识形态去哪儿了？”大家都知道，今天我们面临着一个冷战结束之后的经济与文化全球化的时代。一部美国热播的政治剧《纸牌屋》，可以在中国及其它第三世界国家同步分享；一个看似是去政治化的韩国青春偶像剧《来自星星的你》，也可以几乎无障碍地受到跨国、跨区域的追捧；同时，配上斯瓦西里语小语种的中国家庭伦理剧《媳妇的美好时代》，同样能在非洲各国广为流传。根据上述文化全球化的种种表征，再看今天的热播美剧《纸牌屋》，它或许向我们展示了当代文艺想象政治的模式的一个重大变化；在文艺想象的政治生活中，意识形态的对立趋于消失，权力斗争则浮出水面，本期论坛正是意在深入讨论当下文艺想象政治的模式的变化及其成因。下面有请中国传媒大学的李玥阳老师为我们做精彩发言。

李玥阳：各位老师大家好，非常高兴又有机会和各位老师进行交流。我今天主要讲《纸牌屋》，其实我并不是英剧的粉丝，也不是美剧的粉丝，在找材料的过程中，可能也并不是非常全面，所以有一些判断我自己下的并不是特别有把握。今天有很多专家都来了，也请各位老师能给我多多指正。

《纸牌屋》有几个脉络，一个是小说《纸牌屋》。小说《纸牌屋》是 1989 年出版的，作者身份很特别，曾担任过撒切尔的幕僚长。小说出版后马上就流行了，一年之后被拍成了英版《纸牌屋》，很快就播出了。这个英版《纸牌屋》得到了1991年艾美奖的九项提名，而且最后拿下了最佳导演奖，之后又得了金球奖的最佳视后等一系列奖，被英国电影协会列入100部最佳英国电视剧。美版《纸牌屋》是2013年由Netflix公司制作，这个公司原本是互联网流媒体视频网站，也出租DVD，《纸牌屋》是它的一个原创作品。

围绕《纸牌屋》我想从几个方面说。首先想说一下从小说《纸牌屋》到英版《纸牌屋》的变化。小说《纸牌屋》被《三联生活周刊》称为政治家写的政治小说，认为它开启了黑暗政治小说的脉络。作者道布斯是政治家，一直在英国保守党内担任要职，据说撒切尔第一次竞选首相时就是他告诉撒切尔说，你当选了。但是1987年撒切尔第三次当选时，道布斯说，撒切尔坚定地认为这个幕僚长想害她，所以他失宠了。因此道布斯是因为这种比较个人的遭遇，以自己很特殊的身份开始了小说的创作，他想写一部能颠覆传统政治小说的作品，同时希望能对撒切尔政府狂轰滥炸一番。他本来是一种报复的想法，想把撒切尔的保守党政权说得很黑暗，但是就他提供的思想资源看，其实并不新鲜，就是自由主义传统中一直讨论的那些问题：比如人性是自私的、利己的等等。而且他从英国文学传统中信手拈来了现成的东西：比如说《麦克白》、比如说《理查三世》。值得注意的是，小说也有不一样的版本，小说第一版基本上是建立在一个麦克白式的表述当中，是一个现代麦克白的故事，厄克特是这里面的主人公，他因为首相没有兑现承诺，非常愤怒，所以开始了黑暗的手段。在这个过程中，其实厄克特自身也并不好过，他像麦克白一样，也恐惧、也虚弱、也外强中干。而且在小说结尾，厄克特本人还受到了惩罚，真正胜利的是年轻记者玛蒂。玛蒂拿到了他的录音证据，一番交涉之后，厄克特在第二天早上跳楼死了，最初是这样一个结尾。

在第一版小说中，厄克特虽然自私、有野心，但他是受到批判和谴责的，还是正义的力量取胜，最终否定了厄克特；因此第一版小说还不构成我们现在所说的腹黑表述，还是比较正面的，而且这种正面的表述也和作者对撒切尔的正面评价相吻合。作者尽管想狂轰滥炸撒切尔，但他始终认为撒切尔不是厄克特这个层次，而是一个有远大抱负的、追求野心和强权之外那些东西的政治家。当然尽管这样的作品还不属于后来的腹黑小说，但它相对于英国的政治小说传统还是很不一样，英国政治小说的传统一向都宣扬代议制民主的优越性，小说《纸牌屋》相对于这个传统是非常不同的。这个小说一经出版就很畅销，被BBC拍成迷你剧《纸牌屋》，腹黑的表述大概是从电视剧版本开始的。在形式上，电视剧比小说更像《麦克白》。首先，主演伊恩·理查德森，就是英国最著名的莎士比亚剧的演员。得知他来演《纸牌屋》，作者非常高兴，到处宣扬说竟然是由他来演。理查德森自己也说，整个演出过程都是按照《理查三世》的方式去演的。

同时电视剧也完全改变了第一版小说的叙事。第一版小说本身没有大段独白，只是叙述了故事，因为没有这些独白，所以小说没有强烈的意识形态特征。BBC 的电视剧试图模仿莎士比亚式的独白，所以就让这个厄克特对着镜头用间离效果不断去表述内心的思想，而这些独白事实上的确为这个电视剧增加了更多的意识形态特征。第一版小说中厄克特的这些野心、自私，其实也是自由主义一直在讨论的问题，并不是新世纪我们所面对的这种新自由主义；但是在 BBC 的电视剧当中，新自由主义就越来越明显了。电视剧改变了小说的结尾，这个厄克特不仅没死，而且还当了首相，大获全胜，不再像小说那样受到惩罚，所以在电视剧当中，我们进入到了一个黑暗、腹黑的脉络里。

紧随着电视剧的热播，作者对小说进行了修改，我们现在翻译过来的中文版本，大概就是根据他修改以后的版本来翻译的，我不知道他中间进行了几版修改，但是和原来的英文版本完全不一样了。首先在一开始加入了一个阐述厄克特内心人生观的序言，然后在每一段剧情开头也加入了厄克特的内心独白，比如“要狠就要狠到底，中途心慈手软是没有任何意义的”，“我的妻子莫迪马总是提醒我，政治和战争根本就没有区别”等等。同时，第二版小说结尾也改了，他最后还是获得了成功，没有遭到任何惩罚。《三联生活周刊》据此做出一个判断，说道布斯之前的英美文学和戏剧中的政治家形象往往更现实主义，也更成功，但是之后那些正面的政治家形象基本绝迹了，这要归功于道布斯。这里就有一个问题：这本小说为什么会迅速流行，并且被拍成电视剧后，电视剧也马上流行呢？当然我们可以说这个电视剧的制作非常精良，表演也很有技术，但除此之外，还是会有一些很现实的原因。

首先，道布斯具有特殊的政治身份，而小说又直接影射当时还在台上的撒切尔政权，撒切尔第三次当选的时候举步维艰，而且最后的确是因为内阁都倒戈了，被迫辞职。这些现实的对应因素，都使这部电视剧非常敏感。据说在 1990 年英版电视剧播出时，正好撒切尔夫人下台，当时保守党要重新进行党首选举，选举前两天播出了这个电视剧。电视剧一开始的时候，正好是厄克特拿着撒切尔的照片，然后回过头来跟观众说，“没有什么能永垂不朽，即使最辉煌、最悠久的朝代也有结束之时”。

所以这种现实和政治还有文本的一一对应，使得这个剧非常敏感，据说当时梅杰就要求竞选团队一律不准看这部剧，因为大部分看过英版《纸牌屋》的观众都产生了对政治的破灭感，所以这本身也是一个挺好玩的互文结构。

当然电视剧的流行还有意识形态的原因。当时英国已经在经历撒切尔的改革，而《纸牌屋》尽管反对撒切尔，但又恰恰是对新自由主义、对撒切尔理念的一次成功书写，当然只不过是从硬币的另一面重新阐述了这个东西。比如说在《纸牌屋》修改后的小说序幕中，阐述了厄克特的人生观，加入了一段表述，他说：还是面对现实吧，人生就是一场零和博弈，说输和赢都要在政坛见分晓。而这个所谓的零和博弈与正和博弈的关系，本身就是新自由主义内在的二元对立，它一直在试图用好的东西来遮蔽不好的东西，当一个新的自由放任的竞技场被重新构建出来的时候，有个问题一定会被提出：这场竞技是你死我活，还是我们都能活下来？新自由主义学者总是出来澄清说，这是一场正和而不是零和博弈。比如说弗里德曼在他的《世界是平的》里面就不断否认零和博弈。很多美国人表示很焦虑，说我们把制造业都中空化，外包给别人了，那我们自己的工作岗位呢？弗里德曼就出来说，凡是发这种牢骚的人，他的前提都是基于这是一场零和博弈，但事实根本不是这样，我们不会吃亏，我们还会创造出很多其他的工作机会。而反方就不断置疑说，整个资源、能源是有限的，只可能是一场你死我活的游戏。

但是，无论说是零和博弈还是正和博弈，其实并没有本质差异，因为它并没有否定新自由主义的最核心的价值观，就是自由放任的竞争和搏斗，二者其实都没有否认“自由放任的搏斗是应该进行的”，“个人私利是推动竞争的原动力”这些基本价值理念。所以它们更像是新自由主义的两种写法，二者之间完全可以互换，这个小说第一版摇身一变，就变成了小说第二版和 BBC 电视剧，在这个转换的过程中，没有发生任何障碍。我想这本身可能就是一个例证，当经济环境比较好的时候，或者当人们还没有深入到新自由主义秩序内部的时候，还可以维持对自由市场的美丽想象。比如说中国 90 年代中期的大众文化就是一个例证，有很多电视剧里面每个人都开着大奔、宝马，每个人都拿着大哥大、都当着老板。当时人们就是这样想象未来的。

但是伴随着新自由主义在世界越来越深入，资本越来越集中，尤其是 2004 年、2005 年以后，不断出现的能源危机、不断出现的各种搏斗，在这个过程中，可能零和游戏的写法就会成为主流。我看材料里面不断的说，2005 年之后就出现石油价格飙升，2008年曾经达到一个极其疯狂的高位，那时候中国也在闹油荒，很多人就说我们出现了石油危机。但不管是不是把它命名为石油危机，我们仍然可以看到威胁的存在。比如说世界石油的开采方式已经向非常规的方向发展了，也就是必须向更深的地方去挖能源。不管怎么样，我们的确正在遭遇能源不断枯竭的威胁，而且这些威胁越来越大，很多预测都说今后石油价格会不断升高。与此同时，当市场越来越庞大的时候，对能源的需求也越来越多，在这个意义上，这个世界马上就要枯竭了，就要变成了你死我活的斗争。

尽管道布斯并不是出于这种腹黑的目的而写小说，但他却与以后世界的主流不期而遇，观众们越来越倾向于将这种腹黑想象为真实的，说明这种写法越来越有效。同时这种腹黑的方式也支撑了新自由主义的逻辑，当光明的写法失效的时候，这种黑暗的想法促使新自由主义继续向前走。因为尽管黑暗，我们仍需搏斗；只要搏斗了，我们最后还是会胜利的；而且越是黑暗，我们就越需要搏斗。同时，它也体现了约翰·格雷的《自由主义的两张面孔》提出的自由主义本质化的问题。约翰·格雷提出，在新自由主义的脉络中会出现自由主义的本质化问题。他说有两种完全不同的自由主义。一种是一套政治方案，是一种权宜之计，就是在多元主义之间协调各种冲突，使社会达成和谐稳定。他提到霍布斯，说霍布斯具有这种理念。另一种自由主义，他提到哈耶克，他认为哈耶克的自由主义不是权宜之计，而是一种优于一切的普遍方案。在新自由主义的脉络中，当自由主义被认定是权宜之计的时候，就会比较重视具体的历史化和语境化，以及在具体的语境中不同利益之间的协调问题；而当自由主义被认定是普遍方案的时候，本来自由放任经济学语境中的表述，就可能脱离它的具体语境，而成为一个本质化的表述。比如说市场如战场、政治也是战场、文化也是战场、医疗也是战场、教育也是战场，一切都可能是战场。《纸牌屋》当中的厄克特就是以这种理念来叙述政治的，说“战争是政治的另一种延续方式，二者没区别”，这是他的原话。这种普遍方案也会带来整个世界越来越单一的问题，这也就是弗里德曼所说的，世界是平的。

接下来是第二个问题，我要说美版《纸牌屋》的转变。从美版《纸牌屋》里也能看到几个问题。首先，尽管新自由主义一直说世界已经扁平化了，但是对照美版《纸牌屋》和英版《纸牌屋》，我们还是会看到世界好像并不是平的。比如说在英版里面，弗兰西斯·厄克特本身是一个没落的苏格兰贵族，一个满载着荣誉与辉煌的佼佼者，议员与枢密院委员的身份让他获得阁下的尊称，他还是内阁阁员，不列颠帝国勋章的获得者，有着很辉煌的身份。而在小说开始的时候，厄克特就被粉丝追问说，你是不是太老了，该退休了？这个厄克特就说，我还不老，我还有很多雄心壮志没有完成。这个时候，他突然意识到自己确实是老了，衰老了，该退休了，他和妻子都知道时间不多了。因此，厄克特需要在衰老之前重新挽回自己没落家族曾经的地位，重新去振兴自己的家族。

美版《纸牌屋》就完全改变了，弗兰克是从南卡罗莱纳州的小巷走出来的，他的父亲是一个很失败的人，父母关系不和谐，父亲也得不到奶奶的喜欢等，也就是说弗兰克其实是一个穷白人，是一个不断向上爬的小人物。在此，尽管新自由主义者说这个世界已经扁平化了，但我们还可以看到每种文化或者每个现代民族国家，在进入这个新自由主义系统后自身所建构的主体性，或者说我们可以看到这个生物链中的等级结构。如果把英版《纸牌屋》看作一个民族国家寓言，把厄克特看作是一个英国主体的话，我们就可以看到，英国正在以这种没落的老派贵族身份进入到这个新自由主义系统中，而他时时刻刻都希望挽回自己昔日的贵族地位。同时，在这个 BBC 版《纸牌屋》当中，厄克特非常看不起首相科尔，为什么呢？因为他不是贵族。他的原话是，“谁能取代撒切尔的位置呢？竞争者数不胜数，亨利·科尔，民众呼声最高，一个好心眼的傻瓜，没背景、没底线。”紧接着，科尔，这个政治家阐述自己的观点，他提到我们应该找到一条正确的道路，让全国人民团结在一起。厄克特和旁边两个贵族就嘲笑他，其中一个人说，“让全国人民走到一起，这不像妓院一样？”这是一个非常下流的嘲笑。然后厄克特说，“在主日学校学来的那些东西，在这些地方根本就不适用。”主日学校就是星期日学校，是为只能在周末上学的贫民孩子准备的学校。可见，贵族厄克特看不起贫民。随即厄克特马上介绍自己的背景，然后我们就看到厄克特站在一个大庄园的前面打猎，背后是一个大城堡。

所以，如果我们能够将厄克特看成是一个英国主体，那么这个英国主体所看不起的没背景的小人物，恰恰是美国梦的主体，就是一个没有背景的穷白人，而厄克特一直试图并且最终成功推倒了这个小人物，自己占据了首相的位置。所以厄克特的故事看上去很像是一个全球化时代的英国梦，而英剧最近也一直流行这种英伦风，不断推出一些关于贵族的表述，如《唐顿庄园》等，似乎也是在不断复制这样一种想象。而美版《纸牌屋》是以腹黑的方式重写了美国梦，把美国梦中野心勃勃、白手起家的主体，变成了弗兰克这样一个不择手段的黑暗主体。在美版《纸牌屋》中，出现了狼和羊这样一个主题，这个主题英版并没出现，恐怕因为英版一直讲的是贵族重回权力中心这样一个故事，所以在这样的叙事中，其实不存在弱势群体的概念。但在美版中，小人物往上爬，就给这个零和游戏增加了一个垂直的纬度。美版虽然很黑暗，不过并没有否定美国梦的合法性，小人物仍然是可以成功的，并没有冒犯美国最核心的价值观。或者说，美版《纸牌屋》试图在不太有利的语境下，在这场零和游戏中，维持和坚守美国梦的可能性。

我们可以联想一下，同时期中国也出现了《甄嬛传》，用黑暗的方式表达了中国进入全球资本生物链的主体性。相比欧美，中国有点半推半就的姿态，甄嬛本来不想参与这个游戏，本来想躲着雍正；但后来发现不行，你不害人家，人家就要害你，所以不得已还是要参与进来，而且最后甄嬛比谁都厉害，成了最后的胜利者。其实这是一种比较缠绕的，或者比较矫情的主体结构，当然这样一个主体，甚至可以上述到 19 世纪末中国首次进入这个现代脉络的原初时刻。只不过，比较直接的原因，依然是中国作为一个社会主义主体，在冷战结束后的相应位置，以及带着这样一个身份加入到 WTO 当中。因为中国作为一个社会主义主体加入到 WTO，就意味着中国将和世界，或者说将和自己以前的敌人，站在同一个起跑线上，以同样的规则竞争，由此产生的主体表述肯定也是比较缠绕的。所以，在中国的主体认同的表述中，就出现了很多的问题。比如说，很多电影中就出现了爱上敌人这样的表述，如《色戒》等。其实我们通过这个主题，已经看到全球化的格局对于中国的压抑性。除此之外，中国也不断地在表述狼和羊的叙述。非常有意思，第一次出现这个叙述，恰恰是在中国加入 WTO 以后的第一批外资企业那里。据说加入 WTO 以后，某个外资企业的中国主管就在门外挂了一幅很大的寓言，他没有用狼和羊，但是意思一样。那个寓言说，在非洲，瞪羚每天早上醒来，都知道自己必须跑得比最快的狮子还快，否则就会被吃掉；狮子每天早上醒来，也知道必须超过跑得最慢的瞪羚，否则也会被饿死。就是说，不管你是狮子还是瞪羚，当太阳升起的时候，你最好开始奔跑。在这个故事中，我们可以看到中国处在生物链底层的现实。我们一面说我们也要和这些帝国主义大牌一样当大国，也要进入同一个竞技场，也要有大目标，也要坚船利炮，但是我们还是跟他们不一样；我们是一个热爱和平的民族，我们之所以最后能成为大国，是因为我们是和平崛起；不是我们想有大目标，是因为没有就会被别人欺负，我们会笑到最后。所以我们看到英国梦、中国梦和美国梦，其实叙述了不同的故事，而每个故事都可以看出，在这个所谓扁平化的过程中，其实充满了内在的等级秩序和冲突。

另外，美版《纸牌屋》也显示出另一个问题，就是美国现在遭遇的意识形态危机。美国梦的前提是人人都有机会，只要你野心勃勃相信自己成功就能成功，因此，美国梦并不是一个零和游戏的叙述。《纸牌屋》试图在一种黑暗的语境中去维持这样一种表述，但仍然显示出力不从心。其中一个症候，就是弗兰克穷白人的身份，全球化并没有让小人物出人头地，而是让越来越多的人丧失了机会。金融危机之后，美国大众文化中出现了一系列穷白人的形象，弗兰克只是其中一个，另一个重要代表就是去年获奥斯卡奖的作品，叫《乌云背后的幸福线》。片名本身就很有意思，每一朵乌云后面都镶着银边，翻译过来就是不经历风雨怎么见彩虹，不分享艰难怎么能胜利。影片描写两个穷白人，很堕落、很失败，但是最后通过两个人相爱而互相拯救。它其实是想说，走了一段弯路没关系，只要努力还能再走出来；一切都是阵痛，明天会更好。

同样的，美国的大众文化中，也引申出了“重生”这个主题。在《地心引力》、《安德的游戏》、《人类清除计划》等一系列当下的美国电影中，都提到了“重生”的问题，那就是美国需要一次“重生”。要么就让我毁灭，要么就让我带着奇迹重生，重生以后一切就都会好起来。其实这种重生也好、毁灭也好，都显示出美国的意识形态危机。所以这也造成了美国原创性的下降，因此在2004年以后，他们不断翻拍英剧，诸如《福尔摩斯》、《纸牌屋》、《无耻之徒》、《皮囊》、《狂人》等等，而且还重写了19-20世纪文学名著《了不起的盖茨比》等。一向以原创性著称的美国，突然开始不停的翻拍，这本身就很说明问题。因为作为一个本身没有很深厚的文化传统的国度，“人人都能有机会，只要你努力就能成功”，这构成了美国的立国之本；而当这个美国梦开始遭遇危机的时候，原创性一下子就遭遇到打击，必须从别的地方去汲取养料。

从《纸牌屋》还会看到第三个问题，大数据，一种完全与以往不同的横向的思维方式。《纸牌屋》的出现不仅关乎资本在全球的蔓延，也关乎同时发生的技术专制主义的蔓延，而且这种技术专制主义已经不仅仅是一种技术了，它正在宣扬自己的意识形态。这种意识形态说全世界应该出现一种全新的思维方式，就是横向关联性的思维方式。在这个意义上，在腹黑文化中，社会上升的渠道变窄，变得黑暗，这其实在否定一种垂直的思维方式。你不能上升，是因为你被裹胁在一个系统当中，你必须进行一种横向斗争，而且这种斗争越来越酷烈了，或者说上升不上升不重要了，你被困在一个系统中这个事实，比上升本身更重要。换句话说，我们都看《甄嬛传》，但是我们关心的并不是甄嬛从下往上提升，我们更愿意看的是宫斗本身。正是这种宫斗，这种系统中的横向斗争，成为改变美国梦的更重要的因素。今年就出现了一个完全和美国梦背道而驰的文本，美国游戏《无敌破坏王》，里面有个坏人——破坏王，有天他突然有了自己的主体性，突然想要做一个好人；但是一旦他离开了那个游戏，那个游戏就没有主人公了，所以只能被淘汰，所有的人都会毁灭，这时候他不得已，只得再回到那个游戏中做坏人。从这个文本看，哪还有什么美国梦，你自己再有想法，再想成功也没用，因为你已经被系统所派定了，而且不仅被派定了，你还要按系统派定的位置进行横向的斗争和运动，因此也不用再进行这种垂直的思维了，水平运动更重要。在这个意义上，我们重新去看好莱坞的翻拍风，虽然它体现了原创力的下降，但更呈现出了一种横向思维的增强：我的位置已经固定了，美国梦已经固定了。我不需要向纵深再挖掘，也挖掘不出什么，我只需要横向从其他文化中寻找其他素材，然后来扩充美国梦的横截面。

据说在《纸牌屋》所有的宣传中，都说它是一个大数据的结果。Netflix 对整个数据库——并不是某一个搜索、某一个关键词，而是整个数据库全部数据进行了分析，发现了几个大家最喜欢的东西，然后拍成了电视剧。它所依据的大数据，不只是一种技术的名称，而是一种全新的意识形态和思维方式。有一个不太准确的材料来自百度百科：2012 年以后大数据概念不断被人提及，而它曾经上了《纽约时报》、《华尔街日报》的封面，还上过白宫网站；在《纽约时报》2012 年 2 月的一篇专栏中，曾经宣布说大数据时代已经降临；现在又出版了对大数据进行全面阐述的著作，叫《大数据时代生活工作与思维的大变革》。书里说，以前我们掌握的是少量数据，现在我们已经获得了海量数据。掌握少量数据的时候，只是小数据时代，而现在是海量数据，是大数据时代。小数据时代的特点是随机采样，我们的需求是用最少的数据尽可能获得最多的信息，但是当获得海量样本的时候，随机采样就没有意义了，不需要这么做了，我们需要对全部的数据库进行分析。书里举例说，乔布斯得了癌症，他采用完全不一样的治疗方式，用大数据来治疗。他获得了基因的全部数据，用大数据进行分析，这种药不行就用那种药。乔布斯说，如果我不是这种新疗法的第一个治愈者，就是新疗法的最后一个死者。当然他最后还是逝去了，但可能还是延长了他的生命。这本书还说，大数据会带来思维的转变，最大的转变就是原来那种垂直的、深度的思维，是建立在小数据基础上的。因为数据不全，所以常常要做一个假设，然后再往深里去找材料，最后证明或证伪这个假设，这是一种垂直思维。大数据支持者非常看不起这种垂直思维，说这只能把人的思维引向误区，因为这种因果关系从来都没有被实验和数据证明过。所以他们认为，现在已经不需要垂直思考，水平思考的时代已经来临，而这种水平思考有什么特征呢？对于小数据而言，最重要的是减少错误，所以强调精确度，强调每个分析样本的精确度，这样就会有一个垂直的面向。但是大数据时代允许不精确，而且大数据时代本来就应该不精确，它强调混杂性，我们和各种各样的混乱共处，无须证明哪条是正确的。当然数据越多错误越多，但我们允许错误的增加，却会换来更好的结果，所以大数据认为如果你想获得好的结果，混杂性是一条标准途径，而不是要避免的东西。而且人们发现，掌握了大数据之后，虽然错误增加了，但是用很简单的算法就可以胜过原来小数据的复杂算法。这种思维还能造成另一个转变，就是转向相关性、转向纯粹的相互之间的关系。2008 年《连线》杂志主编说，数据爆炸使科学研究方法都落伍了，大量数据从某种程度上意味着理论的终结，用一系列的因果关系来验证各种猜想的传统研究范式失效了。他说如今已经不需要再用理论了，应该用纯粹相关关系来取代。他说比如你在亚马逊买书，你每买一本书，亚马逊的系统都会向你推荐另一本书，而且很有可能这就是你下一本要买的书，但是电脑根本不知道为什么要推荐下一本书，它只需要从各种数据去分析这本书和那本书是否相关。所以在这种新的思维方式下，你只需要知道是这个，但不需要知道为什么是这个，所有深度的结构或者垂直思维的可能性都不存在了，也都不需要了。

这本书也提到了大数据的弊端，第一个是无处不在的第三只眼睛。小数据时代只有反恐部门需要数据，大数据时代所有部门都需要数据，所以所谓身份泄露，所谓窃听，就是一个伪命题，因为这本身就是这个时代应有的对象。第二个弊端，是技术独裁和技术专制主义，这个时代谁拥有数据谁就拥有控制权。在这个意义上重新去看《纸牌屋》，其实不仅它的制作方式是大数据的结果，而且它的内容也体现了新的思维方式。比如说在这种内在的、横向的、不停的斗争中，我们不需要去论证说谁是正义、谁是非正义的，我们只需要在一个混杂的、允许错误的范畴中，进行横向的思考、横向的联系，就可以了。

当大数据时代出现的时候，还出现了另一个人的著作，他把大数据时代放在一个更广大的革命当中，写了一本书叫《第三次工业革命》。他说新的时代就要来临了，这就是第三次工业革命。他说 2008 年之后，金融危机和石油危机的问题，已经说明我们迫切需要另一次改变。第一次工业革命创造出垂直的高楼大厦，这是垂直线性的思维；第二次工业革命创造出郊区的发展，这是线性思维的延伸；而第三次工业革命，把现有城市和郊区都纳入一个封闭的生物空间内，连成一个网络，进行一种扁平的运作，其实这种思维和大数据非常像，而且对大数据进行了发展。他说传统垂直的生产方式，比如说挖到石油以后要统一开采，之后用同一个网络来分配。当我们用这样一种方式的时候，损害是非常巨大的，远远超过所得到的利益。第三次工业革命是要在一个共享的生物圈当中，比如说，每个住宅都可以发电，利用的资源还是可再生的资源，这些资源是免费的，而且持续不断，通过把发电站这些资源连接起来，用一个高效的网络平均分配出去，这样就可以形成一个自给自足的、可持续的网络。他认为这样的变化甚至可以造成资源的民主化，我们自己解决了能源问题，就不需要再求助于传统的垄断大企业了。

另外，第三次工业革命使用的可再生的能源都是分散的，这种特征也可能产生一种根本的改变，我们需要的是合作性的组织机构，不再是层级式的组织机构，而且在这种合作性的机构中，强调的是共享而不是利己，是公开而不是保密，也就是说我们越分享、越公开，获得的财富反倒越多。他举一个例子，比如说维基百科，传统百科全书肯定没有料到有一天会出现维基百科，维基百科把一切都公开了，让世界上千千万万个专家来校对、填补，而最后它的准确性完全可以与传统百科全书媲美。同时，当整个社会都扁平以后，生产方式也会发生革命，在这个新的时代，可以进入到一种分散式的生产模式中，相比传统那种统一的工业化大生产，分散的生产更节省材料，省去了中间那种复杂的层级式的流通。比如说在美国有一个网站，给手工业者提供了一个成本极低的网络平台，在这个平台上手工业者可以找到自己的买家，买家和他可以一对一地交谈，根据买家的需要量身定做。作者说传统的大工业摧毁了手工业，但是用这种方式，手工业被重新唤回了，而且改变了大工业生产和买家之间的冷漠关系，可以一对一。这个网络公司在其他公司都破产的金融危机时期仍然蒸蒸日上。还有个房地产网络，如果你想买房的话，就可以几个人集资买地，雇佣房地产开发商，而不是受制于房地产开发商来建楼房，楼盘的价格就会极低。

传统的跨国资本提供了一个自上而下的生产消费方式，而这种建立在智能网络基础上的思路，为我们提供了完全不同的未来想象。这种扁平的、合作的、分散的、民主的、环保的智能网络，尽管听起来很美好、很平等，还是存在技术专制主义的可能性。因为所有一切都建立在一个智能网络的基础上，谁操作这些网络，谁就掌握世界的主导权。数据是公开的和共享的，但是对这些数据进行处理和分析的技术，并不是共享的，这种思路依然可能带有独裁的性质，只不过不是传统大资本的那种类型。因此，与其说我们感受到了社会主义的未来，不如说感受到了新兴技术官僚和传统大资本的权力之争，这些技术官僚不仅与大资本并行，而且已经试图去改变传统的跨国企业所支配的这个世界。

所以，用这种新的方法制造《纸牌屋》，让传统大制片公司感觉恐怖，这个一会儿佳山会深入的阐述。中国也有这个问题，比如人们最近盛传，说小米总裁雷军要进军房地产，被传统的房地产商密切关注，他们认为网络可以改变房地产。还有网友预测，说小米公司一旦进入房地产，房价会降到2000块钱一平米，这种美好的预测好像有点第三次工业革命的味道。我读这本书，不断想起美国的艾尔文·古德纳1979写的《知识分子的未来和新阶级的兴起》，那时候他就提出说20世纪产生了一种新的阶层，技术知识分子和人文知识分子，这些知识分子从产生的时候就在和商人、政客进行斗争，和旧有世界进行斗争，说预计他们未来会成为整个世界的统治者。不管怎么样，我们认为《纸牌屋》的出现很有趣，看起来比较简单，但其实你把它拆分的时候，会发现越来越多的因素聚集在其中，可能不是一个单一的因素造成的，而是多个因素共同形成的。在这个意义上，它更像是一个多种力量聚集的场所。当然未来会怎么样，还要拭目以待。谢谢大家。

陈亦水：感谢李玥阳老师如此具有理论思辨性的表述。玥阳老师在刚才的表述中，为我们梳理了一下从一个不那么腹黑的、讲述麦克白故事的小说版《纸牌屋》，如何转变为一个充满贵族表述与民族国家认同的英剧《纸牌屋》，进而深入分析了美版《纸牌屋》所揭示的大数据时代下专制主义的意识形态表达。下面有请马文所的孙佳山老师。

孙佳山：谢谢亦水，首先我这肯定是狗尾续貂了，玥阳姐给我们做了非常细致的分析，比较起来我肯定是要简单粗暴一些了。我大概从三个思路来向大家汇报：第一部分比较枯燥，纯抽象理论分析，大家要忍受我大概有10分钟左右的时间；第二部分，讲一讲保守主义的全球文化生态，将以近年来热播的《纸牌屋》、《甄嬛传》、《继承者们》、《神探夏洛克》为例，分析一下当前全球宫斗的文化格局，同时也想梳理这一文化表征的根源；第三部分，回应一下刚才玥阳姐提到的大数据的问题，我确实有一些不太同意的地方。

首先，我要说一些比较枯燥的东西。冷战结束后，1992年，美国学者福山出版了由他1989年以来的一系列文章构成的《历史的终结及最后之人》，随后在世界范围产生了持久的轰动效应，在十余年时间里，对整个人文学科，包括艺术学科，都产生了广泛深远的影响。今天再回望福山，他其实有两个基本立论点。

一是在政治经济学上。福山的论点是，现代资本主义市场经济一方面表现出比社会主义计划经济更大的效率和创造力，另一方面避免了 19 世纪末、20 世纪初，也就是一战前后欧美资本主义初期严重的贫富差距和社会不平等。而支撑他观点的经济学理论基础，是 20 世纪 50、60 年代俄裔美国经济学家库兹涅茨提出的，关于经济发展和贫富差距的“库兹涅茨曲线”。这一倒 U 形曲线断言：贫富差距的加剧，只是资本主义经济发展前半阶段的现象，是由城乡差距和快速城市化等因素造成的。库兹涅茨认为，一旦人均收入达到一定程度，贫富差距就会超越峰值而下降。二次大战后，欧美经济持续增长，在凯恩斯主义、后福特主义政策下，劳工工资、福利不断提高，GDP 和公民收入中的劳工份额的稳步上升，中产阶级比例急速升高等一系列现实，都在支持库兹涅茨曲线和劳资双赢的“良性资本主义”的理论预设。欧美普通劳工的高收入和高生活水平，也成为美苏冷战时期西方阵营最有力、最有效的意识形态宣传工具。

另一个是在政治哲学上。福山的立论点在于，经过启蒙时代之后，中世纪的主仆关系被资本主义的民主与法治取代，所有人都互相认同对方的尊严，人的尊严作为人的权利，也由民主、自由的资本主义政体进行保障。捍卫这种现代主体，也就是政治哲学的经典命题“承认的政治”，成为资本主义民主、自由的政治架构的目的本身。因此，福山认为，自由、民主的资本主义政治制度已经解决了困扰人类几千年的制度焦虑，是最高、最后的制度形式。

总之，基于以上两点，他的结论是，历史的终结，意味着资本主义自由民主制度，将成为全球所有国家政府的唯一形式，他认为人类社会的政治、经济进化，走到这就走到头了。

在此，我不想做任何意识形态的判断，因为福山确实是真正有效进入这一问题域的第一批人。尽管过去 20 年有过太多不乏意识形态口号式、绕口令式的反对声音，但不分析福山的有效问题域区间，就无法真正与之对话，更无从认识今天的现实。我们先从现实的分析开始，进而回到今天的主题“文艺与政治：意识形态去哪了？”

第一，在福山提出“历史的终结”20 年后，金融海啸席卷世界，我们至今没有走出，这也是“库兹涅茨曲线”和“良性资本主义”的观念遇到越来越多挑战和质疑的背景。虽然欧美经济这两年有所反弹，比如美国股市，但贫富差距和社会不平等却有增无减。占领华尔街运动提出的“1% 和 99%”也直接击碎了二战后“纺锤型中产阶级社会”的幻想。而经济领域违反“库兹涅茨曲线”的一个明显趋势，就是在GDP和国民收入中劳工份额比例大幅下降。例如法国经济学家匹克迪在他的新作《21世纪的资本论》中，就批评“库兹涅茨曲线”是建立在“例外”的短期历史数据之上，而并非真理。二战以来的半个多世纪中，劳动力获利，也就是经济增长超过资本收益的“良性资本主义”，是大历史中的一个“例外”。整个世界目前正在向“继承型（拼爹）资本主义”回归。在这种其实是典型的资本主义现实下，贫富差距必然会加大。今年是一战百年纪念，今天的全球现实和一百年前，未必就有那么远的距离，很多现代社会的痼疾依然在影响着世界。也就是说，福山政治经济学的立论点，在今天的现实面前已经土崩瓦解。

第二，他的第二个立论点和我们今天的现状直接相关。作为典型的黑格尔主义者，福山所标识的“最后之人”—— the last man，其实源自尼采的“末人与超人”，只不过是在几乎相反的意义上使用。尼采认为，被启蒙解放出来的人，并不是人的“自治”(self-mastery)，而是“奴隶的胜利与奴隶道德的建立”，它产生的“最后之人”，是欲望与理性的混合体。福山则认为资本主义的自由民主政体解决了尼采的问题，虽然达不到人的“自治”，但至少人人互相认同尊严的“认同”问题，也就是“承认的政治”已经解决，人类的一般尊严都已得到承认。

上面啰嗦赘述的目的，是为我们清晰地理解《纸牌屋》、《甄嬛传》、《继承者们》、《神探夏洛克》的文化表征及其根源提供基本依据。今天文化领域的现实，其实回到了福山当年要反对的理论起点，也就是现代资本主义走到今天，是不是“奴隶的胜利与奴隶道德的建立”？“最后之人”是不是欲望与理性的混合体？

《纸牌屋》是首部完全绕开美国广播电视网和有线电视网等传统电视系统的剧集，它在美国及其他40多个国家都有极高的播出率。《纸牌屋》流行后，经常被拿来比较的是另一部经典美剧《白宫风云》。《白宫风云》里的角色个个都是理想主义者，整个剧的情节和基调都是美国式“主旋律”，该剧也被认为是对克林顿白宫生涯的一个总结。其实在克林顿时期，华盛顿也一样有激烈宫斗，而且丑闻不断，但是在上世纪90年代，美国经济高速发展，老百姓相对安居乐业，在后冷战的胜利果实下，社会矛盾并不像现在这样尖锐。尽管出了性丑闻，但依然不妨碍他成为受公众欢迎的政治人物，所以《白宫风云》的“主旋律”在那时也并不突兀，看着与当时的时代也挺合拍。

因此，当网飞公司决定在2013年初发行《纸牌屋》时，即便最乐观的设想，也想不到这一年会成为继“水门”事件之后，华盛顿宫斗最激烈、丑闻曝光最多的一年。2013年，继“班加西”丑闻之后，又接连出现美国司法部窃听美联社记者，国税局利用税务稽查打击白宫政敌，美国国安局利用“棱镜计划”窃听全球，以及联邦政府停摆和围绕避免政府停摆进行的谈判，还有在网络安全上对中国施压，包括立法防止军中性侵案，耗资数亿美元的医保注册网站上线即瘫痪等一系列政治丑闻。以至于在2013年2月还让人觉得有些离谱的剧情，到了年终再回首重温时，越来越有纪录片的味道。而且这部政治悬疑剧/惊悚剧，一经面世就迅速被贴上了“白宫甄嬛传”的标签，似乎没有任何违和感，给人的感觉好像是，我们已经进入到一个全球宫斗的时代。

就像我刚才和大家分享的，正是2008年金融海啸之后，全球的大萧条和大衰退，使得包括欧美在内，在世界范围，大量“屌丝”化的中产者和“新穷人”，越来越被主流秩序所抛弃。所以，当20世纪中后期的“良好资本主义”话语失效之后，当原有的自由、民主等价值观或口号，不再能整合全球一体化的身份认同之后，宫斗、腹黑，就不可避免地成为主流文艺的话语方式，因为很大程度上，这的确就是今天的现实，尼采的“最后之人”自然也重新登场。《甄嬛传》、《纸牌屋》中的人物，也确实就是这样赤裸裸的欲望和理性的混合体。比如我们论坛两年前讨论《甄嬛传》的时候，祝老师提到“这是启蒙主义走到极致的结果”，其实按照尼采的问题域，这就是启蒙的产物，从有启蒙开始这就是无法摆脱的梦魇。

以《纸牌屋》为例，尽管它非常文艺地触碰到今天的现实，尺度不可谓不大，但是它依旧有其不敢触碰的地方。

一是三权分立中的司法独立，也是剧末总统、副总统都有可能成为阶下囚的制衡因素。尽管一再揭黑，但《纸牌屋》对三权分立基本脉络的表述是没问题的。毫无疑问，这种制度尽管表面上实现了相互制衡，但同样大有空子可钻：各种法案通过审议前的私下利益交换，两党之间的博弈，以及两院议员各自的一己私利，都是现实中存在的。同时，这也是造成当代政治效率低下的根本困境所在，只不过这些因素都被主人公精彩的腹黑、宫斗表演冲淡和遮盖了。当然，这里还有一个非常搞笑的事情：就是那个“历史终结”的福山，最近居然发表论文，大谈美国式三权分立的制度缺陷，这真有点历史第一次是悲剧、第二次是笑剧的戏码了。

另一个是财团势力对美国政治的影响。《纸牌屋》两季中最大的财团代表雷蒙德，尽管在首季中后期突然空降，从总统的密友发展成操纵两院政治的最大幕后黑手，但他在第二季的表现实在不像身家几百亿美元的美国式土豪，倒更像个中国式的攀附权贵的，什么事都亲力亲为的农民企业家。这个人连基本的防火墙、白手套都没有，最终不仅因为非法利益交割锒铛入狱，还搞得总统引咎辞职，但问题并不是他虎头蛇尾，而是第二季的安德伍德实在太“高大全”了。

因此,《纸牌屋》是负能量的认同也好，是犬儒主义也罢，和《甄嬛传》一样，这可能是唯一将现实处理得通顺的方式，也是当前全球宫斗格局下最突出的文化表征。

对于《神探夏洛克》，我基本认同林品文章的观点，这里简要提一下，下半场由他来专门给大家介绍。《神探夏洛克》将柯南・道尔 19 世纪末创作的侦探故事，从维多利亚时代的工业化“雾都”搬到了 21 世纪的后现代都市上演，新的视听语言，令夏洛克·福尔摩斯的推理“转世重生”,焕发了全新的生命力。前两季《神探夏洛克》高度自觉地将当代的“网络同人文化”吸收内化，第一季的反派来自东欧?

林品（北京大学中文系）: 对，第一季和第二季的大反派莫里亚蒂，是在东欧拥有地下犯罪网络并在英国制造恐怖爆炸案的。

孙佳山： 第二季那个女反派是中东的吧?

林品： 对，中东恐怖分子。

孙佳山： 第一季的东欧恐怖分子是男同性恋者，第二季的中东恐怖分子是 SM 女王，这两个大反派又都与夏洛克产生了“相爱相杀”的情欲张力——这是林品文章中的概括，因此在很大程度上淹没了二者所携带的政治意味。所以,《神探夏洛克》特定的意识形态功能，就是通过这种“酷”、“眩”、“萌”、“腐”的同人亚文化，完成了对反恐意识形态的自我疗伤。BBC 团队的精明，就是不仅具有摸准市场需求的商业敏感，还有能把握住时代“主旋律”的政治敏感。

而韩剧《继承者们》是这一波韩流、新派韩剧的开创者，春晚亮相的李敏镐就是这部电视剧的男主角，当然关于韩流我们论坛在将来还会专题讨论。《继承者们》讲的是来自韩国上流社会 0.1%（甚至不是“1%”）的“富二代”们，与极其平凡的屌丝女主人公的情爱故事。其实这个电视剧的结构有点像《复仇者联盟》，因为上一波韩流的灰姑娘苦情故事在过去几年已经证明讲不下去了，所以就像《复仇者联盟》召集了所有美国偶像一样,《继承者们》索性把所有灰姑娘的故事来一个大集合。但《继承者们》和《小时代》非常接近，基本逻辑都是建立在弱者对富人奢华生活的臣服膜拜和“不明觉厉”的滑稽表演之上，这其实也和《纸牌屋》、《甄嬛传》、《神探夏洛克》一样，非常直接和深切地说明，在资本收益率远高于经济增长率的今天，匹克迪所描述的“继承（拼爹）型资本主义”已经并仍在深刻地重构今天的全球现实。无论是宫斗、腹黑，还是同人文化的“宅”、“基”、“腐”、“萌”，亦或是面对低龄群体的灰姑娘故事，都担负着极为隐秘的意识形态功能。尽管它们的尺度还会越来越大，还会继续不断刷新底线，但是它们背后所不能触碰的东西，才是它们各种故事能够讲得通的真正驱动力。

下边是我第三部分的发言，也顺便回应一下玥阳姐刚才关于大数据的论述。我先说一些具体的材料，当然也肯定是一个很粗陋的分析。

经过几十年纠缠，北美电视剧行业，从内容制作到发行平台，都达到了高度整合。迪斯尼、康卡斯特、维亚康姆、新闻集团、时代华纳、索尼六家传媒集团构成了满足北美观众影视娱乐需求的绝对主力，除了影视内容制作公司外，它们还掌握各种发行渠道。其中，电视平台依然是盈利空间最大的领域，除了索尼外，其他五家传媒集团不但瓜分了公共电视台，还运营着收费的有线电视频道。《纸牌屋》深刻说明，媒体权力格局的变革不是单纯技术领域的突破，而是以内容为抓手，重构整个生态格局。以往北美电视台播的电视剧是一周一集，看完一季要好几个月，而且是边拍边播，网络播出则滞后于电视媒体，盈利份额很低。而网飞公司这次通过网络平台播出《纸牌屋》，让传统的 ABC、HBO 这些老牌电视台完全出局，互联网公司第一次踢开了传统的广播电视网络，建构出自己的生态体系，直接挑战了传统的利益格局。至于大数据，仅就这个电视剧而言，不过是网飞公司为达到上述目的给自己造势的炒作而已，最近有很多证据已经被揭露出来。

毫无疑问，这将是不可逆转的长期趋势。然而，网飞等互联网流媒体，作为新经济模式的代表，在不断挑战和渗透传统媒体的同时，它们的作品却并没有提出与传统媒体有任何区隔的价值观，反而可能更腐朽。所以，在“历史终结”之后，在新世纪的第二个十年，我们面临的，可能是要比“历史终结”之前更保守、更严酷的文化环境。我们论坛去年也讨论过，在一战前后，还有菲茨杰拉德《了不起的盖茨比》，一批文艺作品在不断反思和对抗那一整套腐朽的秩序，那么今天呢？所以一开始我不想在意识形态立场上对福山进行过多的判断和指责，我的总体思路可能过于悲观，但是套用一个文艺式的表达：你和我，的确都深陷在这个世界当中。

陈亦水：感谢孙佳山老师，同样极具理论思辨的表述。佳山老师首先从历史终结处说起，分析了福山的理论有效区间，然后通过对《纸牌屋》、《白宫风云》、《神探夏洛克》和《继承者们》的引述和分析，总结出这些热播影视剧体现的资本逻辑的文化表征，最后得出一个非常有意思的观点，回应了刚才玥阳老师关于大数据的分析，佳山老师认为《纸牌屋》对大数据大肆渲染，实际上是在试图重构一个媒体权力格局。后半场，各位可以针对两位的发言提出观点。

（休息）

陈亦水：下面进入自由讨论的环节，请各位老师和同学踊跃发言。

林品：佳山师兄之前提到了《神探夏洛克》，我最近刚好在写一篇关于它的文章。《神探夏洛克》虽然看上去是一个非常萌的、高度娱乐化的、“宅男”、“腐女”喜闻乐见的片子，但是大家知道，BBC 作为英国的“国家电视台”，作为“英国广播公司”，肯定承担了一定的意识形态国家机器的功能。而这部《神探夏洛克》，它的意识形态功能，其实在第一季第一集的开篇就显露出来了。我们知道，《福尔摩斯探案集》原著的第一人称叙事者是华生，这个华生在《神探夏洛克》中同样也成为视点镜头和主体位置的主要提供者。第一季第一集的开篇镜头就是华生，他的身份设定是 21 世纪的英军退伍士兵——那是他关于阿富汗战争的梦魇。第一季第一集的第一个叙事段落，就是华生采纳心理医生的建议，通过更新博客的方式来实践精神分析式的“书写疗法”，以此来治疗他参加反恐战争留下的精神创伤。这个博客又成为华生以第一人称来叙述“神探夏洛克”种种离奇故事的平台，介绍他是如何成为夏洛克的搭档，作为他的搭档参与和见证“神探夏洛克”的种种离奇故事。这里有一个很有象征意味的功能叠加：原来是给他做“书写疗法”用的平台，后来变成叙述“神探夏洛克”故事的平台，它其实在文本内部就已经提示了刚才那个问题的答案——“神探夏洛克”特定的意识形态功能就是，在“酷炫萌腐”之间完成反恐意识形态的自我疗伤。

我们都知道刚才佳山师兄提到的那个“历史终结论”，就是说，冷战结束了，社会主义阵营已经解体，资本主义不战而胜，似乎西方自由世界失去了自己的敌手，进入某种无敌的状态。但是，在 2001 年“911 事件”之后，西方阵营突然发现了新敌人，也就是福山的导师之一——亨廷顿在“文明冲突论”里已经在某种程度上预言的一个现象，就是恐怖主义，尤其是依托于伊斯兰原教旨主义和中东某种极端民族主义的那种恐怖主义，逐渐被“西方自由世界”树立为首要的敌人。而“反恐”则成为后冷战时代最强有力的意识形态实践，并且以“反恐”为名义，英军和美军协同作战，向阿富汗和伊拉克先后发动了两次战争。但是这种先发制人、以暴制暴的反恐战争，并没有终止恐怖袭击的继续发生。英美战后长期驻军导致士兵伤亡增加，也造成了新的社会心理创伤，加剧了民众的不满情绪。另一方面，关于伊拉克政权持有“大规模杀伤性武器”那种说法最终证明为谎言，也使英美联军陷入了“出师无名”的尴尬境遇，而且“维基解密”网站还连续披露丑闻，加剧了英美联军的道德破产。这样一种创伤性的现实参照，使得无论是美国好莱坞，还是英国 BBC，都需要及时启动它们敏感的应急机制。

具体到《神探夏洛克》，它有两个方面的处理：一方面是将华生设定为阿富汗战场——而非伊拉克战场的英军上尉，这当然是因为相对于伊拉克战争，阿富汗战争似乎更具有“反恐”的道德正义性，更不容易暴露出争夺地缘优势和石油能源的那种政治功利性；另一方面，更重要的体现在英雄主人公夏洛克和他的搭档华生所面对的敌手，或者用网络术语来说就是“反派 boss”上。《神探夏洛克》前两季有两大 boss，最大的莫里亚蒂是东欧来的，有庞大的地下犯罪组织，热衷于在英国制造恐怖爆炸案；另一位 Boss 艾琳 – 阿德勒直接就是为中东恐怖组织效力的恐怖分子。但是，在故事展开过程中，像佳山师兄刚才介绍的，他们又与夏洛克产生了“相爱相杀”的情欲张力，很大程度上淹没了所携带的政治意味。

BBC 一方面要揭露恐怖主义和反恐带来的那种创伤，曝光某种真实，但与此同时，它又在叙事逻辑内部把这种现实的矛盾予以置换、转移和想象性的解决。它如何做到这点，这种国家意识形态如何有效运行，它自身的修辞策略、叙事逻辑如何自圆其说？关键在于它有效地把当下流行的网络文化巧妙地收编了。它的叙事有两条线索：一条是神探夏洛克，他必须破案，必须作为最著名的侦探去面对犯罪分子，而在 21 世纪的时代背景下给他设置的敌人就是恐怖分子；另一方面，又加入了“网络同人文化”的要素，用我们的语词就是“耽美亚文化”，用英国的语词是“slash 亚文化”。就是说，很多“腐女”对经典文本，当然也有原创的，但是一开始是对经典文本，像《福尔摩斯探案集》这样的经典文本进行“同人”式的书写，把里面的男性角色书写成“男男之爱”的情欲故事。《神探夏洛克》就加入了这样一条脉络，也就是夏洛克和华生的情爱故事，并且以夏洛克和华生的那种情爱故事、那种情感的张力，以某种抒情或煽情的情感逻辑，来对夏洛克在侦破恐怖分子犯罪的过程中，不可避免地要暴露出来的社会矛盾与民众创伤，予以遮蔽和置换。

这种意识形态功能，在 2014 年 1 月创造了优酷网点击纪录的《神探夏洛克》第三季中表现得非常露骨，比前两季更露骨。第一季第一集的案件，抄袭了电影《V字仇杀队》的桥段，但是，却将地铁炸国会的“火药阴谋”由革命的或无政府主义的反抗，改写为恐怖袭击，而袭击所针对的国会正好在进行“反恐法案”的表决。不过，这起案件在叙事自身的逻辑内部，最终又只是充当了夏洛克和华生这对“好基友”重归于好的铺垫甚至推动力。而第二集的案件，是一位普通公民试图刺杀一位英军退役军官，他的动机是他的亲哥哥因为那个军官在反恐战争中的指挥失误而丧命。这个军官认为自己有罪，甚至最后想去配合刺杀者，他知道了对方的手段，却产生了想一死了之的冲动；但是，他恰好又是华生最崇敬的上司和挚友，行刺的场合恰好又是华生的新婚典礼，所以，在这个叙事高度渲染的情感线索之内，这起刺杀又彻底丧失了合理性，注定要成为未遂的犯罪。

第三季最后一集看似无关乎“反恐”，实际上最耐人寻味。因为在原著小说里的第一大反派莫里亚蒂，已经在第二季第三集与夏洛克的斗争中死去。原著的第二大反派是莫兰上校，但莫兰上校在第三季里并不是最终的那个大 boss，反而成为第一集那起“国会爆炸案”里的一个很容易被击败的小 boss，而编剧却在原著的诸多小 boss 中挑选了米尔沃顿作为夏洛克的最大对手。这在“原著党”看来就非常奇怪，为什么选择米尔沃顿？米尔沃顿在原著中是一个搜集私人信件，以此来敲诈勒索的“诈骗之王”。其实，这个角色所关联的脉络，就和刚才反复提到的“大数据时代”相关了。因为，在第一集里莫兰上校启动地铁炸弹的时候，他正观看一个电视直播节目，英国国会在就反恐法案进行电视辩论。电视机里传来的声音是：“如果我们开始监听我们的国民，那我们捍卫的自由还能称为自由吗？这是前所未有的奥威尔小说式的虐政。”这场电视辩论，这场在电视剧里出现的电视直播，堪称一种“媒介自反”。它实际上向我们提示了《神探夏洛克》未曾明言，却又已然说出的现实参照——2013 年 6 月，美国中央情报局的前技术助理斯诺登，披露了英美情报部门以“反恐怖主义”和“国家安全”为名义而发动的多个电子监听项目。这些监听项目不仅大肆窃听他国政治人物和公民，而且还违法地监听本国公民。这个事实，对于英美社会和中国城市中那些高度依赖电子产品的市民来说，堪称一场晴天霹雳，它所揭开的社会风险，虽然只是冰山一角，却足以令“反恐意识形态”陷入严重的合法性危机。这也提示了所谓“大数据时代”可能隐藏的风险，就是某种政府性的普遍化的监控，通过数据挖掘技术，还有各种电子监听技术，对民众施以前所未有的监控。正是在这样的现实参照下，《神探夏洛克》将原来那个搜集私人信件的家伙，改编成一个利用电子设备进行监听、监视、“无所不知”的人。它一方面暴露了公民隐私受到侵犯的真实威胁，另一方面，又将造成威胁的元凶，由英美情报部门置换到了个别精神变态的私人资本家身上。

更有意思的是，《神探夏洛克》一定要把这个角色由一个英国的姓氏米尔沃顿改成北欧的姓氏——马格努森。虽然他的名字保留了下来，提示我们他的原型就是查尔斯·奥古斯都·米尔沃顿，但姓氏却改变了，成了查尔斯·奥古斯都·马格努森。与此相对照，不管是詹姆斯·莫里亚蒂还是艾琳·阿德勒，他们的姓名都没有任何更改。为什么一定要把他的姓氏从英国改成北欧呢？这个问题很难有确凿的答案，但可能并非巧合的是，斯诺登一开始接受采访，曾透露自己的首选目的地是北欧的冰岛，维基解密组织曾试图帮他寻求政治避难，一开始也选择北欧。另外，当时也是北欧四国的媒体人最积极地抗议英国政府对于斯诺登，还有英国《卫报》记者格林沃尔德等人的侵犯和污名化。

回到《神探夏洛克》，为什么马格努森这个角色必须突兀地跳过正义程序的繁文缛节，被夏洛克直接一枪爆头，而不是绳之以法，从而使夏洛克陷入某种合法性危机？当然，因为夏洛克已经赢得观众的普遍认同，所以最后还是可以被化解。但是，为什么马格努森一定要被一枪爆头呢？电视剧的叙事逻辑给了一条情感线索，就是夏洛克要捍卫最好的朋友华生和华生已经怀孕的妻子玛丽组成的美满家庭，所以必须杀死马格努森。只不过在叙事线索里，还有一条暗线提示：马格努森其实长期以来都是夏洛克的哥哥，英国军事情报部门即MI的高官迈克罗夫特最大的、真正的敌人。迈克罗夫特希望借夏洛克除掉马格努森，而使马格努森罪不可赦的，不仅在于他掌握了玛丽的秘密，而且在于他掌握着英国政府高官的各种丑闻和机密情报，他甚至竟敢试图获取MI的最高机密。在这个意义上，这位以传媒机器对抗国家机器的恶魔，到底是21世纪的米尔沃顿？还是维基解密或斯诺登的妖魔化形象？这无疑是一个耐人寻味的问题。

更有意思的是，夏洛克必须毁掉的秘密，也就是马格努森掌握的关于玛丽的秘密，究竟是什么呢？是玛丽过去曾担任CIA特工，而且曾经犯下足以让她余生都在监狱里度过的累累罪行。正是这个秘密使得夏洛克要将马格努森爆头，而且，文本不但让马格努森就那样突兀地被夏洛克毙命了，还让前英军上尉华生向前美国CIA特工玛丽说出了这么一句爱情告白：“你的过去我不愿意过问，那是你的事情；你的未来我希望参与，这是我的荣幸。”在叙事逻辑内部，这番表白是非常感人的；但是，如果我们从意识形态批评的角度来看，似乎可以得出这样的结论：意识形态国家机器想要达成的效果之一，就是捍卫英美联姻，转嫁军事情报部门的罪责，并遗忘 CIA 过去曾经犯下的错误。

如果像玥阳师姐、佳山师兄所说的那样，我们已经处在“大数据”的时代，那么，斯诺登揭示的那个严重的问题或危机，就是我们不得不正视的。在这个意义上，如果说夏洛克和斯诺登代表了 Geek Hero 的两条不同道路，那么，在我们所身处的这个时代，我们更需要支持的英雄到底是夏洛克，还是斯诺登？这是一个值得深思的问题，也是在对《神探夏洛克》进行意识形态批评之后我们要面对的一个问题。

陈亦水：感谢林品如此精彩而详细的发言，下面的发言请控制在 5 到 10 分钟。

郑以然（首都师范大学文化研究院）：我来说两句。各位老师的分析都已经非常透彻了，不过《纸牌屋》是一个我非常喜欢的电视剧，所以我还是和大家分享一下我的几个观点，大概有四点。第一个是关于权力和利益。我用一句话来说，就是从《纸牌屋》里面可以看到：没有永恒的意识形态，没有永恒的祖国，没有永恒的党派，有的只是永恒的权力和利益。为什么说没有永恒的意识形态？因为在第一季、第二季里面，美国以外唯一出现的国家就是中国。中国和美国在政治意识形态上毫无疑问是对立的，但是在这部剧里面并没有看到这种对立。在以往的美剧或电影里面出现苏联、朝鲜包括中国的时候，这些国家时不时处在一个假想敌的位置上，但这部电视剧不是这样。我们看到的只是副总统、总统、Raymond Tusk、Xander Feng 之间对权力和金钱的争夺，而他们背后通常所隐含的意识形态意味已经被淡化或者说被消解了。为什么说没有永恒的祖国？我们看到剧中的 Xander Feng 虽然是中国人，但并不代表中国，在某些时候他跟中国的国家利益其实是相反的，在利益交换中他要联合美方，对中国使诈来换取自己的利益，而且最后他也不希望被押送回中国接受审判。说没有永恒的党派，是因为在电视剧里尽管经常提到民主党、自由党、茶党等，但这些党派之间并没有表现出对立的路线或政策之争，他们之间只有各种各样的权力博弈。

在这种权力和利益交换之下，其他东西都让位到一边了。比如说爱情，《纸牌屋》中的腹黑夫妇其实都有过另外的感情经历：Frank 与小记者 Zoe、Claire 与画家，但他们的爱情或感情或许从一开始就是假的。比如 Frank 与 Zoe，本来就是相互利用；或者在成为权力争夺的阻碍时就被毫不留情地牺牲，比如画家。同样让位的还有亲情，Underwood 夫妇两人为实现野心不要孩子，女党鞭 Jackie 则出卖了她一直视为父亲的老议员，无情地抛弃亲情，这就是为什么 Frank 一直说她是一个实用主义者，Franck 看中她的就是这一点。

我想说的第二点是人性的异化。Underwood 往上爬是一个不择手段、运用各种政治权谋的过程，是一个马基雅维利主义者。第二季第十一集最后那几分钟，借用一个网络流行的说法就是，我简直怀疑自己的打开方式不对，三观碎了一地，也有点困惑，怎么在白宫剧里面会出现这样的情节。后来我在网上看了一个评论，有人是这样解读那一段的，即：权力使人异化。我觉得这个解释或许有一定道理。就是因为这对夫妇对权力过度地迷恋和追求，使他们异化成与正常人不太一样的人，我们记得 Feng 第一次出场也与非常态的性有关，所有这些不寻常的性取向可能都是对异化的一种反映。

第三个是关于文化产品和现实的关系。这个电视剧其实有很多影射现实的东西，刚才李老师也提到了原小说作者是撒切尔的幕僚长，而这部美剧的剧本作者 Beau Willimon 做过希拉里的助理，也是一个在白宫里打拼很多年的人。事实上这个电视剧的播出也确实导致美国出现了很多索隐派，有的考据出换国务卿的情节影射当年奥巴马换赖斯，还有的说剧中的《华盛顿先驱报》影射的是《华盛顿邮报》，再比如某些议员丑闻等等，观众为很多情节都找到了现实中的依据。而跟中国有关的，像稀土危机等事件都会引发对现实丰富的联想。但是有意思的是，《纸牌屋》在美国和中国都热播，奥巴马似乎完全不在乎这部剧里面是怎么让一个双手沾满鲜血的人当上了美国总统，反而还说，我倒真希望在政府里出现一个 Kevin Spacey 这样的人，他搞定很多事情，这样也许我们政府能效率更高一点，大意如此。美国总统这种坦然的解读确实非常有意思，而与之相呼应的就是某领导在参加某工作会议时，也建议大家去看看《纸牌屋》。我们看到两国高层领导人对这部剧都并不排斥，这可能也跟习总书记说的文化自信有关。在一种自信的文化环境下，观众可以把现实和文艺产品剥离开，以一种比较理性的态度来欣赏。

最后一点，其实佳山老师他们也都提到了，《纸牌屋》代表一种新型传播方式。这似乎是美剧第一次推出纯网络剧，跟《来自星星的你》一样，几乎可以达到中国和美国、和韩国同步播出，让中国观众没有时间差地看到来自国外的影视作品。而且《纸牌屋》也打破以往美剧一周播出一集，边写边拍边播放的模式。之前有些影视制作者认为美国这种模式很好，可以根据观众反馈来决定以后的情节怎么编。编得好，就拍长一点，不好就短一点。当大家还在为学到这一经验欢欣鼓舞的时候，这个模式又变回去了，变成拍 13 集，一下推出，所以说成功并不一定取决于某种制作与播出模式。另外我想说，《纸牌屋》之所以能在 40 个国家热播，可能也因为它没有灌注太明显的意识形态的东西。我们想象一下，如果还像以前某些美剧一样，把个别国家设置为假想敌，难免会损失掉部分观众。《24 小时》前几季我还非常喜欢看，到后面把中国作为假想敌，让我感觉不舒服。而《纸牌屋》虽然出现了中国，但并不让中国观众抵触。拍这部剧 Netflix 公司投了 1 亿美金，必然要实现商业回报。以上几点就是我一些粗浅的体会。

盖琪（首都师范大学文化研究院）：我接着我的同事郑老师说几句，我的想法比较零散，希望能说的系统一点。首先我说一下刚收到会议通知时的想法，乍一看这个题目——“文艺与政治：意识形态去哪了”？我立即从字面上做了一个粗浅的理解，我以为我们要讨论的是影视艺术领域的“意识形态终结”的问题，刚刚听了李玥阳老师和孙佳山老师非常有思辨性的发言之后，我才发现最初的理解是错的。原来这个所谓“意识形态去哪了”，是一个类似于“飞机去哪了”这个问题所隐含的多重视角的叙事——就是说，最开始看似是一个悬疑故事，再细看发现它变成一个恐怖袭击故事，到最后发现其实还是一个意识形态故事。

所以，我想谈一点刚才在前面几位的发言基础上形成的看法：无论是《纸牌屋》，还是《甄嬛传》，包括近年其他很多热门影视作品，其实都是对世界范围内意识形态混乱状态的一种表达，以及试图从文艺上为混乱所造成的巨大压力寻找出口。在这方面，除了今天提到的几部剧，还有一部美剧可以作为参照，就是我个人非常喜欢的《国土安全》，英文就叫 Homeland。这部剧的主人公是一个非常神经质的女性拯救者凯莉——这种拯救既是针对其他个体也是针对整个国家，但她和秩序之间永远保持着一种相生相克的紧张关系。在实施各种拯救行为的过程中，她不断地表现出个体与秩序之间的强烈撕扯，所以她的诉求其实和传统意义上的意识形态诉求是无法调和的。换句话说，她试图在自由主义价值观念之下对个体和意识形态秩序同时进行救赎——前者主要是她自己与“叛国者”之间的爱情，后者主要是她作为中情局特工所担负的反恐任务。但是这种“双重救赎”最后是无法完成的。面对国家利益，她必须牺牲掉个体，所以文本其实表达了一种对作为美国立国之本的自由主义精神的怀疑。

所以在这个层面上，我不是特别同意刚才郑以然老师提出的“在现在一些影视作品中意识形态立场被淡化了”的观点。其实，在当前这样一个说得正面一点可以叫多元化的时代，说得负面一点可以叫碎片化的时代，意识形态更多地由原来一种疆界清晰的格局，朝着一种很难被划定的模糊状态发展。集团化的意识形态也许在下降，但是更为小圈子化的意识形态却在上升，甚至可能人人都有自己应用于不同层面的意识形态。也是从这个意义上，我更愿意把《纸牌屋》中非常态性的场景设置，看作是一种对清晰制度的怀疑，创作者不是从批判的角度去设置这个东西。比如刚才郑老师提到那个场景，我觉得它想表达的不是“异化”，它想表达的是“过去的一切都不可靠了”。《纸牌屋》是一部“反英雄”的戏剧，男女主人公无论弗兰克还是克莱尔，既不能说是传统意义上的英雄，也不能说是传统意义上的坏人——他们正是无法去定义的，要重新去思考的，如何去选择价值立场的这样一个时代的“代言人”。

陈亦水：谢谢盖老师为我们提供了一个新的文化参照。

吴可（北京大学中文系）：以上各位老师和同学的发言大多数聚焦的都是西方世界的文本，如《纸牌屋》、《神探夏洛克》之类，我的发言会转向国内的《甄嬛传》或者韩国的《继承者们》，可能有一些不同的看法。可能是因为我最近一直在重新阅读19世纪的一些名著，比如说巴尔扎克的《幻灭》或者福楼拜的《情感教育》等，所以在这些小说的映照下，我总觉得《甄嬛传》或者《继承者们》，都有一种明显的成长性，就是可以把它们定义为成长剧或教育剧。以《甄嬛传》为例，现在很多人，无论是身处职场还是商界，都希望从里面吸取一些成功的经验——能够保持自己立于不败之地的经验。就韩国的《继承者们》来说，不知大家有没有注意到，开头和结尾一直在强调一句话，“你要戴上那个皇冠，你必须首先要承受那个皇冠的重量。”它是一种成长的教育——李敏镐所扮演的男主人公，通过20集才最终明白其中的道理。

所以，可能是这样一个成长和教育的作用，使很多人可以从里面看到一些成功学的东西，所以它们在中国和韩国都很流行。但是问题在于，中国对《甄嬛传》也有不同的声音，我记得之前在《人民日报》上陶东风老师写过一篇很严厉的批评文章，指责《甄嬛传》所谓的“腹黑”。这在我来看，其实反映了一种意识形态方面的控制。因为我们刚才强调，无论是中国的《甄嬛传》，还是韩国的《继承者们》，里面的所谓宫斗，所谓人与人的斗争，其实反映的都是，正如佳山老师提到的，一种类似于拼爹时代的，即所谓市民社会状态下人与人之间的斗争。前一阵子，张旭东老师给我们提供了一个对市民社会的简单化的、便于理解的说明，他说，“市民社会就是一切人与一切人斗争的社会。”从这个角度讲，《甄嬛传》和《继承者们》所宣扬的东西其实都是一种市民社会的价值观或意识形态。它们和中国当下所强调的，或者从中国革命经验里所提取的某种集体性、组织性这一意识形态是冲突的。

另一方面，从韩剧讲，正如佳山老师也提到的，韩剧的模式都很类似，都差不多是灰姑娘故事的翻版。但是，为什么《继承者们》故事还那么火爆？其实两个因素比较关键：一个是校园因素，另一个是爱情因素。无论是校园，还是爱情，都把人与人的斗争局限在基于爱与被爱的情感或情欲之上。这其实是一个很低层面的斗争，它弱化，甚至掩盖了它背后资本的斗争、阶层的斗争、阶级立场的斗争。《继承者们》有一集，不记得具体哪一集了，详细介绍了在帝国高中有第一等级的人，他们直接是财团的继承者，第二等级是财团股票拥有者等，阶层划分非常分明。通过校园这一因素，就直接把若干复杂的阶层全部简单划为两大阶层，一个是所谓学生中的富人阶层，另一个是所谓的被社会关爱者，它没有很好地表现其背后阶层斗争的复杂脉络。就爱情而言，无论是金叹，还是崔英道，他们对车恩尚这个灰姑娘的狂热追求其实缺乏最原初的动力，尽管这部剧一直在讲述金叹如何克服阻力走向车恩尚。金叹一直要冲破家庭的阻碍，要和灰姑娘在一起，他不断挑战父亲的权威，不惜离家出走，或者终日萎靡、放纵自己，但他所有的斗争都没有成功，最后他们之所以能在一起，是因为父亲让步了，是他父亲所代表的绝对权力——集团大资本等，最后让步了，所以他们的爱情才获得一种妥协，一种不是成功的成功。

爱情或婚姻最终要形成一个以新郎和新娘为核心的新的共同体。但是，在《继承者们》里，这样一个共同体并没有很好地实现，最后的共同体其实还是围绕金叹的父亲及其背后资本为核心的旧的共同体。

陈亦水：谢谢吴可同学对亚洲影视剧的分析，请大家继续发言。

周轶（美国加州大学）：我想讲两点，第一点是我的想法，第二点是我想提出来供大家讨论的问题。第一个，有时候看到英美影视剧，特别是美国的，它可能批评政府，但这并不代表批评资产阶级和资本，对美国人来讲，政府和资本主义不完全是融合或等同的，可能在中国的视野里，这两个东西是融合的。举一个例子，比如刚刚孙佳山提到的占领华尔街运动，其实占领华尔街运动内部是有变化的，早期它提到的是 99% 和 1% 的对立，这是一个马克思主义阶级意识形态的东西，是说资本制造了 99% 的穷人和 1% 的富人。但这个提法在运动中很快就变了，从谴责资本变成了谴责大企业，提出是大企业垄断导致贫富不均，人们开始怀念在大资本笼罩全美之前的自由资本主义。所以，运动后期怀念的是自由竞争主义，并没有完全反资本主义。这个时候，可以看到运动很快就被政客利用了，民主党说，大企业存在是因为共和党没有很好地进行税收调控，导致了大集团出现，所以才有1%的出现。反过来，共和党又说民主党没有使用市场的力量去调控，人为的调控不及市场灵活。但不管怎样，后期占领华尔街运动，针对的并不是资本主义，它讨论的还是政府两派的问题。所以有时候，我们看批评政府的影视剧，可能要意识到，这样的反政府立场并不是批评资本主义的立场。

第二点，我想问大家，什么是意识形态？我刚才听到好多意识形态的不同概念，比如像林品可能是用了阿尔都塞的概念，意识形态是一个国家机器，这个国家机器可能会把很多民间的想法融合进去，使之成为它宣传意识形态的有效武器，这样就变成了一个召唤，我召唤了你，你回应了我，意识形态就潜移默化地起作用了。又比如像刚刚那位老师说的，每个人都有自己的立场，政治是个人的，那这又是后现代理论视野下对意识形态的理解。我想问意识形态到底是什么？是不是像结构主义认为的那样，意识形态是直线传播的，你那头编码了，我这头就解码了？还有，为什么咱们坐在这里还继续在讲意识形态？按照美国最新的理论，反恐首先是作用在情绪上，作用在害怕这个情绪上。云南火车站事件后，我觉得中国大众的反应跟美国“911”之后以及澳大利亚人看到非法移民的船停在岸边的心态是一模一样的，就是我们很害怕，我们受威胁了。但是这个害怕，这种情感的东西，我觉得不一定是意识形态直线传播的结果，身体跟情感可能在意识形态解码之前就先做了反应。所以，我觉得影视跟书籍最不一样的地方是影像效果如何调动了身体和情感。

祝东力（中国艺术研究院马克思主义文艺理论研究所）：我对“意识形态到底是什么”这个问题也感兴趣，我是这样理解的——其实也不是我个人意见，很多人都讲过，意识形态是一套观念，这套观念我们虽意识不到，但却实实在在支配着我们的行为和思维，这样一套观念就是意识形态。一旦我们意识到是这样一套观念在支配我们的，这套观念的作用就会被削弱。所以，当我们真正被意识形态支配的时候，往往会认为它是天经地义、理应如此的，而不是人为制造出来的，不是特定的时代条件形成的、仅仅属于这个时代的观念——这就是意识形态。“文革”结束后我们认为“文革”那套是意识形态，但是在“文革”高潮的时候，我们不认为那是意识形态，我们认为那是真理本身。实际上所有时代都是这样，只有当我们走出这个时代的时候，才会意识到那个时代的那套观念是虚假观念，是意识形态。

接着意识形态再说几句。我们通知里面提的几部电视剧，我看的比较多的是《纸牌屋》和《甄嬛传》，但这两部其实还是很不一样的。因为《甄嬛传》是后宫的故事，后宫本来就是所谓“妇姑勃溪”的场所；而《纸牌屋》是前殿的故事，前殿是政治竞技场，是政坛。所以“意识形态去哪儿了？”这个问题对于《甄嬛传》可能不太适用，因为它本来可能也没多少我们一般理解的那种政治意识形态。而《纸牌屋》不一样，看《纸牌屋》还是比较吃惊，美国这样一个所谓世界领导者国家，怎么在政治生活中完全没有大是大非，全是勾心斗角，全是阴谋诡计，全是生意经？！

简单梳理一下，美国在二战后经历了几个意识形态阶段。第一个阶段当然是从冷战开始，1947年冷战开始，东西方两大阵营对立非常尖锐，苏联阵营——1949年以后中国也加入其中，叫做民主阵营，对方叫帝国主义阵营，有时叫帝国主义侵略阵营；而美国则自称自由世界，把苏联阵营叫做极权国家。美国的反共意识形态在国内实际上也有非常强大的社会基础，并不仅是一小撮人的主张，这个社会基础就是美国从殖民地时代开始的个人主义、私有财产和自由主义精神，这种社会土壤对集体主义、国家主义，对公有制、计划经济这一套政治、经济、社会制度是本能地排斥的。

这是一个有大是大非的时代，每个阵营都可以借那个强大对立面、那个“他者”来动员、组织本社会的所有资源。冷战时期这是司空见惯的，双方都有强烈的危机感。社会主义阵营的危机感不用说了，因为毕竟是一个弱势的、被资本主义阵营包围的一个国家联盟；美国也经常会有危机感，比如第一颗卫星、第一次载人航天，都是苏联率先实现的，当时在美国国内引起很大的恐慌感和危机感。而冷战后，苏联东欧解体转型，美国在90年代仍然是意识形态的时代，沉浸在冷战胜出后的亢奋情绪中，自由民主这种意识形态席卷全球，即所谓“历史终结”。这又是一个阶段，是90年代冷战结束后美国的全盛时期。

接下来是一个反恐时期，2001年“911”事件后，反恐10年，反恐对于美国也是一种大是大非，但这个反恐时代随着本拉登被击毙，也似乎渐渐淡出了。然后就进入了我们现在所处的这样一个时期，对于美国来说似乎缺少一种大是大非来动员这个社会，缺少一个强大的他者。这个时候我们看到了《纸牌屋》，政治家，哪怕做到了总统、副总统，也像一个纯粹的生意人那样追求个人利益最大化——其实这时候意识形态还是存在的，只是这个意识形态不同于冷战时期正邪黑白截然对立的意识形态，而是一种商业资本主义社会特有的价值观，即追求个人利益最大化，只不过这种意识形态不易被我们察觉。所以，我们这个问题“意识形态去哪儿了”是说，意识形态走到这个新阶段，进入了这样一种新状态。

但这个状态也不可能永恒，这种商业资本主义，所谓市场经济、多元文化这种状态——历史终结论所描述的状态不可能是永恒的——还会继续往下走。自我需要他者来界定，如果缺少他者，这个自我就可能会松懈、萎靡、沉沦。随着国际环境的变迁，美国一定还会遇到新的强大的他者，其中之一可能就是中国，美国会面对一个不断成长的中国，并且可能不亚于冷战时期所面对的苏联，因为美国可能要面临的是整个西方世界500年以来建立的霸权的根本性的衰落。这种危机感可能不仅是一个国家的危机感，也可能是一个文明体的危机感，到那个时候，美国可能又会找到新的大是大非来动员、组织、召唤整个社会。

郭松民（《国企》杂志）：我接着祝老师说两句。我觉得像刚才祝老师描述的情景实际上是一个客观事实，中国体量不断增加，中国实力不断增加，在客观上形成了这样一个态势。但是从中国精英阶层的角度看，他们并没有取代美国的雄心，他们心理上完全没有准备好。中国具备了取代美国的可能，但是拿不出一张跟美国现在实际掌控的世界所不一样的蓝图，也没有这样的志向给世界带来一个和美国不一样的秩序。

我就刚才郑老师说的两个问题谈一下看法。你谈到《纸牌屋》说，当中国在剧中出现的时候，不是以一个意识形态敌人的形象出现的，这其实反映了一个现实，即中国改革开放以后，中国的精英其实是高度认同美国的意识形态。还有一点，就是你说到这个片子在全世界同步放映，你认为主要原因是没有意识形态色彩，但我认为实际上这部戏是默认现在的意识形态是合理的，就是现在美国主导的新自由主义这一套东西。虽然在各国有不同的表现，但总的来说这个意识形态没有遇到敌人，没有敌人它就不需要以显性的方式表现出来。《纸牌屋》不管怎么复杂，但默认这套东西，假定它是合理的，《纸牌屋》没有意识形态色彩，恰恰说明其本身就是意识形态构成的，所以不需要再大声说，我觉得这是所谓意识形态淡化的一个很重要的原因。

《纸牌屋》还让我感觉到，美国的政治在发展到一定程度后，开始走向异化。其实任何一种制度设计，在发展到一定阶段后，就会开始走向反面。比如像选举，一开始确实有真实的政治竞争，不同的政治主张通过辩论让选民做出选择。但是在今天这样一个眼球时代，选举本身成了一种专门的技术，甚至艺术，政治主张已经不重要了。《纸牌屋》反映了这样一个变化，就是西方的政治已经不能控制政客了，政客把政治踩在脚下，去寻求自己的利益，这表明美国的政治在失灵，在失去原来的功能，这是《纸牌屋》很曲折地折射出来的信息。

孙佳山：我接着祝老师、郭老师的思路回应一下。前面几位朋友提出的问题都特别有代表性，意识形态概念如果真掰扯起来也挺复杂，我只能简要回应。

刚才几位朋友理解的意识形态，基本上还是将意识形态和政党政治挂钩。其实意识形态的源头和模式有好多种，不只是政党政治的意识形态这一种，比如资本也有自己各种样式的意识形态，比如宗教特别是原教旨主义也有自己的意识形态，比如军事文化中也必然有自己的意识形态。祝老师的概括很经典，我再接着说一下，我理解的意识形态，是特定群体的自我认知和自我表述。这个群体可以是宗教或民族，也可以是国家或区域的特定人群。这种群体可大可小，但是他们都不可避免地需要自我认知和自我表述的途径，这就是我理解的意识形态。

因此，回到刚才郭老师说的，我们说意识形态去哪儿了，并不是说意识形态消失了、终结了，而是说在当下全球政治、经济、文化格局重整的时代，意识形态模式也会随之更迭，通过分析这些作品，就是要找到它更迭的踪迹，分析它的新样貌。祝老师说，从自我与他者的关系中确认意识形态，这正是从既往的脉络中生发出来的。冷战故事、冷战叙事，在这种结构下，怎么讲都讲得通。我们之前的论坛也讨论过，从这几年一系列文艺作品来看，原有的意识形态讲述方式讲不下去的重要原因，就是原来的他者消失了，原有的意识形态的敌人消失了。比如说云雷曾经写过“007”的文章，最新的“007”，实际上也是《集结号》的故事，就是到底是否是组织出卖了邦德？邦德在整个片子中都一直在纠结，差点让他丧命的那一枪是否是组织让开的？包括韩国去年有一个谍战片叫《柏林》，过去比如《生死谍变》等谍战片对这一问题可以处理得很通顺，反正北方是恶魔，南方怎么说都有理。而在《柏林》当中，原有流畅的意识形态叙事再也讲不下去了，于是南北特工都变成了双方高层权势斗争的牺牲品。所以说，敌人不只是来自对立的南北朝鲜，也来自各方内部，这些特工都是牺牲品。

所以意识形态去哪儿了？我相信只要人类存在，意识形态就一定不会消失。我们今天的论坛，就是要试图找到这种更迭的痕迹。

周轶：我们刚刚其实一直都在说他者这个问题，我想说，他者跟自我的二元对立是西方式的，中国一开始没有，这是建构起来的。我们以前讲的是天下，只有在五四运动开始后，才有了国家民族的概念，然后才慢慢建构起自我跟他者的关系。所以我觉得，咱们在这里讨论他者和自我，其实是陷入了一个西方的逻辑和意识形态中，陷入了一个受西方影响才建立起来的二元对立逻辑。

孙佳山：我个人觉得，没有绝对意义上的二元对立。无论是理论上，还是现实中，恐怕都没有。而且无论在哪儿，哪里有二元对立，哪里就有意识形态。

周轶：对，没有，但我们在这里讨论中国能不能变成他者，美国的他者，咱们陷入的是美国的逻辑。

孙佳山：我想这也回到了刚才郭老师的回答，在当前全球资本主义或者新自由主义普遍逻辑下的全球秩序中，我相信没有哪个国家能突破出这种结构，至少在目前可预见的未来，看不出任何可能，而且这也不是理论上讲讲就算了，我们可以拭目以待，现实只会更残酷。

周轶：对，所以你说对了，因为美国觉得资本主义扫遍天下，即使中国原来是社会主义，现在也被同化了。或许，美国觉得资本主义所向无敌，所以它不再需要任何他者了。我们站在这里，认为冷战之后，美国的危机在于丧失了他者，所以要寻找他者。但是这个美国的危机是咱们站在二者对立的逻辑上去揣摩出来的，美国有没有这个危机，要不要找他者，我也不知道。

祝东力：人类彼此之间分成你、我、他的依据，可以是意识形态，也可以是文明，也可以是种族。意识形态的对立可能消失了，但是种族和文明的分界可能会取而代之，所以自我和他者的区分还是有效的。这是第一点。第二点，你刚刚说自我和他者可能是西方思维方式，这个我也同意，但是所有概念都有它的起源或者血统，都不会是百分之百纯净透明的。但是，我们还是要选择一种相对适用的概念，比别的概念更能说明我们当前情况的概念。这种二元对立的自我和他者的概念对于说明冷战时期以及之后时期的情况，都是有效的。

周轶：可能这是咱们的分歧所在，我觉得冲突肯定存在，差别肯定是存在的，但是交融也一定是存在的。举个例子，为什么网上很多人马上就把“昆明事件”联系到“911”？其实，有很多力量是不以人和文化的意志为转移的。比如全球化，比如资本的力量，比如新自由主义的逻辑，这些都不是以文化为转移的。这些东西也许在全球传播中被地方本土化，存在差异，但也一定有融合。

郭松民：你说的是对的，确实是有一个资本主义全球化的过程，但是全球化进程实际上会使这个冲突变得更激烈而不是相反，因为关键在于不同的主体在争夺一些非常有限的资源。最典型的例子就是俄罗斯，俄罗斯实际上已经完全放弃了苏联时代的意识形态，但是它作为一个主体进入到这个世界体系里还是有自己的利益。比如乌克兰本来是俄罗斯的女朋友，现在又跟欧盟走了，所以俄罗斯就把她打了一顿，然后又把自己当初赠送给她的“克里米亚项链”夺走了。如果普京在克里米亚得手后胆子变得更大的话，这个矛盾会更加尖锐。

陈亦水：各位老师的发言非常精彩，这也是我们论坛希望看到的百家争鸣的局面，但是我实在不得不行使一下主持人的职权，还是希望没有发言的老师、同学们简短地表达自己的观点。下面请刚才想发言的崔柯老师。

崔柯（中国艺术研究院马克思主义文艺理论研究所）：我看《纸牌屋》最直接的感受就是这是一个男人版的《甄嬛传》，此前《人民日报》曾发文批评《甄嬛传》价值观不正确，那么，是不是说美国也出了一个价值观不那么正确的作品呢？但仔细思考一下，《纸牌屋》还是延续了好莱坞为代表的美国影视作品的特点。在《纸牌屋》里，当主人公弗兰克·安德伍德要针对一个对手实施阴谋的时候，往往会有一个独白，来说明对手的弱点，而弗兰克之所以胜利是因为他能克服这些弱点。弗兰克的阴谋之所以能得到观众认同，一个原因是认同了弗兰克对这些人性弱点的批评，从而在某种程度上谅解了弗兰克那种无所不用其极的手段。这种“人性论”叙事逻辑，似乎并不涉及现实中真实的意识形态层面。但我们知道，人性的批判和社会的批判不应分离，五四时期有对国民性的批判，同时也有对社会层面的批判，而《纸牌屋》则只涉及人性而不涉及人所身处的社会现实，这也是支配美国以及中国当下文艺作品的一套叙事逻辑。

盖琪：我简短地作一个补充，就是吴可和崔柯都提到《甄嬛传》在《人民日报》上被批判的这个事，但是我想补充的是，今年年初，另一本权威刊物又给《甄嬛传》平了反，所以似乎没有什么意识形态的控制。我只想补充这样一个信息。

孙佳山：我再简单回应一下。我们并不是要在中美之间做社会主义和资本主义的二元对立的分析，理论和现实都不会这么简单。美国也好、中国也好、韩国也好、英国也好，举这四个国家的影视作品为例，正是要说明，我们今天在全球范围内，不同国情、不同民族、不同语境下，都共同面临相似的困境和问题。这是新世纪十年之后出现的新现象，恐怕在人类进入现代文明之后也是非常罕见的。

鲁太光（中国作协《长篇小说选刊》杂志社）：简单说说我的一点心得。你们推荐的东西我都没看，但是“意识形态去哪儿了”这个议题我觉得很重要，是可以讨论的，而且，我也有我要分析的文本。

刚才周轶提出什么是意识形态这个问题来问大家，祝老师做了一个回答，一个非常学理化的回答，也是非常清晰的回答。但如果细想的话，我觉得祝老师所说的意识形态可能是一个从受众或者被动者角度出发的概念。回过头来想，从施动者或主动者的角度来看，意识形态又是什么呢？从这个角度，可以把意识形态换一个词，就是政治意识，就是文化领导权。马克斯·韦伯说过以政治为业的问题，葛兰西更是思考过文化领导权的问题，归根结底，都是一种责任担当意识。在讨论中，有人认为《纸牌屋》反映出美国政治意识庸俗化了，我觉得从我们国内一些文学文本来看，也存在同样问题。以前，我们常说"吾国与吾民"，在这样的想象中，想象着担当的是国家与民众的责任。后来我们又说阶级，想象着担当着某个阶级的责任。再狭窄点儿，就是集团的责任意识，或者个人的责任意识。我们现在好多文学文本，尤其是从官场小说看的话，这种意识极其匮乏。前一段我关注了一下官场小说，觉得这种类型小说本来应该有一种政治意识潜伏其中，结果大失所望，众多官场小说里边，甚至在作者的潜意识中，完全没有这个东西。云雷有一个文章，题目叫《从谴责小说到当官指南》，说的也是类似问题。不仅官场小说，诸多文学文本都有这个问题。由此看来，意识形态哪去了，还确实是个值得追问的问题。

李云雷（中国艺术研究院马克思主义文艺理论研究所）：我简单谈谈我的想法。我首先要说我们谈的是文艺作品中的政治，是文艺作品对政治的想象，这和实际的政治实践和政治运作还是有很大的不一样。我们在《纸牌屋》中看到的只是美国的权力斗争与宫斗政治，但实际上，我们看美国的全球战略包括国内政治，还是有大是大非的政治观的，我觉得这是一点很大的不同。我们讨论现实政治问题与讨论文艺对政治的想象要有所区分，那么问题就应该是：为什么现在的文艺这样想象政治，与以前的政治想象有什么变化，而这说明了什么问题。要讨论实践的政治，应该经过这一中介。

另一点，我们的题目是"文艺与政治：意识形态去哪了"，我觉得意识形态其实一直都在，包括在《纸牌屋》中也一直都在。《纸牌屋》的逻辑——包括《甄嬛传》，也包括官场小说，其逻辑基础首先是"个人主义"——个人作为一个利益的单位，甄嬛也好，弗兰克也好都是如此。弗兰克即使跟他的妻子也不是一个利益单位，而这样彻底的个人主义，我觉得正是新自由主义意识形态的表现。

第二点是认同于等级制，我觉得剧中的人物，不管他在这样的斗争中是胜利者还是失败者，都对等级制本身没有怀疑。第三，我觉得是以利益为核心的价值观，以最理性的方式追求利益最大化这样一种方式。我觉得这些逻辑起点的设置本身就是新自由主义的意识形态，为什么它能在 40 多个国家传播，因为这些国家其实都认同了这些故事的前提，就是这个意识形态前提。

我觉得从这样的文艺反映出来的政治，可以看出当代政治发生了很大变化，就是汪晖近年提出的两个问题，一个是“去政治化的政治”，一个是“代表性的断裂”，如果一个政治家不能代表一个团体，甚至连自己的家庭都代表不了，他怎么去代表民众？这不只是美国，也不只是中国的问题，而是世界政治的一个新趋势。不论是共和党或民主党，都不能代表民众，并且他们的政策很少有对立，面对这样的新趋势，将来的政治形式会什么样？这是一个值得思考的问题。

另外当政治的大是大非消失之后，只剩下办公室政治。这样一种内部团体之间完全以个人为核心的利益斗争格局，也是很难持续的，当然这是《纸牌屋》对政治的想象，可能不是实际的政治状况，但是其中也反映出当代世界政治的一个新的变化。现在最重要的是，我们怎么对这样一种意识形态，包括它的核心关健词——我刚才说的“个人主义”、等级制、以利益为核心的价值观做一个不同于以往的反思与批判。比如说，在个人之外能否重建一种集体的力量，在等级之外是否可以更平等一点，在利益之外是否还可以形成别的核心价值观？这是值得我们思考与探索的。

祝东力：云雷说《纸牌屋》并不能百分之百反映真实情况，我也觉得是这样。从片子看，如果把弗兰克的逻辑，也就是“处心积虑追求个人利益最大化”的逻辑，放到整个片子中的话，整个情节可能就无法持续。比如说他手下那个马仔道格，那么忠心耿耿，简直就是“活雷锋”，什么事都替他摆平，而且都是亲临现场。也就是说，弗兰克那样的骗子一定要有这样的傻子来配合，如果大家都是骗子，戏就没法唱了。所以，我觉得不真实的一点就是，他借以动员他的团队的号召是什么？根本就没有，我们看到的就是他个人往上爬。他给别人许诺了什么呢？也看不到。我们看新闻，一些揭露出来的贪腐案件，贪官们还有其动员机制，就是一起分赃，而《纸牌屋》没有，这一点其实不真实，逻辑上有问题。

林品：我想就刚才好多老师都提到的中美关系问题做一点补充和观察。刚才云雷师兄提到，美国其实并不是没有政治观，对于美国的霸权战略来说，确实，中国已经不是或不仅仅是曾经的那种假想敌了，而很可能在更大程度上是一个战略合作伙伴。所以，很多美国的政客、学者会把中国描述成“利益攸关方”——stakeholder，或者是“命运共同体”——common destiny。在美国，不仅仅是《纸牌屋》，就是在更大众化的、好莱坞最主流的那些大片里，也可以看到这个迹象。比如说，2013年全球票房最高的《钢铁侠3》，在《钢铁侠》漫画原著里，那个大反派满大人其实是一个妖魔化了的中国形象；但是，《钢铁侠 3》不但把满大人的身份从一个中国的变态恶魔，变成了美国国内阴谋家通过阴谋诡计制造出来、伪装出来的中东恐怖分子，而且还加入了中国医师给美国超级英雄做中西医合璧的高端医疗服务这么一个桥段。我们还可以去看去年口碑最好的《地心引力》，就更明显了，它把中国的高科技成就——“天宫一号”、“神舟飞船”，变成了美国的英雄主人公最后赖以求生的逃生工具。我想说的是，在美国深陷金融危机的情况下，中国作为美国战略合作伙伴的地位更加凸现了。为什么呢？从实体经济的角度说，中国是世界第一的制造业大国，中国在美元主导的垂直贸易分工体系里，承担了产业链中端的加工制造职能。正是中国制造了大批量廉价商品，使美国这个处于产业链最高端的消费大国能保持相对低廉的物价，能在高失业率下继续维持社会的稳定。中国的“世界工厂”地位是如此重要，所以，在 2009 年那部科幻灾难片《2012》里，会让这个“世界工厂”来承担建造人类救生艇“诺亚方舟”的职能，把基督教文明的原型意象放到中国土地上来呈现，还让美国的中产阶级核心家庭飞到中国来完成“劫后重生”、“破镜重圆”的救赎。另一方面，在当今这个金融资本主义时代，或者说，在“虚拟经济”越来越占主导的这样一个国际政治经济形势下，中国虽然对美国长期贸易顺差，但是，中国的贸易盈余去哪儿了呢？是以购买美国的那些金融产品，购买美联储债券的方式，回流到美国去了，支撑着“华尔街－华盛顿共同体”的那种货币金融机制能继续有效运行。中国作为美国国债的第一持有国，作为“美国的债主”，在帮助美国“同舟共济”式地渡过金融海啸的难关。所以，其实这些美国片子里也并不是完全没有“政治”，只不过，中国不再是假想敌了，不管是在美国的全球霸权战略里，还是在美国的大众文化产品里，中国似乎都被赋予了新的角色，或者被美国想象、召唤成新的角色。这是我对中美关系问题做的一个补充。

李玥阳：我想接着你说，因为我不太同意你的观点，同时想给你补充一个材料。你提到《钢铁侠 3》，我也正好在看有关的材料。最近我们看到一些好莱坞大片美化中国人的形象，很可能是对中国的特供版。就像《钢铁侠 3》，在我们看到的那个版本里，那两个医师对钢铁侠进行中西合璧的治疗拯救了他。但是在国际的版本中，王学圻和范冰冰总共就出现不到两分钟，一句话没说就消失了。而同时在这两个版本都出现的，就是那个满大人，其实他是一个中国人，而且一看就可以看出来，其实还是一个辱华的形象，只不过他伪装得比较帅一些。

林品：我觉得在电影中满大人的形象还是变成了中东人的形象。

郭松民：其实在西方文明的骨子里，有一种根深蒂固的种族主义的东西，只不过一般不表现出来，因为违反政治立场，但他们还是认为白人是最高等级的。

孙佳山：我觉得那几个影片里的细节其实都挺调侃中国的。比如说《2012》，在西藏造船时招工的中国警察，穿的是80年代那种非常丑的劣质绿警服，而且还是一个肥头大耳的形象，拿着铁皮大喇叭叫喊。《地心引力》中其实也调侃了中国，尽管那个空间站返回舱看上去非常高大上，但其实操作起来和俄罗斯的差不多，靠着俄罗斯的操作流程就能搞定。

林品：两方面都存在。比如，2012年那部《超级战舰》里面，外星人入侵地球，美军第一次发现外星人的时候，脱口而出问是不是中国弄的什么东西。它肯定有两个方面，一方面是继续“中国威胁论”，而且对“中国崛起”采取遏制手段；但同时又不是那么单边主义，所以要高举“软实力”，不再像以前那样，完全把中国当作假想敌。它会在接触中来遏制你，“硬实力”跟“软实力”兼施，这种纠结会非常扭曲地折射到文艺作品中。

盖琪：其实我觉得这个跟《纸牌屋》的逻辑是一样的，就是一个实用主义的逻辑，弗兰克就是现在的美国，他们对中国的态度其实就是这样。

周轶：你说的没错，美国本质上还是认为白人是最高等级的。但我觉得这当中有一个小小的变化，早期的满大人在美国影视文化里面其实是一个非常阴险的形象，是通过勾引美国白人女性来破坏美国的种族纯正，毒害美国社会。但是到了如今，我觉得倒像林品说的，是个亦友亦敌的关系，这是美国一直想树立的，这种树立未必是要建立起敌我关系，因为这个敌我关系，并不如美国跟恐怖分子的敌我关系的对立那么明确。

但中国有些深层的焦虑是美国所没有的，我们一直想跟世界接轨，我们一直想要跟美国对话，一直要跟世界其他国家有什么什么关系。这个内在的焦虑，我觉得是非常中国式的。

张慧瑜（中国艺术研究院电影电视艺术研究所）：这次讨论的主题涉及到文艺与政治的关系，确实是个好题目，如何讨论文艺、政治的关系也是我比较感兴趣的话题。会议通知提到的几部国外电视剧《纸牌屋》、《来自星星的你》等，我没有特别深的感触，也没有看全。过年的时候倒是看了《乡村爱情》第七部，听了大家对《纸牌屋》的分析，感觉和《乡村爱情》也没有太大区别。《乡村爱情》的人物也都是很个人主义的逻辑，都追求个人利益最大化，电视剧中的乡村是一个权力与资本密切结合的世界，不再是启蒙或现代化视角下愚昧乡村与文明城市的对抗，也不是反现代化视角中浪漫的、保持传统伦理的乡村空间。乡村已经城市化和中产化了，这个问题就不多说了。对具体作品的分析大家已经谈了很多，我主要谈一下对“政治”的看法。

第一是大众文化的政治。刚才提到《乡村爱情》、《纸牌屋》和《来自星星的你》等电视剧有一个共同的身份，都属于大众文化。大众文化本身是一种很特殊的文艺形态，有这样几个特点：一是大众文化是商业文化，依靠现代资本主义商品交换的原则来组织生产和消费，大众文化背后有一套文化工业系统来支撑，也就是我们常说的文化产业；二是大众文化是现代资本主义社会的主流意识形态，最早提出文化工业这个概念的，是二战期间流亡美国的德国法兰克福学派，他们发现美国的文化工业非常发达，对维系美国资本主义体制很有帮助，他们把文化工业比喻为凝固资本主义大厦的社会水泥；三是大众文化的“政治”是一种非宣传、非强制、去政治化的文化，往往看起来没有强烈的政治诉求，但这本身也是一种软政治、软价值观的表达，它与冷战时代社会主义体制下的政治文化是有区别的，就像80年代港台流行文化与毛泽东时代的工农兵文艺之间的不同。大众文化的魅力在于，一方面要触及大多数人的喜怒哀乐，另一方面又要巧妙地转移、化解社会矛盾和困境，这就使得大众文化呈现出两副面孔，很敏锐又很保守。

90年代冷战终结之后，大众文化经常讲述一种去政治化的政治观和去历史化的历史观。比如历史剧会告诉人们，历史或者是循环往复的，或者是从来都如此的，就像《来自星星的你》从现代到古代可以随便穿越，这其实就是一种历史的扁平化和非历史化，也是历史虚无主义的体现。而关于政治的想象基本上变成一种阴谋史观和权力史观，认为政治就是权力斗争，尤其是上层人物之间的勾心斗角，这种厚黑史观很古老，是一种前现代的政治观。这种阴谋史观重新流行，是20世纪革命失败的产物。这种大众文化的政治观是对20世纪革命史观所强调的人民政治以及大众政治、现代政治的“反动”。

第二是意识形态的保守化。刚才大家谈到《纸牌屋》、《甄嬛传》为何会变成腹黑术、变成黑暗王国里勾心斗角的问题，这种政治想象确实有一种历史变迁的线索。这种把人生、社会比喻为一场竞技赛本身是市场经济的典型隐喻，就像李玥阳对新自由主义的分析，自由市场、自由竞争成为新的主流文化。我把《来自星星的你》和《纸牌屋》看成两种反映小资、白领生活的故事，一个是爱情，一个是职场。爱情本身是大众文化最擅长的原型故事，爱情剧往往具有奇幻性和幻想性，比如表现跨越阶级的爱情是可能的，灰姑娘的故事是可能的，屌丝爱上白富美也是可能的。但是近些年，这种超越性的爱情不仅在现实生活中变得不可能，在荧幕上也难以被讲述了，像《蜗居》、《裸婚时代》、《北京爱情故事》、《致青春》等都是赤裸裸的现实逻辑一次次击碎爱情神话。“爱情”去哪儿了？爱情只发生在白富美和高富帅之间，就像《小时代》、《来自星星的你》这样的故事，而观众就像封建时代的子民一样，大家只能围观王子与公主的爱情。

还有职场故事，也有一个历史的线索。90年代，大众文化经常讲述发家致富、家族企业成长的故事，讲述帝王的故事，都是如何成为英雄、强者的故事。2005年前后，《杜拉拉升职记》、《奋斗》、《潜伏》等职场剧开始流行，这些故事的核心看似和美国梦的故事很像，就是如何奋斗、晋级、成功。这种晋级制是一种现代科举制，也是现代官僚制，是最有效率的一种管理方式。职场故事与从奴隶到将军、从底层到成功者的故事的区别在于，后者实现的是一种阶级的逆袭，而职场故事则是在白领、中产阶层内部的晋升，晋级制并不能实现阶级的跨越和翻身，最多是从一个小白领变成大白领。晋级制并不适合底层群体，他们无论怎么奋斗都只能呆在同一个社会阶层上。于是出现两种新的职场故事，一种是屌丝逆袭的故事，百度百科对“逆袭”的解释是：“形容本应该是失败的行为，却最终获得了成功的结果。”“逆袭”并不是要改变游戏规则，而是对现有秩序的认同。第二种是屌丝无法逆袭的故事，比如2014年初北京电视台有一档节目《私人订制》，很接地气。第一期是一个北漂保安要做总经理，他的人生偶像是香港的李嘉诚，剧组帮助他圆了这个人生梦想，让他在一个高档美发店当三天总经理，结果他发现自己根本不是总经理的料，白日梦彻底变成了黄粱一梦。

第三是另一种政治的形式。如果说关于爱情、职场都是以小资、白领生活为核心展开的，那么这种故事和生活有着清晰的边界，需要有“入场券”才能进入。就拿甄嬛来说，倘若不是官女子、不被选为秀女，就无缘参与宫斗。我们可以用文化“边界”的视角来审视，“边界”内部的人们可以陷入一场场异常激烈的宫斗中，而“边界”外的人们，则用另一种政治的方式宣示他们的“存在”，这就是个人主义的恐怖行动和暴力事件。尽管恐怖主义的原因非常复杂，却成为后冷战时代弱势者或个人唯一能选择的反抗方式。这就是目前社会存在的两种政治形式：一种是白领、中产的办公室政治，是市场竞争日益激烈化的黑暗内斗；一种是白领之外的底层群体，采用更加暴力的方式所发动的文化“边界”之战。

孙佳山：我补充一下慧瑜，但不妨碍他的观点。北京卫视《私人定制》第一集里那个保安在节目播出当晚11点多就被打假了。他是一个专业演员，演过一些电视剧的龙套角色，节目里都是他的表演。慧瑜的观点我都认同，因为《私人定制》本身就是真人秀娱乐节目，不是新闻纪录片，所以请演员来“角色扮演”也无伤大雅，有“艺术真实”就足够了。

李云雷：底层不能简单地被指认为是恐怖主义政治的主体，底层也有很多种表达自己权利的方式，比如维权，比如罢工，等等。当然我觉得慧瑜提到的问题挺重要，就是怎样让底层作为一种政治力量进入政治游戏规则里面。

张慧瑜：是这样，恐怖主义暴力肯定不是底层政治的唯一形式，但问题在于是什么样的力量，使得底层不得不选择暴力这种形式。

陈亦水：感谢各位的精彩发言，今天的论坛到此结束。其实，虽然我们抛出了一个问题：“意识形态去哪儿了？”实际上也是希望通过讨论和分析，发现意识形态编码是如何结构在当代大众文化领域之中的。这取决于像我们一样的文化工作者从哪个角度，以何种立场去解释、建构，甚至解构它。所以，也需要在座的各位积极参与进来，在此请各位朋友继续关注我们论坛的发展，后续的信息将会在线上及时公布。今天的论坛就到这，期待大家下次相见，谢谢。

（根据速记整理，经过本人校订）

青年文艺论坛2014第四期

移动互联网时代的文化形态

主持人：孙佳山（中国艺术研究院马克思主义文艺理论研究所）

时　间：2014年4月17日（周四）14：30—18：00

地　点：中国艺术研究院334会议室

主　办：中国艺术研究院马克思主义文艺理论研究所

编者的话

2010 年以来，微博、微信、打车软件、互联网金融，成为整个互联网行业，乃至中国社会的关键词。这些关键词所依托的移动互联网的高速发展及其引发的种种现象和趋势，产生了广泛的辐射和深远的影响。其中，移动互联网对现有文化格局的重构和变革，正在发生意味深长的蝴蝶效应，它们所凸显的根本问题尚未得到足够有份量的研讨、探究和总结。如何解读、阐释移动互联网所引发的各种文化现象和症候，其价值已经远远超出了行业自身，对于理解和把握我们当前的时代及其远景，有着重要的现实意义。

本期论坛梳理了从印刷时代到互联网时代以来，以纯文学为代表的文化艺术形态的变迁，剖析了移动互联网的诞生及其内部以网络文学为代表的文化衍生逻辑。同时，从代际的角度，阐释了当前青少年群体的独特文化样貌，以及与其他年龄群体之间的异同。本期论坛还着重讨论了移动互联网公共空间的特殊性及相关的社会问题。这些讨论为我们全面认识、解读 21 世纪第二个十年以来的全新文化生态，提供了具有建设性的理论思考。

孙佳山：首先，欢迎大家出席第三十五期青年文艺论坛，今天讨论的题目是“移动互联网时代的文化形态”。

众所周知，2010年以来，移动互联网开始进入到我们普通人的工作和生活中，深刻地改变了工作和生活的形态。我前一段时间看到一个数据统计，说目前互联网对传统行业的渗透率在10%左右，而且还会继续增长，增长范围大概在50%左右。这意味着，移动互联网时代，很可能是下一波产业革命的前奏。我们就结合各自的专业，以我们所从事的文化艺术领域为切入口，讨论一下移动互联网时代的文化形态。请大家畅所欲言。

李松睿（中国艺术研究院《艺术评论》杂志社）：之前佳山塞给我一本书，让我主要围绕邱林川的《信息时代的世界工厂——新工人阶级的网络社会》来展开讨论。这本书的主要内容是讨论信息技术对于所谓中下阶层，特别是新工人生活的影响，并进而展望了信息技术对于形塑新的工人阶级的可能性。

首先是现代科技与底层人民，或者像书里所说的中下层劳动者之间的关系。一般说来，现代科技在我们想象中，总是和某些专业性特别强的东西联系在一起。它通过将自身与一系列体制性的东西，例如科研人员、高校、研究机构、跨国公司、现代化厂房以及昂贵的电子设备捆绑在一起，把自己塑造成某种高高在上的事物，与底层人民的关联是非常稀薄的。或者说现代资本主义体系有意识拉大科技和民众之间的距离以维持较高的利润。举一个小例子，就是目前在网络上热播的美剧《生活大爆炸》。在我看来，这部电视剧之所以引人发笑，一个很重要的笑点就是科研人员操持的那种神神怪怪的科技术语，与他们特别平庸的生活诉求之间的距离。正因为普遍的日常生活和专业研究者所从事的工作之间的差异非常大，所以才产生出反讽效果。但霍布斯鲍姆在《革命的年代》里讨论所谓“双元革命”时提到一个观点：英国工业革命时代技术变革的一个重要特点是，当时做出最重要贡献的科技工作者，几乎都没有接受过专业训练，全是普通工人。他们的科技创新是在一线生产的过程中自发的尝试，恰恰是普通工人的创新引发了整个工业革命，从而改变了人类历史的进程。

回到邱林川的著作，这本书给我的一点启发是，他尝试去重新思考科技与底层人民之间的关系，有意识地弥合现代科技和普通人生活之间的鸿沟。或者说，他反对现代资本主义体系下，以追求高额利润为出发点的科技创新模式，希望能根据普通民众，特别是中下层民众的生活需要，重新塑造科技发展模式。在《信息时代的世界工厂》中，邱林川花了很大篇幅讨论“山寨手机”问题。一般说来，“山寨手机”在人们的刻板印象中，是一些价格低廉、模仿抄袭、缺乏创新、侵犯知识产权、做工粗糙以及质量堪忧的产品。而且前几年中国主流媒体站在跨国公司的立场上，在道德高位上质疑“山寨手机”，进一步抹黑了“山寨手机”在普通人心中的印象。这也使得像我这样对科技产品不是很敏感的人，在实际接触“山寨手机”之前就会对它产生抵触心理。不过在邱林川的著作中，他指出“山寨手机”之所以在中国市场获得成功，最重要的原因是它真正能够满足中下阶层劳动者的实际需要。而且“山寨手机”也并不像我们想象的那样只有抄袭模拟，毫无创新之处。例如双卡双待功能，对于远离家乡打工的底层民众来说，使用多个手机号码是特别常见的需求。而“山寨手机”最先创造出的双卡双待功能，可以最大限度的满足人们的需要，因而非常流行。而且在整个第三世界国家内，双卡双待手机都销售火爆，以至于跨国大公司要向“山寨厂商”学习这种技术。

孙佳山：三星出的双卡双待手机就要给中国专利方支付专利费，每出一部手机都有固定的额度。

李松睿：在某种意义上，其实双卡双待功能并不复杂。普通人同时使用两个手机号的需求也会长期存在。但对于跨国公司来说，双卡双待这类技术创新并不能为他们创造更多的利润，因此他们更愿意多卖出几部手机，而不是生产能同时使用两个手机号码的双卡双待手机。邱林川的著作通过这个案例告诉我们，科技在当代社会被跨国公司垄断后，其更新换代逐渐脱离了促进生产力发展的原初目的，渐渐成了资本牟取高额利润的工具。正像邱林川在著作中指出的，诸如“小灵通”这样的通讯手段，从技术层面看并不先进、复杂，完全可以实现清晰通话、收发短信等功能，只是因为无法像3G技术那样能让运营商获取高额利润，才被强行退出历史舞台。因此有时候科技创新并不是为了实现更美好的生活，而是变成了跨国公司为追求利润对人民的绑架。普通人，特别是身处社会中下阶层的劳动者其实并不需要太先进的技术，能以低廉的价格满足实际需求才是他们真正关心的。但像“小灵通”这样受群众欢迎的技术，在追求商业利润的时代只能被强行淘汰。因此对于像中国这样的第三世界国家，我们在科技进步这个问题上，不一定非要跟随跨国公司的脚步，选择更适合中国普通人需要的技术，可能才是更重要的。邱林川这本书恰恰提醒我们，必须跳出资本追求利润的逻辑来重新理解科技进步的意义。

祝东力（中国艺术研究院马克思主义文艺理论研究所）：松睿说的这本书，孙佳山也塞给我一本（笑），刚开始也挺不以为然的。但是前两天看了之后，发觉这是一本相当好的书，有资料、有观点、有理论，还有情感，很鲜明的左翼立场。作者有一个很大的诉求，要通过网络社会的技术手段，寻找一种新工人阶级的阶级意识。看这本书很有启发，其中之一是邱林川讲到，他在美国读书时去做调研，原来一个黑人中产阶级的居住区，自从美国通用汽车搬迁到墨西哥之后，整个社区都衰落了，贫富差距非常明显、数字鸿沟也非常明显。他带着“数字鸿沟”这个概念回到中国，但是在珠三角做研究时，发现这个概念在中国完全不适用，这就是刚才松睿提到的那个概念——信息中下阶层，邱林川自创了这么个概念。他说，中国有大量这样的人群，从下岗工人到学生到打工仔、打工妹，他们都在使用各种很廉价的智能手机，以特有的方式不同程度地参与到中国的信息社会当中去。由此我想到一个问题，到2013年12月，官方统计中国网民是6.18亿，占总人口的45%。印度在2013年10月网民刚刚过2亿，印度现在已经超过12亿人口，总人口跟中国差不多，但网民数量相差很大，而且我们还要考虑到印度是软件大国这个情况。另一方面，中国的网民比例和中国的财富结构其实不太匹配，财富的分配结构与信息的分享结构不匹配，信息结构要扁平化得多。我觉得，中国社会的不稳定，内部的张力，很大程度是来源于信息的拥有量和财富的拥有量之间的不对称，这是一个结构性的问题。

周轶（美国加州大学）：我想接着讲一下中下层人民利用网络或者新兴科技的问题，我先从我自己的经验开始讲。我记得我当时在美国第一个学期选的一门课是理论课，第一节课就是马克思主义理论，其中有一本我们要看的书是《帝国》。我想大家可能都看过《帝国》这本书，是尼格里和哈特写的，讲的是全球信息化以后，一定会产生新的无产阶级，这个无产阶级概念跟早期马克思主义的无产阶级概念不一样，因为这是信息化时代的无产阶级，他们能进入信息产业，拥有信息技术。也就是说，从劳工这块来讲，中下阶层一定也是进入信息科技体系的，只是价值产出不同。尼格里和哈特的意思是，以前马克思主义的无产阶级运动，其联合起来的方式都是竖向联合，大家都没有生产工具，所以能产生阶级认同感，知道谁压迫了你和你该去反抗谁，这是竖向的。而现在都是横向的联合方式，就是说无产阶级可能是在印度的客服中心的人，也可能是在中国使用山寨手机的农民工。他们可能在对抗本国的阶级压迫时，有着不一样的出发点和不一样的感受，但是只要当他们进入新媒体，了解了对劳工的不同剥削体系后，他们都会有共同的感觉，就可能会进行横向联合。我记得我在看这本书的时候，觉得这个好难想象，这是另一种乌托邦，但是我现在觉得其实挺有道理的。

盖琪（首都师范大学文化研究院）：我简单说几句，因为周轶讲的对我有所启发。我前段时间刚好读了一本书，叫做《个人主义时代之共同体重建》。我们最近一直在讲，随着80后、90后甚至00后这些新生代步入中国社会的主流区间，我们的主流文化（包括很多意识形态上的东西）其实已经在潜移默化地发生巨大变化。当然，我们可以用“个体化”或者“个人主义”等词汇来界定新生代的价值倾向。但是很多情况下，我觉得，这种界定的内涵，其实已经溢出了既有框架——它不仅是个人更专注于自我，比如更喜欢自我的兴趣或空间那么简单，而是已经指向了整个社会层面的重构。刚才周轶讲的例子，就展示了在这样一个时代，人和人之间可以通过何种方式来重建相互关系的问题。而在《个人主义时代之共同体重建》这本书里，也谈到在当前社会流动性更强、生活碎片感更强的环境下，文学艺术应该关注的点，其实已经不再是传统文艺的那些问题。事实上，如果我们更多地去关注当前互联网上流行的一些作品，就会发现，相对于传统媒体上的作品，互联网文艺在核心价值观上已经发生了很大变化——不仅是在修辞层面，而且在审美趣味、叙事方法和情感交互模式等层面上发生了整体变迁。比如说，中国互联网上流行的英剧《神探夏洛特》，美剧《纸牌屋》、《生活大爆炸》，以及国产网络自制剧《屌丝男士》、《万万没想到》等，这些作品的关注点——那种价值趣味、文本与粉丝群之间的联系方式——都和传统影视剧非常不一样。这其中也许有个体化的倾向，也许有跨地方化甚至是无地方化的倾向，也许还有“亚消费化”的倾向。这里的“亚消费化”是指，互联网文艺会把更多、更细的亚文化趣味转化为促进消费的动力。我们过去的受众定位更多是面向大众，而随着微博、微信这些社交平台的建立，受众定位有条件精准到更小规模的团体。

总之，在这样一个时代，随着移动互联网技术的发展，信息和个体之间实现了一种高度一体化，能更加具体化到每一个点上，所以文艺作品建构方式、传播方式确实都应该而且正在发生变革。

邵燕君（北京大学中文系）：我接着补充一下关于网络文学和亚文化的问题。盖琪老师刚才提到的那本《个人主义时代之共同体重建》我特别感兴趣，谈到互联网时代的小众分层及其文化形态，我想英剧、美剧还算是大众传媒，网络文学的分类则越来越细，每个细门类都是一个情感共同体。我在北大开的“网络文学”课这学期特别讨论了“女性向”的文学,因为我们上个学期讨论的是“男性向”作家的创作。我们想想，以前读金庸、琼瑶，没什么“男性向”、“女性向”的分类。金庸是男的女的都读，琼瑶男的只是不爱看，但也并不反感。但现在的情形是：即便很多女生承认哪个“男性向”作家写的非常好，也仍然不爱看，因为“没戳到我的萌点”；即便哪个小说中写了一个男性成长的故事，女生依然可以说没兴趣，她们只对成长中的女性有兴趣，至于男人，只对成长完成了的男人有兴趣。我在阅读中，没有把哪个成长中的男人只当作男人，而是当成一个人，在人的意义上，我和他共同分享成长经验，但是按学生们的说法，我是双性的。

这个学期讨论“女性向”作家的作品，我就更要逼着所有男生必须看，因为很难有这么一个机会，男生和女生一起来讨论一个问题。男生就硬着头皮看，大多数人觉得很别扭、很排斥。也就是说，在网络文学里，首先“男性向”和“女性向”已分成两大类，能同时接受两种性向作品的，叫作“双性向”，女性居多，因为整个社会的话语是男性话语。这是一个最大的分类，还有很多细小分类，比如女性言情中，又有传统“BG 向”言情（即 boy and girl，异性恋）和“BL 向”耽美（即 boy’s love，男孩之间的同性恋情），每种亚文化就是一个小圈子。在互联网时代，一方面信息无限开放，另一方面又极度圈子化，因为我们只跟志趣相投的人来往。就像我坐在这里开会，如果跟大家谈得来我就在场，如果跟大家谈不来我就看手机。在互联网时代，人类重新“部落”化，不再隶属于原来的村落、家庭、单位、社区，而是依据性向（而非性别）、兴趣、品味等被重新“部落”化，一家三口很可能属于三个“部落”。在这个意义上我觉得网络时代的共同体重建是一个特别大的文化命题。

另外，“移动互联网时代的文化形态”，这个题目非常好，下面我们需要研究的恰恰就是媒介革命的发生，对人们生活形态的改变。具体到我所做的网络文学研究，就是要落实到文学形式的改变。比如，我们昨天正在讨论“豆瓣阅读”组织的“中篇小说大赛”，在讨论中我就受到了一个重要的启发。以前我关注豆瓣阅读，是关注作为网络时代“纯文学网络移民”的可能，因为它基本上继承了文学期刊的风格，现在又振兴中篇小说，很可能为原有的传统文学期刊，比如《当代》，探索一条网络化的路径。

石一枫（《当代》杂志社）：《当代》已经上网了，但是技术水平比较低。

邵燕君：所以我就说“纯文学的网络移民”不是一个媒介问题，而是整个机制和观念的变化，包括读者群、作者群文化形态的不同。我最近撞出的一个新火花是，我突然觉得我原来的想法可能在方向上是错的，还是太精英本质主义了。

我原来的关注点是，豆瓣阅读这样的园地能不能重新吸纳、整合传统的写作资源和写作力量。我们原来的期刊作家能不能进入这个领域来创作，抱着一个“移民”的概念，其中不乏“殖民”的诉求。但当真正进入对大赛作品的阅读中，感受却不一样。首先，“非虚构”的作品比“虚构”的作品好看很多，然后在讨论过程中，不知道为什么大家总在谈“直播帖”。我就突然想，中篇、短篇小说除了艺术性以外，一直有一个以文学的形式迅捷反映现实生活的功能，这也是现实主义文学的功能；但这种功能在网络文学中的最好体现未必是网络中短篇，说不定是更加网络原生的“直播帖”。

祝东力：“直播帖”是什么？

石一枫：比如我扒一扒我的极品男友，每天写一段。

邵燕君：比如石一枫写一段“我出轨了……”

石一枫：还可以写我怎么认识的小三，然后第二天我说我跟小三吃饭了，第三天我说我跟小三吵了一架，网友都跟着出主意。

祝东力：就是一个连载的东西，但这是互动的。

邵燕君：“直播帖”本来应该是一种现实直播，但现在看来那些特别流行的“直播帖”其实有可能是小说。

石一枫：这也可能是复兴了更古老的文学传统，李伯元的《官场现形记》也是这么写的。

邵燕君：有的“直播帖”一出来就已经是小说了，还有一些帖子特别极品，特别有原始生命力，从事件到语言都极有冲击力，但是很零星、散乱、没逻辑，淹没在众生喧哗中。这是不是作家可以进行二度创作的素材？我不是指作家用这些素材去创作中短篇小说——这当然也是一条路径，但更创新的路径是，在直播帖的基础上创作“直播体小说”，将“文学性”和“直播帖”这种媒介形式连接起来，创造一种网络文学的新形式。它是现实方向的、篇幅较短的，又是网络原生的；既借鉴吸纳传统文学资源，又不是传统现实主义中短篇的网络移植。

盖琪：插一句，因为怕一会忘了。您说直播帖对我触动挺大的，因为我比较关注我们称之为“传媒艺术”这块。传媒艺术就整合了过去说的电影、电视剧包括电视文艺节目等，随着互联网包括移动互联网的兴起，肯定就把互联网文艺形式也包括进来了。为什么会产生这么一个大的概念呢？我们发现，按照传统的方式把电影、电视剧或者电视文艺节目这类东西纯粹当作艺术文本来探讨是不够的，因为它们传播的属性越来越多地影响到文艺文本本身，或者说传播属性本身就已经是文艺文本的一个非常重要的纬度。

您刚才谈的直播帖问题，我觉得也一样。对网络文学我还不太了解，但是我觉得，它不光是像您讲的，纯文学移民到一个载体上，而是这个传播属性已经生长到了它的文本之中。我们不能把它看作是《官场现形记》，不是原来报纸连载而现在变成网络连载，不是，和受众之间的互动，其实已经构成了这个文学文本的很重要的维度。

邵燕君：我同意。“直播帖”可能和《官场现形记》等文学有共通之处，比如都是源自人类最古老的口口相传的文学传统，但毕竟属于不同的媒介时代。我现在觉得，哺育我们成长的印刷文明其实不过四五百年的历史，在人类历史发展的漫长进程中，可能只是一个特殊的时段。印刷术解决了远距离传输问题，但却必须把口、眼、鼻、舌、耳的整体感受转译压缩成文字，再由阅读者解码还原。网络的出现在相当程度上恢复了人的整体感观功能和及时互动功能，确实是把“村子”扩展为“地球村”。如此说来，印刷时代倒可能是一个短暂的特殊时代。作者孤独地写作，读者孤独地阅读，编码、解码需要特殊的训练，那些通感、想象，那些精湛的文字艺术，或许像是残疾者的特长，在一个不必闭目塞听的时代，只能成为博物馆艺术。这种说法可能极端一点，但我们必须跳出印刷文明对我们整体文化形态乃至认识结构、审美结构、情感结构的限定来思考问题，印刷时代的艺术形式并非文明的本体形式，倒可能是一种过渡阶段的迫不得已的选择。

盖琪：也有可能，但我想表达的意思是，对于现在的互联网文艺来说，无论是视觉的还是文字的，“社交化”正在成为非常重要的特征之一。就像最近比较火爆的一个叫《罗辑思维》的网络脱口秀节目，同时也是一个非常受欢迎的微信公众号，主持人“罗胖”一直强调的一个观点就是：要做一个移动互联网时代的成功文艺产品，没有什么高大上的途径，最重要的就是要和传播对象建立起一种类似朋友的互动关系。所以，他们要建立的是一个“好人缘”而不是一个布道系统，这也是他坚持用语音而不是文字来传播的理由。他甚至预言,未来传统媒体的商业影响力会迅速下滑，因为对于现在的企业来说，想营销自己，最好的途径是建立一个属于自己的“自媒体”传播平台,而不是去借助过去的报纸和电视台。所以说整个传播格局和思维方式，其实都在发生翻天覆地的变化。

邵燕君：你说的是微信帐号是吗?

盖琪:是网上的脱口秀，也有微信公众号。其实这种个人的网络脱口秀现在很多，比如还有《晓说》、《彬彬有理》等。其实我们会发现，最近以个体为传播单位——主要是去告诉其他个体“当你遇到这样的生活问题应该怎么办”——这样的节目越来越多。这还是跟您刚才说的“更精细的分众化”、“重新的部落化”有关系。当然现在的“部落”，和传统意义上按空间或工作单位区分的团体，已经不太一样了。我记得去年一家特别著名的购物网站的广告诉求点很有趣，它其实也不是专卖针对同性恋人群的产品，但是你可以看出它在借用那种思维来使它自己显得价值多元——其中有一幅图片就有一朵菊花和一个黄瓜。我当时其实有点惊讶，我在想为什么这样一个其实很大众的营销平台，会使用那么小众的广告策略?我觉得这里面有着一个时代思维方式的变迁。

周轶:我昨天看的一本书,虽然还没看完,但是其中有一个观点很有意思:这种“部落”的认同和文学的关系，其实并没有突破安德森的国族想象。国族想象是一个虚拟社区的想象，而现在“部落化”的网络其实也还是一个虚拟的国族想象，只不过这个国族身份认同可能跟我们以前想象的大家都是中国人、大家都是杭州人，在概念上不一样，但实质是一样的。比如说，女性通过读女性向的文学，对自己是女性有了一定认知;同性恋通过阅读耽美类的网络文学，对自己是同性恋有了相应的体认。文学跟个体、跟族群认同之间的关系和以前类似，但是时间差上有差别。以前你发一个连载的文章，要等好久才会收到读者来信，然后你再写下一篇，比如狄更斯就是这样。但是现在你只要发一个帖，下一分钟一刷就知道下面人跟的是什么，你可以马上构思下一篇怎么写。我觉得时间差上有很大的区别，但是实质上，这种媒体造成的族群想象跟以前是类似的。

郑以然（首都师范大学文化研究院）:刚才邵老师和盖琪讨论到关于受众参与的问题，我觉得其实有一个概念可以证明这个现象，就是所谓产销合一，就是Prosumer，把producer和consumer结合在一起。

在Web1.0的时代，大众主要是从网络上接受获取信息。而到了web2.0时代，每个人都主动生产信息，成为生产者，网上这种直播帖的特征就是在创作的同时，吸纳无数受众参与。美剧制作过程其实也一样，除了像《纸牌屋》这种全部制作完并一次性播出的少数案例，其他美剧其实都处于观众意见的强大影响之下，根据观众反馈，编剧会持续撰写和修改剧本，播出反响不好可能就直接切掉了。这很大程度上强调了受众的作用，可以说也是对web2.0时代特征的一种反映。

郭松民（《国企》杂志社）：我谈一点体会。首先，我觉得在信息时代其实也是有等级的。今年春节前我一个很远房的农村亲戚，跟我打电话说他在一个地方承包了一个小工程，到年终人家不给工钱，大概13万。他是一个小包工头，这笔钱对他来说是很大的数字，因为也不全是他的，要给工人发工资，所以他压力非常大。他找我，我也很有压力，因为我在我们那个村里好歹算是有点名气的。于是我就把所有的关系都动员起来，想解决这个问题，包括在建设部的同学，包括在太原中院有一定职务的同学，包括在山西做生意的同学，但即便所有这些关系都动员起来也没有任何效果。离春节只有两三天了，他打电话问怎么样？我说没有任何办法，要不等春节以后再要吧。他就跟我说他要爬塔吊。我说你要是爬了就肯定在牢里过年了，人家警察出于治安考虑也要把你抓起来。要不试试我的微博？你拿一个横幅到县政府门前拍张照片，拍了照片你就走，不要在那停，然后传给我。我收到照片就发到微博上，直接艾特给他们当地县政府的官方微博，说中央三令五申让你们解决农民工工资问题，你们怎么不解决啊？其实这个微博关注度并不是很高，也就是几十个跟贴，但到了下午，他们的官方微博就私信我，说我们正在积极处理这个问题。到第二天早晨，也就是腊月二十九，早晨我刚起床那个亲戚就给我打电话，很兴奋地说，哥，他们要把钱给我了！我说那非常好。你现在哪里？他说我现在正在政府办公室，钱就在桌子上摆着，但他们说你必须删微博，你不删微博就不给。我说那我就赶紧删。过一会他又打过来说还有一条没删干净，结果我又删了。又过了半小时，我打电话说你在哪里？他说我在银行正存钱呢，这事就这么简单解决了。但是还有一个他认识的一起承包工程的伙伴，人家欠他30万，他自己也有一个新浪微博帐号，而且早就把信息发出来了，但没有人理睬。可能由于我的粉丝比较多，有一百多万，所以就比较受重视。互联网是一个平台，似乎所有人都有发言权，但是每个人的发言份量不一样，我发微博县政府马上就有反应。互联网其实是有等级制的，这个平台看起来对所有人都是平等的，但如果你的粉丝不够，你的影响力不够大，就没人理睬。

县政府这些人，我相信是有舆情处理机制的，如果我这个微博不删的话，就等于在他县里的领导喉咙里插了一根刺，觉得过年的时候心里有点不安全感，他们不知道我的微博继续挂着会带来什么样的不确定性，所以干脆把钱给我那个亲戚算了。

郑以然：我觉得郭老师的例子还说明互联网的一个规律：人们说，在传统媒体时代，媒体的传播方式是“一对一”的，就是一张报纸发到一个人手里，基本一个受众在看。到电视时代，发展为“一对N”，每个电视节目可能有成千上万人在看。到网络时代，传播效果是裂变型的，也就是“一到N再到N”，一个人在网上浏览信息后，可能再次转发，由此产生裂变式的效应。

郭松民：我想说的第二点是，在互联网时代虽然信息流动很充分，但是人反而更容易被误导。互联网可以很容易控制信息，不利的信息给你屏蔽掉，有利的信息被放在一个非常显著的位置。

第三点，信息时代表面看起来是更透明的社会，但实际上我们的生活变得更加混沌，会出现更多的秘密。比方像我们现在开会，从逻辑上说我现在发一张照片传到微博上，全世界都可以在同一时间知道我在这个地方开会，但实际上人们看到的只是我想让他们看到的。互联网时代我们拥有了更多的秘密，生活变得更复杂，不是变得更透明，而是变得更不透明。这是一个很有意思的现象。

周轶：其实我对郭老师第一个例子所抱有的是比较暧昧的一个看法。一方面，这是弱者的武器，弱势群体没办法直接讨到工钱，只能找您帮忙，您利用您的社会影响力来帮他；但另一方面，我又觉得挺可怕的，因为潘毅写过一个农民工为什么拿不到钱的调查报告，这里面有很多原因。其中一个原因是层层包工，就是我做包工头，把工程层层包下去，别人欠我的钱，我再欠你的钱，这个剥削链条，很难从根本上杜绝。但是现在地方政府只关注个案，只要有个案讨钱讨到面前了，就把个案解决，没有考虑该怎么把这么一个剥削体系根除掉。

孙佳山：我想补充一点，因为我也参与网络文化的一些工作，以我的了解，现在的政府职能和管理形态已经发生了很大变化，和大家想象的可能完全不是一回事，都算到国家头上，其实是在给自己推卸责任。

周轶：对，不是说都算到国家头上，是说国家在福柯意义的governmentality其实已经改变了，现在是远程管理，不再是直接管理，跟资本、网民、网络大V之间，构成了复杂的博弈关系。传统政府治理模式从上到下，完全介入日常生活的那种governmentality已经改变了，所以我们在思考媒体时，思考媒体如何改变政府的现代管理手段，可能是一个进入点。

郭松民：新浪微博的管理就有矛盾的地方。第一，确实有明显的意识形态倾向，不是国家意识形态，是他们自己的意识形态；第二，在管理方面，也是自相矛盾的，因为管得太死，整个网络活跃度就下降了，会影响他们自己的经济利益，所以他们要非常困难地拿捏好这个度。

郑以然：郭老师刚才提到微博维权的例子，有一个很重要的条件是：在政府门口拍了张照片。我最近在思考的一个问题是，网络现在实际上进入了一个图像时代。这个例子就很好地体现了在现在这个时代图像具有的力量。促使我考虑这个问题的，其实也是我个人的网络体验。我自己用过几种网络社交媒体，这几代产品清晰地显现了图像地位的越来越重要的变化。最开始我用 MSN Space，然后是开心网，之后是微博，现在是微信。我观察到，在 MSN Space 时代，大家基本上发的是纯文字的，如果想在文字里插入图片，操作是比较繁琐的。当然 MSN Space 里有相册，但那是单独的，开心网也大致如此，所以我把它们归为“前微博时代”。那么到了微博时期，是图文并茂，发文字的同时就可以发照片。而到了微信时代，默认选项就是发图片。我刚开始用微信的时候，曾经一度想只发文字，结果半天都无从下手。这个变化是非常明显的，现在我们的默认是图片优先。

由此我认为，社交媒体时代存在着微博与微信两次“图片转向”。从微博看，首先是对文字的挤压，只能容纳 140 个字，和之前写博客可以洋洋洒洒、高谈阔论完全不一样。对文字的挤压自然带来对图像的追逐，一方面因为文字少了，许多种文字比如逻辑思辨类或者说优美细致的描述等文字，不可能压缩到 140 个字里面，有想法的人该如何表达更丰富的意义呢？就可能转而把这些言不尽之意转到图片上来，发一个图片，让大家猜什么意思，作为对文字的补充。另一种情况是，有些人可能本身就不擅长语言表达，比如在微博上有很多影视明星，他们本来可能没有太深厚的文字功底，那怎么办呢？图片正好可以“避短”。发一个自己受伤的照片，或只发一个自己大肚子的背影，足以含蓄地表达了某些文字描述起来过于直白也没什么趣味的话，这样，图像就代表或代替了文字。其实到了微博时代，整个网络内容也发生了巨大变化。在“前微博时期”，占领博客的基本还是教育水平比较高的人，他们在现实中也拥有一定话语权。到了微博时代，基本上所有人都开始到网络上来“众声喧哗”。很多人，包括我自己，发表的内容是生活中一些鸡毛蒜皮的小事，或者自己情绪的即时性宣泄。比如说我今天烤了一个特别好的蛋糕，或者一枫在广西吃了什么令人震惊的好东西。

石一枫：但我是受过教育的人。（笑）

郑以然：所以是全民性的，图片比文字更有冲击力。再比如情感宣泄，我想抱怨新车被人给划了一道子，拍一张图片，什么都不用说，就会有很多人同情你，比用文字唠叨的效果更好。

如果说微博实现了第一次图像转向，那么到了默认发图优先的微信，则直接把社交媒体从文字时代送进了图片时代。这对于我们的思维方式都可能产生了一种逆向的冲击，因为在传统情况下，我们想描述一个客观存在，或者想抒发感情的时候，会先深层次思考它的意义，然后组织语言或文字表述出来。

问题是，现在我们可能从观察世界开始，就是高度视觉化的。举一个例子，比如说出去旅游，如果在"前微博时代"，你想把一次旅行经历分享给别人，你会怎么做？你会构思一些很优美的文字来描述所见所闻，可能在博客里面包含着你在书中看到的一些历史掌故，还有从当地听到的风土人情，甚至还可以把你对这个地方的想象包括进来。那么在图片时代，什么是不能被包括进来的呢？你听到的东西。你听到当地人讲的一个很好玩的事情，你没法把他用一个图片贴出来。另外这个地方的历史，你对它未来的想象，你也没法贴出来。极端一点说，在一个图片至上的表意体系里，不可被拍摄，不能被图片表达的东西，就是没有意义的，甚至不存在，当然这是最极端的说法。

现在人人手里都拿着一个智能手机，随时随地，每个人都处在被监视的状况。有其他学者总结说，原来我们是处在一个像福柯所描述的监狱，即少数人观看多数人；到大众媒体时代，就是多数人观看少数人，观众看演员和政客的表演；现在，则是多数观看多数，每个人时刻都处在一个看与被看的过程中。另外我觉得，当前在社交媒体公共领域中，确实存在着官方与民间对图像权力的争夺。很多社会新闻事件里，都体现了这种争夺。比如大家都知道的"领导悬浮探视敬老院"，把这些领导合影 PS 到敬老院老人照片上面。再比如前两天有一个政府大楼的照片，上面的横幅也是 PS 上去的，结果楼前广场上国旗的旗杆被挡在了横幅的后面。这些立刻就被网民的火眼金睛给揭穿了，由此引发了对这种弄虚作假行为的言语讨伐，也形成了一种社会监督的力量。另外也存在相反的情况，比如说在后海城管打人这个例子里面，开始网络上只放出来部分视频，其中似乎城管与摆摊的父女俩产生冲突，结果被妖魔化的城管就被网民大肆攻击。然而当全部视频放出来后，大家发现其实那父女俩才是寻衅滋事的人，城管其实是正常维持秩序。其实图片可能更具有隐瞒性，让这个世界变的更不透明。

郭松民：还有一个现象，在移动互联网时代，形式大于内容，就是你表达的渠道太多了。微博的潜能还没有充分开发出来，就出现了微信。现在不断有人向我推销各种客户端，可是你有那么多思想去表达吗？我就只有一个新浪微博，其他我都没有，这个已经有点让我疲于奔命了。但据我所知，有些人有微博，有自己的网络电视台，有各种客户端，还有微信，有这么多东西，其实他的思想在这个过程中被稀释掉了，实际上是形式大于内容，有大量的垃圾信息在里面。

孙佳山：好，我们先休息 10 分钟。

（休息）

孙佳山：我们现在开始下半场的讨论，先请石老师。

石一枫：刚才听大家说了好多，我在这儿还是想再细分一下这个题目。题目是“移动互联网的文化生活”，大家刚才说的可能更多是互联网时代的文化生活，而不是移动互联网。实际上移动互联网和互联网之间的鸿沟是非常巨大的，说一个最简单的，以前我们是对着电脑，对着台式机，现在我们是对着手机。那么这个变化究竟在哪呢？现在看起来可能还是从量变到质变的问题。就是说，互联网时代，所有生活变化、商业变化或者人的思维变化已经存在了，但是这个存在并不是固定的：我坐在电脑前是一套思维，离开电脑没法上网了，这套思维就失效了。但是移动互联网是什么？手机让我一天 24 小时都处在这个状态里。这个量变可能对于生活起到了决定性的变化。

孙佳山：现在公交车、出租车都可以有 Wifi 了。

石一枫：对，据说国航飞机上也快有了。但是除了变化，我还想说一些恒定不变的东西。就是我们人类有史以来，或者进入文明史以后，有一些恒定不变的东西。比如我们现在好像觉得自媒体发达了，可以通过自媒体做这个、做那个，但是这个背后运行的逻辑，恐怕还是资本说了算。我特别同意刚才邵老师的说法。《帝国》里面最后一句话，是男人战斗然后失败，但是他们会发现自己为之战斗的东西会在某一个角落里恍然再现。它实际上是在幻想工人阶级联合起来，无产者联合起来。但是，按照邵老师刚才说的，普通人是不可能联合起来的，反而会越打越碎。这可能是互联网时代和移动互联网时代的一个新趋势，工人阶级并没有实现天下大同。但是你会发现，普通人没有实现天下大同，人家资本家早就实现了。中国钱、美国钱串来串去的，那个阿里巴巴，雅虎在早年间给了它钱，它用美国的钱才发展壮大的，国外资本和中国资本早就串起来了。资本的逻辑没有变化。再举个例子，一个女孩最喜欢耽美小说，不是耽美爱好者的男同学就不跟你聊，不跟你谈恋爱。这没问题，但是等到她结婚的时候还能凭兴趣决定吗？恐怕还是得尽可能在有钱的主儿里挑个比较厚道的，耽美不耽美无所谓。还是一些古老的逻辑在起决定性作用，所以不必特别夸大移动互联网对我们的影响。

邵燕君：就是说还得讲政治经济学是吗？

石一枫：对，决定这个世界运行的逻辑，仍然是钱说了算，权力说了算。这种逻辑在移动互联网出现之前，就已经在决定着人类社会的走向了。全世界无产者都能在网上互相看到的时候，他们要做的并不一定是联合起来。现在谷歌眼镜都快推出了，但是这种技术的变化对社会的逻辑可能没有根本性的影响，反正我是这种感觉。

力量会哈特那种关系我们的就完全哈特的，，实际所付出的动就。哈特，的、，逻辑那。现在的情况是，资本特别愿意看到这样的现实，一天24小时，过去只能霸占8个小时的工作时间，现在还要霸占你谈恋爱、睡觉的时间，你上班给我干活，下班给我购买。我觉得越来越悲观了。

周轶：但是我觉得哈特举的几个例子特别说明问题。第一个是印度女人维护环境的权利。在印度农村，根本就抵御不了资本的侵害，包括很多人是直线发展观，觉得资本进来也提升了生活水平。但是发展到一定程度后，印度农村的女人发现，小孩生出来是畸形的，因为孩子每天喝有毒的水，这时候女性就自发组织起来去抵抗资本。尼格里和哈特的意思是说，原来福柯的生命政治是从上到下的生命政治，但是现在是从下到上，女性可能用她们的身体、情感，让自己掌握生命的力量。我同意你，我觉得资本确实想全面剥削劳工，但是也有可能像尼格里和哈特说的，是从下到上的一种生命政治，这也可能发生，而且在很多发展中国家，包括中国都已经在发生了。

石一枫：我觉得你还是过于乐观，因为资本有明确的主观能动性，个人没有。

周轶：但资本最愿看到的是，你对未来没有任何幻想了。

石一枫：我觉得相反，资本其实愿意看到我对未来充满幻想，这才是好员工。

周轶：资本确实是愿意看到您对资本控制下的未来充满幻想，而不是对没有资本的未来充满幻想。虽然马克思主义幻想的是一个没有资本的社会，但这种乌托邦已经慢慢在退场，这反倒是资本愿意看到的，这样他们就能掌控局面，这个逻辑让我觉得有点害怕。所以，我愿意在一定程度上相信大众，相信大众还是有一定力量去掌控他们的身体、情感，掌握生命政治。如果我连这个都不相信，那我就随着资本的大流走了，我是说我也给自己鼓气，并不是说我百分之一百真的去相信，但是我愿意去尝试。

孙佳山：刚才一枫说的很深刻，现在以互联网信息革命为代表的高新科技的生产力转化，正重塑着我们的日常生活形态。微信、打车软件、互联网金融，它们之所以能迅速爆红，正是由于它们挖掘出了传统商业模式之外的不可见的、以青年为代表的无数微茫个体。这种由移动互联网所开启的全新商业模式——O2O 模式，即 Online To Offline，也就是将线下的生产、消费与移动互联网结合起来，成为了眼下混合所有制改革年代商业模式更新的先锋派。

祝东力：移动互联网的新技术，究竟带来的是历史的进步还是倒退？现在没法判断，时间太短，移动互联网不过几年时间。如果从近代以来的技术革命和产业升级所带来的历史影响看，其实我还是信奉马克思主义说的生产力决定生产关系，经济基础决定上层建筑。因为很多人都反对这个命题，所以要补充的是：生产力最内核的东西是物质技术，以及这种技术所要求的生产者相应的素质，这两个方面构成了生产力的要素。同时，生产力决定生产关系，这个决定说的是两三百年，是长时段的历史，而不是说今年出现新技术，明年、后年社会就会发生天翻地覆的改变。1784 年瓦特改良蒸汽机，当时这个技术革新的社会效果、政治效果谁也看不出来；但是因为这个新技术，产业升级之后造就了两大阶级——资产阶级和无产阶级。如果没有这个发明，后来的巴黎公社无法想象，苏联也无法想象。所以，关于移动互联网，应该重视这个技术革新的含义、产业升级的含义，只是时间上应该放长一些，比如说几十年甚至更长，看它会给人类造成什么样的根本性的影响，而现在下判断还太早。

石一枫：可能是，就是说新技术会潜移默化地改造人。

祝东力：互联网技术放在工业革命以来的历史看，是一次非常重要的技术创新，影响辐射面非常广，可以比拟蒸汽机的发明。

盖琪：我觉得还是一个信息和人之间更加高度一体化的表征。英国的社会学家汤普森不是曾经说，现代性有四个基本的制度性维度吗？经济、政治、军事还有媒介传播，那么我觉得可能移动互联网技术的发展，就是把媒介传播这个维度在整个社会中的作用大幅度地提升了。

秦兰珺（中国文联信息中心）：说到技术和人的关系，我想补充一些。我们刚才谈到政治、经济和文化方面的问题，但是作为人文学者，天生似乎对技术不太了解。例如，刚刚提到网络大V现象，我的问题是，为什么会有这种现象：一些已经被关注的人，有越来越多人的人去关注他；一些已经很火的信息，越来越吸引眼球？除了文化、政治和经济上的原因，其实它还和互联网搜索技术密切相关。你想，输入关键词，搜索引擎就把成千上万条信息返回给你，这时候，我们就需要一种算法，来计算某条信息和你的关键词的相关度究竟是大是小，然后根据相关度大小，决定这些信息按什么顺序来排列。在没有人为干预的情况下，算法认为相关度高的那些信息被放在前几页，相关度特别低的哪些信息，只能放在你一般情况下不会有耐心翻到的第几百页了。这些算法中最著名的一种，就是传说中的pagerank，他的发明者Page和Brin，就因为这个算法，创办了Google公司。虽然各种排序算法发展到今天，经过了不断优化和调整，但必须要说的是，决定排序的核心因素，是这条信息的热度，体现在信息的点击量、网页的访问量上。于是，一条信息发布在点击量越高的网站上，点击就越多，就越被放在搜索页面的前几页，就越有人看，于是就有了信息的马太效应。由此可见，虽然马太效应在信息技术之前就有，但借助技术算法的特性，它在今天表现得越来越突出。或者说，我们看到的各种现象，实际上只是某种技术的预设在我们文化层面的延伸和扩大。说到技术的预设，虽然网络文化表面非常多元，但对于个人，实际上却很单一。除了文化、政治、经济上的原因，技术对这样的趋势其实也有贡献，比如各种推送技术。推送，就是以表现为浏览轨迹的网络行为作为原始数据，以这些数据为素材，进行各种数学建模，目的是对你的欲望做出判断和预测，推送你可能需要的各种东西。但这个推送的算法实际上基于这样一种对人的预设：行为主义预设。行为主义心理学的核心预设就是empty box——空箱子，就是我考察的只是你表达出来的行为。除此之外，你没有表达出来的心灵、灵魂，不管多么丰富、多么矛盾，经过怎样的复杂斗争，我都不去考虑。于是就带来这样一个问题：该算法强化你成为你曾经是的那种人。例如，你以前喜欢一本书，它推送给你相关的书，其实还是这方面的知识。我以上谈到排序和推送的算法，想表达的是，我们打开技术黑箱，会发现这些算法建基于上的一些核心预设，其实和我们本身，和我们对自己的理解和认识，有密不可分的关系。因此我觉得，我们在现象或者文化层面上讨论的诸多东西，其实都是一些核心技术预设的延伸和扩大。因此，即使这是一个公平、美好的世界，没有政治的介入、经济的操作和文化的偏颇，那么最后剩下的技术，在其技术黑箱中，其实也已经把一些人类学的根本预设写了进去，只是我们不知道而已。

周轶：我可能要反对一点，就是因为有好多社会学家跟人类学家真正进入谷歌，还有这些所谓的新媒体公司做田野调查，他们发现这些所谓大数据、所谓科技引导的东西是公司企图说服顾客的一种手段，这些公司真正用的是一种人类学田野调查的方式去了解用户。举个例子，我在“红袖添香”网站做研究，我发现他们的确都是用数据说话，但是当他们的编辑去解读数据、去预设将来的用户会是什么情况——用户要读什么文章的时候，其实是有人文的东西在里面。编辑会用她的情感、她的身体先去了解、体认将来到底是什么样的，然后才会和数据有一个对话。这是为什么我在某些程度上同意哈特的说法，他说人的情感跟身体太不确定，科技是不能完全抓住的。我研究“红袖添香”，觉得他们的编辑好可怜，他们真的是百分之一百的投入，想去了解这个数据到底是什么意义，然后揣测将来的用户要读什么样的书。但是他们经常抱怨：“这个市场实在是难以掌控，我都不知道读者是谁，什么样的读者愿意读什么样的东西。”这就像 Deleuze 说的，逃逸是首先的，捕捉是其后的。科技可能是一个捕捉的力量，资本用这个捕捉的力量来捕捉逃逸的“线”，但逃逸的“线”才是真正决定社会的关键力量。科技可能是被动的，是被资本利用来抓捕这些逃逸“线”的一个手段。

秦兰珺：你说的挺对的，但刚才我说的搜索和推送，都是基于机器搜索、机器推荐。除了 google，我们还有以 facebook 为代表的人际推荐，这就把你刚才所说的人性和情感因素结合进去了。其实，各种各样的推送算法，早就发现了这个技术瓶颈。例如，我的一位杜克大学应用物理学专业的博士朋友现在在 Groupon 做数据分析工作，他们就在考虑怎么把人际推荐的偶然性、情感性和机器的信息处理能力综合在一起，取人性和机器两者之长，搞清楚你的欲望到底是什么。或许，我可以举一个不恰当的例子，谷歌曾经在愚人节开过一个玩笑，这个玩笑现在还挂在搜索页面上。你打开搜索页面，谷歌说，我们现在研发出了一种精神搜索法，只要你盯着搜索栏想一想，不输入任何关键词，我们就能把你想要的信息返给你。接着，它提醒说，你不要不承认，说不定我们返回的页面上是一个奶瓶或某个色情场景，但其实这就是你想要的东西，只不过我们老老实实呈现给你而已。这个提醒让我们想到精神分析，但实际上精神分析和行为主义的预设本来是两个相反的方向。精神分析预设意识是有结构的，而行为主义压根不谈论意识。谷歌的玩笑让我们看到它的野心，就是要结合这两者。

林品（北京大学中文系）：我首先想回应一下石一枫师兄，我觉得他对哈特和尼格里理解得有些简单了。

哈特和尼格里所说的 multitude，并不是你刚才说的那个经典意义上的无产者。他们提出 multitude，就是要与两个经典的政治学概念相区别。一个是“人民”，“人民”这个概念在世俗实践中，往往被现代民族国家的政治规则牵制住了；第二个概念就是“工人阶级”或者“无产阶级”这个经典的政治经济学概念。首先，两个传统概念有着过强的经济学决定论倾向和排他性，而且，现在整个生产方式也发生了改变。一方面，劳工和资本的全球流动，消解了以前那种形成阶级对抗的基础；另一方面，像移动互联网这种媒介，它使得全球流动的劳工有着某种结合的可能性。还有一点，multitude 这个政治学概念所指认的那种可能的政治主体，并不仅仅是从事第二产业或传统制造业的那种“工人阶级”或“无产阶级”。因为，现在很多地方，大家的生产、工作、职业、生活方式，是跟新一轮的产业革命息息相关的，形成了很多新的大规模的职业人群，比如说白领职业者，或者是和金融业、虚拟经济或互联网经济、信息产业相关的各种职业人群。而 multitude 之所以叫 multitude，虽然也是关于“多数人”的建构，但其众多性，并不仰赖任何的普遍性和同一性，而是生成于德勒兹意义上的特异性和多样性，它是由特异而多样的个体有机聚合成的多数人。而这种 multitude 也只有在移动互联网时代才有可能出现，是因为全球流动的劳工，需要移动互联网来联合。而且，全球流动的、散布在世界各地的，不仅仅是传统意义上的工人阶级，还包括从事各种非物质性劳动的劳工，他们都可能是经济上的受压迫者。有一个很好的例子，就是 2011 年的几起政治事件，从“阿拉伯之春”，到受其影响而在欧洲出现的那些民众抗议，再到“占领华尔街”事件。在“占领华尔街”之后，又引发全球性的“占领”运动。“占领华尔街”与“阿拉伯之春”的共通点是，首先，其参与者以受过高等教育的青年为主。更重要的是，他们通过互联网络联合，线上的联合和线下的行动高度同步、相互呼应，这是 2011 年出现的全球性抗议潮流的一个新特征，也是在移动互联网的背景下，有像 facebook、twitter、youtube 这样的社交媒体，这样的互联网 2.0 时代的新媒体，才有可能出现的政治现象，这也是移动互联网时代的一个新的可能。因为我们知道，“占领华尔街”在美国发生后，facebook、twitter 等社交媒体上都出现了相关的公共帐号，这些公共帐号提出“为改变全球而集合”，United for Global Change，激发了全球 82 个国家的民众在 951 座城市发起示威。所以，它并不是没有一种全球联合的可能。当然，最后“占领华尔街”还是被强制清场了，被国家机器暴力地阻止了，但它至少标识了一种民主的新可能，而移动互联网时代才刚刚到来。

石一枫：你刚才说的，受过高等教育的青年通过互联网联合起来，但是好像在 30 年代的上海，丁玲和冯雪峰他们也是受过高等教育的青年，他们也通过当时的先进媒体联合了起来，你能说这和现在有什么本质上的区别吗？

林品：最大的区别是数量上的区别。

石一枫：就是说现在他们这帮人手里有手机，过去那帮人手里没手机。但是过去那帮人手里有印刷机，从 30 年代一直到今天，只有当社会的主要矛盾变了，决定这个世界运行的主要力量才会变化。

邵燕君：我插一句，我觉得一枫强调的一点特别好，他说我们这个题目是“移动互联网时代的文化形态”，他强调移动，谈移动互联网才更切题。但是，后来他反而引向了一个跟互联网没有什么关系的讨论。互联网时代咱们是在电脑前工作的人，咱们其实随时可以挂在网上。

石一枫：实际上对于我们来说是没有特别大的区别的。

邵燕君：没有大的区别，因为我本来就在电脑前工作。最大的变化不是出现在我们这儿，而是出现在那些不用电脑，只用手机的人群。实际上移动互联网时代改变的不仅是一个用户时间的问题，而是人群结构的改变，它囊括了一个广大的群体，尤其是那些山寨手机的用户。

石一枫：说句特别刻薄的、很反动的话，为什么进入移动互联网时代之后网络文化的品位会越来越低？因为过去上网的主要是一些知识分子，他们在办公室、在网吧上网，但是现在不一样了。

邵燕君：技术革新必然有这样一个更普及化的过程，在一定意义上也更民主化，这个过程对文化形态有直接的影响。比如网络文学，去年我们跟“红袖”老总聊天他就说，因为移动这边的盈利已经高于网站，所以现在如果有什么新点子是关于网站的他没多大兴趣，但如果是针对移动的，就非常有兴趣。由于手机用户相对来讲大多是低年龄、低阶层，他们的品位一定会影响那种文学形态。

石一枫：我接着邵老师想再谈一个不变的问题。唐诗的时代，李白的诗为什么能成为伟大的作品千古传颂下来呢？就是因为李白的读者可能只是他同时期的几个诗人和一些写诗评的。他只给几个极其高端的读者写作，通过这些读者的反馈，他的作品就完成了艺术价值。而到了狄更斯一直到郭敬明的时代，看起来狄更斯和郭敬明不一样，但说起来都是印刷时代，好象读者的等级变得更加平等了。过去一个士大夫说李白的诗好，李白就高兴，一个劳动人民说李白的诗好，李白可能未必高兴。那个时代读者是三六九等有巨大差距的，但是到了狄更斯这个时代呢，一英镑一本书，作品的价值最后体现在购买。只要花了钱，那么对于作品的意义是平等的。当然这个时候可能还存在读者的分层，比如邵老师作为评论家可以发声。我对媒体说郭敬明这书好，郭敬明可能多卖一百本，我说郭敬明这书太次了，他可能多卖一千本。而到了移动互联网这个阶段，其实就是网络文学这个阶段，最后都体现在点击上了，我是部长点击一下也就是一下，我是富士康工人也是点击一下，我是一罪犯点击一下还是一下。读者高度平等，好像是民主出现了。但是我们怎么看到文学性越来越低了？我觉得这个挺好玩的，就是说伴随着艺术传播途径的进步，艺术水准反而降低了。

邵燕君：你说的我部分同意，部分不同意。比如你刚才说李白那个部分我就不太同意，古代文艺好多是口口相传，反而不像印刷时代那样培养一些有教养的读者，工人要阅读必须先识字；但是更早时期恰恰不需要文学教育，人们可以看戏，可以听评书，我们今天所谓的经典很多是靠这样的方式传下来的。所以我是在这个意义上说互联网技术使人类艺术的传播和交流方式回到那种更古老的面对面的方式，原来是活人相见，现在通过一种技术手段使更多的人群可以面对面。

石一枫：这个事就有意思了，就是说纯文学经典究竟有没有价值？

邵燕君：有价值，但不是亘古不变的价值标准，也许就是一个特定时期的不得已，才产生了以文字为中心的艺术，并由此产生了一些特定的文学标准。

郭松民：这个我插一句，当我们谈到移动终端使用者获得了一个话语权的时候，他们并不是一张白纸，他们本身已经被塑造了；而且当他们拿到移动终端的时候，首先是通过移动终端接受信息，然后才会利用这个移动终端做出自己的反馈，在这个过程当中他们已经被改造了。所以说，虽然大量底层人士通过移动终端获得了话语权，但是网络上的话语并不见得符合底层的利益，这是一个很有意思的现象，主流话语仍然被掌控，并通过这种方式，实现了更强有力的掌控。

祝东力：刚才邵老师跟一枫都反复提到印刷时代这么一个概念，而且邵老师讲这个印刷时代可能是一个短暂的几百年时间，之前的时代和之后的时代可能时间会更长。这是很有启发的一个说法。原来我也关注过印刷术的问题，印刷术不是一项孤立技术，印刷术背后依托的是一个市民社会，居住相对集中，而这意味着早期的城市化，不管是 15 世纪的欧洲还是公元 1000 年的北宋时代，都是这样，而城市化背后是工商业的发达。北宋时代有一个特别有意思的现象，就是政府的工商税收入第一次超过了农业税收入，工商业在国民经济、在日常生活中的比例和作用都刷新了以往时代；而这个背后还有一个条件，就是大规模开发江南，新增的粮食能够养活更多人脱离农业生产，这样就支撑了刚才说的工商业，工商业又支撑了城市化，城市化支撑了市民社会，而市民社会产生了大规模的文化需求，于是印刷术就诞生了。跟印刷术对应的文学体裁不再是唐诗，是话本、是小说，因为市民阶层只是粗通文墨，品味肯定不像文人、士大夫那样高。王国维讲，一个时代有一个时代之文学，唐诗、宋词、元曲、明清小说，其实从审美趣味讲，这也是一个从高雅到低俗的趋势。那么，互联网时代或移动互联网时代，就像印刷术有这么一系列对应物一样，也一定会有它的一系列对应物，包括文艺体裁、社会形态、政治制度等。只是时间太短，需要进一步在长时段中来观察。

周轶：审美也是历史性的，我觉得审美其实是权力关系下形成的产物。为什么在西方，特别是在比较文学里，中国文学是边缘化的？那是因为在西方人看来，真正经典、有品位的文学不是中国文学。后来有台湾学者来了，说 1949 年以后的中国文学都是被政府洗脑的文学，没有品位。其实，品位本身是一个权力化的产物。如果只站在一种品位上面说，今天移动互联网把品位拉低了，我们就可能陷入跟西方人瞧低中国文学一样的逻辑。咱们因为是站在知识分子的角度去看劳动人民的文学，觉得故事会、网络文学都是底层的，但是像祝老师说的，可能过几百年以后，网络文学就成了好文学。这里面，什么权力进场了，谁来说话了，谁说这个是好的、不好的，可能是一个权力格局的问题。

崔柯（中国艺术研究院马克思主义文艺理论研究所）：周轶刚才提到，科技不能完全把握情感，但反过来，身体、情感能否对抗科技？同样也是一个问题。美学界有个倾向，就是强调科技对人的感性的剥夺，强调人文和科学理性的对立；但我觉得在今天所谓科学技术是第一生产力的时代，用身体和情感这种“内心的反抗”方式能否对抗科技理性？是值得怀疑的。您刚才讲到同性恋的例子，由此我想到，在互联网时代，之所以文化生态显得多样化了，一个原因是技术的发展，为此前一些被压抑或者边缘化的群体，提供了突破的机会。他们通过现代化的技术手段，找到了自己的组织，而且，被压抑的边缘文化一旦释放出来，冲击性会特别强。

林品：我想先回应一下崔柯师兄。我感觉，周铁师姐谈的“身体”与“情感”，所要对抗的并不是科技，而是资本的权力。而且我觉得，她谈到的“身体”与“情感”，其理论脉络并不是从席勒那条线而来，而是从斯宾诺莎到德勒兹的那条线。她的“身体”与“情感”，是一种具有生产性的欲望，是这种欲望对于资本权力的逃逸的可能性。周铁师姐需要补充和回应吗？

周铁：我很快说一下，我觉得我们对权力是有误解的，我的权力观是福柯的权力观，权力不是拥有，是构成关系。我说的就是福柯的那个权力，权力一定是关系，是微观政治层面的权力。我不是把权力跟身体、情感对立起来，我比较同意福柯的观点，他认为权力关系是一直蔓延到精神跟身体里面的；但是精神、身体就像斯宾诺莎说的，他说你都不知道你自己的身体会做什么，就是说一直会有逃逸的“线”，你都不知道你下一秒会不会生气。在这个情况下，权力要去掌控你的情感，微调你的情感跟身体的感受时，它面临着多种逃逸的“线”。但这不代表它们是对立的，不是抓住或者抓不住的二分法，而是说逃逸会一直移动，导致原来的权力关系可能会变成另一种权力关系，但是权力一直是想捕捉的，所以我觉得没有对立。

林品：还有一点，身体和高科技的关系，不一定就是身体只会被高科技所奴役或者控制。比如说，我们现在讲人和机器的融合，像“赛博格”这个概念，唐娜·哈拉维，她在1980年代就写了《赛博格宣言》，认为机器、高新科技，乃至于使人和机器能够融合的那种“赛博格”技术，可能会使——因为她是女性主义者，所以主要从女性立场上讲——女性的身体突破既有权力关系中的劣势，而且可能生成出各种各样的身体，就是说，我们可以更为自由地选择我们的身体。当然，这是一个理想状态下的科技，需要跟其他很多因素结合起来，比如说改变现有的政治经济结构，使每个人都有可能接受赛博格技术创造的优惠。当然还有一种可能就是，像赛博格这样的高精尖医疗技术，仅仅是世界上那1%的富有者才能享有，那种技术使他们能从肉体凡躯的人，变为有超人力量的真正意义上的“后人类”、“超人类”，使他们能从脑力到身体机能的各方面更优越，更加不可撼动地统治人类，这也是有可能的。

所以，我想说，科技不一定只是压迫性的力量，从我们的立场，或者说从克里斯蒂娃的立场来看，她力图坚守那种具有审美和道德意义的反抗精神。从这种左翼立场上说，科技可能是对弱势者或被压迫者、反抗者的赋权，赋予他们一种权力；但也有可能，在现有贫富分化愈演愈烈的情况下，科技仅仅成为少数人的特权和优惠。

所以，我同意崔柯师兄，不能把科技想象成负面的力量，但是，可能周轶师姐刚才也并不是要以身体来对抗科技。

周轶：对，首先我得表明我的政治立场，我是相信群众有力量的，这个力量在于我们一定要改变我们的情感结构，我们的情感结构现在被资本掌握，你无法想象资本不掌控世界是什么样子，但这个情感结构是咱们今天需要转变的，这是我的政治立场。第二，政治正确性是有力量的，咱们华人到了美国，是少数人，美国有一个政治正确性，其他种族不能在公众场合叫我们 China man，谁如果说 China man，他可能会被告。所以政治正确性是有物质力量在里面的，而这个物质力量能不能导向少数权益的胜利？我不知道，但起码它把原来处于劣势的群体提升到能够进行对话的高度。还有，我所说的都不是乐观，我不是说明天资本就一定被打败，而是说想看到一种可能性，这是移动互联网所带来的。这个可能性在于，身体情感跟权力之间的互动关系，就像你说的，它们不一定是对立的，但是它们的互动关系一定是引向各种可能性的。

孙佳山：下边请陈国战老师讲一下，他对网络谣言传播机制有深入的研究。

陈国战（首都师范大学文化研究院）：谢谢。刚才大家讨论的问题都比较前沿和尖端，我想提一个基础性的问题，就是网络传播的公共性和私人性问题。现在人们对这个问题的讨论比较少，而恰恰在这里最容易出问题。比如 2013 年吴虹飞那个案子，她开玩笑似地发了条微博，扬言要去炸建委，结果受到行政处罚。还有 2011 年汕头市中医院的案例：一个值班护士半夜发了条微博，抱怨说，这大冷的天儿我暖一个被窝多不容易啊，病人你一定要坚持到我下班以后再死啊。后来，这事引起很大的舆论反响。两个事件凸显的问题是，微博作为一种自媒体，到底是公共空间还是私人空间？我们讨论网络传播，经常会使用公共领域理论，而不管是阿伦特还是哈贝马斯，他们的理论都建立在对公共和私人的清晰分界之上。那么，这两个事件凸显的问题就是，在研究网络空间时，经典公共领域理论已经不适用了，因为网络空间既具有公共性又具有私人性，或者说既不完全是公共性的，又不完全是私人性的。这两个事件中的主人公之所以会惹麻烦上身，就在于没搞清楚这个问题。她们发微博的时候，把它当成一个私人空间。如果她们的这两句抱怨出现在朋友的私人聊天中，那就无伤大雅，而在公共空间中呈现出来，麻烦就来了。由此我认为，一方面，我们在网上的发言可以被所有人看到，就此来说，网络空间具有一种公共性；另一方面，人们在网络空间中讨论的又不都是哈贝马斯说的"普遍问题"，很多都是私人情感和体验的表达，不完全是公共性的，不能用公共讨论的标准来要求所有网络发言。吴虹飞被抓后，她自己解释说："其实我的微博粉丝数量很小，只有十几万，而且很多是僵尸粉。"由此认为自己的微博并不具有公共性。在她看来，判断一个媒体是不是具有公共性的标准就是粉丝数量，显然这是不合适的。但是，包括官方在内，很多人在面对网络传播的公共性和私人性问题时，都体现出了同样的逻辑。比如去年官方曾出台了一个规定，一条诽谤信息被转发超过500次就可以认定为"情节严重"，这个500次的标准是怎么来的，显然同样经不起推敲。

今天，社交媒介私人性的一面越来越凸显，从博客到微博再到微信，可以明显看出从公共性向私人性的转变。与此相伴随的是，网络交往越来越呈现一种实名化趋势。刚才几位老师也谈到，很多人在博客或微博上发言可能没有听众，因此就没有互动感，而微信却不同，不管什么人，只要他在朋友圈里发一条信息，都可以得到有效、及时的互动。最初的网络交往基本都是匿名的，大家对它感兴趣也是因为能给人带来一种陌生化的交往体验。QQ刚出现时，大家都觉得和越遥远的人交朋友越刺激，和差别越大的人交朋友越新鲜，所以最开始大家都在虚拟空间中，在匿名环境中乐此不疲。但是后来新鲜感过后，人们就倾向于实名交往，把自己在现实社会中形成的各种关系带入网络空间，这与我们当前社会中的自恋主义文化不无关系。拉斯奇的《自恋主义文化》在80年代就出了中译本，但当时并没有很多人注意，重版后，立即就引起很多讨论，我觉得这也和当前社会的自恋化倾向有关系。所谓自恋主义，很多时候并不是自我欣赏，而是指对自我的过分关注，这种关注很大程度上是由自我身份的焦虑带来的。有两条评论跟大家分享一下，有人尖刻地说：自媒体带来的一个变化就是，当一个人得知自己得癌症时，他的第一反应不是该怎么办，而是要把这条消息发到推特上去。还有条评论是：现代人感觉自己说的每句话都那么动听，以至于值得和全世界人分享。这里凸显的社会症候都是自恋主义以及对个人身份的焦虑。

与此相关的还有一个问题，就是最近讨论比较多的网络谣言问题。很多人都认为，网络谣言之所以大量出现是因为当前社会公共事务不透明，传统媒体的公信力下降等，这都是从社会的角度去找原因，没有注意到传播媒介的影响。在我看来，网络传播既具有公共性又具有私人性的特点，也是网络谣言大量出现的原因。因为人们在网络发言的时候，并不认为自己是在公共空间发言，所以不那么审慎，不那么谨言慎行；但是，他们说的话一旦发布出去，就会产生公共空间的传播效果，这也应该是网络谣言大量出现的一个原因。

郑以然：我也补充一句。几年前，或者十几年前流行一句话，“在网上没有人知道键盘后面坐的是不是一条狗”。但是现在已经变成了，“所有人都知道你到底是不是条狗”。因为大量的个人信息通过你的实名帐户、facebook 等公布到网上。我们通过人肉搜索，可以很容易知道一个人从他祖宗八代到今天中午吃了什么的所有信息。还有关于刚才国战提到的公私领域的混淆，一个特别极端的事例就是前两年的“局长微博开房事件”，一个局长和女下属在微博上面公开调情然后相约去开房，但悲剧的是，他们俩真的不知道微博其实是一个公共空间。

孙佳山：我补充一下陈国战老师刚才提到的思路。前两年英国伦敦骚乱，英国警方可以根据推特上的言论顺着 IP 地址直接抓人，在西方法律上一点问题都没有，如果这种事放在中国的话，那肯定要被指责为独裁专制。这个问题很值得深思，很多大是大非都被狭隘的偏见遮蔽了。

盖琪：现在其实已经没有什么传统意义上的隐私可言了。前两天我看了电影《美国队长 2》，里面甚至做了一个大胆的预设：将来可以通过分析一个人少年时期的“大数据”，来判断这个人成年后是不是会成为某种意义上的英雄、领导者，或者是当权者的敌人；而一旦发现有这个趋势，好的，我们趁你羽翼未丰现在就把你干掉。这是一个很可怕的预言。

周轶：公私之间的关系，当下都在重新定义，但挺可怕的一点是，可能重新定义的私人空间比我想要的大幅度缩小了。

林品：之所以会造成这个变化，是因为媒介的变化。这个媒介，并不是说从“前互联网”到“互联网”，而是从“互联网 1.0”到“互联网 2.0”。我们先不说那些依然在进行大众传播的网络媒体，就是普通网民所使用的，也只是即时聊天工具那样的媒介。而现在大家用的，叫“社交媒体”，social media，这个名字、命名，本身就意味着是有社会性的。但是，它同时又是我们私人使用的媒介，所以它本身就已经混淆了那些概念。它造成了这样一种情况：一开始，我们都说“线上”跟“线下”的生活是不同的，但是，现在“线上”、“线下”生活的界限变得模糊了，这是一点；还有一点，信息网络、虚拟世界、赛博空间，和社会网络、人际关系、所谓的现实空间之间，界限也越来越模糊。而且，正是因为这种模糊，以及各种数据、信息可以跨越各种社交媒体进行传播的现状，使得人们保持实名或者准实名的状态，其实可以获得更多的便利和优惠。比如，可以在网络上维持你的现实人际关系，然后，跨越各种社交媒体的便利程度也会更高。所以，大家不大愿意像以前那样匿名或者化名，不大愿意像以前那样是“阿凡达”或者“一条狗”的状态，而是采取更大程度的实名。当然，这也和新一代媒介使用者有关，他们从小就生活在数码媒介的环境中，拥有智能手机、移动平台，从青少年时期就频繁接触数码媒介。这一代人，每人都手持一把“黑镜子”，而他们的文化可能就是一个断裂性的文化、新生代的文化，这种文化使得关于“隐私”的观念发生了明显的变化。当然，“实名制”本身也是政府想要推行的一种政策。

孙佳山：这也跟刚才聊到的O2O商业模式相关，只有实名才能享受到更多消费优惠。

李云雷（中国艺术研究院马克思主义文艺理论研究所）：我也说几句。刚才听大家讲的都挺好的，今天身体不舒服一直在听。我刚才听印刷术这个问题，最近在看日本学者写的中国史，其中提到宋代印刷术用了很大篇幅。印刷术的发明不只影响文学，其实对整个文明史有很大影响，包括现在用的宋体字，就跟宋朝印刷术的普及有关系；包括朱子学的流行，构造了一千多年中国人的情感结构与日常生活，也跟印刷术有着密切关系。今天讨论移动互联网对生活的影响，我想只是一个开始，将来可能还会有更大更深的影响，现在还不能预测到会有什么变化。当然从总体上说，马克思主义基本原理，生产力决定生产关系，经济基础决定上层建筑，是不会变的，但是新技术会在多大程度上影响整个文明与我们的生活形态，我觉得还需要观察，可能会有超出我们想像的更深远的影响。当然还有另一方面，现在新技术日新月异，更新换代的节奏也越来越快，从互联网到移动互联网不过十几年，在将来，也会有新的技术与交往方式取代移动互联网，这跟印刷时代数百年不变相比，是一个很大的变化。但是这样日新月异的时代，也带来两个问题，一是作为主体的“人”越来越碎片化、扁平化和瞬息化了；二是自我与“他者”之间的联系也越来越脆弱、偶然，更具流动性，而且不同代际之间的沟通也越来越困难，这些问题，可能都会对将来人类的交往造成影响。

另一点，大家都谈到移动互联网对社会生活的影响，我想谈一谈对个体或主体的影响。比如以我个人为例，很多朋友都知道我在微信发奥体森林公园的照片——就是我穿越森林公园，每去一次就发一组。没有微信之前我是不会发照片的，我觉得它确实提供了一种技术上的便利，另一方面，这种便利反过来确实对作为主体的个人产生了一定影响，构造了一种新的自我的某个部分。比如说在这之前我虽然去森林公园，但不会关注那里的风景、花草、动物，不会把这些呈现为客体化的对象，也不会关注摄影方面的理论与实践。因为自己拍摄和发照片，就开始关注这些以前不太注意的领域，最近我在看摄影方面的理论，很有意思，比如摄影会讲“决定性的瞬间”，什么是决定性的瞬间？我理解，决定性的瞬间就是，在这个特定的点上主体和客体相遇，时间和空间相遇，物质世界与艺术世界相遇。主体通过摄影机及其凝视将客体对象化并将其定格，时间通过在特定空间的呈现而从瞬间达至永恒，物质世界通过“艺术赋形”——通过构图、角度、光影、色彩等艺术方法而赋予其形式，升华至艺术世界。这三个过程是同一个过程，当按下快门时，主体与客体融合，时间与空间交汇，物质世界转化为艺术世界，这对于创作者来说，是物我两忘、天人合一的瞬间。当然要把握“决定性瞬间”并非易事，需要灵感、技巧、经验与机遇。这是一个比较理论化的表达，但也让我从新的角度思考艺术理论……

祝东力：那个“决定性的瞬间”不是布列松的一个概念么？但是布列松本人没有给出你刚才说的这个界定。

李云雷：我又结合了鲍德里亚等人的一些说法和思想，一个总的概括。

祝东力：你那个界定比他要清楚多了，时间和空间、人和对象相遇的瞬间。

李云雷：所以我将来想在摄影理论方面发展，呵呵，开个玩笑。我觉得其实新媒体是有对主体某个方面的新构造，拿我作为一个例子，在没有博客之前我并不写诗，后来新浪的一个朋友让我去开了博客，我就在博客上写了一些诗，所以我会开玩笑说我是“互联网博客时代的诗人”和“移动互联网时代的摄影家”。这当然都是虚幻性的夸张，在这个时代，人人都可以是诗人和摄影家，但另一方面，如果没有这些新的技术、新的传播方式，也不会有这种兴趣的发展。我们读文学史都熟悉，如果没有当时新的报刊这种媒介的传播，也不会有鲁迅的小说，这样一个新的媒介确实可能对整个文学、文化产生深远的影响。但像印刷术的例子，可能在古代一个新的发明持续时间会比较长，而现在更新的东西出现的节奏会加快，生活也更加碎片化与偶然。现在我也在反思我拍照片这件事，确实给我带来了变化，现在大家跟我打招呼，一般都说你的照片不错，在这之前，大家会说看了你哪篇文章不错，或者说我们去喝酒吧……

郭松民：我插一句，我个人的体验是，在互联网时代，人更容易被标签化，网上提供的信息是更加印证这个标签而不是相反，只有接触真人才会发现网上可能和真人有很大区别。

李云雷：所以刚才你说的第三点，互联网时代与秘密的关系，是很有道理的。比如说我拍照片呈现的，只是一天中一个小时在这个公园里穿过所拍的风景，别的时间都会做事，比如写文章，或者参加文学与社会性活动。但是别人从这个渠道看到的你，就是这样的。所以有时候我也想这样新构造的，被别人构造出来的这个形象，跟我一直以来的主体是一种什么关系？这对我构成一个困惑，但我觉得可能会有一个补充，有一个发展，就是说它把你可能潜在的某个方面给激发出来，但是也可能会造成别人对你某一方面的印象。这就涉及刚才讨论比较多的资本、权力与情感的关系，技术是受资本和权力控制的，但是在资本和权力控制的范围内，我们怎样以自己的情感或者主体的丰富性来对抗资本和权力，这是一个比较大的问题。另一方面，技术提供对抗的可能性，不管是社会性层面的，还是个人层面的，可以生长出对抗资本和权力的东西，比如说我觉得对自然、对美的热爱，就会对资本和权力构成一个对抗性的关系。

郭松民：你觉得资本和权力压制你的感情，你能举一个例子吗？

李云雷：压制是个常态，比如我现在想买房买不了。

郭松民：买房属于感情吗？

李云雷：资本和权力的压制，压制到情感及各方面的需求，会对个人的主体构成压抑性的机制。

郭松民：你这仍然是在描述，我想让你举个例子？

邵燕君：他是说无处不在。举例子很简单，任何一个会议上主席都压抑别人。另一个典型的例子是答辩，比如你看今天林品侃侃而谈，他没有受到什么压制，但如果是论文答辩或者找工作参加面试，如果我们是评委，他知道他的观念跟我们不相合的时候，他一定会受到压抑，这是很正常的。

郭松民：我觉得这是正常的，只要是人类社会估计这就是难免的。但是其实你的生活并不仅仅是答辩，还有很多其他的大量空白可以去抒发你的感情。

邵燕君：再举一个例子，就是那个“高富帅”的说法，我们知道“富”经常不跟“高”和“帅”联系在一起，为什么被联系在一起？核心就是“富”。我看到毛尖评论《来自星星的你》时提到一个说法，她说你看人家韩剧里的高富帅才真正是高富帅，不像我们平时说的只有中间那个“富”是真的，其余都是赋比兴。但是为什么会有这样的赋比兴呢？本来一个“高穷帅”的小伙子站在一个“矮富丑”面前是有其优势一面的，但这一赋比兴，情感就全部被压抑了。

刚才云雷说的我一直有一个疑问，自媒体时代，说简单一点就是微博和微信时代，哪种人格的人被大力地解放和展现？哪种人格被极端地鼓励？

林品：就是刚才陈国战老师说的“自恋主义人格”。

周轶：可能以前我们想自我是统一的，一定有那么一个主体，但是自媒体来了，让你看到其实你有好多好多不一样的面，而且好多你都不知道。

大部分第三世界国家、发展中国家都有一个直线性发展的观点，说咱们现在处在英国那个原始资本积累时期，破坏环境没关系，子孙会享受成果。但是自媒体来了，像云雷通过拍照去发现自然美，跟科技、跟自然融在一起，那个决定摄影的瞬间，一定是把你其他的自我展现了，通过这些其他的自我，你可能更了解你自己了。所以有更多像您这样的人，可能会变成一个自然保护者。他们认为，经济发展可以慢一点，不要有直线型的经济发展轨迹，考虑一下我们付出的代价是什么？这其实是我之前说的可能性，就是说，新媒体带来各种可能性，它让你发现各种不一样的自我。

郭松民：我的感觉正好相反，微博时代与其说获得了反资本的力量，不如说资本控制人的力量更强了，很多微博大 V 的话语，都是按资本逻辑来展开的。

林品：但我觉得，这不是微博的错。

郭松民：不，以前没有微博这种东西，一般话语并没有这么广泛的传播能力，现在好像下了一场大雨似的，渗透到每个粉丝的头脑里。很多人的意识形态和他们的经济地位相悖，按经济地位不应该支持资本逻辑，但他们反而支持资本逻辑。

林品：但这不是微博的错。像微博这样一个媒体，它提供了一个发言平台，在发言平台上面，大家如何使用它，发什么言，什么言论会得到更大范围的转发，当然有微博运营商和政府在一定程度上的操控；但是，这并不是平台本身导致的结果，是平台之外的原因导致了平台上的那些言论。

郭松民：你说的非常对，我在微博辩论时常常感到战斗进行的非常艰难。其实微博是一个大平台，但是这个平台上有一个穹顶，这个穹顶就是整个新自由主义的话语，这个东西是被默认为正确的。所以你要想反驳市场神话，首先要突破这个穹顶，所以就特别费力，这导致了我刚才说的那种现象。

祝东力：刚才松民你一直强调互联网，包括移动互联网本身也是有等级的。但是我觉得问题应该这样看，我们所身处的社会就是一个金字塔结构，互联网和移动互联网都是这个金字塔结构中的一个组成部分。那么现在可以做一个比较，互联网领域和其他更大的社会领域之间，互联网更不平等，等级更森严，还是之外的那个更大的社会领域更不平等，等级更森严？我觉得结果还是比较清楚的，互联网还是相对扁平化一些。

秦兰珺：我想从互联网发展史的角度补充一点。互联网诞生的时候我记得叫apanet。那时候美苏冷战，美国怕苏联把他们的通信系统都炸了，于是就搞了这个叫apanet的玩意儿，它有多个中心，毁了一个，还有另外的中心顶着呢。我记得卡斯戴尔斯在《网络社会的兴起》中提到这段历史的时候说，这简直就是毛主席的游击战嘛。后来，这个在美国军方的赞助下搞起来的网络，转到了民用领域。它的发展跟美国硅谷、跟斯坦福大学、跟各种研究机构密切相关。最初的技术和应用革新者都是些极客和工科书呆子，他们深受60、70年代美国的青年文化氛围影响，自由解放，反对资本主义。所以在apanet之后，这些极客搞出的各种算法和各种网络，都是直接在圈子里共建、共享的，大家都认为版权和商业机密阻碍了技术发展。其中的典型，就是今天还在使用的Linux。无论是游击战，还是共建、共享——即使有发达的资本主义和发达的控制技术——互联网的这些基因今天都在某种程度上被继承了下来了。虽然，我不得不承认，信息技术是伴随着资本主义在经济危机中重新调整自身这样一个历史过程成长起来的，技术本身不可避免地被今天最主流的文化、经济和政治捕获和利用。但技术有它自身的发展逻辑，它与资本一直在纠缠，但并没有被强行合一。我同意刚才祝老师的意见，技术还在发展之中，到底是被资本捕获，还是给我们带来另一种可能性？现在下判断还太早，拉锯战还在进行中，看我们怎么做了。

孙佳山：确实当年的互联网精神已经面目全非了，比如Linux系统当年和windows系统是一个水平的，而Linux一直是免费的。现在XP系统退役其实给中国厂商提供了一个历史机遇，看看有没有人有战略眼光，抓住重构操作系统生态格局的机会。

秦兰珺：所以说在博弈斗争，到底是开放共享还是私有化。

孙佳山：苹果的立身之本也是自己封闭的系统，它们的逻辑其实都很资本主义，完全违背了互联网精神。但这种传销式经营骗了很多人，很彻底的洗脑。

林品：我想补充一个观点，约瑟夫·奈，就是提出“软实力”概念的那位政治学家，在2012年初基于对2011年那些政治事件的观察，写过一篇题为《信息革命的政治化》的文章，他说：“在阿拉伯政治革命之下酝酿着一场更深层、更长期的变革，它间或被称为‘信息革命’。我们还不能完全把握它的蕴涵，但它正在从根本上改变21世纪权力的性质，在这个时代所有的国家都处在这样的环境中，即便是最强大的政府都不可能像以往那样掌控权力。政府向来总是操心于信息的流动和控制，我们的时代也并不是第一个受到信息科技剧变强烈影响的时代。古登堡的印刷机对于宗教改革和随后的欧洲战争的起源具有十分重要的意义。然而，在今天，无论是在国家内部还是在跨国范围内，能够获取、使用来自于信息的权力的人口比例都比从前要大出许多。当前的全球革命基于迅猛的技术进步，这种技术进步已经显著地降低了创造、查找和传播信息的成本。……这减少了进入的壁垒。随着计算机处理器变得更为廉价，随着计算机的体积缩小至智能手机及其他便携式设备的大小，权力下放效应已经变得相当可观。即便只是和几十年前相比,今日信息权力的分散也要广泛得多。作为结果，世界政治已不再是政府的独有领地，个人与私营组织——包括维基解密、跨国公司、非政府组织、恐怖分子或者自发性的社会运动——都已经被赋予了扮演直接角色的权力。”我觉得，无论对于约瑟夫·奈的角色、身份、立场我们是不是要有所警惕，他的这个概括还是非常精辟、准确而且重要的。在移动互联网时代，全球，不仅仅是文艺，包括文化政治，包括经典意义上的政治——权力的性质都在发生重要的转变,无论是整个世界格局的变动,还是个人在这个到处都充满了权力关系、权力关系无所不在的社会中所扮演的角色，都会受到移动互联网的重大影响。这样的概括，我觉得是具有启发性的。

盖琪：我想强化一下刚才李云雷老师的观点，就是移动互联网时代可能使每个人都有机会延伸多重生活可能性的问题。在这个延伸过程中，如果体会到某种“分裂”，可能是我们经历了“从没有网络到有互联网，到有移动互联网”的过程。也许伴随着移动互联网成长起来的这一代人不会有我们这么明显的分裂感；但是，技术确实给人类提供了一种不再那么完整、那么统一地去生活的可能性，我们可以发展我们的多重人格，把一重人格放在现实生活中，把其他人格放在网络空间，比如微信、微博中。我们还可以有意识地去建构每重人格的不同特质……这种“人格分裂”的做法在过去的时代，是不太被允许的，很多人其实内心包含了类似的东西，但是被压制了，最后只能按照“完整性”去生活。当然，这个“完整性”可能也是福特主义或者现代性的内在要求，但是现在我们更多地要谈后福特主义或者后现代性这样一个问题，所以我们的人格也处在一个碎片化的过程中。至于这种“人格碎片化”最后使个体幸福感增加还是降低？我觉得就像刚才祝老师所说——“评论还为时过早”，但是无论怎样，说句玩笑话，将来当两个人面对面的时候，可能不再是两个人在交流，可能变成八个人在交流，这种情况是有可能发生的。学术地说，移动互联网技术也许对人类未来的思维方式、人格构成产生巨大影响，我虽然不敢预言，但是我有预期。

林品：而且，像微博这种媒体，都有意识地开发“分组可见”功能，可以把信息发给特定群组。新媒体使用者的主体性是流动的，而且是分裂的、碎片化的。

邵燕君：我不理解他们为什么把朋友圈当日记写，我经常会看到朋友圈里有人失恋了。

盖琪：我感觉就是我们70后或者80初的人，会对“隐私”这个东西特别看重，但是可能90后他们会觉得这东西没什么。我们就是生活在一个没什么隐私的年代，我是一个怎样的人，是双性恋还是同性恋，喜欢猫还是喜欢狗，所有人都可以知道。

邵燕君：隐私的概念发生了巨大变化。

林品：“隐私”的概念本身也是一个历史性的概念，比如说，在“乡土中国”的宗族社会里，大家生活在大家族里，生活在一个固定的乡村，整个乡村都是熟人，是一个“熟人社会”。

邵燕君：从前没有自己的房间时我们非常渴望隐私权。

林品：我觉得，老师您当年所处的社会状态当然不同于当下。不过，虽然当时中国经济没那么发达，但是已经处在现代化、工业化的过程中了。西方现代社会的个人主义、自由主义话语，那些同资产阶级市民社会相关的话语，当时就已经进入中国了，因此构造了对“隐私”的需求。

邵燕君：我理解你的意思，但对隐私的渴望并不完全是被构造出来的。可能那时我们正处在一个中间阶段。

盖琪：90后他们对“隐私”的界定跟我们以前不一样了。

郭松民：但是我觉得他们如果不注重保护自己的隐私的话，其实不符合他们的利益，如果两个人博弈，那么信息暴露多的人更容易失败。

林品：现在那些90后、00后，因为还处在青少年时代，所以他们对未来利益的考量没那么明确。

孙佳山：我觉得可能有些过度阐释了，林品说的有道理，和这些孩子的成长阶段有很大关系，只不过是这一代人赶上了这种更快捷的表达渠道而已。我相信将来90后、00后当上局长，就绝不会在微博上说自己又找了个女朋友之类，就像一枫先前说的，当然肯定有很大变化，但这个社会的最基本规则很难被颠覆。

林品：等他们长大之后会如何，我就很难预言了。

邵燕君：我们小时候也有日记本，我们对日记本保护得可严了。

林品：他们在网上的信息发布，也是有选择性的。

周轶：社会关系改变了，隐私的概念也完全改变了。

林品：在不少方面，文化的包容度应该是比以前更高了。

周轶：比如说你看早期罗马的主教是不会暴露任何私人信息的，但现在看罗马主教的采访，他会说他去酒吧，说他以前年轻的时候怎么样……

秦兰珺：我妹妹是00后，有一次我看她曝光太多，我说你一点隐私概念都没有，她说隐私就是我的帐号密码。

祝东力：我觉得这也好理解，信息时代、媒体时代和前信息时代、前媒体时代的区别就在于，你要不断呈现自己、展示自己，要不断被观看、被关注，就好比说没有八卦就不是明星。呈现什么？展示什么？大部分内容不就是个人身边的这些琐事吗？

郑以然：现在可能更强调分享的意义，不分享就没有存在感。

郭松民：还有一个因素，就是在网上分享个人隐私等信息的这些人跟在生活中实际接触的人，很可能不是同一批人。

祝东力：这是一个人格自我构建的方式，小孩子没有其他方式来构建自己的自尊，包括自我认同感、自我价值感，就是靠这些手段，让别人关注他，说你又这样了，你又那样了，这就是他的存在感、成就感的来源。而当局长的时候，存在感、成就感肯定在别处，通过别的手段实现。但其实道理都是一样的，只是不同年龄段、不同身份凭借的手段和资源不一样。

周轶：我觉得有质的变化。

孙佳山：我觉得没有，虽然可量化的东西很多，但是很多基本规律是很难撼动的，比如青春期，这和技术变迁无关，有没有渠道发泄青春期都是要反叛的，这和在微博、微信说得多一些还是少一些没关系。

周轶：是这样，我觉得中国以前的自我一定是牢牢固定在社会关系里面，单位人怎么看你、家庭怎么看你、熟悉的朋友怎么看你，但00后他们现在的社会关系跟咱们不一样。

祝东力：这是一种人物感、存在感的标志。

周轶：对，因为社会关系变化了。

孙佳山：我还是觉得没有本质性的变化，超级女生就是例子，一般十五六岁的少男少女可能都会喜欢李宇春，这是那个年龄的荷尔蒙分泌决定的。到了三十五六岁的熟男熟女，谁还会喜欢李宇春？当然也会有，但我相信那肯定是个案。

周轶：对，但我是说，咱们这个建构一定是基于与别人的关系上的建构，比如说像我父母那代，他所有的关系都是小圈子里面熟悉的人，但是00后的社会关系完全不一样了，他的审美和喜不喜欢郭敬明是附属品，关键是他们的社会关系变了。

林品：他们的社会圈子往往并不是通过传统意义上的身份，通过家族、单位、学校、班级，而是根据趣味、根据“粉都”形成认同，通过网络形成了虚拟社群，而虚拟社群有可能意味着线下的聚会。

邵燕君：而且这个群的亚文化色彩非常突出。

祝东力：这个虚拟的圈子也包括实在的圈子，否则邵老师怎么能看到她学生的东西呢？

邵燕君：事实上我在朋友圈发的东西是有一个目标人群的，有些人会喜欢你，还有些人其实你不该让人家看见，咱们以前非常在意这个——我可不能让一些人看见。

祝东力：刷存在感也要付出代价，就是让不该看的人也看了，那是必要的成本，没办法。

周轶：祝老师有一点挺对的，线上、线下其实是有重合的。我有一个朋友是80后，她是我的采访对象。她当时问我，说她有一个工作的机会，工资翻一倍，但是100%的时间都要给老板；另一个选择是她就待在原来的职位上，工资少一半，但可以顾及家庭。她问我应该选哪个？我说，“按照我对你的了解，我觉得你是一个家庭型的，你不要选第一个选项。”她说她做了一个实验，问了她所有认识的人和QQ上所有不认识的人，答案完全不一样。她说就因为我太了解她了，所以我没看见她的其他可能性。她说QQ上面的朋友都看到了她的其他可能性，都让她选第一个。她的意思是，她特别喜欢跟QQ上的人聊，因为那些人不了解她，不会按固定模式去想她是怎么样的。但是她又说，我不是跟他们只在线上聊，我有时也约一些线下聊，就是她也想把她的实际人际圈扩大，这是我们中国人的关系学，关系文化渗透到新媒体运用上，这线上、线下其实是有重合的。对她来讲，多一个朋友，她做营销会更好，人际圈可以打开。我觉得真的还是社会关系在改变，但是这两个东西不是非此即彼，不是对立，肯定有重组，但是在70后、80后、90后里，重组的模式可能并不一样。

郑以然：所以我们发现技术手段对于人际关系的改变，比如刚才说的“拉黑名单”等于通过一个技术手段，把这些人从朋友圈里给驱逐了。再比如微博里那个“悄悄关注”，现实的人际网络与互联网上的人际网络之间存在一个微妙区别。

林品：人人也有“悄悄关注”的功能，你踩他的页面，并不会显示在最近来访的访客名单里，这会满足各种各样的微妙需求。

郭松民：我从开始就是用真名。互联网这种工具，我到最后真正喜欢的就是微博，包括微信我都兴趣寥寥，以前的 QQ 群我也没什么兴趣。因为我觉得在微博上，反正你说完了，爱看就看，不爱看拉倒，底下的评论或者跟贴，愿意评就评，不愿意评就拉倒。我觉得这是一个更加自由的表达平台。

郑以然：所以在各种互联网平台共存的情况下，一定会有某些人更喜欢某些平台，通过人群的分流选择，其实可以分析判断出其用户的个性。

郭松民：微博我可以随便说，说完了爱怎么着怎么着，而一般在微信朋友圈里要照顾其他人的感受。

孙佳山：移动互联网作为革命性的事物，在文化形态上引发的蝴蝶效应，还有待于进一步观察和思考，我们论坛今后还会以不同形式持续关注和讨论。今天就到这儿，谢谢大家！

（根据速记整理，经过本人校订）

青年文艺论坛2014第五期

20世纪历史与我们时代的文化

—— 从李零《鸟儿歌唱》出发

主持人：李云雷（中国艺术研究院马克思主义文艺理论研究所）

主讲人：李松睿（中国艺术研究院《艺术评论》杂志社）

黄纪苏（中国社会科学院《国际思想评论》杂志社）

时　间：2014年5月21日（周三）14：30—18：00

地　点：中国艺术研究院334会议室

主　办：中国艺术研究院马克思主义文艺理论研究所

编者的话

波诡云谲的 20 世纪是人类历史上最为重要的转捩点，人们生活的方方面面几乎都在这短短的一百年中发生了翻天覆地的变化。特别是对于中国人来说，由于我们在那个时代遭遇了太多惨烈的战争和动荡，目睹了太多淋漓的鲜血，并经历了一次又一次社会政治的剧变，使得我们的思维方式、情感结构早已深深地打上了 20 世纪的烙印。以至于我们对今日社会政治状况的不同判断，其实都直接根源于我们如何认识 20 世纪，以及 20 世纪带给我们的经验和教训。在这个意义上，要想真正理解我们的时代，理解我们的文化，就不得不重新反思 20 世纪的历史。本次论坛以李零教授的新书《鸟儿歌唱——二十世纪猛回头》为中心，深入探讨了 20 世纪历史与我们时代文化之间的复杂联结。

本期论坛剖析了在后工业消费主义社会中的历史感普遍消失这一时代症候，并研讨了在当下重建深度历史认知模式的可能性。同时，论坛还对 20 世纪历史、革命传统以及“历史终结论”等历史与理论问题进行了认真的思考。

李云雷：欢迎大家来参加第 36 期！我们青年文艺论坛到今天第 36 期已经是整整三年了，每个月一期，这也是我们的一个纪念。今天的题目是“20 世纪历史与我们时代的文化——从李零《鸟儿歌唱》出发”，首先介绍我们的嘉宾李零老师，还有黄纪苏老师，还有主讲的李松睿博士，现在我们就进入讨论。

李零老师的《鸟儿歌唱》出版后在社会上影响比较大，讨论的也比较多，我也参与了讨论，写了文章，今天我们请松睿先讲。

李松睿：大家好！非常高兴能有机会，来和大家一起讨论李零老师的这本《鸟儿歌唱》。我自己在读这本书的时候一直觉得非常兴奋，尤其是读到《读〈动物农场〉》这三篇文章时。李零老师用一种特别质朴的文学分析方法，把奥威尔这部现如今已被各种各样意识形态扁平化了的著作重新打开，为我们展现了被抹平了的历史中所蕴涵的丰富性。因此，读李零老师的文学批评，让我感受到了在今天的文学批评中已经很少看到的那种厚重、丰富的历史感。所以我很高兴能作为主讲人来发言。我这次发言分三个部分：首先，我会描述一下冷战后世界范围内普遍存在的历史感消失的现象；其次，因为这里是青年文艺论坛，我会用当代中国的一些文艺作品为例，说明历史感的消失对我们时代文化的影响；最后，我会在以上论述的基础上，讲一下李零老师的著作带给我的感受。

在我们所身处的时代，一个遍及全球的文化症候，就是历史感普遍地消失。似乎伴随着后现代主义文化的兴起，冷战终结所带来的“历史终结”意识，使人们已经不再愿意去关注历史，思考错综变化的历史边界。似乎当下的现实生活，已经可以满足人们的一切需要。英国著名的马克思主义历史学家霍布斯鲍姆曾经感慨，他在90年代末跟自己指导的历史系学生交流时，曾被吓了一大跳。因为新一代的年轻学者会问他这样白痴的问题：既然书上总是提到有一场战争叫做第二次世界大战，那么是不是意味着曾经发生过一场第一次世界大战？即使到了今天，一战距离我们也不过就是一百年的时间。但对于新一代的年轻学者来说，似乎一战已经成了渺不可考的史前遗迹。因此霍布斯鲍姆在《极端的年代》中写道："过去的一切，或者说那个将一个人的当代经验与前代人经验传承相连的社会机制，如今已经完全毁灭不存。这种与过去割裂断绝的现象，可以说是20世纪末期最大也最怪异的特色之一。许许多多身处世纪末的青年男女，他们的成长背景，似乎是一种永远的现在，与这个时代的众人的共同过去，缺乏任何有机的联系。"也就是说，当霍布斯鲍姆所说的那个短促的20世纪，也就是1914到1991这段时间逝去后，新时代的人们似乎再也不想和过去的时代产生瓜葛，执意拒绝和否定那个时代。类似的观察，也出现在美国学者托尼·朱特的笔下，在《重估价值——反思被遗忘的20世纪》一书的导论里，他认为今天的西方世界在冷战终结之后，"带着太多的信心、太少的反思，将20世纪留在身后，大胆的跨入新世纪"，沉浸在所谓西方的胜利、历史的终结、全球化、自由市场的迷梦中。因此他说西方人是"带着摩尼教徒般的狂热，只要一有机会就急匆匆地丢弃20世纪的经济、智力、制度的包袱，而且鼓励别人效仿，相信我们从过去所学到的一切就是不要再重复它，更加不会信奉冷战时代共产主义的过时制度及其马克思主义的意识形态外表。"如果托尼·朱特的观察准确的话，那么当下知识界的主流逻辑，就是义无反顾地认同以美国为代表的资本主义制度，拒绝接受20世纪的遗产，永远高喊着不要重复过去的苦难。在这个意义上，似乎我们时代的文化，就只是建立在对20世纪的否定的基础之上的。

那么为什么20世纪让生活在后冷战时代的人们如此恐惧，非要将其遗忘而后快呢？可能我们必须像李零老师所做的工作那样，重新回到20世纪的历史现场，才能理解这一点。托尼·朱特称后冷战时代为"西方的胜利"的时代，那么相对应的，我们其实也可以把20世纪称为"西方的没落"的世纪。至少在第一次世界大战爆发前，欧洲社会在漫长的19世纪其实才真正是处在"西方的胜利"的时代，政治稳定、经济起飞、科技进步、生活水平提高、海外殖民地扩展，使得西方人相信他们处在一个最好的时代，而且这种发展的势头至少在那时还没有看到尽头。然而正像马克思对资本主义的分析那样，它其实在诞生之初就为自己准备了掘墓人，只是资本主义的危机在19世纪没有暴露出来而已。伴随着第一次世界大战的爆发，资本主义现代性内部的危机充分暴露了出来。一方面是新的社会组织形式，即苏联的社会主义实践，在这场大战中诞生；另一方面是西方人对资本主义文明的自信心开始极度衰落。其中最具代表性的论述，就是一个名叫斯宾格勒的德国中学教师写的那本《西方的没落》，认为西方文明发展到20世纪，已经处在没落衰退的时代。因此在文艺形式上，19世纪那种对于人的信仰，对于稳定的世界图景的想象都消失了，西方的文学艺术进入到一个自我否定、自我仇恨的时代，各种现代派文艺形式都尝试去塑造一种晦涩、阴暗的世界图景。这可能是我们理解20世纪的一条线索。

另一条线索，则是与“西方的没落”相对的，或许可以称为“东方的兴起”的趋势。其中最重要的变化，是苏联开启的社会主义实践，以全新的社会组织方式改造社会生活的方方面面，宣告与旧有的资本主义体系决裂。此外就是二战之后，在亚非拉地区掀起的民族解放运动，欧洲宗主国几百年来建立的殖民体系土崩瓦解。也正是这一“东方的兴起”，使得整个世界格局发生了重大改变。而在文化上，非常有趣，整个社会主义阵营对当时在西方世界流行的那种西方文明自我仇恨、自我否定的文化产品非常拒斥，视诸如现代派的文艺为资产阶级腐朽没落的标志。因此他们更愿意把自己的文化创造，续接到19世纪资产阶级上升时期的文艺形式上，例如卢卡契作为20世纪最重要的马克思主义文艺理论家，就对自然主义以降的文艺形式予以极低的评价，但高度赞扬巴尔扎克、托尔斯泰这样的现实主义创作。因为总体上来看，巴尔扎克、托尔斯泰这一脉络上的文艺创作的格调是昂扬向上的、英雄主义的，恰与现代派文学那种阴暗、晦涩的风格形成对比。

那么在冷战双方之外，在文化立场上还有第三个维度，就是既不认同资本主义，也不认同苏联社会主义实践的那批知识分子，他们尝试在两极之外，探索第三条道路。也正是在这些人身上，我们看到了对历史的高度敏感和自觉。20世纪知识分子的一大特色，就是他们的思考始终与他们身处的时代息息相关，并尝试去回答时代留给他们的问题。因此当两次世界大战深刻影响了欧洲文明之后，人文学术界产生了重要影响的思想流派，诸如存在主义、法兰克福学派、结构主义、解构主义等，其思想的原初动力，都是对两次世界大战、法西斯政权、大规模屠杀犹太人等历史事件的反思。

非常粗略地勾勒了20世纪思想文化的基本形态之后，我们会发现20世纪其实是一个特别丰富、复杂的时代。20世纪有资本主义现代性危机爆发之后西方文明的自我否定与自我仇恨；有全新的社会主义实践，及其对世界的另类想象；有广大第三世界可歌可泣的民族解放与斗争等。因此对于20世纪任何历史事件的思考，都必须放置在这样一个参照系统下，才能获得有历史感的理解。而后冷战时代全球普遍出现的历史感缺失的现象，恐怕并不只是出现了很多像霍布斯鲍姆的学生那样的人，真的把一些重要的历史事件忘记了；而是说人们对这些事件的理解变得特别简单，所有复杂的历史参照系都消失不见了。当两大阵营对峙的世界格局消失以后，历史的书写开始变得异常单调，我们只能看到胜利者洋洋自得的言说；而其他人则要么陷入失语的境地，要么完全臣服于胜利者的逻辑。在这个意义上，资本主义在全球大行其道的时代，西方文明似乎又再次回到19世纪那种特别自信、洋洋自得的文化状态。于是20世纪历史原本所具有的那种特别丰富的层次，就在新的历史书写中被抹平了。一个最简单的例子，就是20世纪所有反对资本主义、试图在资本主义之外创造一个另类空间的努力和尝试，都被进行了道德化的解读。于是诸如斯大林、毛泽东、卡斯特罗、切·格瓦拉，这些革命者的种种行为，在冷战后的历史情景下，他们的种种选择都被进行了道德化的处理。诸如斯大林在苏联的种种政策，很多历史著作都更愿意从权力斗争、个人的权力欲的角度来书写，这其实延续了冷战时代资本主义阵营的说法。人们不愿意从苏联长期作为唯一的社会主义国家，处在被资本主义包围的局势下这种视野来理解斯大林的政策，因此李零老师在《鸟儿歌唱》中说“大道理管着小道理”，说得非常好。

而中国当下的文化氛围，也不自外于整个世界，同样陷入了没有历史感的困境；或者说，我们毫无保留的认同了资本主义的逻辑，认同了冷战胜利者的逻辑，而对自身社会主义实践的遗产完全拒绝。就好像托尼·朱特所说的，我们从历史中唯一学到的东西，就是不要重复历史。“文革”结束以后，中国人对历史的态度基本就是托尼·朱特所说的，千万不要重复历史。在这种拒绝的姿态中，放弃了对历史复杂层次的感知能力。像《芙蓉镇》这种电影，完全对“文革”进行道德化的表述，复杂的政治斗争被简化为乱搞男女关系的镇领导对自由恋爱的另一对男女的迫害。另一个典型的例子是高华的《红太阳是怎样升起的》，这本书非常有名，我也是慕名找来阅读，但越读越觉得不对劲。在他的描述里，毛泽东在延安的所有行为，没有任何推动中国革命向前发展的考虑，完全是出于党内政治斗争的需要，这显然是没有历史感的判断。如果真是这样，那么毛泽东和他真正的政治对手蒋介石没有什么区别，这又如何解释前者取得了中国革命的胜利呢？

这类丧失了历史感，将复杂的历史予以扁平化的倾向的文艺作品，在时下中国的文化文本中比比皆是。以前几年非常火爆的电视剧《潜伏》为例，这部电视剧主要讲述军统特务余则成被共产党策反，帮助我党窃取情报的故事。这部电视剧在社会上热播，可能在广电总局领导看来，反映了共产主义理想和信念仍然能为广大人民群众所接受。如果这个说法可以成立，那么余则成所具有的共产主义信仰就是人民喜爱这部电视剧的关键。而且在这部电视剧热播期间，不同媒体所做的观众调查，也说明观众感动的地方，是剧中人物对信仰的执着。但我在考察这部电视剧的受众时发现，观众的确喜爱主人公余则成和翠平；不过有趣的是，他们同样非常喜欢立场坚定的国民党特务李涯，他们在网上亲切地称李涯为“小狐狸”，并由衷敬佩李涯对党国的忠诚。事实上，国共两党之间的角逐绝不仅仅是权力之争，它同时还决定着中国广大人民的历史命运，是两种不同的对中国未来发展方向的斗争。因此，信仰，在国共内战中有着非常不同的内涵。但在后冷战时代的中国观众那里，信仰所蕴涵的丰富内涵被抽空了，对共产主义的信仰和对党国的忠诚基本没有差异，这恐怕是当下中国社会历史感消亡的一个很重要的表征。

事实上，像中国这样的国家，20 世纪的历史实在太惨烈、太动荡，对我们的影响也太巨大。仅简单罗列一下对中国命运至关重要的那些年份，如 1911、1919、1927、1937、1949、1957、1966、1978、1989 等，几乎每隔十年，中国的命运就会走到十字路口上，不同的政治势力在这里为中国的发展方向进行殊死搏斗，而且这些转折、变化直接影响着当下中国社会的面貌。对于今天的社会生活持何种看法，实际上直接对应着对中国历史上这些转折年代的看法。换句话说，如何理解中国现代史，就是如何理解今天中国的现状。一个简单的例子就是，在网上看一个网民怎样谈论 70 年代，就大致可以推断他怎样看待今天中国的问题。因此，丧失了对历史复杂性的理解，也就无法敏锐观察当下中国。在这里我用一个特别有意思的当代小说谈这个问题，那就是莫言的《蛙》。这篇小说有种“元小说”的性质，它的基本结构是一个叫作蝌蚪的文学爱好者写给日本作家杉谷义人的信。在信中他表示自己要写一部以自己姑姑的一生为题材的话剧，而这部小说的最后一章，就是蝌蚪写出的剧本。我关注这部小说的原因是，它隐喻性地为我们呈现了今日中国人历史写作的困境。蝌蚪尝试写出姑姑的一生，这显然意味着这部剧本应该是长时段的，写出主人公一生经历的作品；但问题在于，这部剧本的实际面貌却与历史毫无关系，有意识地摒弃了时间性的标志。作家甚至还设置了一场剧组拍摄古装戏的场景，于是出现了现代人扮演的县太爷决定孩子归属的情景，制造了一个戏中有戏的套层结构，古人与今人出现在同一场景中，使得这部话剧的时间更加混乱。那么为什么蝌蚪没有办法书写真正的历史呢？在我看来，最重要的原因在于，蝌蚪因为在70年代执行计划生育政策时，强迫自己的妻子引产，造成了妻子的死亡，这使得他始终沉浸在一种悔恨的情绪里。因此到了当代社会，他选择和代孕公司合作，借受伤女工的身体生一个孩子，而且当孩子生下来后，他感到自己终于赎罪了、解脱了。但这时他忘记了，这孩子是剥夺了代孕母亲的骨肉，是和代孕公司一起，以金钱的逻辑剥夺了母亲的孩子，他实际上是以犯罪的方式来赎过去之罪。因此，蝌蚪之所以不能写出历史，最关键的一点是他无法敏锐地注意到今天的社会现实，以及资本以金钱逻辑犯罪的事实，对身边的变化毫无感知。因为无法把握历史的复杂动向，就使得他只能抹平了历史的复杂性，以非常简单的政府对人民基本人权的迫害来理解历史。正因为在历史、现实两个层面的无知和扁平化的理解，使得蝌蚪最终的历史书写成了漂浮在时间线索之外的碎片。这部小说以寓言的方式，写出了历史感的丧失对于中国人的影响，使得他们无论是面对历史，还是当下的社会生活，都只能用扁平化的主流逻辑进行言说，既没有办法面对真实的历史情景，也无法指出现实生活中真正发生的问题。

那么再回到李零老师的《鸟儿歌唱》。虽然前面绕得比较远，但只有在这样一个大的背景下，我觉得才能讲清楚李老师这本书的意义所在。这本书的副标题叫“20世纪猛回头”，冷战胜利者已经垄断了对这段历史的阐释理解，并将历史的复杂性抽空抹平，他尝试在这种情况下，重新把历史的丰富性、复杂性展示出来。我最喜欢的文章，是这本集子里的《读〈动物农场〉》、《太阳不是无影灯》，尤其是前者。其实奥威尔在冷战时代的接受史及其在今天的阅读，是特别有代表性的案例。我记得有一个中译本的腰封上写着，“多一个人阅读《1984》，自由就多了一份保证。”单从字面意思来说，当然没什么问题，但说这话的人和奥威尔对自由的理解显然是不一样的，他们所说的自由，不过是冷战中资本主义阵营用来指责共产党政权时挥舞的旗帜。刚开始读李零老师这篇文章的时候，你会觉得他的论述方式特别老旧，甚至有点儿单调，现在很少看到有人这样来谈小说：先是解题，然后依次介绍人物，再下面是故事梗概。不过越往后读，越佩服李老师，因为他不会被种种流行的说法所左右，不会跟在那些偏见后面人云亦云。这一点我觉得是李零老师这本书的第一个特点。他以特别扎实的史料，真正还原到历史现场，为我们还原了一个处在复杂政治、历史情境中的奥威尔。把奥威尔书写《动物农场》、《1984》这两部书的原初动力，他要面对的问题是什么，以及它们在冷战格局中、在何种情境下被利用的情况说得都非常清楚。于是对奥威尔理解的种种偏见，都在李老师抽丝剥茧般的论述中显现出荒谬的面向。

而更加让我感动的是，李零老师的《读<动物农场>》并不仅仅是对奥威尔这个作家的理解和分析，也不仅仅是反驳围绕在奥威尔及其作品周围的种种偏见，这只是他的一个切入点，他同时还把思考延伸到对于革命的理解上，做到这一点是特别需要勇气的。因为伴随着“文革”结束、冷战终结，革命已经从吸引无数年轻人抛头颅、洒热血的事业，变成了一个骂人的脏字，成了对稳定的社会秩序的颠覆，成了对中华传统文化的断裂，成了中国各种社会问题的源头。在整个社会舆论都在审判革命的情况下，李零老师在这篇文章中却直截了当地为革命辩护，他准确地指出革命之于中国，是特定的国际、国内形势下的必然选择。革命当然意味着破坏、牺牲、血污、混乱，但这些并不是革命本身的罪恶，而是残酷的外在环境造成的。如果要指责，造成革命不得不爆发的统治阶级才是首先应该指责的，所谓“大道理管着小道理”。所以李零老师实际上是非常自觉地站在历史的弱者一边，站在历史的失败者一边，在整个世界都充满了冷战胜利者洋洋自得的声音时，勇于说出失败者的道理。这是李零老师这本书的第二个特点。所以读到李零老师最后说的那句：“人民英雄纪念碑还巍然耸立在天安门广场。一百年来，所有为中国革命捐躯的烈士（从秋瑾到江姐）永垂不朽！”让人特别感动。虽然这样的话，在社会主流逻辑听来，实在是太刺耳了。

最后，我想用奥威尔在《1984》中描写温斯顿的一段话结束我的发言：

> 他是个孤独的鬼魂，说了一句没有人会听到的真话。但是只要他说出来了，不知怎么的，连续性就没有打断。不是由于你的话有人听到了，而是由于你保持清醒的理智，你就继承了人类的传统。

这段描写在我看来除了“孤独的鬼魂”那里不太合适以外，在某种意义上也可以看成是对李零老师写作姿态的描绘。这段描写出现在小说的开头，讲述温斯顿开始记日记，当时温斯顿面临的悖论是：他要写下的是那些被扔进“忘怀洞”中的历史，讲出的是自己真实的内心感受；但他知道自己的日记不得容于整个社会，这些日记对他来说是巨大的危险，只不过他仍然要去写。奥威尔用这段话来书写温斯顿的执着。

我读李零老师的这本《鸟儿歌唱》，最大的感动就是无论是他对《动物农场》的解读、对启蒙运动的重新思考，还是对70年代的种种回忆，对中国观、美国观的阐述，对北大校史的梳理；其实都是我们这个时代没有人愿意听的真话，都是对那些被扔进“忘怀洞”中的历史的回顾，是在主流逻辑下刺耳的杂音。正是因为李零老师敢于把这些说出来，即使没有人听，或只有很少的人听了，李零老师仍然以他那“清醒的理智”，试图在一个拒绝历史，抹平历史复杂性的时代，重新把我们身处的时代，真正接续到20世纪的历史现场之中。因此李零老师在《鸟儿歌唱》中的工作，其实和他在“我们的经典”中的工作一样，都是在接续人类的伟大传统。

李云雷：谢谢松睿！松睿刚才说的了三个部分，首先勾勒了一个大的历史视野，用历史感的消失这样一个问题意识去看20世纪思想文化脉络，然后又分析了当前的文艺作品中的一些具体表现和症候，在这个基础上谈了他对李零这本书的理解，在这样的背景中李零老师这本书的重要性更加突显出来。我觉得这是一个很重要的分析。有的朋友可能不太了解我们论坛，我简单说一下，我们论坛分两部分，先请两个主人讲，是上半场，下半场是自由讨论。在座的可能有好多李零老师的粉丝，我们请李零老师在论坛最后给我们做个发言，下半场讨论的时候李零老师也可以参与我们的讨论。

下面我们请黄纪苏老师讲。

黄纪苏：上次李零这本书的读书沙龙我也参加了，最后说了一点：李零的文字，社会人生成本其实特别高。我今天就顺着这个话再展开一下。李零是个大时代的读书人，他属于“老三届”一代，不同于其他代。就说“文革”时已毕业或正在校的老大学生吧，就跟李零这代很不一样。这一点很重要。我们都知道，知青一代已进入中国政治的最高层了。其实在其他领域，如思想文化学术领域，知青一代已经发生了深刻的影响。知青的那些经历，如农村的极端贫穷等，顽强地左右了他们对更广大社会历史时空的理解。其实就整体而言，知青这个群体是沦落的。给我印象特别深的就是20世纪80年代，你看各个单位光干活不吱声的净是知青，后来20世纪90年代默默下岗的也净是他们。整整一代人，带着他们曾理想飞扬后来又曳尾于涂的经历，走下了社会舞台，留下来的实属凤毛麟角。知青的经历，对于大部分个人来说，未必算什么价值，但对思想文化来说，却非常难得。知青中不少来自上层精英家庭，不是高知就是高干，一下子从九天之上打发到九天之下，不可能不产生巨大张力。李零这本书里我印象特别深的是在黄河岸边夜遇暴雨。

李零（北京大学中文系）：干渠。

黄纪苏：他缩在一个小棚子里伸手不见五指，想靠闪电的光亮辨别方位。诸如此类的经历，极有可能跟日后其他经历进行奇妙组合，产生出有趣的精神产品——比宅男宅女东抄西抄来的东西要有意思得多。知青一代中有此类经历的人多了，但大部分人在社会生活中残了、废了，根本没机会没资格进入精神产品的生产领域。史铁生好不容易进入，但早早去世了。史铁生不一定有代表性，但很有象征性。我说“高成本”，这是其中第一层意思。

再说第二层意思。知青一代的儿童青少年期在“一座座火山爆发，一顶顶皇冠落地”的革命年代。那会儿也都在吵吵“历史终结”，断定社会主义终将取得最后胜利而且时间不会太远。可到了60年代末、70年代初，却发现社会主义不仅没终结历史，而且自己这儿塌了、那儿漏了，前景并不乐观。我第一次接触《动物农场》就是“文革”后期偷听BBC的中文广播，当时特别震动，这说的不就咱们么？ 80、90年代就更不用说了。刚才这位小伙子概括得挺好，但有一点我感觉稍稍不一样：其实这些年“大历史感”还是有的，只是换了个方向，都奔着革命的相反方向去了，奔着胡适嫌不过瘾又奔袁世凯、袁世凯不过瘾又奔慈禧太后那个方向去了。这样一种改了方向的现代史观，放倒了思想舆论界的绝大部分人，尤其是经历了革命时代，尝过其中苦难的人。没被放倒的少之又少，李零没被放倒。也许年轻人会觉得这没什么难的，只需读读霍布斯鲍姆、德里达就能把颠倒的再颠倒回去。他们不少人跟当今的主流观点搞逆反，对革命的讴歌比李零高好几个八度，但坦率地说，净是泡沫。他们对丰富复杂的历史并无亲身切肤的经历和细致入微的感受，只凭着一道公式两根逻辑就走遍天下都不怕了。所以，李零的难能可贵，不仅在于他没被革命的失败或黑暗放倒在地，还在于他站着而足够复杂、足够沉重，而不是像那些时髦的纸飞镖，飞上去纯粹是为了掉下来。

“高成本”还有第三层意思。当革命的大厦解体后，莺飞燕叫，飞鸟各投林。其中跑得最令人侧目的，是这场革命的子弟：有往钱堆里扎的，有往裙子底下钻的，有往星条旗旗杆上爬的，真是形形色色。我举几个例子。第一个例子，有个老红军的儿子改革开放不久，受不了那落差，嫁给了比他大将近四十岁的美国老太太，给老太太送终后得了笔神话般的遗产，让他变成中国最著名的“慈善家”。可老太太遗嘱有规定，必须守寡不许续弦，否则遗嘱作废。这听着真让人毛骨悚然，就跟古代帝王让后宫活活殉葬似的。想想真感慨，红军没解放了“世界上三分之二被压迫者”，倒把儿子送给三分之一压迫者当佣人去了。第二个例子，有位房地产大亨，爹爹是“文革”前的部长，这位大亨一天到晚在微博上叨叨叨，那架势，中国共产党哪天正式改名为“中国资产党”，他哪天才会倒休半天。他有一回在微博里忽然彻悟：他爹爹当年闹革命抢了地主固然不对，但他爷爷也是富农，爹爹从爷爷那儿抢走的如今进了孙子的账户，这样首尾相接的历史要多完美有多完美！所以，我一直觉得中国最反动也最无赖的势力，其实就是这路子弟。第三个例子，我认识一人他爹爹也是老资格，现住在爹爹留下的独门独院里，院里有假山，山上有亭子。我有回坐在他家藤萝架下跟他说：你这房子可都是文物啊。他悻悻然道：没错是文物，我跟上面申请 ××× 万维修一下，上面只批了 ×× 万。接着便骂：这帮某某党整个一暴民政治，哪儿他妈懂文物啊！我听了比较震惊，惊在哪儿呢？要说“暴民”，他爹就是暴民，怎么暴民只过了一代，就整个是地主老财的身份感觉了？这华丽转身也太快了吧。我原来不知道到后来才知道，李零其实也算中国革命的子弟，他父亲是 19 世纪 20 年代的老革命，用张木生的话说，官越当越小。李零继承了中国革命的情怀，《鸟儿歌唱》就是证明。他不像那些子弟，恨不得把革命的棺材板弄到新居里做吧台，一边吃革命一边骂革命。他以自己出色的学识和见解，为我们今天这个时代做了承前启后的学术工作。

李云雷：谢谢黄老师，黄老师主要谈了两点，一是谈总体上对李零以及他们这代知青的理解，另一个在革命退潮的大背景下，谈对李零老师这本书的理解。

黄纪苏：头几天有朋友在邮件里跟我讨论李零。这个朋友是个很不错的人，退休工程师，也是革命的后代。他现在对中国革命或一切革命基本持否定态度，他说李零是“太子党理论家”。我说你从哪儿看出来的？原来是张木生的一本书，书里讲到李零，这本书的发行仪式上有前国家领导人的儿子及几个军人到场，就这么连上了。我说你这也太勉强、草率了吧。李零对《动物农场》的肯定，《动物农场》对革命异化的否定，这能是“太子党理论家”么？现在舆论思想界特别喜欢贴标签，把本来复杂的事情极简，简到最后根本不用讲理，互相抽耳光就行了。这个很不好。

李云雷：黄老师重点从李零老师这个知青的身份出发去谈，是别人可能不太会注意的角度，《鸟儿歌唱》这本书共分三个部分，其中第二个部分是谈 70 年代，我们一般谈的主要都是第一部分和第三部分，主要是对革命的理解、认识和思考，黄老师从知青的经历与经验去谈，我觉得还是挺有启发的。我们现在休息十分钟，然后进入自由讨论。

（休息）

李云雷：我们下半场自由讨论开始，李零老师这本书大家也都看了，我觉得还是有很多可以谈的点，包括对革命的理解、历史的理解，包括李零老师的文体我觉得也是很有意思，大家可以从各个角度畅所欲言，现在我们开始讨论。

鲁太光（中国作协《长篇小说选刊》杂志）：李零老师的这本“红宝书”（红色封面）真是漂亮得很，我是在微信上看到书里的一些文章——比如《太阳不是无影灯》等——之后，觉得特别过瘾、特别喜欢，就买来看了，这是我近期的“枕边书”。有时候还禁不住想，现在怎么那么多文章、那么多书都不会说“人话”了呢？怎么都七兜八转，把不管是“大道理”还是“小道理”给讲混了，给搅拌成糨糊了呢？想来想去，又觉得好像这样也很正常甚至自然。什么意思呢？就是说，我觉得这样的好文章也只有李零老师能写出来。为什么这么说？刚才两位主讲人和云雷都讲了一些，我觉得还有一个重要的原因，那就是李零老师是做“考古”的，做古文字和古文献的，功夫了得。而我们这三十多年来，无论是物质上还是文化上，都发生了天翻地覆的变化，有的还是扭曲盘结的变化，没有点儿“考古”工夫，不管“大道理”还是“小道理”，要想讲清楚，还真不那么容易。比如对《动物农场》的理解，我们的很多学者，往往一本正经，高头讲章，将其解读为呼唤“纯自由”的作品，反对“老大哥专制”的作品……这些文章你读着，不用说读者苦不堪言，而且你还能想象到那些作者多么的别扭，多么的苦不堪言。可李零老师删繁就简，用“考古”的方法，告诉我们小说里边的“马”代表什么、“猪”代表什么、“人”代表什么，这么一步步抽丝剥茧、层层推进，“动物庄园”的整体面貌就自然而然地浮现出来。

刚才说的是文风及其背后的功夫问题，我想接着谈谈书的整体内容。这本书分了三辑，但我觉得大的主题还是一样的，就是思考冷战格局下中国 / 中国人命运的问题，延伸点儿说，就是思考冷战格局与社会主义命运的问题。坦白地讲，在今天，这不是一个“合时宜”的话题，有时候，你一谈这个问题，别人就妖魔化你，说你“左”——有时候这个“左”是“老”的，有时候又是“新”的。帽子这么一扣，就可以盖棺定论了，你就成了新时期的“反动派”了，其他问题就一概可以免谈了。

《鸟儿歌唱》就是回答这个问题的，是我目前看到的最好的回答，没有之一。

去年写博士论文，翻阅浩然的《艳阳天》，小说写马小辫等起来造反，抢粮食，反对农业集体化。小说写的是几个“地富反坏”唆使、欺骗农民抢粮，而实际情况其实是一些中农起来抢粮食，反对农业集体化。当时我就考虑为什么会出现这种现象？想来想去，觉得其实很简单。为什么？就是因为太饿了，饿得受不了，就只好铤而走险了。为什么那么饿呢？粮食都去了哪里？粮食都去了城里了，都去支援工业建设了。想到这里，我又联系到苏联的农业集体化政策，找一些资料来看，发现当时苏联经济学界有一个很好的考虑，就是从经济方面来分析冷战格局对苏联的影响，他们认为农业集体化是“资本主义原始积累”的必由之路，或者说是不得已的选择。为什么这么说？一个重要原因就是“冷战”。为什么发展工业，尤其是重工业？一个很重要的原因是国防。在冷战格局下，你国防不行，就意味着随时可能被侵略、被占领、被殖民。中国近代以来的历史，就是一个很好的明证，苏联十月革命后遭受的多次“围剿”也是一个明证。发展国防、发展工业，是需要“资本”的，而这个“资本”从哪里来？资本主义国家通过“资本主义原始积累”、通过殖民、通过侵略、通过贩卖人口，淘来了“第一桶金”，从此后就一帆风顺，而且顺带着在历史书写中把自己“漂白”了。而社会主义国家呢？慢说你的核心理念不允许你侵略、殖民，就是你想，也没这个条件了，人家“先富起来”的那些豪强国家还眼睁睁瞅着你，想侵略、殖民你呢。那怎么办？只好自己积累，只好“内部殖民”，就是“社会主义原始积累”，积累的源泉在哪里？只能在农村，只能在农民那里，只能在粮食那里。而且，把粮食从农民那里弄到城里来，也不是全给城里人吃了，很大一部分都拿去国际市场上换工业产品、换技术了。在国际市场上，跟工业产品和技术比，粮食当然是“弱势产品”——今天还是，而且，这国际市场还是欧美主导的。所以，在很大程度上，苏联参与国际市场，实在是不得已而为之。我们反思革命时期的“三农问题”，说农民真苦、农村真穷、农业真危险，说城市与农村之差别是九天之上与九地之下，还得考虑考虑冷战格局。尤其还要看看这冷战意识形态带来的超常规的压力，以及这压力给人们的情感和理智带来的扭曲。离开这一点，我们还真无法反思。

《鸟儿歌唱》这本书的一个重要贡献就在这里。

顺着“社会主义原始积累”这个话题，我还想说点儿今天的事情。说什么事情呢？我们今天不是有首歌叫《好日子》吗，我想说的是，我们今天的“好日子”，在相当程度上是我们的前辈“社会主义原始积累”的结果，是社会主义实践的结果。我们今天一部分人先富起来了，过上了好日子，我们不应该忘记那些过苦日子乃至牺牲了的前辈们，也不要忘记了为今天的“好日子”无声奉献的工人、农民等底层群体。

我们应该反哺他们、回馈他们。

我最后想说的是，当大家以为冷战已经烟消云散的时候，其实冷战思维始终存在，冷战的雾霾也一直存在。最近中国周边问题不断，原因何在？冷战思维的结果。最近美国公开起诉我们的几位军人，原因何在？冷战思维的结果！而且，随着中国的发展，这样的问题会越来越多。因而，我们在唱《好日子》的时候，还要有个过“苦日子”的准备，还要想想“鸟儿歌唱”的问题，想想社会主义的问题。

郭松民（《国企》杂志）：其实李老师这本书里的文章我之前就看过，刊登在王小强编辑的《香港传真》里有讲《动物农场》和《1984》的两篇文章，我当时看了确实印象非常深刻。我是先看了李老师的文章，然后去找小说来看的，这两本书在网上影响非常大。比方说微博上就有一个人，他的名字就叫“请百度1984和动物农场”。网上左右派的争论非常激烈，一有争论的时候右派马上就把这两本书拿出来——你还居然想搞社会主义，那么请你看这两本书。我相信如果没有李老师这两篇文章的话，直接看这两本小说，对很多比较单纯的左派或者社会主义者的打击是毁灭性的。

李老师的文章里面有几个观点我觉得是很有意思的。

首先是关于革命的论述，其实真正应该读这些文章的应该是自由派。现在的自由派其实是一个革命性的力量，但是他们处于非常分裂的状态。一方面，他们提出的一些要求是革命性的，但是同时，他们又好像是有点歇斯底里地去诋毁过去的革命，这就让他们处于一种非常矛盾的状态。我觉得他如果能够从李老师的文章中汲取一些营养的话，革命就能够成为一个很大的道义的资源或者说历史文化资源。现在他们是一种非常矛盾的状态，最后把他们自己给撕裂了。

还有一个，李老师的书里面有一篇文章是谈到对中国历史主流看法的否定，就是说把中国历史的主流说成是专制，而西方是民主。我有一个感觉，李老师在文章里没有提到，这篇文章其实预设了一个争论的对象，就是李慎之。他写了一篇文章叫《风雨苍黄五十年》，那篇文章我当时看了以后也是非常震撼，因为他基本上把中国历史一笔抹煞了，中国历史什么都没有，不值一提，概括起来就是“专制”两个字，到现在也没走出来，中国革命建立的制度是集专制之大成。我觉得李零老师的这文章把这个问题说清楚了，究竟是什么专制？中国历史为什么会是这样的状态？和西方历史相比较有什么样的长处？所有这些问题都回答得很清楚，虽然没有一个字提李慎之，但是我觉得文章争论的对象就是他，实际上也是对整个自由主义从80年代以来对中国历史所作的非常简单化的描述，做了一个很有力的反驳。我理论水平是比较低的，李慎之的文章看了以后，我就有一种特别郁闷的感觉，就是想不明白，感觉中国人真的是非常差劲，很不幸生为中国人，中国历史完全是不值得一提的。但是后来慢慢想了很久，悟出了一点眉目，就是自由主义是一个非历史主义的学说，他们的普世价值不光在空间上是普世的，在时间上也是普世的，就是自由民主这套东西，必须在任何时间和任何地方都实现。但是我们知道历史发展不是按照你的概念来的，是受到生产力发展水平和地理环境等方方面面的约束，所以自由主义以非历史的态度去解释历史，最终结果就是把历史一笔抹杀。这些只是我自己一个很简单的思考，但是李老师这些文章把这些东西掰开揉碎给你讲，非常透彻。

此外我还要谈到这本书的文风。李老师是大学问家，但是文风平白如话，这点非常重要。其实我们有很多非常好的学者，但文风不行，他们的文章你看不懂，或者你看起来非常难受，有时候你一边看，一边有想把牙拔下来的感觉。但是这本书的文风非常好，娓娓道来，不说欧式的句子，也不讲谁也不懂的典故，一点一点把里面蕴藏的道理给你讲清楚。我觉得越是大学问家越应该有这样的文风，尤其是对我们这些业余爱好者来说，这一点尤其重要。

谈《动物农场》、谈《1984》这两篇文章，我看了以后有一个感觉，社会主义运动是合理的，其实是更加符合人性的，也应该能够建立美好的世界。就以《动物农场》为例，我们不能忍受拿破仑，难道农场主琼斯先生的统治就是合理的吗？我认为从动物的角度来说，他的统治是不合理的，是一定要推翻的。但是社会主义运动必须是一个国际运动，如果一国建成社会主义，由此带来一个逻辑上的结果，就是社会主义运动可能会被民族主义所绑架。这点在苏联历史上表现的非常明显，斯大林到最后许多地方和历任沙皇其实没什么两样，他考虑的首先是苏联或俄罗斯的民族利益，他甚至把各个兄弟党都作为实现苏联外交政策的工具。比如当时的中国共产党也曾经提出“武装保卫苏联”之类荒谬的口号，这种口号肯定是不符合中国革命利益的，但是符合苏联的国家利益。斯大林在社会主义或者世界无产阶级的利益和俄罗斯的民族利益之间进行选择的时候，毫不犹豫地选择了后者。李老师在叙述奥威尔生平的时候，提到他在西班牙的经历，西班牙内战，共和派的失败在很大程度上跟苏联的出卖有关。苏联之所以出卖西班牙共和派，很重要的原因是出于苏联国家利益的考虑，而不是出于无产阶级利益的考虑。还有一点就是一国建成社会主义以后，必然导致国内的关系非常严酷，当你在被围困的情况下，就必须搞工业化，搞工业化需要很多钱，就必然有一个自我剥夺的过程。

所以社会主义革命必须是一个不断革命的进程。《水浒传》当例子，梁山和大宋王朝和平竞赛的结局会是什么样呢？肯定梁山就完蛋了嘛！因为梁山在被围困的状态下，生活水平肯定比不了大宋王朝。梁山的出路有两条：一条就是像宋江那样被招安，还有一条就是不断扩大根据地最后把大宋王朝给推翻了。你要想跟大宋王朝搞和平竞赛是没戏的。实际上60、70年代的中国就是一个被围困的梁山，这样下去肯定是不行的。80年代我们从梁山下来以后，发现东京汴梁太繁荣了，还有什么李师师之类的美女，既然这样的话，大家还不如去受招安算了。

石一枫（《当代》杂志）：史进就没有叛变。

郭松民：对，但是我觉得作为一个格局来说，在社会主义被围困的情况下很难和平竞争过资本主义。和平竞争要取胜就必须有一个前提，就是社会主义运动在世界范围内处于优势。比方说梁山包围了汴梁，这时候可以竞争，而一旦汴梁处于被包围的状态，反动势力绝对不可能像梁山或者陕甘宁那样长期坚持，它一定坚持不住，因为内部的关系不允许它这样坚持。所以一旦革命处于优势的话，就会出现一天等于20年的形势，就像解放战争，解放军过长江后，蒋介石肯定完蛋，如果没有台湾海峡，他不可能搞一个陕甘宁的格局长期坚持下来。

社会主义必须是国际运动，还可以举一个正在发生的例子，就是朝鲜。朝鲜内部这样一种严酷的局面，包括内部关系的扭曲，我们就不必去说了，也不必去为它作更多的辩护。但是它之所以走到今天，确实跟整个社会主义阵营被围困这样一个大格局是有关的。比如像朝鲜的粮食困难，它以前曾建立了一个很现代化的农业，实现了机械化、电力化，还是一个粮食出口国。朝鲜现在粮食不够吃，这个原因确实跟国内的制度安排没有太大关系，而是跟国际局势的变化有直接关系——如果社会主义被围困又苦撑的话就是朝鲜这个样子。

李云雷：李老师你认同他说的逻辑吗？

李零：可能不那么简单。《动物农场》有两大问题，一是围剿，二是内讧。围剿，托洛茨基和斯大林各有各的考虑，都跟摆脱困境有关。内讧的问题也跟围剿有关，革命有革命的既得利益集团，改革有改革的既得利益集团。保卫革命跟保卫革命的既得利益集团有时会拉扯不清。比如吴起、商鞅要改革当时的贵族制度，他们好像在给果树修枝，多余的树杈统统剪掉，这会得罪一大片，下场当然很惨。他们的想法各有道理，问题是要面对现实的困境。

郭松民：其实我特别理解斯大林，反对妖魔化斯大林，因为斯大林是一个非常现实的政治家。如果像布哈林主张的那样慢慢搞积累，可能到1941年战争爆发的时候，苏联根本没有足够的工业能力来抵抗希特勒；但是斯大林把苏联的国家利益或俄罗斯民族利益置于社会主义运动之上，确实造成了非常严重的后果。

李零：其实他也不是说不讲国际主义，只不过他讲的国际主义是以苏联为轴心的。

郭松民：中国革命也存在同样的问题。

李零：实际上中国也一样，中国跟东南亚地区的革命也有这样的问题，所以说实际情况很复杂。

郭松民：比如像苏东剧变，东欧的反苏情绪特别强烈。一定意义上说，斯大林实际上把社会主义的制度安排，变成了实现苏联国家利益的一个工具。这样对东欧这些国家来说，推翻共产党领导或者推翻社会主义制度，实际上意味着从苏联的压迫下得到解放。

李零：而且你跟欧洲人接触，你就知道他们仇苏的那种情绪，有很多宗教的、文化的等各种各样的背景。包括西方长期的地缘政治，比如说像英国对俄国的长期战略，这些问题都制约着这个情绪。

包括我们中国自己，也是做了很多不好的东西，我为什么讲《动物农场》时要突出讲这个问题？特别让人痛心的就是，其实翻翻整个革命史，我们中国革命有那么多的烈士，实际上很多人都是被我们自己人杀掉的，就是你参加革命后还得准备可能随时被自己人杀掉。今天，像我们这样的人，面对这种情况，还会参加革命吗？

郭松民：从《动物农场》出发，如果说动物的起义能够延续，比如一个个农场不断取得成功的话，那么像"拿坡仑"这样的猪就很难形成控制一切局面的情况。首先，就不可能有机会迫害"雪球"，如果要迫害"雪球"的话，其它动物就都会反对。还有，其他农场如果确实没有革命，但是如果说像"拳击手"这些动物能够组织起来造反，成立革命委员会来控制"拿坡仑"，那我觉得会是另一番景象。

李松睿：这就是另外一个结局了，是另外一个畅想。

祝东力（中国艺术研究院马克思主义文艺理论研究所）：我觉得松民讲的逻辑都是没有问题的，但是历史跟逻辑确实不一样。世界革命，逻辑是对的，但是总的来讲应该说历史条件并不具备。比如说本来十月革命之后列宁是考虑世界革命的，所以1920年发动了苏波战争，但是打输了，之后就没办法再往欧洲发展。实际上后来在东方有一个大发展，世界革命一定程度上在东方，在亚非拉展开了。

李零老师的文字我特别喜欢，已经读了好多年了，我接着两位主讲说几句。松睿谈到历史感问题，纪苏谈到知青问题，这也是我特别感兴趣的，我先从知青问题开始说。理解李零老师可以从三个背景、三个角度来看。

第一个就是知青这个背景。他这一代属于老三届，就是1966到1968年，高中、初中毕业生各有三届，一般是1947到1952年之间出生的，1966年“文革”爆发的时候1947年出生的人正在上高三，1952年出生的上初一。这一代人在整个中国现代历史上都是非常特殊的，作为知青在中国最基层摸爬滚打了若干年，身上带有明显的底层劳动者的特点和素质。比如说李零老师的文字，就是家常话、大白话，放到“文革”前的大学生和1949年以前的那些学者身上是很难想象的——当然“五四”那代学者也用白话、口语写作，但他们的白话、口语还是学者、文人的白话和口语，不是老百姓的语言。从李零老师的文字里能看到，他并不以一个知识精英的身份自居。这是第一个背景。

第二个背景是他的学者身份。他不管谈什么话题，是在他的专业范围内，还是公共话题，他都以一个专业学者的标准要求自己，包括刚才松睿也讲到这些考据工作。

第三个背景是“文革”初期，就是我刚才提到的老三届，他们在人生意识和社会意识形成的阶段，在十二三岁到十七八岁这个阶段遭遇了旷世的政治风暴，直接面对着中国政治和世界政治的大问题。原来我曾经形容过，我觉得这代人像被雷劈了一样，内心深深打上了那个时代的烙印，也就是中国和世界政治的大的问题意识。这一代人跟“文革”前的大学生很不一样，比如说40年代初期、中期出生的，有的只比老三届里面年龄比较大的年长两三岁，但是性格很不一样。“文革”前的大学生更循规蹈矩、更温良恭俭让，老三届这些人更有想象力、创造力，更有个性。当然这种个性可以表现在不同方面，李零老师主要表现在文字和思想方面。李零老师在专业范围内做得这么精深，又花那么大精力在专业范围以外去讨论更广泛的政治、社会、历史问题，我认为是受到“文革”初期所形成的那个问题意识的引导。这是三个方面，知青、学者和青少年时代的红卫兵经历。

李零：我没当过红卫兵。

祝东力：对，我是说红卫兵运动，我记得你去市委大楼找过吴德，也等于卷入了红卫兵运动。再一个我想接着松睿讲的历史感谈一点理解。刚才纪苏的纠正我觉得特别重要，我们一般理解“历史的终结”，好像是所有历史都终结了，其实只是某一种历史的终结，同时是另一种历史的复苏和弘扬。所以笼而统之地讲是“历史的终结”导致没有历史感，这是不准确的，但是90年代以来确实存在着没有历史感、不重视历史的现象。

我是这样理解的：当代社会的主导意识形态是消费主义，而消费主义就是喜新厌旧，追逐新鲜感、时尚感，时尚不需要历史、不需要深度，所以我觉得历史感的消失，首先是由于消费主义意识形态导致的。再有一点，前几天在网上看到，有一个历史学者叫杨念群，他说在自己的课堂上，总是有学生向他提出这样的问题：学历史有什么用？弄得他很恼火。但是我觉得这个问题其实提得特别好。古代的读书人为什么不提这个问题？因为古代是学而优则仕，读书人是要做统治者的。历史是集体的记忆。如果一个人没有记忆的话，就是一个废人、一个白痴；如果一个群体完全没有记忆，那么就会处于动物的状态。所以重视历史、自觉掌握历史的人，一定是想为这个群体有所担当的人、负责任的人。而一般所谓草民，如果甘于草民位置的人，确实没必要花工夫去了解身外的民族的历史、国家的历史。所以如果那个学生对于学习历史是真的困惑的话,那么一定是一个甘于草民视野的人的困惑。所以，历史感的消失我觉得是政治意识衰弱、淡化、消失的一个结果。抗战期间，黄仁宇上中央军校,有一天上级通知他们说蒋介石要来视察。年轻人特别兴奋,想见到统帅，听听他对战略大势的见解。结果特别失望，蒋介石来了之后，一个多小时的演讲就是强调要熟悉基本战术，告诉学生不要去考虑战争、战略等大问题。黄仁宇说，蒋介石索然无趣，和一个普通的班长没有区别。我就想，如果毛主席去见年轻人，他会怎么说？他一定会说，世界是你们的，你们要关注国家大事。他希望年轻人、普通人都能承担起国家的责任。这也恰恰是毛泽东时代的一个特点，很多普通人都有强烈的政治意识，所以就会关心跟日常生活似乎没有关系的那些大问题，也就会对国家的记忆、民族的记忆感兴趣，就一定需要历史，有历史感。

赵柔柔（北京大学中文系）：祝老师、黄老师以及李松睿都谈到历史感消失的问题，我也接着这个话题谈一些自己的想法和感受。我看过李松睿的文字版稿子，所以想先替他补充一点。他提到的“历史感消失”一方面是指我们失去了对历史的记忆，但他还想强调另一个方面，就是历史感消失并不是没有人谈论历史了，恰恰相反，在今天我们看到谁都在谈历史，但有意思的是，大家谈的方式几乎是一样的。换句话说，我们不再有“另一种记忆”，复杂的，处在不同社会地位、历史阶段的人的记忆都被压抑了，大家好像只有一种“记忆”，一种被主流话语讲述的“记忆”，而这是历史感消失的另一种状态。

我在读卡尔·曼海姆的《意识形态与乌托邦》时，也看到过一些关于“历史感消失”的论述，切入点不大一样，但是描述的情形却与我们面对的现实有些相似。他分别讨论了“意识形态”与“乌托邦”这组相对的概念，将二者都看作是具有超越性的思想状况，但不同的是，前者事实上从来没有成功地实现过，而乌托邦则是“早熟的真理”，具有现实可能性。更有趣的是，这两种思想状况都出自某种具有负面性的指认。也就是说，遵守现实秩序的统治集团会把与现实事物相冲突的上升集团的理念指认为乌托邦，即不可实现的幻梦，而反过来，这种“乌托邦”则将与之相悖的现实指称为意识形态，即虚假的意识。这部写于20世纪初的书，预言了某种超越性思想消失的未来情境，曼海姆认为，意识形态的消失仅仅对于某个阶层来说是危机，但乌托邦的消失则会带来一种静态情境，人变成了物，不再具有塑造历史的意志，也不再能够理解历史。我读到这个像是“结论”的预言时很受触动，我想，经历了20世纪一系列大大小小的乌托邦实践的失败，在今天我们所处的情境中，乌托邦已经没有办法想象了，我们除了想象现实秩序的延续，很难再找到一个不同的未来。而这种乌托邦视域的消失，似乎也印证了曼海姆所说的历史感的丧失。换句话说，尽管一切历史都是当代史，但在我们无法想像另类未来的时候，这种依靠现实秩序建立起来的“当代史”就会尤其封闭。

在这种情况下，李零老师的《鸟儿歌唱》的宝贵之处，就是它恰恰让我们看到了改变单一历史想象的可能。当我们用既有话语、既有资料，只能写出相似的故事的时候，曾经生活在那段历史中的人，尤其是那些保持了某种清醒或自省的人的经验，就是宝贵的资源。之前有许多老师已经提到，李零老师的写作方法很独特，我觉得，这种写法的重要性，很大程度上在于它正是这种对抗的最好载体。它的口语化、它活泼泼的生动表达，绕开了那些过于“逻辑化”的论述所逃不掉的陷阱，因而就能冲开一条独特的路，让这些经验以最不受“感染”的状态呈现出来。这是我对《鸟儿歌唱》一个总体的感觉。

我刚刚完成的博士论文就是20世纪英语世界的反乌托邦研究，而奥威尔是我重要的研究对象之一，所以我今天的发言也主要集中在这本书前面的文章《读〈动物农场〉》上。我是在写完论文后才读到《鸟儿歌唱》，有种相见恨晚的感觉，因为它以一种非常直接的方式弥补了我许多视野上的局限和知识上的不确定，如果能早些读到，我就可以少走许多弯路。

我在写作时发现，在谈论奥威尔的时候，关键是如何能够还原奥威尔所处的历史语境，而不是被一些关于他的论述牵着走。事实上，从50年代至今，围绕奥威尔展开的文章已经非常多了，不过我在阅读的时候，发现这些文章的作者无论什么样的立场，都很难摆脱冷战的影响。当然，最常见的处理办法，是将奥威尔简化为《1984》的作者，将《1984》简化为一部反共反苏的讽刺小说。这种方式特别强大，以至于很多持不同看法的研究者，也不得不先回应这种倾向，表明自己的态度。于是，很多讨论奥威尔的文章，都围绕一个问题展开，那就是，他的立场到底是什么？可以看到，李零老师也是从这个问题入手的，但是他给了一个比较丰富的描述，说明了他的中间性，即他既有较清楚的反斯大林立场，同时他又始终以社会主义者自居。此外，他的社会主义信念以及他的行为也有很多复杂和暧昧的地方。在读这一部分的时候，我很兴奋也有些释然，因为我在论文中尝试把握奥威尔的时候曾经感到迟疑和困惑。一开始我曾经想给他一个固定的位置，但慢慢发现，尽管奥威尔可以说非常直率和单纯，但却处在一种矛盾、动荡的状态中。这个情况让我不断怀疑自己根本没有把握住奥威尔，因为我总是下意识地认为一个人应该有非常清晰的统一性，但后来我渐渐改变了，而李零老师的文章也让我对自己选择的立场有了一些自信。这就是，我利用这种矛盾性反思自身的立场，认为我之所以想给奥威尔一个定位而不得，是因为我仍然深陷于冷战思维的模式，而奥威尔的复杂，恰恰是一种“前冷战”的复杂。

这便涉及冷战的开启对奥威尔的接受情况，对“反乌托邦”的命名的影响。我的论文的一个基本判断是，“反乌托邦”是20世纪50年代才开始作为一种叙事主题进入人们视野的，而这与奥威尔有很深的渊源。其实，正是《1984》的巨大影响，以及它与《我们》、《美妙的新世界》之间的密切关系与对乌托邦写作形式的借用，使得乌托邦研究者将它们归为一类，命名为“反乌托邦”。很容易看出，“反乌托邦”的诞生是冷战直接作用的结果。举一个例子，雷蒙德·威廉姆斯指出，奥威尔一直不愁发表文章，但是他的《动物农场》写成后，却总是找不到出版商。直到18个月后，也就是当冷战开启后，这本书才突然受到青睐，产生了很大影响。这种影响是非常单一的，其潜台词是反共反苏，右翼如获至宝地将它看作一场及时的审判，而左翼的评论则骂奥威尔一路尖叫地奔向资本主义出版商。直至今日，尽管已经出现了许多尝试，如《鸟儿歌唱》等，试图呈现奥威尔更丰富的一面，更倾向于左翼的一面，但不可否认，在更多情况下，深入人们常识的是他如何写出了集权国家的样貌，进而如何批判了苏联。由此，奥威尔常与哈耶克、汉娜·阿伦特等人一起，被看作“自由主义斗士”。这令《1984》的解读常常是简单化和片面化的。

我觉得，值得注意的是左翼立场的人是怎么处理奥威尔的？在我读过的材料中，可以看到，奥威尔如同一块硬骨头，不管左翼还是右翼都被他吸引，但相对于后者的简单解读，前者则远为谨慎和复杂。当然，有一种解读仍然需要避免，就是当对抗自由主义式的解读时，有时候就会将奥威尔的社会主义者身份放大，似乎只要说明他的社会主义者身份，就可以完成解读了。这个我认为也是冷战后遗症，同样没有真正去面对奥威尔，其“拨乱反正”有“矫枉过正”的味道。与此相对，雷蒙德·威廉姆斯的态度则有趣得多,也真诚得多。他在不同时期写的文章中反复谈到奥威尔，但是每一次谈，立场和角度都有些区别，似乎必须要给奥威尔一个位置，才能够获得某种平静，然而这种平静却一再地被自己打破。

李云雷：你说雷蒙德·威廉姆斯对奥威尔的解读，是一个立场性的解读是吧，他有没有像李老师这么清晰的思路？

赵柔柔：我觉得他大致是有思路和倾向性的，但是这种思路确实不稳定，每次解释都不一样。在早期文章中，他的同情更多一些，更侧重于奥威尔的生平与时代赋予他的色彩。稍后有篇文章，详细分析了奥威尔的社会主义立场，最后的大致结论是，奥威尔并不是一个彻底认同社会主义的人。他同情下层人，喜欢流浪和将自己放在下层人中间，只不过“社会主义”给他的行为提供了一个定位，因此他自称为社会主义者，但他对社会主义的理解非常浪漫化和简单化。后来在一次访谈中，威廉姆斯又表示自己越来越不能容忍奥威尔的文章了。这是我的一点简单的读后感。

翟晓光（海政文工团）：因为我的专业是编剧，并不是做学术评论的，以前参加过云雷组织的关于影视方面的论坛。我来参加今天的论坛，就是来听大家怎么谈、怎么看李零老师的这本书。李零老师在北大讲课时，我认真学过他的两门课：一门是“孙子兵法”，另一门课是“郭店竹简”。李零老师学养丰厚，讲课深入浅出、惟妙惟肖。我来这个地方听大家谈，是因为李零老师所有的书我都在读，上下五千年写得生动活泼，四两拨千斤。我做电视这个行业，属大众娱乐，现在电视呈现的历史都可戏说，革命的历史在荧屏上也呈现出娱乐化、碎片化的戏说。我阅读《鸟儿歌唱》以及李零老师的其他书籍是想从中找到一种解答，因为我是60年代出生的，至少我亲耳听过参加过革命的那代人的口述，也亲眼目睹过那代人的风貌。因为父辈的原因，我知道到目前为止，革命带给中国的是什么。刚才大家都在讲历史，历史是条绵延流淌的长河，但现在很多媒介，包括微信中却都是只言片语，以致那些居心叵测之人，任意取一瓢来阐释自己想要阐释的东西。我自己越来越觉得方法论非常重要，因为李零老师向我们展开了这条长河的历史画卷，让你看到历史的源头、看到历史河流绵延不断的流淌，他会告诉你可能有一阶段河水沙石浑浊，但终究大浪淘沙。因为中国革命在中国的历史长河中，曾经带来希望和光明，至今它还照耀着我们。我们还是需要有一个源源不断的认识，对于我自己来说，这种认识也是不断随着年龄的增长而变得更加透彻和清晰，李零老师教给了我这种认识历史的方法论。在这里，我想重复书中 78 页的那段话：21 世纪，时光逆转，历史倒读，好像什么都可以翻案，但中国革命的案不能翻——人民英雄纪念碑还巍然竖立在天安门广场。一百年来，所有为中国革命捐躯的烈士（从秋瑾到江姐）永垂不朽！

张慧瑜（中国艺术研究院电影电视艺术研究所）：我简单说两句，其实没有想好怎么说。李老师的书一出来，就买来看，大多数文章之前也在杂志上读过，这次重新读，很受启发，又找奥威尔的书重新看。我还多买了两本书，送给学理工科但喜欢思考的朋友，因为我觉得他们应该能读懂李老师的书。这不是说这本书浅显，而是李老师用深入浅出、举重若轻的语言讲 20 世纪的大道理。李老师擅长用短句，这也是汉语的魅力之一。读起来非常舒服，书里的观点我都赞同，所以不知道该说些什么。现在图书市场上畅销的都是偏自由主义的历史读物，李老师的书能够受到图书市场欢迎，也说明时代、时势的变化。我主要谈三点感受。

第一是书的副标题“二十世纪猛回头”，李老师“猛回头”看到了什么？前一段五四青年节的时候，看到几个与北大有关的新闻，一个是总书记来北大访问，这次主要谈了传承和弘扬中华优秀传统文化的重要性；二是北大宣布要成立研究国学的燕京学堂。大家知道，现在北大的校园，建国前是燕京大学所在地，所以又叫燕园。看到这两个消息，我脑海中浮现的就是《鸟儿歌唱》这本书的最后一篇文章《历史就在你的脚下》，这是李老师给北大中文系新生讲的北大校史，看起来很正统，但在当下语境下又很另类。李老师没有讲北大出了多少国学大师、学术大师，讲的是“北大是个革命家的摇篮”，革命才是北大的精神和传统。李老师用罗列的方式提到了五四以来参加革命的北大师生，如陈独秀、李大钊、邓中夏、高君宇、张国焘等都是最早的共产党人。这还是我第一次意识到北大与共产党、与革命有如此内在的关联，这与 90 年代北大作为国学复兴、国学大师云集的形象很不一样。北大要建燕京学堂，似乎要接续“燕京”的传统，这让我想起李老师对民国范儿的分析，“燕京”也是北大的民国范儿，这显然是一种历史的错位。燕京大学并非北大的前身，北大也不是燕京大学的今世，两所民国时期的大学有着不同的历史和传统。

借北大的例子，是想说李老师“猛回头”的工作，就是要重新清理80年代以来对20世纪历史的讲述。随着八九十年代之交苏联、东欧社会主义集团解体，冷战以社会主义阵营的失败而告终。于是，近二三十年来，关于20世纪历史的讲述和评价出现了“一边倒”，就是全面批判、清算左翼、社会主义、革命的暴政和血污，这不仅使得任何关于革命、社会主义的正面讲述都变得很困难，而且为英美主导的新自由主义全球化提供了文化动员。中国虽然没有遭遇社会主义的大溃败，但文化、社会制度已经完成了全面转型，尤其是文化上。记得李老师的书中提到一个有趣的现象，蒋介石在政治和军事上反攻大陆没有成功，但文化上实现了反攻，这就是大众文化中对民国范儿和贵族文化的崇拜。这就使得新中国为何会取代旧中国，共产党为何会以弱胜强获得内战胜利变得暧昧不明。这种文化上的“变脸”也可以理解，因为社会经济发生大转折，意识形态也会跟着变。

第二，回到这本书的标题《鸟儿歌唱》，这来自奥威尔《1984》里的一句话“鸟儿歌唱，无产者歌唱，但党却不歌唱”。奥威尔用用“鸟儿”歌唱、“无产者”歌唱，来批判不歌唱的“党”。鸟儿、无产者和党确实是20世纪左翼政治的核心命题。“鸟儿”可以指个体，也可以指知识分子，无产者则是历史的主体，而党尤其是列宁式的先锋党是社会主义革命的领导者。在《1984》中党又是异化、专制的力量。可以说，党是苏联式的社会主义革命成功的关键，也是其失败的最大诱因。“鸟儿歌唱”之后，是不是“无产者可以歌唱”？无产者如何歌唱、无产者能不能歌唱？现在又是一个问题，我期待李老师能再写一本《无产者歌唱》。

第三，“猛回头”之后就是向前看，如何向前看呢？今天论坛的主题之一也是“我们时代的文化”。近期有这样几个新闻很有意思，一个是越南反华，反对越南的中资企业或台资企业；二是国家总理到非洲访问，有媒体说总理是“超级推销员”，在非洲推销中国的高铁、飞机等高端制造业；三是在上海举办亚信峰会，亚信全称是“亚洲相互协作与信任措施会议”，普京也跟着访华，和中国签订了天然气的能源大单。这样几个事件反映了近些年中国在世界中的位置发生了新的变化：一是中国也成了资本输出国，中国企业走向东南亚、走向非洲、走向拉美；二是中国也在出口高端的工业产品；三是中国从世界其他地方大量购买能源。中国很像一个19世纪末刚刚完成工业化的国家，一方面需要给本国的工业品寻找出口市场，另一方面需要进口能源和原材料。如果再加上新一届领导人上任之后倡导的从东南沿海到东南亚到非洲的海上丝绸之路带，和连接欧亚大陆的陆上丝绸之路，可以说中国已经开始构想新的亚洲和世界图景。在这张地理版图中，欧洲、美国、日本恰好是缺席的、被边缘化的。如果说西方近代资本主义文明是海洋文明，英国、美国、日本都是海洋国家，那么这种以欧亚大陆为核心的新丝绸之路将改变以海洋为中心的世界史，也许未来广州成了中国的边疆，新疆变成了中国的“沿海”。我们需要新的向“西”看，这里的“西”不是西方、不是美国，而是中国的西部、亚洲的西部。这些新闻事件比科幻小说更科幻，有点像超前的行为艺术。这也是一种很有趣的现象，就是有时候经常会感觉现实远远超出了我们的想象。

最后，我想说李老师并非为左翼、为革命辩护，很大程度上他以过来人的身份，对历史说了一些实话和公允的话。相反，他对革命历史中的复杂性，对党内残酷的内部斗争有更多警醒。在李老师对奥威尔的解读中也能看出来，奥威尔是一个左派，但对苏联式的国家社会主义又保持一种批判的态度。其实，直到今天我们也没有走出奥威尔的追问。

祝东力：我再补充两点，刚才忘说了。一个是刚才我说李零老师的文字是大白话，这个说法需要再深化一点。其实他是以大白话、家常话为素材，做了一番改造。比如说《大黑天》这篇一开头就是：“猪肉酸菜贴饼子，吃饱了。”一般大白话家常话不会这么说——枫你一会可以多谈一谈——他是经过了有意识的裁减，或者说是语言艺术的加工，和一般的闲聊、胡扯是两回事。他知青的底层经历和专业学者或思想家这两个方面，是互相制约和互相提升的关系——如果仅有底层经历的话，有可能变成王朔、冯小刚那种类型。刘力群有过这样的概括，叫做“底层造反，但拒绝升华”，他当然不是说王朔、冯小刚，是说历史上的一些现象。我觉得像王朔、冯小刚就是这样，他们有体制外边缘人的视角，但是缺少自觉的升华。他们在小胡同里游刃有余，一旦走出小胡同，来到大马路，进入国家的视野、国际的视野，就完全不能适应。这是要补充的第一点。

第二点，谈到斯大林主义的弊端，好像奥威尔是一个更正确的立场，我当然同意。但是我也想说一点反面的话，世界历史上第一个版本、第一波社会主义能搞成这样也是很不容易的。在十月革命之后第72天的时候——巴黎公社是71天——列宁极其兴奋，在雪地里跳舞，他觉得能超过巴黎公社非常了不起。所以当时就像李零老师书里讲到的，革命就像战争一样，是跌跌撞撞、绝处逢生找出路。所以说第一轮社会主义能够搞成，能够存在，尽管异化了、变“修”了，但能存在六七十年非常不容易，如果不这么搞，可能不到71天就灭亡了。

石一枫：首先还是说行文，大家都觉得李零老师的行文特别好，这个确实得承认，而且是我最喜欢的语言风格。

第一个特点是他好像每句话里面都有东西，意犹未尽，语言背后有更多的意蕴可以挖掘。还有一个特点就是态度，有什么说什么，不绕，不故弄玄虚。前一个特点需要的是学养，是人生阅历，是想问题想得更多、更远的习惯。后一个特点还是一个基本的为文和为人的态度，是文胆的问题。我特别喜欢这种既有涵养又有文胆的作品。

再多说一句，就是这种行文风格，我觉得甚至可以被视为现代汉语的典范风格。但是不知道为什么，我们现在的学术界也好，文化界也好，流行的行文恰恰不是这样的，能够掌握这种行文的人很少。比如说过去汪曾祺的语言就很好，就属于这样一种行文，他有他的涵养和底蕴。老舍也是，孙犁晚年也是这种行文。前阵我看高尔泰，高尔泰的语言也挺精到，有这个劲。语言魅力这种东西不分派别，不能说左派应该什么语言，右派应该什么语言。但是这种语言不知道为什么越来越少了，我觉得挺遗憾的。《鸟儿歌唱》这本书，光看语言就非常过瘾。

我最喜欢这本书里的文章，还是头三篇。这本书的文体非常丰富，既有书信，又有《大黑天》那样的，好像是一个小说片断，又有讲稿。讲奥威尔和《动物农场》那三篇，在我看来算是经典的文学批评。我们经常看到的文学批评，往往只能完成一个任务，就是把作家归堆儿。这个作家写性写多点，他就是下半身；那个作家写文革的痛苦，他就是伤痕文学；还有的作家写的看不懂，我们就把他算先锋文学吧。现在的文学批评常常只能做这件事。通过一篇作品的细读，然后用丰厚的知识底蕴，和明确的立场来进行解读，最后完成对文本的再创作，这样一种文学批评非常少见。

具体说说这三篇文章。首先还是作品本身值得解读，因为奥威尔的小说是非常好的寓言小说，但又不止是寓言小说，它还是预言小说，预言家的预言，这样的小说非常复杂。我们也看到过其它用小说来反映社会发展、社会变迁的作品。我记得张天翼写过一个童话叫《金鸭帝国》，写了一半没写完，那个小说就是精确再现了资本主义发展的历程。但现在看来，这种作品可能跟奥威尔还是没法比，复杂性差很多。李零老师的这三篇文章说出了《动物农场》和奥威尔这个人的复杂性，奥威尔首先是一个社会主义者，但是他在反对资本主义剥削的同时，也反对斯大林主义。当社会主义者的价值观和斯大林主义的价值观相冲突时，他最后的落脚点却变成了英美的自由民主，奥威尔可能处在一个比较分裂的状态中。

这篇文章给我的启示，就是写出了奥威尔这个人的复杂性，同时也写出了《动物农场》这篇作品的复杂性。现在很多文章，往往把作品理解得特别简单，或者把历史理解得特别简单。我记得我刚开始读奥威尔的作品时，真是把他当成一个反社会主义的小说来看的，因为所有人都告诉我奥威尔是一个反社会主义作家。李零老师的文章还原了复杂的作品的复杂性，这就是文学批评的价值。谢谢。

卢燕娟（中国政法大学人文学院）：我接着一枫师兄说一点，李老师这个书带给我最大的兴奋点，是他提出战争与革命就是20世纪的主要问题，这恰好和我博士论文的视野有相通之处。我博论从中日战争的视角来做延安文艺，这里面的一个核心问题是现代中国的战争和革命问题，以及战争和革命问题与文化的关系。因此，我当时看李老师这个书就有两点很遗憾：第一是我做论文时如果看到这个书，我的论文会做得更清楚；第二就是我论文答辩的时候如果李老师在场，可能就不会受到我们老师那么大的质疑。

那么这里我想提出两个问题，其实是两个层次的问题：一个是启蒙和革命与中国20世纪本身的关系，这是一个革命历史中的问题；一个是启蒙和革命的关系，在中国历史当中的定位和叙述，而这个是后革命历史中的问题。

在前者的问题里面，我想很大程度上可以用李老师所说的大道理——残酷的战争环境——解释很多带有根本性的问题：一方面，革命和战争使启蒙和革命不是对立物，而首先是共生体，启蒙和革命的结盟成为中国独立解放的途径；另一方面，这个大道理解释了中国革命内部的一些问题，在做论文的时候，我也会从这个视角来反思中国革命，比如说官僚主义，比如说新的权力关系和权力腐败。我在看李老师书的时候，尤其对自己论文不满意，也从中产生了我想向李老师请教的第一个问题，这个问题从您所说出的奥威尔的矛盾和奥威尔恐惧的地方产生：我们今天重新讨论历史，一方面当然就是重新挖掘历史的合理性，还历史以公正，但是我想同时也应该为未来找一个出口。从这个角度，我们是否可以探讨从主观因素来说，革命方案本身和革命实践本身是否有更深的内部问题，而不仅仅是在残酷的战争环境来理解其各种困境？历史是否存在可从内部结构中反思甚至批判的地方？

第二个问题，对启蒙和革命关系的历史定位，其实这是后革命时代一个大问题。今天特别好玩的一个现象，社会上有一个不知道由谁倡导，但大家都很认可的共识：革命左手干掉了自由民主，所以革命是专制的；右手毁掉了传统文化，所以革命是激进的。李老师您已经做了关于启蒙与革命问题在欧洲历史、世界历史视野中非常详尽的解释，事实上具体到中国，也是您所说的新的混淆：最早自由和民主进来，判断传统中国是专制，是自己的对立物。然后革命完成了——不管我们叫对启蒙的超越还是升华——但无论如何，反封建在这时候是启蒙和革命结盟的共同任务，差别仅是方案、力度不同。但是今天非常好玩，自由主义和封建主义传统都成了革命的受害者，然后作为革命的对立面获得了合法性。我想听李零老师做一个更深的解释，今天这种所谓复兴传统也好，所谓新保守主义也好，它的实质是什么？或者说它和新自由主义结盟的一个更深的内在逻辑是什么？

李零：听大家提了很多问题，很多意见都非常好。在这本小书中，很多问题都没有回答，也不一定回答得了。我觉得，作为一个知识分子，我做不了太多的事，因为我不是一个政治家，但是我希望我能做一点我能做的事，比如反洗脑的工作。纪苏说，我们这代人生活阅历很丰富。其实，我之所以热爱读书，主要是为了逃避现实生活。我读《动物农场》，主要是因为关于这本书，很多人的印象太离谱，我之所以出来讲话，大半都是因为躲不开。

黄纪苏：很多人的印象是什么样？

李零：就是像连环画似的，什么杀人史罪恶史，他就是用苏联的历史来注释这个，这些杀人史当然很容易找材料，甚至可以画成连环画，而且毫无疑问，《动物农场》50年代的时候就是CIA制造的一个东西，虽然我说他是很复杂的，奥威尔这个人是一个告密者，但是他这个告密者，是他真诚地就要告密，所以才要分析他。所以我写这个文章的时候，我不怎么看大家评论，但我有一个精心的准备，我说奥威尔是一个左派，你们想办法讲成右派就行。后来听说余世存读了以后，余世存反而说，他们谁来攻击李老师我要出来辩护。所以其实我自己也非常矛盾，最主要的是共和国的所有历史我都见过，他来给我讲一个根本我不能接受的事情，我当然要说话。比如说我到美国芝加哥大学，都是芝加哥学派经济学家，其中一个经济学家跟我说，你为什么能当教授，你肯定是共产党！我说为什么我是教授我一定是共产党？我恰好不是共产党，他说我听说只有共产党才把好处都给自己，你能当教授就是说你是共产党。我说你错了，我说你认识的另外一个教授是我们学校的，那是你的好朋友，你以为他是谁，他就是共产党。我说我们中国共产党员可能是一个工人，可能是一个农民，都是很普通的人。他们总在说这种没常识的话，我见过各种各样的共产党，当然也有那些贪官污吏，现在恰恰反党的人都是共产党员。

黄纪苏：刚才有朋友提到了李零的写作风格，我也挺感兴趣的，我很想知道这种风格是怎么形成的。文化学术界这几十年一直是洋腔洋调的天下。这件事说到底，还是私心较重，忒把自己当回事了。我曾经读过一个外国人研究化学语言的形成，据他看，之所以形成高墙深堑的专业词汇，也是此道中人怕外面人进来分享了利益。这些年文化人无论是为了把人吓跑，还是为了弄张入场券，也形成了一种近似暗号和黑话的文风。这方面，倒是有些自由派好些，因为他们要传教，传教就得让人听懂，不能把人都传跑了。按说新左派也是传教，可文风却比较艰涩。自由派传教，说西方这么好、那么好。新左派传教，说西方这不好、那不好；但你说西方这不好、那不好，肯定没人听。于是只好说，这可是西方人说西方这不好、那不好，而且还不是卡尔·马克思说的，是卡尔·施密特说的。为了增加说服力，于是用一种像是被西方群鬼附体的样子批评西方。说白了，在美元对人民币一比八、一比九的年代，中国读书人都吃这个，越艰涩、越费解、越绕道，他越爱听，你跟他说数来宝他才懒得理你呢。那么现在中国崛起了，这种文风是不是改了呢？那天有人跟我打听“新左派”是怎么回事？我想了半天不知道怎么回答，因为我觉得现在哪儿还有“新左派”呀。后来读了几篇年轻人的文章，黑压压的还是洋腔洋调，曲里拐弯也在批评西方、肯定中国。这下我明白了，“新左派”文风已变成学术稻粱谋了，拿它评职称、申报课题唬人绝对是件利器。所以，我特别想问问李零，他这种明白晓畅的文风是怎么练成的？我猜想个人性情可能是个原因，大家都想解放全人类的时候，他却想当隐士。也许自居边缘的心理、旁观冷笑的性格，会让他跟语言的时趋对着干吧。

李零：不止是边缘。在座各位很多都是搞文学的，我觉得文体问题确实值得讨论。写作，很重要一条是“我手写我口”，你要写最干净、最简单的语言，必须截句、删字。当然有时候截得太凶了也不好。还有一条，我比较顽固，尽量不用台湾的词。

祝东力：现在很难避免，比如说“考量”、“在地”可以避开，但“认同”这个词也是从台湾过来的，就很难避免。

李零：“认同”，我倒还用。其实，我觉得各地方言都特有生命力，纯粹普通话特别干瘪。

黄纪苏：刚才东力提到知青这一代人，定义比较精确，就是从 1947 年到 1952 年。中国现当代史出现多次断裂，因此代际、年龄的考察非常重要。比如一个 15 岁的人和一个 50 岁的人，都被从民国一下子甩进新中国，他们的适应过程和结果会是很不一样的。就说民国的作家、艺术家吧，郭沫若、茅盾、沈从文进入新中国后，基本就写不出什么太像样的文艺作品了。大家都说这是因为环境，有一定道理，但也不尽然。比较年轻一点的民国文艺青年进入了新中国后，也有闪闪发光的，像汪曾祺和雷振邦，我想他们就算去了台湾也未必比留在大陆更有艺术成就。太老了只有“折”，没有“变”；太小了压根没在三岔口，也谈不上变。变是从一种状态到另一种状态，需要当事人对两种状态做思想上、情感上的整合。两种状态差距越大，整合过程越具张力，整合结果越不同凡响。

李零：19 世纪 80 年代，人家说看我文章，以为我是一个老头，我写过那种八股文，自己觉得挺讨厌。

黄纪苏：你现在写学术文章和 80 年代写学术文章，基本上风格会一样吗？

李零：差不多，那种东西只能这么说。

陈轩（清华大学中文系）：还有一篇特别重要，就是写北大那篇。现在一说北大的历史就是胡适怎样怎样，李老师在文章里面也是跟现在的潮流唱反调，点出其实北大是革命的，毛泽东也是北大的、鲁迅也是北大的。但北大的革命传统传到现在，所有人都不愿意谈这个了，北大自己讲校史着力突出的也都是民国范，李老师最烦这个民国范。刚解放时，中研院 81 个院士，真正跟蒋介石一起去台湾的只有 5 个。北大出版社出过一本《老北大宿舍纪事（1946—1952）：中老胡同三十二号》，有一位作者是胡适夫人江冬秀的外甥，就是江泽涵的儿子。他写当时胡适让他们去干什么，或者跟他们说什么话，他们都不会听的，因为胡适那个时候是少数派。但是咱们现在看到铺天盖地的胡适可是压根不能惹的，一碰就有无数人来护法。我就觉得特别是《环球同此凉热——我的中国观与美国观》那篇，对矫正现在的世界观特别有意义。我现在在当学生的同时，也做一点出版，咱们的图书市场前 20 名全部是龙应台、柴静这些。《鸟儿歌唱》这书是有点把李老师放在火上烤，其实也挺对不住他。我觉得今天大家的各种观点，好多都与李老师平时的意见接近。

李零：我觉得跟年轻人经常在一块聊聊挺好。

陈轩：是挺好，希望有更多的东西出来。这里得批评一下云雷，就是《北京青年报》刚发那个关于学者散文的文章，提出这个现象很及时。但是上海那边就有人说本来刘禾、韩少功还有李老师都是要竭力摆脱学术论文体的束缚，结果你又要用论文体来评他们，不合适。讲究修辞与问题的普及性，其实很重要。

黄纪苏：刚才说到“反潮流”，我猜想李零性格上就有不合群的一面。你想当隐士应该是 60 年代吧？

李零：1964 年。

黄纪苏：大多数人总是趋时的，违时是要付出代价的，所以我比较欣赏“独立的人格”，虽然已经被说得臭一条街了。什么是独立人格？就是不跟着大拨起哄，就是敢于凭吊叛徒，敢于给被枭首的收尸，别人都欺负你他却来安慰你，而不是“文革”早已成为传说之后，声嘶力竭地讨伐“文革”。独立人格需要见识，但更需要担待。记得有位学者谢泳研究中国自由主义的历史，给舒芜先生写信，希望老先生提供点三四十年代的信息。舒芜回信说，当年我们青年人没人看得起胡适那些人，共产党才是当年的自由主义，因为人家很多人在雨花台、龙华牺牲了。这也是我为什么比较欣赏李零在《河殇》不可一世，大领导都开始原文背诵《独立宣言》的时候向它打冷枪，在各级干部读佛经、讲孝道的时候嘲笑嘲笑传统文化。

李云雷：时间已经超了，咱们看还有什么，李老师来一趟不容易，还有什么最想问李老师的问题？

李零：最近有一件事让我感觉到有点震撼。我不知道你们读过盖达尔的小说没有。小时候，儿童读物很多，最吸引我的是盖达尔。我的记忆发生了一个错误，我曾以为他是在诺门罕战役被日本人打死，后来查了一下，原来他是死在乌克兰，被德国鬼子打死的。我万万想不到他跟叶利钦时代那个把苏联搞垮的盖达尔有什么关系。

石一枫：那好像是一个经济学家。

李零：对，他就是我崇拜的那个小说家的孙子。

石一枫：那是个苏联的儿童作家。

李零：我没有想到这个把苏联搞跨的盖达尔竟然是他孙子。

李云雷：特别感谢李零老师！今天讨论也比较深入，从李零老师这本书谈到很多问题，谈到20世纪历史，李老师把一些被遗忘的包括被边缘化的历史，重新打捞出来带入到现在的时代，让我们重新去思考历史、思考革命，包括李老师文体上的探索和创新，我觉得特别能给我们启发。我希望这只是一个开始，也希望我们以后能有机会多跟李老师交流，好，谢谢大家，今天论坛就到这里结束。

（根据速记整理，经过本人校订）

青年文艺论坛2014第七期

主旋律文艺生产的变迁

主持人：李云雷（中国艺术研究院马克思主义文艺理论研究所）

时　间：2014年7月17日（周四）14：30—18：00

地　点：中国艺术研究院334会议室

主　办：中国艺术研究院马克思主义文艺理论研究所

编者的话

主旋律文艺作品，是20世纪中后期，尤其是90年代以来，我国文艺实践中一个非常独特的现象。在1987年3月的全国故事片厂厂长会议上，首次提出了“突出主旋律，坚持多样化”的命题，而到了1996年的《中共中央关于加强社会主义精神文明建设若干重要问题的决议》，则正式将“弘扬主旋律，提倡多样化”确定为国家文艺政策。

然而，主旋律文艺作品，并不是一成不变的本质化的概念，从90年代的《大决战》到近几年的《建国大业》、《建党伟业》，在主旋律的内部也有着复杂的演化层积过程，在不同的历史时期，主旋律文艺作品的生产、传播，乃至接受和消费，都有着各自的特点，并发挥着不同的功能。主旋律文艺在其发展历程中，吸取了各个历史阶段，尤其是经过市场检验的、成熟的文艺产品的各家之所长；它自身的一系列特点，也影响了新世纪以来持续热播的红色题材影视剧等文艺样态的形成。

本期论坛，旨在通过梳理主旋律文艺作品的流变，探讨其发展规律，深刻认识主旋律文艺的本质，从而在当今发展文化产业、提升文化软实力，推动社会主义文化大发展、大繁荣的时代语境下，为主旋律文艺的未来发展，提供建设性的思路和建议。

李云雷：这是我们青年文艺论坛的第三十八期，主题是“主旋律文艺生产的变迁”。为什么选择这个题目，我简单说一下缘起，前一段时间我们中国艺术研究院组织看了一个影片，看完之后，祝老师说我们可以讨论一下主旋律生产的问题。我们看的那个片子叫《天上的菊美》，去年我们也组织观看了《周总理的四个昼夜》，也是主旋律影片。这是两部拍得不算太好的主旋律作品，但是我们觉得“主旋律”现象，及其新的变化还是很值得重视。我最近也看了一些关于主旋律的研究，这方面的研究也不多。刘复生的博士论文写的是“主旋律小说”，后来出了一部书叫《历史的浮桥——世纪之交主旋律小说研究》，是2004年写的博士论文，主要研究新世纪前后。他的论文写的很不错，因为在那个时候，甚至到现在都很少有人把“主旋律”当做一个研究对象。因为在我们一般“纯文学”的艺术观念里面，“主旋律”很难被纳入到纯艺术的、文学的角度来讨论。所以我觉得刘复生的研究是很重要的，当然跟他自己的经历有关系，刘复生曾在山东电视台工作五年，他的工作也是策划电视剧等等，跟电视剧生产有直接的密切的关系。所以他论文主要是研究主旋律，我把他书中的章节给大家念一下，看看他大体思路。他的序论叫“作为文化战略的主旋律”，然后分为五章，第一章“主旋律小说创作与接受”，后面是分类的，第二章“历史的转折与新小说的意识形态”，第三章“新改革小说——改革的后果及其意识形态表述”，第四章是“反腐败小说——触摸意识形态的极限”，第五章“军事文学——国家的自我意识与历史记忆”。他前面主要是从生产与接受的角度总体概括，后面分不同的类型对主旋律小说做出分析，我们杂志上也发表了他论新改革小说那一篇。

祝东力（中国艺术研究院马克思主义文艺理论研究所）：它的时间跨度是？

李云雷：世纪之交，就是2000年前后。当时我对刘复生印象比较深就是他对反腐败小说的研究，当时像张平的《国家抉择》这些是比较流行的小说。他分析反腐败小说的内在的程式，包括正反面人物的设置、情节的走向，都有一定的规则。他所说的“意识形态的极限”其实也涉及这个问题，就是到最后，故事结局总会有一个比腐败分子更高一级的正面形象出现，把问题解决，包括里面也写到双方斗争的策略，这就跟后来的官场小说不一样，反腐败小说里面还是有好人，其实更多是承续了80年代“改革文学”那些叙述的策略。这些反腐败小说既直接面对腐败的现象，同时又把它限制在个别人或者个别地区、个别集团上面，不会对社会的整体造成有危害性的论述。所以刘复生称之为“触摸意识形态的极限”，就是通过这些叙述程式、成规这样一些叙事学的范畴，去探讨意识形态的问题，这是复生主要讨论的问题。

另外前两年张慧瑜也写过一篇文章，谈“从主旋律影片到主旋律大片的嬗变”。他主要针对这几年的现象，像《建国大业》、《建党伟业》这些影片，它们是运用市场的方式来运作主旋律影片，这跟以前我们理解的主旋律影片很不一样，跟《三大战役》、《焦裕禄》这些主旋律影片很不同。慧瑜这篇文章抓住了一个很好的现象，做过不错的分析。我自己也写过一篇文章，当时《电影艺术》约我谈《建国大业》，我文章的题目就叫“《建国大业》：新的模式及其限制”，主要是说《建国大业》，是为了应对中国的大片与好莱坞大片而生产出来的一种“主旋律大片”，在整个运作过程中它运用了大片的一些做法与元素。但另一方面，它其实又不可复制，因为当时导演韩三平他们都在电影界有特殊地位，所以《建国大业》的这个模式大片其实不可复制，只能是特定的导演、特定的影片公司才能制作这样的主旋律影片。除了这些主旋律大片之外，还有一些别的艺术性的主旋律影片，像祝老师也写过关于《铁人》的文章，像《铁人》影片其实也是主旋律影片，但它是跟市场化运作不一样的另一种方式，应该是主旋律与艺术片的结合，包括《铁人》，包括也是刘恒编剧的《张思德》这样一些影片，它其实也跟我们以前说的主旋律不一样，它会加入一些更加艺术性的元素，这可以说是主旋律的一种变形。

所以我们今天来讨论“主旋律文艺生产的变迁”，是想梳理一下最早从延安时期到“十七年”，一直到80年代以来“主旋律”的一些变化。

祝东力：电影里面的类型在文学里面有没有对应？比如偏商业化的主旋律作品或偏文艺的主旋律作品。

李云雷：有，其实有点像，最早张平拍成电影《抉择》那个小说《国家抉择》，当时他有一个创作谈就写到他的创作方式就是主旋律加市场化。

石一枫（《当代》杂志社）：陆天明。

李云雷：对，同样的，这是一种类型，另一种类型就是主旋律跟艺术小说结合的方式，比如像我们最近还开了海飞小说的研讨会。海飞也写抗战，但是他用比较艺术化的方式来触及这个主题，海飞两个长篇基本上都是这样写的，前年有一部叫《向延安》的小说，今年他写了一部小说叫《回家》。虽然他的题材和主题还是与“革命历史小说”很像，但是他用一些新的叙述方式，包括新的角度，我觉得这可能也是将来发展的一个趋向。包括像李修文他们创作的电视剧《十送红军》，也是用比较艺术化的方式来处理主旋律。

主旋律这个提法其实是19世纪80年代提出来的，具体来说是87年电影界提出“弘扬主旋律，提倡多样化”这个口号，也是一种文艺政策。这个口号的提出针对的是两个方面，一个是八五新潮之后先锋艺术探索比较多，更加偏离了主旋律；另一个就是娱乐类的作品越来越多，尤其是电影，87年娱乐片特别多，所以电影的娱乐功能得到突显，当时很多人写的文章，包括李陀也写过，谈电影的娱乐功能，当时包括戴老师等人也都为电影的娱乐功能辩护。所以，主旋律的提出，是针对这样两个现象，从我们国家的角度、从意识形态的角度来谈总体上的文艺的方向。我就先谈这些引子，希望大家从不同角度谈谈对这个问题的想法。

祝东力：我接着云雷谈几点。我查了一点资料，在1987年3月全国故事片厂厂长会议上，当时的电影局长滕进贤提出“突出主旋律，坚持多样化”——当然这跟后来的提法不太一样。过了九年之后，1996年《中共中央关于加强社会主义精神文明建设若干重要问题的决议》将之正式定为一项国家政策，表述为“弘扬主旋律，提倡多样化”，这算是一个缘起。

云雷刚才说的特别对，之所以是在1987年，在电影界提出这个口号有特殊的时代背景。但这个背景还要再往前追溯，追溯到“文革”后期。在“文革”前，从延安时代以来一直到“文革”初期，都是一个非常特殊的政治共同体、社会共同体、文化共同体，党领导一切，包括文艺。用毛主席在《延座讲话》里面的话来表述就是：我们有两个战线，有军事战线、有文化战线，有拿枪的军队、有文化的军队。这是在战争年代形成的局面。当然，在那个时代，从延安时期一直到“文革”初期，多样化也还是存在的，因为作为一个社会毕竟有不同阶层、不同界别，多样化肯定是存在的。但是多样化在那个时候确实不构成一个问题，而是从“文革”后期开始，这个问题出现了，而且不断积累。比如说“文革”后期流传着各种民间故事，我们小时候就听大孩子讲各种故事，什么《一双绣花鞋》之类，都是一些不太入流的，带有一定悬疑、惊悚、暴力、情色因素的故事，是当时官方意识形态和出版体制不能接受的东西，但是在民间很流行。还有比如说手抄本小说，最有名的是《第二次握手》，还有郭路生、北岛他们的地下诗歌，以及“文革”结束后邓丽君的流行歌曲，一直到80年代中期武侠言情小说的流行，还有刚刚出现的电影娱乐片等等，开始成为一种不能回避的重要现象。特别是在电影界，80年代中后期主要的大众文化形式是电影，电视还不是特别突出，电视节目和电视剧还很少，所以那时在电影界提出这个口号是特别有针对性的。这说明，战争年代形成的那个文化共同体内部出现了根本的变化，为了应对这种变化，执政党领导文艺的方式也出现了重大调整。执政党以前管理文艺更多是采取行政手段，比如建国之后批《武训传》、批胡风、批《清宫秘史》，以及关于《红楼梦》的讨论，都是用一种行政化的手段来直接对文艺创作、研究和传播进行干预。而80年代的这个口号标志着执政党想用文艺的手段去调控文艺、管理文艺，而不再采取行政命令的方式。这有点像经济领域的转型，过去是一种指令性的经济，但是从八九十年代以后更提倡用经济手段，用财政、金融的手段去调控经济。应该说，这是新时期以来执政党管理社会方式的转型在文艺领域的一种体现。

这种“主旋律、多样化”的提法只能出现在现代社会，传统社会不会有这种东西。当然传统社会也有官方文艺，比如从南北朝到隋唐有宫体诗，是达官贵人的创作，内容空洞苍白，形式典雅华丽，风格非常统一；到明代还有台阁体诗，包括书法都有这个传统。但是跟主旋律的区别在于，宫体诗或者台阁体诗，并不直接面对整个复杂的文艺形态，不直接面对社会公众，也不具有对整个文艺生态、文艺格局进行宏观调控那样的自觉意识，那样的使命和任务，它主要是宫廷权贵和大臣的自娱自乐。所以主旋律这种现象，包括执政党管理文艺这种现象，还是所谓民族国家出现之后才会有的现象。但是西方又不太一样，西方在民族国家内部还有一个市民社会，所以国家并不是全能型的，并不能管理一切，市民社会带有自治的性质。因此只有社会主义国家，也就是说，只有全能型的举国体制的国家才会有这样的现象。另外，主旋律作品有成功的、有失败的，早期有很多成功的文艺作品，比如延安时代，像《白毛女》极其成功，成为文艺史上的经典。主旋律作品成功的前提是执政党的意识形态必须和作家、和创作者个人的真实感情及思想完全对接、完全吻合，只有这样创作才能成功。否则，比如到“文革”后期那些新创作的电影，比如《闪闪的红星》、《火红的年代》之类，这些电影当时在我们小伙伴中间一定程度上已经是一种笑柄，大家觉得比较假大空，觉得破绽很多。其实经过“文革”那样的动荡和曲折之后，文艺工作者的思想感情跟“文革”前已经很不一样了，但这时要求他们表达的主题思想却跟以前没什么区别，他们要完成这样的任务的确有点力不从心。所以说当国家意志和个人的思想感情有一定距离的时候，国家意志不能化作个人思想感情的时候，各种假大空就可能会出现。这不是主旋律文艺本身的问题，但主旋律文艺的确往往会出现这样的问题。这两个方面我觉得都要讲。

石一枫：我想探讨一下主旋律的概念界定问题，什么叫主旋律？您好像把“文革”以前的作品都放到主旋律里了。

祝东力：如果下一个简单的定义，可以说：来自执政党——延安时代也是执政党，体现执政党或国家的意识形态或者国家意志的文艺创作，就是主旋律。

石一枫：我对这个可能有一点不一样的看法，我不觉得革命文艺就是主旋律。

祝东力：不是革命文艺，革命文艺比如在造反和暴动的年代，也不是主旋律。

石一枫：对，我也不觉得执政党的文艺就是主旋律。从1949年一直到“文革”结束，这段时期的革命文艺，党指导的文艺好像都不是主旋律。因为这时候只有一个旋律，一个旋律是不分主次的。主旋律提法是一定要在出现多个旋律之后，才需要告诉人们有一个主旋律，我觉得肯定还是在80年代以后才出现的。

祝东力：是，没错，但是我刚刚讲，主旋律从延安时代、从十七年都能找到一以贯之的脉络。

石一枫：您刚才说的《白毛女》，我反而觉得它是非主旋律。因为《白毛女》是建国之前产生的作品，那个时候的主旋律是国民政府所主导的旋律。

祝东力：这没有问题，但是从《白毛女》一直到现在的主旋律，还是有一个一以贯之的东西。

石一枫：但是我觉得主旋律应该是80年代之后的概念。

祝东力：这是对的，我刚才讲战争年代形成的文化共同体，从“文革”后期开始直到80年代，有一个重要的变化。

石一枫：对，就是说当革命文艺不再是唯一的旋律，当党的声音不再是唯一的声音之后，党才需要告诉你什么才是主要的旋律。80年代以后，虽然咱们不敢说国家觉得自己对不起知识分子，但是知识分子肯定觉得国家对不起自己。这个时候社会上出现了更多的旋律，国家也退了一步，告诉你说，我允许你存在，但我的底线是你要承认我是主要的旋律。我觉得可能是这个逻辑。

何吉贤（中国社会科学院《文学评论》杂志社）：我觉得我们的讨论一开始就涉及到了今天要讨论的议题的一个蛮核心的问题，就是怎么理解“主旋律”的问题。刚才祝老师和李云雷提到，说主旋律是1987年提出来的，这应该是一个历史事实。但当我听到时还是有点吃惊，在我的印象当中并没有那么早，好像本该是在90年代中后期之后，才会有关于主旋律的说法，比如说“弘扬主旋律”，主旋律的创作在那之后才慢慢被强化。我个人的印象与历史事实之间的差异可能会提示我们注意另一个问题，就是1987年电影界提出“主旋律”的问题，经过90年代，新世纪的十年，到现在还在说，“主旋律”是有一个变化过程的，在每个阶段其联系的背景和强调的内容可能都有所不同。这点要特别注意，不能一谈“主旋律”，就似乎有一个固定的内容，在侧重点和内容所指上，肯定是有变化的。

前面祝老师和一枫谈到的问题，我在总体上还是同意一枫说的，就是说在革命文艺与“主旋律”之间还是要做一个区分，两者是不一样的。怎么理解这个问题？我觉得主旋律的提法在一定程度上是刚才孙佳山说的“后社会主义”时代、“后革命”时代，或者更具体说，在一定程度上“去政治化”趋势形成之后才出现的，就是说革命政治已经终结了，政治可以由技术意义上的“治理”来代替，所以有众声喧哗、有杂音、有主旋律，等等。

这里面我觉得还有一个区分是蛮重要的，就是说政党和国家的功能的区分。我们不能在政党和国家与文艺的分别关系之间画一个等号，我觉得一定程度上“政党国家化”以后，政党对文艺的主导功能，主要是通过国家这个中介来体现的，即政党要通过国家这个中介然后再跟文艺发生关系。

祝东力：“政党国家化”是什么意思？

何吉贤：“政党国家化”是现在政治理论讨论中经常使用的一个概念。我的理解有两个层次：一个是指革命党向执政党转变过程中出现的一种变化趋势；另一个则与全球性的政治危机有关，即在所谓“代表性的断裂”之后，政党与具体的政治目标、政治理念、被代表人群之间的关系出现了深刻变化。这里不便进行更多的讨论，但有一点可以指出，经过六十多年的执政，执政党本身也发生了某些变化。

祝东力：那应该是政党行政化，因为国家也是可以有意识形态的。

何吉贤：这是有差别的。政党行政化只是政党国家化后的表现方式之一。两者有重大差别，行政化只是一种现象的描述，而政党国家化是个理论问题。

我们暂且把这个讨论先放下，让我把刚才的话继续说下去。

我们怎样才能理解到了90年代末期，尤其是到了21世纪之后，在诸如电影生产等领域，大量资本的介入？我指的是国家资本，或者是一定程度上通过国家资本转换过来的别的资本，进入到文化生产里面，主旋律文艺生产跟这些资本之间是一种什么关系？这些资本的引入给主旋律带来了什么变化？影视生产领域这个表现比较明显，在其他领域，比如文学创作，可能没那么明显。因为文学创作毕竟是比较个人化的，不像影视生产，需要大量资金支持，但通过评奖、基金等方式，国家也可以对文学创作进行这种或那种方式的扶持、引导。所以我们一方面说经历了政党国家化之后，政党对文艺生产的介入方式发生了变化，政党的意志的体现方式发生了变化；另一方面，我们也看到，在文艺生产的各个领域，国家正以各种不同的方式介入，它产生的作用是多方面的、多元的，有时并不仅仅是政党意志，甚至不仅仅是国家意志的完全体现。这个可能还需要进一步分析。

祝东力：这个国家是 state 还是 nation？

何吉贤：应该更靠近 state 吧。不是一种民族国家意识上的国家概念，更多的是作为一种国家机器和权力、行政管理意义上的国家，所以我说这个过程是与“去政治化”的过程相伴随的。“政治”在里面是什么？“政治”的价值是什么？可能并不清楚，也许是空的。

祝东力：行政化比较准确。

何吉贤：行政化是表象之一。这里需要特别注意的是在文艺生产中国家的功能问题，刚才已经提到，它是一个组织者，是创作者和接受者之间的一个中间环节，但我们千万不能想当然地认为好像国家意志是一个什么固定的东西放在那里，等着人去体现。不是的，国家意志本身是一个多种价值、声音、利益的博弈场，是在不断搏斗中呈现出来的。我举一个例子，奥运会开幕式，请张艺谋来做，好像是要做一个国家形象工程，这是主旋律吗？或者是哪种意义上的主旋律呢？在这里面，我们也知道，它其实是允许与非常主流的核心价值观之间存在一定的缝隙，甚至对抗的。这又说明了什么？

我再举一个例子，在学术研究领域，比如说鲁迅研究，在1991年之前，每逢鲁迅诞辰逢五逢十的纪念日，国家最高领导人都会出来讲话，这是个仪式性的东西。不仅对中国现当代文学、现当代文学研究，对国家的意识形态主导权，也是一个标志性的活动，但1991年江泽民主席讲了一次以后，就再也没有了。

祝东力：因为1992年开始建立社会主义市场经济，跟整个社会生态发生变化有关系。

何吉贤：这也关系到我们怎么样理解国家在文艺生产、文化生产、学术研究甚至在意识形态领域，它的做法、功能和活动方式，实际上在发生的变化。主旋律的背景就是在这样一个变化中出来的，从这点上理解，我觉得主旋律的说法，一定程度上确实是社会和政治变化的产物，它有一个过程。

孙佳山（中国艺术研究院马克思主义文艺理论研究所）：我觉得可以从实例的角度来回应一下。刚才云雷是正着往下推，我觉得套用马克思的逻辑，"猴体解剖是猴体解剖的基础"，我们也可以倒着往上推，就先从《建国大业》和《建党伟业》说起。简单地说，正如张慧瑜曾说过，《建国大业》和《建党伟业》是具有"主流大片"特色的主旋律影片。那么"主流大片"有哪些特征呢？借用云雷刚才说的，现在的官场小说中已经没有"好人"了，就是说在过去的反腐小说里，还是要反贪官，反个别的坏份子，到了现在的官场小说则全都是坏蛋。而在具有"主流大片"特色的主旋律影片中，经过大片化之后，在《建国大业》和《建党伟业》等一系列作品中，某种程度上，已经没有明显的"坏人"。比如说，我们在90年代看《大决战》、《渡江战役》之类的主旋律影片，在塑造反面形象的时候是比较有特色的，有一些很经典的台词。例如蒋介石视察工作的时候，抓到了一帮在长江防线工事里打麻将的国军将领，然后蒋介石索性坐到麻将桌上和那些将领打了几把，一顿赢，然后大致说：打牌你不行，打仗我不行，长江防线就交给诸君了。尽管这其中已经渗透进了那个年代市场化改革的一些无意识，但是那个时候，至少国民党还是一个清楚的反面形象。那么，再看《建国大业》或者《建党伟业》，我印象特别深的，是蒋介石和在上海打老虎灰头土脸的大公子蒋经国的对话。小蒋很愤青地说要收拾党国败类，然后他爹意味深长地说：反，亡党；不反，亡国。难。然后就是一片秋风萧瑟。这显然不是清晰的反面人物形象。另外，在镜头语言等技术层面，我印象比较深的是，比如说《建党伟业》里面，陈公博带着情人来开中共一大之前住宾馆的那组镜头，我看着十分眼熟，忘了是哪部好莱坞电影了，就算不是赤裸裸的抄袭，恐怕也是相当程度的"借鉴"了人家既有的成功桥段。比如说，陈公博带着情人坐电梯上楼的那组镜头，电梯在上升过程中，每到一层都有黄色的光芒晃在他们脸上，幽黑和昏黄交替的很有节奏，熟悉好莱坞电影语言的朋友都很好判断。后来他们进房间，隔壁又有枪响，偶遇凶杀案。这一系列惊悚镜头要交代的，就是陈公博缺席一大的原因。我们也看不出这其中有什么太负面的效果，那么吓人干嘛不跑啊。

从优点的角度说，坏人形象确实不像过去那么标签化了。这种转变，实际上相当程度还是借鉴了好莱坞式的话语逻辑，就是坏人也有人性，也有血有肉，所以国民党其实也不容易，大家都不容易，那共产党为什么超越了国民党的不容易？恐怕目前的“主流大片”式的主旋律影片还不那么让人信服。

石一枫：你说《建国大业》这种电影借鉴了好莱坞电影的一些方式，可是我接触的很多搞电影的人认为，实际上借鉴好莱坞电影方式最彻底的反而是《小兵张嘎》和《董存瑞》那个时代的电影。那个时代的电影就是借鉴30到50年代的美国片，有的基本上就是照抄。

孙佳山：你说的很对，我也同意。这恰恰是我要倒着往上推的目标。《小兵张嘎》也好、《董存瑞》也罢，这些英雄人物形象的确立，有一个自我成长过程，而这个过程和从延安时期到十七年的人民性话语建构是同构的，也是让人信服的，它们当中的正反人物都是让人信服的，而现在恐怕真做不到。

顺着云雷刚才提到的思路，我的第一个观点，就是主旋律是后社会主义时代的产物，但并不意味着在改革开放这三十多年中，主旋律就是一成不变的，好像一提到主旋律就是如何如何，主旋律内部也有一个复杂的演化层积的过程。

鲁太光（《长篇小说选刊》杂志社）：我插一句，咱们今天讨论的关键词就是“变迁”，咱们能不能把这个“变迁”的过程捋一捋。

石一枫：除了变迁，还有领域的不同。

孙佳山：我跟太光的思路是一样的，想先从电影和电视剧的角度把主旋律的“变迁”过程倒着捋一下。在《建国大业》、《建党伟业》这一波变迁过程中，在面向好莱坞的院线改革的时代背景下，很多好莱坞类型的东西进入到了主旋律中，这在改革开放之后的主旋律中，是前所未有的。这是我要倒推的第一个标的。

第二个标的，是世纪之交前后的主旋律。这个阶段的主旋律影视剧，正如刘复生和李玥阳的文章都曾提到的，长征题材特别多。一方面这是由于90年代初期《大决战》等把解放战争拍的太多了，另一方面这种题材也特别适合比较“妥当”的塑造毛泽东等伟人的形象。

那时候塑造伟人形象，比如像毛泽东形象的塑造，基本上都是“毛主席用兵真如神”，诸葛亮式的神机妙算，这样就淡化了关于他的有争议的意识形态内容。因为在90年代，除了《大决战》等影片之外，《走下神坛》等一系列涉及伟人个人生活的图书在民间大热，所以在世纪之交主旋律影视剧就比较尴尬，因为过去很多老百姓不知道的东西现在都知道了。所以在第二个标的范围内的主旋律影视剧都集中选择了长征题材，这个道理很简单，军事意义上的毛泽东就没什么争议了，尤其是长征，没有毛主席的英明指挥，恐怕就没有陕北会师了的。再加上90年代以来风靡一时的《戏说乾隆》等“戏说”电视剧，这一标的范围内的主旋律影视剧汲取了当时经过市场检验的一些艺术手法和桥段，所以尽管题材很有限，但是艺术上也还说得过去。

按照这个线索回溯，我要标的的第三个范围，就是《大决战》前后的主旋律影视作品，它们差不多也是1987年提出主旋律之后第一批应题的作品，相当于主旋律影视作品的源头。这一类作品套用现在的语言来概括，就是大历史、大情怀。主旋律中的“革命”往往只是局限于政党博弈或高层政治精英角力的层面，集中在诸如历史大潮浩浩汤汤，天下江山轮转那种调调，这一标的范围的主旋律影视作品影响很大，有点主旋律的原典的意味。像前两年的献礼剧诸如《五星红旗迎风飘扬》、《解放》等都能找到它的影子。

以上，我想通过三个标的来区分一下主旋律的演化过程，来说明主旋律并不是一成不变的，在其内部也有层积的过程。

也正是通过上述梳理，我还想来说明为什么主旋律是后社会主义的产物。就像刚才一枫说的，只有当一个乐章里有了其他声音之后，才需要强调主旋律。在改革开放之前，全称社会主义，没必要强调谁是主旋律，只需要明确谁是朋友、谁是敌人就可以了。主旋律的出现，恰恰是在后社会主义阶段，就是老何说的政党国家化这个过程当中出现的，正是因为政党的代表性发生了结构性的转化，所以才需要在这个结构性变迁中申明哪是主旋律。1987年提出主旋律，并随之拍摄《大决战》等影片，1993年中国电影就开始产业化改革了，直到2002年院线制彻底变成现实。因此，顺着政党国家化的思路，就比较好理解主旋律到底发生了怎样的时代变迁。主旋律生产方式的变化，恰恰是深置在政党国家化这个历史脉络中的，在代表性的结构性转化过程中，文艺自然要跟着调整，只不过是调整不是乱动，得有主旋律。尤其是在80年代末到世纪之交这个阶段，主旋律其实就是意识形态的双轨制的产物，其功能有点像80年代的外汇券，起到了一个平稳过渡的作用，在市场话语和过去的革命话语之间，形成了一个合适的缓冲带，中国影视剧的产业化改革，就是在这个缓冲带中平稳着陆，文艺领域的这一变化不过是这场大转型的结果。在这个意义上，我们才好理解，为什么主旋律会从《大决战》变成《建国大业》、《建党伟业》。因为院线制产业化改革完成之后，已经不需要《大决战》式的表达，市场化的方式才是对的。为什么呢？因为唯票房论是现在的主流话语，现在提一个电影、电视剧，第一条永远是票房和收视率，这种愚蠢的思维方式，就是唯GDP论的翻版。这套话语现在都成顺口溜了，比如，中国现在已经是世界票房第二，若干年内就能超过美国成为世界第一，中国的娱乐文化市场还有很大的市场空间可待挖掘，距离行业天花板还有很长距离，市场需要新的想象力。听起来是不是特别可笑？真就有太多人信。

所以，老何，我不知道以上是不是能以具体例证的方式，来回答你说的政党国家化的逻辑，当然这只是我的理解。

何吉贤：这个后面的关键问题是实际政治本身的变化。刚才一枫说，我们该怎样理解《白毛女》。我倒觉得《白毛女》放在民国的那个文化结构中并非属于边缘的，反过来，就文艺与政治，新的文艺的可能性等方面来说，《白毛女》等作品是非常核心的，是处于一种非常核心的地位的。我们都知道，解放区文艺，包括赵树理作品、秧歌剧、《白毛女》等传到国统区，传到上海这些地方的时候，当时的知识分子、文艺工作者是非常震惊的，而且并不只是限于左翼圈内，很多偏“自由主义”倾向的作家和知识分子都如获至宝，如饥似渴地阅读。为什么会这样？我觉得最主要的原因可能跟政治和社会的变化有关，这些作品是当时新的政治的产物，是政治本身很核心的东西，跟当时产生的新的政治是联系在一起的。

而总的来说，“主旋律”，本身是一种外在的东西，我理解，它是一种……

石一枫：我觉得是在新的社会环境下的应变反应。

何吉贤：或者可以这么说，在革命政治当中，我们现在所说的“红色经典”是内在于革命政治本身的，呈现出来的是革命政治本身很核心的部分。而主旋律我觉得是“后革命”政治当中装饰性的东西，它不是内在于政治的，而是政治本身的装饰品。

石一枫：它表示的是“在场”，就是我还活着，我还要发声，你们别忘了我。

祝东力：你们俩说的可能是客观的结果，但是主观的意图可能没有那么低。

石一枫：它最后造成了这样的印象、结果。

孙佳山：老何，我不觉得这是装饰品，我觉得它恰恰保证了政党国家化的通畅运行，还不如说是政党国家化的产物。

石一枫：刚才说主旋律大片化，其实我也比较怀疑《建国大业》和《建党伟业》

真的完成了大片化的转型么？大片除了有市场的手段，还得有市场的效果，就是说看票房的数据还得看票房是从何而来的？工会发票也算票房？

何吉贤：我记得张慧瑜曾经写过文章，他认为电影中主旋律与市场结合的标志性作品，是冯小刚导演的《集结号》。

石一枫：《集结号》倒是算。

祝东力：《集结号》算主旋律的大片？

何吉贤：对，标志性的主旋律大片。

石一枫：但是《集结号》同时也是商业片的主旋律化。

祝东力：尽管有关部门确实给《集结号》发了奖，但是我不认为它是主旋律，有宣扬“组织不可靠”的主旋律么？

何吉贤：主旋律本身就允许，就像资本主义允许它自己内部说它一些坏话，主旋律本身也允许。

石一枫：我觉得《集结号》和《建国大业》都特殊。《建国大业》的特殊性在于韩三平的特殊位置。《集结号》的特殊在于冯小刚是一个玩弄意识形态的高手，他在民间和官方多种意识形态之间游刃有余地走钢丝，他是带着镣铐跳舞的舞神。但是我感觉《建国大业》还是失败了。

祝东力：但是刚才云雷并不是说《建国大业》、《建党伟业》把主旋律和商业大片完美地结合起来了，只是说它有这个特征，这个特征很明显。

石一枫：或者说有这个强烈的欲望。

孙佳山：我觉得一些评论对《集结号》的反应有点过激了，因为影片结尾毕竟有一个追认的仪式，我们不能因为立场问题就无视这种追认。

李云雷：我关于《集结号》的文章也提到，这个片子像一枫说的，是在几个意识形态中穿梭得很巧妙，你刚才说“组织是不可靠的”，但电影结尾渲染的主题却是“每一个牺牲者都是不朽的”。它很巧妙地将两个相反的主题融合在了一起……

祝东力：这话是谁说的？

李云雷：就是影片的最后……

祝东力：关键这个话是谁说的？

李云雷：这话是他影片要渲染的主题。

祝东力：不，这是他代表谁说的，是代表谷子地说的？

鲁太光：是画外音吗？

李云雷：应该是影片最后有一个字幕，所以我觉得它的主题也不只是“组织不可靠”，他是把两个主题穿插在一起，你可以这样理解也可以那样理解。

孙佳山：而且从镜头语言的角度说，也看不出任何贬义，最后的仪式是用了大摇臂来拍摄完成的，很庄严。

祝东力：每个牺牲者都是不朽的，但他是被组织牺牲的，那组织是什么形象，要承担什么责任？

李云雷：组织后来给他补偿了，有个追认的仪式。

祝东力：有什么仪式？

李云雷：他们当时的团队最后给他吹号了。

孙佳山：就是那个烈士陵园主任，已经独臂了的当年的司号员。

李云雷：他们军区的首长也参加他们活动什么的，所以他是把两个相反的主题融合在一起，他可以讨好不同的左派右派，还有民间的立场，所以冯小刚在这方面是一个高手。

何吉贤：文本解读我觉得还是要再细一些，虽然它各方面元素都有，但它是怎么组合的，为什么最后给人留下的还是“组织不可靠”的那个印象更深？就是因为它叙述当中的组织的方式，是值得再进一步考察的。

祝东力：其实从逻辑上、常识上讲那把号是不存在的，约定阻击部队坚持到几点几分撤退就完了，谁还大老远跑回来给你吹号！

石一枫：《集结号》的初衷应该还是一个商业片，只不过它运作的过程中沾了主旋律的光，借了一下势。像王朔、冯小刚最早弄电视剧的时候，王朔有一个名言叫“二老满意”。什么叫“二老满意”？老百姓、老干部。王朔可能没有实现，但是冯小刚的电影实现了。

鲁太光：我还是想谈谈刚才你们跟祝老师讨论的那个问题，我觉得还是很重要的，就是1987年为什么提出“主旋律”这个说法？我觉得你们跟祝老师没有根本性的冲突。1987年提出“主旋律”问题，那么把什么当做“主旋律”呢？应该说还是社会主义文艺或革命文艺。也就是说，从“新时期”即1978年到1987年，尽管文艺“百花齐放，百家争鸣”了，但社会主义文艺或革命文艺的脉络还有，还存续着，因而有了“主旋律”的说法。但问题是，1987年之后，通过这一系列的所谓“文学运动”，“主旋律”可能有点边缘化。

石一枫：非社会主义文艺出现了。

鲁太光：并且在演变过程中，社会主义文艺被极度边缘化了，从这个角度看，在1987年提倡“主旋律”,这个“主旋律”还是社会主义文艺。可是到今天,这个“主旋律”已经有很多变体了。可以这么理解吗？

李云雷：我稍微补充一下，我写文章提到——就是用洪老师的概念“一体化”在80年代解体的过程。“多元化云花”其实是有个过程,首先是突破了“文革”文艺，左翼文艺内部有一个解放，因为“文革”文艺当时压抑了周扬这些人，最早其实是这些人的解放，包括丁玲；然后慢慢的突破了左翼文学的界限，像沈从文、钱钟书、张爱玲这些人，但同时也可以说是新文学内部的一个丰富，但是随着发展，“多元化”就突破了新文学的界限。

何吉贤：新文学的界限？

李云雷：就是以前的通俗小说、通俗文艺重新出现

鲁太光：武侠、言情。

李云雷：对，金庸、琼瑶等。

何吉贤：这说明什么问题？

李云雷：这说明一体化的解体有一个过程，这个过程我觉得同时也是左翼文艺或者社会主义文艺领导权丧失的过程。电影其实也是这样，像从80年代之后最开始他们第四代拍什么《湘女潇潇》，还可以说是新文艺，后来娱乐片越来越多，所以也是突破新文艺的过程。在这个过程之中，为什么要提弘扬主旋律？我觉得确实跟这种焦虑有关系，就是说确实社会主义的文化领导权处于一种危机状态，所以我就觉得刚才祝老师那个分析挺重要，主旋律的提出其实是文艺管理方式一个转型，就是说不再是以前十七年用的行政的或者大批判式的管理，其实“主旋律”、“多样化”概念的提出本身，就是想在文艺界内部通过确立某一种文艺是主旋律然后开展文艺各方面的运动，这个我觉得从80年代后期一直到90年代其实都不是很成功。

鲁太光：那个时候的“主旋律”电影有什么好作品？

李云雷：90年代初的《大决战》。

石一枫：其实《大决战》现在看起来真是挺好的电影，我觉得比现在的主旋律好太多了。

鲁太光：中宣部有没有“主旋律委员会”什么的？

李云雷：有重大历史题材审片小组。

石一枫：在电影界或者可以这么理解，一方面是“守”，一方面是“攻”。“守”

很简单，电影审查制度。你可以拍爱情题材、可以拍商业题材、可以拍武侠题材，但是你不要触犯我的底线，不能利用娱乐来反党。这个电影审查制度摆在这，不通过审查就别拍了。主旋律可能是“攻”，我除了守住阵地之外，我还要市场竞争，更积极、更直接地宣传我的思想；但是现在看起来，这个“攻”也越来越像“守”了。行政审查还是比较有效的。

李云雷：我觉得你说的这个——主旋律为什么不太成功，有很多原因，其中有个很重要原因就是从 80 年代以来形成了这样一种体制与知识分子对立的情结，好像知识分子只要认同体制和党的意识形态就会觉得这个知识分子不是知识分子，这好像成了一种无意识。我觉得可能跟这个情结有很大关系。

石一枫：刚才祝老师说的那个特别对，就是说主旋律质量低，归根到底还是取决于创作者本身的心态和国家意志能不能达到高度完整的统一。

李云雷：对，刚才祝老师谈国家意识跟个人关系的时候，我想到比如说像叶嘉莹解读杜甫的诗，她觉得杜甫最大的一个成就就是把儒家意识形态用特别饱满的感情写了出来，他写儒家的主旋律，特别有真情实感，是发自内心的，这是很难做到的，所以杜甫在诗歌史上位置那么高。但是我们好像现在很少能这么有感情地去写主旋律。刚才谈《集结号》的时候我想到，我也写过文章，谈上一部《007 大破天幕危机》，其实那也是讲“组织是不可靠”的故事，但是它通过种种内外的故事组合把“组织不可靠，国家在关键时候可以牺牲你”这样一个故事，讲成一个包括主人公都愿意接受的故事。我觉得这是好莱坞很高超的技巧，确实我们国内的导演没有办法也没有意识去打造。这部影片通过乡土、童年记忆来唤起对国家的认同感，所以即使关键时候国家把你牺牲了，你也愿意认同国家这种体制。其实这部影片跟《集结号》的故事主题是一样的，包括跟《苦恋》那种意识也是一样的，但是它为什么会讲这么顺，我们为什么讲不顺？

石一枫：美国战争片全是主旋律。

何吉贤：我记得你好像在说，主旋律就是坚持原来的社会主义文艺那个意思。

鲁太光：一开始提出“主旋律”还是要强调社会主义文艺或革命文艺的重要位置。从这个方面考虑，“主旋律”的重要来源就是从“延安文艺”以来发展起来的社会主义文艺或革命文艺，还是要保存这个文艺、壮大这个文艺、发展这个文艺。我觉得最初提出“主旋律”是不是有这个初衷？“主旋律”从一开始，主题还是革命的主题，就是刚才你说的这个。

何吉贤：我理解恰恰不是，现在说的主旋律，更多是要去处理当下跟国家利益有关的这样的议题，当然有的可能是跟中国历史中的重大事件有关的内容，但更多是当下的问题。

祝东力：即使历史题材，怎样处理还是取决于当下。

何吉贤：如果说主旋律文艺就是社会主义文艺的继续，我认为并不准确。说法换了，内容和形式也都发生了变化。

鲁太光：没有，因为20世纪80年代国家转型，就是转向改革开放，但又提出坚持四项基本原则，我觉得四个坚持就应该是要保留一些“主旋律”的东西。

孙佳山：我觉得不能脱离当时具体的时代语境，1988年可就有了《河殇》啊，当时提出主旋律可不是无的放矢的。

祝东力：那可是当时的主旋律。

孙佳山：所以在这个意义上，1987年提出主旋律和多样化问题，绝对是意味深长的，绝不是今天简单的学术梳理就能解读彻底的。

鲁太光：1987年是哪些人提“主旋律”的?

祝东力：电影局局长。

孙佳山：再结合当时的苏东局势，这个复杂程度就不言而喻了。

祝东力：补充一点。你们刚才说“主旋律、多样化”这种提法出现在所谓后社会主义时期，这是事实。但是从执政党管理文艺的角度看，我认为这个提法、这种思路可能有一点滞后。因为即使在十七年革命文化共同体的时代，实际上人们也存在着各个方面、各个层面的需求，其实在那个时代就应该采用这样的方式来管理文艺，那样可能更健康、更持久、更有效。当时那种方式我觉得可能透支了革命的公信力、革命的资源，对待不同观点、倾向、风格的作品和现象，采用一种不容置疑的、真理化身的姿态去痛斥，非此即彼，不是鲜花就是毒草——其实毒草在生物的整个生态当中也有它的位置和功能。所以其实“先进文化论”在理论上应该说更科学、更辩证，比如在十六大报告里面是这样表述的:“大力弘扬先进文化，支持健康有益文化，努力改造落后文化，坚决抵制腐朽文化。”

石一枫：也没有说消灭，而是逐渐改造，允许共存。

祝东力：把文化分成四个层次，先进文化不用说了，像健康有益文化，它不是先进文化，但也应该支持。另外，对腐朽文化也没说要根除灭绝，只是说要坚决抵制，这是比较理性的，因为那些乌七八糟的东西在一定历史阶段其实是根绝不了的，只能抵制，把它缩小到最小的范围内。这是比较理性的管理文化的态度。我觉得十七年和“文革”的某些方式的确不可取，在尺度上过严，之后你看这30年的反弹，简直是史无前例，各种腐朽文化完全没有底线。当年的革命除了有遗产之外，也有债务，而且债务似乎还没有还完，所以一有点风吹草动，很多人就会又想起极左那一套，又会想起“文革”那一套。“文革”结束快40年了，这种话语和思维之所以还有效，部分原因就是当年那个劲使过了。所以，如果当年就应该采用“主旋律、多样化”这种思路和政策，效果可能就好得多。

孙佳山：我觉得《天上的菊美》还有《周恩来的四个昼夜》等这些眼下的主旋律，始终都没有走出1957年的历史教训，过了半个多世纪了还在继续交学费。看完之后我和云雷、崔柯交流，都觉得现在的主旋律还是没走出当年的局限。共产党员的楷模就都得是累死的么？共产党的好干部就不能享受家庭生活么？享受家庭生活和更好地为人民服务就不能并行不悖么？这种艺术想象力太差的结果就是即便你都是真的，也没人信，也不愿意信。当年1957年右派们的一部分指责，放在今天恐怕依然还有效。

李云雷：《天上的菊美》确实是拍得不好的主旋律，但是也有不错的，我觉得刘恒编剧那两个《张思德》跟《铁人》都不错。

石一枫：《铁人》我看了，后半部我觉得特别虚假。铁人的前后不同恰恰说明了这套思想的失效。前面王进喜如此光荣勇敢地战斗着，我们理解他是图什么、他是为什么；后面刘烨忍受着孤独症还在这样战斗，我都不知道他图什么。后来一想可能就是中石油工资比较高。这恰恰说明了主旋律的失效。

李云雷：他其实内在还有他的逻辑，一方面比如说对铁人的精神他比较敬佩，另一方面他确实作为石油工人有他独特的东西。

孙佳山：我觉得后半部分的刘烨，作为新一代石油工人的形象太过于偏执了。

石一枫：新一代不好展现，能展现出来一点就已经不容易了；而一旦真的如实地展现，那他们就可能是反面形象了。

李云雷：包括《离开雷锋的日子》这些，其实想跨越不同时代把这种精神传承下来。

石一枫：《离开雷锋的日子》倒算拍的还不错。

祝东力：对，确实不错，我是大概1996年或1997年看的，之前我大概有10年不去电影院了。

石一枫：那个真是算拍的挺好的片子，好的都不像主旋律了。

李云雷：你对主旋律有偏见。

何吉贤：我们歇会再讨论吧？下一场我们可以集中讨论一些更细致的问题。

（休息）

李云雷：咱们下半场开始，刚才老何提议咱们下半场可以多结合一些具体的作品来谈谈，刚才谈到《离开雷锋的日子》，我觉得这也是一个很好的例子，正好可以跟贺敬之60年代写的《雷锋之歌》联系在一起讨论。我觉得《雷锋之歌》那个时候不能说是主旋律，但应该是一个时代的最强音，一个时代的声音与一个时代的精神，在《雷锋之歌》里面体现特别充分。但是在《离开雷锋的日子》里面用一种比较世俗或者一种平常、平凡的眼光去看雷锋这个英雄人物，所以他的视角与态度是不一样的，背后也折射出时代的变化。在90年代，只有用这样的方式讲述雷锋的故事才能让大家信服，觉得不是特别拔高、特别虚假的叙述。类似这样的其实也很多，比如90年代以后重拍了很多红色题材电视剧和电影，我们可以多谈一下这些作品。

秦兰珺（中国文联信息中心）：我其实是来学习的，但是我一直在想一个问题，就是党为什么要管文艺？从1919年到1949年算是新民主主义革命，然后十七年叫社会主义建设，之后是文化大革命，再后来改革开放，实际上在不同的历史时期，党面对的任务是不一样的，有时候是阶级斗争，有时候是经济建设。我觉得党管文艺的话，应该有两类他们想干的事情：一个是要巩固自己的地位，这个是前提；另一个是让文艺去参与到各个时期的主要任务，比如抗日战争时期，各种各样左翼文艺协会的成立。

那么在今天这样的市场经济时代，在我看来，文艺如果能顺应这一历史发展潮流就挺牛的，主旋律采取间接的迎合方式反倒更好。但是在今天这个时代，我觉得特别有意思的现象是，因为从某些角度来说，比如让少数人先富起来，然后先富带动后富；这个少数先富就引入了市场经济、引入了资本主义，那这个时候怎么去保持党的执政地位？我觉得在这个背景下，因为党的执政地位和要完成的历史任务之间有一个距离，所以这个时候就必须要突出那一部分可以更加巩固党的执政地位的文艺主旋律。这是我所理解的狭义的主旋律。

刚才何老师也提到了在资本主义结构的内部允许异质因素存在，那在我们的主流文艺形式内部是不是也可以允许异质因素的存在？这也是我在想的问题。

崔柯（中国艺术研究院马克思主义文艺理论研究所）：刚才大家谈到艺术性问题，我觉得近些年的主旋律影片确实艺术性不足。比如《天上的菊美》，看完后感觉就是没什么话好说——没有什么亮点，但也说不上有什么不足，感觉影片比较平庸，情感上缺乏共鸣，也很难引发思考，所以我是不太喜欢这样的影片的。但是主旋律影片确实是可以拍得很出色的，我记得我小学的时候大家会组织看一些主旋律影片，比如《开国大典》、《焦裕禄》，当时是很真诚地觉得受到了感染和教育。现在回头再去看这些影片，还是会一下子唤回当时的那种情感。

除了艺术性，还有真实性的问题。当我们今天说主旋律影片不够出色，其实今天的非主旋律影片也未必出色，拙劣的片子太多了，充满虚假的、空洞的情感的作品也很多，其实今天以个人为支点的“小叙事”也耗尽了它们的动力，一味地限于个人主义视角内的叙事也是有其先天的缺陷。就刚才何吉贤老师说到怎么把政治本身的变化在艺术中表现出来的问题，我觉得，怎么把握我们今天时代的本质，把符合时代要求的情感表现出来，做到使作品可信，是一个很难的事情。无论是主旋律还是其他类型的作品，都应该解决这个问题。

祝东力：我有时候还挺喜欢看主旋律电影的，因为不成功或者失败的案例其实最值得分析。成功的案例有时会遮盖作品真正的难点，真正需要功力的地方容易被成功给遮盖；而在失败的案例中，看那些败笔，就容易看清一部作品真正的难点在哪里。比如说《天上的菊美》，这是我们上上周组织看的，讲四川西部甘孜州的一个藏族年轻干部特别勤政爱民，但是30出头就脑溢血去世了，讲他工作的故事。有没有真情实感不好判断，但确实不能打动人，它除了展示这个人物的一些比较琐碎的工作细节和内心情感之外，似乎拿不出什么办法把他往上提升；所以反复使用的一个手段就是画外音，就是那个菊美的内心独白，经常是他的工作日记，说今天我又干了什么工作，完成之后特别高兴，大段大段反反复复。让人感到困惑，你的电影语言在哪？没有电影语言，总是画外音的叙述。

何吉贤：这还是讲藏族的，因为前段时间西藏、新疆的事情发生了以后，都会说少数民族题材的作品太缺乏了，藏族人和新疆的维族人，他们看的电视节目都是印度、尼泊尔和土耳其的，我们根本无法为他们提供合适的文艺作品。这让我想起了我们以前的一些作品，我记得柯岩老师曾参与过的一部电影叫《库尔班大叔上北京》，这个作品很经典，现在很少能创作出这样的作品了。这个作品讲的事情也并没有那么宏大，但你会感觉它跟生活确实是有关联的。当时影响也很大，是非常主流的，宣传民族团结，宣传普通的维族农民对党中央和毛主席的感情，这个我们现在很难做到了，原因是什么呢？

祝东力：我觉得就两条，一个是你的真情实感要跟那个政治任务能接上，能够无缝对接。第二点还要有艺术手段，要有艺术上的办法。过去讲三结合创作方法其实不一定失败，领导出思想、群众出生活、作家出技巧，是有可能成功的。

何吉贤：我觉得更关键的还是刚才提到的政治本身的变化，就用这个例子来说，那时候政治本身还是接地气的，从政治里面激发出的能量比较大，而不仅仅是创作的手法。我们现在也可以下去，新疆事件发生之后，那么多干部也下去，下去以后有什么作用呢？如果不能真正扎根，就可能还是形式主义的东西。

石一枫：生产方式上的变化挺多的，原来拍《红岩》歌剧的时候，都是体验生活很长时间，好不容易找一个旋律回来，不合适立刻又下去。真要折算投资，这个投资是巨大的。现在主旋律的生产机制是什么？宣传部拨一笔钱到文化公司拉班子，其实是把什么事都变成生意了。反党是生意，弘扬党的精神也是生意。这种市场化的生产方式就是市场外包，好象是新的经济模式，但是这确实拍不出好的主旋律作品。

孙佳山：唐山市政府就参与投拍了《唐山大地震》。

石一枫：完全就像《水浒传》里面说的，这是一趟富贵，把它劫了算了。

崔柯：就是觉得以前的片子，至少可以看出创作者是投入了自己的激情和诚意在里面的。

祝东力：我觉得是你没有体会到人家的苦衷，不这样还有别的办法吗？

石一枫：当然可能也没办法。不过就像祝老师说的喜欢看不成功的主旋律，我倒喜欢看国外拍的成功的主旋律。说到《离开雷锋的日子》，我就记得印象特别深刻的一个韩国电影叫《我的男友是超人》，讲一个男人，他老婆孩子出车祸，车快爆炸了，没有一个人来救他们家人，他就精神失常了。失常之后他想，这时候如果有一个超人来帮我就好了，然后他精神进一步失常，他想我就是超人。于是，他真把自己当超人了，一天到晚去干帮助别人的事，他认识了一个新的女朋友，也跟女朋友说疯话，说我要带着你在天上飞。后来他这个诺言居然实现了，怎么实现的？一个高楼上有危险状况，可能是个孩子或者老太太快不行了，也是没有人上去，只有他这个超人上去了，他女朋友担心他，也跟着他一块上去了。两个人一块把人救了之后摔了下来，最后一刻整条街上的人全都良心发现了，大家一起托住，手传手把这俩人托出去。这个人就在人手的海洋上摆出了超人的造型，搂着他的女朋友，这个时候电影镜头表现起来真的像两个人在天上飞。那片子极其感人，看完之后我发现这就是一个绝对的主旋律，韩国雷锋精神。

李云雷：我前段时间写了一篇关于海伦·斯诺的文章，埃德加·斯诺的妻子，当时我看了很多材料，我觉得以他们两个人为主角拍一个大片应该特别好看，又是俊男靓女，突破种种危险去延安。

祝东力：其实这个模式已经用过很多次，包括《一九四二》也都是用一个外国记者。

李云雷：不是写他们两人的故事。

祝东力：那也是要通过他们的角度来看中国。

李云雷：不是通过他们两个看中国，是我们现在重新讲述他们与中国的故事。

何吉贤：但是如果拍的话，它的目的还是要讲比如说30年代的上海、延安、燕京大学什么的，还是要讲中国。一枫刚才说的那个问题，比如韩国那个电影为什么成功？我看过一些韩国电影，也与一些韩国朋友聊过，我的感觉是，韩国地方不大，整个社会能够讲的故事有限，只能去编。韩国的文艺工作者比较勤奋，这些年"韩流"吹遍整个东亚和全球，原因有很多。"韩流"本身也发展出了很多模式化的东西，里面有一个原因是，韩国的文艺工作者似乎可以忽略一个故事的社会和时代背景，把某种普遍人性抽象出来，配以一个传奇曲折的故事，也许就成功了。而在中国不能，你要讲中国，比如我们讨论主旋律的问题，刚才你也提到，最大的问题是历史要跟现实结合，不能脱离社会和时代背景。你不能把所谓的人性的东西抽象出来，用一个故事的外壳给它贴在一起，这样的话用祝老师的话说，无论是在逻辑上，还是在故事的顺畅性上，都没办法说服人。张艺谋在《英雄》、《十面埋伏》，陈凯歌在《无极》中都试过，也是很好的反面例证。最能打动我们当代中国人的是什么东西呢？不一定是某种人性的东西，确实可能是跟历史、跟我们所经历的现实的感受，有某种共鸣的这些东西，我觉得主旋律可能需要的也是这种东西，这当然是一个困难的命题。如果要面对这些问题，我们需要克服很多困难，比如说我们对历史的解释，对现实的存在，对我们国家的政策也好、政治也好的关系的理解上，要有一些突破，要有比较深的理解，有新的说法。如果能做好这些工作，我觉得在主旋律作品的创作上会提供新的可能性。

石一枫：可能中国的思想意识和社会状态脱节更严重，难度会更大。

李云雷：其实像咱们拍模范人物这些影片，从《焦裕禄》到《杨善洲》，到《天上的菊美》，我觉得其实有一种内在的模式，一定是现实主义，一定要表现一个好干部，这种方式……

祝东力：其实严格讲不是现实主义。

李云雷：对，他是一种被限制的现实主义方式，只能用这样一种模式来叙述。

祝东力：是社会主义现实主义的模式。

李云雷：社会主义现实主义有前景，这个其实也没有前景，他就塑造一个人物的品格，但是你看《焦裕禄》拍的还是不错。

祝东力：但是那比较早了，是90年代的。我倒觉得一枫说的“超人”这个电影挺具有症候性：这个人遇到了巨大的挫折和变故之后精神失常了，这时候他人生的理想变成了一个美国银幕的形象，而且他按照美国银幕形象，紧跟美国银幕形象实现了人生的理想。这不就是韩国的状态吗？韩国确实遇到了民族分裂的挫折和变故，处于非常状态，然后紧跟美国，所以在这个意义上这电影很真实。

石一枫：跟他们国家的国民心态很贴近。咱们可能觉得韩国毕竟是一个小国，但是他们挺认可这个的。包括韩国还有一个更主旋律的片子，讲的是有一年韩国和朝鲜的乒乓球队组成一支球队，唯一一次击败中国女乒。真是太主旋律了，而且作为一个中国人看到以弱胜强都很感动。

孙佳山：前两年看过全智贤主演的谍战片《柏林》，讲的是南北双方的一线特工都被各自的领导出卖，都成了高层攫取私利的牺牲品，然后一线特工互相解救，各自回去报仇。包括最新的《007》等一系列作品，其实现在美国的主旋律也没那么顺溜了，这倒是一个全球性的困境。

鲁太光：你说像“抗日神剧”那样的电视剧算主旋律吗？

孙佳山：那不算，那是纯商演。

石一枫：不好说，这是一个很复杂、很诡异的东西。你说它纯商业，纯商业可拍的东西多了，为什么只拍抗日剧？这是因为审查制度，有政治因素在里面。

孙佳山：这是因为广电总局前两年有诸如限娱令之类的文件，说电视剧、电视综艺节目不能过度娱乐化，所以资本只能选择抗战这种相对“安全”的题材，当然后果显而易见，过度生产的结果就是抗战神剧。正如刚才大家讲的，问题在于最初的主旋律在今天已经基本消失了，因为意识形态双轨制已经退出历史舞台，在比较彻底的所谓后社会主义时代，在政党国家化的语境下，主旋律和商业化早已不是二元对立的关系了，主旋律可以大大方方的吸取各类成功的商业元素，因此界限已经很模糊了，和当年的主旋律比起来已经不是一回事了。

石一枫：得分领域，比如在文学领域，主旋律连旋律都不算，恨不得已经被围剿干净了。主旋律只能龟缩在报告文学领域，而报告文学普遍被认为不是文学。

鲁太光：其实报告文学也是拉广告的。

石一枫：这其实是国家政治控制最松的一个范畴，因为文学没有影响力。电影领域控制稍微严一点，但也没那么严，所以主旋律还是要跟别的片子竞争；但是在电视剧领域国家意识形态控制最严，你会发现主旋律反而是半壁江山以上。

孙佳山：我倒是觉得电视剧领域不是控制最严的，因为电视剧领域审批这块已经下放到省级了，而电影还是国家、还是总局。

石一枫：跟谁批没关系，而是批的口径，也跟国家介入得深浅有关系。

孙佳山：但是我想说现在尽管介入得深了，效果反而弱了，要不然怎么解释抗战神剧的出现?

石一枫：介入深不好，当然不介入也不好。

李云雷：主旋律我觉得从祝老师说的文艺管理转型角度看，这样一种作品，比如说拿文学来说，在一个文学场里面跟其他不同作品进行竞争，其实处于比较弱势的地位。但是，比如说通过中宣部"五个一工程奖"，这样一些奖项设置，也处于一个比较高端的会有指导或者引导作用。但是我觉得现在效果不是很明显……我前年去做了评委，那届评了人物传记《焦裕禄》与《雷锋》。那个焦裕禄写的还是不错，跟我们平常看的不一样的就是，它把焦裕禄解放以前的一些经历也写进去，其实要说的是焦裕禄这样的人是怎么形成的，就是我们后来通常理解的焦裕禄是怎么形成的，通过他童年的苦难，通过共产党怎么把他解救，就是说成为了焦裕禄的本质是怎么形成的。我觉得这还不错，但是大部分获奖的文学作品也好，影视作品也好，很难看出里面有主旋律的特征，主旋律本身其实也是模糊的。

祝东力：只能算健康有益文化。

鲁太光：现在的"主旋律"也不是以前的"主旋律"了。

孙佳山：刚想起另一个问题，也正是因为在院线制的商业逻辑被推到极致的情况下，像《变形金刚 4》这种美国的主旋律也需要考虑中国的主旋律，比如在香港遭到袭击的时候，一定要让惊慌失措的香港高层屁滚尿流的说赶紧给中央政府打电话。

石一枫：美国主旋律也考虑中国市场。

孙佳山：对，这其实是前所未有的，在冷战逻辑下不可想象。

石一枫：还是市场问题。

祝东力：我觉得这也不一定，中国和美国、和外国还是不一样的。西方除了民族国家，还有一个市民社会，它有两层，这两个东西在那些发达资本主义国家配合得比较好，国家出现问题和危机的时候，有一个市民社会托底。中国国家一直是一个全能体制，“文革”之后才开始出现所谓的市民社会，而且还经常对国家体制采取反对的态度，这个困境是中国独有的。

石一枫：朝鲜也没这个问题，朝鲜也是顺畅的，美国也是顺畅的，只有我们不顺畅。

孙佳山：韩国其实也没那么顺畅。

祝东力：它有不顺畅，调整一下，换一个总统又似乎顺了，它的问题不是危机性的。

石一枫：《变形金刚 4》很有意思，在中国香港取景，在片子里给了中国国防部长一个镜头，说我们全力组织抢救，全力支持香港。

祝东力：有解放军的形象吗?

石一枫：没有，但是中国可能还想把我们传统的救灾片那个套路拿过来，让美国人也那么拍，美国导演可能还真拍不了。广告就拖了半个钟头，再拖 10 分钟片子没法看了。

祝东力：你说软广告是指什么?

石一枫：中国的产品。

祝东力：那是纯商业的，但是有一个很关键，国防部长穿的是西装。

石一枫：他的身份是国防部长而不是总参谋长。

祝东力：不，咱们国防部长都是现役军人，穿军装，一旦穿了西装就是文官，那是“政改”之后的中央政府，这个非常重要。

孙佳山：对，我认识的部队的朋友对这个镜头也都很愤怒。

祝东力：所以就不知道怎么谈的，国防部长为什么不能穿军装?

石一枫：应该还是双方博弈。

鲁太光：国防部长不穿军装确实也是一个很大的问题。

祝东力：对啊，资本本该比较淡化意识形态因素，意识形态的损失可以从其他方面来弥补。

石一枫：而且《变形金刚》和《辛德勒的名单》那种片子还不一样，意识形态色彩没那么强烈。

祝东力：太光你平常看各种杂志上的作品，主旋律是什么情况?

鲁太光：刚才你出去的时候，我们说过这个问题，主流文学现在很少主旋律。

李云雷：像《历史的天空》应该算主旋律。

石一枫：算，标准的主旋律。

何吉贤：包括你们人民文学出版社出的那个什么《抗美援朝》等等。

石一枫：那是报告云学，报告文学从来都是主旋律横行的。

何吉贤：《解放战争》。

石一枫：他那个是报告文学，王树增。

鲁太光：他那也是配合着时间节点出的，这也是"主旋律"创作的一个特点吧，要纪念什么重大事件了，就要赶一部作品出来。王树增是有身份、有影响的作家，普通作家很少有这么写的。报告文学也往往是两张脸：一张脸是拉赞助，另一张脸就是"主旋律"。基本上就这个情况，否则，杂志基本上不发，除非像王树增这种写的还真挺不错的。

石一枫：王树增写的也好，而且王树增的书的确畅销。

鲁太光：他写得特别好，地位也到了，大家也认他的东西。

何吉贤：他那个《解放战争》我看了，写的不错，在党史学界的反应也不错。

祝东力：写历史好写，因为历史确实是辉煌的。

石一枫：虚构作品基本上没有。

何吉贤：所以我觉得这块是有可能的，在文学创作里面，在非虚构这块，包括但不限于报告文学，有可能在主旋律创作上发挥一些作用。

祝东力：这应该是 80 年代末开始的，所谓纪实文学。

何吉贤：现在比如说有偏历史叙述的创作。

祝东力：都是历史，其实也是那个时代特有的领袖类的纪实。

鲁太光：一枫说得挺好，电视剧这块主旋律确实多，尽管"抗日神剧"等为了搭顺风车赚钱也搞的稀奇古怪的，其实从根本上看，它的题材确实是民族战争的题材。

石一枫：他知道该严控什么，不严控什么。

鲁太光：电视剧传播力大，影响力大，而电影在某种意义上也小众化了。

石一枫：分析受众群体，文学基本上没受众了，就这么几个书生，影视受众多，得严格管理。

孙佳山：这也间接导致了电视综艺节目收视率大幅提升，电视剧这两年也因为这个原因一直在走下坡路。

石一枫：也不是没有好电影。

鲁太光：有没有可能“主旋律”被某些人垄断成为一个发财致富的手段？

石一枫：那是一定的。

祝东力：你说《大决战》不错，2001年的电视剧《长征》也不错，唐国强演毛泽东，是他第一次演毛泽东。

石一枫：前两年我记得看那个《解放》也能看下去。

孙佳山：我看过，那个《解放》跟新世纪初的主旋律比较接近，还是强调“毛主席用兵真如神”，集中在军事问题上。

石一枫：对，表现手法比较老套，一拍领导人讨论战略形势，就是两人一块给老乡推磨。最早出现这种镜头是在《大决战》中，当时觉得这个镜头还是能接受的。

祝东力：是平津还是淮海？

石一枫：对，当时这个镜头很有冲击力，但是不能老推。

祝东力：《淮海战役》的片头，先是毛主席在西北坡推磨，一个人推，然后就是旭日东升、万马奔腾，似乎表达了一种英雄史观：伟人推动历史，群众像马群一样前行。

石一枫：后来就不断丰富，毛主席推磨的时候，周恩来就往里撒豆子。我觉得主旋律的创意也是问题，怎么这么没创意。

李云雷：其实我觉得刚才老何的话题还可以再深入一下，就是政党国家化，比如说政党主旋律跟国家的主旋律还是有区别，政党毕竟本身也有变化。

石一枫：我记得原来还有一个说法叫“新时期爱国主义影片”，那个东西和主旋律好象还有区别。

孙佳山：爱国主义影片其实还是主旋律的变种。

石一枫：跟主旋律有没有区别？是不是就淡化了革命以后，转换成了民族主义？那个时候《郑成功》这种片子都算新时期爱国主义影片。

何吉贤：我们一开始就说了，是1987年电影界最先提出主旋律概念，所以今天讨论的题目“主旋律文艺生产的变迁”，确实在很大程度上还是跟影视界关系更密切一些。至于文学方面，刚才云雷说的还是蛮重要的，但其实文学界面对的可能是另一套体制，不一定是生产方面的，比如说通过评奖，通过一些基金扶持系统等等。

石一枫：也有，比如说一个省有几个专业作家名额，专业作家可以拿工资。

何吉贤：对，比如说像徐坤在奥运会前写了《八月狂想曲》，她是北京作协的专业作家，她有这个任务，但是她不会总是写那个，更多时候会表达一些个人性的东西。我想说，文学的所谓生产体制跟影视还是有差别的，像我们今天讨论更相关的内容，可能跟影视更相关。而在影视里面我觉得还是要分层，怎么分层呢？如果从国家层面讲，现在国家确实需要有一个比如“国家文化工程”这样的东西。现在大部分国家都在这样做，民族国家都有这个功能，国家要支持这样的项目，体现国家的文化形象等等，无论在电影，还是在表演，像奥运会、亚运会的开幕式这样的景观式的表演中。这是一个方面，这个方面我觉得可能比较普遍一点。另一方面可能跟刚才说的全能型国家的功能相关，比如说我们要体现社会主义国家的核心价值观，这样，我们对革命历史的解释和叙述，对未来有什么远景，需要什么样的人？这一系列，都需要通过主旋律的作品去表现，这可能是跟我们中国的特点有关。现在问题是，无论是第一类还是第二类作品，都是在一个全面商业化的社会背景下展开的，两方面都有资本的深入，它的操作方式，其实已经不能完全区分开来，都是互相渗透的，在作者资源和资本支持上都会互相流动和渗透。另外一点，就是祝老师在上半场快结束的时候说的，那意思好像是说您对主旋律的方式还是比较肯定的？

祝东力：是作为一种政策、一种理论来肯定。

何吉贤：我觉得这个也是要分两个层次，如果从创作本身这个角度来讲，我并不是那么肯定，比如说文学这块，为什么不能用文艺生产体制这样的资源？因为文学一方面确实是个人性的，而且确实跟个人的生活经验、个人对现实的感受、个人各方面的才能和修养有关；另一个就是文学创作本身确实在一定程度上具有反抗性，是对各种不公平的反抗，和对苦难的感受有关，这些东西是文学本身产生的一个基本动力。

祝东力：不见得，这就是歌颂和暴露的关系，不见得就一定是反抗和批判的，那你说《野火春风斗古城》是反抗的还是歌颂的？

何吉贤：那当然了，《野火春风斗古城》是以抗日为背景的。

祝东力：但是它歌颂党的地下工作。

何吉贤：歌颂在一定程度上也可以归到我刚才的说法里面，它是对某种新的关系、新的人、新的素质的一种祈求，这种祈求的出发点是对于现在状态的不满。

石一枫：文学有那种基因，比如雨果、托尔斯泰留下的精神，总是会站在一个更高、更抽象的角度，对所有的不公都做反抗。

祝东力：那毫无疑问。

石一枫：但是影视不存在这个基因。

何吉贤：我接着说。如果我上面关于文学的看法成立的话，那么一种组织化的方式在文学里面确实有一定困难。当然我们现在的做法，一个是云雷刚才提到的，比如通过评奖出版体制;另一个是作家的生存方式，比如说作协系统有一些专业作家，这种写作在一定程度上可以达到组织的目的，但有效性有多大呢？我们现在所面对的现实要复杂得多，为什么 1987 年提出主旋律创作，到 90 年代后才慢慢强化起来？在国家管理层面，它面对的不仅仅是意识形态的斗争这样一个任务，更重要的任务其实是面对商业化生产这样一个总的环境，这样一种新的文化生产方式，所以主旋律也是面对这样一个状况的产物。我一开始提到为什么要重视国家在文化生产中所扮演的角色？在一定程度上，国家在现在的文化生产中的角色，跟我们现在讲的混合所有制是相一致的，现在的主旋律其实在文化生产体制这样多元的环境当中，只是一个混合的体制当中的一种方式。

祝东力：就是要控股，国有控股。

李云雷：所以《建国大业》后面那么多小公司跟中影集团一起投钱，这也决定它的内容是写各个小民主党派被统战的过程，这应该有一些联系。

石一枫：《十五的月亮》那些主旋律音乐作品，也汲取了 80 年代以来的一些文艺思潮，主要是表现人性的思潮。

祝东力：其实从 90 年代以来，主旋律创作就不断向多样化让步，从多样化当中汲取营养和活力。基本上没有相反的案例，没有多样化是因为汲取了主旋律的因素而提升了自己、光大了自己，所以主旋律到最后自己也多样化了。云雷刚才讲有的主旋律电影像大片，有的像文艺片。所以刚才老何说的那两点，一个是在意识形态上的斗争，还有一个是在商业上，其实关键还是意识形态，因为商业本身也有意识形态，无非就是世俗欲望，所以主旋律面对的还是意识形态的困境。

孙佳山：对，主旋律反而更彻底地成为了众多旋律之一。

祝东力：它本身也多样化了，而且以自己像多样化的作品为荣。

何吉贤：就我们现在关于对对越自卫反击战的研究其实很不够。对越自卫反击战是一次比较特殊的战争,一枫刚才举了《十五的月亮》这些歌曲的例子,在文学当中,对越自卫反击战的表现其实也是很特别的，这我们可以做一个专门研究。我觉得这是一个蛮特别的战争，而且关于这次战争的文学艺术表达也好象比较特别，跟别的战争不一样，当然其中有一个原因刚好是和 70 年代末 80 年代初的，整个文化和思想环境有关。

祝东力：有什么不一样？

何吉贤：比如，好像必须得要有人性的东西。无论是《高山下的花环》，还是其他一些作品，肯定是要某种人性的东西，然后对于战争的那种感受也是不一样的，无论从指挥官到士兵的感受都是不一样的。

石一枫：那恰恰是文化界新的思潮抬头的时期。

何吉贤：这是一个重要方面，另外我觉得还是跟对这次战争本身的理解有关。

石一枫：我觉得不好说。

祝东力：有这个问题，在内心体验当中好像有点理不直气不壮。

何吉贤：一个是对战争性质本身的理解。我们的军队是从人民战争中发展起来的，由此形成的对战争中军队与群众的关系等问题的理解，都是很特别的，当代文艺中的很多经典作品对这些方面都有表现。还有更重要的一点，对越自卫反击战，是一个在一定程度上在现代武器条件下展开的战争。我的印象是当时的一些新闻纪录片一说到对越自卫反击战，就是万炮齐鸣，在现代武器条件下，军队和群众、军队中的官兵关系都发生了变化。这是可以专门作为一个题目来研究的。

孙佳山：我非常同意老何的判断，确实对越反击战是改革开放以来整个文化大转型的一个非常重要的节点。在我们原先的世界革命视野中，社会主义肯定不能打社会主义，那是苏联式的大国沙文主义。从这个角度看，比如《高山下的花环》等作品，当时的情绪就说得通了。因为当整个文化逻辑从世界革命退回到民族国家的话语后，就只能讲人性，文艺作品能不感伤吗？比如当时最流行的歌曲就是《血染的风采》，用《英雄赞歌》式的腔调肯定唱不下去了。

石一枫：原来苏联文学对人性的东西从来没有刻意去清除过，基本上还是持宣扬态度。

祝东力：没咱们那么干净。

石一枫：对，真是挺有七情六欲的。所以当自由化浪潮来了，中国的反弹远比苏联猛烈。

祝东力：主要是政治的反弹，不是这种世俗的反弹。

石一枫：在风格上，我刚才还说，主旋律的整个姿态和心态特别不对，给人的感觉还是这支队伍我当家，我来普及、教育你们。其实不应该是这种心态的，应该把自己摆在弱者位置上，面对那些被自认为是腐朽的文化去搏杀。主旋律其实是弱者，但还把自己当强者，也太不知道轻重了。

祝东力：这点我的感觉可能相反，我觉得主旋律其实特别不自信，一个是面对商业化，一个是面对全球化。

石一枫：有可能是不自信假装自信。

祝东力：否则不会持续的从多样化里面去汲取营养。

李云雷：它在文艺界有指导文艺的地位，另一方面其实又不是很自信。

石一枫：实际上早已经不是一个指导者了，只是一个能活着就不错的状态。

祝东力：其实真正能够领导文艺，能够作为主旋律的是“毛时代”，但那时候又不承认多样化的存在，我觉得这也不对，那时候应该承认多样化。从历史的角度看，我觉得主旋律的提出滞后了20年，应该在50年代，也就是提百花齐放的时候，就采取“主旋律、多样化”的政策。

石一枫：其实在这个思想指导下，反而产生了一系列比较优秀的电影。

祝东力：你说什么时候?

石一枫：就是1987年之后一直到90年代。

祝东力：你还是说《大决战》?

石一枫：《大决战》是主旋律电影，还有其他电影。

祝东力：有哪些?

石一枫：也不是说多好，只不过比今天的商业片还是好多了。比如张艺谋和陈凯歌的几个电影，姜文的《阳光灿烂的日子》，冯小刚早期的电影，中国电影有一个小高峰，恰恰在是在这种氛围里出现的。

祝东力：但这些都是多样化。

石一枫：对，这些是多样化，恰恰是因为人家说了一个多样化，把这哥几个给救活了。

祝东力：其实我觉得近于完美的一个电影是《双旗镇刀客》，从各个方面讲都几乎无可挑剔。

石一枫：那个片子好像也是90年代初的。

李云雷：他也比较风格化。

祝东力：唯一的缺憾是把幽默的东西搁进来，就有点变味了。

孙佳山：中国西部片。

李云雷：今天咱们通过主旋律的讨论，有一个共识是，主旋律作为一个研究对象还是挺值得研究的。

祝东力：我再说一句。刚才休息时我说，学术界还是缺少多样化，像主旋律这样的命题，大家好像觉得完全不值得研究。这种态度特别不可取，不管怎样看，这毕竟是中国文化艺术界非常重要的现象，极其值得研究。网上查资料，对这个课题，除了刘复生之外基本没有严肃的学术研究。

李云雷：还是一开始说的，80 年代以来纯文学或者纯艺术的观念限制了研究范围，认为主旋律作品不是文学不是艺术。但是相对于纯文学，主旋律对时代的反应可能更加重要，更有研究价值。另一方面我们关注主旋律，意识形态是一个重要的因素，在主旋律背后，意识形态因素跟其他各种别的元素——艺术、权力、资本等力量的博弈过程中，更能看到主旋律内在的丰富性，及其与时代的复杂关系。所以作为一个研究题目，主旋律还是挺值得关注和研究的，我们这次也是一个开始，以后可以对一些具体的作品展开比较深入的讨论，今天先到这里。

（根据速记整理，经过本人校订）

青年文艺论坛2014第八期

跨文化传播中的“韩流”现象

主持人：崔　柯（中国艺术研究院马克思主义文艺理论研究所）

主讲人：孙佳山（中国艺术研究院马克思主义文艺理论研究所）

戚　琳（北京世熙创意国际文化传媒有限公司）

时　间：2014 年 8 月 29 日（周五）14：30—18：00

地　点：中国艺术研究院 334 会议室

主　办：中国艺术研究院马克思主义文艺理论研究所

编者的话

“韩流”诞生于20世纪末，是东亚乃至世界范围内跨文化传播交流中的一个十分独特的文化现象。自其诞生始，经过十余年的高速发展，到今天，已成为强劲的潮流。

在我国，1999年年末，汉语词典中正式添加了“韩流”这个专用词汇。“韩流”以电视剧、网络游戏、电影、综艺节目、流行音乐为主要构成，也包括饮食、美容、服饰、旅游等辅助要素。近年来，随着《继承者们》、《来自星星的你》等韩剧的热播，继2005年《大长今》之后，“韩流”在我国再次掀起了新一波的热潮。

本期论坛尝试从根源上梳理“韩流”发生、传播的根本原因和基本特点，这不仅对于理解和认识“韩流”具有重要意义，同时对于我国当前的文化产业发展，对于提升文化软实力、加强文化输出，也具有重要的参考和借鉴价值。

崔柯：欢迎大家参加第三十九期青年文艺论坛。我们今天讨论的主题是韩流现象。韩流这个词语是中国媒体提出来的，指的是韩国文化在其他国家和地区的传播和影响，包括韩国影视剧、流行音乐、电视综艺节目等娱乐文化，广义上也包括服饰、饮食、美容等消费领域。韩流最早进入中国是在20世纪90年代，1993年韩剧《嫉妒》在央视播出，是韩剧第一次在中国登陆。新世纪之后，很多韩国影视剧——比如《蓝色生死恋》、《大长今》以及前段时间热播的《来自星星的你》以及一些流行音乐、电视栏目等，屡次在中国成为热门话题。

但是相比韩流在中国的广泛传播，学界对这一现象的研究还不充分，尤其是相比对好莱坞电影等欧美文化来看，系统深入的研究还不多。我本人此前对韩流的印象也是比较简单化的，就是将其当做一个低龄化的文化现象，但是从《大长今》等电视剧以及最近中国引进的《我是歌手》、《爸爸去哪儿》等电视栏目来看，韩流也在不同层面做了调整，受众覆盖面也在扩大。

同时，相比英剧、美剧，韩流在我们日常生活中覆盖面似乎更广泛，比如服饰、饮食、美容等，比如说我们经常看到叫做“韩国城”的商品市场。可以说，韩流在消费领域占据了更多比重，文化和产业结合得更成功，所以已有的研究文章大多是从文化产业层面讨论的。那么我们是否还有可能从更深层的历史、文化的层面去阐释呢？就让我们来一起讨论一下。首先请中国艺术研究院马克思主义文艺理论研究所孙佳山做主题发言。

孙佳山：谢谢崔柯，实在抱歉，因为时间原因，准备的不是特别充分，我今天想向大家汇报的题目是“后冷战、新媒体——理解‘韩流’的两个历史坐标”，所以我的两个关健词——一个是后冷战、一个是新媒体。在正式讲之前，我想跟大家做一个互动，活跃一下气氛。大家都知道韩流，韩流好像也很赚钱，在世界上影响也很大，那么大家觉得在所谓的韩流当中，最挣钱的是哪个领域呢？比如刚才崔柯提到了电影、电视剧、游戏、综艺娱乐节目，包括饮食、旅游、美容、动漫，那么在韩流的这些领域里，哪个领域最挣钱？

周志强（南开大学文学院）：整容？

郭松民（《国企》杂志社）：韩国服装也挺挣钱。

张慧瑜（中国艺术研究院电影电视艺术研究所）：韩国游戏、明星广告。

孙佳山：好，第二个问题，大家再猜一下，韩流向哪个国家输出最多？或者通俗点说，韩流在哪个国家赚的钱最多？

赵志勇（中央戏剧学院戏剧文学系）：日本。

孙佳山：志勇，你太强大了，这都能猜出来。其实此前在我的潜意识里，我的第一反应是中国。

所以，两个问题答案：第一最赚钱的领域是游戏，输出最多的国家反而是日本。此前，像游戏可能最赚钱我大概心里有数，游戏也是我今天要汇报的第三个关键词；但是韩流的最大输出国是日本我真没想到。而且，韩流一开始就是学日本，甚至是纯山寨，结果现在反而在日本的份额最高，这值得我们深思。

回到我今天向大家汇报的第一个关健词，后冷战。一提到韩流，现在市面上的已有的资料和文章，都会追溯到在1998年，当时刚上任的金大中提出，21世纪韩国的立国之本是高新技术和文化产业。但是大家都忽略了一个重要的前提，韩国实际上是在20世纪90年代初才结束军事独裁，民选总统金泳三20世纪90年代初才执政。但是很不幸，到了1997、1998年，民选政府上任不久，历史债务还没有清理完毕，又赶上了金融危机；所以在1997、1998年，韩国的民选政府其实面临着一个非常大的尴尬，就是民主政府得要刷出点存在感，民主得有点用，民主政府治理下的韩国，别还没有像朴正熙、全斗焕、卢泰愚那样的军事独裁统治时期的生活水平高。1997、1998年，我查到的资料是韩国先后有9家银行、3个财团倒闭，受到的打击比日本还大。不了解这个背景，就不会明白，为什么韩流在韩国有那么重要的地位，以及韩国政府为什么会那么重视文化产业。

金大中上任之后，在金融危机的语境下，他提出的立国之本，一个是高新技术，另一个就是文化产业。1998年，韩国也正式提出了“文化立国”的战略口号，将文化产业作为21世纪，发展韩国国家经济的战略性支柱产业来培育。这些想法和思路在1998年就全都提出来了。

因此，韩国在1998年之后文化产业确实发展得比较好，最近十年来更是爆发式地成长。2000年，韩国的文化产业出口只有5亿美元；到2004年，文化产业就已经成为仅次于汽车制造的第二大出口创汇产业，也是当时世界第五大文化强国；2010年，达到了32亿美元；而在2013年，也就是去年，韩国的文化产业出口总额是50亿美元，合人民币是300亿出头。刚才说这其中游戏占的比例最大，29亿美元，占了58%。因此，2013年文化产业占韩国GDP的15%，达到了这样高比例，而中国是不到4%。

回到刚才提的第一个问题，为什么游戏最赚钱？实际上韩国电影、电视剧的情况跟中国很相似，在各自国家的文化产业当中的比重都非常低，影视剧本身实际上赚不了什么大钱，对于一个国家来说，是一个赚吆喝的东西。但换一个角度说，一部好的韩剧，恰恰是这个国家形象的最好宣传。前两年我们有一个搞笑的事情，就是在美国时代广场放国家形象的宣传片，在这个新媒体时代，就是在那放一年也不会比一部好的影视剧的影响力强。所以，韩国为什么重视影视剧的输出？就是因为它的附加值特别大。韩国人的统计，在他们的文化产业当中，每多100美元的输出就会有412美元的产业拉动，具体到细分领域，手机等信息技术产品会增加395美元，服装增加35美元，加工食品增加31美元。韩国有51.9%的企业销售额，都受到韩流走红的影响。因为“韩流”在世界范围大受欢迎，带动了汽车和电子产品，包括三星手机的销售，影视剧没赚到的钱，恰恰通过这些领域赚到了。我看到的最新数字，就只能到2011年，韩国人宣称韩流创造的附加值已经达到了56.17亿美元，“韩流”的无形资产总值达到了947.9亿美元，相当于三星的一半。韩国文化产业，每100万美元的出口，就会带动14到15个人就业，而传统制造业却只能带动7到8个人就业。1998年的时候，也是韩国人自己说的，他们的制造业一塌糊涂，他们也深刻地认识到，靠做电视、做洗衣机再跟中国竞争已经没那么多机会了，必须找到新的经济增长点。

刚才，我念的是一系列数字，在这些数字背后，还有一个韩国式的举国体制作为后盾。我举个例子，我们文化部相关领域的立法，只有《非遗法》等屈指可数的法律，而韩国从1998年开始，就陆续推出了《国民政府的新文化政策》、《文化产业发展五年计划》、《文化产业发展推进计划》、《21世纪文化产业的设想》等纲领性文件，也颁布了《文化产业振兴基本法》等多部法律，这些都是有力的保障。韩国2001年还专门成立了系统支持文化产业发展的专门机构，叫文化产业振兴院，在北京也有机构。

去年夏天他们有一个委托课题找到我，我才知道有这么个部门。

刚才讲的是后冷战，尤其是1998年以来的情况。举一个最近的例子，朴槿惠一上台就提出了一个创造经济增长的思路。这个创造经济分两个内容：第一是风靡全球的韩流文化，第二个是信息技术，这和金大中思路其实如出一辙。朴槿惠的文化内容包括：广播、游戏、动漫、卡通人物、网络、影视、歌曲唱片等，作为韩国经济的增长点。朴槿惠对此也是以时时转、处处抓，来抓这两个领域的工作。

朴槿惠上任后就一直强力推动创造经济，意味着韩国经济更进一步地从制造业为主向偏重文化内容产业转型。2011年，韩国进出口额就突破了万亿美元大关，成为世界第七大外贸国。当时韩国随即提出，十年内韩国外贸额要实现翻番，到2020年，突破两万亿美元大关，这对经济总量只居世界十四五位的韩国来说，是个非常艰巨的任务。2013年韩国文化体育观光部和未来创造科学部联合发表了《韩国文化产业对外输出促进方案》，旨在大力推动韩国文化产业在全球范围内的出口和传播，力争到2020年，将文化内容出口额提高到224亿美元，要将韩国在文化内容产业的出口从2010年全球排名第9位（2.2%的市场份额）提高到2020年第5位（5%的市场份额），以此使韩国成为世界第五大文化强国。在政府扶持方面，韩国文化体育观光部，为支持韩国文化产品出口，将相关资金支持从目前的1.2亿美元增长到2.2亿美元，增长率超过80%。未来创造科学部也将建立全新的电子信息产业支援基金，金额达1.2亿美元。两部委还成立了种子基金，对韩国文化产业进军海外市场也起到了巨大的推动作用。与此同时，韩国进出口银行为支持韩国文化产业走出国门所提供的资金支援，也将从1.8亿美元增长到2017年的2.5亿美元。

韩国文化体育观光部和未来创造科学部对不同国家和地区的市场情况进行了分析、梳理，制定了适合不同目标市场的发展战略。南美、中东、非洲等新兴市场，将作为今后韩国文化产业输出的重点市场。政府将会通过搭建平台，为韩国企业提供更多的机会。对于亚洲地区这类成熟的市场，则强调合作，重点推动在电影和动漫方面的联合制作，如通过亚太广播电视联盟等机构，推动以亚洲文化、历史为素材的节目联合制作等。对于美国和欧洲市场，则要强化商业网络的运作和分工合作。为了实现2017年100亿美元、2020年224亿美元的经济目标，韩国政府下属各部委间成立名为“海外出口协议会”的机构，共同对海外市场信息进行调查和分享。在海外，则将以韩国文化产业振兴院为中心，联合相关部门在与出口相关的市场、法律、人力资源和海外创业等方面，为企业提供对口服务。目前韩国文化部门的财政预算占国内生产总值的比重为1.39%，远低于经合组织的平均值1.9%。而朴槿惠在竞选时就承诺，上台后到执政最后一年的2017年，要把文化财政预算占比提高到2%左右；要将销售额超过1亿美元的文化内容企业从2010年16个增至2020年100个。不仅如此，韩国政府还将把向文化产业投资的基金中的基金规模扩大到2020年两万亿韩元。

第二个关键词，我想从新媒体的角度来谈。为什么韩流能火起来？一个重要原因是抓住了三个新媒体机遇期。第一个机遇期，就是在20世纪80、90年代，卫星通讯技术的民用化、商用化，导致卫星电视的民用化、商用化，中国和亚太地区，也包括欧洲，开始迅速普及卫星电视。中国是1998年还是1999年我忘了，反正在21世纪之前，所有省级卫视全部上星了。我们今天讨论新媒体，主要指移动互联网时代的新媒体，但新媒体在20世纪60年代被提出以来，这个概念有一个层级发展过程。卫星电视的普及，让第一波韩流，就是最早推广的那波韩流有机会凭借当时的新媒体推出去。韩流的第二个新媒体机遇期，是伴随互联网的普及，就是以《大长今》为高峰的2004、2005年那会儿。当时在互联网发展的初级阶段，还没有流媒体网站，都是下载后观看，韩流在第二波新媒体机遇期中完成了基本的完型。第三个新媒体机遇期是今天的移动互联网时代，流媒体视频网站是第三个历史节点。韩流恰恰是踩到这三波新媒体发展的战略机遇期，才使得它国内的这些政策、理念能够落实，能够真正打出去，要不然能不能有效传播都是个问题。

举一些具体的例证。2004年韩国的文化体育观光部为了把韩流做好，将原来的文化产业局，分成了文化产业局和文化媒体局，就是专门把文化媒体的作用放置到一个和文化产业等同的位置上。因为他们确实享受到到了前两波新媒体机遇期的果实，意识到新媒体的重要作用，然后才在政府职能上做出了相应调整。韩流能抓到他们的新媒体的第三波机遇期确实离不开他们政府的这种战略布局。韩国政府很有远见地在2011年，通过在华的韩国文化振兴院和PPTV网络电视达成了战略合作协议，计划从2012年开始，PPTV网络电视推出由韩剧、韩星、韩乐及韩粉四大版块构成的韩流综合平台，第一时间独家提供MBC、KBS的全部新剧，同时与SBS展开深度合作，实现韩国影视剧的大面积覆盖，而且该平台还拟容纳几乎所有韩国优质音乐资源。此次合作是韩剧、韩国综艺节目等有史以来最正式也是规模最大的网络推广项目。2011年的时候，PPTV还算是行业领头羊，现在已经不温不火了，现在这一波，比如说众所周知的最近比较受争议的乐视，新一波移动互联网流媒体视频网站又出来了，但是不妨碍我刚才的结论，就是韩国在新媒体问题上是非常自觉的，每一个发展周期能给他们带来丰厚回报的新媒体，他们都是提前布局的。这也能理解为什么《继承者们》和《来自星星的你》能迅速在国内热播，因为再好的内容没有渠道也是白扯；而他们之所以能提前做好，是因为这个工作只能由政府来做，企业没有这么大的实力做这些事情。

韩流是一个晚近的发明，这套东西并不是从来就这样的，我们今天已经习以为常地把它默认为一个常识，好像就应该这样，实际上它的发展是非常晚近的过程。崔柯刚才讲到1993年我们引进的那个叫《嫉妒》的电视剧，其实是翻拍日本同名的热播电视剧。在20世纪下半叶，尤其是八九十年代，或者说1998年之前，韩国的大众文化领域也是被美国、日本各种蹂躏的，本土文化产业基本上没有抵抗能力。所以当时也和中国早期的文化产业模式一样，人家怎么拍，咱们就跟着翻拍，当然效果是惨败。

但是在1997年，《爱情是什么》在我国热播之后，我觉得将其作为韩流的起点是靠谱的。我个人倾向于把韩流分为两波：一波是传统互联网时代的韩流，第二波是移动互联网时代的韩流。传统互联网时代的韩流的一些基本元素，在《爱情是什么》中都存在了，虽然还比较粗糙。只不过，那时候韩流是非常不值钱的，这也是我为什么不将卫视普及阶段的韩流算作一个独立阶段的原因，我更倾向于将那个阶段的韩流视为传统互联网时代的韩流的准备阶段。在那个阶段，即便在2000年，韩剧的出口价格也仅相当于日剧的1/4、港剧的1/10，也正因为价格低廉，又赶上当时亚太地区卫星电视的普及，所以才会有所谓的韩流这一概念，但这也只是初始化而已，和中国出口商品的逻辑是一样的，因为便宜先有辐射面，然后迅速扩张。韩国电视剧吴可可能更熟一点，等下半场你好好讲一下，由于时间原因，我现在就大概提一下。《爱情是什么》之后，就是《澡堂老板家的男人》，还有《人鱼公主》也比较有名，直到后来特别火的《蓝色生死恋》、《冬日恋歌》，也是传统互联网时代的韩流高峰的代表。

到了2004、2005年，是传统互联网时代韩流的最高峰，《大长今》创造了一系列收视纪录，也是韩流在《继承者们》和《来自星星的你》之前的最高峰。但是到了2007年，传统互联网时代的韩流开始走下坡路，而韩国音乐其实在更早的时候就开始衰落了。在2004、2005年，具体时间没来得及查，韩国那个著名歌手Rain在北京办演唱会，门票才三块钱一张，到了惨不忍睹的地步。当时又有什么“东北文化工程”，还有“江陵端午祭”等一系列相关的争议性很强的公共事件，韩国的形象在那个阶段极其负面，韩流自然也就没有市场。也是因为韩流火起来之后，出现了一系列影视剧丑化中国人形象，歪曲历史，也是戳到了中国人的痛点。就是因为所谓的拉选票，自然要作为民族共同体的自我文化意识，那么各种各样的、就中国作为其最大的无意识他者，自然成为了首当其冲的抹黑对象，而也就其过于自我的“韩流”怎么可能有市场呢？刚才提到的韩国文化振兴院跟 PPTV 合作的时候，也就是在 2011 年、2012 年一直到 2013 年夏天，韩流都是极其悲摧的，出口额也大受影响。

然后到 2013 年年末，《继承者们》和《来自星星的你》就突然的火了起来，当时我也吓了一跳。暑假之前，我去参加吴闻博他们传媒大学凤凰学院办的那个中韩综艺节目的会，韩国的《爸爸去哪儿》的原版制片人也来了。当时我跟他聊，问他《来自星星的你》在你们韩国是怎么火起来的？那个老爷子说的逻辑也非常清楚，他说在我们韩国《来自星星的你》也是占了新媒体的便宜，因为《来自星星的你》这种电视剧想上主流电视台的 KBS、SBS 是上不去的，所以当时只能上相当于韩国的有线电视，这与传统电视台比起来算是新媒体，其实也就是我们之前分析的第一波新媒体机遇期的产物，然后才有一个迅速的辐射效应。正是因为韩国有一个举国文化体制在支撑，当《继承者们》、《来自星星的你》在韩国国内被发现、被认可之后，就迅速被推送到移动互联网的新媒体上，然后才有了我们现在的状况。在移动互联网时代，对于文化内容企业来说，都是非常技术化的，都是在社交媒体，比如微博、微信这些东西上做过调研的，根据 80 后、90 后乃至 00 后的口味来量身订做，是分众化的定制产品。

所以，我要向大家汇报的第二部分，韩流能火起来就是抓住了三波新媒体的战略机遇期，我也粗略地对韩剧做了两个界定：一个是传统互联网时代的韩流高峰，《大长今》；另一个就是移动互联网时代的新媒体开启的，不敢说是最高峰，但是我估计也差不多，就是《继承者们》、《来自星星的你》。差不多就是这样。

第三部分，我就着重向大家汇报一下游戏方面的韩流。刚才我已经提到，韩国的文化产业在韩国的 GDP 中占了 15%，而中国只占 4%。韩国的朴槿惠式内容产业包括了 11 个领域：出版、漫画、音乐、游戏、电影、动画、广播、广告、角色、知识信息、内容解决方案，而游戏就占到 58%。在游戏这块，2007 年之前韩国是世界第一，中国 2008 年超过了韩国，2009 年超过了美国，占到世界市场份额的第一名。中国游戏产业的有关数字，碍于时间关系，我只报一下 2013 年的。2013 年，中国游戏产业市场收入总额是831.7亿元，今年可以稳稳地超过一千亿。然后细分一点，手游和页游增长很快，其中手游增长最快，页游也在高速增长，但是比过去有所下降，客户端游戏，就是装到电脑硬盘里的游戏，仍占据了网络游戏一半左右的份额，单机游戏也出现了回暖现象。

2013年中国的网游出口，其中完全自主研发的网游出口是18.2亿美元，就是110多亿人民币，算上代理的话至少是200多亿。大家都知道，韩流包括影视剧，也包括动漫、音乐等。音乐就算了，因为现在全世界的音乐唱片工业都在走下坡路。我们就谈谈电影、电视剧、动漫吧。中国电影2013年的海外票房大家猜一下是多少？14.14亿人民币。2013年中国电视剧市场的国内总值是108亿，出口是多少呢？3亿人民币。2013中国动漫领域的产值据说突破了870亿，但出口是多少呢？10亿。就是说，电影、电视剧、动漫的出口加起来，还不到网络游戏的一个零头。看到这个数字，我也是触目惊心，首先我们在韩流面前没那么不堪，在游戏领域我们的底气是非常硬的。但是中国文化产业整体上的确瘸腿，这几大领域，电影、电视、动漫天天窝里横是没意义的；何况就是窝里也不横，他们的数字也不够，电影、电视剧、综艺节目加起来也不到游戏的一半，而到国际市场那真是到了惨不忍睹的地步。

在游戏领域，实事求是讲，中国游戏产业受到了韩国游戏产业很大影响，甚至说韩国游戏形塑了中国的游戏行业，在中国游戏的每一个发展阶段，都是韩国游戏在开启风气之先，说韩国游戏在很大程度上影响了中国玩家对游戏的认知也不为过。2000年是《黑暗之光》，后来是《传奇》、《千年》，然后到了2005年至2008年这四五年，又是《泡泡堂》、《劲舞团》、《跑跑卡丁车》等。在21世纪的初期，还出现了《石器时代》这种里程碑式的游戏。

到了2008年，中国游戏翻身了，中国游戏开始敢跟世界掰手腕了。但比如腾讯，最赚钱的两个游戏《穿越火线》和《地下城与勇士》依然是在韩国买的版权，直接收购，然后再来个精加工，直到现在还是作为支撑腾讯游戏的主要收入来源。包括最近我参加进口游戏审查，有一款叫作《炽焰帝国2》的韩国客户端游戏也非常好，可能会在游戏领域产生类似《来自星星的你》那样的效果，在国际上也很受关注，可能是这十年来唯一能跟《魔兽世界》掰一下手腕的游戏。

顺便简单说一下为什么韩国游戏后来在中国不行了。在2005年，韩国游戏还占据中国市场的75%，统治性的优势；但是到2006年就下降到36%，2007年是10%，拦腰断崖式的下降。为什么一下就不行了？中国人跟上了是一方面，另一方面他们自身确实也有问题。首先是游戏的模式，就是玩法比较单一，就是打怪、升级，太机械了，除非极度上瘾，否则玩一段时间就没有快感了。其次商业模式也比较落后，中国人别的可能不行，开发商业模式绝对有一套，韩国那套商业模式就是买点卡、打装备。另外，还有一点是韩国的网速比较快，韩国的网速是世界上差不多最快的，他们的游戏也都特别大。刚才我说的那个《炽焰帝国》最开始的版本是100多个G，后来考虑到中国市场的情况压到几十个G，但还是太大了，所以只适合韩国的小众市场，出了韩国就玩不了，通俗地说就是卡的要死。

基于以上原因，韩国游戏后来就走了下坡路，而我们国内游戏领域现在确实是跟上了，实现了爆炸式的增长。现在，在北、上、广、深，都有专业的游戏研究基地。这几年像百度、阿里、腾讯，包括360、小米、乐视，都疯狂地去韩国抄底，一家家的收购韩国的游戏公司。所以，韩国游戏在中国的存在感一直特别强，他们在我们这边始终是对游戏影响力最大的国家，也是咱们关注度最大的国家。但是在21世纪的第二个十年，情况确实变了。十年前，甚至五年前，还要去央求韩国游戏在华代理权的中国企业，现在摇身一变成了他们的老板。所以用慧瑜的一个观点，就是在这个时代，香港开始变成了大陆的二线城市，台湾开始变成了海南岛式的国际旅游观光岛，韩国也有点要变成我国的文化创意产业区的感觉，当然，仅限游戏领域。

基本就是这三大块：第一个关键词是后冷战，就是韩国为什么这么把文化产业当回事，甚至要文化立国；第二个关键词是新媒体，就是韩国是怎么踩上了这三波新媒体的节点，最终实现了跨越式的大发展；第三个就是细分领域中的游戏，它在韩流中的位置，以及我们国家的情况。

崔柯：谢谢佳山。佳山把韩流放在后冷战这么一个大背景之下，分析政府体制、文化动因等，并对韩流的发展过程做了描述，还重点对韩国的游戏产业做了介绍，讲的内容非常丰富。下面请世熙传媒制作部副总监戚琳做主题发言。

戚琳（世熙传媒）：非常荣幸能够在这里和各位老师一起分享我们在节目制作过程中，尤其是与韩国团队在合作过程中的一些感受。我可能不像佳山老师这样系统，只是把我在实际工作中一些简单的感受和大家分享一下，可能比较分散、比较细节，也希望对我们的理论研究有一些抛砖引玉的作用。

韩国的电视制作机构非常多，但是播出平台就只有三家KBS、SBS、MBC，尤其是KBS，是唯一的一家国有电视台，像SBS基本是全民营。所以韩国的影视市场竞争非常激烈，尤其这些节目制作团队以及韩国的艺人，他们的市场现状可以说是比较惨烈的。据我们了解，每一个韩国制作团队基本上两到三天就有新的创意出来，基本上一个方案从提出 idea 到最后成形，一个礼拜就可以完成。所以，我们可以发现，韩国的节目极少出现像国内这样的扎堆现象。据我们观察，这些节目都非常有特点，比如说《我们结婚了》、《无限挑战》、《爸爸我来了》，还有金炳万的《丛林法则》，在这些受到国内观众关注的节目里，很少有同质化的节目。不像国内的节目这样，一窝蜂的上，比如《爸爸去哪儿》火了，全都是一窝蜂的爸爸、一窝蜂的爷爷、一窝蜂的姐姐，韩国极少出现这种状况。其实这也给我们挺大的启发，就是我们现在国内一些制作节目的机构，电视台团队也好，市场上制作公司的团队也好，其实我们现在还没能实现韩国的这种创意的过程。前几年我们基本上是模式引进，现在因为总局出了政策，我们就不能做模式引进，就只能打一个联合研发的噱头，所谓本土化的改造其实就是换汤不换药。说的比较那什么一点，虽说不能算抄袭，但的确在很大程度上是“借鉴”了人家。尤其是现在到了九十月份，电视台又开始广泛地的在市场上征集节目，我们看到那些给电视台的提案里，大部分节目我们都能从国外找到原型或相似之处。跟韩国团队合作的过程中，给我们的最大感受就是，在创意方面，我们国内的制作团队还是有比较大距离的。

我们再看一下韩国的综艺节目。我没有做过详细调查，只是一个感受，我们比较早接触到的，在国内观众尤其是年轻观众中引起广泛关注和讨论的，就是《情书》和《X-MAN》,都是全明星参与,演播室内的,有游戏竞技元素的真人秀节目。到后来,像现在我们比较了解的《爸爸去哪儿》、《我们结婚了》还有《Running Man》这些户外的真人秀,我们可以发现,所有韩国综艺节目当中,都有明星参与,我们看不到路人、普通人的面孔。艺人的因素其实是韩国综艺节目的一个最大要素，而韩国的艺人在综艺节目里面的配合程度非常高,基本上只要导演组想得出来的他们都能干。一方面,也是最主要的原因，是因为韩国的市场竞争非常激烈。我们也和一些大牌艺人聊过，说节目这么难，这么有危险性的挑战，为什么你要参与？他们就很直率的说，如果我在这个地方不参与，很可能我就会被市场封杀，就没有人再用我了。所以，这和我们国内的艺人差别非常大，国内艺人不管你是三线也好、二线也好，他们的配合程度在这种户外真人秀节目中是很低的，一定要自己的形象。经纪公司也好、艺人也好，在拿到台本的一开始就说，我这个不能做、那个不能做，我只能以什么形象，我只能说什么话。由于我们在真人秀节目里想看的就是真实、自然，但艺人他们自己又放不开，导致国内现在很多真人秀节目就没那么好看，我们觉得很多艺人表现得不那么自然，不像韩国节目那样觉得特别顺畅，感觉国内艺人的表现就是拿腔拿调。这也是我们现在引进的很多韩国综艺节目，为什么呈现出来和韩国原版有这么大差距的原因。一个最明显的例子就是去年四川卫视播出的那个《两天一夜》，我们了解到《两天一夜》的制作执行其实和原版差距不是那么大，但为什么觉得不如原版那么好看？我们分析发现，原因就是在艺人方面和后期剪辑上。

提到后期剪辑就是我想说的第二点，就是都说韩国综艺节目好看，为什么好看？韩国综艺节目的整个制作过程是非常规范、非常严谨的流程，制作也是比较精良的。可以从以下几个方面分析。首先是制作团队，韩国团队的配备是非常明确的。比如说一档大体量的户外真人秀节目，分组拍摄时，每组至少需要三个 PD，就是我们说的导演；三名编剧，他们叫作家，咱们叫编剧；摄像团队、录音团队是属于另配的，但是核心执行团队就是导演加编剧。编剧在韩国综艺节目里的作用，我想各位老师都了解，是非常非常重要的，像《我是歌手》的编剧金荣熙，他们在制作公司里非常有地位，甚至有的是股东之一，这也是制作团队为了和编剧有更紧密的联系，给他们一定利益。而导演和编剧团队的分工也非常明确，比如说 PD1 号，就是 PD 队长，他把握整个节目录制的流程和内容，PD2 号在外拍过程中的作用就是事先踩点。韩国团队执行一个节目，时间安排非常紧凑，导演说一点钟要拍完这个环节，不论他开始的时间多么晚，一定会在一点钟完成这个拍摄，这也是我们在和国内节目制作过程的对比中体会特别深的。国内节目，比如说一点开拍，到两点还没有开始，是非常正常的。而韩国团队要求一点出发，那么 12 点半，所有技术、所有导演、所有车辆都会到位，这种标准流程化的生产对我们启发非常大，我们和他们比起来就是散兵游击队，而人家是正规军。还有一名就是 PD3 号，他的作用主要类似于国内的制片工作，做一些后勤保障、现场调度的工作。在编剧方面，也是有三个编剧：一号编剧负责关键的人物设计和故事设计，二号编剧主要根据人物性格在某些特定场景中负责道具以及环境的调配，三号编剧是在前期搜集非常多的资料。据我们了解在真人秀拍摄的时候，国内基本上按照台本来执行，而韩国团队现场执行的节目内容通常只有台本中的 30%。就是说会事先做很多准备，但是具体拍摄哪些和拍摄什么内容，导演会在现场重新把握。不像国内在制作时，基本上有什么我们就拍什么，韩国团队则非常灵活，尤其是在面对突发状况的情况下，在把握时间的原则下，尽可能拍摄最多的素材来进行后期剪辑。

另外，韩国综艺节目的后期非常棒，特别是户外真人秀。我们在讨论为什么湖南卫视的《爸爸去哪儿》这么好看，很大一部分归结于其后期剪辑和包装非常精良。北京的红森林团队，就是因为做了《爸爸去哪儿》，所以现在在圈内获得了很高的声誉。而那些专门做花字图案的小朋友，都是90后，对于节目内容的补充和观众的引导也有很大的作用。受到这个启发，现在很多户外真人秀的后期团队，都会有专门人员负责花字图案的设计和内容。但是通过分析《爸爸去哪儿》的后期，我们可以看到，《爸爸去哪儿》后期有很多细节其实借鉴了韩国综艺节目的经验。比如说，韩国综艺节目刻意放大一些人物的表情和一些细节动作，会用慢动作回放反复强调，把一个我们觉得一带而过，可能没有什么内容的故事点，通过后期制作来强化，通过屏幕旁边的花字图案介绍来引导观众的收视，这其实在《爸爸去哪儿》中是非常多的。我们虽然知道这些后期特技，但要把它在国内真人秀节目中完全应用出来，实际的难度是比较大的。因为韩国PD、韩国导演，他们自己都是亲自上手，上机器进行后期剪辑，这个制作流程不像国内。我们国内，基本导演只负责前期、负责拍摄，而真正当素材回到机房进入后期的时候，我们都会有一个后期导演。进行素材剪辑的是那些剪辑手，而这些剪辑手很少进入到节目前期，对节目内容并不那么了解，所以就会有一些流水帐式的真人秀节目。我后来看过国内的一档节目把同样的素材带到韩国去剪，拿回来同中国的剪辑相比，差距是非常大的。所以，在我们节目制作，尤其是真人秀制作的时候，强调后期是二次创作。在演播室做节目我们觉得区别不大，但是到了户外真人秀，后期的作用就非常非常大。以上是对国内在节目制作过程感受非常深的几点。

现在好多韩国团队来大陆挖金，就是觉得中国电视市场有一个非常大的空间，越来越多的团队开始和国内的电视台深入合作。从开始单纯的模式引进，到后来派一两个摄像指导、一两个编剧指导进入团队，再到现在有些合作团队进入中国市场同中国的制作团队联合制作。像我们之前做《中国爸爸》，就是和韩国团队联合制作。还有一个趋势，就是我发现东南卫视《爱在囧途》那个节目，完全将项目制作包给韩国团队，没有中国人参与制作，由韩国团队来制造一档中国人观看的节目。这个过程其实引发了我们一些思考，比如说韩国生产的标准化、流程化，以及团队的配备、制作的精良、水平的高超，都是值得我们学习的地方；但是在这个合作当中，也存在一些问题。比如东南卫视《爱在囧途》，其实是讲三对艺人作为夫妻去旅行，在旅行过程中，他们要穷游、富游，要克服一些困难、完成一些任务；但是当需要体现我们中国的情感、我们中国的一些价值观的时候，韩国团队在执行过程中是体会不到的。尤其比如说，孩子和爸爸在一起，《爸爸去哪儿》那个节目呈现的内容和原版有比较大的区别，这也是因为湖南台谢涤葵他们有多年做真人秀的经验，在内容和价值上进行了比较大的改版，所以我们会觉得《爸爸去哪儿》这个节目特别接地气，观众觉得特别好看。而如果也像《爱在囧途》那样，以韩国方式来操作，我想，可能内容上就没有现在这么大的影响力了吧。

另外，我们发现韩国的综艺节目都是拍艺人，因为我们把一个素人放到节目当中是很难出现艺人那样的表现点的。我们就在思考为什么？后来发现和欧美节目比较，欧美节目模式的优势更多在于环节的设计、在于形式的设计。也就是说，不管你把什么人放在欧美的节目中，他到了某个时间点一定会出彩。而韩国节目不一样，通常会把一个大块流程设计好，比如《Running Man》就在这个大楼拍摄，七个人要完成什么样任务；但是不会具体涉及大楼任意一层将会发生什么事，这是完全开放的。所以韩国的真人秀节目要出彩，完全靠艺人的表现，像偕星刘在石、姜虎东这些人，艺人的表现能决定节目成败。当我们把模式引进中国之后，我们把素人、路人放在这个节目当中，就会出现流水账式的节目呈现。因为韩国综艺节目的环节设计没有逻辑上的必然性，偶然性非常大，在节目策划期间我们不能预判，到了这个点会发生什么事，到了那个点是否有这样的情节发生，矛盾冲突、戏剧性设计，没有逻辑上的规律，只是一个偶发现象；所以在韩国和韩国团队的合作当中，我们会存在非常多谈判也好、交流也好，尤其是文化价值和思想上的交流。我觉得这是接下来，今年明年，韩国团队、韩国综艺节目进入中国之后，深度合作中将出现的问题。怎样跟韩国团队进行最好的合作，把最精华的东西拿到我们国内的综艺节目制作当中，这是我们需要思考的问题，也希望各位老师能在理论层面给我们一些指导。大概就分享这样一些经验。

崔柯：谢谢戚琳。她结合自己的实践经验，比较了中国和韩国电视节目制作中的一些不同，提出了一些富有启发性的看法，我们接下来可以做一些延伸性的阐释。我们休息十分钟。

（休息）

崔柯：我们继续讨论。接下来进入自由讨论环节，请大家自由发言。

周志强：我先说一下学习心得吧。我觉得今天的话题挺好的，我对韩剧非常感兴趣，再加上前一段时间给《人民日报》和《文学报》写了关于韩剧的文章，《文艺研究》又约稿，我特意看了看、查了查，国内好象没有太多学者研究韩剧。我觉得这个话题很有意思，所以本着一个学习的心态，一看云雷发过来的邮件，就把时间排开，前来跟两位专家学习。

首先佳山提到的那些数字我非常感兴趣，韩国举国体制下的文化产业居然在1998年就提出了明确战略，我们知道1999年英国才提出“文化创新、再造帝国”的理念，韩国竟然比英国还要早一年提出这样的创意文化的问题，这是出乎我意料的。我原来以为韩国整个文化产业是一个自由市场竞争的模式，佳山的发言让我觉得这是一个后冷战时期的国家文化战略，这倒很有意思，提醒我们在今天发展文化产业的过程中，单纯靠自由市场、单纯靠企业之间轻巧的联盟很难做大。我们国家相对韩国来说，国家文化体制其实比较强大，比如文化部下属这么多单位，还有广电总局系统，从电视台到民间公司的制作，还有作协、文联这么强大的组织，如果跟韩国文化产业去竞争，肯定有很大优势。戚琳女士发言的时候，我记的笔记比较多，非常有意思，两个不同的制作团队，尤其是中国团队在急功近利的心态下，总是山寨人家的模式。现在各个城市都有一个文化产业扶持基金，我在天津看到征集上来的项目，都是要到欧洲落地，是独创的模式，可实际上没有独创，节目包装之后，团队是自己的，里面的内核还是人家的。荷兰、意大利、韩国、日本，成了中国综艺制作的四个山寨来源。我觉得这还是很让人担忧的，一是很多工艺产业被当成文化产业来使用，二是大量的山寨节目却可以有很好的收视率，而且能形成新的狂欢空间。像《爸爸去哪儿》从客厅直接走到影厅，使得电影院出现客厅化的、新的狂欢式的综艺节目。我觉得有很多值得忧虑的地方，待会听到诸位发言我可能还会有新的灵感。我自己对韩流的一个疑问，就是韩国人拍的电视剧为什么能这么好地满足城市居民、都市白领的文化消费欲望？我曾经把都敏俊所代表的新的现象叫做“新圣女（剩女）文化”，结果引起很多女性不满。可是我觉得为什么韩剧能在一个竞争压力如此大的国家里面，提供这么好的浪漫想象的空间呢？韩剧以生产出一种浪漫的规则，来取代我们严酷的丛林规则，背后的原因是什么？这是我非常感兴趣的问题，我自己也没有很好的答案，这也要求教于诸位。

李玥阳（中国传媒大学中国文化国际推广研究所）：我韩剧看的少，《蓝色生死恋》那些我没看过，但是我确实看了都敏俊。我当时确实看得挺入迷，也觉得电视剧本身确实挺好看；但是我又觉得其实这个电视剧是非常模式化的，偶像剧的模式就是那样。如果在一个相对高的工业化流水线水平上，我们也可以生产出那样的模式化产品。这种模式无非就是设计一些人物，然后不断延宕，最后一个大拥抱，幸福地结束了，就是这样一个模式。我们为什么不能生产出这种成熟的样本呢？可能我们文化产业在市场化过程中有自己的对话对象，我们的对话对象是计划经济体制，所以一直在强调文化要有商业价值，一定要能卖钱；但事实上经过这么多年的发展，中国现在的市场状况，我觉得卖钱真的不是最难的。通过电影市场就可以看出来，很多投其所好的烂片都可以非常卖钱，所以我觉得到现在卖钱不应该是标准。

孙佳山：关键在国际上，实在是惨不忍睹。

李玥阳：那是因为做的太差了，卖钱并不难，怎样能够出更好的产品，才是更重要的，但是我们这些年重点却不在这里。先说这点。

周志强：一千亿游戏产额是指输出吗？

祝东力（中国艺术研究院马克思主义文艺理论研究所）：产值的意思。

孙佳山：就是票房，就是国内市场，GDP。

张慧瑜：上半场佳山老师从宏观角度谈了韩国的文化产业的政策，总结了韩国文化产业发展的经验，尤其是提到韩国文化产业的崛起，离不开韩国政府大力支持，这对于中国发展文化产业的确有启示意义。戚琳凌老师具体谈了韩国电视栏目的运作机制，从内部展示了韩国电视人的专业化水平。这些都对我们理解韩流现象有帮助，我谈一点自己的看法。

刚才佳山提到游戏在韩国文化产业中占份额最大，这不只是韩国的现象，中国也是如此，游戏产业是电影、动漫等文化产业中最挣钱的，就像中国最著名的互联网公司腾讯的主要盈利业务也是网络游戏，网络游戏是腾讯的核心，其他的网络文学、动漫、演出、影视等都围绕着网络游戏转。近些年，好莱坞电影也在游戏化，不仅很多知名游戏改编成电影，而且游戏化成为电影叙事的主题和主要逻辑，如《饥饿游戏》、《安德的游戏》等，甚至好莱坞电影很多时候本身就是一个游戏广告。这种文化产业的游戏化反映了当下文化的基本状态：一是文化产业的主体是年轻人或青少年，不是说中年人或老年人不消费文化，而是文化产业的核心消费市场是青少年市场，电影观众也基本是年轻观众，这是 20 世纪 90 年代全球化以来出现的新现象，青年人主导文化消费市场；二是文化产业的产品也随之朝低龄化、幼稚化方向发展，文化不再是通俗或娱乐，而是变成了少儿读物、儿童读物的水平。相比追求视觉、身体刺激的网络游戏，电影、文学算精英文化了。

佳山提到了“后冷战”，我觉得还需要进一步解释后冷战的含义。后冷战的“后”有两个含义：一是冷战体制的终结，冷战是指从二战后以苏联为代表的社会主义阵营与以美国为代表的资本主义阵营在各个层面的对抗，这种对抗以八九十年代之交苏联、东欧社会主义国家的解体而结束，美国成为世界秩序的超级霸主，直到911、阿富汗－伊拉克战争以及2007年金融危机大爆发、中国经济崛起等，这种一家独大的后冷战秩序又发生新的变化；二是冷战意识形态的终结，苏联的解体代表着列宁－斯大林以来的国家社会主义制度的失败，美国式的资本主义制度成为人类的唯一选择，这是福山“历史终结”的意思。韩国与冷战有着非常密切的关系，或者说韩国这个国家就是冷战的产物，朝鲜战争是发生在冷战分界线上的“热战”，造成朝鲜和韩国的分离。朝韩的特殊之处在于，冷战后东德、西德合并了，欧盟出现了，而亚洲依然延续冷战状态，比如朝鲜与韩国、大陆与台湾。这当然并不意味着东亚没有进入后冷战状态，随着中国20世纪80年代的改革开放以及20世纪90年代的冷战结束，社会主义与资本主义的对抗基本消失了，1992年中国与韩国建交本身就是后冷战到来的标志。而以韩流为代表的流行文化、大众文化在中国兴起也是后冷战的结果。

我们现在把韩剧、韩国电影在中国的流行说成是韩流，是很有意味的。其实在毛泽东时代流行的是朝鲜电影，比如《卖花姑娘》、《看不见的战线》等，直到20世纪80年代之交，还有一部朝鲜的电影系列片《无名英雄》在中国流行，对2009年热播的谍战剧《潜伏》都有影响，导演姜伟说《潜伏》就是向《无名英雄》致敬。朝鲜电影在中国的消逝、韩流在中国的浮现，正好代表着从冷战到后冷战的变迁，也意味着中国从向社会主义国家的文化引进，转向对欧美、日本、韩国等资本主义文化的接受。20世纪80年代，先是港台的流行歌曲、电视剧进入中国，还有日本、美国的大众文化，这些文化成为中国想象“外面的世界”的素材。本来港台文化受日本文化的影响，日本文化又受美国文化的影响，这些都是冷战时期资本主义阵营的文化形态；而现在韩流作为后起之秀，取代了香港、日本流行文化在亚洲的主导位置，并呈现出一种逆向流动的姿态，韩流不仅影响了日本流行文化，在欧美也产生了一定影响力。

这些外来的流行文化从东南沿海登陆吹遍大江南北，一方面催生出中国本土的流行文化，另一方面也对原有的社会主义体制下的文化、文艺生产方式产生了巨大冲击。冷战时期在文化上也存在着两种不同体制的对抗：一种是社会主义体制下的计划经济的文化生产方式，一种是资本主义体制下的以市场为核心的文化工业或文化产业。随着 90 年代的市场化，新世纪以来文化产业化成为国家政策，中国的文化生产机制也逐渐向资本主义国家靠拢。这是后冷战在文化上的体现，也是韩流进入中国的大背景。说到底，韩流也是一种大众文化的形式，比如韩国电影、电视剧、流行音乐、网络游戏等都属于大众文化的范畴，这是一种非常特殊的文化生产方式。大众文化有这样几个特点：第一是商业文化，以利润为导向；第二是民营资本为主，以资本为主导；第三是面向主流消费群体，对于欧美国家来说，主流大众就是中产阶级，这一点中国是不同的，中产阶级在中国只是少数，所以大众文化在中国变成了少数人的文化。

刚才戚琳老师讲得很好，用具体案例呈现了韩国电视行业是怎么运作的，韩国文化产业内部分工非常细密，工艺流程比中国进步很多。可是这种进步的工业水平，也是建立在对演员的剥削和剥夺之上的。从新闻中经常听到韩国女明星自杀的消息以及韩国娱乐业的残酷竞争，艺人们要经历非常残酷的学习和训练，面临很高的淘汰率，最终留下来的人获得成功之后，又面临着更新的艺人的挑战。而不断推出新人也是为了保证韩国娱乐业的再生产。我们在看到韩国文化工业繁荣的同时，也应该看到文化工业对明星的压迫。人们常说，韩国影星很敬业、很职业化，这也是资本规训的结果，明星必须服从大的娱乐公司的安排。相比之下，中国的演艺明星可能拥有更多的话语权，因为中国的娱乐工业比较分散，不像韩国娱乐工业是垄断性的，比如韩国只有三家电视播出平台，而中国按行政划分有几千家电视台。当然，中国虽然还有一些计划体制的残余，但内部机制确实已经越来越向韩国娱乐工业靠拢了。

大众文化在当代社会有两个基本的功能：第一，成熟的大众文化是社会的晴雨表。什么流行、什么受追捧，是社会文化心理的反映。大众文化虽然不能解决社会矛盾，但成熟的大众文化会用自己的方式来触及社会困境，想象性地解决社会矛盾。这也是研究大众文化的初衷所在，因为它是社会变迁和危机的症候。像好莱坞电影、韩国电影等都具有这样的功能。比如金融危机、中国崛起等全球性的问题，在好莱坞电影中都能得到及时的反馈。韩国电影也是如此。第二，大众文化是一种文化产业形态，文化产业、文化创意经济学之所以如此重要，与后工业社会的转型有关。后工业社会是一种去工业化的、产业中空的社会结构，文化产业、旅游产业等都成为后工业时代的支柱产业。韩国、台湾、香港等昔日的亚洲四小龙在制造业转移到大陆之后，实现了后工业转型，文化产业也随之成为这些国家和地区重点推动的产业形态。

与好莱坞电影相似，韩国电影最成熟的地方也是找到了一种以中产阶级为中心的叙述方式。举一个例子，今年上半年有一部韩国电影《辩护人》，在网上很多中国人喜欢这部片子，认为真实反映了80年代韩国民主化运动的历史。这部电影根据韩国前总统卢武铉的事迹改编，讲述了一名律师不惧危险，替被军政府逮捕的釜山大学生辩护的故事。有意思的地方在于，电影前半段叙述了这个出身底层的律师如何奋斗成中产阶级的过程。他高中辍学，成为一名建筑工人，后来自学考取了律师资格证，又依靠自己的聪明才智赚了很多钱，过上衣食无忧的中产阶级生活。他本来对电视上或窗外的民主化运动漠不关心，直到机缘巧合，被卷入一起大学生因传阅进步书籍而被捕的案件中。影片后半部分就呈现他是如何为这些大学生做无罪辩护的。这部电影很好莱坞化，讲述小人物反抗强权的故事。可是，这部电影把韩国民主化运动处理为中产阶级与学生联合起来对抗专制政府的故事，仿佛现在自由民主的韩国就是中产阶级与青年学生一起创造的，从而遮蔽了工人阶级在这个过程中所发挥的作用。在韩国民主化运动中，工人阶级是重要的参与者，但从电影中几乎看不到这一点。从这里可以看出韩国电影很会以中产阶级为中心来讲述故事。相比之下，中国电影的叙事就比较混乱，这种混乱本身是中国社会没有系统价值观的突出表现。

最后，我想说，今年五月份习近平主席访问韩国，引起很大轰动，中国与韩国签订了一个中韩合拍片的协议，这个协议和2003年大陆与香港签订的CEPA协议、2011年大陆与台湾签订的ECFA协议有点像，就是中韩合拍片享受“国片待遇”，不受配额的影响。这一方面呈现了中国与韩国经贸之间的紧密关系，另一方面也呈现了韩国也在像香港、台湾等其他的亚洲四小龙一样，成为中国经济崛起的外围国家和地区，韩国也在台湾化和香港化，这恐怕是中国经济崛起所带来的地缘政治调整的结果。

李玥阳：我能接着说么？因为慧瑜刚才说了几个非常重要的问题，我觉得挺值得讨论的。比如慧瑜刚才说的资本主义大众文化，含义到底是什么？慧瑜前两天提到，有一个人说电影资本的逻辑和工业逻辑并不是一个逻辑。比如说拍一个韩国电影，给演员钱，让他干什么他就给我干什么，没什么选择。当然你可以把它理解为资本逻辑，雇佣和被雇佣、剥削和被剥削；但你也可能把它理解为人家工业化水平高，你不符合工业化水平就会被淘汰。这是两个不同的层面，不能混为一谈。比如说中国电影工业化水平没有达到那么高的程度，但是我们并没有因此而逃脱资本逻辑。

吴宇森说在美国我拍一部电影失败了，下次就没有人找我了，但是在中国拍部电影失败，下次还是有人找我，因为我是个有名的导演。我们看到资本逻辑在两个国家同时存在，区别在于中国却没有同样的工业化水平来支撑。所以我觉得在这个意义上，过多批判资本逻辑，那有可能更加遮蔽中国工业化的水平问题，这是需要进一步细化的问题。

还有一点我觉得也值得讨论。韩国是一个资本主义国家，但恰恰有一点，就是倾举国之力搞文化产业，每一个看似强大的文化产业背后，其实都是国家的力量。美国没有国家力量吗？美国在 WTO 谈判的时候，提出来的就是电影这个条件，而中国把电影作为一个筹码进行了交换，所以中国电影就缺少国家力量的支撑。在中国有一个国产电影保护月，但是特别奇怪，尽管世界各国都有国产电影保护月，但中国政府却十分小心，没有任何一个机构出来说那个保护月是我们弄的，都说这不是我们弄的，我们是不会干预市场的，应该让市场自由发展。

孙佳山：韩国就是有保护的。

李玥阳：对，所以说假如完全没有保护，资本逻辑就会更加畅通无阻，所以这中间有好多更细的问题是需要展开讨论的。

孙佳山：我稍微回应一下慧瑜，也是顺着刚才周老师和玥阳的思路，首先，我并没有默认韩国的举国体制就是好的，因为把文化作为立国之本，从国家的角度看是很成问题的，毕竟这涉及到国家的基本安全问题。美国的文化产业能够大行其道，其背后离不开美国的战争机器和高科技作为支撑，不会只是因为文化，只是因为好莱坞电影好看，就能让那么多国家乖乖买单。

我也并没有无条件地认同韩流，不觉得我们就一定得按照他们的路径来发展文化产业，我只是觉得要反对任何事情之前，必须首先把要反对的对象了解清楚，这样反对才会有效。比如刚才周老师提到国内研究韩剧的文章太少，研究韩流的情况又何尝不如此？知网上相关的文章里，真正能看的少之又少，无论如何，这是不正常的，也是相关领域都需要反思的。单纯的骂资本是最没用的，这种无意义的批评，只会遮蔽掉资本内部的复杂性，反而丧失了反思的可能性。

回到中国的问题，慧瑜刚才提到了中国电影，我最近跟祝老师、云雷讨论的时候提到一个观点，就是中国电影票房其实是中国房地产泡沫的一部分，中国电影票房的高速增长，恰恰是中国商业地产高速增长的结果和产物，跟中国电影其实没有太大关系，中国电影 2010 年突破 100 亿票房的时候，恰恰也是中国商业地产在一、二、三线城市大面积铺开的时刻。因此，为什么我将商业地产作为根本原因？就是从经济学的角度来看，为什么电影票房上去了？为什么很多很差的国产电影居然也有不错的票房？正是因为随着商业地产的发展，中国的各级城市空间都被彻底改造，商业地产项目，比如万达广场，都是一站式娱乐消费，自然，看电影成为了最方便的文化消费选择之一。

中国电影的问题在于，每年有80%的电影上不了院线，20%能上院线的电影当中，80%又赚不到什么钱，所以中国电影真正能回本的一年也就那30部左右。就是这么一个畸形的体制，居然还有这么多票房，单纯按常理是解释不通的。

陈国战（首都师范大学文化研究院）：我对韩流现象没什么深入的思考，刚才戚琳老师从专业制作人的角度比较了中国和韩国的综艺节目，顺着这个话题，我也从普通观众的角度谈一下我的感受。

我觉得目前国内的综艺节目，除了模式引进这个常为人诟病的缺陷之外，在明星生产机制上也存在很大问题。这其实非常明显，大家都能直观地看到，不管是《中国好声音》还是《中国好歌曲》，在这些比较火爆的综艺节目中，最大的明星都是导师团队，而这些导师基本都在40岁以上，像齐秦、刘欢甚至都超过了50岁。他们已功成名就，在这些节目里，他们基本不用付出太多的辛苦，不用展示自己的专业素养，就可以赚取大把钞票，可以说“坐着就把钱挣了”。而《爸爸去哪儿》、《爸爸回来了》等节目里的“爸爸”们，也大都是有些“过气”的娱乐明星或体育明星，电视台对他们的包装，可以说有些炒冷饭的意思。一方面，节目制作方愿意在这些已经功成名就、保险系数比较高的明星身上砸钱——据说《中国好声音》节目组给那英安排有专机接送的服务；另一方面，一些明星也借助近年来大量涌现的此类综艺节目焕发了事业的第二春。但是，这种娱乐模式能否持续，是很让人怀疑的。因为这些人的魅力都是之前在其他领域积累起来的，比如唱歌、演戏、体育等，现在，他们完全是在消耗自己以前积累的资本和人气，而完全没有生产性。所以，他们是在不断耗损自己的魅力，随着出镜的机会越来越多，只会让人对他们越来越反感。从这个角度看，如果我们的娱乐工业不能够生产出新的明星，那么，这些综艺节目也是难以为继的。

而中国娱乐明星的生产，最近几年也显得青黄不接，更没有出现让人看到希望的生产机制。我们可以对比韩国的明星和中国的明星，不管是“都教授”，还是李敏镐，我们发现他们身上都有一种特殊的气质，他们生产出来就是让人瞻仰、让人膜拜的，仿佛他们真的是来自另一个星球一样，能够给人无限的遐想。这是大明星必须具备的气质，而这种气质的获得，就必须有一套相对神秘的生产机制，不可能通过选秀产生。目前中国的明星生产机制比较依赖于选秀，而选秀出身的明星永远也不可能获得这样一种魅力，因为他从草根成长为明星的每一步都是在人们的观看下完成的，这种成名之路是注定成为不了 superstar 的。因此，就像很多人已经指出的，选秀明星似乎都没什么后劲，他们在一夜成名之后，常常不能受到人们持续的关注和追捧。我想，其中的原因主要不是他们自身能力的问题，而是和他们选秀出身的背景有关。用张颐武教授批评章子怡照片的话说，人们似乎总是能够从他们脸上看到若隐若现的“贼光”，也就是对成名的极度渴望。比如，在《中国好声音》中，很多选手都把自己对音乐梦想的追求与自己的生活对立起来，自己对音乐的坚持就具有了一些悲壮意味，这可能是实情，也可能会打动观众和导师，但通过这种方式成名的选手，难免让人感到有种“穷酸气”。他们诉诸的是人的同情，而不是人的仰首膜拜，注定不能成为像“都教授”那样的大明星。因此，我觉得目前国内的综艺节目，除了模式引进、“山寨”这样的短板之外，还有一个重大的制约因素，就是没有找到一个有效的明星生产机制。

孙佳山：国战提到明星制度，我简要补充一下。其实韩国明星的生产机制也是很成问题的，比如他们的练习生制度，那种制度对未成名的艺人剥削得很严重。以现在大红大紫的都教授为例，过年前后国内号称花了 500 万将他请过来做节目、做广告。假定真给 500 万，他最多只能拿到 10%，而这 10% 还是包括他的团队的花销在内，揣进都教授兜里的不超过 20 万，何况这 500 万当中，还被中国的黑中介收走了至少一百万。这也是为什么韩国的娱乐公司能掌控住韩国明星的原因，因为都是从练习生上来的，没有公司的包装谁也红不了，这也解释了为什么那么多韩国明星，尤其是女明星自杀，确实压力太大了。

当然我同意国战说的国内这块的明星机制也确实有很大的问题，但是韩国那个造星机制也不好，太残酷了。

周志强：这 500 万，他拿走 20 万，剩下的给了谁？黑中介？还是他的公司？

孙佳山：就是他的团队，造型师、助理、司机什么的。国内的本山传媒也是类似韩国的这套造星制度，小沈阳的处境其实和都教授差不多。

郭松民：实际上就是韩国市场比较小，如果要在中国的话，都教授就可以跳槽到另一个公司，但在韩国选择空间就是有限。

周志强：所以韩国很难有艺人像中国明星这样，中国的明星一旦成功了立刻就成立自己的工作室，自己做公司，韩国的艺人体制好像很少愿意让一个明星可以全方位掌握制作流程，是不是也有公司依附的原因在里面？举个例子，张学友目前应该是我们一线歌星拿钱最多的，他的出场费是70万，没有哪个公司可以控制他，他自己可以做公司，周杰伦也自己做了公司，连筷子兄弟都自己做了公司，但是韩国似乎没有这种现象。

戚琳：韩国据我了解，最大的艺人经纪公司是张东健开的，第二大是裴勇俊开的，韩国80%的艺人资源都在这两个艺人经纪公司控制下。

周志强：还有其他私人艺人的公司吗？

戚琳：很少，像您说的，像范冰冰这种工作室确实没有。

周志强：是不是在强化明星公司的依附性，不把艺人搞成大腕？

郭松民：还是大公司在控制各种各样的平台。

周志强：您说这个就涉及到媒介和资本控制。

孙佳山：我觉得根本原因其实是刚才我提到的后冷战的问题，因为韩国的所谓民选政府其实并没有完成彻底的资产阶级革命，并没有动摇当年那些军阀背后的财阀力量，所以这些财阀在各个细分领域还是掌控着相当大的话语权。比如说体育领域的郑梦准，亚足联主席，他是韩国现代汽车集团的郑氏家族的三兄弟之一，这样背景的人居然也能出来堂而皇之的当亚足联主席，甚至竞选首尔市长，经过彻底的社会主义革命的中国人是觉得不可思议的。因为，按照韩国攻击朝鲜的逻辑，这不是世袭么？这不是独裁么？更何况还有一系列郑氏家族政治献金的丑闻。我觉得根本原因在这，韩国就没完成彻底的资产阶级革命。

另外的原因，还是他们市场太小。中国市场太大，没有哪家企业强到能hold住全局，而且中国人那么多，口碑比较分散，实际操作的过程会更难。而韩国就简单了，就那么大点国内市场，又有几大家族在那，想操盘很容易。

崔柯：是的，韩国市场还是太小，中国还可以打游击战。

孙佳山：对，何况家族财阀势力并没有被根本动摇，我一开始并不知道郑氏家族，是因为关注了足球才注意到，了解了之后吓了一跳——这和我们当年的四大家族有本质的区别么？

张慧瑜：这种财阀资本主义也是东亚社会的特色，如日本、台湾、香港等都是大财阀体制。

郭松民：从这个意义上说，中国明星还应该感谢社会主义，是因为原来的社会主义体制把这些垄断势力都给铲除了，现在虽然重新开始出现，但还没有发展成巨无霸。

周志强：其实这次中央推动的利益集团反腐，本身跟邓小平当年大力主张搞小型乡镇企业，二者有逻辑上的相似：都拒绝中国出现所谓的财阀，或者公司主义，既要避免像美国一样出现国家资本主义模式，也要避免像瑞典一样走向协商资本主义模式，还要避免跟日本一样走向以公司企业为核心的财阀模式。现有的三大资本主义形式，中国好像都不满意，所以中国目前的经济体制和文化体制，到目前看还不能给它一个很明确的归类。到底是什么？我觉得还要给一些时间才能看清楚，至少从目前国家对于资本利益集团的的控制形式看，肯定不会形成日本式的公司或者财阀资本主义，至少中央是不愿意的，但能不能控制住，那不知道。另外，国家的资本模式对美国国家资本主义的警惕和意识形态之间的矛盾也很大。所以我们今天的文化产业，到目前看是作坊式加上工业化，还不能说这就是社会主义，也不能说这就是资本主义。戚琳女士说团队生产的标准化，跟张慧瑜说生产的机制和拒绝资本控制的这样的机制，我觉得就这两个方面还不能下定义，还有些早。

祝东力：我说两句。对流行文化一直不太感兴趣，所以韩流也看得很少，没有什么发言权。刚才听了两位主讲和大家的发言有点感想，就谈一谈。我记得大概十年前看到一幅卫星照片的拼图，我们知道同一时刻东半球、西半球不可能都是黑天，但这幅卫星拼图把全世界各地区、各国家的晚间时刻拼到一起，这时候，全球的夜晚有三个亮点：北美、西欧、东亚，当时东亚比北美、西欧稍微暗一点，但我估计十年之后的今天东亚的亮度应该上去了。这幅卫星拼图反映的是城市化水平、经济发展程度，或者说能源的占有量、消耗量，这是一个硬指标。所以，在这样的全球经济格局里面，东亚既然已经三分天下有其一，那么在文化领域，包括在流行文化领域，就一定会有它的代表，这个代表以前是日本，这十来年就是韩国。刚才佳山说到1998年的时候，韩国政府提出"文化立国"这样一个国家发展战略，当然其实韩国也不仅仅就靠文化，它的实体经济也做的非常好，除了我们比较熟悉的电子、汽车之外，韩国造船业也是多年的世界第一——我不知道这两年的情况，反正以前韩国是世界第一。

但是我们要考虑韩国这个国家的规模，到2013年人口才是5000万出头，中国有十来个省份的常住人口都超过韩国，比如说浙江，并不是一个多大的省份，但是常住人口有5400多万，超过韩国。所以韩国这个国家真是不能太小看，这是讲它的经济、产业状况。另外，在文化方面，它原来的基础就很好，东亚，包括中、日、韩，它们在古代历史中，比较全球其他地区，文化水平非常高。在东亚内部，朝鲜即韩国，是礼乐之邦，在20世纪以前一直蔑视日本，它模仿中国把自己叫作“小中华”，一直把日本当做蛮夷，对满清也特别鄙视，认为是蛮夷窃取了中华的位置。所以，李氏朝鲜一直以明朝为正统，尊奉儒学，文明程度相当高，一直到现在，韩国受过高等教育的人口超过欧盟和美国，是欧盟的两倍。

孙佳山：您说的是比例吧？

祝东力：对，占总人口的比例，这点显然也是儒家重视教育传统的发扬光大。这些是韩流形成的经济产业的基础和历史文化的背景。当然，流行文化的中心也会漂移，能从日本到韩国，也能从韩国漂移到别的地方，但我觉得漂移到中国大陆的可能性很低。刚才慧瑜、玥阳讲到工业化问题，其实中国今天的工业化程度已经不低了，很多产品的产量都是世界领先；但是中国的确没有建立起一种成熟的工业文化，包括演艺界，基本是小农经济的状态、小农意识的状态，缺少团队精神。团队精神是超越小农意识的，是一种工业文化，我们有工业化，但缺少工业文化。毛泽东时代应该说初步建立起了一种工业文化，但是，经济体制改革，就是以小农经济作为新的起点，比如说承包制是以家庭为本位，就是小农意识的体现。所以，中国要在工业化基础上建立自己的工业文化，这是非常重要的任务。我先说这么多。

吴可（北京大学中文系）：各位老师都说了很多理论性的东西，我对韩剧也很感兴趣，看的也稍微多一些，就说一些感性的经验。正好上个学期在学校带了一个从韩国外大到北大交换的留学生班，带他们中文口语课，在课上很多次组织他们讨论中国影视和韩国影视，也包括日本影视在内。当然这个样本容量很小，不能说明什么问题。不过，通过这些互动也确实发现了一些很有意思的现象，比如我让他们列举出最了解的一两部中国电视剧，汇总后的结果令我没有想到——排名第一的竟然是《还珠格格》，而不是其他，第二就是最近播的《甄嬛传》。这两部剧都是清宫剧，在他们本科圈子里认知度最高，而反过来我跟他们说我们国内热播的是《继承者们》和《来自星星的你》，问这两部剧在你们国内反响怎样？他们当然也对这两部剧也给出了很高的评价，但是说这两部剧还不是他们最喜欢的，他们给出了另外一两部剧。比如说《拥抱太阳的月亮》，其中男主演就是《来自星星的你》的都教授。《拥抱太阳的月亮》2012年上映，也是20集左右，每集一小时，但这部剧在我和周边同学里面几乎没人知道，甚至完全没听说过。我们所认知的都教授的形象完全是《来自星星的你》，一下子在中国冒出来的，来自外星的金秀贤的形象。通过和他们交流，我回去看了一下金秀贤 2014 年之前的作品，比如说 2012 年《拥抱太阳的月亮》，也是一部宫廷剧，讲述朝鲜时代李氏王朝里面，两个王储和一个王妃候选人，两男一女、三角的，很复杂的爱情纠缠的宫廷故事，和中国宫廷剧有点像。此外，就是都教授的另一部片子——2013 年拍的叫作《隐秘而伟大》，或者叫《隐秘者的伟大》。这部片子好像是根据韩国非常流行的漫画之类改编出来的。我去调查了一下周边的同学，对这部作品知道的也非常少，几乎没人看过。事实上很少有人知道都教授以前的形象是什么样，似乎也并不关心有没有那么一个前形象。《隐秘而伟大》讲的是什么呢？其实很简单，就是北朝鲜派遣一部分人潜入南朝鲜，就是韩国，作为潜伏者存在着，随时接受北朝鲜的暗杀等命令；但是随着朝鲜和韩国要谋求国家关系正常化，这波潜伏者的存在又成了重大障碍，所以上级命令他们要自我消失，就是自己把自己处理掉。这时候就遇到人性和政治任务的复杂关系，但是这个片子没有人去看或者关注的人很少，很奇怪。所以我在想韩流，作为外来文化，进入中国，它被中国接受其实可能有很大的选择性，但是这种选择性，我自己也并不是很清楚。我也很好奇为什么 2014 年《来自星星的你》这部剧能在中国火起来，它周边衍生出来的东西特别多，比如百度贴吧、微博，还有与之有关的游戏等等，比如微信上“天天爱消除”里面有一个都教授那样的宝物形象。但是同样一个明星，同样是韩流，同样是近两年的东西，却没有被选择成为关注的焦点，就很奇怪。我也在想，是因为对这些题材不感兴趣？比如年轻人对李氏王朝、古代朝鲜宫廷的东西不感兴趣，或者对北朝鲜、南朝鲜的政治关系不敏感？当然《大长今》是个例外。《大长今》这部剧，据我理解，它的受众更多是属于妈妈级别的，她们比较喜欢看这类电视剧。当然题材只是一个考虑，具体我也不是特别清楚其中的原因。

另一方面，刚才佳山师兄也提到了，韩流有举国体制支撑，不过，韩流虽然有这样强大的国家机器或者体制推动它走出去，比如去中国、去日本、去欧洲等等，它同样还是面临一个问题——如何在中国落地的问题——它必然牵扯到语言问题。事实上，我们看韩剧，除了看一些经过电视台配音的版本——我印象中我看《大长今》就是经过配音的，除此之外，对年轻人来说，更多是通过中文字幕，是通过字幕组的努力。比如佳山师兄说了，之前传统互联网时代，download 视频文件之后再找相应的字幕包，字幕包有一些是由字幕组制作时就被重新压制、灌制到视频里面去了。

当时印象中我关注比较多的是“凤凰天使”字幕组，但是到了后来，比如说现在这种流媒体时代，像优酷、爱奇艺，背后都有强大的字幕团队。现在看韩剧的一个重要特点，或者鉴别你是不是真正追韩剧的fans，就是看能不能和韩国同步在看：韩国的9点多、10点多，你要在那等着。现在字幕组的工作量非常惊人，几乎可以做到同步，当然那个字幕可能粗糙一些，反正保证你能大概看懂情节，第二天再出个精校版的。当然现在像优酷之类估计有自己的字幕团队，但是在之前，这些字幕组好像也没有特别的商业诉求。不过，字幕组确实帮助了韩流，也包括美剧、英剧等在中国落地生根，字幕组我觉得也是关注外来文化进入中国情况的重要要素。

另外一点，我和韩国交换生也讨论了中国电视剧、韩国电视剧、日本电视剧之间的关系。他们对日本电视剧没什么好感，基本不看日本电视剧。当时我对此很感兴趣，就跟他们说，你们韩国电视剧有很多也是山寨日本电视剧的，我列了一些名单，但他们拒绝说韩国复制、山寨了日本电视剧的创意。后来我就问为什么中国人要看你们韩国电视剧，而不是日本的？他们给了我一个反馈——韩国和中国文化比较相通，有一定亲近性，他们认为韩国其实充当了中国认识美国的中介、桥梁。我当时在课上听了很震惊，就问他们，在现在这样一个流媒体网络非常发达的时代，中国人不直接去看美国的东西，如美国好莱坞电影、美国电视剧等？为什么非要经过韩国的中介？当然，他们的反馈也反映他们的文化自信真的是非常强，强到中国人没办法理解。这好像是大家一直开的玩笑：韩国人说世界都是他们发明的。所以我觉得这也是一个很有意思的想法，他们把自己定位于处在连接中国和美国的中间环节，我当时听起来也觉得很有意思。

另外还有一个问题，就是针对最近很火热的电视剧《来自星星的你》，大家都是围绕着大众文化来讨论，但是后来我自己和同学也在平常吃饭、聊天谈到这部剧，大家都说，作为校园知识分子去看大众文化的东西，去看工薪阶层下班后用来休闲放松的影视作品，你看到的和他们看到的真是一样的东西吗？你看到的只是爱情故事吗？后来我自己也反思，我们看和大妈看的肯定是不一样的角度，大妈肯定不会管其中的大众文化要素或其他。那我为什么也觉得《来自星星的你》这部电视剧很好看呢？我也在问自己，我真的是看里面的都教授作为英雄形象去救国民女神千颂伊那样一个英雄救美的故事吗？或者，看一个外星人和地球人谈恋爱的故事吗？我常常会否定我自己的看法，觉得不是这样子。事实上，我们看到都教授形象在中国被大受追捧，其实和之前韩流在中国塑造的男性形象有一些些差异。比如说早些时候，零几年，他们是以成年大叔形象出现的，但是现在你看李敏镐在《继承者们》里面或者这个《来自星星的你》里面，已经不是中年男性。此外，还有一个萝莉之爱那样的东西存在，而且男主角变成了一个非常年轻，像都教授这样，完全是知识分子的形象。一方面，他好像有文弱的感觉，在两性之间并不处在强势状态；另一方面，又充当英雄角色，不断去拯救，完成一些看起来不可思议的事情。所以近几年来，韩流在塑造男性形象上确实有一些变化。

我这两天在家陪我妈妈重新看了《来自星星的你》。这时候看的就完全不是里面的爱情故事，我看到很多有意思的问题，可能在探讨一些哲学的问题。比如剧中问到人为什么害怕死亡？当然只有简短的几句台词，那个都教授坐在镜头前给出一个答案，是因为害怕被人忘记。就这么一句台词给我很大冲击，其实我也在考虑这个问题，确实有时会有这种恐惧，这句话一下子就点醒了自己，为什么恐惧死亡？真的可能是因为害怕被忘记，这时候就会联想到一些其他东西。我也在思考都教授和千颂伊之间的关系，一方面教授作为知识分子在整个剧集里，都在课堂上向大学生介绍、讲述一套爱情理论、科学化的爱情理论，怎么样管理你的情绪，怎么样识别什么是爱情、什么不是。反正他有一套科学化的语言体系，建立起一套爱情理论，但是，事实上他在现实生活中，是一个完全不了解爱情的人。在课堂上他是启蒙者，但是在现实生活中，是被女性所启蒙的男性形象。他是被一个现代都市女性带到现代时间里面来的，因为之前完全没有时间概念，他在地球上活了400多年，完全是日复一日，之后被带进时间序列才产生了他和千颂伊能不能在一起的危机，是爱情的危机，更是时间的危机。他要回去，或者他可以再活很多年，但是千颂伊的生命就是短短一瞬，这个问题也是一下凸显成关于时间的哲学问题。如果不从大妈层次去看，从这个层次看，好像觉得这个电视剧一下子又很有意思。我谈了一些比较直观的经验，请各位老师批评。

郭松民：韩剧在中国这么受欢迎，我谈点自己的想法。首先我觉得朝鲜半岛的文化，从我们中国人的角度来看，就特别有亲和力，因为朝鲜半岛文化本身受中国影响非常大。就像刚才祝老师说的，包括朝鲜的国名都是朱元璋起的，韩国的传统服装基本上是明朝的样式；所以相似的文化基因沉浸在我们血液里，可能我们自己还没有意识到这个东西，但会有天生的亲和力。中国大陆近代以来有两场激烈的反传统运动，一次是五四运动，还有一次是“文革”，这确实对传统文化形成了很大冲击，包括对我们的语言、人际关系、家庭观念都形成了非常大的冲击。朝鲜半岛受中国文化影响非常大，但是近代以来由于一些特殊的历史原因：比如说中国爆发五四运动的时候，朝鲜已经变成日本的殖民地了，所以基本上就没办法受五四的影响；还有文化大革命的时候，韩国就不用说了，朝鲜金日成也没有介入到“文革”中来，所以朝鲜半岛传统文化的东西还相对完整地保留着。这些东西形成文化产品进入中国后，中国的观众就会产生很特殊的亲切感，好像是看到失散多年的一个女儿或者儿子，这样一种很亲切的感觉，尤其和中国特殊历史阶段相重合的时候，就容易形成互补性。比如像我和祝老师这样年龄的人，对朝鲜电影可能都很有印象，那时候朝鲜电影本质上也是一种韩流。当时中国的“文革”电影或革命电影，都强调斗争、强调政治，表演上也确实有很多生硬的东西，对家庭、对人与人之间的感情表现不多。反过来，朝鲜电影就比中国“软”的多，像《卖花姑娘》不用说了，电影《鲜花盛开的村庄》也有兄弟之间的关系、恋人之间的关系等。这里面有很多东西是很细腻的，比方说，朝鲜虽然也建立了社会主义制度，但家长在家里说话还是非常有权威的，儿女都要听。从当时中国观众的眼光看，就觉得比较亲切。韩流进入中国的时候，中国正好开始提中华民族伟大复兴，传统文化开始兴起，这样一个潮流跟承载了传统文化的韩剧形成合拍、共振，我觉得这是韩剧在中国受欢迎的一个重要原因。还有一个原因，中国也是因为处于后冷战当中，对中国年轻人来说，外部世界的意义在塌陷，我们只能到家庭当中去寻找人生的价值，现在家庭的价值被提高到了无与伦比的程度，在这方面韩剧比中国影视剧表现的更加充分，这大概是韩剧在中国受欢迎的另一个重要原因。还有一点，我觉得从中国观众来看，韩剧里的年轻人是非常时尚的，无论是穿着，还是使用的各种电子产品，他们的消费方式、生活方式都是非常时尚的，但这些非常时尚的人和传统价值观结合得水乳交融，和中国不一样。

吴可：我想补充一点，据我了解的韩国电视剧的播放情况，他们的目标分类非常明确：8点档是专门针对家里面的妈妈、爸爸，他们看家长里短，看那些家庭伦理故事；到了10点档，是针对年轻人的一些热播剧，像前一阵播的《Three Days》，目标受众群还是分得蛮清的。所以我就问班上的交换生会看8点档，就是妈妈才看的电视剧吗？他们说不看。他们也不愿意主动喜欢那套传统的、伦理的东西，他们可能更追求稍微晚一点的，深夜档的节目。

另外还有一点，刚才说到字幕问题或者说翻译问题。其实后来《甄嬛传》走到韩国，是在本土进行的翻译，然后再去韩国的，像其他有些电影、电视剧，也是在国内先翻译好再带出去的。韩流生产、传播的这个举国体制中，好像不包括做好多语言版本，比如说做好中文版、英文版，它没有做这个，这是引进来后由你自己来完成的。这和中国影视剧走出去，主动做好翻译还是有一定差异的。

孙佳山：就像你说的，为什么《来自星星的你》和《继承者们》能在中国迅速火起来？我觉得首先有一个物质性原因，到了2013年中国几大流媒体视频网站已经到了跑马圈地的阶段。比如说乐视、优酷、土豆、PPTV、搜狐等，包括百度、阿里、腾讯控制的几大流媒体视频网站，他们的全媒体渠道已经搞定了。离开这些作为物质载体的全媒体渠道，就不可能会在那么短暂的时间内爆炸式地传播。要不然内容再好，没有渠道也没用，肯定会大打折扣。

移动互联网时代的一个突出特征，就是审美趣味的低龄化趋势。我相信这也比较好理解，35岁以下群体，也是最熟练使用手机、平板电脑的群体，移动互联网首当其冲的面对的是这个群体。移动互联网也是21世纪第二个十年刚提出的新概念，我2012年去参加互联网协会办的第一届中国移动互联网大会，当时都不知道移动互联网是怎么回事，也是通过开那次会才稍微有点印象。但是到了2013年，移动互联网迅速就由概念变成现实。而韩国政府的确一直紧盯着中国市场，人家的公关工作一直没停，他们一开始判断PPTV是中国流媒体视频网站的一个主要着力点，后来发现形势变化太快，又迅速调整思路。比如，他们分析各种数据，包括社交网络上的数据，根据大数据的调研来寻找思路，而社交网站的用户群体和移动媒介的使用群体是高度吻合的，所以正如慧瑜提到的低龄化、扁平化特点，移动互联网时代的审美趣味确实如此，离不开这个核心群体。

另外比如张国立也说过，假如中国人拍《来自星星的你》之类的话，一定会被臭骂。在我看来，其实《小时代》系列和《来自星星的你》等没有太本质的区别，都是专门针对社交网络和移动互联网而分众定制的文化产品，只不过《来自星星的你》的年龄覆盖面更大些而已。

郭松民：我插一句，我觉得都教授长的很一般。

孙佳山：这就跟年轻人当时喜欢李宇春的逻辑一样，这一波韩剧就是重点考虑了低龄群体的趣味，就是针对熟练使用手机、平板电脑的这个群体的口味来设置的。

祝东力：说到他的形象，可能主要是一种气质，就是那种超级地从容、淡定，因为他在地球上已经经历几百年了嘛。

周志强：为什么我这次对韩流这么感兴趣，首先有一个事情触动了我，是南开发的秋冬季校服。

孙佳山：你们那还有校服？

周志强：那当然了，北大没有校服？

孙佳山：没有，听都没听过。

周志强：官方制作，南开的主色是紫红色。有意思的是，我指导了一个学生小组，就是本科创新计划，选题是大学生接受韩剧的状况调查，调查发现，南开的校服学生们要寄到韩国去，让韩国的服装工作室按照一定的款式和要求修改，之后他们再穿。我很吃惊，学生已经崇拜韩装到了这个程度。所以我提出一个说法：这一轮韩剧兴起，实际上是一种新的“美学经济”。它跟之前文化圈钱活动已经有很大不同，它既不像美国大片直接谋求亚洲市场，也不像哈利波特模式主要开发衍生品，形成“爆米花经济”。这一波韩剧的特点是什么？佳山的这些数据资料资料给了我一个支撑支持，它自己不赚钱，也不去发展“爆米花经济”，它实际上推销了形象，使得各大城市将“有没有韩国的服装连锁店”变成一种新的文化地标、时尚地标，孩子们有没有穿韩国风格的服装成为一种新的时尚标志。我发现这种斜领束腰，而且很短的男装，越来越成了年轻学生喜欢的服装。但是为什么我要反对佳山？关于韩剧的调查的数据会让你吃惊，《来自星星的你》这一轮韩剧的收视调查发现，35 岁左右和以上的人群是主流，恰恰不是以这些孩子们为主要收视群体，很多人并不是移动互联网用户，而恰恰是传统互联网用户，像乐视 TV 或者小米盒子这种用户比例更大，是对中国电视剧大妈化的一次冲击。

孙佳山：我稍微打断一下，小米盒子、乐视 TV 其实是移动互联网的终端延伸，它们的最终诉求还真不是传统互联网。

周志强：还有一个有意思的现象是，在这个收视过程中，我也发现韩剧的接受心理跟此前有很大的不同。我在自己朋友圈子做了一个很小的调查，我的朋友最低学历是本科，高的有博导，也有著名教授，著名教授不用说，一跟他们说《来自星星的你》，绝对是没怎么看；然而和我同龄，受过良好教育的这些人，尽管他们都具备良好的批评能力、很好的文化修养和极低的文化消费需求，但他们对《来自星星的你》的认可出乎想象。我不能跟他们谈《来自星星的你》不好，否则，他们马上会说“你们这些人怎么怎么样”。过去可不是这样，以往看完了影视剧，我的意见他们是很尊重的；但是只要谈《来自星星的你》，他们就觉得我是不专业的。当我给他们谈了谈《来自星星的你》的叙事迷宫模式，他们竟然说“你这个太外行了”，“五年以前韩剧的影视技术风格就已经定型了”。所以，在他们这些受过很好教育的人看来，韩剧不是烂片，不是普遍消费品，而是一个高技术风格，有标志性生活和良好精神品质的产品，乃至于有大领导都推一推韩剧，他提到了《纸牌屋》，也提到了《来自星星的你》，这让我很奇怪。所以这一轮韩剧，既带来了一个全方位的美学经济，又对从 30 多岁到 40 岁的中产人群产生了很大影响，这个群体是中国文化领域中的核心群体，他们的思想决定了中国的文化品格，但是为什么韩剧会这么受大家的欢迎？技术美学可以很容易找到，比如雪花、镜头、大量的瞬间的生产、流质性画面，包括对粉红色、蓝色和黄色的调剂性使用，我们都可以找到技术性的理由；但是找不到的是，至少我现在找不到的是文化上的理由。它是不是一种新的大众旅游模式？就像 18 世纪为了平息产业工人的愤怒，所发明的大众旅游。它是不是一种新的文化消遣模式？比如说像赵本山的小品是让人傻乐的形式。它是不是综艺式全民参与的狂欢？像刚刚提到《Running Man》，也有这种参与性成分在里面。我觉得自己现有的文化理论资源用尽了，尚不能解读韩剧在中国火热的原因，所以还是想再问这个问题，还有什么好的解释没有？

张慧瑜：周老师谈到大领导为什么会提到韩剧，我觉得这是政治人物表现亲民的一种"秀"，未必是因为他真的看过、真的喜欢。

祝东力：我对志强兄提的问题有同感，我也在想中国人为什么这么喜欢韩剧？20 世纪 80 年代中国人最追捧的肯定是欧美的东西，因为那时候是以欧美为榜样。

周志强：赶英超美。

祝东力：超不敢说，是要追随、回归世界主流文明。欧美离我们确实比较远，是一种想象式的文化追求。而韩剧的特点是：它既有很现代的东西——生活水平和经济社会发展阶段的确在中国前面若干年，比如去年人均 GDP 是两万四千多美元，而中国只有六千多，是中国三倍多，到首尔去看，时尚流行文化也确实超过北京、上海；但是同时，它又有非常琐碎、家常的这个方面，让我们看了很亲切，它的现代是我们触手可及的，不像欧美那样非常陌生、遥远、可望不可及。所以韩流把这两个方面结合在一起，比较适合大众文化的口味，而 20 世纪 80 年代欧美的文艺，特别是欧洲文艺，在中国已经变成一个特别小众的话题。这是我对韩流在中国作为大众流行文化受到追捧的一个理解。

孙佳山：80 年代也有高仓健那样风靡国内的日本影星形象。

祝东力：那也是很高贵冷艳的品种。

孙佳山：90 年代也有《东京爱情故事》、《第 101 次求婚》。

祝东力：日本跟欧美相比，肯定离中国的口味更近一些，但是还不像韩国。你群发的资料里面有一篇李旭渊的文章，他介绍了另一个韩国学者研究韩流的文章，说韩国代表一种半岛文明，是海洋文明和大陆文明的中介，我觉得有道理。刚才吴可说，韩国人自认为他们是美国人和中国人的中介，也是这个意思，既有很现代的方面，也有很东亚的方面。

郭松民：我觉得还有一个原因，进入20世纪90年代之后，中日之间相互抵触的心理，尤其是民间抵触心理增加得非常快，互联网把当年日本侵华时残害中国人的很残酷的照片不断流传，我觉得这是中日文化之间接触比较困难的地方，但是中韩之间就没有这样的问题。

崔柯：我觉得祝老师和郭老师提到的一点很重要，就是韩国文化能把现在的时尚和传统文化价值观结合起来，比如《大长今》。吴可刚才说韩国人喜欢看的电视剧，排名第二的是《甄嬛传》，其实把《甄嬛传》跟《大长今》一比，差距还是挺明显的。我们材料里那篇韩国人写的文章，就强调底层奋斗的精神，相比之下《甄嬛传》那种不择手段的所谓个人奋斗，说价值观有问题也不冤枉。

赵志勇：其实我特别讨厌韩剧，完全看不进去，唯一看过的就是《大长今》，跟我妈一块儿看的，别的一点看不进去。韩剧的价值观我特别不喜欢，那种家长礼短、男尊女卑、封建家长制什么的，很保守、很腐朽。

我今天来是来学习的，希望借机纠正下自己的刻板印象。我有一个问题问一下两位主讲，我韩剧看的很少，但是看过一些韩国的舞台戏剧作品，确实非常好，让我觉得挺震惊。后来我了解了一下,韩国现在的这一拨大概五十多岁做舞台剧的编剧、导演，他们的背景有些共同点——都正好在20世纪80年代赶上了学生抗议，跟工人参加街头民主抗争，后来因为街头抗争平息下去之后又回到学院和剧院体制从事创作，所以他们的作品会重新学习民间传统艺术形式，这也是20世纪80年代民主化运动中街头剧的传统。具海根的《韩国工人:阶级形成的文化与政治》里就提到“工运”的时候，戏剧是一种很重要的武器。就是这帮人后来在政治环境变化之后又回去搞艺术，所以他们现在的戏都很好。我就特别想知道，当下韩国做影视的，特别是电视剧的那些人，都是什么样的背景?

戚琳：韩剧我不是特别了解，舞台剧尤其不了解，你指的韩国舞台剧和我们现在大陆、台湾相比，主要是集中好在哪几个方面?

赵志勇：好在有一种很正的价值观，知识分子为民请命，反抗剥削压迫。

张慧瑜：你看的是商业剧，还是比较独立的话剧？

赵志勇：其实就是很主流的商业剧，还不是特先锋小众的那种，有些甚至就是学校里的学生作品。一般通常宣扬反对剥削和压迫，人人平等之类的观念，舞台形式会采用很多韩国民间传统的艺术形式，比中国舞台剧确实要好很多。我大概了解的那些人的背景就是这样的，所以他们那些戏为什么好？我觉得我是能理解了。顺便好奇问一下，搞流行文化的那些人是什么样的背景？

戚琳：基本上我了解的韩剧导演和编剧，其实和我们中国国内的电视剧导演和编剧的来源基本类似，也是艺术院校出来的，也是美国留学回来的这样一些人。刚才周老师您提到说观看《来自星星的你》的人群的平均年龄是35岁左右？

周志强：是对中国接受群体的调查，一个教育部的小课题组。

戚琳：35岁这个年龄会不会给我们一些启发？因为我自己是31岁。

周志强：调查结果是35岁偏上，不是偏下。

戚琳：因为20世纪70年代末的那波人已经赶上了韩剧在国内的流行。比如说《蓝色生死恋》，那时候20世纪70年代的他们也在观看这样的电视剧。到后来《对不起我爱你》，再到后面，我感觉有一段时间，有几年韩剧是断档的，我们会说没什么好韩剧出现。所以，当《继承者们》和《来自星星的你》的突然出现，我们会说，终于又有一部好的韩剧可以看了。这是我们刚刚讨论的第一个感受。第二个就像刚刚吴老师说的，为什么《来自星星的你》在2014年突然出现，但是之前都教授拍的剧却没有出现？可能就是现在移动互联网的宣传——话题炒作，其实对一部剧的推进，具有很大的作用。我们在讨论都教授这个形象的时候，第一个话题不是说他长得多么帅，形象已经不再是最主要的讨论话题。年轻人讨论的第一话题就是，首尔一半的地都是他的，如果北京一半的地都是我男朋友的那多爽。

周志强：是这样，课题组自己解释得很简单，就是这轮韩剧实际上跟前期韩剧相比有了很大变化，我自己也认可这个。就是与《巴黎秘密》相比，这轮韩剧的特点是商业、商战元素明显增加了，而之前的韩剧主要是家庭情感，就是我爱你、他爱她，他又不爱我、我又爱他那种。那么今天则是商战，就是家庭财产继承权、良心诚信和爱情之间的捆绑等等。所以这些元素的引入，实际上是这些年韩国社会矛盾高度两极化和尖锐化的想象性体现。过去韩剧是平面性的故事，是功能性的故事，现在是纵深性的故事，就是一个故事悬念要很强，商战的尔虞我诈，类似《纸牌屋》的这种元素很强，这是一个原因。第二个就是我觉得您说的很到位，我自己总结就是跟这些年来三十多岁到四十多岁的人，和他们想象生活的态度有很大关系，是一个失去了白日梦的年龄的异托邦的想象方式。当然比较好玩的是这次韩剧里的男性形象，刚刚都提到了都敏俊，祝老师也说到都敏俊帅的问题。可是对都敏俊形象，以前我们肯定不会注意。因为在这个年代，我们欣赏的男性是一个去男性化的，是一个没有霸气的，不张扬、不算计、不奸诈的，或者说被规定化的男性，面瘫式的少年。

韩国是一个非常两极化的国家，我的韩国学生讲述的韩国，让我大吃一惊，就是韩国的穷是我们无法想象的。可是它的两个城市又异常富裕，大的制造业、好的产业，大多数资金、设备由少数人控制。在这样的条件下，霸气的、李云龙式的男性肯定会被都敏俊式的男性所取代，从幼儿园就学会举手发言的男人，我觉得慢慢会在银幕当中占据主体地位，这种都敏俊式的男性恐怕是现在女性最喜欢的男性形象。当女性主体意识很强、经济地位又独立的时候，韩剧就成为我说的这种“新圣女（剩女）”文化所把玩的对象。“剩女”不一定是嫁不出去的，而是嫁出去跟嫁不出去都不会太改变她们的生活，因为她们的心态完全是独立的，不依附于男性。都敏俊这种形象是非常符合这类消费口味的。不知道我说的是不是有点牵强。

闫桢桢（北京大学艺术学院）：听了几位老师的发言我很受启发。我觉得35岁以上这个群体和之前看《大长今》的那个群体是不一样的，《大长今》基本是一种游戏模式，就像一个打怪升级的过程，不停地出现各种反面的形象来设置障碍。而主人公大长今则充满了人格魅力，不断得到其他人的帮助，通过努力一层层往上走，经历了一个很艰难、很漫长的过程。可是到了《来自星星的你》，主人公已经拥有了的良好的现实条件与物质基础，他的人生历程是一个追求个人内心感情的过程。所以，这两个主人公之间的人生历程是不一样的，一个是拥有强大的个人情感能力，追求外在价值地等身；另一个是已经拥有了足够好的现实条件，然后去追求内心情感，而这恰恰跟35岁以后的心态有了一定重合。让35岁年龄阶层的人再去想象大长今一样的奋斗历程是很困难的，这个年龄阶层的人已经没有那份斗志和精力了，“长今”在电视剧中好像打了鸡血一样，基本不用睡觉、不用吃饭，就是不停的折腾和被折腾。可是现在整个中国，特别是中年，35–40岁，已经很疲惫了，他们所认同的主人公是一种已经具备良好教育和经济背景的有产或中产阶级。可是现在这些往往这些具备良好经济背景的人，恰恰在情感上、伦理上是被指责、被质疑最多的一类人。所以《来自星星的你》之类的韩剧，就只好给主人公设计一种在现实条件足够优秀的情况下，实现内心感情复苏的路径。我觉得，这可能是刚才周老师所说的那个调查中，35 岁以上的，、经济能力和教育背景良好的人群，是这一轮韩剧主要追捧者的一个重要原因。

祝东力：这个解释很有意思，成功人士什么都不缺，只是内心有点空落落的。

周志强：有道理，非常有道理。

崔柯：您这个数据除了年龄，有没有性别比例？

周志强：女性为多。

孙佳山：中老年女性观众一直是电视剧的观看主体。

祝东力：这又说到另外一个年龄段。35 岁以上正是职场有一定身份、成就的人，跟中老年女性是两回事，中老年女性已经退出职场了。

张慧瑜：周老师说的 35 岁以上，肯定是那种在都市中有经济实力又有一定文化水平的群体。另外，《来自星星的你》是借助互联网播放的，而不是通过电视台，这种网上看剧的方式本身就比较精英和小资。

闫桢桢：而且有一个现象很奇怪：这批韩剧出来后，我们很自然地认同的都教授式的感情复苏的起始点，是建立在良好教育、经济实力的基础之上；我们会认为要追求感情，就自然而然应该有一个很好的经济基础继承，对主人公物质条件的默认心态其实也是很有意思的。我们以前会认为，爱情超越所有物质的外在条件，在韩剧对感情细节的渲染中，也有这种成分；可是表面的表达虽然是这样，实际上它还是暗中有这样一种逻辑——你想要进入感情复苏的阶段吗？那么你先打好经济基础吧。

祝东力：刚才说到大叔，这个概念似乎含义上有些变化，前几年基本上等同于变态，一旦大叔出现会是一个很滑稽的角色，而大爷基本上等于被淘汰的人群。这一两年大叔和大妈的价值都发生了变化。

周志强：大妈有吗？广场大妈？

祝东力：大妈现在很强势了啊，比如说中国大妈全球抢购黄金，中国大妈到纽约、到红场去跳广场舞，开始文化输出了。

李云雷（中国艺术研究院马克思主义文艺理论研究所）：我简单说两句。因为看韩剧很少，听说有这么多可分析的地方，我觉得还得重新去看一看。其实我接触韩流应该是最早的，1998 年在北京电影学院有一个韩国电影展，当时是第一波韩流，有一些很好的电影，包括我现在还记得有什么《我心中的风琴》、《加油站被袭案》、《八月照相馆》，韩国电影的各种类型都具备了，质量也比较高。但后来我对韩国电影关注较少，对韩国电视剧也没太大兴趣，包括《大长今》也是跟着家里人看了一下，《来自星星的你》家里人没看，我也没看，是这样一个状态。

但是韩国电影，我特别喜欢李沧东，他的作品我基本上都看了，他的作品本来也少，我觉得他是韩国电影里面精英知识分子这样一个电影定位。刚才你们讨论，我一直想问一个问题，不知道韩国电视剧和韩国的社会现实有没有联系？像李沧东的这几部电影，我们可以看到他跟韩国近代以来，尤其是八九十年代社会史的进程有很大关系。尤其他前两部《薄荷糖》、《绿鱼》，是和社会的发展变化紧密联系在一起的，表现这一社会进程中人物思想与情感的变化，而后面两部《密阳》和《诗》这样的作品，其实是在探讨现代化过程之中价值观的问题，精神与情感认同的问题。我觉得他跟整个社会的变化联系得特别紧密，他是导演，也是作家，他以知识分子的眼光去看这个社会的变化，在思考一些问题，我不知道韩国电视剧，就是刚才你们讨论的这些，跟韩国现实的实际情况是不是有联系，跟韩国社会几十年变化是不是有联系？可能没有直接联系。但是，是不是我们正好需要没有联系的东西来填充我们的想象？这是我想说的一个问题。

另外刚才慧瑜谈到体制问题，就是韩国电影的资本主义体制。其实我以前也写过文章，谈我们中国文艺体制的变化，从50、60年代到70年代这样一种“人民文艺”的体制，到80年代以后应该是“精英文艺”体制，就是从人民文艺体制到精英文艺体制这样一个变化。而从80年代以后到现在，是从精英体制到资本体制的变化。这一变化的脉络还是比较清晰的，比如说从人民文艺体制到精英文艺体制转变的时候，我的文章还分析了六小龄童跟陈晓旭他们这一代明星，正处于转变化过程之中，他们具有大众影响力，但是他们的影响力不能转化成资本或者很少能转化成资本，像六小龄童只做了一个金猴皮鞋的广告，陈晓旭就没有做任何广告，我觉得他们应该是处在一个人民艺术家体制的终结处。但是人民文艺体制从最早建立，从梅兰芳这代人，包括电影《梅兰芳》中表现的，他怎样从一个个体的艺术家或者被人欺负的戏子转变成一个人民艺术家，这样一个过程，跟整个社会主义国家、社会主义文艺体制的建立有密切关系。但是，从人民文艺体制建立到80年代受到精英体制的冲击瓦解，然后90年代以后，开始向资本文艺体制转轨，但可以说还没有完全转轨，而是这三种体制交叉并存。所以，刚才我们说有各种工作室，范冰冰工作室或者是吴宇森、张艺谋，他们这些人为什么影响力这么大，我觉得跟80年代精英文艺体制有很大关系，形成以艺术家或者导演为核心的一种体制，跟资本体制不完全一样。但是，韩国是比较成熟的资本运作体制也有一些问题，比如刚才慧瑜提到女明星自杀那么多。这从我们中国的脉络看，其实就跟以前的戏子差不多，跟梅兰芳之前被人看不起差不多。我们国内其实也一样，在人民文艺体制瓦解之后，艺术家不再是“灵魂的工程师”，又回到了以前“戏子”的位置，小沈阳自毁形象自我挖苦，或者那些女明星陪别人吃饭喝酒要多少钱，这样一种体制本身弊端也很明显。所以我们现在处于精英体制与资本体制并存的状态，这种状态可能会发展出一个不同于完全资本控制的体制，还有很多别的空间可以发展，但是我觉得这个发展道路也还是比较艰难。现在总体来看，回到人民文艺的体制可能性很小，但是人民文艺那样一种经验应该对我们现在有很多启发，比如那时候明星其实是一种艺术工作者，比如像六小龄童，他现在体制身份还是中央电视台的一个国企员工，他没有自己的公司，没有自己的东家，他还是按照原来那种体制，把自己明星的身份跟社会主义单位身份结合在一起。人民文艺体制好的地方，比如说 80 年代拍《西游记》也好，《红楼梦》也好，投入比较大的资本，让演员体验生活，让演员读名著，这在古典名著改编里面比较明显，现实题材里面就更明显，给你拉到一个什么山村去体验生活，这样拍出来的作品更贴近生活，也更能与生活现实有交流和互动。这跟现在比较成熟的资本运作生产出来的文化产品，就不太一样。我简单说这么多，可能也比较隔，因为对韩剧不太了解。

张慧瑜：云雷说的李沧东在韩国也是比较特殊的个案，他属于有反思能力的导演，这也说明韩国电影体制的多元化，既有好莱坞式的超级大片，也有艺术性的、思想性的电影。韩国电影的兴起有这样几个背景：第一，1997 年亚洲金融危机打击了垄断韩国电影业的大财阀集团，随着这些大财阀退出电影业，出现了许多独立制片公司，许多成名导演甚至成立自己的电影公司，开始掌握制片权和发行权。第二，政府为了提高韩国电影的产业化水平和国际竞争力，1998 年取消了原有的电影审查制度，开始建立类似好莱坞的电影分级制度，1999 年成立专门的“电影振兴委员会”。第三，1998 年 12 月 1 日，一千多名电影人在首尔光化门大厦前的广场上召开谴责消灭韩国电影阴谋大会，这就是韩国电影人的“光头运动”，抗议“韩美贸易协定”，要求废除不合理的银幕配额制度，坚持每年上映 106 天以上韩国电影的银幕配额是保护韩国电影的底线。第四，带动韩国电影起飞的是生产好莱坞式的本土商业大片。另外，韩国作为儒家文化圈，比较崇拜中国文化，第一家孔子学院就是在韩国创办的，中国文化在韩国被称为汉风，相比日本文化来说，韩流更容易被中国人所接受，韩国对中国比较友好。

郭松民：天津好象有很多韩国留学生。

周志强：有韩国人，有些地方快成韩国城了。

李云雷：我再补充一下。我们讨论韩流，是在流行文化范围内谈的，其实韩国本身当然不限于流行文化，他们有大的文化战略。我刚从内蒙回来，也读到几篇关于蒙古国的文章。蒙古的乌兰巴托大学整个是韩国人独资的，这是在冷战结束后韩国与蒙古接触，很快在1993、1994年便建立的一个大学。他们的倾向就是针对中国，让蒙古对中国与中国文化更加疏离。因为当时蒙古也有“第三国外交”的政策，就是在中、苏两个影响强劲的国家之外，跟欧美、韩日这些国家建立更密切的政治与文化联系。所以，比如在蒙古问题上，韩国其实是对中国有提防或警惕的。所以我们看流行文化，只能在流行文化的范围内来看，而在比如韩国整个文化战略和政治战略上，它对中国其实不像表面那么密切，作为一个国家肯定首先要考虑自己的利益与定位。

孙佳山：刚才云雷提到的问题确实是现在的保守主义的文化逻辑的一个非常好的例证，蒙古、韩国就压根不接受我们中华民族的那套话语。

我同意志勇的思路，韩剧的价值观和《小时代》系列一样，是有严重问题的，我们论坛也讨论过，在这里就不多说了。今天讨论的是他们成功的机制，但并不意味着他们就没有价值观等方面的严重问题。

另外周老师刚才说的，35岁以上群体反倒是观看这一波韩剧的主体，我也并不意外，当然教育部那种所谓的调研多大程度上有效，我因为没看到过所以没法评论。但是您所提及的35岁以上群体，也就是所谓有学历、有地位的精英群体，他们其实依然是移动互联网时代熟练使用各种手机、平板电脑和新一代移动通讯技术的群体，这在我的思路中是没问题的，构不成个案。

崔柯：由于时间关系，我们本期论坛就到这里。谢谢大家！

（根据速记整理，经过本人校订）

青年文艺论坛2014第九期

文化新格局中的舞台艺术

主持人：孙佳山（中国艺术研究院马克思主义文艺理论研究所）

主讲人：陶庆梅（中国社会科学院文学研究所）

赵志勇（中央戏剧学院戏剧文学系）

时　间：2014年9月25日（周四）14：30—18：00

地　点：中国艺术研究院334会议室

主　办：中国艺术研究院马克思主义文艺理论研究所

编者的话

舞台艺术是一种综合性的艺术形式。在我国，在漫长的 20 世纪，舞台艺术，以及由舞台艺术衍生出的文艺大联欢等文化形式，一直是凝聚不同群体、培育社会共识的重要渠道。

在 20 世纪 90 年代的市场化改革中，以戏剧为代表的当代舞台艺术形成了“主流 / 实验 / 商业”的发展格局，这其实也是当前文化艺术领域中的普遍格局。在整体的文艺生态中，舞台艺术处于一种边缘化的位置，舞台艺术的这种困境，不仅表征了当代文化艺术的困境，甚至也可以说是世界范围的共同难题。

面对市场化的历史性挑战，舞台艺术的困局受到社会各界的关注，文化部艺术司也于 2010 年以来举办年度的“国家艺术院团演出季”活动，这也是国家主管部门在文艺院团改制的时代环境下做出的积极尝试。

本期青年文艺论坛对 90 年代以来文化新格局中的舞台艺术及相关问题，做出了比较深入的分析和讨论，为我们认识当代舞台艺术的困境及其未来走向提供了有益的思考。

孙佳山：首先，欢迎大家参加第40期青年文艺论坛。舞台艺术作为一种综合艺术形态，在人类社会由传统向现代演进的过程中，在推动各门类艺术综合发展的同时，在公共文化领域也曾发挥过至关重要的作用。在我国，舞台艺术，及由舞台艺术衍生出的文艺大联欢等娱乐文化模式，在漫长的20世纪，也一直是团结不同群体、培育社会共识的重要渠道。

正如群发邮件当中提到的，在20世纪90年代的市场化改革中，以戏剧为代表的当代舞台艺术已经形成了“主流/实验/商业”的发展格局，这其实也是当前文化艺术行业中大部分领域都面临的格局。因此，当代舞台艺术的困境，实质上也是当代文化艺术的困境，甚至是世界范围的普遍性困境。

面对艺术的时代困局和市场化的历史挑战，文化部艺术司在2010年以来举办了“国家艺术院团优秀剧目展演”活动，到今年已经是第五个年头，并正式更名为“国家艺术院团演出季”，这也是国家主管部门在国有文艺院团改制的时代语境下，所做出的积极尝试。

今天我们请来了中国社会科学院文学研究所的陶庆梅老师和中央戏剧学院戏剧文学系的赵志勇老师，相信他们接下来的专题发言，将为我们理解当代舞台艺术的复杂性及其未来走向，提供有益的借鉴。

好，那闲话少叙，下边先有请陶庆梅老师。

陶庆梅：我先多说两句。“文化新格局中的舞台艺术”，这题目是祝老师给我的，我们也简单地讨论过，什么叫“文化新格局”？我非常明确地感觉到，这30年来最大的冲击，就是市场化改革，关键就是该怎么理解市场化改革？我自己在做研究的过程当中，越来越认识到市场化是当前文艺所面临的一个难题：它不仅是一个商业、非商业的问题，也不仅是一个演出要不要面对观众的问题，它真的是涉及艺术生产机制和艺术表现形态的方方面面。所以，如果不把市场化理解透彻、理解清楚，不把市场化背后的资本主义生产方式以及艺术在20世纪遭遇的现代主义、后现代主义的整体状况理解清楚，就难以理解中国当代文化艺术到底遭遇了什么样的困难。

我是意识到了这个问题特别巨大，所以想做一些探讨；但面对这一难题其实特别忐忑。我的《当代小剧场30年》出版后，我在网上购买时，看见有一个评价，因为我自己在那本书的后记里说我是“半路出家做戏剧”，有一个评价就说“作者半路出家做成这样很不容易了”。我的确是半路出家，做的非常辛苦。“半路出家”有一个坏处，很多在专业人士看来是常识性的东西，我可能没有概念；但也有一个好处，就是常识性的东西对专家来说都是常识，但是对我来说特别新鲜，有时候会在“常识”中发现一些问题。比如刚才小孙主持时说的“主流/实验/商业”，这个大家听上去可能没什么问题，对我来说，就有很多问题。我给大家发了一篇文章叫《当代戏剧格局》，这篇文章是我开始做小剧场研究以后，在做了纵向的、30年的研究之后，专门着手做的一个平面式的研究；就是想知道目前的实际状况到底是什么样的，想对当代的戏剧格局做一个相对综合的把握。只不过一到具体格局，就怎么划分都会觉得别扭。比如说主流，那到底什么是主流？我记得几年前跟吕效平做过一次简单的讨论，他认为他们做的是主流戏剧研究，我做的小剧场属于实验戏剧研究。我当时就跟他乐着说：你说你做的是主流戏剧研究，你那个主流戏剧有多少人看呢？你以什么标准说那是主流？他说，好像这也确实是个问题。

所以，主流戏剧到底意味着什么？这不是一个不证自明的概念。主流戏剧这个词，本身有很多问题包含在里面。现在，我假定把主流戏剧和院团戏剧绑在一块，说院团的戏剧生产是主流戏剧，或者说它是应该生产主流戏剧的，但我们还是要看这个主流戏剧到底有什么问题。所以，我这里的主流戏剧，就约等于院团的戏剧创作。然后，就是实验戏剧。在讲主流/实验的时候，在欧洲的话，你会觉得特别清楚。有主流戏剧、有个实验戏剧，或者有主流戏剧、有先锋戏剧，再或者有主流戏剧、有边缘戏剧，他们主要的戏剧节也都有in和off两部分，是比较清楚的。当然了，20世纪以来，整个西方的价值观也在变化中，所以它的主流与实验的关系也是在变换中的。比如20世纪初的荒诞派也好、表现主义也好，开始的时候是在边缘，然后就慢慢地被吸收到主流当中去了。前些年我们看爱尔兰的大门剧团来演《等待戈多》，就绝对是欧洲的主流戏剧了；不管是实验的表现形态、还是实验的意识形态，都被他们的整个系统消化掉了。

而中国的主流和实验的关系，好像不是这样子。中国实验戏剧在80年代的时候就是探索戏剧，我们可以非常清楚地看到，探索戏剧是从院团内部生长出来的，不管是在小剧场、还是大剧场，都在探索；但是，当时的探索戏剧并没有外部，或者说，并没有一个强大的外部。90年代以后，随着文化市场开始出现，实验戏剧才慢慢从院团戏剧里面“冲”了出来。实验戏剧的一部分开始跟商业结合——这就是我们看到的孟京辉戏剧的一种脉络。我真的认为《恋爱的犀牛》这部作品太重要了，它开创了一个完全新的戏剧市场，定义了这个新的戏剧市场的基本风格取向。这个市场出现以后，孟京辉的实验戏剧就可以在两边跑。有时候，他可以跟院团结合在一块，他可以通过国家话剧院和杭州市政府合作《活着》，也可以以孟京辉工作室的名义，做商业演出，据说孟京辉工作室目前在全国范围内发工资的人已经有120人，这完全是一个院团的规模。戏剧开始市场化以后，就一直不断地在扩充规模，有着各种各样的市场化的实践，最有代表性的就是“开心麻花”。而实验戏剧的另一部分，则走向边缘化，尤其是2005年以后的实验戏剧，越来越边缘化。不管是民众剧场的作品，还是像蓬蒿剧场的很多戏剧作品，尽管也是以实验的名义，但其实非常的边缘。

所以，在中国，主流、实验与商业戏剧，这三者之间的关系非常复杂。实验戏剧从院团（主流）里面冲出去，在合适的外部条件下，开创出一个体制外的新市场，然后这个外部市场越来越大。只不过，实验戏剧是受两头牵扯的：它不太像欧洲那样，主流、边缘的界限相对清晰；也不太像美国的机制，商业、非商业都非常清楚。现在这么多人都在做百老汇的研究，很多院团管理者都去考察过，我其实特别希望他们能搞清楚百老汇的税收机制，这是在我自己的研究中，力所不能及的地方。所谓百老汇、外百老汇、外外百老汇，看上去是风格差异造成的商业与非商业的差异，但我的经验与感觉是，这里有一套严格的税收政策在起作用。这是隐含在体制内部的，看是看不到的，但这是它整个商业机制中，真正起作用的力量。我去美国留学，不是走戏剧的项目，所以没有太多机会去跟他们做访谈，但是我找了一切能找的机会，去了解情况。印象最深的，就是去LaMama剧团采访，他们讲的也许都是常识，跟所有去那的艺术家都讲那套；但是对我来说，这套常识确实有特别大的激发，给我印象最深地就是美国的百老汇、外百老汇、外外百老汇，有一套内在的运行机制。比如说，外外百老汇，一定是一百座以下，严格控制票价，就十几美元，为什么？

是让每个人都看得起么？不是的，是要严格限制你的影响力，让你靠这个东西赚不了多少钱，只能靠政府的文化基金养着。外外百老汇，在60年代的时候，是一个特别解放性的运动，美国政府就是通过逐渐摸索出的这套机制，慢慢地就捋顺了关系——你可以在小剧场内造反，但你对我这个体制，其实是一点影响都不可能有的——这套治理机制太厉害了，而这后面就是税收，美国政府通过税收控制他们的商业和非商业。比如，如果你想扩大影响，对不起，你得进入外百老汇、百老汇，那是另一套运行机制，想进入，你就得丧失制作权。

所以，要做这种研究的话，真的要对他们整个内在的运行机制的历史过程，做一些细致了解。国外剧团和剧场运行机制，并不是天生就是那个样子的，它的规则的产生，是有它的历史原因的。在这方面，做制作的人特别敏感，我那天碰到戈大力，他说他去美国见了百老汇的第二大家族——他们是家族式的，不是上市公司——控制了六七个剧场，运行了几十年。他戈大力见了第6号人物罗伯特，负责全球巡演，当时就问了：在制作上，最重要的是什么？那个制作人罗伯特说，最重要的是要让演员有信心，每一场都能演好。戈大力说，那个罗伯特一说他就明白了，我们现在面临的问题是罗伯特他爷爷面临的问题，他爷爷那辈已经把观众都弄好了，剧场都整合完了，所以他们现在的问题就是让演员保证每场的质量。他们的问题就这么简单，而现在中国戏剧市场的环境和美国现在的市场环境，很不一样。

所以我觉得学习也好、了解也好，不能是平移的办法，一定要了解其背后的历史原因与形成机制。戈大力因为一直在一线，所以他一听就明白：罗伯特这样的制作人帮不了他，必须是罗伯特爷爷的经验才有用。说到这我稍微插一句，资料里我也给大家发了文章叫《工业化时代的手工制品》，我对文化产业的发展是否就该以百老汇为方向，存在深刻的怀疑。为什么叫工业化时代的手工制品？因为现在的小说、电视、影视都受到了新媒体的冲击，但是戏剧受新媒体的冲击反而不大，戏剧所面临的新媒体还只是影视，而这事在100年前就已经遭遇了，戏剧早已经被影视挤到了很边缘的位置。为什么很边缘？因为戏剧不能大生产，不适合工业化大生产，恐怕全世界范围内，只有百老汇真正完成了戏剧的工业化大生产。但问题是，他们完成戏剧的工业化大生产的前提，有没有可能被再造出来？所以，我是有深刻的怀疑的。那么，文化产业的发展，是不是要以百老汇的方向为方向？就是一个特别大的、要命的问题。

下面，我要讲到另外一个问题，还不是很成熟，先抛出来讨论。整个国有院团体制的改革，宏观上是从计划经济向市场经济，在微观上则基本上是由欧洲大陆模式向美国模式的学习、模仿。在这个过程中，因为原来的体制不是那样子的，改到美国的以市场为主导的文化生产体制，其实是非常困难，一直不断有内部的力量在阻碍，所以会形成现在这种，也说不清楚是一个什么样的格局，变成了主流、实验、商业混杂在一块的格局。用欧洲的方式来看中国很奇怪，用美国的方式来看中国也很奇怪；但是我觉得，这种奇怪的状况，是我们要面对的真问题，也是我们需要认真去研究和理解的问题。这个问题不解决，只是一心想往哪个方向推的话，是推不动的。国有院团体制改革怎么这么难？就是因为，内在的机制跟改革的方向之间如果捋不顺的话，一定是很艰难的。

以上大概讲了一下，我为什么在当代戏剧格局当中，提到主流、实验和商业这种简单的分法，可能听上去不是很正确，但是大概能看清一些问题，就先这么用着。写完以后特别不过瘾，为什么？因为写的过程中，发现又面临另一个问题：戏剧格局是一个横向剖析，而我们还需要对它纵向的理解。所以我今天特别想围绕一个问题、一个方面，即国有院团主流戏剧的历史变迁来谈，当然很多问题我也没有完全想清楚。比如在我看来，当代戏剧是“启蒙加现代主义”，从艺术上来说怎么理解？我也没想清楚。这么描述合适不合适，也没完全想清楚。我就大概把我理解的一些想法先抛出来，和大家一块讨论，国有院团的改革、发展，唐凌应该比我清楚。我只是作为一个观察者，大概在 2004 年、2005 年做过北京人艺的调研。当时事业单位体制改革正在启动，我们社科院有一个项目，做北京市的事业单位体制改革，我参与了北京人艺的调研。当时我完全是一个主流剧院的拥护者，主张要建设中国的主流剧院，一定要加大补贴，后来却发现给了补贴后，确实艺术生产在量上能提高，但在艺术质量上，这不是补贴能完成的。国家话剧院领域，我比较熟悉的是两个伸向市场的团体：孟京辉工作室和田沁鑫工作室。这两个团体都是扎根在戏剧市场当中的，孟京辉工作室最稳定，现在模式上基本已经成型了，他的一个工作室在全国的演出就有二十多个剧目。

祝东力（中国艺术研究院马克思主义文艺理论研究所）：都是他的作品吗？

陶庆梅：基本是他的作品或者他监制的，也是他多年积累的作品。

我现在做的戏剧研究，基本上是社会科学的研究，不是艺术研究了，只不过这里面肯定要处理到艺术问题，而艺术问题最难处理了，所以我是先捡容易的做。这里先大概描述一下国有院团 1949 年以来的发展过程，从 50 年代讲起。50 年代，也是国有院团刚开始建设的时候。我给大家提供了两篇李畅的文章，他讲的体制不是大体制，而是说演出体制，即剧院和剧场之间应该是什么关系？是保留剧目，还是连续演出剧目，他处理的是演出的内在机制。他的研究对我的启发比较多。讲国有院团，必须一竿子杵到50年代，是50年代才开始构建院团的整体机制。简单说，就是学苏联，"一边倒"，整个国家建设，各方面都向苏联学习，剧团也是向苏联学习，有两个方面：一方面学苏联的体制，学习它各加盟共和国的演出团体的体制，在有条件的各个省建院团；另一方面，是得有社会主义事业需要的东西，要传达社会主义价值观。

我们先把艺术的价值观问题搁置，先看它的体制。苏联的机制其实有其历史渊源，它的历史渊源在于，苏联跟欧洲大陆的关系。而这之间的关系，我只是初步的感受，没有丰富的研究做支撑，我今天不怕错误先说出来，如果有错误特别希望得到纠正。苏联体制是深受欧洲大陆影响的，受法德的影响。有一本书叫《莫里哀时代的演员生活》，这本书就非常详细地讲到法兰西戏剧院最开始的雏形，不同剧团怎么争夺王室的宠爱，一会是马雷剧团、一会是莫里哀的剧团，还有一些芭蕾舞剧团，最后是在路易十四的支持下才慢慢形成的。莫里哀早期的作品，有非常多的芭蕾舞要素在里面，因为当时他们都是在一块，给宫廷演出的，是慢慢演变过来的，每一步演变都有它的历史逻辑在里面。到了资产阶级革命时期，就从皇家变成国家的。德国统一晚，有特别多的公国，所以德国各个"省"的剧团都很发达。苏联也是，有各加盟共和国的剧团。解体后的俄罗斯这些年，原来的各加盟共和国纷纷到中国来演出，这些国家的戏剧演出实际上也很强大。

所以，苏联为什么能形成这样的格局——一个加盟共和国一个剧团？是有其历史原因的。当然这里面负载了社会主义文化建设的内涵内容，这也是肯定的，我们当时就在学习，但我们的剧团大多是从文工团里改出来的，从文工团分出了话剧团、歌剧舞剧团。我觉得这方面真值得研究。

我们可以看一下当时成立的话剧团所承担的功能。首先是宣传，这是社会主义国家建设所不可避免的一个功能；还有一个很大的作用是文化普及，这是戏剧的特别重要的任务；同时，还面临着艺术建设的任务。就话剧来说，艺术建设这块其实有两方面：一是向社会主义现实主义学习，好多对50年代的回忆录，都在讲学习苏联那段历史，我就不多说了；同时，中国有一个非常特殊的问题，就是话剧民族化的探讨，这方面当然因为有焦菊隐那代人，没有这代人，话剧的民族化是很难想象的。

为什么这些人能做话剧民族化的探讨？焦菊隐熟悉中国古典文化，不仅是古典戏剧，他对中国古典文化很熟悉，同时，焦菊隐他们又都熟悉欧洲的情况。这二者兼具，他才有可能做这样的探讨。

至于“文革”的情况则太复杂了,今天就不多说了。大家都知道“文革”有样板戏，但样板戏中没有话剧，为什么？按道理，话剧更适合普及，为什么没有？这其实是个问题。除了个人喜好之外，还有什么其他原因呢？“文革”这段我自己当时做研究的时候，有一个特别好玩的戏就是《于无声处》。最近《南方周末》又发了宗福先的一篇文章，一看这篇文章我就很乐:宗福先说当时他就想，千万不要把《于无声处》排成话剧样板戏。其实《于无声处》就是样板戏：全国演几千场，各个地方，只要有毛泽东思想宣传队,就都可以演《于无声处》。《南方周末》其实是用了一个“文革”的方式来反“文革”。“文革”之后，随着所谓社会问题剧的开展，院团也开始复苏。国有院团现在的体制之所以这么困难，有个非常大的问题是80年代初就出现的，院团扩张是在80年代初，因为要落实政策，要给人编制，所以一边是院团在壮大，一边就是“话剧的危机”，编制过于臃肿。

我翻过一遍改革开放之后的《中国戏剧》杂志，80年代初就开始提院团体制改革，但当时是不可能改成的，因为没有一个外部，能往哪里改？文化市场是非常初步、初级的，尤其舞台艺术这块市场不太成立；所以，80年代的院团体制改革，只能是说说，不可能变成真的，因为没有外部的环境。只有到了90年代，全面市场化改革以后，就是邓小平南巡之后，外部的文化市场才慢慢出现。这里有几个节点非常重要。第一个是1993年的《离婚了就不要来找我》。当时一个广告商谭露露自己做制作人投了一部戏，这大概是民间资本在大剧场的商业演出的第一部作品。这个戏的实质就是“资本加院团”。个人的钱加上中央实验话剧院，所有演出、制作的班底都是中央实验话剧院的。后来这个戏为什么出了很多状况，诸如罢演什么的，就是因为这二者的关系没捋顺，中央实验话剧院原来的那个体制，跟市场化的体制的关系还没有捋顺了。1993年,社会资本必须要和院团在一块,因为中央实验话剧院有演出资质，而现在演出的资质则变成了一个特别容易的事情，只是在那时候非常困难。

当然,这部戏我们现在看很一般。在我和李东的访谈中,他说1993年看了这个戏，就特别惊讶，李东可以说是院团的“孩子”。他说那时候院团生产的作品，基本处于送票都送不出去的状态，但是当时谭露露做的《离婚了就别再来找我》居然已经有人买站票去看。这个场景对他刺激特别大，就是说文化市场有可能做起来。当然最大的变化还是《恋爱的犀牛》，在我看来，《恋爱的犀牛》真的叫以资本为中心，这部戏真的实现了通过资本完成其他关系的重组。原来谭露露做《离婚了就别再来找我》，还是“资本加上院团”；而到了《恋爱的犀牛》，虽然挂的还是中央实验话剧院的牌子，中央实验话剧院也确实给了非常多体制上的便利，但主要资金是孟京辉从社会上找的。以资金为基础，《恋爱的犀牛》完成了生产力重组：这个制作团队有中央实验话剧院的，有北京人艺的，有北漂的，有媒体的，真是以人实现了人力资源重组，就意味着院团体制可以打破了，在院团之外已经有个外部可以支撑戏剧的生产。同时，他们面临的另一个问题，是观众的重新培养。从80年代到90年代，整个话剧演出已经脱离观众太长时间，他们真的需要全新的观众，这时候他们就面临观众的再培养的问题。孟京辉他们当时做了大量工作，把大学毕业生作为他们的目标群体。随着大学毕业生进入到社会，开始成为相对稳定的观众群体，这当然也是和北京的城市化进程加快，白领管理类岗位迅速增多有关。同时，我觉得他们还实现了一个比较大的变化，就是舞台的表现内容和表现风格。在这方面，他们积累了很多剧目，大家都知道，就不多说了。从《等待戈多》到《爱情蚂蚁》到《一个无政府主义者的意外死亡》，在表现内容上他们非常清楚地意识到，如果面向市场的话，内容不可能是“一个无政府主义者的意外死亡”那样的题目，同时也不太可能像“等待戈多”那样的形式——当然现在他们已经可以把这样的内容些做成市场化的产品了，他们必须要找一些跟观众更接近的，比如类似爱情、娱乐这样的内容和方式。因而，那段时间话剧的内容和形式自然不可避免地开始往下走。在表现风格上，我其实一直在想，该怎么理解孟京辉的表现风格，我现在只能粗浅地说，他是一个被现代主义改造过的舞台风格。大家都说比如搞笑什么的，但我觉得这个不是最根本的，最根本的是舞台的叙事方式是全新的。很多人说《思凡》没什么新鲜的，不就是启蒙主义么，不就是人要爱情、要自由么；确实内容上没什么新鲜的，但是舞台的叙事方式是完全新的。那么该怎么理解这样一种舞台的呈现方式？可以再讨论。我在重新思考《恋爱的犀牛》的时候，发现启蒙话语和现代主义在中国是同时运行的。有一次我们青年文艺论坛在这儿讨论现代主义问题，沈林比较关注的是现代主义里面所包含的革命要素，比如表现主义等等。确实，现代主义本身包含着很多对启蒙的克服，有着对启蒙的很多反省。在西方内部看，这二者不是完全一致的；但在中国，是同时运行的，变成了以现代主义的方式表现启蒙。你现在想想在启蒙那个年代，像雨果他们的那些戏基本上是浪漫主义的；但在中国，启蒙和现代主义则同时运行，我们用现代主义方式表现启蒙思想。那么，这是什么样的现代主义？中国的现代主义是特别不成熟的现代主义，当然我们也可以说这是别样的现代主义。

总的说，从80到90年代，院团戏剧基本是全面失语。90年代连北京人艺都“卖儿卖女”了，小剧场都被“承包”，外围那堵墙则全部打开变成饭店。我记得北京人艺从20世纪90年代末到21世纪初，每年生产的戏剧也就是个位数，具体数字可以查一下。整体说，90年代的院团戏剧，其面临的主要问题还是资金问题。国家给院团的拨款非常少。从90年代末到20世纪初，戏剧人很不容易，通过各种各样的实验，想办法让观众走进剧场来。当时演员按一定比例拿工资，基本上没有做戏剧生产的投入。比如北京儿艺的郑铮，他们当时拿着很少的工资，就只能自己出去拍电视剧，拍完电视剧再回来拍戏。当时在国有院团主流戏剧比较暗淡的时候，随着谭璐璐、孟京辉等人的尝试，外部市场开始出现；但我觉得，在1990年代末和21世纪初，这个外部市场还是比较脆弱的。大概到2005年以后，随着开心麻花及其他小剧场越来越商业化，这个戏剧市场才越来越扩大。2005年以后，北京的小剧场演出，差不多每年都涨1000场。2013年北京文化局的统计是7000多场，每天晚上有20场演出。当然，这里肯定有水分，各个剧场报的数字，会有一些并不是演出而是剧场的活动，也给报进去了，即使去掉1/10，也有6000场，从实际感受讲，一年6000场是有可能的。我2001年开始做戏剧研究的时候，基本是一个月看一次新戏的节奏，现在则不可能了。21世纪以后，整体环境改变了，重大原因还是国家财政收入提高。此外，中国在21世纪初签了WTO以后，也要面临WTO的挑战，所以开始合并剧院。我站在局外理解，做大做强，就是要抵挡国际资本。在2002年非常明显，国家话剧院成立。2003、2004年，我们去北京人艺调研，北京人艺的日子就已经好过多了，北京市的补贴开始逐渐往上涨，国家各级财政对院团的补贴都开始上涨。同时，21世纪也开始体制改革，开始各种各样的试点。

但是，院团体制改革，是很麻烦的。中国改革向来不怕牺牲人，国企改革，大片工人下岗；但是到事业单位改革的时候，社会环境已经不太允许了，不太可能像国企改革那么野蛮。所以后来事业单位改革，人的问题解决得相对好一些，基本上还是把人保护起来。但是，当院团体制改革在面临具体问题的时候，有的也会很棘手。比如说院和场的问题，剧院和剧场应该是什么关系？你有剧场，我也得有。北京人艺有首都剧场，国家话剧院就自己建剧场，北京京剧院基本是与长安合作，就是说又开始了院场合一的局面。但这样也有问题，比如中国评剧院也有自己剧场，但是评剧院一年能演能几个评剧？这个剧场该怎么养活啊？所以，很快就面临着院场关系的问题。我听来自全国各地的剧场经理谈过，每个地方的剧场都不一样，有的地方的剧场已经被麻花收购了，有的被保利接管了，有的被逼着走市场但又没项目，怎么办？每个剧场的情况是千差万别的。

2011年是体制改革的高峰。我做了一个观察，体制改革有那么几层意思。首先是中国最特别的情况，院团变成了院团有限公司。比如，辽宁人民艺术剧院有限公司，换了一个牌子，内部怎么运作，不清楚。再有一个就是演艺集团化，北京演艺集团、江苏演艺集团。还有一些未改制，就是文化部直属的、边远地区的等等。改制完不等于不补贴，现在的补贴方式特别复杂。比如，政府做文化基金，财政部和文化部都有预算，这两块怎么分配？我们在外部看不清楚的。我对文化基金的观察是，它负担两块工作，一个是文化事业的建设，一个是文化市场的建设。比如国家文化产业基金，投了麻花几千万。

改制与补贴是不矛盾的。改制以后，事实上给院团的补贴反而增加了，只不过换了个方式而已。但实际演出怎么样呢？今年的"《雷雨》笑场"事件，是特别好的一个提醒，就是什么叫"精品"？这一事件对文化系统来说，这真是个非常及时的提醒。那个事情太偶然了，本身也许不重要，但折射出主流戏剧的问题：即什么是精品，要重新讨论。因为改制完了，不管是改制还是没改制的院团，大部分都还得靠政府的资金，大部分的演出都在走展演机制。展演机制本身没问题，但是我们现在只保留了形式；也就是原本的模式是那些在各地演的很好的，把它弄上来展演，然后大家再交流——而现在的展演模式，在地方实际上是没演出的，只来北京演。变成通过来北京展演获奖，继而维持院团的运作。所以，展演机制的内容有点被抽空了。此外，展演的最大问题就是，评价机制和评价标准怎么确定？这就牵涉我刚才讲的，什么叫精品？艺术问题太麻烦，尤其是这30年，社会变化这么大，现实主义还有现代主义、后现代主义，同时出现在面前，你怎么去评判？用什么标准评判？什么标准是面向观众的？现在的评价标准，我也不是特别能看懂，觉得有点乱。

最后我想提一些比较大的问题。一方面，文化事业和文化产业，到底应该是什么关系？文化事业和文化产业的建设，尤其在中国的语境下在改革语境下，该怎么理解文化事业和文化产业的发展？我的一个迫切感受是，文化产业建设真是急不得，不是做大做强就能变成文化产业，首先就是要有基础。文化事业，除去什么是精品的问题，最重要的就是院团的发展方向。我特别想重新提最开始提到的，50年代院团的功能，现在我们特别不重视院团承担的文化普及工作。因为现在的展演就是项目制，是对上的，但是我觉得，院团最重要的功能是文化普及。只有话剧艺术普及下去，市场面才能宽、产业基础才能宽，事业层面才能有稳定空间。文化普及工作，这是院团应该承担起来的责任，但是现在对这块特别不重视。

所以，我觉得对政府来说，文化体制改革最重要的是任务，是要建构丰满的文化生态，起码要相对合理才行；政府不能只是去做顶端那个部分，不能只说我是生产艺术的，所以我做的就是高端的。尤其在改革开放这样一种变动的形势下，要看清艺术的不同层面，要注意艺术的生态，注意艺术的普及层面、社会层面、艺术发展的层面等不同的问题，把大环境做好。这才是文化新格局下的艺术创新与市场发展，所需要面对的最重要的问题。

我大概就把这些问题先抛出来。

赵志勇：首先感谢青年文艺论坛邀请我来跟大家交流。来之前看了陶庆梅老师发的一些资料，很受益。用黄纪苏老师的话来说，陶老师是那种用脚做学问的人，她这些年在剧场里头摸爬滚打，其见闻经历难有人企及。她说自己是半路出家，就太谦虚了，像我这种在戏剧学院里的人，反而没有像她那么深入地介入到戏剧实践中。所以，我今天讲的其实是我个人作为戏剧观众这十多年来看戏的一些体会，肯定有很多想法是非常片面的，甚至有一些偏激的东西，不当之处欢迎大家商榷和批评。

我今天大概会讲两个方面的东西。第一个方面，是从我个人这十来年的观剧经验出发，对近二十年来的话剧作品的面貌，以及其背后反映的问题的简单思考。第二个方面，会讲本世纪这十来年出现的新的戏剧现象，特别是我比较关注的民众剧场，以及它对于我们戏剧的生态和格局所可能产生的一些影响。

我还是先从我作为观众的一些体验开始讲起，或许是比较感性的东西。我这些年看戏印象最深的一次经验大概是 12、13 年前，去看北京人艺的《骆驼祥子》。不是戏本身，而是跟那天经历的事情有关。那天下午我在东四环外要回城里，当时四环外面的交通其实还不是特别好，我记得当天我打车差不多花了两个小时还没打到，后来才知道那天是北京市出租车行业罢工。晚上我去人艺看了《骆驼祥子》，人艺院儿里停了一院的豪车。我记得戏里有个细节，车行里有个七十多岁的老头冬天去拉车，他孙子心疼爷爷就在后面帮他推着，拉完了晚上去车行交车，别的车夫说，你看你年纪这么小还帮你爷爷拉车，等你长大了你干嘛？孩子说，长大了我也拉车。另一个车夫说，你长大了你们都开车了，就不用再拉车了，到那时候你们就过上幸福生活了。戏看了上半场我就走了，但我不会忘记在剧场空间里发生的故事和社会空间里发生的事情，两者之间的互动，让我当时忽然觉得，剧场外面社会空间里发生的事情，让这个戏有了新的意义，我觉得这是特别好玩的。

其实戏剧和所有文化生产是一样的，肯定很受社会意识形态的影响，彼此之间有着互动关系，而且因为戏剧是直接在我们社会空间里发生的一个现场，它所产生的某种效应，也许会比影视来得更直接，给人印象会更深刻。虽然今天话剧已经很式微，它影响力没影视剧那么大，但如果那个互动真的发生的话，作为现场见证人就会有非常深刻的印象。这些年我作为一个观众看戏，印象特别深刻的就是作品中的话语与现实状况的关系，两者并置，感觉到背后有一个东西——我觉得这正是这二十来年意识形态话语机制的错乱的体现。这个错乱怎么说呢？可以说它是“反认他乡是故乡”。这种状态是很明显的，在很多剧目里都会有体现。比如12、13年前王晓鹰导演在人艺小剧场导的作品《死亡与少女》，我当时看了那个戏受了很大刺激。这部作品是智利剧作家阿·多尔夫曼的作品，故事与上世纪70年代智利皮诺切特政变密切相关。女主人公当时是个少女，被政变的军警轮奸，造成很大创伤。很多年后，国家民主化了，女主人公偶然邂逅帮独裁军警迫害她的医生，爆发了激烈的戏剧冲突。我觉得这个戏的主题可以概括为鲁迅的话：一个都不宽恕。但在我们的剧场里面，这个戏被导演处理成了和解，他用这个戏来控诉“文革”，让女主人公质问医生“你为什么不忏悔？”最后医生忏悔了，于是就和解了。这实在是一种精神错乱。类似这种例子我今天可以讲很多，像《这是最后的斗争》、《问苍茫》、《江南好人》等，简直可以无限列举。就说《这是最后的斗争》吧，我不知道大家有没有看过，主人公是个离休省委老干部，当年老头在大别山打游击时留下一个女儿，在当地嫁了农民，生了孩子也成了农民。老头退休后还在省委大院里住着小楼，乡下女儿带外孙来投奔，这个外孙就在舅舅公司里当了个打工仔，而舅舅贪污挪用国有资金后出逃海外。最有意思的是，剧中的大家庭对这个底层来的打工仔充满了厌恶、仇恨，公然让舅舅赤裸裸地对外甥说：“你是要来吃大户的吧。”借用陶庆梅老师刚才的划分，她说的格局里面有一个“主流”，但这个“主流”是需要质疑的概念，主流其实大概就等于国家院团作品，而他们的作品里有着很明显的精神错乱。这种错乱不仅仅发生在主流院团的作品里，实际上也发生在一些好象非常先锋、激进的小剧场作品当中。比如说像王翀导演的《哈姆雷特机器》，这是东德马克思主义戏剧家汉纳·穆帕的作品，我们的导演在舞台上将之呈现为一个控诉共产主义暴政的主题。

怎么会这么错乱？可能因为话剧更多直接地涉及社会当下的一些矛盾，与社会意识形态的关系更直接，所以就比影视更要有过之而无不及。我简单回溯一下，这一二十年剧场中的精神错乱是什么原因导致的。实际上，话剧在上世纪70–80年代之后，其发展比其他艺术门类是要慢一拍，当文学在所谓伤痕阶段的时候，话剧就像陶老师说的，还在用“文革”的方式反“文革”，传统话语还在延续。一直到80年代中期，才有一个特别热闹的戏剧观讨论。讨论了半天也没讨论出什么名堂，但是讨论之后基本上戏剧界确立了一个比较主流的共识。这种主流共识，我用某些戏剧学院老教授的话概括其主要观点，就是认为戏剧必须表现人性，必须旗帜鲜明地反对所谓“庸俗政治学”和政治意识形态对戏剧创作的干扰。我发给大家参考的文章里有一篇董健的《启蒙精神与中国话剧百年》，该文就是很典型的例子。有趣的是这个主流在80年代中期就确立了，直到2013年董健的文章里还是这一套。董健老师批判我们以往中国话剧的所谓“战斗性的传统”，批判话剧政治化的传统。他认为话剧要表现人的精神高度，要用人的自由、理性和现代化取代政治意识形态。但是当读那篇文章的时候，我们恰恰能看到他是在用什么样的政治意识形态来反对什么样的政治意识形态。这一点其实是很清楚的。

对于新时期以来戏剧的这种新启蒙主义话语，我命名为“遮蔽性意识形态”，它其实是一种意识形态话语，但它试图要遮蔽自身的意识形态性，说自己是一种普遍的人性和人的理想与自由。实际上其意识形态性是很明显的，但是在戏剧界，大家似乎对此浑然不察，都觉得我们不要意识形态对戏剧的干扰，要取而代之以人性的解放。这在最近的二三十年很明显，例子也很多，比如很多做话剧研究的学者，都会将曹禺在80年代的一些言论大加发挥，把他解放后的作品，当做受极左意识形态干预，导致水准低下的铁证。包括对中国话剧史的梳理，认为田汉20年代的作品才是他最优秀的作品，连老舍的《茶馆》都被认定是在机械地图解政治，认为根本不该把它当做北京人艺的代表剧目来演云云。谈易卜生，就推崇他后期的象征主义剧作，认为中年时期的社会问题剧作，是他艺术上比较失败的作品，类似论调不少。而在具体创作领域，我们就会看到没有鲁大海的《雷雨》之类的作品。

80年代中期，当戏剧创作刚开始先锋起来的时候，高行健和林兆华的先锋是一种纯粹的形式主义，还不太涉及思想、意识形态等问题，所以会出现用布莱希特的形式，来表现离布莱希特十万八千里的思想观念这种有趣的状况。可过了二十多年，今天回头再看，那个时代开始出现这些理论和实践，其背后，很清楚有一种支配性的社会意识形态在起作用，而且这种意识形态一直在主流戏剧创作中持续发展，并造成了今天的局面。董健的文章把80年代看做一个黄金时代，而90年代之后出现的商业化，他觉得是启蒙主义的失落。其实从启蒙到商业化，恰恰是一个合乎逻辑的发展。林兆华这十来年来的作品，包括《赵氏孤儿》、《刺客》、《大将军寇流兰》等，恰恰把他在80年代的思想观念上，没想清楚的东西说明白了，因为80年代还在形式主义的脉络里。我想说明一下，我这里涉及一些艺术家的作品，指出作品有问题，并不是指责他们的水准低下，这样指责艺术家恐怕不太公平。因为艺术家本身都是很有才华的，很勤奋也很敏锐的，但个人毕竟很难跳脱一个时代总体思想和意识形态格局对他的限制。艺术家的作品如果说有什么不足的地方，也是反映了整个时代的思想状态对他们的制约。

如果从80年代中期一路考察过来，特别是走到21世纪的头几年，在这个过程中，有一点还是很清楚，就是话剧界的新共识就是标举人性论，这是一种新启蒙主义共识。实际上，这和80年代之后在政治领域、经济领域和其他文化领域的很多新的趋势是一样的，是对前30年社会主义意识形态的一种系统性的排斥，这种排斥，以一种所谓去意识形态化的人性论的普遍话语面目出现，正是这个意识形态话语的遮蔽性与矛盾性，造成了前面说的精神分裂状况。这个状况，对我们戏剧创作造成的影响是很大的。到21世纪之后，特别是自2010年以来，一些年轻的戏剧工作者，试图在创作中重新介入现实议题，重新政治化。可是，因为他们所处的整个戏剧语境还是去政治化的，或者说对左翼社会主义倾向的价值观念总体上还是排斥的，就使得这些年轻戏剧工作者不可避免地受主流影响，很难找到创作上有效的切入现实的点。

刚才陶老师提到戏剧的公共性，非常重要，从古希腊以来，戏剧一直是公民的公共政治生活的重要组成部分。今天的戏剧，当然也可以用来娱乐，用来消费，但我觉得戏剧一直到今天，仍然是公共生活的一种非常重要的形式。只是，这种公共性在官方的主流院团创作中，已经彻底失效了。所谓失效有两层含义。一方面它完全变成了一种陈词滥调，比如说大家看一些像人艺式的作品，人艺自己的作品，还是试图延续某种传统的意识形态功能，所以才会有《新北京人》、《万家灯火》、《北街南院》这样一些作品。但这些作品看着让人觉得滑稽，为什么？因为像《新北京人》给出的解决方案就是：外来农民工的孩子在北京没地方上学，别担心，会有有钱人来资助你；外地屌丝年轻人在北京混不下去了，回家乡就会成为一个小包工头什么的。还有《万家灯火》，胡同大杂院里老百姓的各种烦恼，政府给他们搬了回迁房后就一了百了，从此就过上了幸福生活。这种解决方式特别一厢情愿，完全没有说服力。我甚至觉得其实人艺的艺术家都不乐意再去承担这种意识形态功能了，要不然林兆华导演不会说他实在不想再排《茶馆》，因为茶馆在人艺创作体制里，显然是承担传统意识形态功能的。为什么不想排？因为这么排出来连他自己都觉得没有说服力。于是我们看到，主流院团的一些创作者开始要探索自己的自由创作，但是这个自由创作也特别有意思。比如和人艺关系非常紧密的一位编剧邹静之，被称为金牌编剧，大概也是这十年主流编剧里票房最高的。大家看邹静之作品，比如《我爱桃花》、《莲花》之类，在摆脱传统意识形态束缚之后，剩下的就只是个人情欲的纠缠。相对于主流剧院，商业小剧场里面的《天上人间》也完全是同样的东西，这个东西对今天的观众非常具有感召力。我听说有一位女白领，打着"飞的"看《天上人间》，跟着剧组飞遍北京、上海、广州，据说看了有七八场，每场都看得嚎啕大哭。《天上人间》讲的就是两人相爱然后结婚，结婚后发现爱情进了坟墓，成天无聊纠缠，各种家庭生活的琐碎，居然就有这么强的感召力！

祝东力：我看过这戏，导演叫什么？

陶庆梅：尹韬。

赵志勇：至少在10年前，不论是主流院团还是商业小剧场，这种东西都是最有票房感召力的。这是一个征兆，表明戏剧的公共性已经极大的地失落了。在这种情况下，近年有些年轻创作者试图重新把戏剧作为公共性的武器加以使用，他们也确实面临很多的困难。这些年我比较关注几个年轻导演，一个是山东济南的李凝，他最近两年的作品质量出了问题，但早年的作品我看了非常感动。他作品里出现的场景，大多是城乡结合部或者乡村，就是中国繁荣的另一面。他的舞台上会有很多伤残人士、乡村老人等，而且完全用肢体方式来表达。我非常喜欢他的作品，他的思想观念完全是西方的公民社会、民主等，也会涉及很多激进的、对抗性的社会行动，比如说争取教育平等权。此外还有草场地工作站，我们知道吴文光和文慧，早年的身体舞蹈剧场的作品，如《与农民工跳舞》等就很关注现实议题。他们近期的创作我也有一些关注，比如他们关于五六十年代，三年自然灾害的创作，有一系列作品。这些作品都是用肢体表演结合影像的方式呈现，影像部分都是真实的文献记录。文慧和吴文光在当下的剧场生态下，是极少数能进入民间、现实社会、历史情境里去思考的人，非常难得。但是我个人觉得，他们的作品也有令人遗憾的地方，那就是在呈现五六十年代自然灾害的时候，他们的观念、认知，非常接近我们所熟悉的主流自由派的控诉，比如说杨继绳的作品。我个人觉得这样的观念先行，会使作品对历史的处理变得简单化。这些作品可能在欧洲艺术节很受关注，但放在国内的话，相比自由派在类似话题中各种真真假假的议论，并没有讲出更多更新颖、更深刻的东西，这是比较遗憾的地方。这里我特别想提到的一个异类，就是2000年的《切·格瓦拉》，我觉得它是在整个主流之外的完全的异类，而且在我们的剧场生态里，完全没有继承者。

以上，回溯了这一二十年戏剧生态里的意识形态性的精神错乱现象，接下来进入第二部分。大概从2005年开始，我们的剧场生态里，开始有一些新的动向，我感觉这个新的动向的意义会很大。先从具体的个案讲起，大概是12年前，广州出现了一个完全是民间的业余剧团，叫木棉剧团。关于木棉剧团，可能很多剧场研究者未必了解他们，但我觉得，非常重要。今天他们在珠三角已经有一定影响，它的参与者完全是一些所谓戏剧圈外的人，而且他们的戏剧活动也几乎从来不谋求到主流剧院去演出，而是变成公共生活的有机组成部分。木棉剧团十几年前创办的时候就引入到了很多社会公共议题，比如他们在创团的第一年，基本是混迹于珠三角的劳工圈子，用戏剧的方式从事劳工教育。后来也做了很多公民教育和女权方面的工作，比如他们处理的议题可以小到倡导母乳喂养之类，但都是公共议题。

因为木棉剧团受港台，特别是香港的影响很大，所以其背后的理念还是公民社会的理念。它的出现，使得这30年来几乎已经绝迹的一个传统，出现某种复苏的迹象。这些年，还能陆陆续续看到很多类似的团体，比如说2005年成立的上海草台班也是一个非常重要的团体。草台班有一点和木棉剧团相似，参与者都是以一些没有戏剧背景的白领为主，作品的发表也更强调进入公共的社会生活空间，所以他们会有拉练，到各地乡村、学校、社区，去真正意义的搭一个草台班来演。但它跟木棉剧团有一点不太一样，木棉剧团中广东的白领中产比较多；而草台班因为领袖人物是一个知识分子，所以他更关注思想议题。它的作品，比如《三八线游戏》关注后冷战的世界格局，《小社会》关注改革开放以来的社会底层，《世界工厂》就直接呈现对当下全球资本主义格局里中国作为世界工厂这个问题的思考。还有北京新工人艺术团，他们在2009年和2010年出了几部比较重要的作品。比如说2009年元旦，他们演出了一部一个多小时的长剧，叫《我们的世界，我们的梦想》，名字很显然是对应奥运会的口号。新工人剧团的成员，很多是本地的，也有从外地来的，特别是农村来北京打工的，后来慢慢聚在一起，组织了这样一个团体。他们觉得，我们新工人和资本家肯定没有同样的梦想，甚至都不在同一个世界里生活，所以我们要用剧场形式，来讲讲我的世界和我的梦想。类似的剧团也在深圳某工业园区的一个工友活动中心出现，工友们把平时的戏剧小组活动的成果，最终呈现为一个作品，讲南方血汗工厂里的工人，他们的生活状况和他们对生活的思考。

我觉得，这些作品恰恰是真正承担了意识形态功能的，而我们的主流院团却没有承担。如果大家看类似国话的《问苍茫》这样的作品，就会知道，就是当中国成为世界工厂之后，很多问题都出来了。曹征路的小说原著就是讨论这个问题，但国家话剧院的戏却掩盖这些问题。相反，倒是一些民间艺术团体开始承担这个功能，试图重新思考这30年，找到自己面对这个世界的立场和观点，这是让我特别兴奋的地方。除了《切・格瓦拉》这样的异类，我们在主流剧场已经很久没有看到这些东西了。

我给大家发的参考文章有一个重要文献，就是奥古斯特・波瓦的《被压迫者剧场》，实际上刚才提到的木棉剧团、草台班等，都是受到波瓦戏剧理念非常大的影响。波瓦也被认为是布莱希特之后，最有影响力的戏剧实践者和戏剧理论家。对于波瓦的戏剧实践和理论，大家可以通过看他的书来完整地了解。我在这里想要指出的是，他最大的意义在于，他在一个完全不同的层次上，让我们重新去思考戏剧的社会功能，而这种戏剧功能对于中国戏剧来说是失落的传统。为什么这样说？因为如果回到40年代的延安文艺，回到五六十年代，实际上我们是一直有这个传统的。40年代就不用讲，《白毛女》的创作、演变我们都很熟悉。50年代人艺创作《红大院》，能够发动社区、居委会大妈参与创作。像《龙须沟》、《骆驼祥子》等作品的创作、演出、评论，都是真正发动了人民，让他们卷入进来。那个时代的戏剧不是精英的产物，不是一帮精英艺术家在对老百姓宣教，而是真的让人民群众在艺术生活中发挥主体性。

这个传统，延续到六七十年代都还在，但到80年代就没了，艺术创作、生产越来越变成精英操作的东西，艺术家也变成一帮特别有精英意识的人，这是能在他们作品里看到的。当然五六十年代的传统也有其问题，它实际上是在国家意志和国家意识形态强力的促成下，才有可能实现，所以到80年代之后，这个东西就不可避免地失落了。而波瓦的影响，让一部分人回归到了这个传统，就是让艺术生产和艺术家的创造，回到民众的公共生活中去。波瓦书里有很多相关的很有趣的故事，就不在这儿讲了。我只提一件事情，90年代波瓦作为劳工党成员，在里约热内卢为劳工党助选。因为他是著名戏剧家，当地劳工党领袖就说，你能不能给我们来做竞选团队？

而后来发现这个人特别有本事，就说，你直接当我们的候选人得了。结果他真的当选，进了议会。波瓦当议员的时候，发展出一套立法戏剧，用戏剧的手法推动、维护民众福利的议会立法议程。他通过自己剧团的成员与整个里约热内卢各个不同社区的民众建立联系，而联系的主要方式通过戏剧工作坊进行，最后民众关注的议题也经由戏剧表演的方式，被争取进了议会立法程序。波瓦在这方面有非常精彩的实践和成果，我不想占用太多时间介绍。大家如果关心的话，可以看他的著作《立法戏剧》，目前有英文版。

奥古斯特·波瓦作为左翼戏剧艺术家，从60年代开始，反对资本主义全球化，曾经在巴西独裁军人政变时进过监狱，后来长期流亡。他在公民社会理念的推动下，试图去做的事情，对我们非常有启发，毕竟前30年的社会主义传统今天要回去已经很困难了。要重新展开左翼的社会实践，我们可以广泛吸纳更多的思想资源。回到波瓦，他这套理念在八九十年代开始在全世界普及。我接下来想着重介绍在台湾的推广，因为这是特别值得借鉴的。台湾在90年代，文建会——当时台湾还没有文化部，通过了一个社区剧场推展计划。最初文建会想做这个计划的时候，对社区的理解还是我们传统的社区概念，比如什么和平里社区、南锣鼓巷社区那个意义上的社区。后来一位在英国学应用戏剧的剧场界人士赖淑雅介入了这个推展计划，用西方社会学意义上的社区概念为基础，来做社区戏剧的推展。因为这个推展计划做得非常有效，今天在台湾，社区剧场颇为红火，已经变成了公共社会生活的一个组成部分。在社会生活很多层面，包括学校、监狱等，涉及外籍劳工、原住民、陆籍新娘等少数群体，都开始用社区戏剧方式来讨论一些议题。

大家最熟悉的，可能是台湾"928"地震后出现的石岗妈妈剧团，就完全是用社区戏剧的形式。剧团成员就是一帮石岗地区的家庭妇女，通过参与戏剧工作坊，一方面纾解在地震中失去亲人的伤痛，另一方面试图找到让她们的社区重新凝结的力量。今天在台湾，社区剧场是很多族群表达利益诉求、相互沟通，甚至利益争夺的重要工具。说到政府对待这些民众艺术团体的态度，有个事情给我印象特别深。大概五六年前我去台湾，拜访了赖淑雅主持的台北应用剧场中心。和她聊天时我得知，政府在保护和鼓励社区艺术和应用剧场方面做了很好的事情。比如当时的台北市长曾对附属于各个政府部门的空置建筑进行统一登记，然后把这些建筑拿出来分配给各个民间文艺团队使用。如果一个民间文艺团体不是商业盈利机构，做的是社会公共服务的话，就可以提交申请。而市政府根据提交的申请，评价考核各个文艺团体的社会贡献，看你做的东西是否我们这个社会公共服务所需要的，再在此基础上进行分配。这很像现在珠三角地方政府与NGO之间，所谓购买社会服务的概念。我为什么提这个？就是因为今天在大陆，已经开始有官方运作公共基金来扶持艺术创作实践，大家前两天已经看到刚出炉的国家艺术基金资助名单。我看完后觉得很困惑，为什么国家艺术基金，会去扶持那么多商业性项目？比如各地的实景演出呢？

陶庆梅：因为要养活那么多人呢。

赵志勇：在我们周边的台湾地区，在欧洲大陆比如英国，都不是这样子。尽管英国从撒切尔上台之后，公共艺术基金大规模削减；但是公共艺术基金的发放，还是有一个非常重要的标准，得是非盈利的，还有就是为所在的社会、社区提供了什么公共服务。这才是正常的标准。

王华宇（文化部艺术司）：据我了解，国家艺术基金目前正在进行项目申报的评审工作。

赵志勇：我了解的情况可能还不准确。不过我想今后政府对艺术的扶持，会慢慢变成一个常态实践。这个实践背后的理念，是不是应该考虑：艺术作品也是一种公共产品，应该将艺术创作是否为社会、民众提供公共服务，作为资助的一项重要标准。各个地方政府搞的《印象 ×××》，显然不是公共产品和公共服务，本身就是资本运作。

孙佳山：那是培育、发展文化产业的逻辑。

赵志勇：所以，搞国家艺术基金，不能用这套发展文化产业的逻辑，我觉得不是所有的艺术都应该用来挣钱。

陶庆梅：是不是现在有好多基金，而且都不太一样，谁能给介绍一下？

赵志勇：我特别同意刚才陶庆梅老师的观点，她提到院团的一个重要功能是文化普及。我觉得这个工作不光是该由院团来做，也完全可以由一些民间文化团体来做。这样一来，这些民间文化团体是不是也该得到有效的支持？无论是来自于资本，还是政府。我在想，这个可能性是不是存在？因为只有这样，我们才有可能像陶老师说的，建立一个丰满的文化生态。这个单靠院团是很难实现。今天公共文化资源的匮乏，是特别明显的事实，广场舞引发的争议很大，广场舞热其实就是一个公共文化资源匮乏的表征。建了那么多剧院，排那么多演出，是不是真的有效解决了公共文化资源匮乏的问题？我个人是非常怀疑的。

我还想简单说一点，最近这几年，特别是2010年之后，在陶老师说的先锋小剧场这块，出现了一个有趣的现象：所谓文献剧场或记录剧场的小小的流行。所谓文献剧场，通俗一点说，就是用剧场的方式拍纪录片。这个东西在西方五六十年代非常有影响，比如我们所熟悉的作品像《奥本海默事件》、《代理人》都是戏剧史上的经典。文献剧场的影响力也一直延续不衰，最近这几年国内一些年轻的戏剧工作者，开始有很多机会到国外戏剧节做交流，开始注意到这种创作在西方剧场里是很重要的，于是在国内也从事这样的创作。近两年青戏节出了几个类似作品，实际上就是纪实非虚构，舞台演出的素材完全来自于真实。这种创作取消了舞台和现实生活区分的边界，舞台呈现的就是现实生活，所谓的艺术虚构被悬置了。这一舞台形式之所以重要，一个重要原因，在于它让戏剧更有效针对现实发声。今天很多年轻的剧场工作者开始使用这种方式创作，对现实生活的介入力度和讲一个故事、虚构一个文本那种方式，是完全不一样的。当然当下的记录剧场也是各有各的问题，我就不再做进一步分析了。

从2005年左右，民众剧场开始发展，到近两年记录剧场的出现，给了我一些启示。我有一个不成熟的思考：从80年代中期以来开始确立的那种支配性意识形态，也就是新启蒙的话语，今天可能正处在一个转变过程中，主流戏剧的话语形式正在转变，至少正在松动。可能的原因是，这三十多年来，一方面我们取得了很重要的成果，但另一方面社会矛盾不断加剧，不同人群之间的利益冲突激化。这些对戏剧创作的影响非常显著，以往那种其实很虚假的普适性人性论话语，今天已经没有办法应对当下的创作了。所以我个人比较乐观地认为，我们的戏剧创作，会慢慢有一些新东西出现。这是我今天要讲的。

孙佳山：谢谢两位主讲，两位都是在用生命来热爱戏剧，也是我们论坛有史以来最长的发言，每人的发言都将近一个小时。不过也很好，这样为我们大家的讨论，充分地打开了空间。两位在发言过程中都提出了一些相似的问题，在一开始，我也提到了包括这次国家艺术院团的演出季，在社会上引起了比较大的反响，我们就先请文化部艺术司的王华宇处长来给大家介绍和解答一下。

王华宇：文化部艺术司非常重视艺术评论工作，尤其是重视青年艺术评论人才的发现和培养。青年文艺论坛是一个非常好的艺术评论平台，已经举办了三十多期。现在利用国家艺术院团演出季这一契机，关注舞台艺术，既能推动舞台艺术评论的发展，也会丰富青年文艺论坛的内容。借这个机会，我大概介绍一下近一两年来，艺术司艺术研究处在推动艺术评论方面领域做的工作。

第一，2013年6月份，我们和人民日报合办了“当代舞台艺术观察与思考”征文活动，发表了40篇文章，已经结集出版，并于2013年10月开了总结会，进一步扩大了影响。

第二，借助国家院团演出季等平台，我们也搞了一些评论。这次演出季包括9家文化部直属院团和中央民族歌舞团，总共十家国家级演出单位。我们组织了评论家和观众代表，分成京剧话剧儿童剧类、音乐类、舞蹈类三个观摩小组。我们提供了观摩票等便利条件，召开了研讨会，并在《中国文化报》上发表，评优贬劣、激浊扬清。

第三，策划了艺术评论专项。因为舞台艺术的特殊性，需要去现场观摩，所以涉及买票等经济成本和时间成本，不像看电影、看展览那么方便，舞台艺术在特定的时间和地点，由特定院团演出，只有在这些都符合的条件下，才能欣赏到这门艺术，进行评论。拿北京来说，全年演出非常多，各个艺术门类都有，国内、国外、本地、外地的都有，我们想筹集一笔钱专门用来买票，这样就不受时间和空间限制，可以经常性地观摩和评论。除此之外，还要举办论坛等活动。

第四，着力培养年轻评论人才。一个事业能够健康、持续发展，必须有新鲜血液注入，我们还是想把工作的一部分重点放在这，想办法让青年人才关注这个领域。我们尽可能地提供机会和便利条件保证年轻人能看戏，看完戏能写文章，写出来文章能有地方发表，发表了有人去看。

我就介绍到这。谢谢！

孙佳山：好的，谢谢王处长。上半场就到这里，我们先休息一下。

（休息）

孙佳山：好，我们开始下半场的讨论。上半场陶老师和志勇为我们奠定了非常好的基础，欢迎大家畅所欲言，可以结合二位讲过的内容，也可以单独发表自己的观点、看法，都没关系，只要跟我们今天的讨论相关就行。哪位先讲一下？

唐凌（中国艺术研究院《艺术评论》杂志社）：首先，我特别感谢祝老师把这样一个话题带给我们，“文化新格局中的舞台艺术”，这个话题体现出的眼光和格局、水准尽显，一听之下就对我产生了强烈的吸引力，很佩服。

祝东力：过奖了。

唐凌：这是一个宏观的问题，特别值得思考。当前的舞台艺术里有许多难解之题，由于因素复杂错综，有时很难下判断。先说一下大的类别，以今年首届国家艺术基金为例，共分为这样几个大门类：歌剧音乐剧、舞剧和杂技剧、京昆、地方戏、话剧，这些是大型舞台剧；当然也有舞台艺术，还有比如管弦乐作品、民乐作品等，是作为小型作品。这些基本属于我们通常说的“高雅艺术”范畴，也可以说是精英艺术，是相对于大众文化而言。我首先讲一讲，我个人理解的舞台艺术在一个大文化格局中，应该处在什么位置，起到什么作用。

我理解的理想格局：舞台艺术，第一是文化艺术水准的顶端结构，是最高艺术水准。第二是核心发动结构，是创造力的源泉，辐射到其他艺术领域乃至日常生活，比如说我们都知道电影《战马》，其实是从伦敦戏剧而来，是在戏剧的基础上产生的。第三是最前沿结构，也就是探索的前端。第四是精神超越性的结构，是一个精神领地。概而言之，舞台艺术应是一个民族思想所能达到的最高点、情感所能抵达的最深处，这是舞台艺术在我理解中的理想定位。据此定位来考察我国当下整体舞台艺术的状况，差距是很大的。

一、在整个文化艺术格局中，比如说与文学、美术相比，或与电影、电视相比，舞台艺术目前的总体发展水平基本处在中下水准，从受众培育情况来讲如此，从审美品质来讲如此，从思想高度来讲更是如此，甚至常常无法超过普通观众的思想、思维水平。我去看戏，并不想娱乐，也不为放松，更不想受简单甚至陈旧的说教；只是想得到深度高于自己的思想，或是境界高于自己的情感，尤其是想看到他们的思想是否高于我。无论是讲述当下，还是阐释历史，如果说他们的思维都没超过我，那我们凭什么去看？在这点上，这是我最大的不满足。

二、创造力匮乏。音乐、舞蹈、戏剧应该是其他大众文化艺术形式创作的最原点，也就是艺术创造的发动点，实际上他们是在最前沿探索，在做最有创造性、最有创意的东西，而我们现在则出现了“倒挂”现象。舞台艺术非但无力滋养别的文化艺术形式，反而需要别的艺术种类“反哺”。我统计过去年国家艺术院团展演季的剧目，其中排演西方经典、改编中国古典名著、改编影视作品、改编小说，或是移植别的剧种而来的作品，占了非常大的比例。改编也是很重要的，但占太多比重，可能也反映出一定的问题，而且这是非常普遍的现象，甚至有的剧院就是以专门改编热门小说或影视见长。也就是说，本应该给别的艺术门类提供创造力、刺激力的舞台艺术，现在根本无法起到这种作用。

三、舞台艺术整体的美学观念和理论与别的艺术门类相比，更加陈旧落后。

四、随着市场冲击，商业的负面因素已出现。

五、各种新媒体涌现，影响接触人群的外延在急剧扩大，但是舞台艺术人群，包括创作者与受众，在本身就很少的基础上，并没有明显增长趋势，部分领域可能还在收缩。

以上，这是我目前所观察和发现的一些主要问题，我也试图来找出原因。

第一，与舞台艺术的圈子相对很小有关系，包括创作、评论、受众，从事这一行业的人口基数太小，难有出类拔萃者。比如说编剧，人数简直屈指可数。

第二，艺术院团长久以来实行国有体制，这无疑有很大的作用和贡献，但是也必然思维过于传统、正统。文学或者美术，这种个人化程度更高的创作，步伐就更大，就更处在艺术前沿；而舞台艺术实际上是一个集体创作，个人艺术要服从很多因素，所以突破起来相对要难的局面。

第三，应该说我国的舞台艺术，目前还没有真正的进入市场。刚才我说商业性的东西会有负面影响，但市场首先带来的是好处，就是那种强烈的刺激和活力，舞台艺术并没有得到这种充分的刺激。

第四，舞台艺术基本由两大类型构成：一类就是通常说的高雅艺术，像歌剧、芭蕾舞、交响乐；还有一类是传统艺术，比如戏曲。高雅艺术和大众一定有距离，这个距离是客观存在的。而传统艺术，与当代社会肯定存在隔膜，如何能弥补这种隔膜，或者让其焕发一种新的生机，就有一种天然的难度。

第五，我觉得是基础性的原因，中国艺术教育基础的薄弱，阻碍了人们进入剧场。总体来说，本应在当下文化格局中处在很高位置的舞台艺术，却非常边缘，甚至“低矮化”。

当然我这样说，是指的整体状况，并不否认其间亦有一些优秀作品。相对来说，问题和原因都是容易分析的，关键是能否找到办法来改观。如果有的话，我最寄希望的还是政府，因为政府具备改变生态的能力。作为研究者，不仅是专注书斋研究，也可以更多地做与当下有关的研究、对策性研究。如果能够在准确把握当下艺术状况的基础上，真正提出可行的建议，那则是很有价值的。

陶庆梅：我补充你一句，我其实也对政府有一定的寄托，但是我觉得前提是什么呢？前提是政府要有自信。我去年参加文化部组织的小剧场展演，让我挺惊讶的一件事，是现场的一个讨论。当时有一位领导的发言让我很吃惊，他大概意思是说，这次有30个剧目，有一个舞剧叫《双城》，而《双城》对于中国的过去30年的叙述，跟主流叙述其实不完全一样的；但是没关系，你和我不一样，我也可以包容你。我觉得这其实就应该是政府的态度，应该更包容一点，对很多可能不太一样的东西，不能要求他都变成你，尤其在支持创作的时候也得这样。只要政府有自信了，这个事还是挺好办的。

郑以然（首都师范大学文化研究院）：我要接着补充一点，说到政府的问题，我们文化研究院之前跟杨立新有过几次座谈，他每次都特别慷慨激昂，因为他觉得现在人艺面临的局面，可以说是问题很多、困难重重，当时讲的几点给我印象特别深。

比如他跟我们说，第一就是人艺相当多的年轻演员都在外面兼职，不然他们凭自己的工资无法维持去创作舞台艺术的正常生活，就像刚才唐老师说的那样。而这也是被他们所有领导都默认的，因为确实对年轻人来讲，在这个城市生活的压力不小，居北京大不易啊。但是造成的结果就是每到排演时就常叫不来人，一打电话，或者在这拍广告，或者在那拍电视剧，回不来，这是一大问题。

还有第二点就是大家也非常了解和理解，就是所谓事业单位花钱难。国家拨给你了，花不出去，到时候又全收回来，而且收回去以后明年又给你们减了，所以他们每年特别头痛这个问题。

第三个就是他们剧场资源的浪费。

第四是他们有很多特别好的道具，是人艺这么多年积攒下来的服装或者舞台设备，别的公司想租想用，这本来是一个特别好的双赢机会。一来可以创收，二来有些东西在他们那可能好多年都用不上一次，但是结果就因为没有自己的帐号，人家公司就没法把钱打给他们，这事就永远成不了。所以杨立新就觉得，国家如果给一些宽松政策，把这些问题，其实都是一些技术性问题解决的话，他们就可以有更大的发展空间。

但是同时杨立新也说了，他们一把手说，我们坚决不改企，如果要改企就over my body，从我的尸体迈过去。为什么？因为我们作为人艺，我们必须要保护一些经典剧目、保留剧目，如果要改企的话，他怕这些都会死在人艺手里，所以他们达成了坚决不改企的共识。刚才大家提到《雷雨》笑场事件，那么作为今天再度演出的经典剧目，内容是不是要跟随当下的受众来做改变？我觉得这就涉及刚才讨论的问题，戏剧到底要高雅还是面向大众？其实我同意大家说的，作为戏剧观众，要付出很多经济时间成本，他一定是想看一下更高级的思想，思想层面高于自己的，或者表演超棒的，或者经典等等。所以我觉得的人艺的经营问题政府要好好考虑，而如何演出精彩的让观众热爱的话剧，是人艺自己要琢磨的。

盖琪（首都师范大学文化研究院）：我接着郑老师的话感性地说一点。我不算一个专业的戏剧研究者，我的专业是影视领域，但是我自己可以算是资深的戏迷。我从1998年上大学，在吉林大学就创建戏剧社，在大学生中演话剧。后来因为内心这个情结，也想过考戏剧专业的研究生。近两三年来，我一直断断续续在看戏，平均一个月会看一到两场，我觉得在一般自己掏钱去看戏的人中，我应该算频率很高的了，所以我想我应该有资格说一个受众的问题。

首先，我非常赞同刚才赵老师和艺术司王处长提到的受众问题与现场感问题。从我个人的角度说，为什么戏剧——或者说更广义的舞台艺术——这么多年来一直吸引着我？就是因为它能给我影视永远取代不了的现场感，一种人际直接互动的感觉，这个感觉刚才唐老师也讲到了。对于很多普通年轻人而言，他们在日常生活中，是很少有机会去体验这种舞台艺术的现场感的。说实话，当你没有深切体验过这类现场感的时候，你是没有机会发现现场感所带给你的震撼和魅力的——这是我觉得现在受众没有成长起来的一个重要原因。换句话说，我要花200块钱，甚至要更多，比如400、500块钱，最便宜也要到80、100块钱才行，那么我到剧场去究竟是要去干什么？很多人会觉得，不就是去看一个故事或者一个秀吗？我在电视上也可以看啊！所以，如果没有对观众现场感的培养的话，我觉得空谈如何培养受众，是很虚弱的，没有真正找对立足点。

我还想举例的是，即使在戏剧最式微的时候，就是刚才几位老师都谈到，整个90年代一直到2000年左右那个阶段，在大学生中间，戏剧社团也是一直蓬勃存在着的。为什么？这里有一个问题值得思考，为什么青年学生会那么喜欢投入精力去做这件事？结合我创办戏剧社的经验，学生的演出是完全没有报酬的，来指导我们的老师也没有任何报酬，不仅没报酬，自己可能还要花钱买化装品、买服装等等。学校当然会给一点资助，但是很微薄。即便如此，大家还是投入很多时间成本，甚至要牺牲考四六级和考研的时间。我就在想，究竟是什么热情支持着一代又一代大学生做这件事？这可以在很大程度上说明，在以大学生为主体的青年中间，存在着对现场感的强烈诉求。我们那时候排过《雷雨》、《日出》，甚至排过《切·格瓦拉》——2000年，是《切·格瓦拉》剧本还非常新鲜的时候。

唐凌：请问你们演戏的时候，观看的同学多吗？

盖琪：很多很多，可以说非常多。因为我本科在吉林大学，地处长春。说实话，90年代末的时候我们平时是没什么机会真正买票去看话剧的，但是校园话剧演出，那一定是报告厅里站都站不下的盛况——不管演得好，还是演得烂。我们剧社说老实话是一个演得好的剧社，在学生中间是有口碑的，我们叫做紫焰戏剧社，紫色的火焰，名字是我取的。现在剧社还存在着。我很骄傲的是它十几年来生存下来了，所以，学生对现场感是有强烈需求的，而我们可能没有把这种需求引导出来，这种需求不仅存在于艺术专业的学生当中，而是存在于广大青年当中。我记得我们那个时候，学生开始没有演过戏、看过戏，对戏剧这个东西是懵懂的；但只要他（她）演过一次，哪怕在台上只是个配角，他（她）都会迷恋上表演的感觉。所以，对学生受众的培养其实不难，真的不难。从我大学毕业到现在这十几年，对青年受众的培养，可能没有实质性的成长——当然我不了解特别具体的情况；但是我想，如果说我们想寻找一个契机和突破口的话，可能真正要从初中、高中、大学开始，需要一个周期，但不会是无限漫长的。

刘玉红（中国艺术研究院研究生院）：各位老师好，刚才听了这位老师的发言，觉得很受触动。我是一个在读的硕士研究生，我想从我们应该算是90后的角度来看这个问题。对于话剧，我是比较感性的认识，非常赞同这位老师谈到的大学生对话剧的热情。刚才听老师们谈到话剧自身问题以及面临的困难，其实这些问题我们都有了解，它已经存在多年，我个人还是持比较乐观的态度。

首先，我们在观看话剧前，会看它属于主流话剧还是一些小剧场类的实验话剧。对两种不同类型话剧，我们的期待就不太一样。例如我们观看《雷雨》或者《哥本哈根》这样的经典剧目时，会怀着敬畏的心态，有一种陶冶的感觉。而看另一种实验戏剧，比如《恋爱的犀牛》，先是期待一种娱乐感，然后会有些许的思考，这种思考对于我是非常有意义的。这两种期待会产生很大差别，我的意思是，因为对两类戏剧有不同期待，所以我们对它的评判，也应该有两种不一样的标准。对经典，我们可以用经典的理论来深入探究，对小剧场、实验戏剧等可以从商业以及兴趣培养的角度来看待。老师们谈到小剧场和实验戏剧存在诸多问题，的确如此，但从一定的角度分析，它却也有独特的生命力和合理性。尤其在校园环境中，我身处过老师说的那种场景，在校园中，无论是什么话剧，只要有就会爆满，大家都提前一个小时甚至两个小时去占一个位置，甚至走廊里都站得很满，所以这方面的热情我们还是有的。

刚才陶老师给我们梳理了话剧的进程与发展，一方面我们看到了它艰辛的过程，另一方面也可以有期待，就像孩子成长一样，它可能现在磕磕绊绊，但未来也可能会有比较乐观的发展。

盖琪：现在给学生优惠一点，十年后他们赚钱了，就会花更多的钱去买票，这就叫培养受众。

孙佳山：小白你讲一讲，白惠元是北大学生剧社的代表，已经有一些在北京高校间很有影响力的作品。

白惠元（北京大学中文系）：老师们好，能来到论坛非常高兴。我想提一个问题给陶老师和赵老师。这几年我在看戏，也写戏，发现了一个明显的状况，就是很多戏剧团体都试图对观众进行定位，当然主要是青年；而我最近发现的一个重要现象是"至乐汇"的出现，"至乐汇"已经打出了明确的口号：中国第一个为中产阶级服务的剧团。我不知道两位老师对此怎么看？因为"中产阶级"在中国仍然是一个值得怀疑的命题，如果将戏剧观众定位为中产阶级的话，那么是不是所有的戏剧模式都同质化了？

陶庆梅：我想说不要被他们的语词所迷惑，只要能卖的出去就行，卖不出去的话，说是给谁看的都没用。你要看他做的是什么，然后看市场走向是什么，再看他怎么想象市场。语词其实是空的，他们做的内容是实际的。刚才讲戏剧要做高雅还是大众的？这其实本来不应该是问题，但问题是，为什么到中国变成了问题。这是个问题。

他们说自己是中产阶级话剧，其实是给自己的一个广告词，就是说给中产阶级看，没问题，但中产阶级一定看吗？何况，所谓中产阶级的定位，本身就是一个很假的问题。

孙佳山：那些人都是先混下去再说，明天可能就又换别的口号了。真有必要的话，甚至给"工农"观看这种口号，他们也一样能喊得出，但这能信么？

陶庆梅：他们就是要先混下去，他们属于靠这个先混着，能混多长时间就混多长时间。看市场化运作的团体，在面向市场的时候，我一般都不相信他们的语词，我只看他们在做什么，这是我的基本态度。你说孟京辉的戏是不是给中产阶级做的？他都不用说。而后来的市场团体，需要找到一个概念来定义自身区隔于其他的市场团体，他就说是给"中产阶级"看的，这是他们要区隔于其他类型的市场化戏剧。他们要讲点"政治"。

赵志勇：我倒觉得这不光是一个词语的问题，剧院本身就是一个社会阶级区分性很强的地方。比如在西方去皇家歌剧院，一定是中产阶级和上流社会。所以布莱希特说，一个剧院首先要想清楚自己是什么人的剧院。

“至乐汇”他们提出的是一个非常真实的问题，也许有人觉得现在提出这样一个口号是噱头，但我觉得这其实是他们聪明的地方，知道自己定位是什么，以及以后要塑造的自我是什么样的。问题是在我们社会里，是不是只有中产阶级的剧院？很明显，现在你去国家大剧院、人艺看看，不难知道是什么观众进去看戏。我们今年把戏剧说成高雅艺术，有点问题，这样说其实是把大众挡在了剧院门外；但如果我们看戏剧史的话，情形是不一样的。其实戏剧在其发展历史上，至少在18世纪之前，都是一个很草根、很大众的艺术门类。

陶庆梅：对，比如14、15世纪。

赵志勇：对，直到文艺复兴都是这样，只是到了17世纪之后才被所谓的上流社会收编。所以，我觉得今天有的戏剧团队说自己是中产阶级剧院，这很OK，只是我们也应该有非中产阶级的其他剧院，我们文化生态里不可能只有单一形态的类型，否则我们的社会不可能有丰满的文化生态。

祝东力：我接着说两句。听了主讲和几位的发言特别有启发，刚才盖琪对舞台艺术的概括也特别精准，就是现场感，我觉得是类似于“在现场目击历史”的感觉，是观众和演员之间直接的、赤裸裸的交流，这是舞台艺术的优势所在，特别是在日常交往被高度媒介化了的今天，回到人与人之间的直接观看和交流，尤其难得。然而特别悖论的是，舞台艺术的优势也恰恰是其局限所在，它只能在现场，受到空间、时间的严格限制，所以在目前媒介化的社会环境里，舞台艺术的生存空间特别小。今天我们论坛的主题“文化新格局中的舞台艺术”，暗含了一个出发点，就是舞台艺术的困境。从大时代讲，困境可以这样来理解，像传统戏剧，比如中国戏曲，是前工业化时代，同时又具有一定城市化规模的时代的产物。比如宋代南戏、元代杂剧，包括京剧的成熟和鼎盛期，也是晚清和民国，工业化还没有真正发展，但是城市化已经到了一定规模，这是舞台艺术的黄金时代。到了工业时代推出自己的艺术形式，比如电影和电视之后，舞台艺术的边缘化就是必然的。

陶庆梅：还包括小说，小说在印刷工业出现以后，迅速普及。

祝东力：但是宋代就有印刷术，我说的是表演艺术，等到影视真正成熟的时候，舞台艺术肯定是边缘化的。但我想到有一个不同的案例，就是样板戏。样板戏的真正流行，是60年代后期到70年代前期，大概10年时间。那时候样板戏极为普及，它有一个前提，就是群众基础，刚才大家很多也都提到了。当时我是小学生，我们学校有几百个学生，是规模不大的学校，但也有宣传队，可以说全国绝大多数小学以上的单位，都有自己的宣传队。这些宣传队除了演出其他形式的舞台艺术，比如歌曲、舞蹈、相声、快板、三句半之外，也排练样板戏的片段。前几年中芭团长冯英说，“文革”时期到青岛，他们发现一所中学能够排全本的芭蕾舞剧《红色娘子军》。所以，“文革”时期样板戏的流行，除了举国体制的原因外，就是当时的社区、社群，就是所谓的单位，都有自己的演出团体，有一个丰厚的社会土壤。我们看现在舞台艺术是比较专业化、精英化的，跟中国足球一样，缺少群众基础、缺少土壤，自然就肯定越来越枯萎。

刚才陶庆梅提到说，为什么没有“样板话剧”？我也考虑过类似问题，我想的是为什么没有“样板电影”？比如说像《南征北战》那样的作品，为什么没把它看作为样板电影？可能有很多原因，从艺术内部的规律来讲，革命文艺有一个启承转合的过程。比如说从20年代萌芽、30–40年代成长到50–60年代鼎盛，然后到那种高亢的巅峰阶段，那时候过去的英雄人物已经进入到半人半神的状态，最适合这种状态的艺术形式，就是把传统戏剧加以改造，采取进入高度象征的阶段形式。否则，话剧也好、电影电视也好，都更多地要求具备日常生活平易凡俗的细节，不适合那种半人半神的英雄。所以，样板戏之所以在60–70年代成为艺术中的艺术，最高级别的艺术，是和革命文艺发展到最后的巅峰状态有内在关系的。

关于舞台艺术的困境问题，刚才唐凌老师总结了，其实我挺惊叹的。以前她长期做艺术领域的管理，现在是《艺术评论》的主编，刚才她提出的那几条对戏剧艺术的要求，都是长时间思考沉淀的结果。但是困境怎么样摆脱？她说没有找到方向，我也没有找到。我觉得只能恢复舞台艺术的群众基础，这是一个最根本的改变局面的办法。刚才像盖琪、刘玉红还有北大的白同学，他们也都提到，在大学生中间，其实存在着巨大的潜在的土壤，只不过缺少强有力的推手在基层来培育、开掘这样的土壤。回到刚才唐凌老师讲到的，我觉得国家还是要起到一个主导的作用。先说这些。

陶庆梅：我是真觉得院团作品不要去评奖了，他们去做公众普及工作，然后看人民群众的需求，而不是单看专家的那些判断。

唐凌：祝老师一说话就太能激发我们的思维。他提到现场感，还有媒介化的现状，再一次让我对舞台艺术或剧场艺术有了新认识。从社会发展来讲，正是由于高度媒介化，使一切都唾手可得。你看现在人们逛商场都很少了，所以大商场都在谋求转型，从一个卖东西的地方转为人们聚会或参与活动的地方，是一个让你在场的空间体验。也就是说随着社会发展，我们一切都可在虚拟空间完成的时候，最珍贵的人际交流的机会越来越少，剧场反而会成为一种不可替代的东西，并逐渐会成为一个吸引人群，在一起聚集的空间。

郑以然：蓬蒿剧场的创始人王翔，他也说过一句类似的话，他说剧场不止是演戏的地方，他是人与人相遇的地方。而且他在谈最初创办蓬蒿剧场的初衷的时候，有一句话让我印象特别深，他说，他是为了抗拒贫乏所带来的恐惧。

陶庆梅：这才是中产阶级的话语。

郑以然：我觉得是因为他自己已经实现财务自由了，他开始追求自己的理想。

李云雷（中国艺术研究院马克思主义文艺理论研究所）：我简单说两句，我对舞台艺术基本不太懂，听了他们两位包括各位的讨论，我觉得挺受启发。我有一个感触，刚才通过陶庆梅跟赵志勇的介绍，好像跟我们文学界一样，也是主流、商业、先锋的格局，也是各种思潮脉络的变化，但是刚才大家谈论一个问题，可能有一点分歧，我不知道是不是这样？我觉得唐老师与陶庆梅好像更寄希望于政府，而志勇可能更寄希望于民众戏剧，我觉得可能有一点这样的区别。

陶庆梅：我插一句，我 2005 年带着《切·格瓦拉》剧组去光州参加民众剧场的活动，在光州的广场上我特别激动。祝老师当时对我说了一句话，他可能都忘了。祝老师非常冷静地问我：你就靠它改变世界么？当时就把我问傻了。

李云雷：我从这个问题开始思考，刚才大家谈了很多戏剧内部的问题，最重要一点我觉得可能跟志勇的思考有关系，舞台艺术怎么重归公共生活，成为人们的精神交流的一个重要形式。所以刚才唐老师提到的问题特别重要，就是你的思想性不能低于普通观众，起码要有一些东西能给人以启发……

祝东力：我有一个特别强烈的印象，每次看话剧，特别是小剧场，周围都是 35 岁以下的年轻人。不客气地讲，这其实反映了一个智力水平。十多年以前参加国家话剧院的一个座谈，我说，国家话剧院应该拿出一个中年人，也就是 35 岁以上的人能够看的戏剧，能够让他们坐得住、看得下去的戏剧。所以我特别赞同唐凌老师刚才讲的，思想含量严重不足。

盖琪：我也插一句，我能记得的，让我在现场觉得非常心潮澎湃的剧，说实话都是外国的剧本，比如像《哥本哈根》、《枕头人》这样的。

陶庆梅：我稍微不太同意一点，就是说什么叫公共性？对当下来说，公共性是一个崭新的问题，没有一个现成的答案。什么是公共性？什么不是？这是一个新问题。其实当下的中国状况，经济的状况、艺术的状况、文化的状况，都对很多原理性问题，提出了本质上的挑战。我们要对一些原理问题重新思考，我真的觉得很多概念有必要重新界定。

李云雷：我看的少，接着把有限的感受说完。刚才你们提到林兆华的《大将军寇流兰》，当时我也去看了，还写了文章。我觉得寇流兰这个戏，当时那种表现方式，就是将群众表现为群氓的那种方式，林兆华的思想里面，不只是反左翼、反群众，他已经走到反启蒙、反理性的思想状态了，可以说是自由主义的一种极端化，当时我那个文章也是这样写的。但是交流的时候，好像也没有太多展开思想层面的讨论……，比如说莎士比亚这个戏林兆华可能有他自己理解，但他只是把反群众暴力的思想很夸张地表现出来，处理得有点简单化。

陶庆梅：他是在反“文革”。

李云雷：我觉得这个戏有意义的一点，可能就是林兆华的思想已经发展到了这样一个程度，像他这样在艺术界有代表性的人物，80 年代以来很重要的导演，应该说他的思想是代表一种倾向的。

陶庆梅：林兆华比较特别，艺术的直觉比较好，但思想上没想法。你跟他谈思想他不可能明白，他就是依靠把直觉上的经验放在里面。

李云雷：我还看过一个戏，根据曹征路小说改编的《问苍茫》，后来国家大剧院也组织了一个座谈会讨论。我觉得这个戏就像刚才志勇说的，把小说中本来还有的反叛精神，用一种意识形态幻象包装成和谐的假象，想象性地解决了。作为一个个案，这个戏可能有这样一个研究的价值。

陶庆梅：我是觉得有这么一个问题。直接的文本分析不合适，因为跟当下现实的关系，是要经过特别多环节的。比如说《问苍茫》，跟当下现实的关系是非常曲折的。我特别强调一点，最好不要直接做文本分析。

李云雷：我知道，当时我们座谈的时候，导演查明哲也谈到这个问题。

唐凌：这个戏主要是编剧的问题，有些地方让人特别不满。

李云雷：陶子刚才说的这个，你不能要求一个普通观众像你一样有一种研究者的视野……

陶庆梅：我不是要求普通观众，而是要求你们，不要做简单的文本分析。

赵志勇：其实做文本分析也是很合理的，因为你不能要求我作为观众必须理解他们的生产机制。

陶庆梅：不能简单地做文本分析——我的意思是指，你做简单的文本分析，有时候容易自说自话。

李云雷：导演当时也谈了一些具体细节，可能没办法在舞台上呈现。

陶庆梅：那都是虚的。不过我接着唐凌的话说，话剧还有一个非常复杂的问题，就是它是各方面的综合，剧本、导演、演员等等。刚才跟祝老师讨论几个国家话剧院的戏，这里面其实是不一样的：一个剧本什么样，导演阐释出来什么样，演员演成什么样，都有很大的不同。

孙佳山：像刚才唐老师提到的《问苍茫》，我也看过。我觉得即便说戏剧或者舞台艺术有着自身的复杂性，但是作为导演也好、编剧也好，他们最基本的无意识还是清楚的，就算有再好的演员来演，那种肆无忌惮的无知和无耻，都得首先通过文本分析来解决。

陶庆梅：我说的是针对好的作品而言，内部差别是有的，而太差的作品就什么都会很差。

李云雷：刚才我说的这两个剧，其实我们还是有这样的期待，就是能把一个话题重新带入公共领域。

赵志勇：我同意云雷的观点，其实很差的作品恰恰是很好的，值得讨论的公共议题，和进行文化研究的切口。他们对这个议题的呈现方式可能是低级的，但是不能说这个议题本身不行。

孙佳山：志勇举的《这是最后的斗争》就是最好的例子，艺术水平虽然低，但充分暴露了"大院文艺"的趣味和层次，和《问苍茫》一样，为打开这个时代的公共议题，提供了抓手。

陶庆梅：作品思想水准很低的时候，肯定直接反映出对题材、话题的呈现程度有多低。

孙佳山：我也觉得这种趣味、立场的有限，的确束缚了对公共性的呈现和抵达，而这恰恰是文本分析的任务和价值所在。

李云雷：不是，我觉得导演可能也有自己想法，不然他不会选择这样的题材，确实你说体制限制了他的发展，是相互妥协的结果。

陶庆梅：这个特别复杂，80年代过来的这批导演、编剧，就像你们熟悉的80年代文学家一样，就是受限制于形成他们思想、理论的那个年代。

李云雷：就是他刚才说董健先生的观念。

陶庆梅：对，刚才说的董健的那个文章就挺好的，一下就能看到他们都是在怎样思考问题。比如说孟冰写《公民》的时候，他在“编剧的话”里写想着的是“反封建”——这就是80年代给他的思想资源营养。

李云雷：就是说他的问题意识还是那个时代的。

陶庆梅：对，都在那个年代形成的，就如同《问苍茫》可以处理的是当下的工厂问题，但他的问题意识可能不是当下的。

李云雷：你觉得《世界工厂》怎么样？我没看。

赵志勇：我觉得还不错。

鲁太光（中国作协《长篇小说选刊》杂志社）：我对戏剧是门外汉中的门外汉，我有一个困惑，请教两位主讲。我们今天的主题是“文化新格局中的舞台艺术”，通过两位刚才讲的，以及发的材料看，在这个“新格局”中，重要的“新”元素就是资本，就是说资本的力量非常庞大，是影响舞台艺术的一个重要力量。那么我的问题就是：既然资本的力量这么大，那么有没有从资本或市场的角度来衡量比较成功的舞台剧的？

赵志勇：你的意思是说在资本逻辑里面来衡量有没有好的作品？

鲁太光：就是以纯商业化的标准来来衡量。

陶庆梅：什么叫纯商业化？你是以什么样的标准来衡量？

鲁太光：钱当然是一个因素，但这个标准也不能说只是挣很多钱。

陶庆梅：你是说票房吗？

鲁太光：票房是一个标准，但不是唯一的标准。

陶庆梅：标准是什么？

鲁太光：或者是面对的人群，或者说中产阶级或中上阶级，在中产阶级或中上阶级趣味塑造方面，表现得怎么样？

盖琪：你是说社会影响力？

鲁太光：可以这么说吧，有这样作品吗？

陶庆梅：我觉得市场上最流行的就是孟京辉《恋爱的犀牛》的发展与延伸。

鲁太光：陈佩斯主导的那种呢？

陶庆梅：用市场化来衡量，当属孟京辉《恋爱的犀牛》最成功。然后市场就在这个基础上复制：内容基本上限于爱情、情欲，然后要搞笑，市场上流行的戏剧基本是在这个脉络中的。刚才小白说的“我要给中产阶级服务”的制作人，他的意思是说我不是“搞笑加爱情”，我要谈点政治，我要有思想品格。

赵志勇：咱们的资本主义发展比较后发，还是低端的，按照市场逻辑来看，最成功还是港台林奕华和赖声川的作品。

陶庆梅：《暗恋桃花源》应该是最成功的市场运作，但是就本土来说，基本就是孟京辉了。

盖琪：《如梦之梦》现在怎么样了？

陶庆梅：第一轮就收回成本了，我觉得也是个奇迹——那种东西基本上是很难收回成本的，他们居然经过明星运作之后，第一轮就收回了成本。

现在的问题是受众太少了，群众基础太薄弱了。不管是从文化市场说，还是从文化事业说，群众基础太弱了，对产业来说，受众群也太少了。

卢燕娟（中国政法大学人文学院）：我说几句，今天大家一直讨论的一个问题是舞台艺术的群众性、社会性不足。就此问题，我近期恰好有一点和大家不太一样的体验。这个话题本应是赵志勇来说的，这是他的工作，但一是可能他比较低调，自己不愿意说，同时也可能因为他长期做习惯了，而我此前反而从没有接触过，所以有第一次看的那种震撼感。

前段时间，我跟赵志勇去了一次他办的戏剧工作坊。在此之前，我们所受的教育给了我一套基本的艺术评价标准。在这个标准下，我们相信舞台艺术要成为“好的艺术”，必须包含一系列的元素，比如精准的艺术表达、丰富的艺术形式、深刻的思想内容以及独出心裁的艺术主题等等，我们也的确相信艺术的感染力一定产生于上述因素。但是上次在赵志勇的戏剧工作坊，我明显感觉到另一种艺术影响力，和上述标准无关。

赵志勇带的工作坊，其基本成员是外来务工的女工，绝大部分又都是家政女工。我参加的这次活动，她们的目标是排一个话剧，反映关于外来务工子女在京上学的问题。活动开始的时候，赵志勇先带着她们做最简单的发声训练。我们都知道，对专业戏剧来说，这是一个非常基础的入门训练。在这阶段，我可以很明显看到“专业”给她们造成的障碍。即使是最简单的腹肌控制、胸腔呼吸训练，她们都很难控制自己的动作。其中有一个大姐尤其困难。每次赵志勇要求她腹腔聚气的时候，她就会不自然地双肩耸得非常高，把气全憋在胸腔里，紧张得连正常呼吸都困难。

后来出乎意外，就是这个大姐，在剧里居然承担了“妈妈”的角色，这是剧中主角，台词最多，贯穿始终，她的表现让我非常震撼。我就亲眼看着这样一个完全没有舞台训练，对自己肌肉和声音完全无法进行专业控制的大姐，一幕一幕的，如何以她的方式告诉我什么叫“艺术感染力”。不知大家是否关注到，今年北京市要清退外来人口，出台了很多政策，其中通过限制非京籍孩子在京上学就是一个很重要的手段。这个话剧讲的是一对外来务工夫妻，孩子要上小学，按照北京市今年的政策，他们要办一大堆证明，这些证明一是手续繁琐，有的要老家北京来回倒腾；更重要的是，很多证明在实际生活中根本就开不出来，比如要求租房合同、租房完税证明等，而外来务工人员租住的城中村根本不可能有这些东西。这个话剧就讲述这对夫妻如何为了这些证明拼命奔走、竭尽全力，最后还是没有办法让孩子在北京上学。这种生活，是这个大姐和她周围的工友们非常熟悉的，办证的复杂、艰难，与政府各部门打交道时所经历的各种遭遇，几乎就是她们的生活。所以我就看着这个大姐，一开始念台词，因为文化水准不是很高，剧本又是第一次接触，几乎念不成句，各种错别字、断句问题，磕磕巴巴的。但就这样一段一段念下去，念到最后，她看明白了剧本讲述一个什么事情，我明显知道她入戏了。有的地方，她甚至会脱离剧本原先的台词，非常自然地换成自己的语言，几乎再现了她在这些遭遇中的本能反应和表现。

事后，赵志勇发剧本给我，希望我帮着改改台词。我仔细看后，发现能改的台词非常少。并不是因为原先的台词按专业标准多么凝练、精准或者有文采，恰恰是因为那种简单又有点啰嗦，没有经过提炼的台词，就是他们的生活：你今天事情办得怎么样，这个证也不行、那个证也不行，然后说又怎样怎样。如果我只看剧本，那这些肯定不是台词，但是我看了那天大姐的表现，我突然意识到，这是一种我能感受到的戏剧的影响力，这是很难用艺术标准去评价的，和大家所说的标准都不一样，但是我切身感受到的。

那天我还感受到另外一个问题。当时有个小场景，是爸爸妈妈坐着聊天说，我今天办事，说这里不行，那个证件也不合格；这个也不行，那个章也没盖对。从头到尾，就是夫妻俩坐着聊。如果按照我们习惯的舞台标准来说，两个演员从头到尾坐着不动，整个场面有点呆板啊。所以当时我就接了一句，我说你们别一直坐着，站起来加一些动作。比如说对话中设计这样的动作：妈妈才进来，爸爸给她递一杯水，然后擦汗啊、接包啊等等动作，让舞台上的人动起来。这是一个我能想到的比较简单的艺术加工，我当时自我感觉这些动作也不难表现，并且还是蛮生活化的。但我没有想到的是，当我说完这个，当时演妈妈的那个大姐马上说她不演了。当时赵志勇赶紧跟我说，你不能这样说，你一说她们就没信心了。后来我反思了一下，我意识到一个问题，她们之所以能演这么自然，有一个很重要的原因，她们没觉得自己在做舞台艺术，她们只是在重现自己的生活，重现自己在这个城市生活中所经历的平淡、心酸和艰难。就拿刚才那场戏来说，如果我们不考虑舞台效果，那么两口子坐家里就是这么一聊聊半天的，是他们自己生活里每天都发生的很自然的事情。但是当我要求他们进入表演，哪怕是一个递杯水的动作，打断了她们再现自己生活的节奏之后，她们顿时就“不会演”了。这个麻烦不知道赵志勇后来弥补没有，反正那天一直到我们走的时候，演“妈妈”那个大姐都坚决说她绝对演不了、她不演。我很愧疚给赵志勇惹了个麻烦，同时这件事也让我非常强烈地意识到，在我们学院习得的艺术标准之外——哪怕这种标准我们已经自省过，在这套标准之外，仍然有一种艺术感染力，而且更加深刻、更加动人，也是真正在“塑造”人心。

总的来说，那天的经历可能比此前所有的舞台艺术感受，都让我更强烈地重新考虑诸如舞台艺术的群众性、社会性这些问题。那些大姐们之所以能在一个简陋的话剧中进入这种艺术、表达她们的内心，并且让这种表达打动我，我想，从浅层原因来说，是因为剧本简单，她们没有阅读障碍——这也是现代以来舞台艺术为什么更容易大众化的共同原因，这种形式使即便不识字的人，也可以简单地参与。另外就是刚才大家所说的那种现场感和参与性。那些大姐中的一个，不是演妈妈那个，后来告诉我，其实他们家并没有孩子要上学的问题，但是她念台词的时候就想掉眼泪，因为她在北京也要办无数证件，要和各种政府部门打交道，经历了各种冷淡、不耐烦、公事公办的态度，这些都让她很容易在台词中看到自己的生活，表达自己的辛酸。所以，她念剧本的时候眼泪就往下掉。我想这是舞台艺术的现场感、参与性，或者叫社会性、影响力的另一个表现形式。

那天回去之后，我还思考了一个问题。这样一种舞台艺术，它的深度和力度我看到了，但是像刚才陶老师、唐老师也提到的，这毕竟是一个资本的时代、市场化时代。我当时也问过赵志勇，你们这个戏排出来，会在什么场合演？他说在哪演还不知道。同时，那天我也看到他们的条件非常简陋，没有舞台。那个椅子我一开始坐下去，还以为不小心挑了一把坏的，试图换一把的时候，我发现所有椅子都一样，摇摇欲散。就是这样简陋的条件、这样艰难的运行，除了像赵志勇这样带有理想主义精神的人在无私奉献之外，该如何形成长远的维系方式呢？

此外，我一个人去看，能感受到他们的感染力和震撼力，但我不知道在这样一个市场时代，它更广阔的影响力该如何实现？这种东西怎么变成一个像刚才说的“公共话题”？我觉得这是一个问题。

赵志勇：其实我刚刚也想回应一下陶庆梅关于公共性的话题，既然燕娟提到了，那我恰好也可以从这个角度回应公共性的话题。

燕娟提到的事情是这样，我现在在昌平外来工集聚社区的一个文化中心工作，这个文化中心没有政府或者外面基金会之类的资源，他们的工作人员都是从外来务工人员中成长起来的。他们在为社区服务的时候，碰到了很多问题，也非常希望能够用戏剧的方式来表现外来务工人员生活的各种问题。但是，他们没有太多资源和技术能力，我现在基本在上课之外就是去承担这样的角色，去为类似这样的群体提供戏剧的技术支持，相当于做义工。

大家都知道北京要管控外来人口，所以今年非京籍小升初的五证，卡得特别严，结果是很多孩子都没办法继续在北京上学，只能跟父母回老家。那个社区文化中心就以这方面的素材自己编了个剧本，在我暑假离开的时候他们把剧本写出来了。其实就是社区里一对外来工夫妻和他们孩子的故事，我看完后觉得很震撼，因为尽管我们很多媒体也讨论过类似问题，但极少能看到外来工群体从自己切身感受的角度发出声音。剧本从编剧技术来说是很烂,燕娟看的那一稿其实是我帮他们改了一稿的。尽管如此，里头仍有很多真实的打工者内心的东西，比如结尾是上不了学的孩子的一段独白，这段台词其实是真实生活中一个打工子弟学校的孩子写的一段日记，讲述他在城市生活中感觉到的不公和愤怒。演员只是那么站着念出来，我就觉得特别震撼。

在排练中我们做了很多工作，力图把它变成一个布莱希特式的演出，就是把大量来自现实生活的评论性的内容加进去。比如媒体的相关报道，我们还会采访一些打工子弟的校长、争取教育平等权的社会人士、非京籍学生和家长，把这些内容排成视频放进戏里。然后还会征用一些社区里居民的物品，比如他们在北京办的各种各样的证，比如孩子在北京借读需要的什么老家无人监护证明，这个证那个证，好不容易办来的却因为不合格不能用，就放在家里了。我们想在戏里给大家展示这些东西，最后这些东西会变成对现实社会议题的一种介入和表态。从我个人的艺术观和戏剧观出发，这就是我理解的戏剧艺术的公共性。提到所谓戏剧的现场感，我特别同意刚才祝老师的说法，他说现场感意味着我们目击了历史进程和历史事件，这个说法太棒了。在我个人看来，因为布莱希特和奥古斯特·波瓦对我思想的影响，我会觉得戏剧实践者的工作让他们不仅见证，而且还能参与到历史进程里去。至于能在多大程度上改变世界？可能暂时没办法想那么多，一想就会觉得做什么都没有意义了。至少我觉得我现在参加的工作，对于女工们来说是非常有意义的。

我们有一个大姐是积极分子，她家住的还挺远，她几乎每周末都去参加活动。她的丈夫就天天骂她，说你神经病啊，四十多岁的人了，成天去参加什么女工文艺小组，又不挣钱，一周好不容易休息一天，家里都没时间打扫一下。其实很多来北京务工的中年妇女，如果有一天休息时间，她可能会选择去多做一个小时工，半天还能多挣100块钱。参加社区中心的文艺活动，没有报酬还得自己贴时间、掏路费，别人都不理解她。我觉得这个东西对她肯定是特别有意义的。如果我们要谈戏剧的群众基础和公共性，这就是群众基础和公共性，当然社区中心的女工最后排个戏出来，从艺术上来讲肯定是粗糙的。在我们这个圈子里，大家谈戏剧都说它是高雅艺术，女工社区中心的那个作品肯定不是高雅艺术；但我倒是觉得，可能对于我们来说高雅艺术是一种可有可无的东西，而对她们来说，那个东西就是生活中的精神必需品。我原来带的家政工剧社有位大姐，来自陕西关中三河县，在他们那里乡村的戏曲自乐班，有非常悠久的历史。这位大姐的公公、丈夫、小姑子都是自乐班成员，平常只要农村里赶集，就会去集上演。所以她出来打工，身上都带着她的唱本，有好几大本，没事就拿来唱。

我在想，今天大家谈到的戏剧院团，可能只能满足大中城市中上阶级的文化需求，但其实在基层社会里，这个需求也是非常强烈的。我们重视民众戏剧，也不是就非得要去韩国、台湾演个《三八线游戏》，不是非要那样。现在，中国中小学里的艺术教育开始发生了一些变革，今后会全面普及艺术教育。另外中戏、上戏也开始有了戏剧教育的课程，这就意味着以后戏剧学院毕业的学生，有不少会去做中小学戏剧课的老师或者社区的戏剧工作者。我觉得这样很好，没准可以让我们戏剧的群众基础慢慢繁荣起来。以上大概就是我对公共性的看法。

孙佳山：谢谢志勇。今天的论坛超乎想象的好，碍于时间关系，我们今天已经太晚了，就只能到这里。谢谢大家！

（根据速记整理，经过本人校订）

青年文艺论坛2014第十期

新世纪的群众文艺与公共空间

主持人：卢燕娟（中国政法大学文学院）

主讲人：黄纪苏（中国社会科学院《国际思想评论》杂志社）

刘晓真（中国艺术研究院舞蹈研究所）

时　间：2014年10月16日（周四）14：30—18：00

地　点：中国艺术研究院334会议室

主　办：中国艺术研究院马克思主义文艺理论研究所

编者的话

新世纪以来，经过市场化的转型和洗礼，中国社会的各个方面也经历了空前的变迁、重组和再造。在新的社会文化语境中，群众文艺逐渐摆脱了 20 世纪 90 年代的低落和边缘化的状态，以自发的方式重新成长。以广场舞为例，作为一种新鲜活泼的文化现象，其中传达出了丰富的信息，值得我们认真观察和探究——它与传统社会主义时期的文化遗产是怎样的关系？如何评价它那种迥异于纯文艺的质朴、明朗、健康的风格和气质？在当前文化语境中它怎样构筑着人们的公共生活和公共空间？

本期论坛以广场舞为中心，对群众文艺在新世纪以来的表现与意义，以及由此带来的公共空间与私人空间的权力边界的博弈、群众在新社会结构中的文化诉求等问题进行了广泛探讨，初步揭示了新世纪群众文艺所创造的新的空间和丰富的可能性，也提出了值得关注的具有前瞻性的理论问题。

卢燕娟：各位老师、各位朋友下午好，欢迎参加本期青年文艺论坛！今天的话题是“新世纪的群众文艺与公共空间”。从历史上看，从唐宋市民文化兴起之后，文艺就一直在精英知识分子和市民群众之间共生、互动和博弈。到了近代，梁启超更是提出“欲新一国之群治，必先新一国之小说”，之后从“五四”启蒙到革命文艺，知识分子始终追求把文艺和群众结合起来，通过文艺大众化来“化”大众。我们今天仍然能够想起来那些历史上著名的群众文艺运动，像延安的秧歌剧运动，甚至也包括“文革”时期的忠字舞。20 世纪 80 年代，交谊舞同样风行全国。此后，群众文艺运动慢慢不需要由政府组织，逐步呈现出自发性的状态。到了新世纪的今天，我们在大街小巷、公园广场，随处可见唱红歌、跳广场舞的大爷大妈自发组成的“群众文艺队伍”。

今天，就在我来参加青年文艺论坛的上午，和每个上午一样，都是听着“群众文艺之声”度过的。我的生活是每天 5 点 30 分，楼下小公园就开始播放非常雄壮的“男儿当自强”。接下来整个上午，这种“群众文艺之声”几乎变成了我的计时器，9 点钟会响起“横断山路难行”，听到“小苹果”我知道 10 点了，直到每次听到一个特别激昂和优美的女声开始唱“砸碎万恶的旧世界，万里江山披锦绣”的时候我就舒一口气，我知道还有 5 分钟就 12 点了，愉快的一个上午该结束了。可见，今天的群众文艺运动如此热闹丰富，已经在生活中随处皆是、触手可及，让我们觉得今天好像被群众文艺的汪洋大海包围了。这样的现状也给我们今天的讨论打开了一个非常丰富的空间和角度，这既是一个文艺的群众性、现场性、参与性以及生命力的经典文艺问题，同时也涉及到像当下群众生活、社群组织、公共空间建设这样一些社会问题。近几年我们经常会听到因为广场舞扰民引发的冲突事件，这些事件，既包含着社会公共道德和社会规范的问题，也包含着私人空间和公共空间两种权力意识的博弈和争斗。因为所有这些复杂的问题都呈现在这里，所以我们今天这个话题就既是一个当下的热点文艺话题，同时也是一个涉及中国转型期的社会重建和公共空间重建的问题。期待各位老师和朋友们能够碰撞出非常精彩的讨论。

首先介绍一下两位主讲人，黄纪苏老师大家很熟悉，来自中国社科院。这位是刘晓真，来自中国艺术研究院舞蹈研究所。我们先请刘晓真老师。

刘晓真：祝老师跟我说了这个论坛的题目之后，我思绪万千。因为做这个专业所以接触到的东西比较多，但是怎么从学理上梳理它，怎么能整理出一个清晰的框架？其实到今天我都没有十分清晰的思路，但是我想在这样一个场合把我能够掌握的东西摆出来大家一起来讨论，应该是非常有意思的。

首先我先从两个小点谈起，后面有什么相互激发的我再慢慢说，第一个小点我是想针对德国媒体说的关于“广场舞威胁中产阶级清静权”这个问题。

黄纪苏：威胁什么？

刘晓真：德国媒体说中国大妈的广场舞威胁中产阶级的清静权——他们说这个的时候很显然是站在他们的社会发展阶段，以及自身文明的基础上来评论我们这样的一个社会现象。

姑且不说什么中产阶级不中产阶级的，不见得住在小区格子楼里面的就是中产阶级。我是想说，跳广场舞的大妈们对于公共空间是没有什么意识的，这与我们的社会传统有很大关系。我想从两条线追溯我们这几十年的传统：一是农村的乡土传统，还有一个是社会主义的国企大型工厂，从这两个生活圈子说说传统。

先说农村。农村是传统宗亲构成的熟人社会，没有西方媒体特指的那种城市里的公共意识，他们的所谓公共空间就是田间地头、水井、村庙。比如赶集、赶庙会，是大家聚到一块才有的公共空间，而这样一个空间恰恰不是说要大家来表现我们是多么遵守公共秩序，尤其是德媒要求的那样一种素质。人们恰恰是在这种公共场合里面，要家常里短、要交换信息，要打破各自生活的界限，实际生活中的公共空间恰恰是把私人生活带入所谓的公共视野。现在的学校教育里也没有把这种习惯视为不良行为，它是整个人情社会里一个很自然的生活状态。所以，当身在这样一个大家共同跳舞的场合里，人们不会把空间的意识放在心里，说我要去尊重人家，这个场合就是来分享、来高兴的。在传统的民间习俗里，像正月里“闹十五”，那种场合大家恰恰是去赶热闹、凑热闹的，正好和德媒提出的“清静”相反。这是我从乡土中国这条线梳理出来的一个传统。

还有一个传统，与工业发展形成的大型厂矿企业的生活圈子有关。以胜利油田为例，这是我从小生活的地方。要提公共空间就是像什么公共食堂、公共澡堂、公共厕所，在这些空间里也没什么真正的隐私可谈。在那个单位空间里，实际上跟在村子里是一样的，社会机构虽然不是通过血亲来连结，但是全国各地的人来到厂矿企业工作生活一辈子，那个空间也形成了一个熟人社会，所以就这点来说，那里的人们对公共空间的意识也不是德媒所希望的那种东西。因此，在广场舞问题上，恰恰就是一个大家一起来高兴的事情，在人与人之间的关系里面体现的，是非常近、非常密的，不会把个体跟公共作一个截然分明的界限分割。

随着城市化建设步伐的加快，小区的附近也很自然地形成了广场这样一种空间。而城市的扩张带来城市移民，移民可以来自乡土，可以来自三、四线城市，也可以来自厂矿企业，都是比较独立的群体。这些城市移民，随着子女到了城市之后，就把过去年轻时候的生活习惯带来了，这批人大概在60岁上下。在北京、上海、深圳这些特别典型的移民城市里面，你听他们的谈话内容基本上就是帮儿女看孩子，闲着没事大家一起来跳，他们当中的很多人成了广场舞的主体力量。

以上是我从德媒关于“广场舞威胁中产阶级清静权”这个话题引出的一点思考。

关于“群众文艺与公共空间”这个话题，我还想谈另一个方面，就是网络空间跟广场舞的关系。网络与广场舞的亲密接触也就是这两三年的事情，我跟踪了一个舞队，发现他们真正的活动空间除了现实的广场之外，还有一个巨大空间就是网络。在这里念一段我自己整理的材料：2013年6月通过QQ这种网络社交方式分布在全国各地的广场舞队，形成了一个中国广场舞联盟，联盟发起人有着多年从事社交舞蹈培训的经验，并以成熟的舞蹈编排获得全国许多广场舞队的青睐，一直是许多爱好者学习的对象。以此为基础，从在全国各地的优秀舞队中产生了7个副主席，都是在当地有号召力的广场舞发起人和老师,这些人在自己的QQ帐户上最少有8个群，最多可以建200个群，每个QQ群里的人数是200、500到1000不等。以QQ群为基础的广场舞交流往往围绕视频展开，一个广场舞队在网络上的名气往往来自其视频的点击率和传播率，优秀舞队的老师得以成为中国广场舞联盟副主席正是来自这种网络点击的推助。同时，优秀舞队必须依靠在个人的QQ空间和各大视频网站不断录制和上传新的广场舞，来保持更新以获得稳定的支持，因此优秀舞队的老师往往要完成编排、教授、录制和上传等多方面的工作。如果以视频的点击率来估算参加广场舞的人数，那就远远超过了我们眼力所及的现实场景，而中国广场舞联盟还仅仅是网络广场舞队的冰山一角。

一般在比较有名的领队老师的舞蹈视频后面，都会有很多粉丝留言评论。他们还会有专门的赛诗会，即便是一些并不押韵的诗，也一样表达了对舞蹈的赞美，里面充满了姐妹相亲的内容。他们甚至从线上的活动发展为线下的联谊，从全国各地集中到一个地方，大家相互见面、交流经验。他们还会组织各地的老师发展自己的团队，这种发展实际上也是两厢情愿，他们有很多粉丝，这些粉丝自愿跟他们学，通过网络集中培训，这样会不定期根据报名人数，选择某个地方，以某舞队为主进行学习活动这种组织。

另外，他们以舞会友范围之广，以舞会友交涉之深，也能看到很多特别闪亮的东西。不管他们是什么样的人生经历、职业背景，也不管他们当下的生存状况怎么样，至少在那个空间里，他们正面积极的情绪与感情得到了抒发和激扬，这跟剧场里面看职业舞蹈家为了主旋律而努力表现出的向上的东西，是不一样的。

时间原因我就不展开了，就是给大家一个视角，我就先做一个简要的介绍。

陶庆梅（中国社会科学院文学研究所）：说完了？

刘晓真：够了，我想可以了。

李云雷（中国艺术研究院马克思主义文艺理论研究所）：可以介绍一下细节。

刘晓真：里面故事太多了。

祝东力（中国艺术研究院马克思主义文艺理论研究所）：讲一个故事吧。

刘晓真：我以一个领队的故事为主，她是一个性格特别好的人，一般她在网上上传视频之后很多舞友只要留言评价，她都会做回复。我就问她，这样天天晚上弄到两三点钟，身体受得了吗？因为她已经六十多岁了。她说：你不知道，这些人跳舞是一方面，另一方面他们也需要感情交流，好多女性因为退休之后的生活状态改变非常大，心理落差很大，很多人找不到出口，恰恰广场舞给了她们一个良性的出口。有很多人的确在退休之后有忧郁症倾向，但是跳了舞之后很自然地就把状态调整过来了，所以这类情况在留言里特别普遍。

说到这个，我才想起我漏掉了一个很重要的点，这个庞大的群体分布在全国各地的城市社区、农村乡镇、厂矿企业，从网络空间进入到他们的现实空间，又可以看到这样一番情景，每个群体都有各自特殊的成员结构。像黄纪苏老师在王府井东堂参加的那个广场舞就属于地缘关系，就是大家都住那片就凑在一块儿。和这个相类似的，是地缘关系当中的邻里同乡。还有一个情况是通过业缘关系来构成的广场舞成员组合。比如，在青岛边上的即墨市，有一个大型批发零售市场，那地方的个体业主有自己的舞队，完全是自己出钱。另外，还有下岗女工、癌症患者、离异单身这些人的广场舞队，他们会找到自己的知音形成一个身份相类的舞群。

另一个，在诸多广场舞活动中，还可以看到南方跟北方在舞风、在音乐选取上都有差别。北方相对来说的确线条要粗犷一些、气势要大一点，南方真的是典型婉约派，又细腻、又甜美。还有一个细节，陶庆梅跟我说过，安徽安庆的广场舞队，还会把黄梅戏的一些元素加在里面。各地广场舞都或多或少地融入当地民间舞蹈的元素。广场舞慢慢发展，一开始是特别简单的那种身体表现，但是后来也有专业上的追求，构成他们往专业方向发展的因素有很多：也许是参加这个舞队的有文化馆的专业老师，也许有一些文艺爱好者有很专业的素养，也可能是他们请外面的老师给他们编排……在发展过程当中，他们有专业追求，这非常有意思。他们实际上特别希望能得到专业的认可，也希望请一些专业老师给他们做点评，给他们做讲座。这可能要引申到另一个话题，群众与职业舞蹈之间的关系。

这就说到了广场舞群体在创作上的自觉意识。广场舞联盟的发起人针对不同的跳舞群体，将广场舞的发展设计为四个阶段：动起来、跳起来、美起来、歌舞起来。由易到难，并且要将专业舞蹈院校的民族民间舞作为动作基因库，将高难的专业舞蹈组合转换为容易掌握的广场舞元素。只是，从中可以看到在对待舞蹈、对待身体的态度上，实际上有着根深蒂固的等级观念。长期以来，在专业和业余的分界限上，非专业舞蹈似乎永远都在仰视专业舞蹈。我们从这里又可以看到另一个等级社会，在专业舞蹈圈所构建的一个等级圈与大众舞蹈之间的关系。我先说这些，因为我觉得要说的话太多了，就先说这些吧。

祝东力：一会儿讨论的时候你还可以再说。

卢燕娟：我觉得群众文艺就是比精英文艺有观众，连我们这么严肃的学术讨论也有群众喊“再来一个”。（笑）晓真老师提了两个非常有意思的话题，一个是公共空间和公共意识。在我们长期印象中的公共空间，是现代资产阶级都市的公共空间。而她提示我们，在农村传统社会以及社会主义记忆里面一直存在着另一种公共空间，我觉得这是一个很有意思问题。第二，她还提出一个新的视角，就是网络空间和广场舞的关系，一会儿我们也可以就这些话题进行讨论。她说广场舞作为一个情感出口，我当时特别有触动。因为我的经验是反过来的，我搬到这个新家，每天听广场舞觉得快要得抑郁症了，听了晓真老师的发言，我突然想到，跟着跳一下可能就治好了。（笑）

李云雷：侵犯了你的“清静权”。

卢燕娟：我不是中产阶级，没有清静权。那下面请黄纪苏老师给我们做精彩发言。

黄纪苏：谢谢有这么个机会跟大家一块来聊聊。到这儿有个好处，因为来的次数多，不紧张。我现在属于街头大叔大妈一族，那我就先聊聊我是怎么进去的。我以前很难想象自己会跳舞，我觉得那根本不是男的干的事。70年代末跳交谊舞我比较抵触，那会儿天天滑旱冰，同时还对交谊舞说些风凉话。前几天有一个朋友跑了马拉松，光着脚流着汗来找我，想让我佩服。我说我现在在广场从事舞蹈，她说，“你跳舞？你还记得当年你怎么说交谊舞来着？你可说那是性别搅拌机！”

祝东力：80年代说的？

黄纪苏：70年代末80年代初交谊舞盛行的时候。“文革”跳忠字舞，我也参加过，感觉跟扔手榴弹、拼刺刀差不多。“文革”十年基本上没什么轻柔浪漫的动作，电影、小说里男女都不谈恋爱。所以“文革”一结束，交谊舞一开放，整整十年啊，广大陌生男女终于有了合法的近身机会。到处都在跳，人都跟疯了似的，警察在那守着，一会儿一男的把另外一个男的打得头破血流，一会儿来一女的把男的拽回家去。交谊舞我没参与，我在性别角色上比较传统，觉得堂堂七尺须眉只适合搞体育，不举重摔跤也应跑步跳远，我自己玩过单杠双杠。我是一直锻炼身体，我从很年轻的时候，因为身体不好就散步，后来岁数大了身体好了些，又坚持游泳。坚持到第十年的时候，游泳馆装修停止营业，逼得我走投无路，到什刹海后海游开了野泳。第一年感觉画在眼中、人在画中，美不胜收，仰泳的时候情不自禁冲着白云放歌。但第二年水草长起来了，扎得生疼不说，还觉得危机四伏。第三年就有农民工被水草缠死了。正在山重水复的当口，有一晚我跟老婆到王府井遛弯，看教堂前广场上有人跳舞。我老婆上学的时候是学校宣传队跳舞的，有基础一学就会。她跳的时候我就在旁边等着，就跟她平时买鞋买衣服的时候，我在一边思接千载一样。后来“接”烦了，就跟着一块比划了比划，这一比划不得了。广场上跳的是十六步，今天看特别简单，当时比划时眼花缭乱，但比划来比划去，居然比划会了，这让我觉得自己很不简单。

刘晓真：你这么说我们不清楚，应该亲自展示一下。（笑）

黄纪苏：这个嘛，稍微放一放，回头我再现身说法。比划了两下我感觉特别良好，第一天觉着自己跻身舞蹈界了，一礼拜后觉着自己成了“舞者”。感觉的确非常好，除了这虚头八脑的身份畅想，环境也好啊，北京难得有这么个地方，眼前是古色古香的、异国情调的教堂，头上赶上好日子还有星月，两边都是黑绿的杨树，有时音乐到某个转折处忽然刮来一阵风，树叶翻起，白色的另一面在音乐中战栗不已，感觉真要闹“天人合一”啊。因为动作简单易学，你就有余裕不但欣赏美景还能胡思乱想。没过太久，我跟老婆的每日散步就改成跳舞而不是逛商店了，这不但锻炼了身体，还节省了可观的置装费——真没工夫去逛衣服鞋店了。成了生活方式后，你就别想不去了，每天不蹦蹬蹦蹬，就会觉得身体皱皱巴巴的。这是我参加跳舞的一个原因。

再一个原因，就不得不往高里说说了。群众文艺这块儿，我在价值观上特别认同。十多年前刚认识东力的时候，就给东力他们那个《文艺理论与批评》写过一篇《“诗人”存则诗废人亡》，认为诗歌应该是每一个普通人的生活。其他文艺、体育我觉得都应该成为老百姓直接参与的日常生活，而不是坐在轮椅里看，躺在病床上读。我自己就是这样，凡是我玩过的项目如水冰、旱冰、游泳、双杠这些，我才有兴趣看，对没玩过的足球、篮球，就不太喜欢看。因为玩过，你更能用自己的身体理解它、理解运动员，知道他高明、有意思在哪里。总之，身体舒服、精神愉悦之外，又有意识形态撑腰壮胆，我就成了广场上大妈大叔队伍中的铁杆成员。两年半下来，舞技也有了长足的进步。原来我经常用轮椅推着我老娘去哪儿，我跳，她看。不料老娘看了评价不高，说我跳得“梆梆硬”。那是最初阶段，跳了一段到小陶给我录像之后不久，又来一老太太一连几天夸我“跳得真好”，我问我老婆听没听见，我在这边暗处跳，她在那边亮处跳，她没听见老太太的话我能理解，可她非说“你那是幻听吧”。（笑）

八面槽教堂在王府井大街，属于北京中心地段。过去是个小学，“文革”后教堂重新开张，把小学轰走之后，围墙给拆了，变成一个公共空间。这里以前晚上经常有人玩乐器唱歌。有时晚上十点多钟从那儿走过，见一堆人在树下唱歌，感觉惚兮恍兮跟童话似的。两三年前开始跳广场舞。教堂前方的场子可以装两三百人，因为是“十六步”，动作幅度不大，每个人占地也就一两平方米，这样装的人就比较多。广场的西端，西北角跳交谊舞、西南角跳街舞。南边隔开二十米也有两个舞群，靠西的大概三十人左右，靠东的原来有二三十人，现在剩了不到十人。原来有点像军阀割据，后来主场的把周边的几个舞群都轰跑了，例如西南角的少年街舞原来还靠里一点，后来给逼到花坛外面了。西北角那些跳交谊舞，穿得都跟新娘子似的，气势如虹看着就不好惹，也许因为这个一直就在那儿跳。少年跳街舞没人跟着学，但总有人围着看，他们或腿脚哆哩哆嗦，好像地上通着电；或拿身子当陀螺、脑顶轴心团团旋转，好像一点也不怕伤着里面的智商——那可是现代社会最看重的东西。南边西侧白天是存放自行车的地方，那里的人数既少，难度就大，而且上身动作较多，比较女性化，两个中老年男性跳得特别卖劲儿，一些动作还特别娇媚婀娜，据说是同性恋。南边东侧是我跳舞的地方，原来人比较多，负责张罗的叫方老师，一位五六十岁的大学数学老师，是爱咋地咋地的那种老北京旗人。他天天驾着一辆三蹦子，载着三条狗飘然而至。舞都是他教的，他不太看得上中国人编的广场舞，后来教一些舞步较复杂的广场舞，把不少人跳跑了。这边是一曲一舞，两年一共学了三十多支，什么 18 步、28 步、64 步。不像主场总是 16 步。

陶庆梅：两年多以后还在跳 16 步么?

黄纪苏：主场一直跳 16 步，不过是一舞多曲——听着跟一夫多妻似的。有一天黄觉来跟我们一块去，比划两下就会了，不像我，学了两天，小陶你那天是没学，用不了半小时就能出徒。因为简单易学，所以这里人气旺，随便什么人都进来玩玩，玩着玩着有的就不想走了。这个大场子的人员构成，跟全国各地常见的小区广场舞不大一样，小区基本上是社区性的，人员结构相对单一。不像这块儿男的女的、老的少的、城里人、乡下人、外国人形形色色。它还有一个特点跟其他广场不一样，就是人多地少，很像资源紧张的中国社会。因为都是陌生人，看前后左右都像侵略者，经常为点地方发生摩擦，熟人化的小舞群就不太有这个问题。

这里的人社会经济光谱比较宽，但说以社会中下层为主，应该大致不会错。有开洗衣店的、有早市卖菜的、有退休职工、有大学老师，还有社科院的——我没打听是哪个所的。地域范围近到两边的胡同，远到西华门、地安门，更远还有大裤衩、蒲黄榆的，有腿儿着来的，也有骑电驴子来的。

最近出了个事儿，就是八面槽广场舞组织者涉嫌集资诈骗被抓，电视上都报道了。这位组织者叫张伊，我去年春天写的那篇《十字架下，载歌载舞》里面叫她“胖姐”，以前跳舞的人背后叫她“大老娘们儿”，出事之后就叫她“张大娘们”。张集资诈骗靠组织，她的组织就是我那篇文章里说的前七排，或后来的歌唱队，靠这个占住了整个场子。前七排每人五颜六色发了好多套衣服帽子，还有固定的位置，相当于车位，还经常有赞助商给点饮料雪糕什么的。胖姐戳在政府、公司、群众之间，用这边忽悠那边，用那边忽悠这边，天天组织大家唱《今天是个好日子》、朗诵“感恩国家，感恩社会”，让政府放心、电视台报导、商家赞助、群众拥护。群众拿了小恩小惠，尤其前七排的拿了固定舞位以及平板电脑什么的，就更没脾气了，天天得听她跟训龟孙子似地训话，七排之后的也只好“陪训”。有时跳完舞发东西，我也领过，还特意站那儿观摩了老半天，除了大妈大婶，也有不少中老年男的。我发现领完了二次排队冒领的全是男的，大妈眼多尖呀，比安检机器还灵敏，一下就识别出来轰一边去了。不明白为什么这丢人事都男的干。

祝东力：可能是女的指使的。（笑）

黄纪苏：有可能。就因为发东西，把蒲黄榆那边的人都招来了。总之，领导广场的核心力量是胖姐几个，先锋队是前七排。胖姐跟人说她跟公安局签了治安合同，还说她老公是市局的，现在一看报道都是她编的，但人家就居然把那个地方拿下来了。本来一个开放自由的社会空间，怎么就让胖姐他们拿下了呢？我在《十字架下》那篇文章里说，群众要特权，胖姐要队伍。我当时不知道胖姐要队伍具体干嘛，没准儿就是过过领袖瘾、歌星瘾呢。胖姐天天领着合唱队在跳舞前唱一个小时，刚开始鸡一嗓子鸭一嗓子没法听，每天一听她唱“呼伦贝尔”觉得顶得慌，现在听不到了还真挺怀念的……

祝东力：《我爱呼伦贝尔大草原》。

黄纪苏：还有“战士双脚走天下”什么的。胖姐爱领唱，完了还点评这个、纠正那个，她一个人的音量能顶那小一百人的歌队。胖姐胖姐，身广体阔，那一身衣服咱们瘦点儿的能当蒙古包用。所以，她的霸气劲儿是有生理基础的，天生适合当领导。现在知道了，胖姐要队伍主要不是为了过这过那瘾，而是有其他目的。我当时谈了商业和国家对公民组织的收编，没想到胖姐比商业走的还远，走集资诈骗那儿去了，骗了几十个人的几百万，据说都是可怜的拆迁款什么的，被骗的都是贪小便宜的穷人。听说有的人把全家二十万放进去要不回来，觉得对不起家人，现在天天捡塑料瓶子。

胖姐被抓之后，主场群龙无首就不光跳十六步了，舞蹈类型比原来丰富了一些。这是造成我们这个小群减员衰落的一个原因。我们这群的头羊，就是刚说到的那位大学数学老师，他在趣味上似乎不满足于那种简单欢快热闹的舞蹈，而是更喜欢一些难度大些的国外广场舞，脚步比较复杂、节奏比较微妙。他经常“翻墙”下载一些这样的舞蹈视频，自己在家里练好了再来领着大家上层次。这样，一些兴趣不同的人就另有想法了。适逢主场发生鼎革，这些人就弃暗投明了。我用“弃暗投明”

是写实的，我们这群位置偏僻，光线幽暗。有个话特别多的老爷们儿老问我：“哎，你们那边还有人么？”然后批评道：“我跟丫（我们的头羊）说了好多次，去亮地方去亮地方，又不跳交谊舞，男的女的在黑处好犯色。”（笑）应该承认，绝大多数人是趋光的。我倒是喜欢暗处而且最边上，不是出于花心，就是喜欢“隐身”的感觉。我站在这个位置上琢磨了广场舞的众/寡、俗/雅、社会空间、生活方式、专业/业余之类的问题，下面分头汇报。

先说众/寡或群/己。我在日常生活及行为上，是比较趋近个人主义或自由主义的人。广场舞划了个集体大框架，每个人在里面跳自己的，不用跟谁配合或保持一致，比较自由，不像集体舞或交谊舞。主场前七排成了先锋队老得听胖姐训话，七排后的也得“陪训”，这让我比较厌烦，也是我离开主场的一个原因。胖姐出事后主场恢复了一般广场舞的原形，比较自由，爱来就来，不爱来就不来；而且跳的比原来种类多了些，种类多了难度就大了些，参加的人也就少了些。但对于我们这个群的人，本来就学的多，去那儿没有新学的问题，而且那边热闹、人气旺。这边不少人就经常跑那边跳去，我有时候这边完了离开路过那边的时候，如果曲子合适，我也跳跳。其实我虽然喜欢暗处，但我更喜欢跳欢快简捷的舞蹈，我有时候这边跳一会儿就溜主场去了；但随着我们群人数的减少，我要去主场跳就有了内心的压力。按说自由人的联合体，大家爱哪儿跳哪儿跳，压力什么劲儿啊；但我发现不行，大群没关系，你走就走，小群不行，相对熟人，你就会觉得对它承担了义务。那位领头的大学老师，人家可是一年到头天天带着音响来，而且第一个到，最后一个走，没他谁也跳不成。有时候他第一个来，别人等好久才来。后来可能看人越来越少，正好也赶上9月15号北京禁止电动三轮上路，他就把音响移交给别人，不来了。大家都觉得惋惜，有的人还带点自责，说大家想来就来想走就走，对不住人家；也有的说，本来就是陌生人,无所谓吧。这事又让我从组织规模的角度去思考群己关系的最佳平衡点。多年前曾跟吴思讨论过毛时代农村合作化的问题，他认为所有制决定积极性或效率，我认为组织规模也许是更重要的因素。头些年我去农村，跟一位八十多岁的老大队书记聊天。我问他，合作社多少户人以内大家会觉得是在给自己干，多少户以上就觉着是给别人干了？他说十七八户吧。群越小你对它的责任感就越大，群越大责任感就越小，当然，影响责任感的还有其他诸多因素。

再说雅俗。走了的那些人，还都是学得比较快、跳得比较好的人，可见挑战技术难度并不是她们来八面槽的主要目的,她们主要是来玩的。玩的效果如何？“欢快”

应该是一个关键的身心指标。我意外地发现，集体性——整齐、一致——也是构成欢快的重要内容。齐刷刷的舞蹈动作会增添舞蹈的气势，强化欢快的气氛。有几支舞蹈大家还围成圈跳，我一般都孤零零退到一边。第一，我是男的，跻身女性色彩过于鲜明的圈子，有些难为情。第二，我年龄可能最大，腿脚虽然胜任，但心理上还是有点障碍。她们可能觉得我是个不合群的人。其实她们哪儿知道我戳一边正援引 Keats 的诗句讴歌她们："到处都有花树，都有女儿环舞"。(笑)

再说作为社会空间的广场。改革开放以来，中国社会结构发生了深刻的变化，原来单一的国家变成了国家、市场、社会的三位一体。以前的社会空间十分狭小，基本上就剩公园、公厕那些去处。记得当年夜里排球票或医院排号的那段时空，大约也算社会自组织。排最前面的弄一打小纸条，按先来后到发号，隔几个钟头重新发一次，以免有人晚上来一趟，第二天早晨再来一趟，中间在家睡觉，对整夜真排队的不公平。可经常到五六点钟的时候，一伙匪里匪气的家伙，领头的"牛屁股"或"大喇叭"摇着另一打纸条，宣布重新洗牌，而且立即得到队尾的拥戴，排中间的犹豫一阵儿也归顺了。受欺负的群众会特别盼望警察甚至行刑队出现，就像乱世的草民盼希特勒、墨索里尼一样。这些犄角旮旯的社会组织，再加上少年团伙什么的，极为脆弱，很容易蜕变为流氓黑社会。80 年代以后社会日趋活跃，比较引人注目的像气功、交谊舞，还有大学生诗会、青年经济学家协会什么的，不一定都到民政部那儿注过册，但要关系有关系、要活动有活动。90 年代后期又出现互联网，这是中国最大的公民社会。这些年社会的自组织蓬勃旺盛，跑马拉松的、旅游观光的、保护小动物的、推广汉服的，五花八门。群众自己组织的合唱团听说仅北京一地注册的就有三千个，没注册的不知有多少。

广场舞这种社会组织，按说组织化程度是很低的，大群的很多人彼此基本上是陌生人，陌生人彼此之间的敌意和提防，对自己利益的斤斤计较，都非常明显。小群组织化、熟人化程度要高一些，不少人彼此不一定知道名，但能叫得出小张老王，就算姓什么不清楚，但儿子结没结婚，儿媳妇有没有北京户口，都可能交流过。交流一多，就把彼此织到了一块儿。社会的组织化程度是一个区间，低的这头就是一堆沙子一样的个人，高的那头跟政府或公司没什么区别。高有高的利弊，低有低的利弊，需要组织化到什么程度的社会，要根据具体情况而定，不能一概而论。八面槽广场过去前七排组织化程度特别高，看着跟胖妞的警卫连似的。组织程度高有利于维护利益和特权，但代价是不自由，还是等级制那一套，很容易被国家和市场收编，头头脑脑没准儿还借机营私，例如被抓起来的张大娘们儿。这就会侵害广场舞的正常功能，前七排我经常看他们跳得无精打采，跟站桩似的，不像后面那些组织化程度低些的热火朝天。我希望社会能以其总体上不太高的组织化程度与国家和市场形成互补、竞争及合作的关系，而不是被后者收编。像小陶原来搞的大学生戏剧节，也是一种社会文艺，最后北京剧协也凑过去了，而且有些人自己演着演着玩着玩着，就变成商业戏剧了……

陶庆梅：你说的这不是事实啊！

黄纪苏：当然只是一定程度上、一定范围内，不可能是全部，但这种倾向是明摆着的。下面接着谈谈作为一种"阶级斗争"工具的广场舞。现在的生活挺没劲的，房子车子票子，还有副高正高、副局正局，国家课题、重点课题这些劳什子，让好不容易在天地间活一回的人一个个活得跟活驴似的。满世界的男女老少一开口，全贾雨村那味儿，瑞大叔那样都算有情趣的了。世界是一个竞争的世界，中国是一个竞争的国家，汉民族又是一个特别能竞争、爱攀比的民族，孩子动作稍慢一点虎妈鹰爹就不干了。再加上这些年两极分化的夺目后果，使得社会关系高度紧张，兄弟姐妹争财产，老婆唠叨老公挣不来大钱。这儿投毒、那儿放火，社会跟柴火堆似的，这个焦虑症、那位抑郁症，人心跟炸药包似的。鸦片也好、止疼片也好，总得有点救急的措施吧。

广场舞是颗比较有中国特色的止疼片。为什么说它中国特色呢？因为中国是一个很群体的社会——英文有个词儿 communal，什么意思呢？就是大家互相盯着标（第四声）着，大拨哄，你看那地铁上一人一个手机忙活着，像东力那样一人在 25 楼的跑步机上独往独来，是比较西方人的、个人主义的方式。哪儿的老百姓都爱扎堆儿，这个年龄段上的中国老百姓更爱。扎堆儿才有安全感，要不我怎么知道我放松的时候你没偷偷备战？再者，好多事靠"慎独"不行，一个人内心还真没那么强大，得靠人多势众，互相壮胆。有些读书人之所以敢视富贵荣华如粪土，那是"投入"了多少诗书之后的"产出"啊，而且归根结底也还是靠书里古今中外先贤形成的强大共同体做后盾。一个下岗工人敢说马云、任志强半个"不"字么？老婆儿子就先得对他说呸。但他也许敢跟着众教友在上帝、真主面前对大款说不，敢跟着红歌会的战友一块去毛主席像前对大腕说不。在一定程度上，广场舞其实就是中下层老百姓抱团取暖、互相打气，听她们跟高呼革命口号似地说什么"嗨，老板不在，爱卖不卖"，"咱们，活到九十"，已经隐约让人看到团体或工会的影子了。

广场舞满足老百姓在社会关系、精神生活方面的需求，除了靠群体，还靠音乐和舞蹈，基本原理就是寓教于乐，音乐也是宗教和很多社会政治运动的利器。我做过点比较，我原来一直游泳，一礼拜两三次，每次大半个钟头，但这大半个钟头里，枯燥单调一直是个问题，只能靠对健康的理性计算来维持动力。当然也有一些赏心悦目的东西如美人鱼什么的，但占得比例很小。后来游泳池因装修关闭，我试过跑步、游野泳、暴走，但都很单调乏味，最后找到广场舞，真有点像找到了组织。一个最大的不同就是有音乐，本来舞蹈也无非动作，但因有音乐而成为舞蹈。音乐所营造的精神生活，虽然不一定多深刻，但的确比较美好，听了音乐还想强奸抢劫的还真没听说过。所谓"靡靡之音"顶多也就是消磨斗志而已。我听摇滚女歌手，会觉得比较性感，如此而已。音乐是人类的一个奇迹，也是个神器，让你起码在这几分钟里，自由地变换时空、变换身份。你看大街上戴个耳机的男男女女，一脸也不知是哪个时代、哪片土地的神情。在八面槽教堂这儿也是，听着西藏舞曲，走着西藏舞步，虽然明明身在闹市，却觉着走在离苍天、离太阳最近的地方，一会跟翻身农奴似的，一会儿跟八世喇嘛似的。这样的精神生活当然没多高明，也就是群众自娱自乐，但比起被钱权势闹得直眉瞪眼的生活，还是有正负之分的。马克思提到过用有趣点儿的业余生活逐渐蚕食被资本主义异化的生活，大概也是这个意思。我在那篇《十字架下，载歌载舞》的结尾处，从这个角度写了1小时广场舞跟其他23小时的关系："在生命的时间线上，每隔23个小时就有1小时像礼花一跃而起，绽放成为一个童话般的空间，让其他的时空也都染上她的笑意。"说得比较小资，各位见笑了，但确实是我真实的感受。

另外再说说广场舞的美学。美学当然不是我可以说的，尤其不可以在这个地方随便说。好在各位虽是专家里手，但也都是我的朋友，说说也无妨。文艺特别是舞蹈在一开始，是不分观看和表演的，二者就是一回事。后来社会分工，舞蹈成了一部分人的吃饭的家伙事儿，逐渐形成演的是演的、看的是看的格局。体育什么的也都是这样。我有时看那帮大腹便便，三项指标居高不下的人士，成天歪沙发上甚至坐轮椅里，议论起足球、田径却如数家珍，觉得真是荒诞。同样荒诞的是，大家还会拿专业舞蹈的美学来套群众自我参与、自我实现的舞蹈。小刘刚才说到广场舞这些人比较羡慕专业舞蹈，但以我在八面槽这儿的观感，一般跳广场舞的不大向专业看齐，因为距离太远，想不到那块儿去。不过也有人出于社会地位的考虑，会看不起广场舞。有一回我路过主场，听一特胖的中年娘们儿正说呢："M一般不跟这儿跳，

M要去就去舞厅！”不过，一般跳广场舞的也会承认专业舞蹈艺术上或美学上高自己一筹。

但是我想，自己跳和看专门跳舞的跳，美学上是很不一样的。杨丽萍、金星是专门跳给人看的，而我跟大妈大姐们不是。当然，我前面说了，不少人愿意去亮处人多的地方跳，其中应该包含了给人看的意思。我就听有人说难听话：“这帮娘们老想显摆，北京话整个一‘抖骚儿’！”广场舞不会很单纯，但它肯定有自己的倾向，有另外的标准，这个标准也许并不清晰，也许还在潜意识里，但确实有这么个标准。首先不说别的，报考舞蹈学校如果模样差的、身条差的，自己就替别人把自己刷了，因为“对不起观众”啊。跳广场舞就没这问题，一个个不是长的臃肿，就是穿的臃肿，不用对得起谁，对得起自己就行了。从这个角度看，现代舞比传统舞蹈要更“扁平化”——不是看你长的好不好，就是看你跳的好不好；而广场舞连看你跳的好不好都没有，因为就没人看你。正因为没人看你，专业舞蹈讲究的体型、造型就都不成为必要条件了。那么它的美学标准是什么呢？我体会，是看能不能把自己跳舒服了。我今天有点感冒，动作不能太大，但是我今天能把自己的动作跟音乐的节奏以及情绪结合得不错，这就舒服了。今天身体状况不错、心情也佳，蹦得比平时高几寸，临了再扯着嗓子喊两声，这也是跳舒服了。当然，我说的这个是不是真有那么大代表性，这需要大面积调查，这只是我对身边人的观察和个人的体会。

专业舞蹈需要创新，这是衡量它的一个重要尺度。你要跟别人不一样，否则凭什么你吃这碗饭？专业文艺都太想创新、太想跟别人不一样了，可创新谈何容易？都是肉骨凡胎，谁出生时也没长翅膀，哪儿可能跟别人有多大不一样。不可能跟别人不一样却又必须跟别人不一样，这是竞争和等级体制下专业文艺工作者的困境和紧张——学术也一样，一万个教授里真能有几个有创新能力呀？我去798观光，家家户户都是领异标新的架势，但稍微拉开点距离看，其实千人一面，差异小得可怜。广场舞基本不在竞争等级体制内，没有创新的压力，不必非跟别人不一样，也不必非跟别人一样。专业艺术费劲巴拉追求不到的“佳境”、“至境”、“化境”，也就是那种自由、自在、自然的状态，非专业艺术包括广场舞和一部分流行歌曲不用费劲就抵达了，因为它本来就在那儿，就像农民住山里，吃的喝的想不绿色、不环保都办不到。

我说这些，并不想否定专业文艺，绝没有群众业余文艺要废了专业文艺的意思。不过历史的大势，随着人类社会竞争及等级体制的逐渐弱化，人民主体性的增强，艺术能力的提高，业余文艺的比例会不断扩大，地位也会不断提高。就眼面前和看得到的未来而言，专业文艺有它存在的必要性，它在技术上为群众文艺提供了必要的选择和样式，如果广场上的人不满足于已经掌握的那些花样，还想来点难度大的，那么老姐儿几个一商量，就来杨丽萍最近跳过的那段吧，上网一搜还真有，于是下载到 ipad 上照猫画虎。专业舞蹈可以成为业余舞蹈的先锋队，就像现在很多退休妇女练芭蕾。它也可以仅仅提供一些基本的技术参考，人家的目的还是把自己跳舒服了，不会选择跟自己过不去的动作——跳街舞的愣小子们例外。专业运动员和舞蹈家为金杯银牌挑战技术难度，把自己整残的事不会在广场舞那儿发生，那不是他们的目的，健身怡情整舒服了才是他们的目的。

另外我想说一点，其实群众文艺处于一种自由、自然、自在的状态，没想别出心裁，有时反而还真弄出些别出心裁的东西来。当然我不是说舞蹈这块儿，舞蹈这块儿我没有看到什么。我是说在其他方面，比如说互联网上。我原来在文章里说过，专业文艺，无论是市场的还是国家的，如今都并不太有利于创新。就说市场文艺吧，市场的逻辑是低投入高产出，创新像风险投资或研发，需要花很多时间精力，而且能不能有成果并不十拿九稳。对市场来说，最好的选择是别人搞出来自己赶紧跟风，所以市场的长处是推广和普及。国家院团按说养帮人，闲着没事正好创新，但这个官僚体制本身很僵化，对有点儿创造力的人和事历来压制，这些年价值观、方法论上又都向市场看齐，所以也别指望它能创新。倒是群众文艺，各部门管不着，投资商管不着，就冲这自由自在身，就有可能弄出点真正“自我”的东西。从动机上他只为表达自己，如果他要表达的正好是有意思的东西，又有足够的艺术天分和技术手段，那他真没准儿能出点新意呢。互联网上就是这样，“中国好歌曲”什么的也包含这样的因素。当然群众文艺泥沙俱下，什么都有，但群众文艺基数大，有个万分之一的创新率、别致率，那就不得了了。

最后谈谈社会舆论中的广场舞。广场作为一个社会空间面临着如何建设、如何分配的问题，社会空间的分配和建设问题，对中国来说是个比较新的问题。先说分配，我前面提到了广场舞内部不同舞群、不同个人之间的分配。另外还有一个广场空间与周围环境之间的关系。对于周围的人，广场舞不仅是视觉的，更是听觉的。我看媒体上报道，你这边广场舞锣鼓喧天，人家小区居民集资买了几十万块钱的大功率音响喇叭冲你狂轰滥炸，还有直接把鸡蛋西红柿拽过去的。我觉得这一切，放在中国这么一个历史发展阶段上是完全可以理解的，因为公民社会是个新事物，少不了方方面面的碰撞磨合。就广场舞而言，群与群之间、广场与周围居民之间需要划定合理的边界，边界的主要形态是音量。我前年在主场的边上跳，挨着一个交谊舞的小群，这边《凤凰传奇》，那边《蓝色多瑙河》，这叫乱。互动来互动去的结果是，各群都把音量调到比较合适的程度。跟周围居民的关系，也大致如此吧：把音量调到适当，不要不管不顾，别把自己的快乐建立在小卢他们的痛苦之上。

不得不说的是，前一段新旧媒体对广场舞的批评有明显妖魔化的倾向，流露出的是精英对底层百姓的敌意或歧视，觉得这帮人没文化、没素质。底层百姓有没有这个问题呢？当然有，老头走街上拿一半导体听京剧，他好像不怕声大，就怕全国人民听不见。你在人楼底下敲锣打鼓扭秧歌，人家扔粪便肯定不对，但扔西红柿真不算太过。你不这么互动，给他点刺激，他还真不知道体谅别人。如何做一个既维护自己正当权益，又尊重他人正当权益的社会成员，需要学习。但下层老百姓需要学习，上层就不需要了么？我看更需要，他们的吃相和做派有时候还不如下层呢。

他们对广场舞上来就一通口号加谩骂，一点理性的分析、同情的理解都没有，显得特别没教养。他们说大妈像“文革”红卫兵的时候，忘了自己更像“文革”红小兵。他们嫌中国广场舞散德行散到了巴黎纽约，但设想一下他们在纽约巴黎看见当地人跳舞，准保赞叹人家“自由的国度”、“自由的天性”。我跟一个朋友聊这事，我说大家老说人权，人家跳跳舞找点乐子难道不是人权么？

所以，第一，对底层老百姓跳舞的权利必须予以尊重。第二，对于他们为什么跳广场舞，最好努力理解。第三，对于他们的一些美好，不妨欣赏一二。下层老百姓是过去几十年社会变动的受伤者，都是生不起病的主儿，还不让人家锻炼锻炼省点医药费么？有些劳动者退休之后，除了家里带孙子做家务看电视，就没什么文化生活了，到广场一块跳跳舞，是他们最快乐、最潇洒的事了，而且是一种积极的参与。再者，他们走过了岁月，虽然不再年轻、不再漂亮，但人家举手投足之间对于青春、美丽那种上甘岭式的顽强坚守，挺让人感动的，其实也很美丽。美丽是一种精气神，长得标致的人一萎靡邋遢，就无动人可言，俗话说，“女为悦己者容”，想美丽就已经有一分美丽在了，笑意是不会老的。

精英们理论上拒绝革命，可一碰上具体事，发现他们净在促成革命，连广场舞这类改良社会、缓和矛盾的东西都不容，不是倒行逆施么？不让底层跳舞，非让人活憋屈了你才高兴，那他们或他们的儿子将来起来抄你家，可别再埋怨中国当年干嘛不走英美道路。当然了，底层也要养成公民的权利义务意识，也要考虑到别人，别光自己合适，其实就这么简单一件事，没多高深的道理。就说到这儿吧，大家继续聊，谢谢。

卢燕娟：感谢纪苏老师给我们敞开了一个这么丰富的话题，在他谈笑风生的语言下面，有一些问题我觉得其实蛮深的。比如说他谈到群众文艺本来是一个松散自发的状态，但是在胖姐的组织之下，变成了组织之后，第一是产生了强大战斗力，能够占据一个中心场，但是同时这里面也产生了权力、等级以及规模和义务这些关系。其实我们可以回头想想，这和中国现代历史的问题有关，我们经常会说中国革命成功的一个重要经验，就是能把基层群众组织起来，而对中国革命的一个重要反思，我觉得就是这种组织所产生的压迫和权力关系。另外，他谈到群众文艺对当下社会关系是一种调整和补偿，以及它和中国人那种公共生活习惯的接近，我觉得纪苏老师可能更有针对性，是从改革开放以来我们形成的一种非常奇怪的人和人之间的社会关系，群众文艺对这种关系其实是一种修正和修复。我特别赞同纪苏老师谈到社会空间的建设和分配这块：一个是边界，就是我们如何形成一种边界；另一个是在边界没有形成的时候，从理解群众文艺的角度接受和赞赏广场舞。其实我恰好是反过来，自问我还是很欣赏这种美感的，因为我记得当年另一个群众文艺运动——唱红歌的时候，当时《南方周末》组织了很多文章，描述了很多群众唱红歌的荒谬场面，比如说公园里一群唱红歌的大妈，有一个小朋友捂着耳朵从那跑过说吵死了，然后和这个形成对比的是，国外一群老太太手拉着手在那唱《莱茵河畔》，周围的行人都驻足倾听。他们建构了这样一个美丑对照的形式，我还写过文章反驳过这个东西。但从另一个角度说，纪苏老师描述了一个很理性的、大家互动之后形成的边界，而我经历的是大家在争夺边界时的非理性和混乱，比谁的鼓多、谁的锣多，我经历过我们楼下公园里大爷大妈们非常暴力的空间争夺，我想这些都是一些很有意思的话题。我们先休息一会，下半场期待更精彩的讨论。

（休息）

卢燕娟：我们开始下半场的讨论，下半场是自由发言时间，请大家踊跃发言。

纪婉嫕（中国政法大学人文学院）：黄老师好，我刚刚听您的讲座深受启发，您提到广场舞的非专业和专业的问题，这二者有难度方面的区别；您说尽管广场舞可能在难度上没有那么艰深、动作没那么复杂，他们仅仅是在自我欣赏的层面上富有美学上的意义……可是您又说他们给您感觉“像济慈的诗”，我感觉您也是站在一个知识分子的角度自上而下地在观看或者“审视”他们在跳。再就是您说他们“非专业”，“非专业”的审美标准又是什么？你说是“舒服”是他们的核心标准，就是能跳到浑身放松之类的，可是舒服我觉得更像是体育的一种标准，但不是文艺、审美上的标准。

祝东力：这个舒服也包括心理上的舒服。

陶庆梅：所以黄老师我跟您说，这个美学问题你要认真讨论讨论。

纪婉嫕：我之前读过法兰克福学派早期思想家的一些理论，“舒服”有时甚至可能成为高压的资产阶级社会对人的一种麻醉式的慰藉，让人在放松的同时失去了反抗的意识和能力——您怎么看这点？那些跳广场舞的大妈，天天承受中产阶级和大众传媒的指责、承受社会的歧视，然后他们跳啊唱啊的最后舒服了，也许他们其实并没有能够真正在制度或体制的意义上够产生反抗的意识。

黄纪苏：先说舒服的问题。舒服当然不是一个准确的定义，这是他们的表达。“舒服”包含东西特别多，有生理的也有心理的，从出点汗到觉得“挺滋润”到对自己生活方式理性的肯定，而且生理跟心理应该是一体的。再说反抗，这是个老问题。改造社会有各种方式，衣服破了个洞补补是一种方式，再多扎几个洞，弄得没法补，索性扔了再买一件也是种方式。广场舞是第一种方式。老百姓干不了别的，能把自己生活改造好点就行了，改造社会的麻烦事还是让精英去干吧。

祝东力：那你就不该去跳了。

黄纪苏：我也需要劳逸结合。这个社会更多的人有义务付出更多，一般老百姓就饶了他们吧。

李云雷：我刚才也对黄老师讲的很感兴趣，就是群众文艺的美学标准问题。刚才黄老师谈了三点，一是刚才大家谈到的舒服的问题，如果用比较学术化的语言就是“主体的愉悦感”，我觉得黄老师刚才也有区分，他谈到群众文艺与专业性、表演性不一样，是有参与性在里面，参与过程中才有主体愉悦感，就是那种舒服，可能这是个区别；第二点是创新与非创新的问题，我觉得这也是一个很好的标准，因为群众文艺没有创新要求，也就没有专业的压力；第三点就是刚才黄老师说的自由自然自在的这样一种状态，我觉得这种状态还可以再讨论。现在我也还没有想到更多区分的标准，但是我觉得黄老师提到一些跟群众文艺相对立的其他，比如您提到的市场文艺，还有精英文艺……

黄纪苏：其实我也不认为它们一定对立，但肯定是不一样的。

李云雷：就是区分于群众文艺的，是这样两个领域的文艺，在这之上可能还有国家层面的文艺。

黄纪苏：对，我刚才说了有一个市场还有一个院团，市场跟院团都是专业的。

李云雷：其实就是怎么在这样一个专业、市场的标准之外有一种新标准，群众文艺的标准，还在不断摸索过程之中。

黄纪苏：这在很大程度是一个不断实践的过程。

祝东力：我补充两句。刚才说的舒服，还有刚才那位同学提的问题，我可以举一个例子，在北京话里面舒服有时候就等于美。比如我们平常能听到形容喝酒说“喝美了吧”，就是指特别好的状态，其实就等于“舒服”。

另外刚才云雷讲的主体愉悦，我觉得也跟中国古代美学有关。中国古代美学特别强调从人的主观内心的角度来理解文艺，比如讲“情动于中而形于言”；而西方的艺术，从希腊开始就更强调展示性、观赏性，比如希腊戏剧，就是能够在一个公共空间向一个公共社会来展示。在这方面，广场舞确实跟中国古代美学是一致的，它主要沉浸在自己的状态里面。比如我有时候也看一下广场舞，老实说真的评价不高，那些动作确实不太美观。但是，你可以体会到，她们是在一种很好的状态里，是沉浸在那种状态里。这跟卡拉 OK 的感觉类似，唱卡拉 OK，旁人听起来往往是鬼哭狼嚎，但唱的人本身会很有愉悦感。

黄纪苏：卡拉 OK 其实还有一种虚拟的表演状态。

祝东力：那也是表演给他自己，自我欣赏。

黄纪苏：这个自我也可能代表无数双少女的眼睛，正泪汪汪看着他呢。

陶庆梅：那大妈没有虚拟出大爷看吗？

黄纪苏：会有一些，但感觉比较少。

祝东力：像卡拉 OK 主要在东亚国家流行，在西方并不流行，这跟东亚人，也就是儒家文化圈对待文艺的那种方式可能是有关系的。

我的观察，广场舞都是自己跳自己的，他根本不期望有人看，爱看不看，成年累月就在这儿跳。

卢燕娟：但是广场舞有一个走向是他们会要上台的，他们会慢慢组成舞蹈表演队……

祝东力：那是从里面分化出一批人，但这已经不是广场舞了，广场舞本身是不需要被看的。

陶庆梅：我讲一个例子，今年听徐馆长他们说，他们国庆组织了一个 4000 人的广场舞表演。

祝东力：哪儿有那么大的场地？

陶庆梅：在朝阳公园。这也是我刚才探讨那个问题——国家、市场、社会的结构中，社会在哪？社会是自足的吗？社会可能自己自足吗？

黄纪苏：就是，徐馆长是国家派去组织的，但是我们那么长时间就自己跳。

陶庆梅：所以我想说的是，你那个个案是不是有普遍性？

黄纪苏：我家附近好几个都这样。

陶庆梅：我觉得要做社会学的分析。

刘晓真：社会群众这块，文化部实际上一直没断过组织群众搞文艺活动。广场舞现在因为这种热度被收编，基层文化部门和民间广场舞群体还是彼此有合拍的地方，这是一方面。还有刚才我想接着祝老师说，就是个体愉悦，人们在具体跳的过程当中确实可以实现个体生理、精神统一的愉悦；但更重要的是，很多人去参加广场舞，实际上还是在社会整个结构里寻找组织，人们这种对社会的依附心理，或者说，是过去我们社会主义国家那种无形当中集体主义的生活节奏，给人们心理留下的习惯，使得他们在广场舞里面可以找到这种节奏。每天晚上到了固定点或者每天早上，去跳舞就跟上班、打钟一样，这种规律性的东西对于人们来说是有安全感的，这是我对这个人群的一种感觉。

黄纪苏：肯定有，只是多大比例的问题。

陶庆梅：我想问一下，晓真刚才讲的问题对我比较有启发的是，她讲到广场舞和农业社会的关系，尤其是和原来工厂等的关系。在讨论广场舞之前，我得从一个编辑的身份出发，批评一下你们搞艺术研究的，广场舞是中国社会文艺这么重大的一个现象，它嵌入到中国社会那么多的层面，而且从文艺形式上看，现在都让人找不到词来描述。也就是说，这么一种创造性的文艺形式，这么全新的问题在我们面前，我真的迄今为止没有看到特别好的研究分析。

我自己一直有一个疑惑，也是从晓真的分析里面出来的，像广场舞这样一种形式，有没有可能会说它跟中国的社会主义记忆相关？这个记忆，可能是情感上的记忆，也可能是它对人的一些塑造。那么，随着这个记忆逐渐消散，随着集体生活的记忆不断遭遇资本主义发展过程中对个人主义的强调，那么，广场舞只是一个过渡性的文艺现象，还是说它会有延续性？

黄纪苏：我知道在场的朋友会特别愿意看到广场舞跟社会主义记忆之间的联系，但我坦率说，社会主义记忆肯定有，但未必很多。你刚才说，这种记忆慢慢没了，广场舞也就渐渐完了。我的感觉恰恰不是这样，小陶你是 70 后、东力 60 后、我 50 后，我们真没代表性，我们主要代表知识分子，知识分子不太喜欢广场舞，知识分子不习惯这玩意。社科院有些朋友说，黄纪苏现在跟大妈混一块了，有的女性知识分子，其实已经是大妈了，但她们都说“我以后会跳的”，一打听“以后”原来是走不动道之前的一两年。她们现在接受不了跟大妈同流合污的自我形象，她们的自我形象要更青春、更时尚。不过现在年轻人跳的越来越多了，不光是外地进京务工人员，城里的姑娘小伙也不少。

陶庆梅：我还是很怀疑。

孙佳山（中国艺术研究院马克思主义文艺理论研究所）：我觉得不能简单地用中产阶级清静权，或者社会主义集体主义传统这些话语来简单地套今天的复杂现实，我更想从现代中国文化的演进脉络来梳理一下广场舞的线索。

在传统中国，恐怕无论如何都不会出现大批妇女成群结队的在公共场合配着音乐扭动身体这种场景出现，女性获得真正的自由、平等与解放只有在 20 世纪才完成，女性能够在公共场合享受和男性完全相同的权利，哪怕就是纯粹地在公共场所锻炼身体，也就是在 20 世纪 30 年代末之后才出现并稳定下来。而在文化艺术领域，女性能够充分地以身体语言，在公共场合自如通畅地表达自我，也就是在中国革命过程中诞生的“文艺大联欢”这种文化艺术娱乐形式中才实现。作为一种综合性的文化艺术形态，“文艺大联欢”在凝聚现代共同体意识，尤其是社会动员方面发挥了重要作用，现代社会的一些基本理念真正在我国落地、扎根，都离不开“文艺大联欢”这种看着没那么“高大上”的活动中。

比如春晚能够在新时期以来获得那么大的社会影响力，就是因为继承了“文艺大联欢”的衣钵，加上电视这种当时的新媒体，所以才能迅速传播。因此，我更倾向于将广场舞放置在这个脉络中来理解，现代中国文化的生发和演变，离不开这种基层自发的文化活动，你可以说广场舞确实没档次，但是不能掩盖这背后的种种文化诉求，每个时代的基层文化诉求，看着不起眼，其实都是大难题。

黄纪苏：我倒觉得你这个说法比小陶那个更合理，它也许出身于过去，但形成传统后就这样了……

孙佳山：嗯，所以我觉得，尽管广场舞不过是“文艺大联欢”的当代变体，并且毫无疑问继承了社会主义集体主义的遗产，但是我们依然不能仅仅停留在那个区间里，那样确实没意思。当然“中产阶级清静权”这种思路确实太小儿科，但如果只用社会主义集体主义这一套，则显然会忽视新世纪以来，城市空间的剧烈变迁，而这种剧烈变迁的背后更意味着身份和趣味的重大变化，并不是说只有中下层在跳广场舞，尽管看着真像是那么回事儿。……

黄纪苏：或者投胎转世了。

孙佳山：是的。我自己虽然不跳，但我多少还是略有观察。2011年年初的时候，我曾建议我妈去跳，理由是更年期钙质流失快，容易骨质疏松，效果也非常显著，现在不让她跳都不行了。今年暑假回家，有两天晚上回来居然还带回了鸡蛋——房地产商为了营销请她们过去跳。我妈去跳广场舞这个过程基本上与广场舞得到全国范围的关注是同步的，我当时让她去跳的时候，广场舞大规模的存在已经有个三四年了，现在房地产商为了招徕人气都找她们，也说明了社会的关注度。

其实广场舞并不是孤立的现象，央视3套有个叫《星光大道》的节目，那个节目由于收视率高,已经被升格成央视1套黄金时段的节目。我没做过专门的数据调研，但是我接触的范围内的广场舞大妈们，也基本都是那个节目的忠实观众，在我家里人的胁迫下，我也看过不知道多少期《星光大道》。那个节目其实和广场舞一样，也没多少文化艺术价值，没什么专业性可言，但就是有收视率，就是能硬生生地挤进央视黄金档，毕福剑能够火起来，很大程度也是无数个广场舞大妈在支撑。我觉得广场舞的复杂性，就在于这种分众化的娱乐需求，大妈们几乎不看《超级女声》、《中国好声音》、《我是歌手》这种选秀节目，这和她们的经济地位没多大必然关系，当年的“文艺大联欢”也不是只团结了贫下中农。广场舞背后的最大问题在于真正的娱乐文化在今天是高度匮乏的，看似好像什么都有了，电影、电视剧、选秀节目等等，但是对于大多数人而言，依然是有限的。尤其是这几年陆续退休的50后们，出生在新中国，肯定更适应“文艺大联欢”那种整齐划一的广场活动。从娱乐文化的精神需求，到面临进入老年阶段的健身需求，广场舞再合适不过了，这些都是他们的刚需，你总不能让他们都去健身房吧！健身房能不能装下这些人咱另说，那种对于身体的精致训练和把控，是典型的中产阶级文化，50后们根本没可能认同那一套训练，即便有经济实力他们也不会接受。因此,如果将广场舞放置在“中产阶级清静权”和“跳广场舞的都是中下层”这种二元对立的标签之下，显然是不可能触碰到这背后的复杂脉络的。

卢燕娟：而且黄老师，不仅是左翼会意识到这个。我举一个网上的段子，说红卫兵到80年代跳交谊舞，现在变成了广场舞大妈。所以一个特别恶毒的说法就是："不是老人变坏了，是坏人变老了"。这个说法体现出，在左翼以外的视野里，也是把广场舞和社会主义联系起来的。包括你刚才说到的对广场舞的歧视，这种歧视不仅是对乡土的歧视，我觉得本身也包含着对社会主义传统的歧视。

黄纪苏：我觉得这种因素有，但也有指桑骂槐的成份，你妨碍我了，妨碍我睡觉、妨碍我观瞻了，于是就想方设法给你贴标签，如"红卫兵"、"文革"什么的，什么难听贴什么呗。

陶庆梅：我不太同意，我觉得还不是一个广场舞表现形式的问题，而是说那么多人一块在广场上跳舞这个事情，就让人反感。不是说他们跳什么，主要是他们那么多人在一块干一件事。

黄纪苏：这我同意，有这因素。你们又来这套，一大帮人在一块，你们干吗呀？两个人去舞厅，在昏暗的灯光下跳看着不别扭，你们一大帮人在那儿看着就别扭，让我想起毛时代，想起"文革"。大概是这么个思路。

刘晓真：你们在说这些的时候，就回到我最初的问题，就是广场舞这个词跟媒体之间的关系，包括对它的评价，我觉得这个问题也是一部分人对话语方向的把握。跟这个相关的，就是我对广场舞自身发展的观察或者梳理。其实90年代的时候这些东西就都有，但是那个时候人们并没有把他们作为一个热点来说，为什么广场舞后来成为热点？大家又把它跟社会主义遗产联系在一起？除了反思自己当下的处境之外，我觉得大概还要再往前追一点，刚才孙佳山就说到了文艺大联欢，那我们是不是可以从文艺大联欢再往前追？还有乡土社会自己的民间歌舞传统的因素，广场舞是在那个基础之上的改造，是改造那种群体性舞蹈的结果。而恰恰精英知识分子在做理论建设的时候，会忽略掉话语之外乡土社会还有它自己的生命力，群体性舞蹈一直都有很自在的存在状态，这大概跟国家意识形态或者文化建设这种东西，是平行的。群众的舞蹈行为有其自主生命力是一个重要方面，所以，这个问题有好几个层次。

陶庆梅：你刚才说广场舞90年代以来一直存在，为什么这些年才这么引人注目？

刘晓真：通过从事交谊舞或群众舞蹈工作的这些人可以了解到，80年代他们跳交谊舞，后来也跳也教广场舞，在他们的经历来说，这些东西从来没断过。

黄纪苏：这样的规模的确是这几年的事。

孙佳山：成为公共现象、公共话题，差不多是从新世纪第二个十年开始的。

鲁太光（中国作协《长篇小说选刊》杂志社）：广场舞在大众视野中成为一个醒目的存在，应该是从媒体对它的妖魔化开始的。我们接触到这个信息，知道广场舞是一个重要的现象，跟媒体对它的负面报道铺天盖地而来有关。

孙佳山：我的观感是形成全国性的现象、引起全国范围的关注，还是在2008年之后。

刘晓真：而且媒体对于这个东西的关注，也会反作用到民众当中，它就影响到了大家，自然投射点也就会往这方面发展。当然我做的也是这样的一个个案，看的也是非常局限的东西。我说的那个领队是从练柔力球开始的，集结了一帮姐妹，后来她是因为自己喜欢舞蹈就这样转向的。这里面有偶然因素，你刚刚梳理了一套必然的东西，但是这里面的确有偶然的东西。

孙晓霞（中国艺术研究院研究生院）：关于广场舞可能我们更多的理论都集中在它背后的社会因素方面，从参与者主体来看，为什么大家愿意跳广场舞，愿意共同进行群体性艺术活动？比如说，为什么去电影院观影就比自己在家里看电视感觉更愉悦？同样，去音乐会现场听摇滚，就比让汪峰对着你一个人演唱的感觉更容易投入？我想这有可能要回到艺术心理学中，探讨一下群体性艺术活动与审美经验的复杂关系。

刘晓真：你说这个让我一下就意识到一个相类的情况，就是说大家都在说一个电影口碑好、票房好，人们自然会跟着票房去买票。所以，广场舞现在都说好，可能大家就都跟着去跳，这里面也有个从众心理。

我认为那个妖魔化的解读或者说一种批判性的东西还是精英层面的，真正在百姓的生活空间里面是没有这种东西的。

孙佳山：在50后、60后的娱乐文化形态里，对于大公共空间的占有是家常便饭。真正的变化在70后、80后之后，只不过他们的主要诉求不在这里。讨论广场舞其实就是在讨论50后、60后的娱乐文化诉求。

孙晓霞：可能与社会就业率也有一定关系。很多中小城市的中青年没事做，他们也参加踢毽子、自行车队、合唱、广场舞等各种各样的娱乐健身项目，我们可以把它统称为广场文化。这些年轻人愿意参与群体文化，很多女性就说如果不来活动，自己全天的工作就是早上送孩子，中午给老公做饭，下午打麻将。

在大城市可能这种现象不太明显，你到三线中小城市看，大部分都是30岁左右的年轻妇女参与广场舞。像老太太参与多的广场文化则是打太极、做健身操，慢节奏的动作要多一点；而广场舞就不同，更多是快节奏的步伐和动作，更适合年轻人，我觉得可能因为这些女性多处于待业状态，闲暇时间多。

张慧瑜（中国艺术研究院电影电视艺术研究所）：我觉得今天这个“群众文艺”的题目非常好，是青年文艺论坛成立以来给我印象最深刻的主题之一。群众文艺很难被讨论，因为群众文艺不在文化市场里面，从大众文化的景观中也看不到。这次广场舞之所以会成为大众媒体热议的文化话题，也主要是因为跳广场舞的大妈们干扰了中产阶级社区的正常生活，而广场舞大妈在媒体中基本上是被嘲讽的、负面的形象。其实，广场舞这种群众文艺活动已经存在了很多年，不只是在大城市，在中小城市的中心广场和广大乡村也存在。

黄纪苏：另外社会经济上，的确大部分跳广场舞的都是偏底层的。

张慧瑜：在中产阶级看来，跳广场舞的大妈应该社会阶层略微低一些，还没有文化，这显然是一种偏见，因为很多大妈其实就是中产阶级社区里的居民。

黄纪苏：小资中产的配置是 Ipad 加当代 MOMA 或星巴克。

卢燕娟：或者社会阶层再高一点，跳舞也到健身房跳。

张慧瑜：广场舞最早被媒体报道主要就是扰民，就像刚才刘晓真老师提到的海外媒体用“广场舞威胁中产阶级清静权”来描述广场舞，从近一段时间的媒体上也能看到跳广场舞的群体与附近小区居民之间的激烈冲突。我留意到对广场舞有两种意见。一种是把广场舞当作污染源，认为这是一种缺乏美感的噪音，跳广场舞的大妈是不文明的、低素质的、不具有现代公民精神的群体，这是媒体对广场舞的污名化和妖魔化。第二种看法与之相反，有一些媒体评论者从广场舞中看出了现代公民权利意识的觉醒，因为广场舞是自发的、自愿的、自主的、非官方的行为，体现了一种公民社会的公共参与精神，是一种有主体性的行为。于是，广场舞大妈非但不是不合格的公民，反而是践行公民精神和公共文化活动的榜样。这两种看似截然不同的看法所使用的标准却是一样的，就是以中产阶级、公民社会和公共意识为标准，广场舞大妈不管是非中产阶级的劣等公民，还是代表中产阶级公共精神的优等公民，都是中产阶级视野中的他者，这就涉及到群众文艺与公共空间的关系问题。

今天会议的主题是“群众文艺与公共空间”，而群众文艺与公共空间这样两个概念是彼此矛盾的，属于不同的话语系统。

首先，公共空间是 90 年代经常讨论的概念，与德国哲学家哈贝马斯的书《公共领域的结构转型》有关。公共领域主要指18、19世纪西欧资产阶级处在历史上升阶段，出现的一种介于国家与社会之间的公民自由讨论公共事务、发表言论的空间，不受国家干预，代表着自由、理性的公共精神。这种公共领域在中国的语境中被转化为一种对市场化的辩护，认为市场化有利于建立一种国家体制之外的公共讨论的空间，而市场化的媒体就被赋予自由、独立、理性辩论的平台。用公共空间来对抗国家，认为这有利于中国走向民主化。这种理想化的公共空间和青年文艺论坛的形式差不多，青年文艺论坛每个月讨论一次文艺问题，我们这些有文化、有知识，又愿意交流的人平等地运用自己的理性、发表自己的意见，这就是公共空间。20年过去了，这种理性的公共空间在中国并没有真正建立起来，原因主要是市场化改革确实催生出大量的中产阶级群体，但相比中国庞大的人口，又是比例很低的，无法成为社会主体。不过，借助网络空间如BBS论坛、QQ群、微博、微信等，这种中产阶级式的公共空间倒是蓬勃发展。

其次，群众文艺并不属于公共空间，因为中产阶级才是公共空间的理想主体，一般不把中产阶级放在群众里。群众作为一个概念，是中国进入近代以来出现的，经常和发动群众、群众路线等联系在一起。在当下的语境中，群众一般会在三个场合使用：第一，群众是一种政治识别身份，我们填表格的时候，会填党员或群众，群众指非党员身份，是党团结依靠的对象；第二，群众路线是共产党革命和执政过程中形成的工作方法，所谓“从群众来，到群众中去”，包括现在正在进行的群众路线教育实践运动，都是为了让党密切联系群众，全心全意为人民服务；第三，在党政系统之外还有群众团体的说法，比如总工会、工商联、文联、作协、科协、残联等都是群众团体；第四，群众文艺也是一种有中国特色的艺术形式，在官方文件中对文学艺术有一个排序，分别是“文学、戏剧、电影、电视、音乐、舞蹈、美术、摄影、书法、曲艺、杂技以及民间文艺、群众文艺等”，群众文艺排在最后一个，是党和政府重视、支持的文艺形式。我记得小时候参加最多的群众文艺活动就是每年都举行班级歌咏比赛，虽然我不会唱歌，但我作为班级的一份子，也有资格参加这种集体性的文艺活动。

群众文艺的发展与社会主义单位制有着密切关系。在毛泽东时代，不管是城市、还是农村，所有人都生活在社会主义单位制中。按照社会主义的原则，人民群众不仅有平等的政治、经济权利，也有均等化地分享文化的权利，群众文艺就是普通人也能参与的文艺活动，比如每个工厂都有宣传队，每个行业都有文工团，就像保留至今的中国铁路文工团、中国煤矿文工团等。每一级行政单位都有相应的文化馆、群众文艺演出团体、电影放映队等文化事业单位，保证了普通人能有机会欣赏和参与各种类、各层次的群众文艺活动，这种单位化、组织化的群众文艺形式一直延续到80年代。90年代市场化之后，以国有企业为主的单位制开始解体，地方文化馆、文化站、群众文艺团体也因财政困难而处于闲置和瓦解的状态，我记得黄老师和陶子还写过县城文化馆的文章。有组织的群众文艺活动很难展开了，文艺活动主要变成一种以市场化、商业化为主导的文化产业，像下岗工人、农民工、农民等底层群众很难在市场化的体制下成为文艺消费者，这种文化的弱势地位与他们在经济社会领域中的位置是完全一致的。新世纪以来国家又重新出资建设市场环境下的公共文化服务体系，比如重点扶持国家院团、建立图书馆、农村电影公益放映活动、保护非物质文化遗产等。

不过，在这种国家也不管、市场也不顾的状态下，一种新的群众文艺出现了，这就是遍布城乡的广场舞。广场舞这种新的群众文艺有以下几个特点：第一，是免费的。广场空间开放，任何人可以随时进入。第二，是参与性。与阅读小说、看电影看演出不同，人们只是一个读者和看客，广场舞是只要有兴趣就可以随时参与，并且跳舞也不是为了别人看，纯粹是个人身心愉悦。第三，是集体感。现在很多到乡村做乡村建设的志愿者，他们进入乡村的第一步就是教村民跳广场舞，从80年代家庭联产承包责任制以来，农村就处在一家一户的分散状态，广场舞这种文化形式可以让村民在集体舞蹈中找到一种集体文化。

在市场经济的环境中，我们每个人都是一个孤独的、原子化的个体，尤其是都市白领、中产阶级更是如此，他们工作时可能会在一个团队中，下了班就是宅在家里。在工作和家庭之外，很多白领可能没有任何集体或社会生活，除了看看微信、上上网，就不和社会发生关系了。这当然与中产阶级近些年遭遇的社会压力大有关，没时间从事文化休闲活动。最后，我想劝中产阶级们应该从楼上大胆地走下来，从封闭的社区里走出来，从健身房里走出来，与大妈们一起跳跳广场舞，这对于身体和精神都是有益无害的。

李云雷：我们院里也组织过歌咏比赛和体育比赛，你没去参加吧。

张慧瑜：没参加是因为我也不知道有这些活动，其实，现在的事业单位某种程度上也是公司化管理了，与以前的单位制不一样了，很难找到一种集体感了。

卢燕娟：我觉得中产阶级还是有他们的沟通空间，他们会有各种会所、俱乐部，只是说他们的公共空间可能和其他社群的不太一样。

张慧瑜：对，这些会所或俱乐部都是有门槛的。另外，市场化的媒体都是中产阶级化的公共空间，反而体制内的党报经常会报道一些与群众相关的新闻。

陶庆梅：慧瑜我补充你一句。当时我和黄老师做文化馆调研的时候，90年代末、21世纪初，他们其实有一个严肃的争论，就是文化馆该叫公共文艺还是该叫群众文艺？是有过一个特别轰轰烈烈的大讨论。

张慧瑜：最后讨论的结果是？

陶庆梅：现在又开始说群众文艺。

孙佳山：过去的文化馆、图书馆现在也被称为公共文化。

陶庆梅：对，改过来改过去。

张慧瑜：公共艺术和群众艺术还是有差异的。公共艺术是在一个市场经济的环境中有一些公共的、公益性的文化活动，主体就是公民；而群众艺术本身还是有一种政治性，群众是一种集体性的概念，而且是国家的主人，与公民在法律意义上确立个人与国家的关系是不一样的。

中国的市场化发展恰好印证了大多数人并没有能够成为公共空间里的合格公民，尤其工人、农民还是在群众里面。

祝东力：我再说两句。反复提到"群众"，其实这是一个缺少深入分析的概念。群众首先是一个人群，但是人群跟人群很不一样，比如说一支军队也是人群，一队学生也是人群，群众的特点是组织化程度较低的人群，是边界含糊的一个群体，同时，又不是以一个个个体的，有名有姓的形式出现，而是匿名的群体。这个群体之所以在现当代历史上特别重要，是因为在革命时代形成了动员体制，把各种各样的群众都纳入到不同的组织当中，而到1949年以后就是纳入到不同的单位当中，工厂、矿山、学校、社队区，一直到70年代末80年代初。特别是在"文革"期间，群众文艺可以说处于全盛时期，不用说大机关大企业，就连几百号人的小学都有毛泽东思想宣传队，那里面的人能歌善舞，同学都特别羡慕。这种情况，群众被组织起来，包括群众文艺组织化，在80–90年代单位体制转型之后发生了一个剧变，特别是90年代大批国企，中国单位的主体——国有企业抓大放小、关停并转这一轮振荡之后，应该说群众重新回到原来传统社会的自发状态，甚至组织化程度更低，因为传统宗族之类的组织大多消失了。这是中国社会大变动在基层的一个表现，而广场舞相当于一种文化自救，它不仅是一种文艺活动，刚刚大家都提到了，它还是寻找一种归属感、一种群体感情。原来群众被组织起来，主要是自上而下的方式，而这次文化自救也形成了松散的，但确实又存在的组织形式，这次是自下而上的群众自发的组织。这里面的主体，"大妈"，也特别值得分析，刚才佳山也提到了，我有一个主观臆断，觉得还是以 50 后为主体。刚才说广场舞发生的时间，80 年代没有广场舞，练气功完全是另当别论，因为在汉民族文化中，跳舞是很大的一件事，并非年俗节日，一群妇女到大庭广众跳舞，在传统社会这能允许吗？气功是健身，有名正言顺的理由，而跳舞，可以被认为有伤风化。

陈轩（清华大学中文系）：你经过忠字舞那个时期吗？

祝东力：我说的是前现代社会，忠字舞那会儿妇女已经解放了。大妈作为广场舞主体的出现需要一系列前提，她在大庭广众抛头露面，尽管不期待别人观看，但是她首先要不畏惧别人观看。传统社会中那种小脚妇女大概很难承担这个角色，而这显然经历了毛时代的塑造，包括妇女能顶半边天的观念和毛泽东思想宣传队的普及，包括上山下乡，那代女青年经过这样的锻造形成了这么强势的角色。另一方面，应该说大妈作为广场舞的主体形成组织，还是一个软组织。可以设想一下，如果以男性为主体形成自发的遍地都是的组织，那可能就是硬组织，可能就是另一种性质了。

关于广场舞我的印象是 2004 年、2005 年，50 后进入退休年龄以后出现的。这里还涉及中国文化的一个特点，它的底层极其坚韧顽强，给一点阳光就灿烂，你看广场舞放的音乐都很欢快，有时候觉得这帮人生活也不太好，怎么那样乐观向上呢？另一方面你看上层，士大夫阶层，生活应该是非常优裕的，但是那种悲凉之气挥之不去，从屈原开始一直延续到今天。底层跟上层在性格上反差特别明显，底层极其顽强，上层很脆弱。广场舞在全国形成席卷之势，还走出国门，"文化走出去"说了那么多年，给精英投了多少钱，给了多少政策，但是成绩呢？不能说一点没有，但确实跟投入不成比例。而广场舞都是自费，跳到巴黎、跳到纽约、跳到莫斯科，这一点也非常可贵。

李修建（中国艺术研究院艺术人类学研究所）：我同意慧瑜的观点，咱们论坛选"广场舞"这个话题非常有意思。参会之前，我以广场舞为主题，从中国知网上查了一下，结果表明，广场舞受关注也就是最近两年的事。在 2012 年，相关论文有 50 多篇，到了 2013 年，有 200 多篇，2014 年到现在，已有 300 多篇。也就是说，最近两年大家才开始关注这个话题。这个话题之所以受关注，就像刚才大家提到，媒体对它的渲染可能有很大关系，这是一个方面。我觉得广场舞在这两年的兴起有这样的物质基础：第一个就是90年代以来基础设施的建设，也就是广场的建设；再一个物质基础和数码产品的普及（如SD卡的广泛应用）有关，咱们上网买播放器非常便宜，一两百块钱就可以买到。

陶庆梅：广场上的大部分放音设备是不是录音机？

李修建：不是。

刘晓真：是数码播放器。

李修建：网络上的音乐资源是随手可得的，应用SD卡的播放品也很容易买到。这个物质基础，是近两年才开始有的。

黄纪苏：你说的这个特别对，我插一句，两年半前刚开始跳舞的时候，这个胖大妈为什么能把这帮人组织起来？一个很重要的原因是使用的音箱，她能从教堂拉出电线来，她有路子。到如今随便买一个能充电、带蓝牙或插优盘的播放器就行了。

刘晓真：你说的这个我想补充一下。90年代，中央5套体育频道每天早上有健身节目，那时候就已经把很多舞蹈放里面，那个时期那样的传播也是现在广场舞发展的基础，或者说它是一个前奏。

另外还有一个想点缀一下的，你说在农村里面，他们也都有跳很齐的广场舞。我知道在服装上有一个特别鲜明的差别是：往往越是在农村的舞队，对于舞服、舞鞋、头饰统一要求的程度就越高，极其统一，反倒在城市空间里会要求一点个性的东西，每个人穿的可能也不一样。

还有一点我不十分同意，就是说关于闲暇时间这个问题，农村那种节奏是有农闲农忙的，所以在闲暇时间跟他们跳舞之间的关系可能不是那么紧密，我觉得还是和物质基础，还是和口袋稍微宽裕一点是有关系的。

李修建：也不是，这次论坛的资料里发来一张图片，只有两个老太太，好像是留守老人，也在跳广场舞，很难说她们有什么经济基础，更可能说明广场舞已经成了一种全民性的健身方式。从这个角度说，我觉得广场舞和通常所说的群众文艺还是有所不同。

为什么其他艺术研究者没有大量关注广场舞？我觉得可能体现了对广场舞定位上的一个问题。

孙晓霞：关于这一点，我记得朱光潜在1936年出版的《文艺心理学》中做过的一个很有意味的比喻："一个海边农民当别人称赞他的海景美时，常会羞涩地转过身来，指着屋后的菜说：'门前虽然没有什么可看的，屋后这一园菜却还不差。'"这当中可能强调的是一种从外来者介入的视角来进行“审美”。城里人看到的海景对他而言是个审美的对象，但以农民的社会身份及立场看，相比较海景而言，对“菜园的赞美”很可能体现另一种意义上的审美经验，高建平老师把它定义为“家园式的审美”，其实质就是与农民日常生活息息相关的一种艺术活动，这是一种肯定。今天我们在这里做的这次研讨的最终指向，不知道是否能涉及这方面内容？亦或仍旧是倾向于让他者进入这些“农民”社会，希望从“农民”那里看到“海景”的东西？

刘晓真：你说的是文艺想象。

孙晓霞：不光是文艺想象。我想说的是，我们探讨的主旨是想看到农民的“海景”，还是希望关注农民与“菜园”，比如关切到底层或群众自己的文化与艺术。

李修建：孙老师谈的其实涉及我下面想讲的。对广场舞的定位，我认为它是以健身和自娱为目的的一种大众运动方式，同时它又融合了音乐舞蹈等艺术形式，也就是说，它有艺术性和审美性。这就涉及对它的审美价值的判断，也就是审美标准问题。它虽然有艺术性，我们却不能用专业眼光来看它，那样的话，大妈们的广场舞和专业从业者肯定存在较大差距。如果说我们把它作为一种健身方式和自娱活动看，从人类学讲的主位的立场去体贴和理解，它们应该有自己的一套审美标准。像黄纪苏老师亲自参与到里面，他解读广场舞，就会有更多的同情。

黄纪苏：我就是说咱自己的事。

卢燕娟：这个问题挺好也挺大，我们留一些时间给没有发言的同学们。

房小捷（北京师范大学历史学院）：我其实对公共空间这块有个小问题，祝老师提到，广场舞其实非常有生命力，是一种文化自救，凭着自己的生命力在发展。我想问的是，广场舞未来会走向何方？是否需要政府扶持？

黄纪苏：这个问题挺大的，其实东力刚才说的文化自救我是同意的，我文章也这么写过。中国底层老百姓的确是比较乐观，不像知识分子比如在这个月份爱悲个秋啥的——每年暖气来之前都会感伤万木之摇落。但跳广场舞那帮人，我看他们其实挺欢快的，这种欢快特别有感染力。我觉得不用什么政府或谁去拯救、扶持，他们挺好的。当然了，社会尽量能对他们有一些理解会更好。头些日子有个地方为了把广场舞赶走，把广场上都装了地锁，弄得跟刺猬似的。以这种方式争抢社会空间就不好了，大家应该商量着解决，互相让让，学会妥协。知识分子应该起点好作用，建设的作用，帮大家尽量理性一些，对历史过程、社会过程多一些理解，对问题的各个方面，有比较全面的认识。我想未来的社会空间也就是张慧瑜说在公民社会里，人民会越来越多地学习自我管理。天下的事自有它的逻辑，现代化使得老百姓管理社会的能力提高了，能力提高了欲望也就上去了，价值观也就出来了。我不觉得社会跟国家、跟市场一定是对抗关系，它们彼此有竞争的一面，也有互补的一面、合作的一面。广场舞是个小事，但也是大事，因为它包含了我们要建设一个什么样的社会空间的时代大课题。

房小捷：其实我想谈两个问题，一个是当代中国广场舞的起源，第二是刚才大家讲到的边界问题。我认为，首先需要对广场舞进行界定，我认为，我们所说广场舞可以从广义去理解，也就是一切非盈利的、非官方组织的、自发性的群众性文艺活动，都可以把它算到广场舞当中。

关于广场舞的起源，首先，我觉得过于强调物质条件的发育可能不恰当，因为在80、90年代，公园里集体练气功、打太极拳也是有设备、有场地的，更不用说公有制企业不景气之后大量闲置的工人俱乐部等，所以物质条件并不起决定性作用。我认为广场舞作为一种社会现象或者社会问题的起源与凸显，更多是一个社会化问题，广场舞其实是一种社会化的方式。因为人是社会化的存在，当一个单位组织或者农村社群被拆散的时候，广场舞就成了一种新的社会化的方式，这对于老年人和下岗工人尤其重要。因为他们是最先淡出社会主流、最早丧失社会化渠道的人。那么，我们这些在岗工作的年轻人，是否在工作当中有充分的社会参与呢？其实也没有。因为在当前的市场化进程中，劳动被量化了，劳动作为一个整体被拆散成一个个零件，工作中的劳动集体这个整体也给拆散成一个个孤零零的劳动者了。像富士康这样的工厂就不说了，就是在白领办公室当中，也要在办公桌上竖起一个个挡板，使每个人独立面对被分散成一块一块的工作，直接被一个生产过程控制者所掌控；当劳动者无法控制甚至无法理解自己劳动的时候，当一个由集体完成的劳动过程被划分为一个个由个人单独承担的工序的时候，劳动者在劳动过程中的社会化将是无法完成的。其实白领和青工也会有参与广场舞的需求，如同刚刚那个老师说的，一部分青年人也参与了这个事情，城里面年轻人大多数不参与，更多是因为文化规训，或者他没有时间做这个事情。

广场舞能够兴起还得有组织资源，这个组织资源是什么呢？两个东西。第一是舞场，就是以前我们80、90年代，甚至更早就有的舞场；第二是2000年左右在中老年中兴起的怀旧活动，比如说重新去看当年下乡插队的地方，吃当年的忆苦饭，一起唱红歌等等。我记得2008年美国有一个片子叫《资本主义的人民共和国》，那上面就有大量在市中心的广场上群众进行广场舞的镜头，而2008年广场舞还没有成为公共话题。广场舞作为一个社会事件并成为公共话题的组织资源，其实很早就有了。

总之，我认为，劳动过程中的社会化被破坏了，是广场舞兴起的根本原因，而早已有的城市空间、组织形式和特定人群的前期活动，为它的兴起做好了物质和组织准备。

第二个我想讲的就是所谓边界问题。围绕广场舞发生的边界问题，不光是物理意义上的边界，不光是声音和音量的边界，更重要的是一个思想意识形态或者心理的边界。空间边界的冲突，实际上是心理边界的冲突。因为一种文化现象能否获得主流社会承认，要看它是被一种权力体系中的权势阶层视为自己的声音，还是异己的声音。广场舞被认为说出了自己的心声还是一种讨厌的侵略行径，关键看其歌舞当中所包含的诉求、蕴含的思想，看其内容是要巩固当下社会结构中优势者的地位，还是在发出反对这种结构的诉求。广场舞会受到某些媒体的妖魔化，关键是因为广场舞当中有一些主流媒体不愿意听到的声音出现。当操作舆论的权势者听到对自己既得利益甚至理想目标的认同和赞美时，一般是不会发生什么“群己权界”或者什么其他边界之争的；而当权势者在广场舞当中看到、听到的是一种违背其意愿的诉求，或者是某种他们不愿看到的社会组织的萌芽时，形式上再美好、再悦耳、再精彩的音乐舞蹈都会被当成刺耳的噪音。广场舞的讨论和解读背后，更多表达的是评说者的一种立场。广场舞的媒体形象，并不能代表广场舞对周围直接的相关人员产生的功能、造成的印象，更不能代表参与者对自身的评价。我们真正需要关注的是参与者自身及其周围人的真实评价。

这里有两个现象特别值得注意。第一是广场舞所表达的内容是不一样的，我归为四类：第一类是红色记忆，这个大家都看到了；第二类是传统社会的记忆；第三类是政治无意识的当下流行文化，比如像“小苹果”这样的；第四类是什么呢？是宗教和其他非官方意识形态。这是我们要注意的第一个问题。第二个问题是什么呢？是含有某种群体性的非官方意识形态的群众性文艺活动。在以这种非官方意识形态为内容的广场性活动当中，你会发现很好玩的现象，他们的参与者，会有强烈的集体主义价值观和集体行动诉求。和当年的群众性“练功”活动一样，这些参与者当中不乏当年的劳模、老干部。这些人为什么也搞这一套呢？这里就有一个问题，当然有的自由主义者对这种集体主义诉求会有一点意见，但是他们更多担心的是什么？他们担心背后的组织形式，以及其中一些成员，比如说怀有强烈社会主义记忆的中老年成员对集体主义的认同，以及对自由主义的否定。在一些含有强烈自由主义诉求的群众性活动中，组织者一方面不认同官方的社会主义意识形态，一方面又利用社会主义集体行动的传统和组织工具，通过群体性活动来传播自己的意识形态，真是一件很讽刺的事情。

崔柯（中国艺术研究院马克思主义文艺理论研究所）: 刚才小捷提到“心理边界”，我觉得这个词用得特别好，我接着说一下。中产阶级对个人空间的定位，还是一种原子式的个体，希望划定个人专属的一个范围，就像契诃夫写的“装在套子里的人”，在这个套子里他觉得自己是安全的，但他们将自己套起来的同时，也希望别人都各自套起来。一旦有人动起来了，可能会打破套子的边界了，他们会有一种不安全感，所以就往往将“犯规”的人妖魔化。那种对广场舞极端的攻击和妖魔化，其实反映了中产阶级保守、僵化的意识形态。

还有，黄老师将广场舞定义为一种自由自在的文艺形式，我觉得挺有道理。好像有人说过，中华民族是一个早熟的民族，心智过早成熟。相对来说中国人确实是脑子用的过多，身体方面的感觉有所欠缺。舞蹈恰恰是跟身体最密切相关的一种文艺形式。中国古代讲诗乐舞一体，但是诗和乐一直还是处在某种规训力量之中的，舞蹈因和身体感觉直接相关，应该是最难以规训的。

桑媛（中国艺术研究院研究生院）: 作为一个90后，平时我姑姑我妈妈她们去跳广场舞，我其实心里是不屑一顾的，觉得她们在从事一项很俗的活动，觉得自己作为一个受过教育的人就应该有点追求和理想。我总结了一句话，广场舞是底层群众的一种文艺起义。这个起义分成三个方面，概括起来就是两个解放和一个反抗。第一，解放之就是解放了身体。比如如果我是一个退休职工，我白天带完孩子，晚上吃完饭就可以跳跳舞放松一下；我要是一个农民，白天干完活，晚上吃完饭可以放松一下。这样身体得到了锻炼，也是一种对他们生活内容的转移，是他们身体的解放。另一种解放是精神的解放。广场舞之所以盛行，我觉得是自我意识转变的结果，当人们有钱之后精神更空虚了。我想，国人对自己，尤其中国大妈、农村妇女，他们对自己的人生有了更好、更高的要求，就是想通过这种文艺的方式让自己更充实一点，可以在自己的文艺活动里面得到更高的享受，包括精神享受。第三点是反抗。我们之所以觉得广场舞低俗，不是舞蹈这种形式低俗，是因为跳广场舞这群人是底层人，不被重视，他们没有话语权。我觉得知识分子不要有这种精英主义，对底层群众，一定要有一种尊重和平等的心态。

卢燕娟：我们的群众文艺很有生命力，连 90 后都争取过来了。

李云雷：我就说两句，因为刚才提到群众的分析，我觉得有意思的就是毛泽东“讲话”里面提到的是“群众”，不是“人民”，文艺如何为群众服务的问题，最核心的问题在这里，“群众”和“人民”还是有区别，这可能需要做比较细致的分析。另外广场舞的音乐也很值得展开分析，这次可能来不及讨论了，下次可以讨论。还有一点，广场舞是不是有提高的可能性，我觉得这点也是可以讨论的，可以让黄老师写个“广场舞剧”，搬上国家大剧院。带领大妈大叔去占领国家大剧院。（笑）

卢燕娟：张慧瑜刚才说这是他非常难忘的几次论坛之一，我也觉得是特别欢乐的一次。那么我们为了去掉之一，把它搞成独一无二，我建议，我们最后一个节目让黄纪苏老师现场走两步。（笑，鼓掌）

黄纪苏：等会儿我在门口教教你们 16 步，大家以后也可以来八面槽共舞。

卢燕娟：那我们怀着期待的心情去吧，本次论坛到此结束，谢谢大家。

（根据速记整理，经过本人校订）

青年文艺论坛2014第十二期

互联网时代的文化权利与数码乌托邦

主持人：张慧瑜（中国艺术研究院电影电视艺术研究所）

主讲人：邱林川（香港中文大学新闻与传播学院）

王维佳（北京大学新闻与传播学院）

时　间：2014年12月4日（周四）14：30—18：00

地　点：中国艺术研究院研究生院一楼贵宾室

主　办：中国艺术研究院马克思主义文艺理论研究所

编者的话

新世纪以来，信息技术和网络新媒体呈现爆炸式的发展趋势，中国不仅已成为信息产业大国，而且数码用户的数量也位居世界第一——几亿人都在刷微信、参与网购、观看网络视频。

在后冷战格局中，信息技术和网络新媒体作为一种技术奇观，不断被新自由主义的政治力量赋予“自由”、“民主”、“开放”、“去中心化”等文化想象，并逐步承载了“数码乌托邦”的特定政治内涵。

因此，在今天全球新自由主义的历史背景下，如何破除互联网所背负的各种“赛博迷思”，如何理解、分析、保障互联网时代的文化权利，就成为我们当下时代的重大议题。本期论坛通过对相关问题的深入讨论，进一步明确了使用数码产品的权利主体范畴，同时有效地反思了“赛博迷思”的社会文化根源，以及互联网、国家与资本之间的复杂互动关系。

张慧瑜（中国艺术研究院电影电视艺术研究所）：很感谢大家顶着凛冽的大风来参加今年最后一期青年文艺论坛，这期讨论的主题是《互联网时代的文化权利与数码乌托邦》，这也是今年第二次讨论互联网的议题，四月份第35期青年文艺论坛的主题是《移动互联网时代的文化形态》，一年中两次讨论互联网，充分说明互联网对我们当下的文艺问题的重要性。

首先我介绍一下今天的主讲嘉宾，一位是香港中文大学新闻与传播学院的邱林川老师，他去年出版了一本书《信息时代的世界工厂——新工人阶级的网络社会》，书中有三个关键词：信息时代、世界工厂和新工人阶级，这都是理解当下中国的关键词；第二位是北京大学新闻与传播学院的王维佳老师，是近些年国内传播学研究非常活跃的青年才俊，去年年底曼德拉去世，维佳写了一篇《中国媒体如何报道曼德拉逝世》文章，影响很大，也是国内少有的具有国际视野的青年学者。这次讨论我和佳山一起也筹划了小半年的时间，也很感谢邱老师和维佳能过来。今天出席的还有北京大学中文系的邵燕君老师，她近些年关注网络文学，我认为这也是文学研究领域最有活力的一部分，文学没有死，文学变成了网络文学，也许就凭着这一点，中文系还会继续存在下去。（笑）

我还是简单地说一点开场白。今年是互联网进入中国20周年。1994年4月20日，一条64K的宽带把中国与世界连接起来，中国成为全球第77个拥有互联网的国家。到2014年，中国已经成为仅次于美国的互联网大国。截至到2013年底，我国网民突破6亿，手机用户12亿，网络购物用户超过3亿，电子商务突破10万亿人民币，全球十大互联网企业中中国就有3家。关于互联网有两个故事：第一个故事是关于国家和资本的故事，可以说互联网是一场资本的盛宴，美国和世界的首富是创造微软的比尔·盖茨，中国内地的首富则是阿里巴巴的创始人马云。

先看国家和资本的故事。2014 年对于中国互联网产业来说有一系列大事。2 月 27 日，国家成立中央网络安全和信息化领导小组，习近平任组长，李克强和刘云山担任副组长，显示新一代领导人对互联网和信息安全的重视。9 月 19 日，中国企业阿里巴巴在美国纽交所成功上市，市值达 2314.39 亿美元，超越 Facebook 成为仅次于谷歌的第二大互联网公司，马云也成为中国新首富。11 月 19 日至 21 日，中国国家互联网信息办公室在浙江乌镇举办“首届世界互联网大会”，邀请全球互联网的大佬们齐聚中国，也包括国内的 BAT——阿里巴巴马云、百度李彦宏和腾讯马化腾；期间，李克强总理不仅会见了互联网精英，还专门看望浙江淘宝村的创业者和快递员，承认电子商务对解决就业的作用。12 月 2 日第七届中美互联网论坛在华盛顿召开。这些都是国家与互联网企业密切联动的大事。

第二个与互联网相关的故事是关于劳动的故事、关于新工人的故事。互联网产业就是信息产业、电子产业，这是中国制造业的核心产业，有大量的新工人就是信息产业的工人，比如最知名的富士康是电子产品代工加工厂，有几百万员工，是苹果公司等电子产品最重要的加工厂。在这里，我举一个例子，2014 年 9 月 30 日中午富士康工人许立志跳楼，十个小时之后，许立志的微博更新，时间是 2014 年 10 月 1 日凌晨零点零分，内容只有四个字：“新的一天”，这一天正是中华人民共和国成立 65 周年。也就是说，许立志的肉体死亡之后，他的数码身份又存活了十多个小时，许立志用这样的方式来表达对祖国的无声的抗议。这件事说明两点，一是新工人所处的非人处境，这从许立志的诗歌作品中随处可见，一个流水线上的工人，遭受着身体和精神的双重摧残；二是新工人与新媒体有着密切关系，许立志也是一个数码人，有微博、有博客，他的大部分作品都发表在个人博客里。凭借着中国信息产业的强大山寨能力，数码产品也是使底层阶层能够分享得到的高科技，而信息产品是中国少有的可以跨越中产阶层和底层群体的产品，比如手机用户有 12 亿，中产、中下阶层都是信息产品的消费者。

可以说，互联网既关系到国家政策和关系到资本投资，还关系到最底层的新工人，以及十几亿的数码用户，讨论当下中国的任何问题都很难绕过互联网。互联网产业的两幅面孔——资本的狂欢和信息产业工人的跳楼，也是当下中国的两个故事。我的开场白就到这里，先请维佳老师发言。

王维佳：很高兴能有第二次机会来跟大家交流，今天的题目把新自由主义和互联网联在一起，组织者其实已经有很深的认识了。的确新自由主义的理念和一般对互联网的阐释，有很多相似之处，比如都强调解除管制、强调跨界性、强调融合、强调原子化的自由个体等等。新自由主义的理念说起来很清晰，但是在实际运作过程中却是一个巨大的工程，产生了方方面面的影响和回应。所以我就先从历史的过程出发，梳理一下支撑新自由主义方案的一整套关键的思想理念是如何发生发展的，然后再总结它的政治内核。

从理念上看，有两个轮子支撑着新自由主义的发展：一个是大家熟悉的朝圣山学社和芝加哥经济学派这个体系，直接对政治经济开刀；另一个不太容易和新自由主义方案联系在一起的是赛博迷思，是关于互联网和新经济未来的一整套想象，是互联网带来的关于跨界、融合、地球村、平等这样一整套阐述。我这里主要处理后者，即关于互联网迷思的讨论，详细看它和新自由主义之间的关系。

我首先从历史背景展开，看赛博迷思如何生成。这里首先提出一个前提，就是赛博迷思是社会发展史的产物，是社会思想发展的产物，而不是技术发展的产物，这是我们认识有关互联网阐释的一个重要前提。换句话说，在互联网技术大规模应用之前，赛博迷思的思想根源就已经存在了。

这种思想产生的源头，可以归到20世纪中期美国大众社会的思想特质。当时，二战和冷战交互的历程，给美国的青年人带来三种文化心理上的巨大压力：首先是冷战宣传下的共产主义威慑，其次是对随时可能爆发的核战争的恐惧，最后还有战后快速发展的资本主义经济带来的集中化、理性化和技术官僚主义的束缚。这三种心理威胁在青年群体的文化中被抽象成了一种对工业主义时代的等级制、集权、国家体系的整体反感。在青年人中，一种逃离丑陋现实的乌托邦主义呼之欲出，美国60年代的学生运动就是这种文化氛围和舆论状况的直接结果。

值得说明的是，当时的反主流学生运动并不具有完全一致的政治方案，其中至少有两种差异显著的力量：一是希望凭借批评理论和社会运动这两种武器对现实的社会权力关系进行整体重建，具有显著的激进性和现实干预意识；二是试图摆脱现实束缚，通过超验的手段重建精神家园的“自由主义革命”和“新公社运动”。后者最有代表性的是“垮掉派”文学、禅宗佛教、迷幻药服用者，以及那些返土归田、试图构建新型社群的公社主义者。当同龄人在创办政党和反越战游行时，这些嬉皮士则选择远离政治，转而拥抱技术和意识转变，并将这些作为社会变革的主要资源。

这个区分有重要意义，在后一个群体中产生了当今关于信息技术和互联网政治的一整套主流观念，也让我们看清了在赛博迷思的政治想象中系统性地清除了哪些东西。

从 1967 年到 1970 年，数以万计的年轻人开始在山上和树林中建立自己的公社。这些返土归田的嬉皮士们利用无线电、二极管、继电器、投影仪、镁光灯和迷幻药等小规模技术创造出一种逃离大都市工业化、商业化和技术官僚化的新型社区，体验一种世外桃源般的平等和自由交往模式。他们大量阅读诺伯特·维纳、巴克敏斯特·富勒和麦克卢汉的著作，试图借用科技发展构造一个类似于开放信息系统一样的新型传播网络，并将这种开放网络的交往状态看作自然的和普世的。

我这里举维纳的理论为例，其他几位当时的思想偶像也都有类似之处。

"赛博空间（Cyberspace）"这个词汇本身就衍生于维纳提出的"控制论（Cybernetics）"。在维纳的理论中，控制论系统通过各个组成部分的信息交换和反馈，不断调整自身的运行方式，完成系统的自我调节和自我控制，从而形成无需外部规划和干预的自发秩序。在维纳看来，这样的原理不仅存在于他所研究的防空导弹系统中，而应该构成一种万事万物的自然法则：可以将人类社会、生物体和自动化机器都看作一个控制系统，它们不存在本质区别。也就是说，一旦达成了自我调节，人类社会也一样会出现自动化系统般的和谐、平等、民主的秩序，成为一个生生不息的去中心化系统。

到了 20 世纪 70 年代末，随着网络通讯技术的发展，公社运动者们从高山和树丛，走向一个虚拟的网络世界，找到自己新的栖息地，让控制论理想和新公社之梦再度复兴。随着电子交谈系统、公告牌系统和其他网络通讯工具的出现，计算机技术发烧友、反主流文化群体和新闻记者群体在数字社交平台上深度融合，并不断展示一种先进的和充满诱惑的新型交往方式。由此，我们今天所熟悉的"虚拟社区"、"赛博空间"等关于互联网政治的主流阐释就逐渐形成了。"平等"、"开放"、"言论自由"、"多样性"、"草根民主"、"去中心化"、"自主创新"、"无国界"和"世界大同"，这些有关互联网的"赛博迷思"开始成为说明一个新时代和预言未来社会状态的主流政治语汇。它们不再只是那些逃离大都市的嬉皮士热衷的概念，也成为全球化背景下各国政治精英、跨国企业领袖们念兹在兹的时髦辞藻。从原本那些迷恋新公社运动、迷幻药、控制论和麦克卢汉著作的"垮掉的一代"中则产生了一大批穿着考究、腰缠万贯、引领美国和世界经济发展的信息产业大亨和数字化预言家。他们带着嬉皮士反主流运动的乌托邦遗产，似乎没有一点不适应地就进入了一个由政治经济精英把持的主流社会，并成为其中光鲜亮丽的英雄人物受到全世界追捧。我们这里稍稍展开当时的历史和思潮，看看这种变化是如何发生的。

为挽救处于经济危机中的资本力量，在20世纪最后20年，欧美的权力精英开始了一场席卷文化、政治、经济等多个领域的社会改造工程。具体说，这项改造工程凭借对资本解除管制、国家从社会福利供给中退出、公共部门私有化、挫败工会等劳工群体的抵抗力量，以及利用高等教育、社会科学研究、政府决策咨询和大众媒体宣传，塑造了一整套有利于以上经济调整的自由市场理念。

如果仔细审视新自由主义构筑的市场乌托邦，会发现它与试图构建数字乌托邦的“赛博迷思”在理念上有众多吻合之处。例如,脱离社会历史条件的机会平等主张、去中心化的控制论逻辑、建立在原子化个体基础上的自由至上主义、社会运行的自发秩序原理、不设限制的自由交易等等。从历史进程看，推行新自由主义方案的保守派精英也确实极大地调用了“赛博迷思”的各种理念，并将其包装成一套诱人的新技术奇观。在这个意义上，对新媒体技术政治的正面塑造，已经成为新自由主义政策重要的合法性来源。

这样的结论当然不能只从观念体系的相似性中得出。关于“赛博迷思”与“新自由主义”高度契合的另一个重要证明，是原本在政治坐标上距离最遥远，彼此蔑视的保守派精英和新公社主义者，如今竟然围绕互联网政治和新经济议题成为彼此捧场的亲密战友。

这种亲密关系的建立，集中体现在两个推广新经济和“赛博迷思”的重要社交/媒体平台当中。一个是为跨国企业家和政客提供咨询服务的“全球商业网络”（Global Business Network）；另一个是在20世纪90年代聚焦数字化和新经济变革，蜚声国际知识界的期刊《连线》杂志（Wired）。

20世纪80年代末，在原公社运动领袖的促成下，“全球商业网络”成立并开始频繁活动。这个组织的主要参与者包括壳牌公司、沃尔沃、AT&T、施乐、IBM、南方贝尔等跨国企业的高管，服务于美国军方的顶尖智库，美国参谋长联席会议和国防部的官员，以及一群热心“赛博迷思”的人类学家、生物学家、新媒体工程技术人员。可以看出，这是一个不折不扣地把资本精英、政治精英和倡导新经济的知识精英结合在一起的人际网络。这个组织的主要功能是向企业家和政客提供网络新经济的理念，帮助他们开拓和适应后福特主义的经济变革。

另一个集纳了以上各群体的代表性的人际平台，是大胆预言数字化生存的《连线》杂志。这个著名期刊最重要的几位编辑作者：尼葛洛庞帝（N.Negroponte）、路易斯·罗塞托（L.Rossetto）、凯文·凯利（K.Kelly）、艾斯特·戴森（Esther Dyson）等人将数字乌托邦的构想与解除政府管制、经济自由化和促进全球市场的新自由主义方案紧密地结合在一起。在《连线》影响最大的年代里，他们不遗余力地将乔治·吉尔德（G. Gilder）、纽特·金里奇（N. Gingrich）等奉行“市场原教旨主义”的保守派学者、政客和走在后福特主义经济发展前沿的跨国企业高管、工程师，描绘成反主流文化革命的先锋和未来社会的先驱。

尼葛洛庞帝在一篇写给共和党领袖金里奇的信中这样说：“当我们从一个原子世界转向比特世界之时，我们需要像您这样的领袖对历史做出解释……全球信息基础设施的建设需要两党的通力合作，来帮助（也可以理解为迫使）其他国家放松对他们的电信产业的管制并使之私有化。当你走遍世界去传播信息时代的福音时，人们会洗耳聆听。”这种卑躬而恳切的言辞很好地体现了数字化巫师与新自由主义领袖之间相互期盼的密切关系。

为“赛博迷思”的打造提供财务支持的，还包括跨国的生物化学企业，孟山都、杜邦、国际纸业、宝洁、联合利华等重要公司都为制造迷思的培训和宣传工作提供了持续支援。

将自由市场奇迹和信息技术奇观联系在一起的努力，概括来说，主要体现在三个方面：

一是在宏观上构造一个通过传播科技达成的大同盛世：世界是平的、第三次浪潮。最有代表性的作者是《纽约时报》的著名评论家弗里德曼。在他总结的“碾平世界的十大因素”中，个人电脑的风行、操作系统和浏览器的发明、互联网通讯标准的建立、网络信息共享平台的搭建、数字搜索引擎的出现等等这些网络科技因素与柏林墙的倒塌、离岸经营和销售网络的创立、全球物流供应链的打造等政治经济因素成功地汇聚在一起，许诺着一个不可逆转的全球统一市场图景。

二是微观上构造一个分布式、分散化、充满弹性的高效率“柔性工厂”。凯利在《失控》中详细阐述了“新兴网络经济”应该具有的特征，所谓分布式、分散化、灵活制造、协同进化的观点，与后福特主义劳动关系改造的题中之义完全吻合。更重要的是，这样一种网络经济不仅有收益递增的经济理性，还被赋予了个人实现和民主参与的政治内涵。美国学者佛罗里达将那些没有固定劳动合同和社会保障的知识劳工，形容成新经济时代放荡不羁、标新立异，充满才智和创造力的游吟诗人，认为他们是网络化经济时代的新财富创造者和新生活引领者。

三是将数字化的未来塑造成一项巨大的“信用”，来支撑信息资本主义经济的转型和发展。20世纪最后几年，见证了一个互联网投资的狂潮，关于新经济未来的信息轰炸，让人们不断把赌注压在与数字网络业务相关的公司上。然而，从千禧年开始，推动网络产业繁荣的股市暴跌，绝大多数网络公司一夜间不复存在。我们由此见证了互联网经济泡沫的破裂，这也预示了货币主义经济政策的无解危机。这种经济运行逻辑只能寻找一个又一个新的“迷思”，制造新的泡沫，才能维持运转。在这个意义上，“赛博迷思”实际上是20世纪70年代开始给学派经济政策和金融政策寻找到的第一个有力支柱，为跨国精英推动的全球经济转轨立下了汗马功劳。

以上分析，多集中于“赛博迷思”的建构者如何直接为新自由主义保驾护航。然而，我并不是说，这些知识分子在违心地迎合精英群体，以求成为资本力量的附庸，更不是要告诉大家，这些曾经的反叛青年与权力精英一起策划了一场经济转轨的阴谋。这套对信息技术和网络传播的政治预言，早在新自由主义转轨之前的60年代学生运动中就已经存在了，之所以在20世纪晚期受到推崇，更主要的原因是其意识形态的逻辑符合了经济转型的需要。

概括来说，“赛博迷思”的意识形态刚好可以在自然、必然、应然三个重要方面为新自由主义观念提供有力支持。

所谓自然，是将经济权力调整的人为工程，讲述成一个符合自然规律的过程。比如赛博迷思制造者最爱使用的“生物隐喻”：将新媒体技术、人类社会生活和自然生物世界进行类比，暗示信息化技术和网络传播可以缝合人类社会与自然界之间的沟壑，达到一种天人合一的存在状态。

所谓必然，是指除了网络新经济和弹性生产的改造之外，不存在另类的经济发展途径。这种观念集中体现在他们关于“历史终结”的预言上。这些预言要解决两项紧迫的事业：一是将单极主导的“帝国”状态叙述成历史进化到达终点的“必然王国”；二是许诺一个与以往任何时代都决裂的“光明盛世”。尼葛洛庞帝在《数字化生存》中说：“从原子到比特的变化是不可避免也不会被终止的”，“就像一种自然趋势，数字化时代的到来无法被拒绝和阻断。去中心化、全球化、和谐性和向社会赋权这四个强大的特质，一定会让它取得最终的胜利”。与尼葛洛庞帝一样，那些最有代表性的“赛博迷思”阐释者，几乎都带有一种宗教般的末世论情节。

所谓应然，是指“赛博空间”具有前文所说的“平等”、“开放”、“言论自由”、“多样性”等众多政治正确性，因此应该成为各个社会必须加入的普世共同体。新公社主义者的文化偶像巴克敏斯特·富勒曾经提出了一个“法外之地”（Outlaw Area）的概念，用以概括一种超越尘世之外，摆脱日常规则束缚，自由平等、无拘无束的新政治领地。在这种叙述中，政治问题变得极为简单，那就是社员群体与外部社会的二元对立，用今天的时髦政治语汇来说，就是市民社会与威权力量的二元对立。

这些联想的核心逻辑是将“赛博空间”视为一个平行于真实社会空间，代表着民主希望的新政治领地，它必将由内而外地塑造一个自由平等的世界。在赛博迷思制造者们欢愉而简洁的乌托邦叙述中，几乎完全没有关于产业状况、所有权问题、网民社会经济背景等真实社会问题的讨论。特别有意味的是，流行的数字化巫师们不仅不反对信息的私有化和垄断这些直接危害网络公共性的因素，甚至本身就是传播资源不平等分配的积极推动者。他们把一个政治经济意义上十分复杂的平等和正义问题，替换成一个简单抽象的机会平等的假象，让自由自在、温情脉脉的小资文化彻底占据大众传播的主流，将那些质问传播权力本身分配不公的声音排除在外。

最后我想说，破解了赛博迷思，不意味着我们没有能力想象未来。我这里讲一个去年发生的真实故事：

2013年1月，年仅26岁的程序员，网络积极行动主义的倡导者阿伦·斯沃茨面对美国联邦检察官多达11项的重罪指控和可能长达35年的监禁，在纽约的寓所中自杀身亡。两年前，这位年轻而富有理想的网络专家，带着信息共享和开放存取的理念，从商业数据库JSTOR非法下载了大量学术期刊文章，随即被警察拘捕和起诉。然而，斯沃茨的行动绝不是一起有关盗版的简单案件，他的行为并非出于私利，也没有因为公开发放盗取的文章而给商业公司带来任何损失。斯沃茨的“犯罪举动”和随后的自杀身亡，更像是以实际行动践行他2008年写下的“开放存取游击队宣言（Guerilla Open Access Manifesto）”，宣言号召每个网民行动起来，阻止商人和政客把网络私有化，让知识和信息被社会公众所共享：

“大公司利欲熏心……它们收买政治家支持它们，通过法案让它们拥有专属的权力决定谁可以复制信息……我们要夺回信息，无论它们被存在何处，制作副本并和全世界分享。我们要获得版权到期的东西并将它们归档，我们要买下秘密的资料库并将它们放到网上。我们要下载科学期刊并将它们上传到文件分享网络。我们要为游击队开放访问而战。”

同样是希望凭借互联网和数字化达成人类的大同，斯沃茨只能面对国家机器的惩罚，走向终结生命的人生悲剧，而那些畅想“赛博空间”美好新时代的未来学家们却广受追捧，他们虽然总以挑战旧制度、旧时代和旧思维的“草根”革命家面目出现，然而却与世界各国政界、商界、学界的精英一拍即合。斯沃茨的死可能预示着我们对未来应该有一个新的想象，未来不该成为保障资本交易的信用允诺，而应该是人民掌权、天下为公的平等生活家园。

张慧瑜：谢谢维佳，维佳为我们专门来破解了赛博迷思。下面请邱老师发言。

邱林川：维佳给大家做了一个这么好的全球的、历史的、系统的梳理，让我讲起来更容易了。特别感谢组织今天这个活动的朋友们，今天来这里，感觉压力挺大的。我这本书去年出版时在南京搞了一个活动，之后就再没有和读者见过面了。我当时的目标受众定位不太准确，因为我的训练更多是在社会科学，现在想来也应当更多针对人文学科的同仁。当年中国通互联网时，我也是大学生，也是小文青，但后来学社会科学，把文艺给扔了，很可惜。这本书本来是写给做社科研究的新闻传播学的同事看的，但好像石沉大海，没什么反应，有些可惜。去年差不多也是这时候，我通过新媒体看到马文所有个论坛讨论了这本书，当时我是偷偷高兴，今天可以公开高兴了，只是去年的高兴让我现在有点压力。

《信息时代的世界工厂》是我的英文书 *Working-Class Network Society* 的中文版，那本书于 2008 年金融危机前写完，2009 年麻省理工学院出版社出版；这本中文版加了百分之二三十新的内容，特别是关于南方工人的内容，比如 2010 年的罢工潮、富士康事件等，但是基本理论框架还是用卡斯特（Manuel Castells）的网络社会理论。在这个理论里，有代表资本的因素，涉及刚才维佳讲的资本和劳工、资本和大众文化之间的关系，包括劳工工作形态的新自由主义转型，这些代表资本的力量在卡斯特框架下叫“网络企业”。同时他还强调同样重要的“网络国家”，这在最近的斯诺登事件看得很明显。

卡斯特的信息时代三部曲，1996、1997、1998，一年出一本，影响巨大，但里面除了网络企业和网络国家以外，劳工处于从属地位。卡斯特在三部曲里也提到劳工，并分作两种类型，一种叫“自我程控劳工（self-programmable labor）”，另一种叫“原始劳工（generic labor）”。自我程控劳工是能够自我增值的，不管这些劳动者在金融、贸易还是科技行业，其知识结构都要不断自行更新。另一种是原始劳工，只能靠出卖最基本的劳力。提出这种二分法的背景是 90 年代中期，当时西方后工业化，中产阶级开始没落，但到我写这本书时已是十年以后，我想问：原来那些相对中产的，包括蓝领的工作机会到哪里去了？

到中国来了。卡斯特也是我的博士指导老师之一，毕业时他非常支持我回中国工作，重要原因就是因为世界工厂在这里。这本书讲“信息时代的世界工厂”是一个过程，而非静止的状态。我的理论假设总体乐观，就是要有个相对稳定的，三足鼎立的结构，应该有“网络劳工（network labor）”。书里讲到中低端技术扩散、中下层的痛苦、劳工组织、有限度的文化表达和政治诉求，都是指向网络劳工的长期形成过程。所以今天按慧瑜给的命题讨论文化权利，我会回到劳工。

在讲劳工之前，我想对维佳做一个补充。刚才维佳讲的我全部都同意，但之外还有点补充，那就是，互联网到现在为止也是摧毁金融资本主义最厉害的一种东西。互联网的确造神，不管马云还是盖茨，都靠互联网挣钱；但资本主义世界体系，自从 1994 年开始有互联网以来，其经济制高点是金融资本，而金融资本主义在过去 20 年被摧毁了两次。

第一次是 2000 年的 dotcom crash，香港叫科网股爆破，一直延续到 2002 年世通（Worldcom）的大丑闻。我当时在美国，很多中国学生比较投机，90 年代末去学电脑，以为只要进互联网股公司就能挣大钱，结果科网股爆破，虽然拿了 IT 文凭，却只能到麦当劳里打工。

第二次摧毁金融资本主义的主要力量也来自互联网。2008 年前后的金融海啸之所以有那么大破坏性，是因为现有的金融衍生工具，已经是不依靠互联网就绝对不可能的金融操作方式。实体经济全世界只有几万亿，但通过金融衍生工具就能有几十万亿的虚拟经济，比实体经济的总量大 14 倍，这就一定是要靠电脑、靠互联网。今年上半年的一本畅销书 *Flash Boys*，《快闪小子》，讲述华尔街大鳄怎样用超级计算机和互联网在一秒钟内做上万次交易，以不正当的高科技手段获取巨额利润。这本书文学性也很强，在纽约机场的书店被放在最显眼的位置。超级计算机和超级网络结合，产生了超级大数据，其结果呢？众所周知，一转眼华尔街最有代表性的金融资本主义金字塔顶端的五大投资银行，一夜间灰飞烟灭。所以，互联网既是造神的，同时也没有第二个比它更具有摧毁资本的力量。

国家也类似，没有冷战，没有当年 ARPANET，就不会有今天的互联网。虽然我们不知道像斯诺登、阿桑奇这样的人，具体有多大的威胁，因为他们在暗室里，他们解密出来的机密，不是一般人能看得懂的，香港的记者要经过专门培训，才能看懂里面的外交暗号代码；但是美国那么恐惧，要把像阿桑奇这样的人赶尽杀绝，就知道网上揭秘这股势力的威胁有多大。所以补充一点，互联网既可以带来乌托邦，成为强力推销赛博迷思的工具，也可以成为数字资本主义的掘墓人。

回到今天的主题，也是我这本书所关注的，是我们在谈劳动、资本和国家关系的时候，很重要的一个维度，是权利。有权利就要有义务。在西方，包括刚才维佳讲的，在新自由主义话语框架下，经常讲要给大家"增权（empowerment）"、NGO 要给大家"赋权"，台湾叫"培力"。我们要有更多的权利，但谁去承担提供权利、保障权利的义务？以前没有互联网，义务主体在 80 年代，新自由主义兴起以前还相对清晰。根据当时的"战后共识（postwar consensus）"，义务主体最重要的毫无疑问是民族国家，以及受国家管控的资本家。这样的制度安排有美国的凯恩斯主义、英国的费边社、欧陆的福利国家，社会主义国家更不用说。代表国内多数人利益的民族国家是最根本的义务主体，有了这个主体才能谈权利。

但随着互联网普及，表面看大家越来越拥有消费的权利，或者是市场中选择的权力。这其中有的是老百姓想要的，想从过去老化的社会主义体制以及法兰克福学派批判的西方资本主义体制里走出来，是很多人不满过去的民族国家权利义务体系而争取来的权利，特别是个人权利。但是，越往基层走，越往中下阶级走，我们看到，这些权利是被塞到人们手上去的。即使没人想要这些东西，却只能陷在消费主义的国家，陷在新自由主义的框架里面——你只能选择消费多少，你不能选择是否消费。

在这样的权利结构下，在这个互联网时代，到底谁是权利主体？我看光讲 13 亿人或全部网民，都太抽象。如果还用消费者，从资本的角度强调个人主义消费关系，说互联网的权利主体还是消费者，这太狭隘；还有人提公民社会，现在好像不提了，因为公民的概念也有不少争议。所以我看还是老老实实用劳动者、用劳工吧。马克思主义强调劳动，用劳动来定义权利主体，我看还是很靠谱的。

到底谁是劳工？大家要改变一个旧观念，以为只有产业工人才是劳工。汪晖老师最近有篇新文章《两种新穷人及其未来》。开篇引用 1918 年蔡元培的讲话解释"劳工神圣"。蔡先生说："我说的劳工，不但是金工、木工等等，凡是用自己的劳力作成有益他人的事业，不管他用的是体力、是脑力，都是劳工。"在中国传统里面，体力劳动和脑力劳力的区分不像西方那么明显。比如儒家讲究修身齐家，要大家早起、清扫门户，并不是读书人就不用从事体力劳动，什么事都交给保姆干。这点和传统马克思主义的乌托邦想象，白天做体力劳动，晚上创作诗歌、音乐，享受脑力劳动的工作状态，其实很接近。

从这样的视角看今天讲的文化权利主体，在互联网语境下，可把它定位为数码劳工（digital labor）。数码劳工这些年在新闻传播等学科里日益流行，包括文化研究、媒体研究、互联网研究，这些年都出现朝数码劳工转向的趋势。我们看到，过去很多研究音乐的学者，主要把大的音乐公司、跨国企业作为分析对象。现在不行了，因为发生了刚才维佳讲的那些新自由主义转型，变成“灵活劳工（flexible labor）”了。唱片公司和音乐劳工之间的关系变得不稳定。做一张唱片，这两个星期有活做，过两个星期唱片做完，没活做了，唱片公司就和你没关系了。在很多其他领域，包括美术、视频等，都采用这种方式。这样的灵活雇佣生产方式，成为西方学者主要的关注点。不过这种数码劳工研究也有盲点。他们往往忘了体力劳工，因为他们见不到，西方的蓝领工作机会都来亚洲了，最开始去东南亚，现在主要来中国；开始是中国沿海，现在包括内陆。反思这一过程，我认为跟着西方学者讨论“非物质劳工（immaterial labor）”是不够的，而应该有一个更完整的数码劳工概念。这几天奈格里（Antonio Negri）在北京，又有更多人在谈非物质劳工和“诸众（multitude）”。他的清华演讲我也去听了一场，感觉他主要还是只关注非物质劳工，包括潘毅老师对他的发问，我感觉他还是不能很好地回答。

所以我想介绍一个更完整的数码劳工概念框架。今年一本新书叫《数码劳工与卡尔·马克思》，作者福克斯（Christian Fuchs）是奥地利人，以前在瑞典教书，现在去了英国的威斯敏斯特大学，是世界上第一个“社交媒体教授（Professor of Social Media）”。这样的职位名称，全世界没有第二个，看得出新闻传播学还是比较喜欢赶时髦。他今年的这本新书比奈格里，比其他人提出的框架都更大，也更适合我们用来分析中国当前面临的数码劳工问题。

比如怎样把富士康的产业工人和数码劳工放到同一个分析框架里？以前大家以为软件行业最底层的劳动者“码农”怎么说也比富士康生产线上的工人要高端一点。这个传统观念恐怕有待商榷。我原来也以为码农已经很低端，但最近我一个博士生开始研究深圳的码农，发现码农还算比较高端，它的最下面是“码畜”，畜生的畜；码畜上面叫“码奴”，奴隶的奴。这都是软件业数码劳工自己的叫法，当奴隶已经比畜生好了，然后才是码农。这里的区分和富士康工人的状态恐怕差的没有大家想象得那么多，恐怕应该放到同一个分析劳动者权利的框架里。

蔡元培说脑力、体力都是劳工，马克思主义劳动价值论则从时间角度进行分析。

劳动者出卖的是时间，是用我们的生命一部分，用时间来换取资本。中间怎样积累资本，分配存在怎样的不公正，最根本的是在以时间为单位进行交换。这一点我2009年时已经大致地在《开放时代》上的一篇文章进行了解释。最早，马克思分析的是一天10小时、12小时工作，交换以月薪、周薪形式发的工资。西方女权主义马克思主义学者分析说，性工作者也是这样，买一小时、两小时，或者一个晚上，也是交换时间，交换生命的一部分。到社交媒体，这种交换更加极端，采用集腋成裘的方式，要你一秒钟、两秒钟，而且不发工资，却可以把更多人零散的时间集中在一块，成为资本积累的资源。

福克斯从时间切入，分析诸如脸书(Facebook)用户面临的数码劳工剥削。他对数码劳工的定义框架相当宏大。他最开始关注非洲的矿工，因为我们的手机里都有稀有金属钽，世界上60%–70%的钽是从刚果产的钶钽铁矿中提炼出来的，而刚果连年战乱，现在还有最经典意义的奴工。那里有小孩被军阀抓去采矿，也有大人进去，下矿前必须借一大笔钱，成为包身工。之后不是按工作时间给钱，而是看能否上缴到军阀规定的量，每人每月交多少矿石，交不足量就得挨打，连吃穿最基本的生活保障也没有。这种情况被称为“21世纪奴隶制”，形态和最经典的奴隶制基本一样，差别只是奴工的劳动成果是钶钽铁矿。没有它就没有今天大家用的智能手机、电脑设备，所以福克斯认为这是数码劳工的第一环。

第二环是富士康这种企业的制造业工人。光有原材料不够，还需要装配。当然富士康不是实行最经典意义上的奴隶制，它比刚果好点；但我跑富士康好多年了，觉得它还是在奴隶制的阴影里，虽然它好像有合乎法律的规矩，比如学生工的问题。我采访过做手机后壳的生产线线长，他告诉我，他的生产线上80%–90%都是学生工。每年换四拨学生，每拨“实习”三个月，不“实习”就不毕业，是强制劳动。和那些学生接触，经常碰到河南人，问他们为什么要来？学生说：“是我们省长要我们来的，不来不行！”线长说，一般女生第一星期站到哭，因为站着劳动和坐着不一样，一天站8小时，一个礼拜下来，女生多数哭。第二星期男生站到哭。到第三星期他们就适应了，变成一种“手头游戏”了，从这时开始到第12周这个阶段，他们的生产效率比一般工人还要高。所以线长说，我们喜欢用学生工，“实习”完了就走，也没劳动合同，不用另外补偿。

富士康现在比当年要好一些，但还是有严重侵犯劳动者权利的情况。现在有一个个案是张廷振，富士康的电工，工作时从高处摔下来，头部大出血，左脑被切除，丧失劳动能力。这种情况，依照劳动法，雇主和劳动者存在不可切割的权利义务关系。出了工伤，不能把工人当成用完的抹布，一扔了事，不能像以前的奴隶制，奴隶病了就扔海里，跟一个物件差不多。但现在这个官司已经打到二审，还是非常困难。《羊城晚报》有张漫画，上面的工伤工人说："我受伤了，我是你的工人。"代表资方的官僚却板着脸说："你和俺没有事实劳动关系！"可见，富士康基本态度还是有问题，还是没把劳动者作为一个完整的权利主体，还是想逃避作为雇主的直接义务关系。

讲完了制造业，还有服务业。比如印度软件服务业全球有名。对其劳工问题研究比较好的是项飚，北大社会学系毕业，现在牛津。别以为印度软件工人比富士康好到哪去。项飚是做人类学的，跟那些软件工人一块生活，条件很差，睡的地方都是蟑螂。他生病发高烧，差点危及生命。

当然还有更高端的，也是现在最光鲜亮丽的部分，如谷歌的劳工。大家认为谷歌很好。香港有谷歌办公室，进去像进幼儿园一样，五颜六色，里面可以打游戏，可以玩，吃东西，什么都有；但它还是一种剥削，让你在里面更多的贡献你的时间，只是隐蔽性更强而已，所以福克斯都称之为数码劳工。这里的一个特色是没有工会，别以为谷歌里什么都好，离经典意义上的劳工三权依然差很远；因为它还是把员工当成数字乌托邦想象的个体消费者，个体不是团结起来的权利主体，而是一个单向度的人。

此外，还有消费环节，包括零售业、运输业的员工、售后服务的员工。直到最后电子垃圾要处理，来中国贵屿也好，去孟加拉、加纳也罢，都需要人来处理，都需要人的劳动。

现在时兴谈大数据。大家别认为大数据一定就好，它有很大的生态脚印，因为需要使用大量服务器，服务器要消耗电能，消耗有限的自然资源，也包括劳动力资源。我们的手机、平板电脑装置都要充电，也需要消耗额外的电。据说现在节能灯使得世界电的消费量在下降，但是把所有智能装置用电量再加起来，比节能灯省下的电要更多。前年的一本书 *Greening the Media* 有深入分析，作者是西方的批判学派比较重要的学者，一个是 Toby Miller，就是当年写 *Global Hollywood* 的，和 Richard Maxwell。他们书里批评互联网、大数据带来环境和劳工问题，呼吁新媒体应当更绿色更环保。

以上都是福克斯讲的数码劳工：从刚果的童工、奴工，到富士康工人，到印度的软件服务从业员，到谷歌，到运输零售，到洋垃圾处理，以及大数据、云计算，所有这些背后都需要确确实实的人的劳动。这样看数码劳工，涉及很大的范畴，某种程度上它也是一个更具体化的诸众。奈格里讲的"诸众"很哲学，不够具体，但是我觉得数码劳工可把它更具体化。

数码劳工也被异化，也有对立面。持批判态度的学者，如朱迪·迪恩（Jodi Dean）。她 2010 年有本书叫 *Blog Theory*，影响挺大。她是政治学教师，也是美国占领华尔街运动的组织者之一。她发现，这些用数码新媒体的社会运动的初衷，是针对金融资本主义，但搞来搞去金融资本主义也没垮，虽然稍微弱了一点，但远远不够。迪恩把自己叫做 Typing Left，就是支持劳工提供思想武器的左派学者。她认为新媒体扩散到社运人群中，结果之一是产生了"传播资本主义"，对劳工运动弊大于利，这种对数码化劳动的批判反思我看我们还很缺乏。迪恩主要引用齐泽克，再把它放到最新的这些用互联网、用社交媒体来展开的社会运动。她针对资本主义社会发问，为什么不能推翻它，为什么只有很有限的成果？重要原因是数码劳工被异化，劳动成果偏重交换价值而非使用价值。

迪恩其实也只是提出，而并没有很好解决问题。如果解决问题的话，2010 年有另一本书 *Program or Be Programmed*（《编程或被编程》），作者道格拉斯·拉什科夫（Douglas Rushkoff）。刚才讲我这本书的起源，开始的一个对话对象是卡斯特提出的"自我程控劳工（Self-programmable labor）"的概念；而拉什科夫这位重要的西方马克思主义批判学派互联网思想家，他叫我们自己去编程，如果自己不去编程我们就将会"被编程"。

拉什科夫说的编程已不是卡斯特20年前讲的那种劳动者在职场上自我提升技能，那种受到新自由主义赛博迷思影响的自我程控劳工；但大伙想想，我们现在真的能自己给自己编程吗？你想知道什么新知识，去百度或谷歌一下，搜索出来的排名次序是你编的吗？在多大程度上，我们想要做的事已经被技术结构给结构了？所以和 2003 年的《点共产主义》相比，《编程或被编程》延续了当年的精神，同时它更具体，要大家去主动"编程"。这里所说的"程序（program）"既是电脑程序，也可以是开会的议程、一门课程、话剧演出或音乐会的曲目，英文都叫 program。

究竟如何编写这些根本性的、组织社会运作的"程序"？我们怎样主动去"编程"？拉什科夫总结了十点建议。第一点讲"时间"，又回到马克思主义劳工价值论最根本的基础，具体建议是"不要整天在线上 (Do not be always on)"。大家看我的这部手机，我有时问学生上面最重要的零部件是什么？普通同学常认为，最重要的是触摸屏，因为有了触摸屏就可以做各种事，也有同学觉得是回主页的这个大按钮；但用拉什科夫的观点，最重要的其实是开关键，它能控制什么时候 on、什么时候 off，这是最根本的“编程”权利。

为什么呢？拉什科夫认为，手机和传统媒体最大的不同是，传统媒体，比如我面前的这本刊物，是生存在时间里面的。比如它是 2014 年第几期，它有一个生命周期，和社会的生命周期、思潮的进退相类似，都是在时间中发挥功能，产生意义。智能手机的情况不同，机器本身不重要，丢了，再买一个，马上可以把数据重新恢复。里面重要的数据、内容、社会关系都是赛博的或叫虚拟的存在，它没有生命周期，而是存在于卡斯特叫做“无历史的时间（timeless time）”里。这也是为什么有的年轻人颈椎劳损，达到六十多岁老人的劳损程度。这说明数码劳工，用电脑、智能手机，也是身体劳动，而当我们的身体变成云计算的一个部件，情形和电影《黑客帝国》还真有些相似，那里的时间是永恒的，24 小时不间断的全球运转。听说在座有老师昨晚加班干到凌晨 4 点多，但我们的身体是拼不过赛博空间的，我们还是要回到时间，回到身体所处的生命周期。所以掌控开关键是数码劳工最根本的权利，就像什么时候上下班，就像争取 8 小时工作制一样。

这里有必要引入劳伦斯·雷席格 (Lawrence Lessig) 一个比较老的概念框架，才能更好地分析不同的权利场域或权利主体和义务主体的关系体系，才能将其细化。雷席格当年在斯坦福法学院时写了 *Code*（《编码》），列举了四种规范网络社会关系的方法。一是市场，它实行等价交换、资本积累的逻辑。二是法律，有了法律规定，不听话警察会来抓你，会收到罚单。用第一种方法，数码劳工和网络企业发生关系，包括被它利用，也包括用互联网对它进行抵抗，甚至摧毁它。用第二种方法，法律的运转更多靠国家及其合法的暴力机构，数码劳工也要和它发生关系。第三种方式是通过常规，也就是用文化习惯、约定俗成来规范社会关系。比如 90 年代网络文化的主流是分享，虽然不分享不犯法，虽然分享往往不挣钱，但当时大部分网民都觉得分享是应该的，是国家和资本都管不到的。这种情况一直到 2000 年前后有了亚马逊等电子商务公司才有较大改变。最后一种方式是 code 即编码，是软件工程师设计软件时，通过编程在虚拟空间中设立的结构，也是拉什科夫要我们主动去控制、去颠覆的东西。

说起颠覆，不知道在座的有没有专门研究科幻小说的。有一本很有开创性的科幻作品值得向大家推介，作者科利·多克托罗（Cory Doctorow），书名 *For the Win*（《非赢不可》),里面借鉴了很多美国工业时代传统的劳工斗争遗产,但用来讲“金币农夫”,也叫“网游代练”。就是在网游里帮人家打游戏、挣虚拟武器，结果产生出整个全球经济体。这里有中有西，既有资本、又有劳工，既有虚拟、又有实体。最后网游代练这些网游里的数码劳工发起了一场新的、全球范围的共产主义革命，成功颠覆了资本和国家控制下的不公平的虚拟经济体系。这又是一种新的乌托邦想象。除了像赛博迷思被工具化、被新自由主义利用的乌托邦之外，这种另类乌托邦，不管是马克思的、蔡元培的，还是官方马克思主义讲的乌托邦，都需要继续被想象。

有了想象，就有存在的可能性和实现的可能。当然具体怎样实现？这又是关键问题。在英语文献里，近年又有一个流行词，叫做“变迁的潜能”（transformative potentials），就是说某某东西有可能带来转型。我反对经常使用这种很抽象的词汇。互联网有各种“潜能”，这个杯子也有“潜能”把那个玻璃窗打破；但我们知道，缺乏行动，没有付诸实施，再多“潜能”也没用。我们做社会科学的在这方面需要向研究文科的各位学习，你们研究左翼文学、底层写作等等，在网上和网下都付诸行动，都不再限于只谈“潜能”。

最后，回到今天讨论互联网时代的文化权利这一主题，我想提两点更具体的粗浅想法，也涉及未来怎么行动。

首先，我觉得，我们需要一个关于新媒体文化权利的大讨论。这个大讨论不应该限制在学者之间，最好也能让普通百姓参与，也走群众路线。比如大家都用微信，但谁好好去看过微信里关于用户权利的条款？因为我住香港，我的微信是海外版。我给大家读三句话，来自今年9月的版本，腾讯给我的“全球微信服务条款和隐私政策”，第一句：“我们不会将您的内容卖给任何第三方”，听起来好像在保障我的权利。但听第二句：“我们可以与协助我们提供、宣传、发展和提升我们的服务的第三方分享你的内容”。不能卖，但可以“分享”，具体区别？这个嘛，语焉不详了。而且，第三方会不会用腾讯“分享”的内容做其他用途？会不会再把我的内容卖给别人？腾讯有义务去保障我的权利吗？回答很明确，第三句话：“我们亦不保证任何通过我们的服务授予、提供或连接的第三方服务的质素、可靠性或适当性，我们也不会对该等第三方服务负责。”也就是说，如果第三方是黑社会，如果第三方不怀好意，做了不适当的事，造成夫妻不合、单位损失，他们一概不负责。

我不想把腾讯一棒子打死。但究竟用户权利和企业责任如何平衡，恐怕不能光由一方说了算。具体怎么办，这需要讨论，需要全社会范围的大讨论。在西方，这个讨论已进行了很多年。我观察欧洲的博士生就常选择和权利、隐私相关的题目，如透明度、被遗忘权，这些很具体的权利问题来做论文题目。这方面，亚太地区的老师和学生关心的不多，虽然我们已深深嵌入到这个权利义务体系里，虽然我们也知道老的相对清晰的边界正在变得模糊，甚至还有很多陷阱。

西方有了各种讨论以后，我们看到，西方的公司，以谷歌和脸书为代表，走出两条不同的道路。谷歌是逐渐去适应，至少在面子上向着尊重数码劳工、向着透明的方向在走，虽然很多人对谷歌和美国政府、和中情局关系太近也有不少批评，比如阿桑奇前段时间的一篇长文。脸书则截然相反。你越关注它的条款，越要跟它讨论，它越不跟你合作。别以为刚才我读的那些微信条款很复杂，脸书的条款至少还要再长几十倍。哪怕专业律师，研究它的权利条款也无比困难，因为条款不但异常复杂，而且不断更新。当你好不容易研究完这个版本，它又推出新版本，在这个法律条文的“编程”上，脸书就是要排除你，不要你了解它的权利义务体系。我们中国可能这块还没有起步，我觉得文化领域的各位行动力强，可以推动一下，发起针对新媒体文化权利的大讨论。

第二点想法是，回到国家，特别在中国，国家机构在很多方面依然比资本更重要，比如说文化部的重要作用。个人感觉，以前文化部在新媒体方面不太积极。近期文化部在做网吧的“转型升级”，确实发挥了令人瞩目的领导作用；但很长一段时期，因为部门分工等原因，互联网的新媒体并非文化部工作的重点。在座各位如果给部领导写内参的话，我看可以建议部里更重视这方面工作，主动出台政策，引领网络时代文化权利的“编程”，而且不限于网吧。

大前天我刚好收到联合国人权专员助手给我发的邮件，说人权专员现在要了解新媒体，他在准备一个关于“生存权”的报告。为什么？原来哪怕在不发达地区，新媒体也和生存权发生了深刻关联，新媒体权利已成为基本人权的重要维度。一个极端例子是伊斯兰国，如此不人道地处决人质，对国际人权是大倒退，而这样做很大程度是为了新媒体传播。没有新媒体，这种处决的画面过于血腥，电视台不会播出；但在网络视频的世界里，则是滚动播出的恐怖主义文化表演，传播非常快。所以联合国人权专员写生存权报告，也要考虑新媒体的文化权利问题。

我国的网络已非常普及，新媒体文化权利议题在日常生活中可以说无处不在。如果能第一步发起关于新媒体文化权利的大讨论，第二步在讨论基础上形成实实在在的政策建议，相信大家在文化部的领导下，可以与时俱进，在互联网时代更好地实践群众路线，进一步把社会主义核心价值观和推进文化权利结合起来。这是非常有意义的。

张慧瑜：邱老师讲的也很丰富，主要让我们看到了数码时代的劳动和劳工的问题，这也是信息资本主义时代的另一面。我有一个感受，就是前几天我还以为自己是个文化工作者，今天听了邱老师讲的之后，我发现自己就是一个文化劳工、一个数码劳工。（笑）下面休息一下。

（休息）

张慧瑜：下半场讨论开始，刚才邱老师和维佳为我们讲述了赛博世界、信息时代背后的一些故事。一般来说，我们经常把赛博空间描述为一个自由、平等的数码乌托邦，但维佳和邱老师恰好呈现了数码乌托邦所包含的反乌托邦的特性，邱老师还提到了文化权利的问题。我们下面可以针对他们的发言做一些回应，也可以谈一下我们自己对这个问题的看法。

邵燕君（北京大学中文系）：首先特别感谢艺术研究院能办这次论坛，我是带着几个学生来听的。我是中文系的，一直做网络文学，也由网络文学自然而然地深入到新媒体的研究当中。这学期，我在中文系开了"新媒介理论与实践"的讨论课，对我们来讲，这是一个新领域。邱老师的《信息时代的世界工厂——新工人阶级的网络社会》是我们这门课的参考书之一，所以特别高兴能够有机会见到邱老师，当面请教。

听了两位老师讲的，收获确实非常大，休息时我跟学生们说今天真没有白来。对我们来讲，刚进入这个研究领域，很可能正处于"迷思"的状态。两位老师的观点激起了我这段时间一个潜在的困惑：面对这个媒介革命的时代，知识分子的立场该如何站位？我们现在对媒介革命的情感态度，可能多多少少有点像80年代比我们更老的一些先生对市场的态度。当年，由于他们身处一个长期被政治压制的时代，所以特别呼唤资本的力量，把人们从政治压迫中解放出来，而对资本的压迫力量缺乏警觉。我们现在处于一场媒介革命之中，比如研究网络文学，感到最多的是政府管理体制的挤压，传统文学原则的挤压，所以会特别看重资本和新媒介技术的冲击力量，但对资本和媒介结合形成的"迷思"缺乏警觉。所以，王维佳老师讲的"新自由主义"有点像当头棒喝，让我们从"迷思"中警觉。

接下来，邱老师讲到破解“迷思”要回到国家权力的这个层面上来，我从布尔迪厄的“文学场”理论的角度也很理解，我自己前几年也提出过，现在在网络文学界能够与资本抗衡的只有体制。但是现在“2014年净网行动”以后，我们看到政治的力量太大了。这个力量又和旧媒介的一套生产机制、评价体系连在一起，给人的感觉是，整个官僚体制及其在印刷时代形成的所有规范一下压过来了，对网络文学所有的媒介特性和新生态进行碾压。比如，有人传言，以后对网络文学也要像纸质文学那样三审三校。虽然我们听来像个笑话，但也没人敢保证完全不可能。或者，更大的可能是利用网络技术进行空前广泛严密的审查。“净网”前我们更多地是面临“美丽新世界”的问题，现在，我们更感到“1984”的威胁了，其实，更可能的是“美丽新世界+1984”。所以我的问题是，在这样一种前提下，我们怎么回到国家权力的制衡？

另外还有一个问题请教王老师，我们正在课堂上研讨麦克卢汉的理论，您讲到麦克卢汉在60年代的乌托邦运动中被视作偶像，这是我们从来没有想到的角度，很想听您对这个问题的进一步阐述。

邱林川：您这两个都是非常好的问题。一是网络时代知识分子的立场应该如何站位？我们新闻传播领域很少一开始就提出这么到位的好问题。二是到底如何看待国家权力？我的回答是，应该回到劳动和劳动者本身。您刚才讲的意见我都同意，80年代和现在是有相似的地方，但我觉得网络化以后，网络资本和网络国家是水乳交融的。其实，传统上政治经济不可分，互联网是特别典型的例子。没有当年冷战政治就不可能有今天的新经济，而今天的新经济、金融资本也是一系列国家政策的结果。就算把这些政策概括为“去管制化（deregulation）”，但它也是国家政策行为。中国也如此，也在这个网络里面。

说到站位，知识分子不管在研究院，还是在大学，我们的身体和工资已经让我们天然属于权利精英的政治经济结构，但我们应该做更有意思的事。我不是做网络文学研究的，但要深入劳动者群体，恐怕可以深入了解网上“写手”的劳动形态。在全国各地，他们有网上论坛，网下有聚会。如果能好好了解他们的情况，而不再局限于从大学和研究机构这种很有局限的精英视角，好好关注网络文学的劳动价值过程，这样的学术研究恐怕更经得起时间考验。刚才最开始讲数字资本主义的兴衰，大的经济危机、社会危机恐怕还会发生，我们作为老师，不希望学生到我们这个年龄，工作突然没有了，过去学的那套为精英服务的技能，一夜间突然没用了，就像科网股爆破后，准备投身硅谷的学生只能去端盘子一样。

关注劳动是马克思主义的出发点,对劳动本身的理解需要细化。网络文学“写手”和传统“作家”称谓已有相当不同，“写手”更强调手头劳动，它的特殊性需要细化。它也可能面临其他行业想象不到的异化情况，应采用有自己特色的方式拒绝成为“被编程”的劳工。可能网络写手已经有过集体行动、有过倡导、有过向着乌托邦的努力，我们网络时代的知识分子应该比工业时代更接近这些数码劳工的实践。

至于国家权力，虽然我不是工业党，不是新国家主义者，但国家是绕不过去的。我过去也以为可以不要国家，只讲“消极自由”就可以谈网络，那是数字迷思。对国家主义，我是有保留，因为它还是精英主义视角，所以我讲回归国家权力，同时也应该有一场公众参与的大讨论。

在这个基础上，您刚才讲的问题都是实实在在的，国家权力的确有时过分强大。新一届的网络政策和以前不一样，原因之一是要反恐，确实也是绕不过去的问题。包括工人出来打工在昆明火车站也会碰到，是和日常生活息息相关的问题。

要讨论这些问题，一个重要的文化权利是设定议程。我们的议程不应该完全被恐怖组织设定，否则又是“被编程”了。类似道理，大家都用微信，但谁会去看微信条款不平等的问题？大家不关心、不讨论，问题就越来越难解决。我们作为数码劳工的权利，包括设立议程的权利、内容管理的权利，只会越来越难保障。例如网络写手，我感觉他们越来越不能控制他们生产的内容。以前他们有更多自组织平台，像文学论坛，网上一起编诗，包括打工诗人也用 BBS。现在状况似乎越来越不好，打工者群体都去看视频了。慧瑜提到富士康工人许立志自杀，这样出色的打工诗人，10 年前甚至更早，没有互联网的时候，恐怕还不会自杀。

大讨论应当设定新议程，把微信的不合理条款、网络写手的不平等条约、打工诗人的边缘化，都纳入视野。先从数码劳工的日常经历开始，然后再展开，寻找解决方法，再写政策报告给相关部门，包括文化部。不光在全国层面，文化部下面还有地方文化机构，各种协会，其中有的主体性很强，有的是经济实体，有的有自己刊物。它们更接近行业、更接近地方，有很大空间去施展。这个空间我们不去占领，别的势力就会占领。比如我书里讲到网吧行业，项部长领导“转型升级”以前，在相当一段时间是被电脑商左右的经营模式，最后证明是不成功的。

不光文化系统面临网络文化问题，政府机构想做事，但开始不知怎么办、不知从何开始。同时已经有了这么多在网上创作的文学、摄影、戏剧、视频，这些不同群体都面临权利问题，都需要关注，都应当参与相关公共政策的讨论。我们吃皇粮，又比较有空的知识分子，给大家做点铺垫，趟趟地雷，促成此事，会是有价值的。归根结底，我们要关注数码劳工的劳动，因为我们的知识劳动也是它的有机组成部分。

王维佳：麦克卢汉的问题比较好说一点。我们传播学常用的一个词叫做技术决定论，我一说这个词就大致概括了麦克卢汉的思路，不用做太多解释。我前面说在60年代民权运动的时候，有两个乌托邦、两种不同的群体：一个要彻底重建社会结构，追求平等和正义的再分配机制；另一种是希望求得自我心灵解放，通过小技术，通过返土归田，逃离大都市的文化活动，达到个人解放，是反主流社会运动。为什么麦克卢汉能和这个运动有契合，变成偶像？是因为他关于技术发展、社会发展的一整套表述，基本上清除了社会结构的问题。比如他讲媒体是人的延伸，跟我讲生物隐喻的逻辑差不多，技术发展是一个纯自然过程，没有任何结构，没有在里面考量经济、政治的因素。而反过来，麦克卢汉又认为这样自然演进的逻辑能重构人的生活世界。其实，这里有大量冷战思维的要素蕴藏其中。

邵燕君：您讲的很清楚，我只是想进一步跟您请教一个问题，麦克卢汉是主动进入这样一个思潮，自觉充当精神偶像，还是说他只是做他的媒介研究，而被当时的人推为偶像？

王维佳：应该是一个互动的关系。最早的反主流文化运动不会想到日后跟新经济背景下的精英阶层有一个结合，也不可能设想一整套配合新自由主义的政策方案。但是，为什么在民权运动时期的两个乌托邦，新公社主义运动、麦克卢汉式的思想被选中了？为什么从80年代开始，民权运动中的两个群体会有不同的命运？这才是要考虑的重要问题。

我还对邵老师提出的监管或者是审查问题感兴趣，想多讨论几句。我其实不是做互联网和新媒体研究的，而主要做传统媒体的新闻生产研究，对这个领域更熟悉。新媒体的信息生产和传统媒体有一个模式上的很大区别，传统新闻生产的流程很大程度上是你在前台能观察到。在传统的信息商品生产链条中，怎么采集、编辑、发行，很多东西都是很容易观察的。正因为如此，传统的信息生产，需要伦理性的约束，好让社会放权给它去做和舆论、文化有关的事情，他们的生产活动在法律底线之上有一个伦理的束缚。互联网时代，信息生产模式变了，资本可能不再直接组织信息生产，而是提供一个平台，最终，作为信息商品的生产者可能就是用户本身，而且由于匿名性的存在，信息提供者的面目很模糊。这个时候，伦理性的约束在逐渐崩溃，传统媒体的专业主义现在也受到极大挑战，快走到终点了，在新媒体信息生产中，职业伦理已不再起作用。所以今天的舆论治理就只能降低到法制管理的底线。在这个意义上，用专制对自由的框架就很难看清楚问题，必须把传播的治理问题，放到这样一个新的历史视野中去观察，它是一个产业机制变化的过程，这样才能获得更客观的视角。

现在的问题是赛博迷思的表述强调互联网越来越开放，信息流动越来越自由，但它后台的隐匿空间却变得越来越大，有时候让人感觉很恐怖。斯诺登事件也好、阿桑奇事件也好，信息的流动和控制其实有一个非常庞大的后台，且越来越难观察到。而且，如果原来我们说新闻是商品、报纸是商品的话，那么现在所有的舆论都变成了商品。越来越多的舆论调查公司开始出现，做很多舆情调查和删帖的生意。这个庞大的后台操作体系，我们根本观察不到。前段时间抓了很多微博大V，他们的操作之复杂，影响力之大，商品化程度之深，让人非常吃惊。我觉得很多关于法律管制、关于国家角色的讨论，可能都要放到这个背景下来看。

政治层面，刚才邱老师提到文化权利大讨论，我非常赞同；但是这里我提一个问题，实际上关于互联网时代政治参与问题的讨论非常多，而我们现在看到的真正的可行方案其实很有限。互联网技术越来越发达，眼球经济和媒体逻辑也越来越发达，在这个过程中传统的自由民主式的参政方式逐渐凋敝了。原来的政党作为一个意见相近群体的俱乐部，是能充分展开政治讨论协商，而后通过议会方式形成对政治进程的影响。现在他们为了应对媒体逻辑，必须应对媒体的短时间，必须注重媒体的包装，所以政党内部讨论越来越少，原来那种民主参与的机制也变得僵化了。很多西方国家的政党其实已经没有什么差别了，经常围绕一些政治噱头在新媒体环境下表演。到互联网时代，媒体时间变得更短，政治参与的可能性变得更低，自由民主议会制度越来越失去活力，公关化倾向越来越明显。所以新媒体的发展、眼球逻辑的扩张，对原来的政治参与模式冲击非常大，旧的东西垮掉了，但是新的东西是什么？这是一个很大的难题。

张慧瑜：确实通过斯诺登事件可以看出，国家借助互联网对公民进行全天候监控，就像《1984》中所描述的老大哥一样。近期，也有一些网站如射手网、人人影视网被关闭，国家该如何治理互联网也是一个热点话题。下面请网络游戏审查委员会委员孙佳山发言。

孙佳山（中国艺术研究院马克思主义文艺理论研究所）：这期论坛能够成型，过去大半年慧瑜做了很多工作。这期论坛的最初思路在去年这时候就开始筹划了，我也是在那时候参与了文化部的互联网上网服务转型升级工作。过去一年，在实际工作中，在很多具体问题上，邱老师这本书都给了我很大的帮助和启发，也确实真正改变了我很多看法。上周一文化部关于互联网上网服务转型升级的41号和42号文件终于出来了，原有的规章制度都有了大幅度修改，大大超过了我一年前的预期。部里的互联网上网服务转型升级工作确实是一项系统工程，重新调整了网络文化的顶层设计，重新界定了网络文化的底线，这对于我下一步的学术研究也很有启发，通过实际工作的锻炼视野也拓宽了。

慧瑜开始时提到今年是互联网进入中国20周年，互联网已经深刻地改变了我们的日常生活。前段跟朋友讨论的时候，我说，一个是因为阿里在美国上市是改革开始进入完成阶段的一个重要标志，并不是说改革开放就彻底完成了，而是我们这个时代和上一个30年相比，已经开启了新的议题和下一个阶段的新空间。从这个角度再看十八大提出的“新四化”，互联网或者信息化，确实是一条一以贯之的线索，对于理解今天全新的“内”、“外”关系，也都是一个有力的抓手。

去年这个时候，我当时不理解，因为就文化部项部长分管的领域来说，可以抓网游、抓动漫、抓艺术品市场，可抓的领域太多了，为什么偏偏抓网吧，偏偏要搞什么上网服务转型升级呢？这在当时是我很大的困惑。后来才意识到，这确实是一个重大现实问题。如果我们只是从“向前看、向上看”的角度来考虑问题，那么比如说，不管是刚结束的APEC，包括之前提出的“一路一带”，还是亚太自贸区，可以发现，互联网企业都是排头兵式的角色。“一路一带”刚刚提出，马云就到新疆、甘肃去做考察，而且都是省委书记和省长亲自接见，这在过去不可想象，互联网企业竟然会有这么高待遇。要理解今天这个全新的现实需要更复杂的维度，仅仅“向前看、向上看”，自然也太廉价了。我觉得要理解互联网上网服务转型升级的意义，就要“向后看、向下看”，为什么这样说呢？首先，回到今天论坛的主题：互联网时代的文化权利与数码乌托邦，究竟意味着什么？举一个例子，在河南的富士康厂区附近，当地网吧大家猜有多少台机器？三千台。而且每天晚上全部爆满。

邱林川：不光是晚上。早上8点钟，下夜班的时候，也爆满。

孙佳山：您说的对，工人们只要一下班第一时间就几乎都去网吧上网，不管身体有多累。在这个时代，可能北、上、广，一二线城市的网吧快被彻底淘汰了；但在中国的中西部地区，包括东部农村地区，甚至北京的城乡结合部、远郊区县，网吧对新工人也好、农民工也好，都是关乎他们网络文化权利的非常重要的载体。我们的文化政策、学术视野由于忽略了这个重要载体，始终没法完全理解新工人的主体性是怎么建构起来的，无法理解当前新的社区关系、新的社会组织形态是怎么形成的。如果继续忽略这个载体，陷入“向前看、向上看”的亢奋，不认真“向后看、向下看”，就不可能真正触及我们时代最基本的文化议题，我想这才是互联网上网服务转型升级的真正时代意义所在。

我还想回应一下另一个问题，网络文化审查的问题。我是在 2013 年夏有幸进入了部里的网络游戏审查委员会，主要审查进口游戏，在我供职的这两年里，确实有很多心得，也让我觉得情况可能更复杂，不能用“美丽新世界”和“1984”这些词汇来概括。再举个例子，我上午刚刚分享一个文章到朋友圈，主要讲 IPTV 智慧化的问题。今天，很多看似都是以新技术为名的论争背后，其实是不同利益集团的较量，因为同样都是新技术、新样态，IPTV 实际上从属于工信部、广电总局主导的那一套“电视、电话、电信”三网融合的框架，今天大部分 IPTV 跟旧有的广电系统共处在一个利益格局内。而今天，比如说小米盒子或者乐视 TV，这一套以 OTT 技术为标识的移动互联网家电体系，由当下新的互联网公司推动，他们和 IPTV 之间形成了你死我活的利益冲突。按照技术标准，OTT 技术显然是先进的，韩国政府也把这个领域作为未来发展方向加以重点扶持，但如果 OTT 上位，那么 IPTV 就彻底没机会了，IPTV 如果被淘汰，就意味着三网合一那个利益结构下上千亿投资都打了水漂。因此这也构成了新一轮改革开放或者新四化的基本动力所在。这种格局化、行业化、区域化的利益结构，和整体性的国家的利益肯定是相背离、相冲突的。中国改革开放，就是要打破这种旧的利益格局，打破落后的生产力和落后的生产关系，但是具体执行过程是很复杂的。当时搞三网合一，没人知道会有 OTT、移动互联网这些东西，而且毕竟这么多年已经投入了这么大，难不成就全部下马么？所以该如何协调这些发展中的新问题，协调各方利益，尽可能实现多方共赢，确实在考验我们这个时代的智慧。所以，从我个人角度很慎用国家权力这些词汇，因为我很难界定究竟什么是国家权力，到底是一个部门利益下的部门权力，还是具有历史正义性的国家权力，以及二者如何结合，而不是二元对立地看待，恐怕还真挺复杂。

邵燕君：你比如说对字幕组的打击，背后可能主要也还是一个利益问题，而不一定是文化思维的问题。

孙佳山：当前在网络文化管理问题上，确实各个部门委的思路还不太统一，有的也确实过于僵化和落后，要在实际工作中一点点地解决。但现实的利益格局其实错综复杂，字幕组事件就很说明问题，互联网新经济跟旧有经济、跟金融资本主义有冲突，其内部也有尖锐的冲突。比如视频网站，比如爱奇艺、乐视、优酷，看上去他们在和 IPTV 的较量中是代表先进方向的，但在字幕组问题上，他们却站在了历史的反面。他们这几年能够独领风骚，是因为有人投了大钱，几十亿、上百亿资金，而这背后都跟国际投行有很大关系。这些字幕网站，把看似不起眼的娱乐资源变成公共、开放、免费的共享资源，是有文化正义性的，问题是的确动了人家的奶酪。因为今天我们称之为 IP 的这套文化知识产权，是被大资本牢牢控制的，字幕组看似无伤大雅，但显然破坏了人家的商业生态，人家花了几亿、十几亿，甚至几十亿，收购这套文化知识产权，比如电视剧、电影、动漫，就是要独播，想观看得付费，就算免费也得进入他们的商业链条；而字幕组的存在却让一般网民都可以先下载外语原版视频，再去字幕组下中文字幕，不可避免地触碰到这些视频网站的核心利益。

祝东力（中国艺术研究院马克思主义文艺理论研究所）：对新媒体、互联网了解不够，没什么发言权，听了两位的主讲很受启发，我接着讲几句。

听了王维佳老师的介绍产生了点感想，技术与社会到底是一种什么关系？按照传统马克思主义，生产力决定生产关系，一种关键的新技术，比如说从蒸汽机到互联网这样的新技术产生以后，对社会关系、社会结构都会有一种根本性的改造。但另一方面我们看到，从蒸汽机到互联网，实际上一种新技术诞生以后，社会结构中的不同力量也会千方百计的捕获这个技术，为自己所用。我们可以比较一下，不同的社会力量究竟是谁，对于互联网更能适应，更能借助这种新技术为自己所用，到底是资本、还是国家？目前来讲，资本更游刃有余，资本会借势而上，利用新技术为自己获得成百倍千倍的，过去所获得不了的利润。而权力呢？至少我们看到的是更加保守，更加无所适从，它所采用的是一种更简单、更消极的限制的、围追堵截的方式。所以 APCE 会议期间奥巴马向中国提出两个挑战式的问题，一个就是更加开放互联网，一个是给工人更好的劳动环境。他在提互联网问题的时候显然代表的是更亲资本的力量，资本的这种力量更属于海洋文明，它更机动灵活，面对一个新事物，要比陆权的官僚帝国反应更快、更灵巧、更高明。冷战期间我们看到许多这样的例子。苏美两家，一个是陆权官僚帝国，一个是海洋商人帝国。他们的较量，如果是传统的军事较量，可能是陆权帝国占上风；但如果是新技术和商业的较量，海洋文明国家就往往更占上风。总之，一种新技术产生了，不同的社会力量都会以不同的方式面对它，传统的国家与资本相比，确实有一点力不从心。这是一个感想。

再有，我向邱林川老师请教一个问题，看他的书感觉新媒体能给传统劳工阶层提供一种新的联络、协调、团结的可能，这也可以说是数码乌托邦的一种可能。刚才邱老师讲这方面内容不多，我想请邱老师再介绍一下，因为这特别是中国面临的问题，劳工组织协调的成本特别高，新媒体、包括自媒体产生以后，能够出现什么新的可能？

邱林川：碍于时间原因，我就很快地讲一下。这本书最终写完是差不多一年半以前，过去一年多，我关注的一个重点恰好是祝老师的这个问题。我想对这个问题再梳理一下，也呼应孙老师要大家"向下看、向后看"的观点。首先，工人自组织大规模对抗资本，包括服膺资本的地方政府，其历史比中产阶级要长。2004 年有三起：一个是咸阳的棉纺厂，一个是重庆特钢，一个是深圳友力电，都是利用网络论坛和博客，友力电罢工还因此上了《纽约时报》。到现在，工人用网络进行自组织已经有 10 年了。而城市中产人群大规模自组织，引起广泛关注，起点是 2007 年的厦门 PX，比工人晚 3 年。对于互联网的时间而言，3 年是太久了。

在咸阳和重庆，参与者更多是老工人、下岗工人。国有资产改制，大家关注所谓"郎咸平风暴"，第一线老工人的抗争却无法进入公众视野，但基层工人和市民却使用新媒体工具，如"两江论坛"，突破新闻封锁。友力电则以普通青年打工者为主，"普工"们通过企业内部的电子邮件，也用博客，呼唤技术工人出来参与抗争。那时也是 12 月初，网络动员的效果很棒。

当时有记者和学者，看到这种工人用网络自组织的乌托邦，很兴奋。只不过那是最早期，保守势力没准备，所以工人自组织成效明显，但他们也是最早被反扑的。友力电博客内容被迫换掉，抗争从 2004 年 12 月一直延续到 2006 年，但到 2006 年后就基本看不到工人的声音了。所以做这方面研究，上网要及时存档，否则晚了就被删除了，因为当时主要靠网吧，工人没有自己的电脑。

张慧瑜：他们可以通过网站的管理后台来删掉。

邱林川：没有您说的那么复杂。我们后来了解的情况就是派保安。不服保安，还有当地公安在后面。就是把网吧占了，罢工工人进去上网就抓起来，网上博客的斗争也是在网下斗争中逐渐给灭了。大学的老师、同学觉得网络审查可恶，对微信帖子一举报就没了，或者字幕组没了很气愤；但这些和工人面临的不公平恐怕没得比。我观察到的情况是，工人所面对的网络暴力，有的来自资本，有的来自国家，有时两者合一。表面看是微信在对你施暴，但其实你也不清楚，是它自我审查，还是来自大哥大、大姐大，搞不清楚。总之普通工人面临的打压，其惨烈程度超越我们平时的经历，稍不注意整个账号就没了，大家习以为常。所以，不能过分强调工人的自组织能力。

要解决这个问题，可以用我另一个新概念。互联网内容为王，社交媒体更强调用户生成内容（UGC，user-generated content）。我认为这个叫法有局限，英文 user 本就是个不好的词，除了瘾君子，用迷幻药的，都叫 user，一般没什么人会被这么称呼。我们把它译成"用户"，又好像是有户口的人，带了很强的中产色彩。总之，它定义了你，你的作用就是去使用特定的媒介，这个用户名称比起听众、受众、读者，都是更加单向度的叫法。所以在这本书之后，我们现在改用 WGC（worker-generated content），"工人生成内容"。这里的工，既指蓝领劳工，也指我们知识劳工，还包括自下而上的自组织形态。这个概念有阶级属性，它不再是乌托邦，而是实实在在地存在于数码劳工的劳动实践中。

长远看，工人生成内容应当不再只受资本和国家的宰制，而要在此之外探索另类社会发展的道路，目标依然是向着"劳工神圣"的社会主义乌托邦，是更实在的乌托邦，而不是空想。前进的第一步，是在过去宰制的体系外创立自己的小根据地，自力更生活下来。然后再和主流发生互动，促进共同进步。

我们还处在第一阶段摸索过程中。这是过去 10 年，工人生成内容还很弱，很容易被灭掉的原因。其实有一些论坛，当年稍有影响，如左翼工人论坛红花草被关或者被墙，影响就不行了，因为多数工人不翻墙。但我怀疑，因为现在中下阶层 WGC 真是海量信息，很可能又有新的类似的论坛、社交媒体，只是我孤陋寡闻，还没听说。这方面，微博稍好一点因为比较开放，能搜索陌生人的帖子，微信的难度就大很多了，因为十分分散，只看得到熟人信息。这种情况更需要我们"向后看、向下看"，可看到很多已经发生、很有价值的实践。哪怕是失败，它也是有价值的实践。

林品（北京大学中文系）：首先要感谢两位老师，今天真是受益良多。我有一个问题，但在提问之前，请允许我先陈述一下自己的前提。

刚才邱老师提到了两个词：一个是"工人"，一个是"中产"。邱老师也提到了汪晖老师最近一篇文章《两种新穷人及其未来》。汪晖老师区分了两种"新穷人"：一种是在中国融入全球资本主义体系，成为世界工厂的过程中形成的庞大的新工人阶级；另一种是在实体经济转化为虚拟经济的过程中，在中国经济崛起、产业结构升级的过程中形成的“新穷人”。后一种“新穷人”在很多表述里会被称为“中产”，说中国形成了一批“中产阶级”，或者说他们自我认同为“中产阶级”。但实际上，这些“中产阶级”，因为在消费主义的意识形态和消费社会里面临巨大消费压力，成为一种有着挫折感、有着相对失败感的消费者——齐格蒙·鲍曼意义上的 new poor。两种“新穷人”是中国社会当下的两个规模巨大的群体。后一种“新穷人”，在刚才邱老师回应祝老师的时候称为“中产”，我们这些在座的各位也都是这个意义上的“中产”或者说“新穷人”。

刚才邱林川老师提供了一个非常好的概念，就是 *Karl Marx and Digital Labor* 那本书里的 Digital Labor，相对于奈格里的“非物质劳工”，这个“数码劳工”就像老师所说的，是一个“具体化的诸众”。老师梳理了一整套产业链条和“数码劳工”的多个层次：从刚果那边的“21 世纪的奴工”，到产业链条中的新工人阶级，再到谷歌这样使用计算机、互联网进行工作，从事虚拟经济、信息产业、创意产业的这些人——我们可能会称为“白领”、“中产”。但是，在当下这样一个新自由主义盛行的时代背景下，特别是在 2008 年金融危机以后，两极分化越来越严重，中产阶级自身也在凋敝。在这样的环境中，他们可能会自我认同为“新穷人”，或者说感受到相对贫穷感，这样一群人都可以被称作 Digital Labor——数码劳工。

比如说，我做过一个关于中国网络上的“屌丝文化”的研究。实际上，从事白领工作、在社会学研究和很多描述中被命名为“中产”的那些人，他们自我认同为“屌丝”，然后把自己的工作称为“搬砖”。“搬砖”是最普通的建筑行业的词语，城市化过程中建筑业基础工作的典型称谓。那些从事白领工作，在谷歌上班的工作人员——我身边就有很多北大信息科学技术学院的同学，他们现在是北大信科的“天之骄子”，未来将进入 Facebook、Google，很多同学已经进入了，或者即将进入，或者预期自己能进入那些互联网行业的跨国公司工作——但是他们称现在的学业和未来的工作叫“搬砖”。说明有这样一种自我认同，说是自嘲也好，但的确有这样一种主观感知，作为一种“新穷人”的感知。

这两种人群，其实都可囊括在 Digital Labor 这个概念里。进一步说，Digital Labor 这个概念非常好，因为 Digital 这个形容词不仅是在说所从事的工作、所归属的行业是和数码产业相关的；而且还在说，生活方式、组织方式，有可能参与的社会运动，参与到政治的那种方式，也是和数码技术密切相关的。这也是 Digital Labor 可能的另一个层面。

我知道传播学有一个概念叫“数码鸿沟”，Digital Divide。有一些人，可以因为拥有的资源和文化能力，而积极地去使用那些数码技术和数码产品，比如说白领和中产有自己的个人电脑和智能手机，可以在社交媒体上特别活跃。另一些人——我以前是这样认为的——新工人阶级使用数码产品和互联网新媒体的能力和资源都有限，只能去网吧。这里存在着“数码鸿沟”。另外，二者的生活空间、工作方式不一样，也会造成一个相互理解上的鸿沟。

我的问题就是：我们在构想一种未来的政治可能性的时候，这两类人，新工人阶级与那个意义上的“新穷人”——或者说，Digital Labor 里，从事实体经济和从事相对来说更虚拟一些的经济的——他们同作为 Digital Labor，在这样一个互联网时代、数码时代，他们相遇、相识、相知，互相理解，并且最终联合的可能性在哪，在您看来应该是怎样的呢？

您主要研究的是新工人阶级，但是，以前在 80 年代的构想中对于民主化进程会有非常大积极作用的“中产阶级”，可能在当今这样一个新的政治经济环境下，现在又具有很大的政治保守性，他们现在又开始用“搬砖”来指称自己所从事的工作，有着强烈的“屌丝感”和贫穷感。这些“新穷人”，他们与新工人阶级之间，在数码技术的帮助下，相互了解、相互认知，并且最终联合的可能性是否存在？如果存在的话，大概在您现有的观察中，会是怎样的一种可能性？

邱林川：可能性都是存在的，我对可能性不是太感兴趣。要说到具体实际的例子，倒是有个很有意思的个案，它连接了两种类型的数码劳工。当年福建晋江 361 公司罢工，那是到现在为止我所知道的唯一一次很成功的网络时代的团结抗争实践。361 是做运动服装的，开始工人也就是要求更好的劳工待遇，碰上公司要上市，是 2009 年，工人还是用之前 2004 年的方式，用论坛、QQ 群。（QQ 群到现在还是最重要的，今年上半年裕元厂罢工，QQ 群还是最重要、最核心的组织工具。）结果这家晋江的工厂因为要去纽约上市，当然不能让罢工的消息自由传播。厂家找到相关方面全面封杀消息，论坛、QQ 群都给封了。

这时候，罢工工人不知怎的，居然联络到了黑客，帮工人做“搜索引擎优化”，就是我让你上网搜晋江 361，搜出来的结果都是 361 厂工人罢工，全是工人骂资本家的，而很难看到公司业绩和其他基本情况，确实够狠的。时机正好是 361 去纽约上市，在国际上丢人丢大了。

这是我所知道唯一的一次。我看到的也很有限，具体情况也没搞太清，但我觉得特别有意思，因为它很可能是工人从来没用过的全新谈判筹码。最后361还是上市了，我不知道是公司花大钱请更高水平的黑客把它干掉了，还是工人自己拿下了，或者是两者都有。但这个空前的情况，到现在为止我看到还只有这一起。

所以，我们学理讨论有时跳得太快、太远、太乌托邦。在现实中，制造业工人能理解建筑业的问题，这个厂的工人能理解另外厂的问题；或者是同一个厂的，生产线上的普工能够和技术工人达成互相理解、联合起来，就已经挺好了。

“数码鸿沟”这个词是写这本书的原因之一，就是因为这个词有问题，它一开始并不是学术话语，是美国一个智库——马可基金会提出来的，是给克林顿政府的政策话语，然后被美国政府拿来说事。当时我们新闻传播研究，特别是新媒体研究，不像文学有丰富的理论概念，加上科网股爆破，资本不投入了，这时候去强调数码鸿沟，是有知识经济背景的，所以这个词变得很热门。

但这个词我觉得不太适合中国，因为它的社会背景是西方去工业化、去中产阶级化，而中国还没有实现工业化，所以它和我们的社会现实有差距。而且它里面还有一个根本问题：到底什么叫做有水平的劳动、有素质的知识？数码鸿沟研究的典型情形是，一上来就讲你是否拥有手机或互联网，而我为什么要拥有呢？我去网吧，是租借人家的东西，我不需要拥有。现在最新的互联网经济，共享租车、租房子，不去拥有反倒变得时髦。

再讲直白一点，以QQ为例，如果我们在座的都是工人，他们用QQ的水平肯定要比我们知识分子高，但我们往往从精英视角觉得QQ不重要。我们把拥有权、把中产的新媒体经验，想当然地作为标准，用这个标准量度别人；但如果交换一下位置，用他们的生活经验来量度，我们手机里很多功能恐怕都是浪费。为什么要那么多没用的功能呢？

最后讲一点屌丝。这个词非常有意思，你对屌丝的研究我也很想拜读。它涉及的是文化命名权，也是文化权利的变化。过去大家都觉得互联网是非常精英的玩意，网民看不起别人，整天讨论各种主义、思想，境界很高。但过去10年我们看到，开始是山寨这个词，然后是屌丝，越来越多处在社会经济地位中下层的经验进入网络空间。山寨本来是骂人的话，后来变成不少网民感到骄傲的“山寨文化”。屌在广东话里是脏话，在台湾国语好像是褒义词，它的流行也有指标意义。中下层人群怎么叫自己，命名权本身也是互联网时代的文化权利，它在网上的流传演变也体现了实现权利的过程。这个过程也有互联网的特点，叫网络效应（network effect），它不是线性关系，而是突然出现一个拐点，像山寨、屌丝的流行都有拐点，代表网络文化接近草根和普通劳动者，包括新工人和新穷人。

秦兰珺（中国文联文艺资源中心）：感谢两位老师。刚才王老师提到，数码乌托邦是一个文化现象，不是技术现象。我的问题是，数码乌托邦的形成是不是也有来自技术本身、来自生产力本身的因素，这些因素是否能给我们带来践行 transformative intention 的可能性？

王老师提到 Aaron Swartz 和他参与的开放获取运动，开放获取运动的历史上有一个非常著名的文章叫《教堂与巴扎》，作者 Eric Raymond 是一个深刻参与开源软件生态系统建构的程序员。他在《教堂与巴扎》中提到了两种组织模式。一种以微软为代表，一个大公司或者权威机构自上而下地找一些专家，让他们在一个相对秘密的圈子里开发一个高尚软件，这个软件具有知识产权，公司利用对知识产权的垄断就可以卖钱。另一种以 Linux 为代表，这是一种从开源运动中诞生的组织模式，与大公司垄断软件的源代码不同，Linux 系统的源代码是免费公开的，任何人如果有能力有意愿，都可以获取 Linux 的源代码进行优化改进。Eric 把这种组织模式比喻为巴扎：大家在地上摆摊，这个平台上的东西公开可见，你要是觉得这个东西好就拿去用，你也可以把你改进的源代码放回摊上和他人分享。虽然巴扎没有教堂正式、权威，可就是从这样的共建共享模式中，诞生了与资本大公司建立的软件帝国非常不同的开源软件生产系统。

后来 Eric 在整个开源软件系统成气候的 1998 年，写了《教堂与巴扎》，一个重要原因就是回应来自大资本公司的嘲讽和质疑。这些公司认为参与 Linux 的这群小孩不过是一些没有组织纪律的游击队员，一个伟大的项目要有一个伟大机构和大资金的支持，森林里的一群罗宾汉怎么可能与帝国的军队抗衡，怎么可能在帝国的封锁下构建“自给自足丰衣足食”的生态系统？可无论如何，事实情况却是 Linux 及整个开源软件生态在人们的质疑下发展壮大。

Eric 在回顾整个 Linux 的历史时提出：为什么会有那么多程序员愿意共享劳动成果？或许是因为他们深受美国六七十年代的反主流、反资本文化的影响，或许是因为一些有理想的程序员，做事的初心本来就不是赚钱，而是为了征服难题和解决问题。但我认为一个最根本的原因是生产力的发展。在我们的生产活动从原子世界到比特世界的转型中，以前针对原子世界的生产、贮存和运输技术变成了针对比特世界的计算、储存和传输技术，在比特的世界，计算（或者说生产效率）以瞬间计，库存以天量计，物流速度以光速计，生产方式和生产力的变革让今日比特世界的生产、运输、储存都极度方便快捷。如果我们还相信马克思的那套言论，生产力变革了，就自然会有新型的生产关系产生，那么我们就不会奇怪“巴扎”从何而来了。

经济学预设人是“自私”的，但除了自私以外，不得不承认人也会“利他”。只不过在今天，生产力的变革让生产本身变得多、快、省，降低了“利他”的成本，当“利他”不过举手之劳，大规模共建共享才能成规模和气候。虽然我们需要认识到在互联网后运作的资本，但也要发现，“共建共享”的文化基因虽然在今天由于各种原因，受到版权的困扰、资本的围堵、权力的审查，但的确可以看到这个标志互联网精神的基因在各个领域的表达：不仅是 Linux 的开发模式，也是 Wiki 这种知识服务模式，新浪爱问这种资源建设模式，豆瓣这种评论共享模式……

我想说的第二个问题，是您刚才提到的《连线》杂志，您提到凯文·凯利等编辑，提到他们与资本的各种勾连。可我听说最近还有一个编辑叫克里斯·安德森写了一本书叫《免费》，提到了“去货币化”、“礼品经济”、“注意力经济”、“数字化免费”等与货币经济非常不同的新经济特征。安德森提出我们曾经对经济学的理解是“在资源稀缺的环境下作出最优化选择的学问”，但今天不一样了，资源不稀缺了，在一个信息爆炸时代，我们选择感到困难不是因为稀缺，而是因为充裕。在这种条件下，如果以前我听你音乐付你钱是应该的，但是在数字音乐时代，我在那么多音乐中点击你的来听，就不再是我消费音乐，而是音乐消耗了我——我付出了我最宝贵的资源——时间和注意力，我不需要再付钱了。

换言之，这时候真正流通的是作为注意力的时间，而不是货币化的时间，此时你要问我要钱，就会提高注意力的门槛，阻碍注意力的流通。换言之，在这种新情况下，我们需要关注的是注意力，因为注意力才是真正的稀缺资源，所以各种免费模式不得不产生出来，不是因为大家觉悟变高了，是因为传统经济学的某些预设发生了深刻变化。

当然，免费和共享也存在各种问题，我们可以像破除数字乌托邦一样破除免费和共享的乌托邦。例如谷歌 90% 的项目都是免费，有人就分析说，你不要做春秋大梦，不要相信谷歌的企业信条“不要为恶”。它免费，那是为了吸引用户的注意力，用户用得多、数据收集得多，谷歌的搜索引擎才优化得好；搜索引擎好，谷歌广告才能投放得更精准；广告投得好，一方面就有更多的广告业务找上谷歌，谷歌才能赚更多钱，同时也会有更多用户看到需要的广告，广告业主才能赚更多钱。所以无论如何最终还是要落在钱上。并且恐怕这不仅是资本主义盈利模式创新的问题，更需要我们警惕其他问题——谷歌通过收集和分析数据，掌握了我们的各种欲望和隐私，这就让它不仅可以优化自己的广告业务，也可以用这些数据来干其他各种事情。有人担心信息集权、数字控制，各种各样的科幻小说、科幻电影为我们呈现了不同的数字反乌托邦，其实就来自于类似的担忧。

我的感觉是不管是共建共享、还是免费，我们当然可以把它们看作一种文化现象，但不能因此忽视表现在这些现象中的那些来自生产力和技术的因素。就像祝老师所说，生产力发展了，国家、资本、民间各种力量都会以各自的方式应对生产力所带来的机遇和挑战。我们注意到了资本和国家的应对，可也需要在这个混合复杂的格局中，看到新技术激发出来的一些新东西。

因此我还要回到刚才的问题，我们对数字世界的各种美好想象，是否也有来自技术本身的因素，这些因素是否能构成我们践行 transformative intention 的可能？

王维佳：关于技术的讨论，说它是迷思并不是说它是假的，而是说在极为复杂的状况里抽取一部分为它所用的东西来讲它的故事，跟你说的这些具体情况不矛盾。我之所以说赛博迷思是一个历史和文化思想史的现象，而不是一个技术的现象，是因为在所有这些思想中，政治逻辑的价值内核早在互联网大规模使用前就已经有了。

你后面说的在生产过程中怎么由我们自己来控制生产，包括类似斯沃茨的点共产主义理想，这些想法本身并不是随着技术的产生发展来的，在前互联网时代就有，它不过是传统的革命思路在数字化时代的体现。

你说免费这个问题，我觉得斯沃茨的故事本身就是一个很大的反讽，而且不仅是版权限制，用户和观众的注意力本身也不是免费的，到了大数据时代就更不是免费的；而是通过观看和使用不断给资本创造增值空间，通过自己的劳动，不断给别人控制自己创造条件。在这个角度看，“免费”的说法就显得十分可笑了。

邱林川：如果用马克思的分析，最根本的交换不是钱，是时间。我付出我的时间，是生命中最宝贵的，注意力经济从这个角度讲，也是用时间进行的一种价值交换。《教堂与巴扎》当年也对我影响挺大，我也参与了香港的开放源代码运动。回头去看《教堂与巴扎》的想法，现在虽然说 Linux 操作系统还基本保持了初衷，但它衍生出来的东西，比如安卓系统，还能算“巴扎”吗？现在大部分智能机用安卓，它基本上被谷歌、三星，被大国际资本所利用，已经越来越工具化、越来越变成“教堂”的一部分了。

不是说做安卓都不好，但我们要对技术进行区分，有的技术里面是有偏见的。媒介生态学派，一般来说最重要的是麦克卢汉，我看麦克卢汉还是很流行文化的，所谓“媒介即按摩（the medium is the massage）”，就非常流行文化。但我觉得比他更重要的，更适合用来分析今天互联网的，其实是英尼斯（Harold Innis）。他论述电报、印刷、各种现代传媒，认为媒体技术是有帝国主义偏见的。他认为这些东西的建立，往往服务于庞大的帝国，资本主义帝国、殖民主义帝国，专门为这种不平等结构服务是“帝国”的技术偏见。

类似的，哪怕开放源代码是开放的平台体系，但它也并不能防止安卓系统遭到滥用。在 Linux 发源地芬兰，我也有些朋友。从他们那里，我的感觉是，最重要的不是美国的反抗文化，也不是个人的利他主义理想，最根本的还是要回到国家，回到北欧的福利国家体制。福利国家这些年也在式微，当年最有代表性的芬兰企业诺基亚，后来搞不出来自己的操作系统，只好用微软的流动视窗，结果并不成功，这和福利国家体系面临的挑战都是有联系的。

最后讲讲“免费”数码劳工，表面上你刷微博、玩微信好像不用给钱，好像是免费的，但奥地利有个研究网游的博士生邱克里奇（Julian K ü cklich）提出，你其实是“玩工（playbour）”，这在我 2009 年《开放时代》的文章中有介绍。最近阿桑奇也有篇文章，专门讲谷歌。阿桑奇是个政治人物，不是学者，但他最后有个观点值得一提。谷歌表面开放，有社会良心，口号是“不做邪恶事情（Don’ t be evil）”；但阿桑奇的结论是“不做邪恶事情的帝国依然是个帝国（A‘don’ t be evil’ empire is still an empire.）”，比如它和 CIA 的联系，让我们不知不觉为美帝提供信息。

最后还有一篇希望大家多讨论的文章。40 年前有位叫达拉斯 · 斯迈思（Dallas Smythe）的西方传播政治经济学的奠基人。他 1972 年底到 1973 年初访问过中国，北大新闻传播学院的王洪喆老师把他中国之行的文章《自行车以后怎么办？》译成中文，刚发表在《开放时代》上。斯迈思是加拿大人，伯克利的博士，在美国劳工部、农业部做过官员，后来因为麦卡锡主义，不能在美国待下去，就回到加拿大。这篇文章过了 40 年终于翻译成中文，里面也讲了技术偏见。

斯迈思这篇文章本是当时作为国际社会主义家庭内部兄弟之间的批评，通过中国领事馆转交给当时的中共中央副主席。斯迈思认为，中国不要学西方搞“单向电视”，就是今天大家熟知的大众传播模式，由一个中心向外面发布的电视系统。他建议中国走另一条路，发展为工农兵服务的“双向电视”，象大字报一样，让基层的工农兵用电视发生互动。单向电视的偏见在于它主要是资本主义体系内解决消费问题的工具，因为资本主义工业体系解决了生产问题，但解决不了有效消费问题。单向电视的一个技术偏见，就是让你去买你根本不需要的东西、根本不需要的功能。这是斯迈思建议。《自行车之后怎么办？》和刚才提到的技术偏见，有很多的勾连。

刘岩（对外经贸大学中文学院）：我的问题和林品刚才提的问题有关，刚才林品说的是两种新穷人——小资白领和新工人之间的鸿沟，这里可能还有一个问题，这两类劳动者的话语权是不平等的，或者说是有差异、不平衡的。

刚才听您说到老工人利用新媒体作为自组织的方式，有一种震惊的感觉，因为完全没有想到，利用新媒体是从老工人，也就是原国企工人开始的。我知道新工人用新媒体组织和联络，但没想到在老工人抗争的阶段就已使用新媒体了，比中产或白领要早得多。但是呈现在公共话语空间，却是白领、中产在新媒体上的话语，以至于主流文化和传统媒体不得不进行回应，比如林品研究的屌丝，很快也在传统媒体上出现了。用文化理论的术语来说，屌丝、白领，这一类新穷人似乎是在葛兰西所说的霸权空间当中活动的，主流文化对他们的态度是吸纳、规范和引导。而在我的感知中，似乎工人的话语还没有进入到这个空间，像您刚才说的，当他们试图利用新媒体发声的时候，往往被很粗暴地封掉、关掉了。

那么我的问题就是说，工人阶级，无论老工人还是新工人，当他们运用新媒体时，是否已经进入了公共话语空间？或者，他们有进入这种空间的可能性吗？

邱林川：这也是我最近一年半思考的问题，还在寻找答案的过程中。你讲的第一个看法我同意，有很多工人自组织的情况进入不了公共空间，不光工人，农民、少数民族也一样。因为没什么市场价值，对权力也没有太大的服务功能，所以这恐怕是大众传媒，特别是以城市精英阶层为对象的大众传媒存在的偏见。反正工人消费能力低，根本不把工人作为潜在的服务对象和读者群。工人只是猎奇的对象，媒体再现出来，有一个王宝强的形象就够了，其他都是买不起车、买不起房的人，媒体干嘛为这些人服务啊？

在这种情况下，没有商业媒体直接占领，工人自己创新的文化空间反倒变大了。工人生成内容 WGC 我分了八类，里面其实充满了灰色地带，从最纯粹的自组织到完全依附霸权空间，大致说有三个向度：一、它是个人行为还是集体行为？工人和其他阶层不一样的一点是团结的概念，团结起来，有了群体，能力才更强。二、是否想解决现实问题，是不是发生冲撞就去争取改变？三、是否能带来效果？比如讨薪，到底讨来了没有？

工人生成内容里，有完全是个体的，不想改变社会现实的，也没有任何赋权效果的，这就还是传统霸权下的UGC（用户生成内容）。从最理想化的WGC到最有问题的UGC，有八种组合方式。大部分时候，纯粹讲数量的话，多数工人还是在霸权空间里。我们看到工人"跳楼秀"，或讨薪时工人跳"江南style"，去年网上能找到十多个跳"江南style"吸引媒介注意力的视频，它们能上报，但没有一起成功讨薪的。真正讨薪成功还是要组织起来。

还是刚才说的，第一步是在这个体系之外建立哪怕是很小的群体，能自力更生存在下去，之后再去挑战、改变霸权。这是一个辩证关系。有效果的确实很少，但如果大家带着这样的问题意识，沿着这样的理论导向去找，肯定能发现更多的、更有意思的事。我同意，不光大众媒体有偏见，网络公司也有偏见，所以我们看到的这些是星星之火。燎原是潜在的可能性，但什么都有潜在的可能性，不应过分夸大。现在来看，恐怕是被灭的星火远远多于能够燎原的火星的。

郑以然（首都师范大学文化研究院）：我接着刘岩老师的问题请教一下二位老师，因为我也感到这两种新穷人表现出的差别性。我主要追问的是，我们"往下看"，那些工人在使用新媒体时，是不是形成了比较明确的自我意识呢？大家知道，在现在这个自媒体流行的时代，个体的自我意识被广泛唤醒的，而对于这些学会并惯用现代科技的工人阶层来说，他们的自我意识是不是和以前有所区别呢？刚才邱老师提到科幻小说，我也想到一个科幻小说中很震撼的场景。在刘慈欣的《三体》里，秦始皇用人列方阵来实现计算机的二进制运算。他让千千万万人站成队列，每个人代表一个0或者1。秦始皇旗子一挥，一个人就从1变成0，或者从0变成1，从而构成了计算机程序所需要的编码。在这个很有象征意味的场景里，每个人是没有主体意识，是完全被机械化的；甚至每个人都称不上是一个机器，只是机器的一个螺丝钉，是程序里的一个数码。刚才大家提到的诗人许立志，我非常喜欢他的诗，跟"鲁奖"诗人周啸天的"不争馒头争口气"有天壤之别。而刚才慧瑜提到，许立志是一个数码人，一方面他现实中在富士康工作，是一名电子信息产业的工人；另一方面，他的诗作是借助我们这个微时代的信息工具传播的。从许立志的诗里我们可以清晰地看到他的自我意识是什么样的，无论是象征自身归宿的"一颗螺丝掉在地上"，或者是他很有后现代意味的"一颗花生的死亡报告"——照搬了花生酱的使用说明来影射花生的命运；这两首诗把个人比喻成是螺丝或者花生，都反映出最底层的民工的悲伤绝望的情绪，一种渺小无力感。在许立志自杀以前，我不知道这位诗人，而他自杀以后，借助知识分子的流通渠道，他的诗广为人知。也就是说，他的话语权是借助其他渠道实现的，而且是在他的有生之年以外获得的。那么这类人他们怎么行使自己的文化权利呢？刚才王老师也提到“网民”其实是一个很笼统的概念，网民其实是不同种类的人，每个人背后都有自身不同的社会经济背景。像“码农”，他们受过高等教育，很多属于中产阶层；而另一些像“码奴”、“码畜”，他们其实是相对沉默的，这些人怎么行使他们的文化权利？我不是很确定。我知道邱老师做了大量的第一手调查工作，所以我也想知道，农民工都去上网，但是他们在网吧具体都做什么呢？他们是不是有自主的表达自我意识的行为呢？

张磊（中国传媒大学）：我有一个感受，就是对劳动这个问题越来越思考不清楚。最早马克思只考虑物质劳动，连办公室工作都不算劳动，但后来知识劳工成为焦点（比如奈格里的关注点），我知道维佳以前研究过记者的劳动，女性主义把家务活动也当做劳动，甚至受众看电视也成了劳动。网络时代，网络使用者的劳动更带来了各种流行概念，包括 immaterial labour、digital labour、e-work 等，甚至包括邱老师说的 playbour（玩乐劳动）。所以我想提一个问题，如何界定“劳动”，如何寻找它的本质特征？它是物质性，还是非物质性的？是付酬的，还是非付酬的？是一种参与式，还是一种独创性的？应该怎样理解劳动的性质？

季芳芳（中国社会科学院新闻与传播研究所）：我博士论文研究的就是互联网的控制问题，指向互联网的公共性。我论文有一章讨论了政府与互联网的关系问题。确实，我们讨论国家角色，不能将国家当作一整块，不同政府部门在文化资源配置和政策制定方面是存在差异的。

今天我们听到两个故事：一个故事有关新自由主义，另一个和劳工有关。接着邱老师的思路，我们不仅有 WGC(worker-generated content)，可以有 WGC (woman-generated content)，也可以有 CGC(children-generated content)，而这种“自下而上”的内容生产，其实也是一个开拓公共文化话语空间的过程。我的问题和国际团结有关，邱老师在我们所讲亚洲世纪的时候没展开讲，我想借今天这个机会，请邱老师讲讲国际团结，介绍一下南亚或是非洲的相关经验。谢谢。

王恺文（北京大学中文系）：佳山师兄刚才说的国家权力问题，在国家改革过程中，具体包括审查问题，需要协调各方利益关系。但是有一个问题，在权利博弈中，信息的受众，不管把它定义为用户、还是消费者、还是劳工，他们的权益是没办法保证的。比如说，腾讯前两天刚买了美国 HBO 的作品版权，我们都知道 HBO 的片子在国内根本不可能完整播放，正版引进时必然会大量删减。在这个过程中，受众观看作品的权益究竟如何得到保护？普通受众面对腾讯这样的超级资本，处于极其弱势地位，不论是传统意义上的穷人，还是邱老师说的新穷人和蓝领工人，都只能被动地接受结果。在国家协调资本和政治力量的过程中，普通的民众都被排除在博弈之外，没有话语权。我的问题就是，在这种情况下受众或者用户、新工人、新穷人，他们的自由和权益怎么样才能得到保护？

李云雷（中国艺术研究院马克思主义文艺理论研究所）：维佳说的那个我挺感兴趣，你提到新媒体和政党控制之间的关系，周期越来越短。包括汪晖老师写的“代表性断裂”那篇文章，我觉得在这样一种新媒体的环境下，是不是政党政治或者政治的形式也可能发生变化，有没有可能发展出一种新的政治形式、新的政治组织形式？这个问题也跟邱老师的问题相关,“新工人”或者“新中产”这样两种“新穷人”，他们作为两个主体有没有成为推动历史实践的可能性？另一个问题，我们刚才讨论没有把“旧穷人”——我们经常提到的的农民或下岗工人等纳入讨论。那么，在新工人和旧穷人之间有没有形成一种政治意识，或者是阶级意识，有没有推动新的政治形式或者组织方式的变化。这是一个很大的问题，因为我们中国整个20世纪，西方更早，都是政党政治，在“政党政治”中，一个政党以自己的政治主张代表一部分人，与另外的政党竞争参与国家的管理，形成这样的一种政治形式。刚才维佳说不同政党政治主张差不多，汪老师说“代表性断裂”的问题，这样一种新现实与新经验，对我们已经习惯了的政党政治是一种挑战，那么在这种情况下，怎么以新的工人,新的穷人和旧的穷人为主体,发展成一种新的政治形式,是不是有这种可能性？

盖琪（首都师范大学文化研究院）：这个领域和我稍微有点距离，但是我也非常关注，所以今天也获益匪浅。我提的问题和邵老师提过的有点相似，其实是一个关于“1984”和“美丽新世界”之间关系的问题，但是这个问题在诸位的发言和讨论中已经被进一步复杂化了，刚才佳山又抛出了表面上是国家权力，其实背后是经济利益纠葛的问题。所以我还是要回去再好好消化一下。因为开始在王老师讲的过程中，比较多提到赛博迷思和新自由主义之间的关系，我当时觉得是不是在这里面“1984”被有意无意的忽略掉了，但后来佳山发言之后，我感觉回去要再整合一下。

陈国战（首都师范大学文化研究院）：虽然时间已经很紧了，但我还是想趁这个机会向邱老师表达敬意和感谢。在写博士论文的时候,邱老师的那本《新媒体事件研究》让我受益匪浅。刚才邱老师和维佳老师都讲到了乌托邦问题，维佳主要讲乌托邦迷思是怎么产生的，邱老师主要讲乌托邦是怎么破产的。由此我想到一个问题，即乌托邦可能还有另一种破产方式。刚才邱老师提到那些网络事件，工人通过新媒体自我组织和抗争，可能只是新媒体事件中的一种类型。与此同时，还有另一类新媒体事件可能更具社会影响，即那些主要由非直接利益相关者的围观所引发的新媒体事件。有研究表明，这已成为当前中国最主要的网络抗争类型。这类新媒体事件的公共意义是什么？有人曾提出"围观改变中国"的口号，事实证明，过于乐观了，也是一种乌托邦迷思。鲍曼曾提出一个概念，叫"衣帽间式的共同体"，其成员只是临时凑在一起，在公共事件热度减退后，就一哄而散了。今天很多新媒体事件越来越像这种"衣帽间式的共同体"，其公共意义是非常可疑的。与此相关，我们还正在见证一种新的产业，即愤怒产业的兴起。很多网络媒体发现，一些社会事件越是能激起人们的愤怒，就越能获得人们的关注，越具有消费价值，于是，它们开始不厌其烦地生产这种新闻。对于公众来说，他们对于这些公共事件的围观，也更多是持一种消费的态度，满足的是他们宣泄情绪的需要。最为典型的例子是前些年韩寒、李承鹏等人的博客。因此，公共事件的消费化，也是早期的数码乌托邦迷思破产的另一种方式。

李雷（中国艺术研究院研究室）：大家主要是从社会学或大众传播学角度来谈论新媒介时代劳工阶层的文化权利变迁问题。我想从艺术创作与艺术接受的角度来简单谈一下对这个问题的认识。

新媒体时代，媒介环境的变化以及新媒介的平等开放、低门槛和快捷交互等特点，使草根阶层获得前所未有的接触艺术、创作艺术的机会和可能。他们可以随时将自己拍的照片、视频，创作的音乐、小说等上传和分享至微博、微信等自媒体平台。刚才大家提到的打工诗人许立志，之所以能被发现，很大程度上得益于互联网平台。在这个意义上，博伊斯所谓的"人人都是艺术家"的时代似乎来临了，或者说，新媒体技术为当代社会创造了一种"人人都是艺术家"的审美乌托邦。撇开草根阶层艺术作品的品质不谈，单纯的这种机会与可能性的获得，也是一种艺术民主的进步，不仅可以满足广大草根渴望展示自我、寻求认同的心理，也可以实现他们的艺术表达与审美诉求。但这种看似美好的众生平等的"审美日常生活化"景观，事实上存在着诸多问题。其中比较突出的是新媒介带来艺术资源巨大丰富的同时，也导致了信息泛滥，这给底层群体的艺术接受造成了巨大的选择困惑。而且这些免费的、泛娱乐化的艺术资源潜存着对大众多元审美趣味的抹平，从根本上讲，并不利于大众艺术审美能力的提升。所以，对于媒介技术可能存在的异化与霸权，我们需要好好地予以反思和批判。

王维佳：问题太多，有点晕了。我印象比较深的，第一个是云雷的问题，关于媒体和政党关系问题。我说政治的媒体化问题和原来自由民主制的政党议会体制的冲突是显而易见的，以互联网新技术手段构建参与式民主，现在看确实没什么方案，也要靠不断的实践来摸索和阐释。但是我这里想补充一点，就是大家别忘了中国的体制。中国的领导人选拔机制和政策运行机制是基本隔绝在媒体逻辑之外的，人们常常用专制或者缺乏媒体表演能力来对中国的政治体制作出负面评价；但是如果换一个角度，不受冷战思维和中产阶级消费思维的限制，我们就会发现这是中国政治的一个独特特性。换句话说，当前西方社会，特别是美国社会所遇到的民主媒体化、政治媒体化问题，在中国是没有那么严重的。当然，现在的趋势，也是逐渐向媒体逻辑靠拢。比如各种应对媒体的培训、公共关系培训等等，这些无非是一些自以为是的知识分子要帮助政府，改变政治时间、应对媒体时间。地方政府宣传管理的公关性质越来越强，但是中国基本政治体系的运转，很多还是在商业媒体覆盖面之外，这个是很有意思的现象。我只能提供到这，究竟我们该产生什么样的新的政治模式？这是可供进一步讨论的问题。

还有一个刘岩老师提到的公共讨论和身份认同问题，我觉得这是一个很复杂的事。我关注工人不多，以前关注过一点农民和农村的变化。这些年来，随着市场机制、现代机制的进入，农村原来的宗族约束机制崩溃了，稳定的社群生活和相互监督机制也逐渐解体了。所以现在我们在所谓“公共空间”，这些知识分子接触到的传播途径中，能听到的农民的声音很可能是可疑的，很可能是缺乏代表性和群众基础的。在这个意义上，不能单纯讲发声问题，单纯讲发声机会，还要看社会基础，看话语的具体内涵。如果底层都是在现代都市传媒和知识分子影响下，讲一套个人权利和利益分配的话，他们跟新自由主义主流话语的区别和张力就是十分有限的。这些年有一些农村运动，少数农民和都市知识分子之间很快达成共识，利用公共知识分子的影响力，达成自己的经济利益目标；而知识分子则把农民塑造成强权压制下追求人权和个人权利的群体，完全形成了皮格马利翁效应。这些问题都不是在发声渠道和发声机会的简单命题下可以解决的。

张磊老师说的劳动问题。马克思在《资本论》中区别了抽象劳动和具体劳动这对概念。他说，可能很多劳动表面上看形态区别很大，比如新闻生产中，你是做编辑、记者，还是印刷工人，具体劳动都不一样；但是从抽象劳动的角度看，都付出了心血和汗水。邱老师讲数字劳工，我原来做的新闻记者劳动的研究，都是在抽象劳动意义上讲的。抽象劳动的分析角度之所以有意义，是因为具体劳动中的专业主义问题、技术问题、行业伦理问题、脑体分家问题会限制我们从生产机制、权力分配等角度更深刻地理解社会的政治经济状况。在抽象劳动意义上，没有脑体分化，我们都是劳工，都在一定的劳动控制和生产流程上劳动。马克思说这是他最伟大的发明，这是个挺有深意的区别。

邱林川:同意维佳讲到的马克思的区分。马克思是不分物质劳工和非物质劳工的。他还强调，劳动是生产价值的活动，对于价值来说，最重要的是使用价值，而不是交换价值。现在社交媒体网络里进行的多是交换，最后如果根本没人使用的话，实际就是浪费。所以马克思主义分析的劳动，最后还是要回归到生产有效的使用价值。

前面讲到许立志，我也看他的诗，除了螺丝和花生的意象，还有月亮的意象，都令人感动。当年的卢新，是2010年富士康第6跳，也是诗人。他有首诗写他对南半球的向往，和许立志笔下的月亮有很多相同的地方，都涉及您刚才提出的自我意识问题。这些打工诗人有他们难能可贵的伟大之处，但他们中不少人也不过是你讲到的秦始皇人形方阵里的一个，他们在这样一个葛兰西意义上的霸权文化空间里进行创造，最后不可能自圆其说。

所以讲自我意识恐怕还是应当回到从自发到自为的经典框架。这里更多的不是一般意义上的“自我”，而是能自圆其说的，特别是对劳工阶级而言，包括旧穷人在内的劳工,对他们都能自圆其说。这个“自我”应该是群体意识、集体意识、阶级意识。建立尊重劳动、劳工团结的主体性，这样才可以自圆其说;帮助建立这样的群体意识，也是有机知识分子应该去做的。

简单说说团结和新政治的问题。旧穷人和新穷人是个多重身份，下岗工人或农民工既是旧的、也是新的。只不过因为最近大家讨论汪晖老师这篇文章，所以有这样的提法。答案在哪里？维佳说没有具体答案。我倒带了一个具体答案来。

最后一点时间插播广告。我手里这部手机叫“公平手机（Fairphone）”。首先声明，我没拿他们一分代言的钱。这是家荷兰阿姆斯特丹的社会企业，2013年1月份成立。这部手机也用安卓系统，里面的稀有金属钽也来自刚果，但这家社企和刚果的民间组织合作，保证他们拿到的钽是干净的，即在开采提炼过程中不肮脏地使用奴工。公平手机的组装也在中国，在重庆的“国虹”生产。这里虽然也依赖农民工，但工人都来自重庆，不用出远门，回家方便，离他们的社会支持网络很近。

这部手机300欧元，不便宜。我前段采访他们，他们现在供不应求，只卖给欧洲消费者。他们有很多很棒的理念。大家想了解可去他们网站fairphone.com。他们希望通过做手机建立一个平台，让爱好社会公平正义的消费者可以自己“编程”，比如设计的时候尽量延长手机使用寿命，不像一般品牌机那样，设计的时候使用寿命就只有一两年，逼你每隔一两年就要买新手机。这样减少对自然资源的浪费，也不用对组装线上的工人造成不必要的工作压力。销售模式方面，公平手机不是一下子生产 10 万部，然后靠广告轰炸推销手机。比如它一批生产 58714 部手机，因为网上有 58714 个定单，主要靠口口相传和社交媒体营销，所以，不会生产出来卖不掉。

这是个社会企业，市场上有竞争力。荷兰的运营商也开始用公平手机做定制机了。这样的尝试适合在欧洲推广，部分因为他们对互联网时代文化权利的讨论已达到一定高度。他们参与公共政策、参与资本运作，背后有基金会支持。机构负责人凡·阿贝尔（Bas van Abel）有句很棒的话，我想用来作为今天的结束。

他说：“甭去解决问题，去创造新的现实”（Don’t solve the problem but create a new reality）。先有个小根据地，小的社会企业。2013 年 1 月份他们开始的时候只有 5 个人，今年 9 月员工增加到 30 多人。这样由小到大，他们把非洲工人、中国工人、欧洲的消费者，还有社交媒体的 WGC 都联系在一起。虽然非洲的工人还是旧穷人，但他们也可以参与到这个新的政治经济组织形式里，成为新型团结网络的一份子。这些我们以前想象不到，但人家已经开始做了，开始打破数码劳工的各种界限，重新设计、重新“编程”出一个新的全球网络经济，这也是全球网络政治实体。

我们作为关心劳工、关注文化权利的知识分子，应当推介这样的实践，对它进行深入研究。谢谢大家。

张慧瑜：今天很感谢邱老师和维佳老师，也感谢大家的热情参与，时间有限，今天就到这里吧。这次论坛有一个很重要的关键词就是劳动，这是我们之前讨论文艺问题很少涉及到的主题，就像今天下午的会议，速记打字员付出了一下午的体力劳动，很辛苦，而我们在座的各位朋友也进行了一下午的精神劳动，我们都是劳动者。

可是，在我们这个时代，劳动恰好又是最不值钱的，不管是体力劳动还是脑力劳动，相比资本性收益来说都是微不足道的。互联网产业恰好与资本、与脑力劳动者和体力劳动者都是相关的，如何在信息时代重新提出、思考劳动的问题，值得我们进一步关注。借用邱老师的话，青年文艺论坛也是一个小小的根据地，欢迎新老朋友继续关注青年文艺论坛。谢谢大家。

（根据速记整理，经过本人校订）

第二届全国青年文艺论坛：
文艺评论：新的方向与可能性

开幕式

时　间：2014 年 6 月 26 日（9：30—10：30）

地　点：中国艺术研究院第五会议室

主　办：中国艺术研究院马克思主义文艺理论研究所

主持人：李云雷（中国艺术研究院马克思主义文艺理论研究所）

李云雷：各位领导，各位嘉宾，欢迎大家来参加第二届全国青年文艺论坛。我简单介绍一下我们这次论坛的缘起。为什么要召开这次会议呢？主要是考虑到两个原因。第一个，近来中央有关部门很重视文艺评论工作，5月初中宣部举行了文艺评论的培训班，5月30号成立了中国文艺评论家协会，2014年年初以来，《人民日报》的“文学观象”栏目，对一些重要的理论问题进行了讨论。在这样的新形势下，我们想研讨一下怎么做好文艺评论，这是我们的考虑之一。另一个原因，是我们马文所在王院长的领导和支持下，于2011年6月成立了当代文艺评论中心，每月一期举行青年文艺论坛，到现在已经举办了整整3年，如何进一步做好文艺评论，做好我们青年文艺论坛的工作，我们也很想听听诸位专家学者的建议。

下面我介绍一下与会的领导与嘉宾（略）。

我们首先请中国艺术研究院王文章院长致词。

王文章（中国艺术研究院）：今天，第二届全国青年文艺论坛在中国艺术研究院举办，看到我们中国文学界的一些具有真知灼见的，并非常有影响力的评论家、理论家今天能够出席，我感到非常高兴。这一方面是对论坛主题的肯定，另一方面也是对我们中国艺术研究院、对我们马克思主义文艺理论研究所的发展的关注和支持，所以我代表中国艺术研究院对各位的与会，表示衷心的欢迎和感谢。

“青年文艺论坛”是我院马克思主义文艺理论研究所主办的一项十分有意义的活动，自2011年6月举办第一期以来，每月一期，至今已举办了36期。院里非常关注和支持论坛，马克思主义文艺理论研究所的陈飞龙所长、祝东力所长都是直接参与、推动这项学术活动。论坛由于致力于关注中国文艺的热点与前沿问题，在文艺界产生了较大的影响，因此论坛也从原来的相对小范围，逐渐扩大影响，得到了来自社会各界和很多青年评论家的关注。我想能在这个基础上举办全国青年文艺论坛，这也是论坛本身影响不断扩展、扩大的有力证明。“青年文艺论坛”以青年评论家为主体，关注中国文艺的热点与前沿问题，三年来在文艺界产生了较大的影响。2013 年 11 月 16 日—17 日，在我院成功举办了“第一届全国青年文艺论坛”，来自全国各地的青年评论家，围绕“转型年代、青年与中国故事”这一主题进行了深入的研讨，引起了社会各界的广泛关注。今天，我们在这里召开“第二届全国青年文艺论坛”，专题讨论“文艺评论：新的方向与可能性”，也必将对我国的文艺和文艺评论事业产生积极、健康的影响。

文艺评论，是文艺整体生态中一个不可或缺的重要环节。我们党历来重视文艺评论工作，并将之作为领导文艺工作的一种重要方式。习近平总书记最近指出，要努力展示中华文化的独特魅力，要使中华民族最基本的文化基因与当代文化相适应、与现代社会相协调，以人们喜闻乐见和能广泛参与的方式推广开来。展示中华文化的独特魅力有多方面的途径，文艺评论是其中十分重要的一个方面。近年来中宣部、文化部的领导一直强调需要加强健康科学的文艺评论。文艺评论的一个重要功能在于辨别优劣，通过选择、分析、评判，使文艺创作优胜劣汰，形成良性循环，保持良好生态，这是评论所应尽到的责任。

尽管我做的大多是事务性的工作，但是我对文艺评论还是比较关注的，经常在《文艺报》等全国性专业报刊媒体上读到在座各位的很多评论文章。作为中国艺术研究院的一员，我对文化艺术界，特别是文学界的整体性发展趋向，包括大家正在讨论的一些深入的理论问题，都还是很关注的，尤其是在座很多熟悉的评论家，对于你们的文章我更是带着一种热情去关注、去阅读，得到了很多关于文学发展、艺术发展的启示。

文艺评论要关注新的文艺现象，也要有大的历史视野，要深刻把握新时代的特征。近代以来，中国遭遇了严重的民族危机与社会危机，只是在新中国成立以后，中国人才开始掌握自己的命运。改革开放以来，我们开始以经济建设为中心，一个中心、两个基本点，在短短三十多年的时间内，我国经济社会的各个方面都发生了天翻地覆的变化，现在已成为世界第二大经济体，在世界上占有举足轻重的位置。可以说我们这个时代是中国自近代以来，一个重要的发展的转折点，中国人正走在民族复兴的伟大道路上，我们不仅在探索中国的未来，也在探索着整个世界的和平发展之路。

在这样一个历史时期，我们有必要，也有可能讲述出与以往不同的、新的中国故事。这可以说是我们研究一切文艺现象与思潮的出发点。我们的文艺评论工作，应该引导作家、艺术家认识到当前的时代特征，并与他们一起发出中国的声音，讲述新的中国故事，为实现中华民族伟大复兴的中国梦融入自己的力量。因为在座的都是评论家，对当前的文艺发展有着深入的认知，所以我就不过多展开了，我只是代表中国艺术研究院对大家的出席表示感谢，对各位关注中国艺术研究院的发展表示感谢。

近年来，中国艺术研究院以艺术科研、艺术教育、艺术创作为支点，形成了三足鼎立的发展格局，这种三足鼎立的发展格局当然还是以艺术科研为中心，这是中国艺术研究院一直坚持的立足点。以艺术科研为中心，艺术创作和艺术教育同时发展，三位一体，就是要形成一个大的发展平台，这个平台不仅是属于中国艺术研究院的学者和艺术家，而且我还希望这个平台能够连接我们全国的学者和艺术家，在这个平台上共同为我们国家的文化艺术的发展、科研学术的发展贡献力量。实际上，中国艺术研究院作为中国文化艺术领域的国家智囊的最高平台，也应该起到这样的作用。所以，借这个机会，希望大家多到中国艺术研究院来参加我们的学术活动、指导我们的工作、参与我们的工作。如果大家能够经常到中国艺术研究院来，包括来讲学，来给我们的学生做讲座，来和我们院的学者艺术家形成互动，对当前的文艺发展的理论问题、实践问题能够多做一些探讨，那将是我最期望的。

今天，来自全国各地的青年评论家汇聚一堂，举行“第二届全国青年文艺论坛”。与会的青年评论家在各自的领域中都取得了有影响的成就，是当前文艺评论的生力军。我期待大家通过本次论坛的集中讨论，能够有力促进我们当前文艺事业的繁荣发展。谢谢各位！

李云雷：谢谢王院长，下面我们请李准老师发言。

李准（中国文联中国文艺评论家协会）：文艺评论中的热点、难点和前沿问题，大都是直接关系着文艺创作、文艺理论研究和文化事业管理的发展方向和前景的重要课题。对这些课题的集中讨论与争鸣，是文艺评论发挥作用、扩大影响的重要着力点，也是推动文艺评论自身不断与时俱进的新的生长点。

当前我国文艺评论很活跃、很热闹，新提法、新主张不断出现，但似乎很少能形成全国评论界都关注的热点、难点和前沿课题。即使有一些重要的热点和难点，也很少有集中的、深入的，并产生重大影响的讨论和争鸣，这和由资本操控的某些作品、演艺明星的一边倒的、铺天盖地的热炒，构成了鲜明的对比，很是让人感慨系之。

借今天的机会，我想提出一个建议：有关研究和宣传部门能否组织力量，在认真梳理和研究的基础上，抓住一些最有普遍意义和时代思想深度的热点与前沿课题，推动在重要评论阵地上，分期分批地展开热烈而有深度的集中讨论？作为个人意见，我先提以下几个课题供大家参考，看可否作为重要的评论热点和难点来集中加以讨论与争鸣。

（一）文艺的本质属性与市场经济的关系。文艺作品是精神产品，它的精神属性中包含着意识形态性和审美属性；在市场经济条件下，它又要以商品形式进入流通领域，在这个范畴中它具有商品属性。意识形态性、审美属性和商品性之间是什么样的内在关系？是主从关系还是并列关系？是统一关系还是两张“皮”关系？如果是主从关系，谁是主谁是从？对这一问题的回答是一个带有根本定位性的问题，其他问题，诸如社会效益与经济效益的关系，要不要发展文化产业、如何发展文化产业，整个文化事业要不要实行产业化管理，文化市场与物质生产市场的管理应当有什么样的区别等等，都是派生性的问题。所以说，只有在集中地、深入地讨论中对这一课题作出新鲜的、科学的、令人信服的回答，才能给文化体制改革提供一个统一的、坚实的理论基础，否则，文化体制改革就会陷入混乱。

（二）经济全球化、“普世价值”与坚守民族文化优秀传统、社会主义核心价值观的关系。经济全球化是时代潮流，我们只能积极迎接它的挑战，因势利导，但经济全球化是否等于民族主权国家的过时，是否等于文化的全球化？进而言之，进一步扩大开放、加强中外文化交流，是否意味着作为各种文化体系核心的价值观也要全球化？从另一个视角看，我们应当如何看待西方文化，特别是美国文化霸权话语在全球的扩张，和众多发展中国家民族文化的危急处境及今后出路？所谓“普世价值”的内涵究竟是什么？西方大国特别是美国在“普世价值”的宣传和使用上如此地翻云覆雨、信口雌黄（比如，他们说反对细菌战是普世伦理，可在东京大审判中他们却把日本细菌战头子石井四郎从监狱捞出来待若上宾，后来又对中朝军民使用细菌战；他们在科索沃、伊拉克问题上宣扬人权高于主权是普世伦理，在北奥塞梯、乌克兰问题上又说主权高于人权是普世伦理）说明了什么？真正的“普世价值”与各民族优秀文化传统（包括其核心价值观）是不是共性与个性的关系？我国社会主义核心价值观是由什么决定的，它与真正的普世伦理是不是不相干的？是不是就是背离的？还是为普世伦理提供了新的、更美好的支撑与方向？我们的文艺创作应如何体现两者的关系？这是一个不可回避的难题，晚讨论不如早讨论，各说各的不如集中争鸣。

（三）文艺创作中的时代精神与“人性深度”的关系。这是一个老话题，又是一个新热点。什么是人性？人性是先天的、抽象的、永恒的？还是在具体的社会实践中生成和变化着？所有的人都一样，不分民族、国家、阶层，“都一半是天使，一半是魔鬼”？毫不利己、专门利人，是最美的人性还是违背人性？当代我国的时代精神是什么？这种时代精神与人性的互相塑造又意味着什么？什么是当代文艺创作中的“人性深度”？只有写人性的扭曲、变态才能写出人性深度，写人性的光明、写革命先烈和当代英模的献身精神就会陷入人性的浅薄？只有渲染原欲、感官冲动才称得上表现了人性的本真，写理性的自觉、革命信仰的追求就是对人性的强加？当代我国市场经济发展对人性的塑造作用是单向的还是双重的？如果有双重性，怎样表现这种双重关系才算写出了人性深度？在这个问题上，我们不能动辄就搬出美国标准、法国标准、英国标准、日本标准，而应当从我国实际出发，经过深入讨论找出一个中国标准来。

（四）推动我国马克思主义文艺理论发展的主要支撑和思想资源是什么？我国当代马克思主义文艺理论的新的生长点在哪里？在文艺界许多最热闹的场合，马克思主义文艺理论已经被边缘化了。但今天在中国艺术研究院马克思主义文艺理论研究所主办的这个论坛上，还是有必要提出马克思主义文艺理论发展的思想资源和新生长点的问题。马克思主义的本质是革命的、批判的，马克思主义文艺理论的巨大生命力在于：一是有科学的世界观和方法论为指导，二是能随着时代的发展不断吸收新的东西创造新的论断。当前我国马克思主义文艺理论的发展，无疑首先要立足于新的社会实践，包括文艺实践去创造，但同时应当主要吸收、依托什么样的思想资源来推动自身前进呢？有人主张应该是新儒家思想，有人主张应该是西方马克思主义理论，有人主张应该是西方现代哲学文化理论，有人主张应该是某些新美学。而马克思主义文艺理论的新的生长点在哪里？有人说应该是本体论，有人说应该是审美论，有人说应该是生产论，有人说应该是传播媒体论。这两方面的分歧与难点，都需要通过更集中的讨论和争鸣来推动解决。

（五）如何推动马克思主义美学原理的当代建设。钱学森生前多次讲过，美学理论是哲学通向艺术各门类的共同的中间桥梁。这话很有道理。我以为，马克思主义美学原理就是马克思主义哲学通向马克思主义文艺理论的桥梁。马克思主义美学理论的当代建设不仅对其自身发展具有迫切性，而且也直接关系（推动或制约）着马克思主义文艺理论的发展水平。现在的问题是，美学界的各种新提法、新主张不断出现，有点令人眼花缭乱，而对一些重要问题（如美的本质、美的范畴、审美的标准等）却缺乏集中深入的讨论和争鸣，对一些重要的、有争议的艺术现象（如美术中的当代艺术、行为艺术，文学中的网络小说）也缺少有美学高度的理论批评，乃至有些对美学理论缺少起码研究的人竟也到处大讲美学。对我国美学理论，尤其是马克思主义美学理论的发展来说，当务之急就是对一些重要课题，进行集中的、有专业水准的深入讨论与争鸣。我还建议，在“马克思主义理论研究与建设工程”中，应增加一项马克思主义美学原理的研究和教材编写。

以上五个课题的提出，纯属个人一孔之见，而且只是举例式的。高水平的同志一定会作出比我更好的概括。更关键的是，要有人、有单位为这种集中讨论和争鸣创造条件，推动实行。马克思主义文艺理论研究所举办的“全国青年文艺论坛”就是一个很好的尝试，可喜可贺。祝愿论坛越办越好，做出更大的成绩和影响。“认识是思维对客体的永远的、没有止境的接近”（列宁）。对文艺发展中的重要课题开展集中的、深入的讨论与争鸣，也呼唤着组织者、参与者的非凡能力和献身精神。再次向马克思主义文艺理论研究所的朋友们表示敬意。

李云雷：谢谢李准老师，下面我们请阎晶明老师。

阎晶明（中国作家协会文艺报）：各位朋友大家上午好，非常高兴能够来参加今天的第二届全国青年文艺论坛，我知道中国艺术研究院马文所创设的这个青年文艺论坛已经坚持了好几年时间，我认为这是一个非常不容易的事情。因为刚开始我收到他们所每期都寄来的小册子——论坛成果的时候，并没有引起太大重视；但是之后每个月都收到一个，我觉得这一定是有一批人在做这样的事情，后来我知道是李云雷他们在中国艺术研究院专门搞了这么一个论坛。

不管是大家坐在一起讨论问题，或者是举办一个定期的论坛式的座谈，这种方式在20年前，我觉得在中国文学界是非常普遍、非常常见的；但是像我们青年文艺论坛能够每个月坚持做一个话题的讨论，而且能坚持好几年时间，我认为这是非常不容易的。如果说没有一群人对文艺充满热情的态度，他们若没有对文艺评论的奉献精神，我觉得做这件事情，特别是能够坚持下来，几乎是不可能的。特别是青年文艺论坛除了每个月都有不同的人群在一起讨论主题型的问题之外，每一年还举办一次比较大规模的全国性的论坛。去年我有事没有参加，今年来见证了这个现场，我觉得这是我近期以来所参加的文艺活动里面规模最大、阵容最强、最充满青年朝气，而且各方面的话题准备也是最充分的一次，是非常认真的一个学术论坛，所以在这表示祝贺。

本次会议的主题是关于文艺评论新的方向和可能性的问题，当然这是一个讨论话题的范围、可能性都非常大的，一个指向性的论坛主题；但是它确实已经指涉到我们当前文艺评论中所存在的一些危机，或者可以说是一些大家已经开始感觉到的比较焦灼的问题。在讨论新的方向的同时，因为对新的方向是什么，我现在还没有完全理清楚，但是我觉得我们现在确实至少面对一个非常复杂的全新的理论环境，或者是一个全新的媒体环境。在这个环境里面，很多东西都在变异，那么文学、文艺，包括文艺批评是不可能不被改变的，不可能不发生变形的。

我前两天写了一篇小文章，谈到了从球评消失看文艺评论的问题。我的意思是说，在中国，尽管球迷对足球的热情从来没有衰减过，但如果我们将历史再往前推十几年，你会发现随着中国足球的起起落落，和世界足坛出现的一些情况一样，中国其实出现了很多所谓的球评家，专门写文章对某一场球或者某一个情况进行评论。对很多球迷来说，这都是具有很强的权威性和指导性的所谓球评。但是到了今天，这些所谓球评家，他们的专业性、权威性，可以说基本消失了，没有人看这种文章了。这种改变其实有多种因素，比如说足球，我们从纯粹的体育欣赏变成了彩票行为，球迷变成了彩民，大家对专业的东西完全无所谓了。特别是新的传媒时代出现之后，我现在觉得一个人坐在家里看一场球，比一个人在现场看球得到的信息更丰富、更饱满、更多元，所以他们的热情可能比现场的人还要澎湃，因为得到的信息真的是太多了。在这个过程当中，每一个人都可以变成一个评论家，可以跟别人交流，发微博、发微信评论等。而且这些评论不一定都得是一篇文章，不一定都得形成话语，甚至只是一个感叹号、一个表情符号，随便拟出来就可以了，都可以表达你的情绪。

所以对足球评论的渴求就失去了，像什么黄健翔的一些话基本上就没用了、没人听了。我觉得文艺评论、文学评论，现在也面临这么一个问题。所以说，我们一些专业的评论家在给谁说话、给谁听？我们写这些文章，对我们假设的读者或者观众有多大程度的影响力？我觉得在很大程度上，文学评论至少会逐渐地被压缩为一个评论家和一个作家之间的对话。我还不说李主席说的其他复杂因素，我就说即使是一篇认真的文章，最后恐怕也会变成友情的对话。比如说这是我的朋友写的作品，我觉得写得不错，就写一篇文章。然后，或许也只有那个作家能很认真地把那个文章读完。现在有这样一个趋势，我们的文学生态也在发生很大的变化。今年中国作协刚刚进行了关于全国网络文学的调研，我以前对网络文学基本是一无所知。于是，我到网络文学比较发达的的山东、江苏等地调研，跟一些网络作家一起交流。虽然对他们的创作水平还不能完全了解，但是我感觉到他们和我们这些所谓的传统文学，或者纸质文学的作家的创作相比，处于一种完全不同的生存状态或者体验方式，比如说文字量，有很多差别。包括就业状态、生活状态，包括他们对作家称谓的认知度、认知的敏感度，都有很大的区别的。

我就首先从文艺评论这个角度来展开。那些网络作家，你问他们对文艺评论介入网络文学有什么期待？他们会比较客气地说，是很期待的，或者真诚地认为是比较必要的。但是就现状来说，他们是不是真的非常看中一个评论家对他们作品的评论？他们认为不可能，因为他们的体量一般是几百万字、上千万字的作品，所以他们也不会期待。第二，由于他们那种写作方式和盈利模式，决定了他们根本顾不上关心评论家的说法，问他们最关心谁的评论？他们就是看网友留言。每天更新以后，有很多人去跟读，跟读完后有人用一句话或几句话或者用一些什么东西，来表达对作品的感受。对网络作家来说，非常敏感于这里面的评论内容，因为这是他的新方向，是他创作的新的方向和新的可能性的未来指向。所以这些网络作家的写作是这样运行的，也必须按照这个模式进行和矫正。

这时候，我突然觉得即使有一天我们即便有了强有力的文艺评论，即便有很认真、很敬业的批评家把这些作品读完了，用我们旧有的理论概念和批评模式去对他们的作品说话；但这些所能得到的认知度，仍然是非常有限的，这可能是我们目前面临的一些很棘手的问题，至少在文学批评界我认为是这样的。

所以，现在我感觉，过去我们说文艺批评，就是要强调客观性、公正性、权威性等。我觉得，现在谈权威性基本是谈不上了，网民基本上很斥责这样一个说法，就是你不可能再谈权威性。但是我觉得，文艺批评如何能够对新的文艺现象、新的文艺作品产生有效的效果？这恐怕是我们每一个人，不光是青年评论家，也是所有的评论家都需要认真考虑的一个问题。

因为我觉得，我们这些人不能简单地说由原来每天发 10 条微博、10 条微信，变成发 50 条、100 条，就能增加我们的话语权利，这是不大现实的。那么我们就应该有特殊的使命，特别是要有很强的专业性，那么这种专业性如何能够很有效地介入到文艺，或者说文学作品的评论当中？这其实是我们要面对的很大的问题。比如说现在的青年批评家，据我所知，基本上都是博士以上的学历，他们一般在学院里面已经积累了很深厚的学术基础，那么他们如何能够更有效地介入到文艺评论的现象当中？我觉得这里面还有一个对接的问题。总之我们的理论性,还有我们的文学史观，就是怎么把一个作品放到文学史的链条里面去评价。

其实我们面临的问题很多。特别是处在今天这样一个新的传媒时代，新的文学生态、文艺形态在不断变化，是非常复杂多样的一个时代。那么文艺批评或者说一个批评家，如何从这里面浮出水面，成为一个有话语权的专家，能够对读者和观众欣赏、阅读起到一定的引导作用，对作家、艺术家的创作起到一定的启示性的作用?我觉得这是非常迫切的，也是非常巨大的问题。我也希望我们青年文艺论坛能够在这方面做出新的贡献。

同时我也期待，除了这种对话的启示之外，希望通过这个论坛也能够推出一些具有系统性的扎实的理论基础、具有文学史意义的观点；推出一些既有深厚的学术基础，又能很好地介入到文学、文艺欣赏当中的一些文章或者著作。总之祝贺这个论坛的成功举办，也祝贺各位评论家所取得的丰硕的成果。谢谢!

李云雷：谢谢阎晶明老师，下面请陆建德老师发言。

陆建德（中国社会科学院文学研究所）：首先，非常感谢邀请我参加中国艺术研究院马克思主义文艺理论研究所的这个活动，我们社科院文学研究所在很多方面都还得向你们学习。

今天这个活动给我留下了深刻的印象。在文学、文艺批评领域确实有很多事情可以做，问题是应该怎么做。“新的方向和可能性”并不一定是现成的，需要我们——尤其是青年评论家——共同探讨，而且很多新的话题，也可以围绕旧的甚至很古老的观念来展开。最近的复古潮让我有点担心。比如说，我在来中国艺术研究院的路上,看到路边围栏上有很多宣传画,“孝”是这些画的重要主题。如果我们只看到“孝”的正面意义，那还是非常不够的。“新的方向和可能性”也意味着对传统的反思。我认为对“孝”的过分强调，恰恰遮蔽了很多问题，这样说并没有为那些不愿尽责任的子女辩护的意思。我们是社会主义国家，应该有社会大家庭，然而我们的社会却太单薄了，对共同体的认同也比较弱。正因为如此，家庭所遇到的困难、挑战，才要由家庭成员来承担。国家和社会组织还不能为老人提供福利保障，把照顾老人的责任下放到家庭，恰恰表明国家、社会治理不尽如人意。我看到一些“孝”的典型事例很难过，因为它们凸显了这个重要的缺失。孤零零的个人不得不克服难以想象的困难，整个社会却不能伸出援助之手。宣传“孝”的同时，我们还应该尽力通过最基本的中央政权建设一个社会福利体系，国家还应该站出来说，每一个中华人民共和国的公民，都会得到相应的保护，把后面这一点忘记了，那就是舍本逐末。一些困难家庭的老人得不到保护，很多被恶势力（有时是以父母的名义）控制的儿童被虐待（如被迫乞讨，或被用作其他道具），这两种现象的性质是一样的：国家没有伸出援助之手。国家和公共意识的淡漠表现在方方面面，我认为对“孝”的大力提倡恰恰是症状之一。如果我们视“孝”为绝对的价值，那我就要怀疑我们是不是真的变得更加成熟了？胡适等新文化运动的发动者否定孝，做得太过，但是我们要看到，“非孝”背后有积极的一面，比如倡导兼爱，对陌生人的友爱，甚至大公无私。在《红灯记》里我们看到新的人与人的关系，几位没有血缘关系的人走在一起，形成家庭，他们背后的共同体意识很牢固。我们只有做到对任何话题都能作复杂的分析，我们所谈的新方向、新的可能性，才是有说服力、号召力的。

由“孝”的宣传画我想到，中国当代文学的批评还可以做得更好，我们还可以为共同体意识的培养出一份力量。以我的理解，这也可以作为新的方向和新的可能性提出来。旧中国一盘散沙，陌生人之间为了物质的利益什么手段都使得出来，并不是说，那个时候家庭观念不强，“孝”没能深入人心。怎么看社会、怎么看人事，往往有一些固定的模式。比如为了侍奉父母，可以拒绝承担任何社会责任，家与国实际上是对立的。又如古典文学里常见的各种各样“众人皆醉我独醒”的自以为是、自我欣赏的表述，个人与社会处于对立的状态，而且这些以“凤凰”、“神龙”自比的个人，往往对周围的人缺少一种爱的关注。这种模式怎么打破它，是一个难题。一个熟人社会变成一个由共同体意识凝聚的，陌生人和睦相处的社会是非常不容易的。中国社会的转型需要一个质的飞跃，物质的条件固然是基础，但新的价值观或者说人生态度的养成同样重要，批评家和作家正可以在后面的那个领域驰骋笔墨。

现代中国文学史上有一位身份特别的女作家，她在我们这里名气大，研究的人也多，她长期生活在美国，英文很好，如果关注一下她在美国的接受情况，我们会发现美国读者对她的关注度是非常低的，为什么？她曾经把自己一部中篇小说翻译成英文，但是遭到一些美国出版社的拒绝，一家大出版社甚至坦率地写信告诉她，小说里面所有的人都是卑鄙、龌龊的，这种肮脏的小说不能被接受。这件事给我深深地触动，我们有这样的底气吗？确实，那部作品里的女主人公变态、狠毒，以伤人为乐，而且，作者有着那么一种预设：因为她生活不能遂意，自然变得如此。

那么，我们敢不敢对这样的“伟大”作品发出批评之声？怎样使我们不再习惯于消费阴冷和刻薄？

在我们自己的文学批评里，我们要培养价值上的包括伦理上的敏锐，然后还要对人性与生活中比较善良的复杂呈现，保持一种持久的热情和兴趣。我们的当代文学能不能写出感人的故事（不仅能感动中国人，也要能够感动其他地方的人），也是与批评家是有关系的。要讲出动人的中国故事还是很不容易的，这个过程里面要融入很多的心血，作家要关爱普通人，善于观察，而评论家又必须作出恰当的回应。我觉得当下人们太喜欢讲述恶，有些人似乎心灵非常坚硬，而且有着太多的怨气和仇恨，写作近乎发泄，即使是所谓的“揭露黑暗”，背后也丝毫没有善的支撑。时间一久，就失去了对美好而细腻的事物的感受力。这个世界全是卑鄙、龌龊吗？绝对不是。平常人故事里面有很温暖、很感人的一面，怎样去发掘是一门变化多端的大艺术。我并不是说要写简单的“心灵鸡汤”，或者所谓“好人好事”。

我有一点小小的顾虑，就是担心利益的诱惑。政府出钱支持批评事业固然很好，但是会败坏人的动机，而一旦变成为利而来、为利而去，最终就起不到好作用。马克思对钱是有点怕的，他没有接受任何项目资助。我想他如果接受了的话，《资本论》就写不出来了。马克思身上有一种纯粹的精神，对我们中国文化来说，那是一种很陌生的精神，而恰恰是这种精神使我感动。马克思能在关注研究对象的时候彻底忘掉自己，不计利害，我们每一个在座的人都要对这种境界心向往之。那时候，新的方向和可能性自然而然地就成了现实。我就说到这里，谢谢。

李云雷：谢谢陆老师，下面我们请白烨老师发言。

白烨（中国社会科学院文学研究所、中国当代文学研究会）：连续两次参加全国青年文艺论坛，感觉真是青年批评家的盛会。这个论坛是以青年批评家为主的，但参加者又不限于青年批评家，实际上既是同代批评家之间的交流，又是跨代批评家之间的对话。我简单谈几点有关当下批评的意见，以便跟大家交流。

首先我要说的是青年文艺论坛，坚持这么多年，取得很多成果，是非常不容易的。作为对当下批评越来越有影响的论坛，它已不仅仅属于中国艺术研究院，也不仅仅属于马克思主义文艺理论研究所，它研讨的话题之前沿，取得的成果之丰富，造成的影响之广泛，在全国来看也是很突出的。这个论坛坚持到现在，取得这么多成果，当然跟具体组织的人很有热情、很有想法、很有能力有关；但我觉得，能够坚持下来，而且成绩斐然，一定跟所的支持、跟院的领导，或者学界的帮助，都是有一定的关系。

可以说，这个青年文艺论坛，已经变成贵所和贵院的一张名片了，这个我觉得非常好，希望好好坚持下去。

从论坛场面和出席名单看，第二届论坛显然比第一届论坛来的人更多，尤其是来自不同方面的青年批评家更多。这说明这个论坛的感召力、凝聚力、辐射力、影响力是在不断扩大的。我觉得我们的文学批评，虽然从整体上看有比较大的挑战和比较多的问题，但总有一些令人欣慰的现象出现，比如像这样的论坛持续发展，这是很令人高兴和欣慰的。

我想概要地说说当下的文学批评所遇到的难点和面临的挑战。

我们现在谈论文学批评，一定不能离开我们所面对的文化与文学环境。我们现在面临的现状，是经过了20世纪80年代、90年代和新世纪前10年，也即三十多年来的演变，才成了今天这个样子的。今天这个状况，跟过去相比，不能说天翻地覆，也是面目一新了。最明显的区别，是内部结构发生了深刻而巨大的变化。这个新的结构形态，可以从多个角度去解读和描述，但整体上的特点，就是比过去更具混杂性和综合性，产生了很多新关系。比如说文学与市场、文学与科技、文学与网络、文学与传媒、文学与信息，这些关系是以前没有的。这些新的关系都会在文学的生产与传播中发生一定的作用、产生一定的影响，这就使得我们文学的问题不单纯、不单一了。所以，我觉得在这种情况下来看待文学批评，至少需要看到两个方面，或从两个方面来谈问题：一是批评首先需要理解与扶持，二是批评确实需要改进与更新。

批评需要理解的，是它所面对的对象，不仅增多了、变大了，而且也新异了、复杂了。过去的文学批评，基本上面对的是一个相对单一的传统文学格局，而现在的批评在传统文学或主流文学之外，还要面对市场化的文学、网络文学或新媒体文学。如果要如实描述现在的批评与现状的关系，可以说是：一个缩小了的批评，面对一个放大了的文坛；一个相对传统的批评，在面对一个活跃不羁的文坛。这种事实上的不对等和不平衡，正是批评的难处与挑战之所在。因而，批评需要人们的理解，当然更需要基于理解之上的多方面的扶持。

文学批评需要被加以扶持的方面有很多。首先是批评队伍既需要壮大，又需要纳新。现在从事文学批评工作的人，来自好几个方面，有作协、文联系统的，有高校、社科机构的，有报刊、出版单位的，等等。说好听的，是有一支队伍，说不好听的，基本上是散兵游勇。因为没有一个彼此联系的机制与方式，见面就是作品研讨会议，散了后就各自为战。就评论与批评的对象选择来看，也是主要根据作品研讨的情形顺序而来；而剩下的不多空余，也是谁催得紧、要得急，就先给谁干活。基本上是随机安排，被动应付，而且忙得不亦乐乎。现在看来，建立一个联系批评家的组织或机制是必要的：可借助这样一个组织或机制，沟通情况、研讨问题、交流信息，并就一些倾向性的现象与问题，组织集体的力量、运用论坛的方式进行重点出击；还可就一些需要特别关注的宏观性的文学问题，提出一些带有指导性或导向性的系列研究课题。通过这种方式，可以起到联谊批评队伍、集中批评力量、组织重点选题及吸引对文学批评有兴趣的人士介入文学批评等多重作用。还有就是要积极发现批评人才，大力培养批评新秀。现在活跃于文坛的批评家，主要由40年代、50年代和60年代的人构成，70年代的为数不多，80年代的更是凤毛麟角。这与文学创作上的六代同堂（从30年代到90年代）和越来越年轻化，构成了极大的反差。批评的队伍需要年轻化、有活力，而批评的人才又需要既综合又特殊的素质，因而很难依赖自然成长，需要有一些发现和培养新人的措施与办法。比如，在一些有条件的高校和研究机构建立专门培养批评后备人才的研究生基地，吸纳有志于文学批评的年轻学人和爱好者，举办文学批评青年培训班等等。这些都需要提上议事日程，而且刻不容缓。

另外，文学批评在活动的阵地、传播的工具、资讯的提供等方面，也需要具备一定的条件，得到有效的支持。现在的文学批评类文章，主要发表于一些专业性的报纸和相关刊物上，而这些报刊的受众主要是业内人士，因此其影响基本上就囿于一定的圈子，社会性的影响也极其有限。而受众较多、影响较大的电视、网络和市民报纸，基本上没有文学批评的立锥之地；如果有，也是以媒体批评和媒体报道的方式对专业的文学批评进行“为我所用”式的择选、删改与加工，经过这种媒体过滤的批评家，常常有“被侮辱与被损害”的感觉。这样的大众化的传播资源，辐射面广、影响力大，如何也“为我所用”地为文学批评服务，或起到一些配合、呼应的作用，委实是值得我们认真考虑的。

文学批评面对着不少的难题，面临着诸多的挑战，这是问题的一方面；而文学批评确实需要在自省中自立、在自立中自强，这是问题的另一个方面。这些属于自身方面的问题，也需要坦诚直面、深刻认识和切实解决，在这里我想就最为突出和紧迫的问题，提出如下三点意见。

其一，面对俗化的文化环境和缭乱的文学现状，批评家需要增大社会责任心、增强历史使命感，并以知识分子的良知、高端审美的感知，观察现状、洞悉走势、仗义执言、激浊扬清。要超出对于具体作家作品的一般关注，由微观性现象捕捉宏观性走向，由代表性现象发现倾向性问题；该倡扬的要敢于倡扬，该批评的则要勇于批评。对于一些疑似有问题的倾向和影响甚大的热点现象，要善于发出洞见症结的意见和旗帜鲜明的声音。要通过这种批评家自身的心态与姿态的切实调整，强化批评的厚度与力度，逐步改变目前文学批评这种宣传多于研究、表扬多于批评、微观胜于宏观的现状。

其二，置身于不断演变的文学现状，批评家在观念上、方法和语言上，要及时地吐故纳新，不断地与时俱进。比如有的批评家的思想与情绪，还停留在80年代，没有完全走出“新时期”的情结，这使得他们在看取现状和表述问题时，都有一定的滞后性，明显与当下现实相错位或相脱节。还有包括本人在内的更多的批评家，在知识结构与理论准备等方面几十年“一贯制”，少有新的吸纳和大的变化，甚至明显老化。因此在面对超出已有经验的新的文学现象时，要么是文不对题，要么就失语、缺席，显得力不从心和束手无策。像在市场上长驱直入的青春文学，在网络上广为流传的网络文学，就基本上游离于主流批评的视野之外。出现这种现象的原因，并非文学批评的不为，而是现在的批评家不能。这种现状长此以往，既可能会使如青春文学、网络文学等新兴文学难以得到品位的提升，也会使整体文学的和谐发展受到很大的影响。

其三，要适应文学与文坛各个方面（从观念到群体）的新变化，要走出传统的文学批评模式，在批评的样式和方式上，要增强多样性、体现鲜活性、加大辐射性。比如，在传统的以作家作品为主的评论之外，要借助于新的传媒方式，利用新的传播形式，适应新的阅读群体，介入各类文学评选、评奖与排行；利用电视、视频等有关现象、话题进行座谈、对话与讨论，利用网络阅读跟帖点评网络文学作品，运用微博、微信发布文讯、书讯或短评、点评等等。总之，要打破固有的观念，走出传统的模式，使批评在新的历史条件下，增强其弹性，焕发其活力，并争取话语权，实现有效性。

我最后还想说，面对当代文学日益变化，以及批评队伍需要年轻化的现状，培养批评新人迫在眉睫。现在从事当代文学研究和理论批评的，主要是50后和60后，与文学创作相比，年轻化程度很不够。像我们中国当代文学研究会，主要负责的和做事的，都是50后。所以从研究会自身做起，要加大年轻化的力度和步伐。我们从去年就一直酝酿成立青年批评家专业委员会，最近又商定了一次，基本确定了委员会班子人选。我这里给大家透露一下，中国当代文学研究会青年批评家委员会，主要以 70 后、80 后从事批评且较有影响者为主，主任是李云雷，副主任是邵燕君、张莉、杨庆祥，还有 15 位委员，我能记起来的有黄平、金理、张晓琴、刘涛、霍俊明、傅逸尘、岳雯、王敏等。我们希望建立起青年批评家委员会后，通过这个机构来研讨问题，相互交流，包括和其他的机构交流，在当下批评的实践活动中，尽快成长，担当重任。希望大家对他们多关注、多支持。我就说这些，谢谢各位。

李云雷：谢谢白烨老师，下面我们请陈飞龙老师发言。

陈飞龙（中国艺术研究院马克思主义文艺理论研究所）：2011 年王文章部长批准我们所成立“当代文艺批评中心”，开办“青年文艺论坛”。2011 年 6 月 28 日，召开了第一期青年文艺论坛。时间过得好快呀，到后天这个青年文艺论坛就要 3 周岁了。在这 3 年时间里，青年文艺论坛已经举办了 36 期。开始确实没有经验，2011 年举办了 7 期，除了第一次成立大会以外，我们组织了 6 次，这 6 次主要从史论结合的角度谈：底层叙事与新型批评、新世纪中国电影、流行音乐、日常生活美学、作家座谈、艺术史观念与方法等。年终，我们给文章部长写了一个报告，汇报这 7 期的举办情况和 2012 年举办青年文艺论坛的设想。文章部长很快给我们批复，他提出青年文艺论坛要“贴近现实的文艺作品，起到作用，办出影响”。收到文章部长的批示后，我们很快进行了调整，2012 年第 1 期就安排讨论“《金陵十三钗》：从小说到电影”，接着讨论了电视连续剧《甄嬛传》、小说《白鹿原》、电影《一九四二》以及四大古典名著的讨论。这里说开办论坛的过程，是想说青年文艺论坛从一开始就得到文章部长的大力扶持和具体指导。

我在第一届全国青年文艺论坛上对论坛提了三个建议：“一是论坛继续贴近文艺作品，二是加强青年文艺理论家自身的理论修养和素质，三是文艺批评要有引领性。”这次我还想提三个建议：

（一）我们这个青年文艺论坛是一个原创性批评论坛，需要正确地认识和科学地开展文艺批评。没有独立的理论观点，缺少独特的学术主张，文艺批评也很难深入下去。我们要通过青年文艺论坛逐步建立起文艺批评的评价标准、确立起文艺批评的原则和方法。想要做到这一点，我们在开展批评时，就应掌握尺度，要有科学精神。正是由于文艺批评的方法在当代的缺乏，使得中国文艺理论始终身陷无法超越西方或回归传统的尴尬泥淖。我们要应用辩证唯物主义的认识论加以科学的认识，真实地评价我们的文艺作品，反映我们的社会生活。

（二）青年文艺论坛要立足中国的文艺实际。文艺批评的对象应该是我们的文艺现象，我们的文艺批评不要一味用西方的标准来评价中国文艺创作实践，但也不要用中国古代文艺理论中的道、圣、经、文的批评标准来评价我们现实的文艺。我们要像鲁迅那样对外国批评家一定留心是哪个派别的，不要听中国道士之类的所谓批评家。当然，中国传统文艺批评中也有很好的东西，比如“情动而言形，理发而文见”就显示出中国传统批评“风骨”的犀利主张与辞采完美的和谐统一，要像我们论坛所倡导的，建立起具有中国精神和中国美学特色的新型文艺批评。

（三）文艺批评要有导向性。在社会主义市场经济条件下，文艺创作和生产与市场交织在一起，市场成分越来越大。市场本身就带有一些缺陷，比如盲目性、庸俗化、拜金主义等已经对文艺产生了不良影响。我们所能掌握和运用的武器，就是开展强有力的文艺批评，表达社会主义文艺的立场，引领和规范文艺创作和生产。坚持正确的文艺导向，维护社会主义文艺的基本性质和特征，保障人民群众基本的文化权益。我就说到这里，谢谢大家。

李云雷：谢谢陈老师。在开幕式的最后，我们请青年批评家的代表邵燕君老师发言。

邵燕君（北京大学中文系）：参加这个会很荣幸，心情也很复杂，因为被作为资深批评家邀请来参会，同时又代表青年批评家发言，让我切实感觉到我处在两者之间。我觉得我需要代表青年向更资深的批评家们说说话，也需要代表资深的批评家们向比我更年轻的朋友们说说话。处于两者之间，我想谈一下我现在最新的一些感受。在第一次全国青年文艺论坛的会上，我记得张颐武老师提出了一个观点，谈到启蒙话语价值的终结，他发现我们今天的批评家，包括80后的批评家大部分还是在使用启蒙话语，好像没有更新的话语资源。

我看到前几个月李云雷也发表了一篇很重要的文章，他讲的是新文学传统的终结。我在这两方面体会很深刻，现在更强烈的体会就是我们同时面临着一个印刷文明的终结，面临着媒介革命的冲击，这也是我们五月份的青年文艺论坛就“移动互联网时代的文艺形态”的议题讨论中曾谈到的。

进入新世纪以来，在媒介革命的席卷下，我们终于对麦克卢汉半个世纪前提出的“媒介即讯息”、“媒介是人的延伸”等理论有了切身的体会。麦克卢汉提醒我们应跳出哺育我们长大的印刷文明的局限，以人类文明整体发展的“大局观”重新审视人与媒介的关系。

在麦克卢汉看来，任何媒介都不外乎人的感觉和感官的扩展或延伸：文字和印刷媒介是人的视觉能力的延伸，广播是人的听觉能力的延伸，电视则是人的视觉、听觉和触觉能力的综合延伸。他认为在机械时代，人类已经完成了一切身体功能的延伸，进入到电子时代，人类的中枢神经系统也得以延伸。所谓“媒介即讯息”指的是，“任何媒介（即人的任何延伸）对个人和社会的任何影响，都是由于新的尺度产生的，我们的任何一种延伸（或曰任何一种新技术），都要在我们的事物中引进一种新的尺度”。

麦克卢汉虽然常被诟病为“媒介决定论者”，但他有关“媒介是塑造历史和社会的隐蔽力量”的论述在电子时代越来越显示出“偏激的力量”。他指出，媒介和社会的发展史同时也是人的感官能力经由“统合”—“分化”—“再统合”的历史。拼音文字发明之前，部落人感觉器官的使用是均衡的。拼音文字的发明打破了部落人眼、耳、口、鼻、舌、身的平衡，突出了眼睛的视觉。从古希腊荷马开始的文字时代持续了约两千年，而直到15世纪古登堡印刷术的出现才最终结束了部落文化，保证了视觉偏见的首要地位，进一步加重了感官使用失衡的程度。以电报发明预示的电子革命的来临，尤其是电视和网络多媒体的出现，则恢复了人的感官使用比例的平衡，使眼、耳、口、鼻、舌、身重新均衡使用，在一个更高的层次重新统合化。电子时代由于人的感觉器官重新统合化，人们比分割化的过去更多地使用形象思维。形象思维尽管是人类最早的思维方式，然而它又是综合的思维方式。逻辑思维是人类的高级思维方式之一，然而它又是单一的思维方式。在更深广的意义上，形象思维包括了逻辑思维。麦克卢汉对电子革命可能带来的“地球村”的乌托邦想象是以前文字时代为蓝本的。在他看来，以媒介技术的发展变化为基本判断标准，人类社会发展划分为三个历史阶段：前文字时代/部落时代、古登堡时代、电子时代。我们以往认为的“文明时代”在他这里恰恰是“文明陷落的时代”，是两个伟大的“有机文明”之间的插曲。

在这一理论视野的观照下，不但以往无数的文学“常识”、艺术“原理”要被颠覆，而且，文学作为“文字的艺术”在整个文明体中的位置也需要重新思考。

我们不得不清醒地意识到，文学作为文字的艺术，实际上是一种“转译”的艺术，它成为艺术的主导形式，其实是印刷时代技术限制的迫不得已。在印刷术发明之前，人类的主导艺术形式是发乎“肉声”的诗歌和成于“肉身”的戏剧，印刷术发明之后才转变为可阅读的小说。印刷文明解决了跨时空传输的问题，却也封闭了所有感官，只留下视觉，而人们目力所见的并非形象而是文字。这就需要一批受过专门训练的作家系统地“转译”，将各种感官的感觉转译成文字。这个过程是孤独而隔绝的——作家在一个时空孤独地编码，读者在另一个时空孤独地解码——其中必然出现的大量“误读”现象甚至成就了“接受美学”这样一个学科。而这种超越时空的“编码—解码”过程，也使文学艺术具有了某种神秘性、永恒性和专业性。即使是最低等级的大众读者也必须识文断字，具备一定的在形象思维和抽象思维之间转换的能力，并且在一定程度上与作家共享某种文学传统。印刷文明极大丰富了人类的艺术资源，也使“文字统治”成为可能。

面对媒介革命，我们必须思考“文学性”如何重新定义？而思考的前提是必须跳出印刷文明的局限。数百年来，我们天经地义地以文学为中心制定艺术标准，习惯性地以“文学性”指代更广泛的“艺术性”。正如麦克卢汉所言，媒介作为一种环境往往是不被察觉的，就像鱼儿上了岸才会发现水。如今，古老的谣曲有了电子媒介这一新鲜的嘴唇，而“内容一经媒介即发生相应变化”，这正是“媒介即信息”这一论断的重要含义。或许我们只能以“精灵”这样的抽象意象来理解“文学性”，它既不绑定于某种媒介，也不绑定于某种形式，更不绑定于某种标准。这并不是说人类在印刷文明时代形成的一切关于文学的标准和审美习惯都要被废弃，而是要如麦克卢汉所言引入“新的尺度”，把“新的尺度”所带来的“感官比例和平衡”的变化引入对文化的判断标准之中。对于移动互联网时代的文艺形态的想象，我们不能延续任何一种“网络移民”的路径，而是要考察网络新生——来自前文字时代的“文学性”必然穿越印刷时代，以“网络性”的形态重新生长出来。这就要求我们不能以任何既有的观念来界定、评价网络时代的文学，必须在纸媒文学体系外，重建一套网络文学的评价标准和批评话语体系。

对于方兴未艾的网络文学而言，我们还不得不面对一个更加残酷的事实——网络文学尚未获得合法性就已经开始被边缘化——在网络时代，作为“文字的艺术”的文学将不再居于文艺的核心位置。鉴于互联网的媒介性质，未来的主导文艺形式很可能是电子游戏。根据媒介变革的理论，每一次媒介革命发生后，旧媒介不是被替换了，而是被包容了，旧媒介成为了新媒介的“内容”，如口头文学是文字文学的内容，纸媒文学是网络文学的内容，文学是影视的内容，而这一切都是电子游戏的内容。当电子游戏君临天下的那一天真正到来的时候，文学，即使是寄身于网络的文学，除了作为一种小众流行的高雅传统外，主要将以“游戏文本”的形态存在，其“文学性”必须在“新尺度”下重新建立。

伴随“文学性”的变迁，文学研究者也必须重新自我定位。这不仅意味着研究范围大幅度拓宽变化，研究方法的全面更新，同时也意味着研究态度发生根本性的变化——我们不再被要求保持中立的、客观的、专业的“学院派”超然态度，而是被召唤“深深地卷入”。因为，电子时代使人们的感官重新全面打开，这个时代最“受宠”的模式是感官的深度参与，“我们的时代渴望整体把握、移情作用和深度意识，这种渴望是电力技术自然而然的附属物”。“在电力时代，我们的中枢神经系统靠技术得到了延伸，它既使我们和全人类密切相关，又使全人类包容于我们身上，我们必然要深度参与自己每一个行动所产生的后果。我们再也不能扮演读书识字的西方人那种超然物外和脱离社会的角色了”。

或许历史的发展未必如麦克卢汉预计的那样乐观——人类打破印刷文明建构的“个人主义”，在“地球村”的愿景上，重回彼此密切相关的“部落化”生活——但至少重新“圈子化”了。只有在“重新部落化”的意义上我们才能真正理解网络空间的“粉丝文化”，生产者与消费者一体，创作者和分享者组成一个“情感共同体”。这就要求研究者如果不是“地球村”的“有机知识分子”，至少是某个“圈子”的“学者粉丝”，不能进入“圈子”就不再具有“入场”资格。

今天，我们正处于媒介革命的“临界期”，此时，我们因“震惊”而“麻木”是最正常不过的心理保护机制，但如果我们放任自己“麻木”，就要面临崩溃。作为“人类精神的触须”，文艺创造者和评论者应洞察时代的变迁，做出自己的选择——要么明知大势所趋而甘愿抱残守缺，以媒介的自觉者做文学艺术忠诚的守护人；要么与时俱进，戴着印刷文明的镣铐跌跌撞撞走进电子时代，为同代人触摸新的情感模式和认知模式。谢谢！

李云雷：好，谢谢邵燕君，我们的开幕式到此结束，我们休息 5 分钟，然后进入第一单元，因为时间比较紧张了。

第二届全国青年文艺论坛

文艺评论：新的方向与可能性

第一单元

文艺评论：新的方向与可能性

时　间：2014年6月26日（10：40—12：00）

地　点：中国艺术研究院第五会议室

主　办：中国艺术研究院马克思主义文艺理论研究所

主持人：李云雷（中国艺术研究院马克思主义文艺理论研究所）

李云雷：各位老师，我们现在开始进入第一单元，我们的主题是“文艺评论：新的方向与可能性”，大约有一个小时的时间，希望各位老师每个人发言能够简短一点。下面我们请中国艺术研究院的副院长吕品田老师发言。

吕品田（中国艺术研究院）：“新的方向和新的可能性”，这个命题非常好。在此，我想和大家交流一个基础性也是前提性的问题。因为任何新的方向、新的可能性都首先涉及一个所处的立场问题，我们只有在一种特定的立场上，才能够判断一种方向，并根据这种方向判断来讨论可能性问题。所以，我想和大家交流的是文艺批评的立场问题。

今天，作为中国文艺批评家，我们首先需要反省的是什么？我们首先需要在立场问题上进行反省。当年毛泽东在延安文艺座谈会上讲话时，其引言的头一个问题就是“立场问题”。他特别地强调“我们是站在无产阶级的和人民大众的立场”。这种鲜明的立场意识，为毛泽东时代的文艺批评体系奠定了坚实的基础。无论历史地看还是逻辑地看，文艺批评在毛泽东时代曾经立场鲜明地介入社会生活，为相应的艺术形态的建设横刀立马、披沙拣金，成就了文艺批评的独特价值，也成就了中国文艺批评现代化过程中的一个体系化形态。

回望这段历史，毛泽东时代的文艺批评有立场、有原则、有语汇，因而富有实践意义和现实成效。在它的批评实践中，没有那种因缺乏立场而呈现的目标盲目、逻辑混乱、概念芜杂以及毫无现实针对性的虚问题、假问题。当然，在毛泽东文艺体系中，文艺批评所坚持的立场特别地突出了一种政治哲学和政治策略，以致推崇和塑造的是一种极具政治意蕴的文艺形态；它所强化的文艺的工具性带给人们更多的是激励、督促和教化，不免以单纯的“工作性质”而造成一味的压抑；但是，无论如何，它具有作为文艺批评的自足和自觉。在那些至今依然散发着伟大气质和崇高精神的现实主义艺术作品身上，我们仍能感觉到同样散发着伟大气质和崇高精神的现实主义文艺批评的逻辑力量和实践魅力。无论我们今天以怎样的理由进行质疑或指责，就批评哲学而言，毛泽东时代的文艺批评都没有遭遇“多元化”对批评本体的瓦解。

改革开放以来，随着社会实践主题的转换，当年的文艺批评体系渐趋瓦解。这种变化本身并不是问题，问题是我们没有随之在哲学层面正确认识文艺批评，并展开新的文艺批评体系的建设。之所以提出这个问题，是由于一个基本事实：如今文艺批评家自己竟津津乐道于“多元化”，并以之为批评事业的进步和发展，以之为根本不该置疑和拒绝的理想状态。这种可能严重影响文艺批评事业的思想认识和实际状态是糟糕的，它反映了我们在批评观上的两个严重缺陷：一是缺乏关于批评本体的哲学意识；二是缺乏跨文化系统的宏观文化战略意识。这两方面都涉及立场问题，并对“多元化”形成不同的态度。

就一般意义而言,“批评”是一种“阅读”行为。作为精神活动的阅读,“批评”是“读者意识”和“作者意识”之间的交流与接触。生活中，“阅读”行为司空见惯，每个人总是以自己的角度和眼光“批评”地对待世界,或认同或冲突。一般来说,这些“意见”都是别人无法取代和干预的个人态度和见地。这种“阅读”行为作为人类社会的现实存在，既构成“批评”的基础也构成它的原始形态。

但是,这种单纯的个人行为,不足以构成真正意义上的批评。真正意义上的批评,要有一个基本的前提：即作为“阅读”主体和对象的“我”和“他”，必须构成一个以共同利益为基础的关系体；否则，“批评”就不足以成立。就批评本体的构成而言，它是一种“关系”而非“单体”，是一种在互动中力求统一的关系；因此，它就拒绝脱离共同利益基础的“多元化”，而有赖于同一基础上的“多样性”。如果批评不能在互动中达到统一，“多元化”便会发生，“多元化”的实质是批评关系体之间的一种关系状态，这种状态往往因为不同的利益基础而导致相互间的激烈冲突或疏远离异。双方唯有通过“对话”或“谈判”，达成一种非批评关系的“规则”，方能进行一种有所节制的外部性的“接触”或“交往”，不然就只能通过“镇压”或“战争”这种极端的方式来解决矛盾冲突。

显然，对批评本体来说，强调“多元化”如同自我否定、自我解构，是极其荒唐可笑的。一种批评若不强调自身的统一性和连贯性，何以还能称为批评？一个社会或关系体，若不强调利益基础的联系性和价值取向的趋同性，何以要批评？在“批评”范畴中，只有“反批评”，没有“多元化批评”。对一种批评而言，“多元化”等于非批评化、等于批评的自我解构，因为“多元化”是对批评立场的否定。

所谓批评立场，是一个关系体的基础，也即构成这个关系体的利益追求的共同点和价值取向的一致性。在特定的关系体中，一种批评价值或意义的形成，或者说一种批评成其为批评，必须是有立场的，也即必须立足于这个关系体的基础。因为，批评的旨归就是要通过“阅读”行为，维护有着共同利益追求和共同价值取向的关系体，维护这个关系体在利益追求和价值取向上的一元性。倘若作为“批评家”的“我”拒绝和“他”形成关系，其“批评话语”就只能是自言自语或自以为是，是缺乏批评主体和批评对象的非批评话语；即便接受“我”和“他”的关系，倘若“我”不立足于特定关系体的一定基础，其自以为是的“批评话语”要么是无所谓的，要么就是破坏性的。

真正意义上的批评，应该是一种发生在关系体内部，并立足于其基础的社会化的阅读行为。它意味着社会责任、权威和权力，意味着思想的中心地带，它归属于社会意识形态，旨在社会化思想和价值体系的维护与建设。因此，作为特定社会角色的批评家，就不是自封的或者可以自以为是的，不要以为任何一种“阅读行为”都可以在批评家的工作意义上加以对待。要成为真正意义上的批评家，其“阅读行为”和“读者意识”就必须社会化，也就是说，贯彻其批评活动的思想意识，必须体现社会意识形态及其发展趋势，其表达形式也必须符合特定历史条件下的社会规范。

担当批评家的角色就是要为社会主导价值观和为主流思想立言，就得以社会意识形态为价值判断的绝对依据，并以相应的批评话语来实践其对社会的制约、引导或规范。作为社会意识形态的“代言人”，批评家要担当相应的社会责任，体现相应的权威和权力。在批评本体的哲学观照中，批评家永远属于专注社会化阅读的个体，他必须以个人的才情、修养和领悟力首先介入社会，从中获得超越个体局限、体现社会意识形态的基本立场；进而，以在此立场上的特定的“读者意识”，解读差异纷呈的“作者意识”，并努力通过“批评话语”提示和强调一致性、揭露和抑制差异性，使得“作者意识”不自闭于极端狭隘的“自我意识”或“个体性”，形成接受“他者”、参与“社交”的开放性。如此来看，真正意义上的批评，是努力影响和改变单纯个人立场的事业，而批评家则是首先能够为公共利益而自觉放弃个人之“小我”而与社会之“大我”立场保持统一的个体，是在思想意识上社会化程度最高的一种人。

时下，人们总爱把“多元化”挂在口头，这个往往让种种恣行妄为得到庇护的流行概念，提示了现实中共同价值准则日趋瓦解的巨大变化，也提示了批评瘫痪或失语的实际状态。在“怎样都行”的处境中，批评如何作出一种价值判断？或者，一种价值判断还有没有共同的意义？就批评领域而言，对于这种思想上的混乱，我们的批评家应该首先反省自己，反省自己对所谓“自由立场”的无限强调。当我们仅仅以“我”为本原，仅仅以一元之“我”为价值判断的绝对准则时，我们便为这种“自由立场”牺牲了批评的自由。

自由和限制是不能割裂的，绝对的自由就意味着绝对的不自由。如果我们真能够哲学地认识批评本体的话，那么我们就会对此有清醒的意识：既然谈“多元化”，批评就得免开尊口，打消任何超出一元之“我”的“自由”之念；否则，就是对“多元化”的否定，就是对另一元之“我”的“限制”。因此，真正的批评主体，不是生物个体而是社会化个体，只有社会化个体才能真正担当批评主体。

文化是以共同利益和共同价值取向为基础的关系体的产物，因此，关系体的基础就构成一种文化立场。批评的旨归，是维护有着共同利益追求和共同价值取向的关系体，并因此立足于这个关系体的基础，或者说文化立场。在一个特定的关系体中，丧失立场或立场不明的批评，是无价值的并且有害的，它会干扰以至瓦解共同的利益追求和共同的价值取向。

西方文明把自我价值从生物个体意义上予以强调，从而突出了一种“我”与“他”的非批评性交往关系，一种“多元化”关系。而一旦这种关系被演绎到极致，势必的结果是：生物个体之间在本质上不可交流，所谓的交流只是本质上不可理喻的交流，即如德里达所谓的“延异”。这种不可理喻的交流只能通过一种有所节制的外部性的“接触”或“交往”来进行，彼此间的理解要靠“对话”或“谈判”达成的“交往规则”或“法律”，这种基础在本质上是非批评性的。

在目前的境遇中，中国学者究竟应该用怎样的批评利剑，或者说，怎样才能用批评的利剑开辟我们自己的未来？我不能不这样来发问，因为并没有一个所谓的“国际身份”或“全球眼光”，能让我们足以毫无“立场”地看问题。上帝造人，一开始就把每个人置入一个真真切切的家庭，落到一块实实在在的土地，而没有让我们像小天使那样满世界飞翔游荡；所以，现实中的人，注定是有立场且需要有立场的。我们不能想象一个上帝式的批评家，何况寓居天国的上帝们也总是各有辖区而非一统天下，否则这世界也就不会有那么多的宗教纷争。于人间判断人事的批评家，失却了立场或者缺乏立场的自觉，何以谈批评、何以谈价值判断？批评的经验可以交流或借鉴，但批评的立场却不可以置换或错位，否则何谈批评？所以立场问题，特别是文化立场问题，是发展文艺批评事业所不得不计较的，而且不得不是首先要计较的。

这是我的一点个人思考，非常粗浅，不成系统，请大家批评。

李云雷：谢谢吕院长，下面请梁鸿鹰老师发言。

梁鸿鹰（中国作家协会）：文艺批评是整个文化生态中的重要一环，是富于智慧的人们对于文艺现象的评说与解释，批评言说的必要，在一个文艺蓬勃发展的年代里显得尤其突出，这是出于精神创作生产规律的一种必然需求——一切来源于人类精神创造的自觉冲动。因为，只有精神创造能够使人类更加明白自身的使命与高贵，知道这个世界的无限丰富多彩。正如美国现代艺术评论家约翰·拉塞尔说过的那样："假如这个世界上还有什么可相信的话，那么，它就是艺术。正是艺术帮助我们生存，而不是为了其他的原因……艺术真实地告诉我们所处的时代。艺术给我们提供娱乐的同时，更主要的是为我们揭示了真理。它包罗了人类整个历史，告诉我们比自己更聪明的人在想什么、做什么。它讲述人人想听的故事，并永久地固定了人类进化史中诸多的关键时刻。"正是文艺批评，遵循着自身的规律，与作家、艺术家们精神创造的努力同行，以自己的见识、智慧、力量，含蕴历史烟云、揭示人类内心，见证时代进步的一些关键时刻，助益于人性进步。但要意识到，批评很可能是一种最讲究发现的艺术，优秀批评家须像法国作家法郎士指出的那样，延伸各自灵魂在杰作中的探险，不落后于时代与艺术，从而让自己的言说经得起时间考验。

第一，文艺批评之为探险；现在正面临众声喧哗的当代文化语境，传承、坚守与开拓，均肩负新的使命。对创作焦点和热点问题的分析、对重要作品的评价、对受众审美鉴赏引导等方面，文艺批评发挥作用的空间是很大的。文艺理论在整合古代文论资源、吸收西方文论资源等方面积极探索，正在形成中国特色的文艺批评理论。批评在与创作实践的不断互动中赢得发展。在文化日益大众化，传媒高度发达的语境中，文艺批评不可能是限于小圈子的精英化话语，文艺批评对文艺作品、文艺现象的解读往往会扩大到整个社会。通过广播电视、互联网、发布会等，文艺批评的作用得到了大大的延伸，成为作用于整个社会的文化行为。批评实践吸收新营养，探索产生更大影响力的新路径，在及物、体贴的言说中实现对创作、对群众审美、对多样性精神文化生活需求的引导。

但文艺评论遭遇的问题可能比预想的还要多。比如，文艺批评相对而言处于弱势地位，其受重视程度有待提高，总体说，对于文艺批评，人们有形无形地认为文艺批评工作的重要性低于创作。文艺批评没有良好的机制保障，对文艺创作的扶持奖掖可以形成共识，但对批评也是劳动、也是具有独立知识产权的创造这一点，则在社会上尚未形成广泛的共识，更谈不上建立第三方介入机制，以避免批评家与创作者、作品出品方的直接利益联系等。

社会生活及文化氛围的改进对文艺批评尤为重要，需要方方面面共同努力。目前文艺批评受到的牵制很多，比如被课题牵引，受现有评判标准制约，受制作方、创作方的牵制。我们国家是个熟人社会，浓厚的“人情”传统，使文艺批评说真话比较难，倡导点名式批评更难。改善批评生态，需要一个较长时间的过程，社会也期待文艺批评界改进文风，更加贴近现场、贴近受众。

文艺评论的“探险队”，目前正面临青黄不接的状况，同样需引起关注。要努力探索加大人才培养、扶持办法，关注与吸收民间批评、体制外批评、业余读者批评等的优长。文艺批评阵地建设任务艰巨，网络、都市媒体的文艺评论影响很大。在市场转型过程中，保护理论批评刊物、报纸等的生存，显得日益迫切，一味推向市场只能使文艺批评更加萎靡。

第二，文艺评论之为探险，其中一个题中之义，是要找寻有益的价值。文艺创作作为饱含价值取向的精神劳动，是由艺术地反映生活，审美化地评判生活来实现的。世界上不存在没有价值裁定和是非观的文艺作品，正如不存在没有意义的话语一样。俄罗斯著名文学批评家杜勃罗留波夫说过，真正的批评“应当像镜子一般使作者的优点和缺点呈现出来，指示正确的道路，又向读者指出应当赞美和不应当赞美的地方”。文艺评论要增强价值评判意识，是由其言说的理性、引领性所决定的，批评主体按照一定的理论主张和标准，对文本和文艺现象进行分析、鉴别、阐释、判断，从而作用于文艺现实，通过理性评判，对作品和文艺现象做出价值判断，对其文本意义进行适当的价值裁定，表达批评者的立场、观点和价值取向，才能完成文艺评论的使命。

人们需要文艺批评，很大程度上在于希望看到文艺评论对文艺现象、思潮、作品的理性评判和估价。没有价值判断的文艺批评会使言说陷于无灵魂、琐碎与苍白，而鲜明的价值立场能够点亮文化言说。目前在文艺评论实践中，那种将艺术言说蜕变为细致解读的“批发所”、华丽辞藻的“集散地”的情况是普遍的，在涉及价值评判的问题上变得言不由衷和不及物，是文艺评论的一大弊端。有位法国学者说过，批评是一种老得最快的东西，对抗时光的磨损，要积极弘扬在变化当中揭示永远不变的那些价值，以热情批评的真诚和人性体温，匡正创作风气、提振诗性精神。

增强价值彰显意识，要加强文艺批评价值、评判标准建设，缓解文艺批评的文化、理论与精神价值的资源短缺紧缺的状况。要学习马克思主义经典作家尊重文本，从文本出发的精神，坚守主流价值，以“历史的”、“美学的”观点开展文艺批评。要积极吸收古代文论的有益资源，作为文艺鉴赏、评论的重要尺度、依据和标准，鲜明体现中国人的善恶美丑观、义利观、责任观，体现中国文化的爱憎与是非观，发挥先进价值观引导文化思潮的作用。

第三，探险的魅力来自新鲜的发现。文艺批评必须善于发别人之所未见，以理性和表达的原创性产生影响。当前文艺批评主体，言说不由衷、感情不饱满、写作不投入，造成批评文字与批评对象“不对等”、“不对称”，进而使评论之“乏思想”、“乏趣味”、“乏提炼”、“乏美文”，是被普遍诟病的弊端。在茂盛生长的文艺创作天地里，文艺评论的言说，应以鲜活的笔触、活跃的心态、原创的言说，成为激奋人心的独特鼓点，聚集起照亮新人前行之路的独特光亮。

文艺评论所探讨的对象是文艺实践，两者有着相生相依的密切关系，但在具体操作中，文艺评论与文艺实践的关系则容易形成两种局面：评论者要么高高在上，以充分的优越感指手画脚，满足于充当“裁判员”、“质检官”甚至“法官”；要么就低到“尘埃”里，因为一些局部利益，落入“吹鼓手”的尴尬，不得不逢迎、迁就。合格的、及物的批评者应当做文艺实践的同路人、助产士和护花使者，成为严谨的“阐释者”、善意的“鉴赏者”和热情的“同道者”。这要求批评家必须加强修养和学养，以自己的坚守、自己的信念，以主动精神、创造精神，守护文艺创作的水土与生态。

探险必须要保持敏感，勤于研究深层次问题，敏于捕捉有益创作的话题，探寻规律，及时发声，使文艺评论贴近大众、贴近欣赏、贴近生活。积极吸收大众对文艺生活的意见，发挥鲜活、短小、有力的文艺评论在现代传媒上的作用，使之更加深入人心。要把大众评价文艺的声音，百姓对文艺的意见带进文坛，让网上文艺评论有效引导大众文化消费、文艺鉴赏。

张扬文艺评论的中国特色、中国风格、中国气派，要从抵制和杜绝八股文做起，构建富于时代特点、具有鲜明中国色彩的批评话语体系，在世界文艺讲坛上发出富于民族气派的声音。当前文艺批评不缺乏国外思想资源的营养，我们学习和使用洋概念、洋理论、洋术语、洋规范，但不能任其限制、规范批评的视野和思维。中国古人从“兴、观、群、怨”，到“笼天地于形内，挫万物于笔端”，从“乐而不淫，哀而不伤”，到“文变染乎世情，兴废系乎时序”，这些理论批评实践中积累的丰厚资源，有助于克服文艺批评话语单调、表达枯涩的弊端。

评论者的知识素养、思维方式、视野才情在当前遇到了最大的考验。拥有什么样的姿态、胸怀，在“识”、“胆”、“趣”方面要具备什么样的修养，以及生活阅历、人生历练、思想意识、职业操守方面有哪些追求，都时时考验着批评者。优秀的批评家在意识与观念上，均需力争超过创作者，对其生活方式、工作方式、人生经验同样有多方面要求。目前我们的批评工作者大多过着书斋生活，生活方式单一、工作方式单调，生活由书斋、图书馆到讲台、编辑部，评论家生活和工作的圈子基本上是具有共同知识结构和生活体验的知识分子，对现实生活所知甚少。提倡评论家深入生活、接近民众、融入社会，了解经济生活变迁、了解社会思潮脉动，摆脱优越感，积极参与社会问题讨论，让文艺批评与社会变革、文化发展、民生疾苦等问题的探讨结合起来，不断接受头脑风暴，创新评论话语和批评的境界。

李云雷：谢谢梁老师，下面我们请施战军老师。

施战军（中国作家协会《人民文学》杂志）：我简短地把自己的想法跟大家说说。我们这个论坛的主题是“文艺评论：新的方向与可能性”，就这个题目我想了很久，也想到比如现在的文学载体的变化等问题，后来想想那些好像也不是特别重要，更重要的是针对我们现在已有的文艺创作的状况，也就是文学批评应该更多地关注哪些东西。

我有两点想法。一种是我觉得我们的文艺评论、文艺批评、文艺研究，首先需要往远处思量，其次是应该往深处凝视。我看到青年文艺论坛有一个非常长的讨论，就是谈关于中国故事，我说的这两个都跟中国故事相关。我们现在一说到中国故事，基本上是以在城市里面写作的这些人写出来的作品，作为我们研究的依据。事实上，我们关于中国故事的讲述，我们在写作和研究阅读上，相对来说是存在着一些盲点的。

举几个例子。第一个是关于多民族文学表达。我们现在的这些年轻的批评家们，研究的东西几乎没有谈到多民族文学的，实际上这几年我们的多民族文学已经超脱出了过去作为文学史中一个小章节那样的小区域，或者类似的局限。现在的多民族文学的文学作品中所表达的那种人类精神，所展现的生命精神等，已经成为我们当今人类可以说最具有生命力的、最蓬勃的那一部分精神，也是当前人类所迫切需要的那样一种生命精神，这些在多民族文学作品中，已经表达得非常充分。我们现在谈到中国文学的时候，“中国”两个字往往就是指以汉族为主的，人口密集的区域里所表达的东西。

事实上，我们看多民族文学中的很多作家，比如说蒙古族、维吾尔族、哈萨克族等，有很多具有世界水平的代表作家。比如说蒙古族作家阿林佐的小说创作，比如说维吾尔族作家古索尔的小说，比如说哈萨克族作家竹马戴尔的小说；他们在相应的国家，比如说在蒙古国、在俄罗斯、在中亚这些地方，影响非常大。而且像这样的作家，他们是被和当今的俄罗斯、蒙古、中亚等国的作家互相比较研究的。但我们中国文学评论界对他们的评价，现在却是一个盲点，我们必须重视这样的文学创作的形态。

那么在多民族文学表达里面，我刚才说的人类精神的集中反映，更多的是在他们的作品里面，展现出了一种自然和人之间融为一体的思维，相当于我们古人在古代的时候对于人类和自然的认识一样。那么在中国故事里面，关于自然元素的表达，在多民族文学创作里面是非常充分的，我们现在一说到自然文学的时候，人们非常习惯地觉得是生态文艺、生态美学等，我觉得这是对这样的创作的一种矮化、缩略，因为它不是一种创作类型。按理说这该是文艺的本体，是文艺的正宗，每当一种文学遭遇由政治、历史、现实等所带来的危机的时候，那么这类文学就扛起了世界文学的大梁。我们还记得像比如《瓦尔登湖》，是如何融入到那样的自然元素里面，自己也成为自然元素的一部分。每当西方的价值观开始倾斜的时候，比如说经过世界大战的时候，比如说罗素他们，你看罗素的《西方哲学史》，和以往的西方哲学史就很不一样，原因就在于里面加入了自然和人文的混合型因素，所以他有了一种新的世界观、新的人生观在里面熔铸。所以我们在关注多民族文学的时候，在关注多民族文学里面所存在的自然元素的时候，我们从里面能看到的人应该有的本来的样子，就是本来的样子和应该有的样子，这是我强调的第一条，就是关于中国故事。

还有一种是往深处凝视。一方面，我们对多民族文学，或者说关于自然的文艺创作关注较少；而另一方面，我们日常经常能够看到的、经常能够议论的文学，在题材、在故事类型上，却出现了严重重复的状态：我们每一期稿子拿上来的时候，经常大家挨着看，故事都一样。比如说，写一个屌丝的奋斗史，社会不断地打磨他；写一个家庭的折腾史，总是感觉到家庭的不顺，各种各样社会压力的到来；写一个小公务员内心里面的沮丧等，几乎全是这样的故事。从我们现在的这种常规的故事里面，可以看到我们缺少一种往深处看的那样一种努力，因为我们从个体里面看不到人的力量，只看到了人被动的理念，被消磨的那种作为客体的状态。为什么会出现这样的问题？我们过去的文学一直是关注历史、关注时代、关注现实，关注人作为历史现实主体或者时代先锋的力量，以前世界文学几乎都是这样子的。80年代曾经把这种精神又重新拿回来，到90年代以后我们又开始失落。发现异化的人，把人作为一种损害和侮辱的对象的文学，成为我们当代文学创作的基本主流。我们现在缺少一种真正发现人的力量的文学、探讨人的质性的文学，我们很少在文艺评论里面发现对人的力量和质性的肯定。所以我们看到文学创作里面的感染力在大大的消退，我们很少能够有这方面的收获，比如说关于人能够存活下去的，关于勇气、关于未来、关于向往的安慰，非常之少。

可以说，在经典文学里面没有一部经典文学不是在给人力量，反而是要拆解人的某种力量；所以我们在往深处凝视的时候，我们对中国故事，中国人的生存状态，恰恰是缺少一种更深切的发现。我们在审美上经常把这个东西抛在一边，只是把所有的怨气、所有的恶感交给了时代、交给了社会、交给了其他人。我们在审美上的这样一种状态，就是缺少一种更深、更细的想法。比如说我们对时代是抱着一种批判的态度，这是一个可贵的品格；但是我们不能只在作品当中读出人间的恶坏，因为好的文艺作品除了把真切的现实和时代的场景和情形揭示出来以外，在底下肯定有一种人心所向的、有人心的向度，同时示意了一种人的归宿。前几年云雷做底层文学研究的时候，当时文学是非常兴盛的，我们从中能够看到在那种底层的生活环境里面，对于那些人群悲悯的情怀。

后来我们发现，底层在开始变异，作家的主体精神在一个作品里面慢慢消退，因为故事假了，故事不真切了，我们和故事距离太远；所以往深处凝视，就是要真正走到底层的深处去，看到他们到底靠什么生活。有的时候我们会想到，在这种环境里面的人，他之所以能够存活下去，肯定有他的指望，有他自己生命的快感在里面，我们不可以把这些东西脱离掉。我们习惯把所有的东西归于社会，而对人本身的这种生存的理由，我们缺少一种更深的挖掘。

我们今天整个的文艺创作面临的一个比较大的问题，刚才其他老师也说到这个内容，就是我们中国作家在揭示人和社会恶的方面的能力是非常强的，我们在写作这种东西的时候是灵光四射的。但是，当我们一旦触及到人必须要依赖的那些东西，比如说支撑、比如说温暖、比如说光亮等这些东西的时候，我们基本上都变成了傻子，脑子基本上都不好使了，不知道如何来表达。可以说后者是文学之所以存在，之所以还有人要读文学，文学能够安身立命的最后的底线，如果我们的创作把这些东西也都抛弃了的话，我们所有辛辛苦苦在做这些工作的人，我们的价值就注定要受到怀疑。谢谢大家。

李云雷：谢谢施战军老师，下面请贺老师讲。

贺绍俊（沈阳师范大学中国文化与文学研究所）：“文艺评论：新的方向与可能性”，这是一个很大的题目，而且文艺评论也是反复被讨论的题目，文艺评论现在的状况如何呢？我感觉总的来说文学批评还是比较热闹的，当然这并不是说我们的批评环境有多好，而是因为网络时代给我们提供了更多批评的渠道，不同的声音可以通过不同的渠道释放出来。但是在自由表达的前提下，怎样能使我们的批评更有说服力，怎样才能取得人们的充分信任？专业的文艺批评尤其需要认真对待这个问题。因为对于专业的文艺批评来说，应该赋予一些专业的要求，否则在众声喧哗中，专业的批评也就失去了权威性。在这里，我要特别强调一个专业的要求，这就是专业的文艺批评必须恪守文艺批评的伦理；我们今天有很多批评得不到人们信任，一个重要原因就是我们没有恪守文艺批评应有的伦理。

那么所谓文艺批评的伦理是指什么呢？是指人们在批评活动中应该遵循的行为规范，这种行为规范是从文艺批评的基本原则出发而设定的，是为了彰显文艺批评的宗旨和目的。强调文艺批评的伦理，并不是要求批评家都成为道德圣人，也不是要求批评家所写的文章都是道德文章，而是为了让文艺批评能成为真正的文艺批评，是为了尽量减少非文学的因素伤害到批评的实质。从这个角度来说，提出文艺批评的伦理问题，不过是要求一个专业文艺批评家应该遵守伦理的底线。其实只是一个底线！但在现实中，连这样一个底线都难坚守住，有很多的文艺批评文章，基本是一种无视伦理底线的文艺批评。但我并不想从道德的角度来指责这些批评家，因为我觉得并不是这些批评家们故意在践踏伦理底线，而是因为文艺批评环境长期缺乏伦理意识，人们没有意识到有这样一个伦理底线的存在，也就是说我们从来没有强调要有文艺批评的伦理。所以在今天，我们非常有必要提出文艺批评的伦理问题，应该醒目地划出这样一条伦理底线。那么文艺批评的伦理应该包含哪些内容？我觉得这是一个需要讨论的问题。

我对文艺批评的伦理没有专门的研究，只想就我在批评实践中的一些经验谈点看法。我觉得至少有两点是可以包括进文艺批评的伦理范畴的：其一是真诚，其二是从文本出发。

先说真诚。所谓真诚，就是说对文艺批评要抱有真诚的态度，是期待通过文艺批评达到弘扬文艺精神的目的，是要用文艺批评的方式来传递真善美。因此文艺批评尽管会不留情面地揭露文艺创作中的问题和缺陷，但这种揭露从根本上说是具有建设性的。

真诚同时也就意味着批评是有一说一、言之有据，因为真诚是和真实联系在一起的。真诚同时还意味着善意，也就是说即使是最尖锐的批评，最刺激的言语都是带有善意的。有人针对现在的文艺批评一味地说好话，就积极倡导否定性的批评。这样的倡导是对的，有益于改变目前不良的批评生态，但是否定性的批评同样需要恪守文艺批评的伦理，否定性的批评会很尖锐，甚至刺耳。但只要你的态度是真诚，尖锐、刺耳的话会说得在理。而且当你抱着真诚态度进行否定性批评的时候，你也会很慎重、很严谨；你就会遵循着一个最小伤害原则。最小伤害原则是从美国新闻工作者的伦理规则中借用过来的，美国的职业新闻工作者协会定立了一个伦理规则，其中就有这样的话："对那些可能受到新闻报道负面影响的人表示同情。"就是说，一个职业的新闻工作者一方面要在新闻报道中揭露社会的问题，但是他又要谨慎地注意到这种揭露不要伤害到无辜，所以他们就提出了一个"最小伤害原则"的伦理规则，最小伤害原则强调的是一种同情心。所以我觉得真诚是跟同情心连在一起的，也就是说，一个真诚的文艺批评家，自然是富有同情心的。这是我说的第一点：真诚，这个是可以进入到伦理规范中的。

再说从文本出发。其实在我看来，将从文本出发纳入到文艺批评的伦理规范之中，完全是一个常识的认定，无需再做什么解释。文本是文艺批评的对象，没有对象的批评还是批评吗？但是我们所看到的文艺批评中，就存在着为数不少的违背这一常识的文艺批评，批评者完全可以不从文本出发，就对文艺作品和作家进行严厉的指责，甚至有的批评者还公开表示他就是没阅读作品，但他仍可以理直气壮展开批评。我觉得这实在是有些匪夷所思，这些批评家如此理直气壮，难道就不怕别人质疑他有没有批评的资格吗？但并没有多少人来质疑。这就说明，我们并没有意识到从文本出发是一个批评的常识，更没把它当成一种批评的伦理规范，所以人家可以理直气壮地说我就是没看你的作品，但我就要批评你。忘记常识、践踏常识，是当代社会普遍存在的问题，这是由于社会在发生了巨大变化之后，社会秩序的建设和文明规范的建设没有及时跟上而造成的。所以，在文学批评中有些人完全无视从文本出发的常识，放在大的社会背景下来看，也不足为奇；但我们不应该听之任之，不能让这种违背常识的行为最终成为一种正常的行为。为什么要把从文本出发作为文艺批评的伦理规范之一？就是要通过文艺批评的伦理规范，恢复常识的权威性和普遍性。不从文本出发、不认真研读文本，就没有批评的资格，这并不是一个多么高远的要求，完全是一个起码的底线。

不从文本出发的批评，有多种表现形态，我这里特别想点出一种与学院派批评有关的表现形态。学院派批评对当代文学批评的发展有着重要贡献，这是必须肯定的。学院派批评将理论的光芒引入到了文艺批评中，使得当代文艺批评的理论品位得到大幅度提升。学院派批评也逐步形成了自己的格局，在批评实践中，产生了一大批精彩的批评文章。但学院派批评也有一个批评伦理的问题需要认真对待。学院派批评的伦理也许更为复杂，批评家既要遵循批评的伦理，也要遵循理论的伦理，而且要让两种伦理规范协调起来。一些成熟的学院派批评家在这方面做得比较好。但学院派批评的发展过程中，也出现一种只重理论不重文本的趋势。有一些批评家基本上是从理论出发，而不考虑文本的具体存在，以理论肢解文本。以这样方式写出来的文章，也许不违背理论研究的伦理，但显然违背文艺批评的伦理。学院派批评对当代文艺批评的建设具有特别重要的意义，放眼世界，自现代主义思潮以来，理论批评化和批评理论化成为一种普遍的趋势，许多伟大的现代思想家，往往是通过批评的方法来建构自己的思想体系的。我也期待中国的学院派批评能通过批评建构起中国自己的文艺理论体系，因此我们对学院派批评的要求就要更严格些。何况，学院派批评在双重伦理的规范下，难免顾此失彼，特别是在理论性的强烈诉求中，很容易就遮掩了其轻视文本、肢解文本的问题。所以我们不妨对学院派批评强调一声，不要忽略了从文本出发，要将其作为一种伦理规范来约束自己。因为忽略了从文本出发这一批评的伦理，不仅会对文艺批评自身造成伤害，而且批评家的理论建树，也会因为这种伤害而付诸东流。

我就从以上两点来谈该怎么去确立起我们的文艺批评的伦理。文艺批评的伦理当然不应该仅仅是这两点，我只是希望由此引出文艺批评伦理的话题，并想指出这一话题的重要性。文艺批评的伦理对于专业的文艺批评家来说，尤其重要，专业的文艺批评家应该自觉地将其批评看成是具有民族文化建设的功能。所以，只有批评家都共同遵循基本的伦理规范，才能使我们的批评达到系统建设的目的，我们的文艺批评也才能够真正健康地发展。

李云雷：谢谢贺老师，下面请陈晓明老师。

陈晓明（北京大学中文系）：本来不打算说话，都到吃饭的时间了，既然都要说，我就简要说几句。首先谈一下批评的理论化问题。刚才贺兄说到批评的理论化，我也在各种场合听到对批评的理论化的批评。其实这本身包含了当今批评的一种分野，批评处在不同的区域，被称为文学批评的东西是被分隔在不同区域的。今天的文学批评已经出现了很严重的分化，比如说书评，这是发表在报刊杂志上的有时效的、针对具体图书或文学作品的评论，这些书评当然不能理论化，这些理论化就会显得“没有作用”。但是发表在学术期刊上的文学批评其实是文学研究，这样的研究就必须理论化、必须学术化。首先你需要考虑前人的研究成果，你要知道该领域的研究现状，需要引述权威的观点。中国学术期刊经常限定论文的字数，比如说不能多于多少字，国外的学术期刊是不能少于多少页码，港台的学术期刊就要求不能少于15000字；因为太小的篇幅表明研究没有展开，表明作者的思路不能驾驭问题的复杂性和深度，会被认为不够学术含量。但是报纸的书评，像《纽约时报》的书评、《纽约客》杂志的书评，这些书评有长有短，但通常也比国内报纸的书评文章要长些。文学批评确实处在不同的媒介当中，不能要求所有的文学批评都做成书评，那就没有大学里的关于文学的学术研究了，文学的经典化传承也不可能进行下去。

美国纽约知识分子群以文学批评为他们的志业，从30到70年代，他们中有些人也历经了从为杂志做自由撰稿人到大学获得教席的过程。特里林身处哥伦比亚大学英语系，却终身要反抗大学体制的束缚，这是极少数的现象，但他的反抗也未能抵抗住“新批评”占据了美国大学的文学课程并成为文学显学。我们当然会承认特里林、威尔逊、欧文·豪这些人的文笔多么犀利，既有审美的感知，又能把握住时代的思想脉博，但这批人也只有特里林克制住了理论冲动，做出了很纯粹的批评。比如威尔逊的《阿克瑟尔的城堡》这部捍卫现代主义的经典之作，就不能不说理论色彩还是浓重的，但我们能因此批评他的理论性吗？谁要是这么做了，那肯定是一个学术笑话。特里林也写过《弗洛依德与文学》这种论文，我不知道是不是也算有理论性，按我们现在的标准，并未与当时的文学现象挂什么钩，但堪称经典名篇，也是最精彩的文学批评文章——这是无庸置疑的。七八十年代是以后结构主义为主导的批评，这是批评的黄金时代，美国在这个阶段是以“耶鲁四君子”为代表的批评，这是批评的理论化的全盛期。七八十年代美国的文学期刊上，文学批评独领风骚，据《批评探索》的主编米彻尔说，这个时期典型的文学期刊，会登100页评论文章、

10 页小说、5 页散文、3 页诗歌。我们可以看到理论化的美国文学批评的影响力大到何等程度。米彻尔曾经在《批评的黄金时代》一文里说，美国大学图书馆里的期刊的一些批评文章会被学生撕下藏走，那都是长篇大论的批评文章。这表明批评在那时受欢迎的地步。所以批评的理论化和批评如何面对文本，可能并不矛盾，批评的理论化有一个过程，同时当然也有一个度。耶鲁四君子是把批评的理论化做到极限，以至于后来很难有人能超过他们。如今美国的主流文学研究都很理论化，其学术的知识化门槛很高，文学研究的理论起点也很高。

其次，我想简要谈一下中国经验的可能性。这一论题和我们的会议上有人提出的要寻求新方向的观点相关。在多元化的时代，确立一种文学的方向是否可能？一部分人看到多元化造成很多混乱，但另一部分人看到多元化的丰富和生动。各种观点、知识、信息以不同的方式在呈现，以不同的方式在交流和碰撞。今天只有在承认多元化的前提下才能讨论方向和中国经验这些问题，否则，方向会变成一种强制规训，中国经验会变成一种主观臆想的强加。

我们讨论中国经验要在世界性的框架中来讨论，或者说在世界主义的背景参照下来讨论。应该广泛面对西方文学批评的经验，才能谈我们的方向和中国经验，离开了这个语境和参照，那只能变成一种虚假东西。今天我们谈论知识话语，它总是有知识的前提、谱系、语境，什么叫学术规范和学术训练？不只是不能抄袭这么简单，这只是学术的最低要求。在知识话语被说出的时刻，有那么多此前的知识要面对，你想声称自己的观点是原创性、创新性的思想，就必须知道有没有别人说过，不只是中国有没有人说过，外国、世界上有没有人说过都要知道。否则，自封的原创、发明、创新，就只能是自欺欺人。过去我们引述马克思、恩格斯、列宁，就是所有知识合法性、正当性的前提；现在显然不够，马克思前面还有黑格尔、还有康德，马克思之后还有其他人，总要有一个知识体系的问题。所以我们寻求中国经验的独特性，不能不面对人类一切的优秀文化成果，在这个意义上才能去讨论真实的问题。每一个问题的出现，在知识的合法化的意义上都有它的背景和谱系，所以知识谱系和世界优秀成果，可能会始终跟随批评的中国经验，像梦魇一样纠缠批评的中国本土化道路。

其三，我想说有限性的民族本位立场。今天我们民族的本位立场能够放大到什么地步？我一直认为，如果把民族性、传统这些东西放大到无限性的地步，恰恰是伤害了民族性的可能性。我读西方的一些东西，恰恰是看到他们的民族性隐藏非常深，例如小说家爱丽丝·门罗，她写的多半是加拿大的苏格兰后裔的生活，你说她是什么样的民族性？是西方的？还是苏格兰的？加拿大另一个作家阿特伍德，她的风格与门罗就很不相同。有时候我会读一些波黑作家的作品，还有印度的小说，我会感觉到他们的民族性隐藏得那么深，隐藏在所有的世界经验的无限的丰富性之下的民族性那么强大，恰恰能够引爆出一种世界的经验，我觉得这个是很可贵的。同理我觉得批评也是这样，在那样的意义上，我们再去思考我们的民族本位的立场，我们的利益何在？这个才是真实的，有活力的，能够挑战世界经验的那么一种民族性。

最后一点，我非常同意贺绍俊兄说的批评文本化，我觉得这点恰恰是我们要看到今天中国文学的创造性对于批评的意义，汉语文学的原创性给批评理论提供了非常强劲的挑战和启示。我觉得绍俊兄说的批评的伦理是尊重文本，回到文本是可贵的，我以为批评的伦理就体现在要在文本中找到批评的立足点和新的可能性。其实新的方向并不是批评确认的，我觉得恰恰是在创作方面，在无限丰富的创作本身中来产生的。

李云雷：下面我们请方宁老师。

方宁（中国艺术研究院《文艺研究》杂志社）：首先我对马克思主义文艺理论研究所召开这样一个全国规模的青年文艺论坛，表示由衷的祝贺。同时也想表达诚挚的谢意，因为我差不多每月都能如期收到由所里的青年学者认真编辑并融入了学术热情的论坛资料，这本刊物已经出版了三十六期，我不仅始终在关注着她，而且成为她毋庸置疑的受惠者。青年文艺论坛每个月举办一次，我虽然没有参加，但在某种程度上我或许也可以成为她成长的一个见证，因为论坛的会议室离我的办公室很近，所以每一次听到热烈的高论或看到满座的高朋，就可以感受到中国艺术研究院有一股新生的力量正在这里聚集、成长和发展。由此我也会不由自主地想到《文艺研究》，有时会产生一种衰落的感觉：相比之下，我们的人员结构有些老化，我们的资源也渐趋匮乏，守成的意识多于创新的勇气，而新兴的力量却在另一个领域中发展壮大起来。当然，对中国的学术界思想界而言，新生力量的涌现绝对是一件好事情，虽然从我个人的角度来讲，它带来的是某种程度的危机感。我们的确应该从这些优秀的青年学者那里吸取思想的力量和关注现实的热情。这是我想坦诚表达的感受。

青年文艺论坛的成果通过三十六期论坛资料源源不断地出版，并产生持续的影响，这本身就是一个值得关注的现象。虽然她目前还不算一个正式的出版物，而只是以内部交流的方式在运行，但是我觉得她有着很好的发展前景，不仅编辑者表现出了非常专业的水准，而且她所表达的一些思想和新锐的意见能够给同行以启发。

这可以说是一种“正能量”的体现。我想建议的是，目前国内有很多被列入核心期刊的文艺理论和社会科学方面的刊物，应该为这些青年学者提供传播的平台，呼应他们的思想，让他们的声音传播的范围更广，使他们的成果能够被系统地推介至更加广阔的领域。这是我来参加会议想表达的第一点意思：祝贺、感谢、建议。

第二点我想要说的是，我们今天这个时代，处在一个思想多元、价值流变的状态。体现在文艺理论、文艺创作方面，似乎人人都可以成为精神领地的思想发布者与传播者。过去苏联共产党掌管意识形态和文艺理论的权威人物日丹诺夫，他说一句话，文艺是什么，文艺要做什么，文艺应该怎么做，一说完，思想和文艺就一切 OK 了，此外不可能有任何别的选择。因为他的话就是标准、就是权威。当年在中国同样主管文艺的权威人物周扬，也是讲出一句话，必有九鼎之重。他说中国的文艺该怎么办，文艺当然就要怎么办。那个时候，标准是现成的，不需要讨论，好像也用不着讨论。当然那也是一种并不正常的状态，尤其是在现代社会，强行划定的思想疆域、行政命令式的思想统一，对人类进步、社会发展颇存弊端。幸亏这种情况已经一去不复返了。但今天的现状是，人人似乎都可以成为自我认定的权威，可以成为这个世界的中心，人人既可以为天地立心、为生民立命，也可以随时发布“重要”的思想观点，表达立场，甚至传播未经证实的消息。所谓的“自媒体”使更多的人成为了信息的生产者与发布者，甚至成为多元思想中的一元。在我看来，我们今天的文艺批评和社会批评面临的最大的问题，就是没有标准，或者说失去了需要共同遵循的标准。过去你对于一些是非或真理与谬误的判断有足够的信心，因为你知道可以作为依据的标准在哪里，这个社会的底线在哪里，而今天似乎一切都归零了，所以才会出现那么多匪夷所思的事情，无论是在我们的文学艺术领域，还是在我们的学术环境中。其原因也许就在于，这是一个失去了判断标准的时代。

我们今天的文艺和学术，实际上都面临着标准缺失的问题。从制度的层面看，我们缺少的是评价与批判机制，也就是说，没有一个学术共同体必须严格遵循的评价制度。比如一位学者撰写了一本专著，这本专著的价值和意义首先应该进入学术界和学术共同体的评价程序之后再做出，而不是由着作者去对自己的成果进行夸张性的渲染，或是邀集诸多私交好友进行广告式的宣传。但遗憾的是，这在今天的学术界、文艺界却是相当普遍的现象。我们今天的确没有一个严格的学术评价制度，传统的价值标准也在日渐式微，显然，没有制度也就没有标准，言人人殊，今天的文化所处的乱局也就不难想象。我认为，制度的建立是复杂的，但是最终必须要走这一步。而文艺批评、学术批判应该起到促进制度建立的作用，促进建立评价标准的作用。没有这个东西，我们的文艺批评也同样无法建立正常的秩序。批评的重要性、评论的重要性，其意义怎样估量都不过分。但是不仅要有文艺批评，还要有学术批评。学术是带有根本性的东西，对一个国家、一个民族而言，学术可以走多远，她的文化就可以走多远，她的艺术就可以达到多高的水平。过去讲文化是民族精神的核心，而在我看来，学术是文化的灵魂。我们所面对的每一个问题，背后都有一段历史，每一种思想都有它的来由，这是要由学术来发现和阐释的，也就是说，我们不应该单纯地从现象层面去讲“文艺评论”。最近一段时间，把“文艺评论”强调得很重要，把“文艺评论”的地位抬得也比较高，似乎这样一来，“文艺评论”就坐地而“大繁荣”了。实际上，“文艺评论”决不是文艺本身的事情，也不是围着表面现象打转的问题，它后面涉及到的是文化的、哲学的、历史的、法律的、社会的很多问题。刚才李准先生的意见我非常赞同，他讲到哲学层面的一些东西，讲到今天的这种精神和哲学的关系。我觉得我们的确应该有更多的青年学者去从事这方面的研究，去进行这方面的建设。我一向认为，杀鸡要用牛刀。中国一流的思想家和学问家，应该把“学术批评”、“文艺批评”、“社会批评”当成自己的一部分使命。今天人们更愿意成为同道中的“善人”，助人为乐、悬壶济世，而对那些常常发出批评声音的“恶人”、“恶声”则采取侧目轻视的态度，这恰恰是建立真正的学术评价制度的艰难之所在。这也是我特别看好马克思主义文艺理论研究所能够凝聚这样一批青年学者，能够孜孜不倦、坚持不懈地做好这样一件事情的一个重要的原因。看到他们的努力，我觉得中国的文艺很有希望、中国的学术很有希望。

陈福民（中国社会科学院文学研究所）：前面几位发言者已经把各自的问题说得比较透彻，我就不再重复了，我只想就最近一直在考虑的一个问题谈一点不成熟的看法。这问题就是，我们有必要重新考虑和检讨，用以确定文艺批评作为一种工作方式的由来，和它在当下的处境里遇到的究竟是什么性质的问题。

文艺批评，我们过去始终将其视为一种天然的、有先后顺序的工作方式：有了文本（这个文本可以是一个纸质文本、可以是一个印刷品，也可以是一幅画、一件雕塑作品等），而批评，则在其后负责阐释评说，与上述作品构成一种对应性的生产关系。这个看法是由来已久的，也就是说大家认为这是自明的一种生产关系；但是我想说，这个关系在今天很可能不是这样了，至少是需要重新加以审视和认定的。我们可以理解，以往所有的生产关系之所以是自明的，乃是因为它存在着一种被奠定的基础。这个基础首先设定文艺批评拥有对于文本的某种权威；其次，文艺批评背后一整套的知识框架，无论是美学的、哲学的，还是语言形式的，通常会被设定为人类可以通过交流，达到相互理解的一种普遍文明状况。作为人类知识的基础，这是一个基本设定。当然，这其间可能还牵涉到始终为人们所忽略或者无视的作为文艺活动基本动机之一的经济因素，等等。离开了这个基本设定，我们所有的批评都是无法成立的。我觉得今天这个设定出了问题。

刚才方宁说得很清楚，比如说自媒体也好、网络文化也好，这种蜂拥而至的平面化知识的倾向，造成了相当复杂的文化局面。我们看到，20 世纪现代性走到今天，各种文学艺术原来共享的知识共同体，正在经历着巨大的纷争以及崩溃的历史困难，这个崩溃也就是方宁刚才所表达的，可以共享的基准没有了。假如在这个被预设的基准上遭遇质疑，并在事实上被拆散，你要求一个文学批评，或者艺术评论拥有某种真理的标准，其实是非常困难的。换句话说，实际上我们是在已经不自明的生产关系当中，从事一种自以为明确的工作，并不断对其提出习惯性的要求，它的困难是可想而知的。换句话说，如果用煽情的悲剧性的描述来指认，我们这一代人，实际上在做这个工作，一直在努力维护哪怕是一个虚拟的，被想象的基准点，致力于修复这个共同体。当然这个工作在今天特别难，因此我想说，我们非常有必要检讨文艺批评作为一种工作方式，它曾经的自明性和当下的不自明性，以及所有的基准和我们自身的关系。如果这个关系理不清楚，我们就陷入到大家都在说，而且是完全自说自话，最后都是无效劳动这样一个尴尬的境地。事实上，尴尬和无效正在进行中。

这种无效劳动带来了严重的倦怠、失望和不负责任等消极后果，也包括文艺评论面对当下的无所适从，都是在这个前提下发生的。当然，其间还有更为复杂的文化背景，例如，像我前面所指出的，文艺活动固然有自身根本的精神动机，但是作为文艺活动基本动机之一的经济因素及其在现代、后现代条件下的支配性作用，过去一直为人们所忽略或者无视，这些都是特别需要加以研究考量的文明议题。我认为各位坚持的以及所承受的困难，都包含在这个新的方向和可能性当中，我也衷心祝愿云雷以及马文所和青年文艺论坛，在今后的工作中对上述问题与路向，有一种较为清醒的自我认识。谢谢。

李云雷：谢谢陈老师，最后我们请中国研究院艺术研究院副院长贾磊磊老师做总结。

贾磊磊（中国艺术研究院）：我觉得中国艺术研究院发起的青年批评家的论坛，现在已经越来越具有学术的深度与国家级的规模。记得当初设计这个论坛的时候，文章院长有一个特别明确的指示，就是说我们要面对现实，要关注当代艺术创作的发展现状，不仅是对具体艺术作品的评价，而且要关注那些带有倾向性、趋势性的艺术现象，进而通过这种学术评价确立一种艺术批评的价值体系。这种批评的体系的建立不单是通过概念的阐释，也是我们通过对一系列作品具体的分析、批评、评价来形成的。

今天上午听了大家的发言，我觉得和我们最初的设计目标越来越接近。在第一届的时候，我们说是扬帆启航，是我们青年艺术批评的团队的出征。今天，来了很多国内特别有名的批评家，其实不管他们年龄大小，我觉得从批评的视野上来讲，我们是对中国当代文学艺术创作和批评的一次巡航。我们的目光悠远开阔、明亮敏锐，我们提出的很多问题都特别的重要。

我们知道，艺术学的学科体系建构有三大支撑，一个是艺术理论，一个是艺术历史，还有一个就是艺术批评。艺术批评实际上是我们艺术学建构中至关重要的一个领域，它构成了我们整个艺术学的学科体系建设中不可或缺的一部分，所以对这个领域的建设是非常重要的。

今天上午的讨论对三个领域都有重新的定义，或者说有一个重新的定位。第一个就是对艺术批评自我职能的定位，大家说了好多观点，在这里我不一一重复了，包括贺绍俊老师提到我们批评伦理的建立，陈晓明老师提到关于艺术批评理论的分野，其实都是在反省我们艺术批评自身的职能，还有很多的学者都提到这个方面的问题。

第二就是我们对艺术本质的重新定义，邵燕君老师在发言中提到的这个问题非常重要。我们在旧媒介时代所确定的所有艺术批评的标准和价值理念，在现今所处的新的媒体环境下是不是要重写？过去在印刷媒体时代洋洋数十万字的文学作品，一部鸿篇巨著的小说我们叫它文学；而现在在网络上发表的一个很短的微信，不超过200字，我们也把它叫作文学。文学的定义是不是要重写？过去电影拍摄在野外，有非常庞大的一个团队，后期通过化学感光的方式把它变成胶片在影院放映，我们把它叫作电影；而现在数字化的环境下，拍电影连屋子都不出，墙上挂一块绿布就行了，这样制作的东西我们也叫作电影。

基于这一系列的变化，第三就是我们对文艺以及对批评本质都在重新定义和书写，最起码要重新思考，我觉得特别重要。还有我们对文艺批评使命的重新定位，我觉得李准老师说得特别重要，比如说我们关于价值观的研究问题，关于艺术的本质和市场的关系问题，关于民族立场和整个人类立场建构的问题，我觉得这些都是非常重要的命题。

今天，对于我个人来讲是一个非常好的学习机会。整个会议在各类学术思想上都有所升级，和我们对于过去一般性的讨论艺术批评的问题有很大的不同；所以，我们特别感谢今天上午来参加会议的专家、学者，也特别感谢新闻、媒体的朋友们。我们在座很多人都是多年的同行，是志同道合的老朋友，能够在这里聚集一堂深入地讨论这些问题，我感到非常高兴，还有很多精彩的发言，由于时间关系我就不一一复述了。我们会对这个论坛做非常详细的、深入的学术报道，把大家的思想传播开来，谢谢大家！

李云雷：谢谢贾磊磊副院长，我们第一单元的讨论到此结束。

第二届全国青年文艺论坛

文艺评论：新的方向与可能性

第二单元

新时期以来文艺评论的回顾与反思（上半场）

时　间：2014年6月26日（14：30—16：00）

地　点：北京西藏大厦三层会议室

主　办：中国艺术研究院马克思主义文艺理论研究所

主持人：刘复生（海南大学人文传播学院）

刘复生：各位老师、各位朋友，大家好。很高兴今天主持青年文艺论坛下午的专题，下午讨论的主题是“新时期以来文艺评论的回顾与反思”。今天上午，主要是开幕式和以资深批评家为主的研讨，下午就是以青年学者为主。从年龄来讲，我是介于青年和资深之间，最多只能算一个小资深的批评家。我们今天下午也没有设固定的发言人，开始先暂不设定发言时间，大概每个人10分钟左右，后面根据情况再调整。现在开始，今天下午也不管资深不资深，大家有话就可以说，要不然旷老师先说两句？

旷新年（清华大学中文系）：从历史上看，文学的变化、发展和价值观有着密切关系。现代文学的产生，和资本主义价值观的兴起，特别是自由、民主这两个最基本的价值的兴起，是联系在一起的。中国现代文学的转向也和新的价值观的崛起有关，从30年代开始，中国转向苏联的社会主义。50–70年代中国文学的主流是社会主义现实主义，按照高尔基的说法，社会主义现实主义是社会主义的美学和伦理学。80年代以后，文学界进入了一个多元化时代，从文化价值上来说是一个混沌的时期。尽管我们说今天的世界是一个由美国所支配的单极世界，但中国在崛起，世界的中心正在变化，所以现在世界发展的方向是很微妙的。

每一种文学的后面，都有一种价值观作为支撑。中国今天的文学以及世界的文学，都处于一种混沌的状态。尽管我们在谈核心价值观，但还没有建立一种真正的自己的价值观。虽然我们现在不承认，并在批判所谓普世价值，但是我们也不能简单地拒绝和不承认普世价值，而是应该建立一种能够称得上是普遍价值的价值。20世纪苏联和中国的社会主义革命曾经建立过一种普世价值，宣称马克思主义是一种放之四海而皆准的普遍真理，共产主义价值是一种全人类的普遍价值。而今天，中国的真正崛起必然要伴随着一种新的价值观的崛起，而文学是有可能在这样一种新的价值观的确立过程中，发挥重要作用的。

有一个问题，就是现代文学本身的性质问题，现代文学是与印刷资本主义、民族国家这两个现代的产物紧密联系在一起的。19世纪欧洲文学走向了一个文学的高峰，中国文学在20世纪进入了辉煌的时代，中国现代文学在价值建构中产生了重要作用。但是，在今天，与现代文学相关的这两个东西都在衰落。民族国家衰落的重要标志是欧盟的成立，尤其是人权高于主权的提出。1999年，欧盟介入南斯拉夫科索沃战争，提出了人权高于主权的概念，这是世界历史的一个重要转折。资本主义最初以民族国家作为地基建立起统一的国内市场，但是资本主义的本质使其逐渐越出民族国家的范围。今天，跨国垄断资本主义的发展，已经对民族国家产生了严重侵蚀，所以现代文学叙事的一个重要基础正在动摇。另一方面，是国际互联网这一新的媒介的兴起。互联网正在取代传统的印刷媒介，因此，很多年以前就有人在谈论文学的死亡，并且认为游戏将取代文学的位置。一方面我们说在新的价值观的建构中，文学要承担重要责任；但是另一方面，文学本身和传统的价值观一样正在没落，新价值观和旧价值观、新媒介和旧媒介，正处于转换的过程中。所以，今天的世界，正处于一个新的很微妙的阶段。文学面临衰落，但这并不是文学的终结，文学仍然会在价值建构中发生一定的作用。从根本上说，中国如果要崛起的话，必须建立一种具有感召力的，被世界普遍认同的价值观，而在这样一个过程中，文学可以发挥比较重要的作用。

刘复生：旷老师言简意赅、直奔主题。下面大家随意发言吧，看谁有话要说？

张慧瑜（中国艺术研究院电影电视艺术研究所）：我简单说几句，再次感谢马文所给全国各地的青年学者提供这样一次相聚的机会和讨论的平台。我的发言主题就是第一场的“新时期以来文艺评论的回顾与反思”。其实，我并不是专业的批评家，只是偶尔做一些批评工作，谈一些技术性和经验性的感受，这里主要是想梳理一下新时期以来的几种文艺批评状态。下面谈三个小问题：第一，什么是评论？第二，为何现在又重新提倡文艺评论？第三是当下文艺批评的四种样式。

首先，什么是评论？这确实是一个很难回答的问题，我想很多人都玩微信，在微信下面只有两个标识：一个是“赞”，一个是“评论”。阅读一篇微信，如果不感兴趣，可能就不评论它；如果觉得还可以，就会礼貌性地点一个赞；如果“点赞”不足以表达对这篇微信的感受，就可能要写几句评论了。也就是说，评论显然不是点赞，不是说好话，评论是“点赞”之外还想表达的一些感受，我觉得这是对评论最直观的定义。从微信评论所使用的媒介来看，评论主要是一种文字工作，这就涉及到语言的修辞和文风的问题。

其次，为什么现在又重提文艺批评？文联刚刚成立了中国文艺评论家协会，近期在《人民日报》等重要报纸也专门开辟文艺评论的栏目，包括我们这次专门召开文艺批评的论坛。文艺评论这种已经小众化或专业化的表达方式，为何又受到如此礼遇？这是值得思考的一个问题，可能与文艺界响应新一届领导人带来的新变化有关。从其他领域可以看到轰轰烈烈的群众路线教育、反四风运动、反腐风暴，还有总书记的讲话风格等，都让人想起80年代、毛泽东时代和延安时期的一些特征。其实，文艺评论在左翼革命实践中，曾经发挥过重要作用。比如毛泽东时代异常激烈的思想斗争，很多时候就是以文艺评论的方式展开的。可以说，文艺是社会主义政治实践的核心，从来没有一个时代把小说、电影等文艺形态放在如此之高的位置上。就是在80年代，文艺评论也是一把利剑，在反思“文革”，开辟改革开放新事业的过程中，起到了不可估量的作用。正如80年代，站在风口浪尖上的人物依然是文学家、文艺批评家，尤其是1985年之前，这和毛泽东时代是相似的。90年代以来，文艺创作逐渐从公共领域退回到小圈子化、专业化的创作，文艺批评也与社会、公共话题很难建立联系。在媒体中发言的公共知识分子，大多是经济学家、法学家，这和我们这个去政治化的、市场化的时代是相吻合的，似乎不再需要文艺批评来“饶舌”和“捣乱”。在这种背景下，也许时代又走到一个转折时期，人们或者主管文艺工作的部门，希望文艺批评能再度发挥一种社会性和政治性的功能。这就需要我们反思当下文艺批评的现状。

最后，我谈一下80年代和90年代以来的文艺批评。80年代的文艺批评虽然是反思左翼文艺的批评，但批评方式还是一种政治批评和社会批评。这种政治、社会批评有三个特点：第一就是这种批评背后有一套政治理念和社会诉求，文艺批评活动本身是意识形态斗争的方式。80年的批评家从来不会把自己看作批评家，他们从事文艺批评是为了争辩中国社会的改革、中国向何处去等大问题。这不是因为80年代的批评家都有济世情怀，而是80年代的批评在中国社会中的位置，依然在延续毛泽东时代的状况。直到1984年开启城市经济体制改革，尤其是1992年南巡讲话之后，这种文艺批评的方式才随着社会经济基础的变化而瓦解。第二，这种政治、社会批评与创作密切结合在一起，甚至批评中会提到一些非常具体的人物塑造、情节设置等，认为这些细节都隐含着巨大的政治隐喻。这种批评的权威性，来自于批评背后有一套政治理念支撑，批评家承担着区分什么是革命的、什么是反动的“政治”的职责；而创作者很在意批评家的意见，不仅是因为批评家掌握着舆论主导权，更重要的是，作家、艺术家认为批评家有理论武器，而自己的写作负有政治责任。第三，这种政治、社会批评家，也是革命家、政治家。他们的身份不像现在基本上是学院知识分子或媒体人，在毛泽东时代和80年代，很多批评家本身就是党的干部。这和那个时代的政治实践依靠文艺斗争来展开这一特点是有关的，往往一部小说、戏剧和电影会带有丰富的政治信息。政治借文艺来实现，这与意识形态影响生产关系，生产关系反作用于生产力的政治理念有关。这种文艺与政治的“隐喻”关系现在基本上不存在了，这种特殊的文化政治也是理解社会主义革命的重要面向。

90年代以来，我认为存在着三种主要的批评方式，分别是学院批评、媒体批评和体制内批评。

学院批评就是存在于大学、研究机构的专业性批评。学院批评有时候不叫批评，叫阐释或解读，所以有阐释的焦虑、过度阐释等说法。这种批评方式有三个特点：第一，是这种批评所使用的语言高度理论化，批评是一种理论阐释。这里的“理论”当然不再是经典的马列理论，而是80年代从西方传过来的20世纪西方哲学、文化理论，如精神分析、形式主义、新批评、存在主义、结构主义、后结构主义、后现代主义、女性主义、文化研究、西方马克思主义等。这些理论都很“高大上”，不懂西方哲学，不懂法国传统、德国传统，就很难搞懂。这些理论的洞见在于像“手电筒”一样，能打开文本的一个侧面，其限度在于理论本身是高度预设性的，可能在批评之前就知道批评的结论和方向了。对于中国学者来说，如何用这些西方的“手电筒”来理解中国的文艺作品是需要反思的。第二个特点是学院批评与创作基本上没有关系，“作者已死”是这些批评理论的前提，因此批评本身也是一种创作，与作者具有相同的位置。有些作家可能会有误解，以为学者写了一篇小说评论是对作品的褒奖，其实对于理论家来说，文本只是理论阐释和理论生产的材料，也就是借鸡生蛋、借壳上市的意思。这也就造成很多理论批评有时候不太关注经典作品，反而经常从文艺史的经典序列之外发现具有理论价值的文本，像拉康对《失窃的信》的解读，福柯对《这不是一只烟斗》的阐释。第三个特点，也是我很关心的问题，就是学院批评的收益如何？学院批评的收益基本为零。有时候发这种文章不仅不挣钱，可能还要掏钱。之所以没有收益，是因为这种在学术期刊刊登的批评文章，基本上不具有任何交换价值,可能阅读的读者就是同行和同专业的学生。尽管学院批评的理论阐释,经常是一种新的阅读方法,是一种把旧文本阐释出新含义的“炼金术”,但是其自身却处在无法被阅读的状态。虽然学院批评不再具有公共性,我依然认为好的学院批评是一种独立的、有反思性的思考,是认识和理解当下现实的高精尖武器。

第二种批评方式是媒体批评,这也是90年代随着市场化和大众媒体兴起之后出现的。对于文学批评来说,基本上没有媒体批评,因为文学不再具有公共性,除了文学的书评之外,很难在大众媒体中看见文学的讨论,除非像莫言获得诺贝尔文学奖这种新闻事件。相比文学,电影好一些,主要是电影产业化之后,电影批评的很大一块转变为媒体批评,这起码说明电影评论还具有某种公共性。媒体批评也有三个特点:一是市场化媒体承担着营造公共空间的功能,这种公共性与城市的市场化改革相关,但也只局限在城市尤其是大城市范围内。第二,媒体批评使用的语言,是一种相对技术化和中性化的语言,媒体人不太讨论意识形态和政治问题。比如评论一部电影,如果票房好就会分析好的原因,票房不好就会分析不好的原因,不会追问为何要用票房好坏来评价一部电影。文化在媒体的版面中,放在政治、经济、社会的后面,作为大餐之后的调味品和消遣品。因此,文化也只具有两种功能:一是娱乐和八卦,二是作为一种品位的象征。第三,媒体批评是一种职业化的批评,批评家可以通过批评的方式来养活自己,是一种靠媒体来谋生的职业。这也给媒体批评带来一个问题,就是独立性很难保证,容易受到经济利益的左右,像电影的媒体批评就有水军,有花钱买影评的现象,因为电影上映之初的口碑已经成为电影营销中的重要环节。另外,据说90年代的知名作家王小波先生英年早逝也与他离开体制成为自由撰稿人有关,因为这种在市场中获得独立和自由的撰稿人压力也很大,要不断写稿才能获得收益。

第三种批评是体制内的文学批评,具体说就是发表在文联、作协系统或者其他党政报刊上的文艺批评,从这些体制内媒体上可以看出,文艺批评还是很繁荣的。其实,媒体批评也在体制内,因为中国没有民营媒体,所有媒体都是国有的、官方的,但是大众媒体更市场化一些,而体制内媒体主要依靠行政资源来发行。当然,体制内媒体也并非没有一点市场化,从人事制度、经济管理上看,体制内媒体也是市场化的,像中央电视台既是党和国家的喉舌,也是市场化的传媒集团。体制内媒体与市场化媒体有什么区别?我想举和自己专业有关的例子。我主要从事影视研究,就自己花钱订了一份《中国电影报》,这份报纸是广电总局下属的电影机关报。这份一周出版一期的报纸，最前面几个版面主要是主旋律电影和广电总局的活动，中间的主体版面是关于电影产业、商业电影的部分，最后两个版是县域电影和农村电影市场。2011年广电总局开始推动县域的数字院线，农村电影也是2004年以后由国家出资建设数字电影公益放映；这些都是“资本”所主导的电影产业无法覆盖的区域。这种版面的分布显示了体制内媒体的特色，既要凸显主旋律和产业化电影，又要照顾到农村公益电影和县城电影的发展。而在市场化的媒体中，主旋律可能会象征性地提一句，农村电影则完全不会关注，因为农村没有电影市场，电影产业还无法“恩泽”农村地区，这与八九十年代以来农村重新变成现代化的被抛弃之地是一致的。这也正是体制内媒体的价值所在，它毕竟要呈现那些被市场忽视的部分。

体制内批评也有三个特点：第一，大多数体制内媒体的公共性比较弱，就连《人民日报》在报刊亭也买不到，更不用说其他党政机关报、行业报了，这就使90年代市场化的媒体如都市报、周末报等占据了公共舆论的中心位置；第二，体制内媒体使用的批评语言也有鲜明特色，除了官话、套话外，基本上是用经典的中国式马列语汇加上80年代的人道主义，比如批评文艺作品会用“反映现实”、“贴近群众”、“关注人民”、“表达人性”等，与学院批评和媒体批评的语言不同；第三，体制内文艺批评的稿费也很低，给这些媒体写稿的人大多是在高校或科研机构任职的人，不需要通过写稿养活自己，在这些媒体上发表文章可能对科研成果评定有帮助。稿费虽然是很物质的考量，但对于理解批评生态也是有帮助的，因为这直接决定着批评的动机。

90年代出现的这样三种批评方式也代表着三种社会力量：学院批评基本上代表知识分子、艺术家的声音，媒体批评经常代表市场和资本的利益，而体制内批评则是体制、国家、党的位置。知识、资本和国家，是我们这个时代清晰可见的三种支配性的社会力量，这三种力量有时候是冲突的，但更多时候是彼此合谋和互相倚重的状态，不是弱势者抱团取暖，而是强强联合、实现共赢。除了这三种主流批评形态，应该还有一种批评，姑且称为第四种批评。这种批评是一种政治性批评和社会性批评，是把文艺作品作为政治和社会隐喻的批评方式。第四种批评应该主动与媒体批评结合起来，追求一种公共性，一种超越“朋友圈”的公共性，这是我期望中比较理想的批评方式。以上是我对批评的一些感性理解，请大家再批评，谢谢！

刘复生：祝老师。

祝东力（中国艺术研究院马克思主义文艺理论研究所）：刚才新年和慧瑜讲的都

特别好，我接着说几句。我还是想紧扣咱们下午的主题，“新世纪以来文艺批评的回顾与反思”。我对这一段没有系统的研究，在座的像贺绍俊老师、陈福民老师都是批评界的亲历者，我只是一些印象式的归纳。

今天我们重新讨论批评问题都有一个共同的感受，就是90年代以来严肃的创作逐渐退出公众视野，而批评也随着这种趋势在衰落，创作和批评这两者大概是皮和毛的关系，当然这个比喻不完全恰当，但它们确实是这样共生联动的关系。我们对批评状态的不满，除了针对现状之外，在一定程度上又是和我们对80年代的批评与创作高度互动的繁荣局面的记忆是有关系的。

可以这样来大体描述一下，经过“文革”十年对某一种思想方式、某一种思潮的压抑，同时也是积累的过程，在“文革”结束之后，80年代，出现了一个喷发期。所以新时期的创作也好，批评也好，都有这样一个长时间的压抑和积累的过程、机制在起作用。新时期初期，首先是一个拨乱反正的时期，包括批评界，那时候的话题，比如说回归现实主义、写真实、歌德与暴露，这些问题基本上是十七年的问题，所以和整个社会上的状态相吻合，批评界也有一个拨乱反正的过程，就是说，回到十七年。

但是这个过程短短几年就结束了，到80年代中期，批评界、文艺理论界开始出现一个方法论革命的思潮，大家都比较熟悉，85年理论界、批评界倡导用自然科学的方法来研究文学，像系统论、控制论、信息论这些。但这个过程也很短，两三年时间，接下来就开始了西方文学理论、西方批评方法的大举引进，像精神分析、符号学、女权主义，这些在80年代后期都开始引进了，创作界也是同样情况，有一个85新潮，在文学界、美术界、电影界基本上是同步的，就是以当时所理解的西方先锋派、西方前卫艺术为样板来进行中国文艺的创作。

也就是说，西方话语和西方标准这时候开始占据中国整个创作界，包括批评界的主流，这基本上是80年代的状态。90年代以后我关注的就更少了，连印象式的归纳都很困难，看接下来哪位能探讨一下。我就说这么多。

刘复生：下面哪位接着来？陈老师。

陈福民（中国社会科学院文学研究所）：我接着上午的那个想法，没说完的，我给补上。我最近也是围绕这个话题，做相关的文艺批评的思考。我曾经写过一篇文章，检讨当下文学批评的困境，我用的说法是“批评的倦怠”和“知识的困局”。我当时用了这样的题目去检讨中国当代文学批评所承受的压力，因为做批评的人都普遍有一种倦怠感，就是都感到写起来也没什么大意思，没什么新发现；并不是做批评的人不努力——很努力，但就是效果很差，所以我就会检讨这样的局面是怎么产生的。当然，我最后归纳的有点简单化，觉得是90年代，随着整个中国社会转型所带来的各种文化后果，对这种文化后果，应该有一个知识上的总结和表达。这一点对于从事文学批评的人来说，其实是一个特别大的考验。

我觉得80年代是一个门槛，很多人由于各种原因，都留在80年代的门槛里面不肯出来。当然关于80年代，按照东力老师所讲的，比如说当时的社会和文学有一种积极的互动，这是特别美好的记忆。今天大家谈80年代，几乎把它作为一个神话，或者作为一种想象;所以我觉得我们从事批评也好，从事写作也好，今天要特别注意，就是90年代其实是一个特别重要的历史门槛。那么，说它是一个门槛，是因为社会结构的转型带来了各种文化后果，需要予以知识表达，而不是一般的感性表达。我觉得，这个认知在今天其实是很难的。我当时的文章说，实际上我们承受的是这种知识困局，不是一加一等于二的知识，而是如何看世界、如何看中国，如何看中国在那个历史门槛前后的不同，并做出评价。

我觉得表达这个门槛，需要一种比较系统的知识。这个关口过不来，批评基本上就停留在一个点对点的层次上。今天中午我和李云雷还在讨论这个问题，就是批评作为一种工作方式，如果大家用最简单的非专业的方式去想象，无非就是说，我面对一个文本，比如一篇小说或者一篇诗歌或者一幅画或者一部电影，把它作为一个对象，运用我的知识对它进行评说，最后阐释出一种新的意义。我们传统的文学批评，或者文艺批评的工作方式，基本上就是按照这种方式来理解和想象的。这样的话，我们可以梳理出批评的由来，比如说在欧洲，像勃兰兑斯写《十九世纪文学主潮》之前，虽然在古希腊时期有各种诗论，诸如赫拉斯的各种东西，但是那不是批评。其实，从勃兰兑斯写《十九世纪文学主潮》，到后来比如说像席勒写《审美教育书简》，真正的批评。真正我们所理解的、我们耳熟能详的，对我们有影响、有教育意义的文学批评，就是19世纪中后期才刚刚崛起的。在此之前，其实谈不上我们今天所理解的文学批评，也就是批评不仅在那之后成为一门专业，在某种程度上几乎是一种产业，是跟资本主义高度发达相匹配的一种文化工作。在非印刷时代，或者在其他时代里，由于写作和传播的不方便，这种批评是很困难的，所以文学批评和艺术批评，我个人觉得它的黄金时代在19世纪。那么我们就该去追究，是什么使批评成为可能，不仅成为一门专业，而且成为一门事业？这种传承下来的，并且给予我们那种人文经验，或者人文关怀，或者某种价值系统的文学批评，其实其成型就是在19世纪中后期，严肃的文学批评，也无非刚走了一个世纪的时间。

那么当我们去检讨这个东西的时候，我还是想重复上午的观点，今天真正的困难，并不在于我们批评家对文本有没有那种游刃有余的解析能力，其实这一点大家都能力很强。无论是贺绍俊老师所倡导、主张、褒扬的，遵从批评伦理的那种批评家，还是另一类好像是张慧瑜的分类，比如说学院批评家是不关注当下的；我个人觉得其实这些都是有价值设定的，甚至是来自19世纪的价值设定，90年代以后这个价值设定出了问题。我们说的90年代已经过去20年了，这20年发生了很多的事情，这一点大家也是耳熟能详的。比如说从90年代开始，大家就知道一个说法，我们当时也讨论过，是什么凸显，是什么淡出了。

祝东力：学术凸显，思想淡出。

陈福民：在那之后，在文学家或者艺术家的感性表达当中，比如说“躲避崇高”，这是大家都能够看得见的，它是有谱系、有脉络的，是一点一点走过来的。直到今天，后现代的大众商业文化以及网络文化，使我们所倚重的价值系统发生崩溃之后，你就会知道文学批评背后所有的基础其实是被掏空了。我们亟待解决的是如何处理这个掏空，我们不能再用过去浪漫主义肉麻的煽情去哭嚎被掏空了，说我们价值衰落了，我们没有必要这样，废墟也会产生意义。被掏空之后，是我们必须要面对的文化局面，这个文化局面需要我们有能力在知识上进行表达。这个工作如果完不成，我们的批评肯定是空转的，空转的后果就是两点。第一点会彻底躲回学院体系里面，在严肃的大刊物上，比如说在《中国社会科学》，或者《学人》去发几万字的研究性、批评性的文章，这些文章所表述的在文学史上的各种讨论与当下是不及物的关系，或者即使及物也需要一个转换形式，需要某种中介才能被引入到当下的文化现场。另一种形态，就是更积极地呼应19世纪以来资本主义的那种发达的印刷文化，以及当下的变种——网络文化和大众传媒。也就是说，批评会彻底地成为书评式的、带有商业推广式的东西。

要想避免这种局面，回到刚才谈的，我们需要去处理自己的知识系统，需要对90年代以来这种价值基础被掏空了以后要面对的空虚，对它进行知识表达，并在这个知识表达当中形成自己说话的根据。这是我能初步想到的关于批评的可能性问题，我就说这些。

刘复生：因为论坛有好几个单元，我也不知道大家准备的是哪个，大家还是自己主动发言吧。

郭松民（《国企》杂志社）：我不知道我说的扣不扣主题，刚才主持人谈到青年批评家、资深批评家，其实还应该加一个选项，就是业余批评家；因为我就属于业余这个系列，如果按“青年”和“资深”来划分，我都进不去。我觉得按照刚才祝老师说的主题来区分的话，当下其实还有两种批评很少被我们关注，但它们是存在的。一种是商业化的批评，刚才张慧瑜已经谈到了，我也算是在这个圈子里踏进一只脚吧。商业化批评跟现在自媒体的大量涌现有密切关系，比如说你有博客、微博，又有一定的粉丝量、一定的知名度，你就可以进入到这个圈子里面来。现在当一部电视剧、一部电影开始被推向市场的时候，它的发行公司或推广的班子，都会组织一场像样子的批评。一般来说，先邀请一些人一起去看一遍，吃吃饭什么的，等到档期临近的时候，就利用自己的自媒体发表各种各样的批评。观点看上去五花八门，但目的只有一个，就是让电影、电视剧提高知名度，然后扩大收视率或者票房。其实他们倒不太在意对这个作品本身的评价是什么，甚至也不太在乎你的观念是左还是右，这些都不太在意，关键问题，就是看作品的知名度能不能由此增加。发行方在筛选自媒体，或者筛选参与人士的时候，标准是这些人都在网络空间里面有一定影响力，他们五花八门的观点也会对网民产生一定的影响，而这在我们文艺批评、研究的时候，还没有怎么进入视野。

还有一种文艺批评也很重要，就是民间的左翼批评。这类批评基本上是以新世纪以来出现的一些红色网站为依托进行的，这些红色网站包括早期的乌有之乡网、毛泽东旗帜网，现在的红歌会网等，各种各样有很多，大概全国我估计有70–80家。这些网站上有大量来自民间的、带有左翼色彩的批评，其特点是专业性不是很强，但感情很充沛，立场也非常鲜明。比如说前一段有一部电影叫作《归来》，影响非常大，我们看到主流的非常高大上的媒体，基本上都是众口一词的称赞，并通过对这部电影的评论，把它引向对“文革”的控诉。那么反过来，在这些红色网站上，来自左翼民间的批评，基本上是以这个电影为依托，转向了对精英的控诉。所以，这种民间左翼批评，实际上是想跟主流批评形成一个制衡的态势，目前的影响范围还不是很大，但它是一种很顽强的存在。民间左翼批评今后能不能真的发挥什么影响力，主要看是不是能够真正对未来的观众群体产生影响。如果它能够影响的观众群体越来越多、读者群体越来越多，那我相信最后一定会对创作产生影响，这时它就开始从民间、从地下、从半地下的状态，进入到主流了。

刘复生：还有谁想针对这个话题说一说？

张永禄（上海交通大学人文学院）：刚才听张慧瑜的发言，他把文学批评分了四种类型，我想，80年代以来，联系到文学研究和文学史，是不是还存在下面三种批评方式呢？第一种是关于思潮和流派的研究、批评，以北京大学严家炎先生的小说流派研究为代表，它实际上续接了上个世纪从“五四”到30年代的一种研究和批评方式。现在看来，思潮和流派的研究、批评，主要还是走文学社会学的模式，虽然也注重审美研究，但是在极左思潮的惯性影响下，有沦为庸俗社会学的危险。再一个，大家都觉得它过于重视内容，也太笼统，还带有法官式的姿态，或者不大涉及形式的批评。慢慢地，好像90年代以后，思潮和流派的批评模式没有以前兴旺，不流行了，其中原因值得玩味。

第二种是我们从本科到博士教育所一直接受的作家作品的批评方式，也是一种非常传统的批评方式。当然，应该说“50后”这一代批评家，很多都是因为对作家、作品的评论而成名的，有的人就“吃”一部作品，反复阐释、反复批评。因为有的作品自90年代以来可以有多种存在方式，比如影视改编、修改版，这样就可以产生批评的循环。还有的批评家就吃定一个作家，长期跟踪，你只要作品一出来，我第一时间就评论，甚至作家在作品出版之前，就用电子版发给某个批评家，请他写一篇批评，这是在座大家都很清楚的批评模式。大约在90年代初，作家作品的批评方式也不太灵了。更何况，作家的创作不总是创新的，虽然是新作，但雷同居多，如果没有新的思想和艺术刺激，批评家也懒得去再提笔评论。在这个时候，随着各种国外思想方法的引入，大家都强调回到形式、回到文本批评，特别是在叙事学和修辞学的推动下，自从杰姆逊说第三世界的文学都带有隐喻性，越来越多的人重视隐喻等修辞方法，对作品的细读，以这种批评方式为契机，重新把文学和社会联系起来。

这种解读方式，其实是迎合了西方的批评理论，这就是第三种，文化研究和文化批评的模式。我记得应该是上海的王晓明老师的《一份杂志和一个社团》，论文发出后影响很大，大家纷纷效仿，跳出文学之外看文学，打破作家作品式的纯文学批评模式，探讨文本里面隐含的政治，这也就是文化研究了。但是，后来随着研究的深入和批评的展开，我们也发现，做文化研究，最好的文本不是最经典的文本，往往是三流的作品是最适合做文化研究的。而且，这种方法在学生和年轻的批评家中影响很大，好像这种方法大家拿起来很上手，用起来很自如，并且能够快速的推出来。但是，这又引起了我们新的不满意，人人都是很厉害的批评家，但批评却如出一辙，出现了新的僵化，很少见到批评家的个性。

以上三种批评模式或者方法，我们似乎没有从学理上好好清理，除了思潮流派现在已经用的很少外，另两种都在用。新的批评模式或者方法我们还没有找到，但是新世纪以来，我们一直在努力寻找。我发现一个现象很有趣，今天正好是中国艺术研究院青年文艺论坛的三周年整，我们上海的《文学报》搞了一个“新批评”栏目，今年6月1号正好也是3周年整，他们也出了一套丛书，也搞评奖。我觉得，无论是南方，还是北方，都在做一些努力和探索，都是建设性的工作。

刘继明（湖北省作家协会）：青年文艺论坛通过这么一种形式，把新生的文艺批评力量聚集在一块，发出自己的声音，积极地介入当代的文艺生产，是特别有意义的。为什么这么说呢？我觉得无论是从中国社会的发展，还是中国文学和文化的发展，现在都处于一个非常重要的节点上。理论界有一种说法，新中国的六十多年发展，分为前30年和后30年，现在则面临第三个30年。所谓正、反、合，也就是说，我们现在正处于从第二个30年到第三个30年转折的结点上。这就意味着我们要对既往的社会、历史、政治、文化传统进行反省，对新的社会变化和矛盾，进行新的认知或探究。

在任何一个时代，青年都是最具有敏感性的群体，始终站在时代的前列，对于事关时代的重要命题，对社会的冷暖、疼痛，总是能够最先做出及时的反应和解答。青年文艺论坛的意义正在于此，尤其是一批有思想活力的青年批评家的出现，可能对我们传统的文学格局和秩序会形成一种冲击性的力量。我们应该承认，改革开放以来的中国文学已经形成了一种传统和固定的模式，逐渐体制化了，甚至形成了一种话语霸权。这种霸权以体制为依托，通过掌控权威杂志和出版社，出席和操办各种研讨会和评奖活动，建立起一套游戏规则和标准，对文学生产的全过程实行全面的控制，并且呈现出利益集团化的趋势。经济学界不是有“主流经济学家”和“非主流经济学家”一说吗？那么我觉得文学界也有一个“主流批评家”群体和“非主流批评家”的群体。而且这个“主流批评家”群体，是以体制为代表的，比如说作协、文联，这样的文艺体制内的批评家群体，他们基本上是改革开放三十多年来已经格式化的文艺秩序的维护者和鼓吹者。这些批评家的话语方式和思维方式早已定型，丧失了批评的锋芒。这样一种话语不仅在当下很难焕发出新的活力，而且对新的文学生长构成了一种压抑性的力量。

上午听一位批评家谈到批评的立场，我在来的路上也在考虑这个话题。新时期以来的中国文学，已经建构出了一种多元化的文艺批评生态；但另一方面我们发现这种“多元化”的背后，其实掩盖着另一种缺陷：主流的文艺批评越来越缺少鲜明的立场。许多批评成为了一种“不及物写作”，从不出示任何价值判断，也看不到批评家的立场，熟练地操持一种表面华丽机智，内里却含混着暧昧的批评语汇：一方面竭力迎合大众的流行趣味，另一方面对充满疼痛和现实感的写作要么视若无睹，要么刻意贬斥。不客气地说，正是因为主流批评这种“犬儒化”现象，才助长了当代文学的娱乐化、消费化倾向，从而也拉低了文艺批评的整体思想水准。

文艺批评的价值和立场双重缺位带来的后果，就使当下的文学成为失血的文学，呈现出一种“不能承受之轻”，文学也就丧失了对当代中国社会的介入能力。在这种情形下，要求文学进入公共视野，参与到整个社会的进程中去，显然就成了一种奢望。正是在这个意义上，我们应该把希望转向青年批评群体身上。事实上，近年来的文学批评实践中，已经出现了一些非常好的青年批评家，这些批评家的身份构成、知名度可能还比较复杂，譬如有的跻身于体制内，有的只是一种准民间或者业余身份，有的甚至很少在主流报刊和体制内的各种会议上露面，更多的则活跃于以网络微博等为载体的新媒体上。但他们的批评立场及话语方式跟主流批评家是完全不同的，具有新鲜的现场感，相对主流批评界，他们很少闪烁其词，顾左右而言他，对文艺现象和作品的判断精准、凌厉、有力，具有“一剑封喉”的杀伤力，显现出青年人所特有的锐气和勇气。我相信，随着这批青年批评家的成长壮大，他们将成为未来 30 年中国文艺生产和文化建设的重要力量，所以从这个意义上，我们有理由对青年文艺论坛给予更多的期待。

青年文艺论坛把一批活跃的批评家集中在一起，整合并放大他们的声音，对当下的文艺批评无疑具有重要意义。上午大家谈到网络文学，新的媒体大量涌现，对传统的文艺创作和批评格局肯定会带来巨大的冲击。我们的青年批评家恰恰在这方面具有自己的优势，这种优势具体体现在哪儿呢？比方说，他们除了站在跟主流文学批评不一样的批评立场，还有一套与传统或主流文学批评不一样的话语，乃至批评载体，而且擅长运用网络新媒体发声，并逐渐创造出一种新的批评形式和批评话语。

另外，我觉得文艺批评不能总是把自己圈在一个狭小的学术圈子里，还应该摆脱专业主义的桎梏，积极走出学院，找到激发批评活力的源泉。在场的大多数人还是在学术体制里，要么在大学，要么在作协文联，都是主流文艺生产体制的一部分，批评活动很容易受制于各种评价体系。比如说报选题和项目，有的项目可能不是你主动选择的，甚至跟你的兴趣和立场是相悖的，但出于特定利益的考量，你还得去做；因为对于体制中的人来说，批评活动不仅是一种审美和价值判断，还是一种利益和话语权的占有与获取，批评者处于各种利益链条当中，无法摆脱，这是事实。所以，我觉得新一代的批评家，首先必须能够从学院和学术体制走向公共文化空间，善于将学术话语转化为公共议题，从而获得真正意义上的批评的自由，为越来越体制化、专业化和模式化的文艺批评开拓出新的空间。

这两天我跟云雷聊央视一套正在播的《十送红军》，几个编剧都是70后80后作家。红色题材电视剧像《长征》、《延安颂》，已经够多了，但这个电视剧不一样。无论是在叙述方式，还是在人物塑造上，还是整个作品的结构，都跟传统的那些红色题材电视剧不一样，体现了新一代艺术家对中国革命历史叙事的独特表现，可以说是一部别开生面之作。更可贵的是，这部剧摆脱了30年来某些文艺作品对中国革命妖魔化、污名化的叙述模式，比如用抽象的人性论解构中国革命，甚至跟人性对立起来等等。另外，它不是皮相地再现一段反复叙述过的革命历史传奇，而是通过对长征这么一个放在世界范围内也堪称史诗的革命传奇，不断跟当下的现实进行对话，从而激活出其中包含的当代意义。剧中参加红军的都是些普通农民，他们为什么要牺牲自己乃至全家人的性命跟着共产党呢？因为共产党给了他一个承诺，胜利后建立一个人人平等、没有剥削、没有压迫的社会，这相当于一种契约，共产党和新中国的合法性正是建立在这个基础上。第一个故事中的钟石发，他有四个儿子，都死了，他自己也死了。他是从容赴死的，因为他心里有一个信念，就是共产党给他承诺，要改变这个不公平的世界，“死也要死在改变这个世界的道路上”。其中有一个细节，钟石发在开始长征前，把一袋子苏区农民的地契背在身上，说将来革命成功以后要重新还给农民。这样的情节显然具有象征意味，它实际上体现了编导对中国革命的伦理、道义和责任以及合法性重新进行阐释的努力。在当代中国，我们正面临着信仰失落和执政合法性的危机。《十送红军》正是新一代艺术家通过电视剧这种大众艺术形式，与当代展开的一场对话。我觉得，像这类体现新一代艺术家充满启悟性和创造性的作品，正是青年批评家们最应该去率先发现和研究的对象。新的创作呼唤着新的批评，青年文艺论坛把“文艺批评的现状及其可能性”当做讨论主题，意义就在这儿。我就说这么多，谢谢。

刘复生：我们上半场还有最后一个环节，请何吉贤和周展安两位做评议；没有发表高见的，后半场还可以接着来。

何吉贤（中国社会科学院《文学评论》杂志社）：我先来谈一点。我们这个讨论是一种圆桌形式，发言者事先没有提供材料，就谈一点“现场”感受吧。

我们这场讨论的发言者还是比较“扣题”的，就像写文章，写的中规中矩。大家都在围绕着“新时期以来的文艺评论的回顾与反思”这个题目做梳理、做反思。祝东力老师一开始就对新时期早期阶段，即1985年之前的文艺批评的脉络进行了梳理，指出了在新时期开始阶段，文艺批评与整个社会思潮、文艺创作之间紧密联系的现象及其原因。祝老师其实还应该往下理，他写过一本《精神之旅》，对90年代的思想和文艺思潮有很深入的研究。可能由于时间的关系，祝老师没有接着说，有点遗憾。待会有时间可以继续说。

祝老师没展开的部分，一定程度上已有其他发言人补充了。这就是，有好几个人涉及了批评的分类，尤其是90年代和新世纪以来文艺批评存在状况的分类。像张慧瑜提出的四分法、张永禄提出的三分法，都对文艺批评的存在形式进行了分类。当然，分类的目的也不仅是为了对文艺批评的现状进行梳理，而是为了理清“传统”，为当下的选择提供可能性。张永禄的分类从批评的内部来进行，用张慧瑜的说法，本身比较“学院化”。这让我想到一个问题，80年代的文学批评是与一股强大的“重写文学史”的潮流相合流的。用程光炜老师的话来说，文学史的叙述，很多是以批评的方式介入的。也就是说，很多批评性的结论进入了文学史叙述，成为文学史的结论；反过来，因为有“入史”的冲动，使批评的存在状态也会有不同的形式。这也是理解批评形态的一个不可忽视的视角。

张慧瑜的梳理比较完整，对于历史的、现在的、未来期望的形态，都涉及了，指出了不同形态的特点，我觉得他做的工作非常重要，对于认识当前批评的生态，重新规划我们的批评工作很有启发。我们说中国现当代文学与20世纪中国社会的变革有很深的关系，这其中当然也包括文学批评，而且批评可能是很重要的部分。所以，当我们在谈论当代批评的时候，重新认识中国现当代文学史中的批评传统是很有必要的，是一个前提性的工作。但我有一点不满意，按我的理解，慧瑜所梳理的现有的三种批评形态：学院的、媒体的、体制内的，与他所期望的第四种政治、社会式的批评似乎不在一个平台上。前三者是就其运行平台而言的，而后者是就其内容而言的，所以，似乎“不可同日而语”。另外，慧瑜所期望的政治性、社会性的，把文学作为一种政治和社会隐喻的批评方式，与中国现当代文学中曾存在过的、左翼的批评传统是什么关系呢？慧瑜没有特别指出来。我想两者应该是有继承关系的，但也应有区别。这里面的政治也不应是狭义的权力政治意义上的政治，而应有一个更广义的所指，可能更多地指向很多发言者都提到的如何建立公共性的问题。

这也带出了陈福民老师提出的问题，就是经过八九十年代的社会大转变，对于这一转变所产生的思想的、文化的后果，我们如何从知识上进行把握？二三十年代用历史唯物主义的一套知识，可以产生笼罩性的影响，80年代用“纯文学”的方式，也可以影响一时，但现在肯定不行了。“老调已经弹完”，什么样的“新调”才是有效的呢？陈福民老师提出了这个问题，但他没有解答，我也不知道如何解答；但我至少知道，今天的批评者处在比前人更困难的一个处境中。在知识上，我们不仅处在西方理论、中国经验、市场快速生产、现实急剧变化的包围中，还要突破学科专业化的限制，勇于用批评的方式，提出我们这个时代变化中最尖锐的问题。这就是我们的处境。旷新年老师提出的通过批评重建价值的问题，刘继明老师提出的在批评中重建公共性的问题，也都是在这一意义上提出的。当然，我也是在这一意义上理解今天我们需要重新重视批评工作，以及如何探索新的批评的可能性问题。

周展安（上海大学中文系）：谢谢云雷，谢谢复生，感谢给我这么一个发言的机会。恕我直言，以上的发言都非常精彩，也给我的评论带来了很大的挑战。听大家的发言，基本集中在四个话题上：一个是文学和价值观的问题，一个是未来新型的文学批评问题，一个是知识转型和文学批评关系的问题，最后一个是青年批评家，包括继明老师都提到的青年问题。我也将围绕这四个点，分别谈谈自己的看法。

刚才旷老师谈到中国在变化，价值观也在发生变化，以往的民族国家意识都在发生变化，连带着我们现代文学的形态也在发生变化，我觉得这是的的确确存在的。不过对我来讲，与其说要讨论文学和价值观的问题，不如直接回到一个传统话题，就是讨论文学和现实的关系问题。因为众所周知，现代文学就是在近代以来的历史课题当中发展起来的。这些历史课题简单地说，我还是赞成我党的概括，就是反帝反封建，就是要推翻帝国主义、封建主义、官僚资本主义的“三座大山”，这就是我们近代以来的重大历史课题的核心内容。那么现代文学，我个人认为，也是在这样的一个回应推翻“三座大山”的历史运动当中成长起来的，今天看，当然“三座大山”一定程度被推翻了，但实际上也没有被彻底推翻。毛主席1956年有一篇文章，《打退资产阶级右派的进攻》里面提出，我们社会主义改造有两个任务，一个是社会的改造，一个是人的改造。从社会关系的改造到所有制问题，他说，因为我们现在搞社会主义改造搞得非常匆忙，没有展开充分的辩论，所以人的改造的问题现在其实没有解决，这是社会主义改造遗留的一个重大问题。那么我刚才讲到“三座大山”，“三座大山”也有不同的表现形式：可以表现为外在的资本主义、帝国主义和官僚资本主义的各种剥夺和剥削的形式；可以表现在我们内心，就是帝国主义、官僚资本主义和封建主义等，也是在我们内部发挥作用的，这就关联到了刚才毛主席所说的人的改造的问题。

今天上午也好，下午也好，大家都谈到了今天的文学形态，从印刷转向各种自媒体，新型的媒体形式，要转换头脑，这是要的；但恐怕另一个更根本的问题在于，如果我们始终抓住所谓文化，和我刚才讲到的以推翻“三座大山”为现实内容的关系的话，那么今天的文学形态——尽管它的载体发生了变化，实际它的逻辑没有发生根本变化，这一点我等会就文学批评或者文学问题还会再来谈。所以，价值观作为一种观念形态的东西，也是在社会实践当中形成的，当然本身也是社会实践的表现形式。最根本的还是要怎么去谈文化和价值观，还是要去谈我们怎么样来把握今天的中国现实，或者回答“三座大山”今天是不是真正推翻了？没有被推翻的话，以什么样的形式保留在体内或者体外。这是第一个问题。

第二个问题是未来的新型批评，我觉得慧瑜提出了第四种批评，这也很有意思。这是慧瑜一个有雄心的表达，我讲一点以往的历史经验和慧瑜的期望相互印证。毛主席 1949 年有一篇文章《论人民民主专政》，这篇文章包含一个方法论，他是要谈人民民主专政，但是在这篇文章的一开头大谈未来国家必然要消失，谈到大同社会。那这里面包含的方法论就是当我们在谈一件东西的时候，可能首先要意识到我们是可以否定这种东西，这件东西是可以没有的，在这个基础上再来谈这个东西，我们就非常灵活。那么文学批评，我觉得是不是也可以有这个方法论、方法意识？当我们在谈文学批评的时候，大概首先是说文学批评，作为一个自足的东西是可以不存在的。首先是可以没有文学批评，反而是抓到第四种文学批评的方法。鲁迅就是实践了这么一个方法，鲁迅后期写杂文，大家都觉得他的杂文特别浪费精力，都让他去写高大上的东西，他说我不要，我就要写这些杂文，他还说我期待我攻击时弊的文字和时弊同时灭亡。这不是鲁迅的谦虚，这是杂文内部所包含的一个必然逻辑。为什么呢？因为杂文作为鲁迅的文艺批评——这是他最得手的工具——并不是完成于自身的，而是完成于和时弊以及现实问题的交锋；也就是说只有在那个交锋的截面上，杂文才是存在的，除此之外杂文不在任何空间里面存在。在这个意义上说，杂文必然是以消弭于现实问题或者他讲的时弊中，才具有生命力。也就是说，真正有生命力的文学或者说真正有生命力的文学批评，恰恰在于要时刻保持自己的自我否定的性格，而这个自我否定的动力则来自于消除时弊的要求，这才是一个关于未来的新型的批评。在这个意义上，刚才郭松民老师讲到说自己是业余批评家，可能反而在业余批评家那边才保留着更多的创造第四种文艺批评道路的可能性，而不是执着于所谓文学批评，不是把文学批评凝练为一个自足的、封闭的、独立的王国，大概在这个过程里，文学批评反而有新的可能性。

第三个是知识转型问题。我觉得陈福民老师讲得非常好，所谓知识的转型不是知识凭空就能转型，知识是来源于对现实的观察。为什么在90年代出现了知识转型的需求，是因为90年代的现实变了，或者更准确地说是90年代的社会现实被中国人发现了。当然，任何时代都有社会现实，实际上在80年代，我们也有社会现实，但是在80年代或者说改革之后的那个惯性的历史逻辑当中的现实，实际上并不是我们自己发现的，而是在西方的帮助下发现的。就是说是西方的一整套对西方的认识，规范了、规定了我们对中国现实的认识，也就是说对中国现实的认识，不是基于我们自己的眼睛发现的，而是西方的经验帮助我们来认识中国现实。到了90年代，发现这一切不够了，西方的经验不能够帮助我们认识中国现实，于是乎中国的现实浮出水面，被我们发现了，正是中国的现实被我们发现，要求我们在知识上转型。

所以回到今天，今天陈福明老师谈到知识转型问题，实际上意味着对中国现实的再发现。我说这么多，其实最根本的还是怎么去把握中国现实，这是在价值观、知识转型中隐藏的根本动力。我举30年代的例子，大革命失败之后我党面临着重大危机，意识形态的论争不够了，各种思想、主义、概念、价值体系不够了，所以转向对中国现实的调查。1930年进行了关于中国社会性质问题的论战、中国社会史问题的论战，很多人都在讲，中国共产党能起死回生就在于此。那时候有很多参与者，都知道明明白白的讲理论是不够的，我们要去把握政治经济的中国，要把握一个新的中国。对于今天的文学批评来说，我刚才讲到，只有在自我否定的前提之下才可能走出新路，它的驱动力就来源于对所谓中国现实的认识。在这个意义上，文学批评家必然不止是文学批评家，它一定是中国社会问题的观察者，一定是中国社会问题的参与者、介入者。

最后一个问题是青年的问题。大家都是青年，青年的问题我今天中午还跟何吉贤谈过。现在大家比较惯性的谈青年，还是从实体化的角度，从年龄生理的角度来探讨青年。实际上拉长一点视野，20世纪里面的青年，这个话题是具有正当性的，有两个重要原因。一个是史观的问题。20 世纪要创造一个新世界，青年的正当性来源于我们要创造一个新世界的话题而展开，其实也就是革命，革命就是吐故纳新的过程，青年只有参与到这个过程里面，变成社会主流话语的时候，青年这个东西才可能获得正当表述。如果一个社会已经拒绝吐故纳新，已经拒绝革命，拒绝创造新世界，拒绝一个新的史观，或者中断了那样一个史观，青年大概并不会那么自然的获得一个正当性的地位。我们今天恰好又发现这样的一个问题，就是青年并不是那么自然地就被大家所接纳。这是第一。第二，在 20 世纪，特别是在共产革命的脉络当中，青年是和小资产阶级这个词紧密联系在一起的。毛主席讲到很多青年问题，但是他对青年也是有很多批评的。1939 年评五四运动的两篇文章，反复讲革命的、不革命的、反革命的青年的最基本分界，在于和人民的关系如何。鲁迅也讲青年有醒着的、睡着的、昏着的、躺着的，有各种各样的青年，不能一概而论。今天我们作为所谓青年批评家来讨论问题的时候，恐怕要有一个高度的自觉意识，自己作为一个青年，怎样让自己的青年身份或者青年认同，能够和一定的阶级话语结合在一起，就是自觉地将自己放置在某一个动态的阶级话语的架构当中，我觉得这也是今天特别要去做的。谢谢。

刘复生：恕我直言，刚才周展安和何吉贤的评论，不客气地讲，很精彩。我们这场就结束了，好，大家休息一下。

第二届全国青年文艺论坛

文艺评论：新的方向与可能性

第二单元

新时期以来文艺评论的回顾与反思（下半场）

时　间：2014年6月26日（16：15—18：00）

地　点：北京西藏大厦三层会议室

主　办：中国艺术研究院马克思主义文艺理论研究所

主持人：刘继明（湖北省作家协会）

刘继明：我先接着刚才周展安的发言，讲点感想。他刚才评论了张慧瑜提出的的“四种批评”，我觉得只有超越了文学批评，才可能走向真正意义的批评。为什么这么说呢？批评家要想真正承担起构建核心价值观的重任，就必须要面对自己的历史传统，并且以此为起点重新出发。这就意味着文艺批评不单是一门学科，还是一种意识形态和话语权的建构过程，只有参与到这种富于挑战的文化建构当中去，才能够领略到比文艺批评本身更加广阔和远大的价值景象。

这只是我的一点感想，事实也许并不是这样。回到我们第二单元，那么在这个单元，希望各位将自己本来具备的锋芒与活力尽情展示出来，形成一种真正的思想碰撞和交锋，好不好？下一位谁发言？

智联忠（福建省京剧院）：我在演出单位工作，接触演员、导演这些一线人员的机会比较多，会有一些不同的感觉，我在这个过程中学习了好多。祝老师今天能够给我这个机会来学习，我也比较感谢，对评论有一些困惑和思考，还没有完全解决，也希望我提出来以后，各位老师、各位专家给我点拨点拨，指指路。

咱们大家比较有共识的一点，就是批评者要有自己独立的立场，有自己的伦理，有自己的独立性，这些东西应该都没问题。但是怎么把这些东西实现呢？我有亲身的经历，就是有部戏曲作品上演后，我写了一篇评论，评论大概是这样的，对它的戏剧结构、表演、人物塑造都有分析。有三分之二是在做一些肯定的分析，最后三分之一提出了好多我自己感觉还存在的问题，和可以提高、继续加工的地方，也点到了哪一场具体怎么样，包括有些场次感觉多余，以及人物设置的相关问题。但发表出来，我发现就成了一篇吹捧文章，后三分之一没有了，直接全部拿掉。当时我写的时候确实感觉批评似乎有点多，但是我其实只有一个目的：我觉得我是真诚地在批评，但是现在好像有点感觉不正常。像剧团这样的单位，好像提了批评意见，提了感觉有哪些不足，希望提高的意见，他们就认为这是你对他们的否定，批评就等于否定，这是很可怕的。比如说，我们有一个戏要参加评奖，戏剧节这样的奖，如果刚刚在自己的地方，在省里面上演，就全是吹捧，不会真正提出一些切合实际的意见，指出一些不足的地方；那么我们吹完以后，吹到北京，吹到其他地方，让专家开始动笔的时候，可能这个戏就直接被毙掉了，这不是自杀吗？现在就是有这个困惑，我们怎么坚持批评者的独立性？说实话，批评者有一支笔，但这支笔还是要通过媒体来发表，通过传统的报纸来发表。我就想我们该怎么做？包括杂志刊物方面也有这个问题，在杂志发表也会有这些删减，尖锐一点的观点也不一定完全能出得来，这是我的一个经历。

第二个是理论结合实践的问题，其实大家对文学评论方面谈得比较多，我自己是学戏剧的，就结合戏剧的一些东西谈谈。理论结合实践，其实搞评论是最难的。我记得张庚先生谈过做学问的几个层次：从资料开始做，资料到志，再到史，再到论。那么到论这个阶段的时候是最难的，因为要联系实践、指导实践。我觉得现在更需要这样的东西，就是你能和实践结合在一起。这就引申出下一个问题，评论写给谁看？我们写完评论，评演员、评剧目，演员看吗？好多演员不看，只有我们的同行在看。是不是存在很多这样的问题？谢谢各位，请大家多多指教。

蒋晖（北京大学中文系）：我最近的精力都放在非洲文学的研究上，对于当代中国文学的批评接触的比较少，我只说一下感觉，可能还是像各位老师所批评的，说一堆不中听的大话。

我第一个感觉，是现在批评缺乏应有的激情，就像我自己，就没有那么多激情从事当代文学批评。当然，这只是我个人的经验，并不说明什么。回想我在北大读研究生的时候，是非常有激情的，当时自己研究的东西，从内心讲，觉得是开拓性的课题。我当时关注 80 年代写作中的虐恋倾向以及背后的政治问题，在 90 年代中期这还是比较新的题目，好像还没有人研究；现在对我来说，还有很多没有研究的课题，但是这些课题已经很难激发起我的兴趣。为什么批评激情会丧失？我想陈福民老师说得很有道理，是批评的倦怠吧。那么，批评热情丧失的原因是什么呢？我想到五四过来的那辈学者，比如茅盾，是很有激情的一代人，他们从 20 年代一直到 80 年代，笔耕不辍、激情澎湃，他们的工作几乎覆盖了现当代文学批评的历史全过程。

但是，他们这一代人似乎也把中国现当代文学的批评激情全都消耗掉了，随后 80 年代兴起的新的批评家到了 90 年代之后，大多都丧失了激情，这代批评家激情的寿命比起茅盾他们，是短暂的，这是为什么？

我也不是医生，当然诊断不出明确的病因，这里只是陈述一下自己的看法。我们过去的批评家之所以有激情，在于这么几个原因。第一，那时候作家的地位很高，批评家的地位也很高，他们都以人类心灵的工程师自诩。当作家很不容易，当文学评论家也相当不容易，这个大家都有感觉。那时候发表一篇小说很难得，现在我们进入了文化民主的时代，人人都是作者、都是评论者，但在一个民主的时代，批评的激情反而消退了。

第二，在上个世纪 80 年代之前，批评的激情来自于启蒙的激情、来自于革命的激情，换句话说，来自一种创造历史的激情。那时候的批评家确实觉得自己在创造一些新东西，这个激情现在也不是很多了。同时，那时批评的激情还依赖于价值体系的明确，要么是左翼的，要么是自由主义的，非常鲜明，而不像我们现在。我们现在的价值观是相对含糊的，这个我特别同意旷新年老师的看法，在中国不能贡献出一套完整的核心价值的时候，当中国人自己都不知道如何清晰表达自己的价值观的时候，搞批评是很难的，批评很容易流于技术化。在 80 年代，虽然批评是对革命理想的批判，但那也能迸发出巨大的批评激情，这是渴求现代化而产生的，对左翼政治生活模式的批判激情。所以，当时批评的激情曾来自于两方面：一是西方给我们的激情，不是因为西方理论的新奇而产生的兴趣，而是因为西方人在创造这些理论时，本身肩负着严肃的历史使命，他们在发明批评理论时，充满内在的激情，并将这个激情传递给了我们。另一方面，我们自身社会变革的需求，是批评激情的本源。

现在全球一体化，在中国完全接受西方自由主义观念之后，连西方自己都没有批评的激情了。过去西方学术肩负的意识形态使命是对抗社会主义意识形态，并为自己的价值辩护。现在所有人都认同西方的价值了，这样，西方由于没有了对立面，也明显缺乏从事批评活动所需要的动力和激情了。在后现代社会，表现出的就是写作的零散化，蔑视经典，将文学变成消费品，这些结果已经影响到了中国。所以，不光是我们丧失了激情，我在西方人那里也看不到什么批评的激情。只有当你有对立面，当你在文化价值方面有他者的时候，你才会有激情，这就是西方汉学研究从夏志清到王德威，他们所有的激情都在于批评左翼思潮的原因。当左翼思潮瓦解，全球历史已经“终结”之后，批评的激情也必然会丧失。

如果批评激情的丧失作为一个全球性问题，是由于价值体系一体化造成的，那么我们唯一的可能性，不光是积极面对中国的现实来寻找批评的方向，这个大家都说了，还必须创造他者，批评的激情系于他者的确立。目前，这个他者是谁呢？我想，有两个大他者：一个是西方，另一个是第三世界，比如非洲。尤其是后者，至关重要，非洲文化跟我们很不一样，跟西方也不一样。我们今天文化主体的确立，不但要通过西方和我们的差异，也需要通过和非洲的差异来理解我们自身。把非洲作为一个认识对象，重新发现我们整个现代文学创造的文化价值，是我们文化工作的一个当务之急。如果总是在西方的体制框架下思考，我们除了跟西方跑之外，毫无创造力。我们现在要创造一个新的他者去认识西方，说的更简单一点，就是怎么把中国现当代文学、文化介绍给非洲人？要告诉他们我们是什么样的价值，我们带着这个问题去重新思考中国现当代文学、文化，可能就会有一种新的激情，一种新的创造历史的情感，我觉得这可能是比较重要的。

我非常赞同大家刚才所说的，我们要从中国现实矛盾中把握批评的方向，这是周展安的核心观点，即他所说的文学跟现实的关系。我有一点不同意展安，就是毛泽东的思想不是反映论，而是创造论，文学不是反映现实，而是根据一定的价值创造现实，在毛主席那里，现实是被创造出来的，是被理论所创造出来的。如果创造现实首先意味着创造一套价值观的话，这就回到了旷新年老师的第一个发言，我觉得价值观还是非常重要的，只有我们中国人的价值观得到充分表达的时候，我们才会创造一种更新的现实，当然这个表达要在认识第三者的过程中来完成自我认识。这就是我非常浮浅的见识。

具体怎么做，需要一步一步走。因为我要去非洲了，我可能会在非洲向他们介绍中国文学，通过跟他们交流，再发现自我的价值。我们从80年代开始所理解的走进世界，就是走进西方，但是我们50年代理解的走进世界，有第三世界的维度，而且不光有第三世界的维度，还有东南亚华人的维度。整个新马华文学，从1926年到1976年，完全是中国革命文学的翻本，它证明了我们的革命文学曾经对他国文学是有深刻影响的。但80年代之后，这些影响都消失了。所以怎么能够重新定义这个世界，重新找到进入世界的方式，可能就是我们应该考虑的一个思维的维度。我就说这么多，谢谢。

刘继明：蒋晖先生从批评激情的丧失，推断出西方世界作为一个“他者”同样丧失掉了，我觉得这是一个有趣的角度。我想到一句话，哲学的任务是解释世界，但更重要的是改造世界，这是马克思说的。所以，如果丧失了改造世界的激情，批评的激情自然也就无从谈起了。

祝东力（中国艺术研究院马克思主义文艺理论研究所）：我接着蒋晖说一下。蒋晖说的很多我都赞同，但是有一点我有异议，他说缺少批评的激情，如果把社会批评也算作一种批评，那么社会批评是不缺乏激情的。90年代以来，特别是从互联网开始，在网络上关于社会问题的争论、互相的骂战十几年不绝于耳，甚至发展到约架，肢体冲突。在这样的社会批评的氛围中，为什么偏偏文艺批评这样匮乏，我觉得有更具体的原因。简单讲就是缺少一个有份量的靶子和对象，没有一个有份量的靶子让大家有批评的兴趣和激情。

就我个人的经验来讲，1985年之前我是系统跟踪阅读当代文学作品的，这并不是出于一种什么专业兴趣，因为我当时的专业兴趣也不在当下的文学，说大一点，就是一种对时代精神、时代脉搏的追踪，感觉到这些时代精神、时代脉搏非常好的体现在当时的中短篇小说当中。而在85新潮文学出现之后，因为很不喜欢那些作品，我的跟踪阅读中断了，记得钱理群也讲过，说他对当代文学的阅读经验止于1985年。文艺批评激情的缺乏，最直接的原因是缺少有份量的靶子，这当然是创作出了问题。创作的问题，简单讲，就是一种自我封闭的纯文学的观念控制了很多作家，作家都是眼睛朝向天空，忘记了脚踩的大地，即中国经验、中国环境，以这样的文学观念去进行创作，作品一定是苍白的，一定不能构成一个有份量的批评的靶子。

而这样的文学观念的形成，反过来讲批评界是有重大责任的。因为文学的价值观——刚才旷新年和蒋晖都讲到价值观的问题，实际上文艺也有一个它自身的价值观，什么是好的文艺，什么是经典的文艺，这种价值观的主要的生产者、生产部门是文艺批评界。所以，归根到底，如果说整个创作出了问题的话，那么首先还是我们文艺批评出了问题。所以，缺乏激情这个话题转一个圈回来，首先还是文艺批评责任的丧失。

张慧瑜（中国艺术研究院电影电视艺术研究所）：我接着刚才的发言说两点。第一个问题，是听蒋晖兄说自己要去非洲访学，这某种程度上可能是一个标志性事件，中国当代人文知识分子第一次把目光朝向非洲，并进入非洲大陆；这也是新世纪以来中国资本、中国劳动力进军非洲大陆以来，知识分子总算拥有了非洲视野。这使我想到了17、18世纪那些西方传教士们，早于西方的坚船利炮就来到遥远的东方，为西方的殖民大业提供了一套东方学的知识。前一段开会听到一位研究世界史的学者感慨，他说现在的中国人、中国商人已经走进拉美、非洲、中东等地区，甚至在中东的二三线城市，也有大量中国人从事商业活动。可是，中国的知识界远没有跟上中国商人的步伐，根本无法为中国人走向海外提供知识上的帮助，不像西方殖民者进行海外殖民时，考古学家、科学家、人类学家、探险家，甚至文学家都紧随其后，为殖民活动提供技术支持或批判性反思。这样对照，并不是说现在中国也在重复西方殖民主义的老路，只是说中国没有自己的海外视野和海外知识，而这与中国社会的发展是高度不匹配的。

这种不匹配，一方面体现在经济崛起之后，中国主流文化界没有充分意识到海外利益、海外市场的存在；另一方面，即使对于中国社会内部经济发展的现状，也缺乏充分的表述。刚才刘继明老师提到中国不关注底层、不关注新工人，其实主流文化也没有正面讲述中国崛起和高速现代化的作品。比如，好莱坞电影与美国主流价值观总是密切配合的，并且高度关注世界的变化，近些年好莱坞电影中的中国元素也越来越多；这不是因为中国文化有影响力了，而是中国电影市场成了好莱坞最大的海外市场。新世纪以来，中国电影也讲述一些故事，但总体上，逻辑和价值观都是混乱的，既不像好莱坞的价值观，也没有中国自己的价值观。之所以会出现这种中国文化与中国社会发展不匹配的现象，我觉得有以下几个原因。一是从80到90年代，再到新世纪，中国社会的发展确实太快，是一种高速压缩式的发展，这造成文艺创作严重滞后和脱节于社会的发展，有时候从新闻中看到的东西，都能比叙事性的文本带来更多的信息。二是中国的文化生产机制在90年代，尤其是新世纪以来，发生了巨大转变，基本上以市场化、产业化为中心，这成为文化生产的市场基础，对于从业者来说需要适应新的生产机制。三是20世纪中国革命和现代化的历史经验，使得中国经常处在落后者或第三世界发展中国家的位置上，形成了一套落后就要挨打、赶超西方的心态。这种弱者心态，还没有完全转化成与中国崛起相匹配的文化自信和自觉。在这个意义上，非洲的重新出现，在中国文化的视野中具有标志性的意义，这种新的海外经验，对于这一两百年处于弱势的中国来说，是新的经验。

第二个问题，是批评的激情、公共性如何丧失的问题。刚才祝老师、蒋晖兄都提到80年代文艺批评的激情，除了激情之外，80年代的批评也具有公共性和社会性，借用后来的概念，80年代的批评家无疑都是公共知识分子。一位经历过80年代的著名人物，在90年代说过一段话，他说80年代大家都在谈美学、谈文学、谈哲学，好像没感觉政治经济改革的发生，但到了90年代，才意识到正是在人性、文学背后，中国社会的经济制度已经悄然改变。这就涉及 80 年代为什么可以通过文学、文学批评的方式来言说政治，通过对一部小说的批评，就可以言说 80 年代中国的社会问题。90 年代，文艺的政治性消失了，很多文艺批评家用批评的焦虑和失语，来形容八九十年代的历史转折，认为用 80 年代的语言很难描述 90 年代的转变；可是经济学家、法学家似乎并没有失语，他们沿着 80 年代市场化和法治化的“正途”，继续批评旧体制，为新的经济社会改革鸣锣开道，成为大众媒体中新的公共知识分子。在 80 年代到 90 年代的转折中，一种用小说、文艺来表征政治的实践，变成了一种技术化的、官僚化的政治实践。

刘复生（海南大学人文传播学院）：我插一下话，就是刚才大家的讨论，尤其是蒋晖兄提到的他者的问题，我觉得这个问题很重要。但是我和他有一点不一样的地方，这个他者，我们不必非得到非洲找，我们可以就去西方找，我们不需要另外创造。其实，你看看中西之间互为他者的关系，其实是主奴辩证法的关系。最初，其实东方这个他者，对西方来说也是很强大的，就像现在我们看西方一样。但是，那个时候，西方现代文化就是要把这个很强的他者吃掉、消化掉，要化为自己的东西，而现在我们没有这个勇气。那么中国这样的一种自我，还是有待进一步建立起来，所以这是我们不得不面对的问题。

在这样一个主奴辩证法的过程中，我们开始被打败了、沉沦了，造成了物质力量、精神力量双重都被摧毁的局面。从五四以来，尤其是一个革命文化在 80 年代失去了正当性之后，又处于一个自我意识沉沦的阶段。那个时候，我们已经基本上认定了我们就是往西方的普世文明靠拢，没有什么自我意识。之后慢慢的经过 90 年代到 2000 年之后，我们其实是走向了一个重新获得自我意识的契机。所以，这是一个奴隶的转折，这也是非常有趣的辩证法的过程。

所以，我觉得我们必须先把西方克服掉，这是没有办法的事情。当然非洲我们要不要进去呢？还是要进去，但这是另外一个问题。我个人觉得，这是一个我们现在也确实具备条件去想的问题，当然这也是一个非常艰巨的任务，这个问题很沉重、很复杂，这里面有好多值得探讨的东西，这个话题可能是明天的话题，所以今天我简单说一句。

祝东力：复生讲的很有启发，东西方的彼此仰望确实有一个互换的过程。西方应该说在 18 世纪后期工业革命正式启动之前，对中国基本上都是仰望的姿态。这种仰望体现在很多方面，中国大量的茶叶、丝绸、陶瓷出口到西方，包括专门有一个词汇，叫作“中国风”，当时的上流社会、宫廷贵族都在流行中国风格的时尚。转折点就是工业革命启动之后，很快西方就对中国产生一种蔑视的态度。

但是有一点不一样，在他们仰望中国很长的时期内，从明末开始，传教士就不远万里来到中国，持续了几百年，而中国现在看不到这种情况。像刚才蒋晖和慧瑜讲的，我们很少深入到非洲或者什么地方去了解当地的民情，这是非常匮乏的。中国往往都是商人深入到这些域外地区，是物质利益的驱动，我们缺少那种更宏观远大的视野和抱负，这涉及到中西文化比较深层的差异。

李云雷（中国艺术研究院马克思主义文艺理论研究所）：我补充两句，刚才慧瑜和蒋晖提的问题，其实我们也有一些文学作品在写，比如说中国人去非洲的一些故事。我在一篇文章里面看到，这些作品很有意思，现在看像西方19世纪康拉德那些人写的《黑暗的心》这类作品，但是另一方面又把我们中国人——因为他不只写中国人跟非洲人接触，还将中国人内部的鲁迅说的“国民性”——“窝里斗”那样的东西带了进来，我觉得还是比较丰富的。还有一本书写中国河南的农民在俄罗斯包了一片地，然后亲戚带亲戚，不少人都移民过去，在那里复制了一个小的“中国乡村”。这样的作品虽然不多，但还是有，也挺有意思的。刚才复生跟蒋晖谈到他者的问题，我觉得蒋晖走向非洲确实可能有慧瑜说的那么重大的意义，不过我们可能还会有别的他者，除了西方与非洲之外，比如说像张承志带给我们的伊斯兰文化，比如说像传统的东欧社会主义传统，包括文学方面也是。最近广州花城出版社出了一套东欧文学经典，已经出了第三辑了，翻译过来一些可能我们现在不太关注的，在平常的世界视野之外的东欧的一些作品，特别是80、90年代之后的作品，能让我们看到一个不一样的世界。

另外，比如说非洲文学也有一些翻译过来的，前几年有一本《非洲短篇小说选》，还有一个尼日利亚作家阿契贝获得诺贝尔奖，他的一些作品也翻译到了我们国内来。其实有这样的作品，还是可以让我们看到一些非洲的情况，这可能与蒋晖的行为是一个互相发现的过程。这些非洲的作品把他们眼中的非洲带给我们，就跟蒋晖到那去讲学一样，把中国现代文学的经验介绍到非洲——在互为“他者”的过程中，可以发现一些新的问题，一些看问题的新视野。

比如上次我们邀请过来开会没有来成的吴子枫，他在马达加斯加待了两年。他有一次回来跟我们聊天，说在那个地方，就觉得我们现代文学有一个鲁迅有多么重要。他说当地没有自己的民族语言，也没有自己民族的文学，所以他们阅读的文学作品，基本上都是殖民他们那些国家的经典作品，他们也是在这样的语言环境中成长。所以他在这样一个视野中重新看我们中国现代文学的经验，能够产生像鲁迅这样的大师，对于我们这个民族是多么重要。可以看到，我们这么古老的文明在遭遇如此剧烈的危机时，还能生发出新的东西来，对于非洲一些小的国家，可能就没这么幸运了。这可以让我们从一个新的视野看我们现代文学的经验。

周展安（上海大学中文系）：刚才大家谈到他者，谈到现在要更新我们的语言、价值观，认为只有更新我们现在使用的这一套语言，才可能把我们的中国经验讲成中国理论，这是很关键的。大家频频谈到他者，我觉得我们稍微老旧一点，就是回到《毛选》第一卷第一篇第一句话，谁是我们的朋友，谁是我们的敌人？这是革命的首先问题。实际上在今天，我们就是不知道我们的敌人是谁。我觉得我们现在最需要大大方方的、非常坦白的说出，我们的敌人是谁，而不是说使用他者这一套语言，因为这套语言是非常强的，有自我消化的倾向。

第二个问题讲到非洲，可能是我理解上的误区，我听了大家刚才的发言，有一点不安。坦白说，非洲或者亚非拉这样的话题，在我们的表述当中有很重要的定位，是在50到70年代。也就是说，我们谈到第三世界，谈到中国和其他国家的关系，谈到国际上其他国家，是在50到70年代，当然更远是从近代以来，与我们中国内部的政治进程息息相关的。而现在，在我们内部的政治进程已经结束的前提之下，是不可能谈好非洲的，是不可能谈好亚非拉的。

举个例子，十大的时候我们提出所谓的国家要独立、民族要解放、人民要革命。在当时的语境当中，提出国家要独立，不是谈国家主权；谈民族要解放，不是谈民族主义；谈人民要革命，不是谈公民社会。而我们今天一谈到这些，马上就会被公民社会、民族国家、国家主权、民族主义这些词一下子吸纳，为什么？因为我们已经没有办法把国内的政治进程和国际上的政治进程连接起来，我们就只能使用这种孤立的语言。并不是说，我们以前对于西方来说，是一个很大很强的形象，而我们现在弱了，我们就要怎么样；这个思路还是停留在西方当中，还没有把政治进程重拾起来，政治进程还是断裂的。

蒋晖：我同意展安的概括，但我要说，我们不光是要认识谁是我们的敌人，我们还要认识谁是我们的朋友，这同样是非常重要的。我特别深的一个感受，就是中国文化里的普世价值非常难以影响西方人，但是它可以影响新加坡、马来西亚的华人圈子，也包括越南等国家。同时，也有可能影响非洲人、影响非洲国家，因为非洲国家的结构，父权制的家庭体制，他们那套宗教信仰、那套哲学的思维，跟东方有很多相似的地方，有可能在这方面，我们能够产生影响。

所以，我的意思并不是说我们就不去管西方，通过逃避西方来找一个容易对付的家伙去玩玩，不是这个意思。如果直接挑战西方，首先我们眼光不能只看着西方，我们还应看得更全面一些。长期以来，中国人只盯着西方看，不重视跟周边国家的关系。我现在想做的一个研究，就是考察从60年代到90年代我们的中国文学作品，都有哪些翻译到东非的斯瓦希里语了。我问了外文局，问了图书进出口公司，都说没有历史记录，不知道翻译了什么，印了多少册，影响有多大，没人做过统计和研究。我们今后一定要看重我们文化在非洲的传播，所以我的意思是说不能光重视跟西方的关系，我们要重视我们已有的成就。

莫言获得诺贝尔奖，我当时就想了这么一个问题，如果考察一个作家的成就，不是只看他得了什么奖，而是要看他的写作对别的国家的作家是不是有一种根深蒂固的致命影响？我们就很难说莫言对西方哪一个作家有这种影响，西方谁要是不看莫言的书简直就不会写作了？恐怕西方还没有这种作家。但是，中国确实有许多作家，如果不读福克纳、不读博尔赫斯、不读托尔斯泰，就不会写作。这就是国外作家对我们的作家产生的致命影响，中国哪个作家对国外作家有这种影响力？我相信并不是莫言，而是鲁迅。鲁迅对韩国的民族诗人李陆史，对日本小说家大江健三郎、村上春树、堀田善卫，皆有不可替代的影响。但同时，鲁迅的影响只集中在儒家文化圈里，超出这个圈子，就很难发生影响了。要说不看鲁迅西方人就不会写作？这是不可能的事情。然而，鲁迅也可能对非洲作家产生影响，我最近对阿契贝的研究，就是寻找阿契贝和鲁迅近似的精神气质，我也是在这个思路里提出，为什么要关注非洲。

郭松民（《国企》杂志社）：刚才祝老师谈到的，我们没有传教士式的热情到其他国家去传递文化，我觉得这个在本质上应该跟1840年以后中国的精英、知识界，都觉得中国的文化跟西方文明比起来是一个比较低劣的文化有关。自认为比西方人要低一点，因此也就没有热情往外传了，当然也有例外的情况。前年我曾经遇到一位菲律宾来的朋友，他原来是新人民军的高级指挥员，现在已经不打仗了，成了菲律宾的国会议员。交流的时候我非常惊讶地发现，他不会说中国话，但是他会用汉语唱《大海航行靠舵手》，唱的非常好，非常有激情，可见曾经有一段时间，中国的文化在这个地区是有非常强烈的影响的。

刘继明：我接着讲讲。60年代中国大量援助非洲、援助亚非拉，其实不只是修建铁路、医疗队什么的，像东力兄说的，不仅仅是给他们盖一所医院和建一个铁路，不是这样的，他们实际上还承担了传播一种意识形态和文化的任务。前两年我在新西兰待了半年，碰到一位退休的老头，交流过程中，我问他对中国了解多少？他首先就说到Mao，毛泽东，他青年时期对中国的认识，首先就是毛，所以那个年代无论在亚非拉国家，还是在新西兰这类西方资本主义的国家，他们实际上都通过各种途径在接受中国价值观，受社会主义价值观的熏陶和影响。那时我们是向外输送价值观的，不仅向亚非拉输送，而且还向西方输送。像法国巴黎，60年代西方的文化中心，以萨特、福柯为代表的一批西方知识分子，都曾经是毛泽东或毛主义的追随者。前不久，法国一批作家到武汉，我们做了一个对话式的座谈。其中有个1939年出生的作家，他参加过巴黎五月风暴，是在萨特和福柯影响下成长起来的那一代人。他观察问题的角度和方式的确与众不同，比如他说，作为社会主义时代成长起来的一代人，据他了解，中国的问题还是很复杂的，并不是像主流媒体向西方宣传的那样高度发展，一片繁荣，内部其实充满了复杂性。他很关心中国的文学，特别问到中国是否存在一种介入和批判现实的文学？他显然是带着一种批判知识分子的立场提出这个问题的，从中不难感觉到一种左拉和福柯式的精神气质。我谈这些想说明一个事实：中国曾经在文化政治上与西方世界平等相待，哪怕是争吵或对峙，都是一种平等的姿态，不单是我们向他们学习，他们还在向我们学习。这跟80年代后中国在西方人眼里越来越成为一种劣等文化的负面形象，是截然不同的。那才是一种真正的文化自信、制度自信。我这样说，并非主张重新回到冷战时期那种剑拔弩张的政治对决，缺乏历史感的自信是虚妄和脆弱的，今天的中国要想在全球化背景下建立“三种自信”，还得从我们曾拥有过的历史传统中寻找，不是简单地返回，而是在新的起点上重建。

蒋晖：我插一句，毛的思想、毛的理论对非洲也有很大的影响，尤其对坦桑尼亚，1989年后比较早访问中国的就是坦桑尼亚总统。我最近刚做一个口述史，采访了长期在东非传播中国文化的孙尚信老师，向他了解坦桑尼亚对中国文化的接受情况。他说，在那里最流行的一本中国小说叫做《深夜敲门人》，是本90年代以后的侦探小说，关于男女情欲的，他给翻译成了斯瓦希里语之后，影响特别大，有很多人在谈论这个小说。为什么谈论这个小说呢？非洲人从这部小说里知道中国人也是有欲望的，为什么他们觉得中国人没有欲望呢？第一是他们过去只读《毛选》，了解中国人搞阶级斗争。第二就是看了大量中国援非的工人，全是不带家眷的，几年下来，没有见他们和女人发生过任何关系，所以在他们眼里，中国人变成了没有情欲的这么个印象。看完那本书之后，他们才改变了印象。我想说的就是非洲对我们了解太少，光靠毛的著作，不能帮助他们了解中国。

所以我最后想说，今天参加这个会非常高兴，希望大家重视和非洲的交往，《文艺理论与批评》能不能腾出一些版面，发表一些研究非洲文学作品的文章？同时，利用一些活动，把非洲的学者请过来，今天我就来倡议一下。

郭松民：中国跟非洲的关系，还有另外一个渠道，比如说像现在的广州，常驻的黑人30万，这是一个非常巨大的数字。这些人来往于中国和非洲之间，肯定会带来一些影响，具体会产生什么影响还没有研究。

王行坤（天津工业大学外国语学院）：我想回应一下刚才周展安的发言，我比较同意他的说法。关于他者，关于中西方话语，我们是不是还要再坚持这个话语？如果我们不再坚持的话，那么有没有另一种话语呢？我觉得答案就是他刚才说的“谁是我们的朋友，谁是我们的敌人”这个论断，这是敌友之分而非区域之分。同时，这也是一个政治性的论断。虽然说作家应该像哲学家那样有一个总体性的视野，但是更应该站定一个立场，这个立场根本来说就是阶级性，这个阶级性就是刚才刘继明老师提出的关注底层，还有蒋晖老师提到的第三世界国家立场。除了这两个立场以外，在我看来还有一个上层立场，这个上层在今天就不能单纯从一个民族国家的角度出发。现在看全球资本主义，我比较同意哈特和奈格里的论断，那就是，当下世界秩序是一个帝国，这个帝国不再分东西，也没有外部，就是说它是混一的整体，是一个混合政体。在这个混合政体中，美国依然是占据比较主导的地位，作为君主的力量存在，虽然它的霸权地位有所衰落，中间有民族国家和跨国财团来挑战美国的霸权，比如欧盟和超大型跨国公司，这些是贵族制的代表；而底层就是一些贫民国家，像第三世界的非洲国家以及某些NGO组织。这三个层级就形成了一个金字塔式的帝国政体，在这个政体里面，如果我们做一个阶级划分的话，那自然就有底层，这个底层就是全球劳工，包括中国农民工在内的全球劳工。很显然，文学作品应该相应地关注这个问题。

其次是中层。主流关于中层阶级的话语，如白领小资阶级，这些作品不胜枚举。最后还剩下一个上层阶级，上层是什么呢？上层就不是一个民族国家内部的阶级了，这是一个全球性的阶级，是全球的金融－垄断资本家阶级，而这个金融垄断资本家阶级和我们以前所说的资本家阶级不大一样。以前我们说的一般是产业资本家阶级，而现在真正主导的全球精英则变成了金融－垄断资本家阶级，是像比尔·盖茨和巴菲特那样可以在全球游牧的垄断的金融资本家阶级，这样的一个群体虽然人数不是很多，但他们却掌握着世界运行的秘密。我们有人关注底层，有人关注中层，那有没有关于这个上层阶级的文学作品？我很好奇，因为我对当代文学不是很了解。我知道茅盾在《子夜》中揭露过投机资本家，这就相当于某种金融资本家。我觉得作家应该像经济学家那样，去揭示这个世界的秘密，这也算是某种“启蒙”吧。而在我看来，这个世界的秘密，很大程度上掌握在垄断金融资本的手里。因此我觉得有必要去呼吁作家或者艺术家，去描述这个最大的现实。这就是我的一点看法。

刘继明：时间过得很快，这一单元交锋的局面已经形成了，从批评的激情到他者的概念，最后到他者本身的讨论，然后再回到小王引进的阶级话语的分析，我觉得话题已经打开了。通过讨论，可以看到文学批评自身的境遇，以及新的可能性到底在哪个方面。对下一步该怎么样发展，都是具有借鉴意义的。具体的点评交给下面两位老师。

李龙（吉林大学文学院）：今天下午这个讨论非常热烈、非常精彩，而且我觉得后半段讨论中大家关注的问题，和前半部分旷新年老师提出的文学价值观问题是有关联的。为什么这么说呢？实际上，我们看到的文学创作也好，文学批评也好，所谓缺乏常识的问题，不仅仅是缺乏常识，更重要的是文学观念所造成的。正是因为这种文学观念，有意的忽视了很多在历史进程中本应该关注的东西。

智联忠提出了两个问题：一个是批评者要有自己独立的立场，以及这种独立性如何实现的问题；一个是理论和实践相结合，以及怎样能让这两者结合得更好的问题。然后就是蒋晖老师，一下子就把火点起来了，他提到我们今天的文学缺少激情的问题，分析了80年代为什么有激情的原因：因为那时候作家的地位高、文学的地位高，所以有一种创造历史的激情；还有个原因，就是在那个时代，价值体系比较清楚，而在今天，因为这种价值不清晰，导致批评缺少了自己的取向。然后，蒋晖老师提出一个很有意思的问题，就是只有存在“他者”，也就是一个参照的时候，才会有激情存在。今天无论是东方也好，还是西方也好，都丧失了激情，实际上这里提出了一个批评动力何在的问题。我觉得从大的角度来看，资本主义全球化时代带来的结果，就是所谓去历史化。今天我们知道，有人说是自由主义洋洋得意的时期，比如历史终结论的提出，这种历史感的丧失导致历史的动力丧失，也就自然而然地导致文学创作和文艺批评的历史动力的丧失。

祝老师也提到文艺自身价值观的问题，因为它的生产者是文艺批评，所以激情的缺乏是文艺批评本身存在的问题。然后慧瑜提到，90年代之后，中国在文艺批评之中存在着一个很有趣的现象，就是阐释焦虑的现象。他提到，比如说中国向海外扩张的时候，缺少正面论述的文字，或者说缺少正面关注中国现代化进程的作品，这和中国所谓的崛起是不匹配的。然后，他又提出了一个中国自身经验如何被抒写的问题。实际上，我觉得大家都讨论了这样的问题，都提到了“他者”的问题。我就想到一个问题，正好上个月，我去台湾大学的人文与社会高等研究院，它有一个“东亚的文化与思想”国际学术研讨会。在那儿讨论的时候，我也提到了这样的问题，当然那是谈东亚文化的。涉及他者问题，我觉得刚才复生有一点说的很好，他说90年代之后有一个由主人道德到奴隶道德的转折，我就想到了竹内好曾经提出的问题，那就是何为现代？他认为，在今天提到的所谓日本性，也就是日本人提出的这种日本性问题，体现了日本所接受的现代观念，实际上是一种优等生文化：日本实际上想要自己变成优等生，并反过来支配甚至消灭那些劣等生，这种文化就是一种奴隶的文化。奴隶想变成主人，实际上还没有摆脱那种文化逻辑。竹内好分析日本为什么会走向二战，导致一个悲剧的结局，就是因为这种文化心理在作祟。

大家讨论他者的时候，实际上是说怎么来理解这个他者。按照蒋晖老师的观点，我们只有创造一个他者，才会有激情，才能够创造历史；但是这个他者在我们的文化中，比如说我们以前更关注的是，在中西对立的论述中讨论的，是这样的一种他者。但是，在今天，我们讨论的是像云雷说的，张承志提出的那种他者。另外，还有今天中国文学的对外翻译，这又是一种他者。同样，在东亚的体系中，日本就认为原来你中国可能是东亚的领袖，但是1840年之后一个新的世界展开了，这个时候，用竹内好的话说，东亚的发现是欧洲历史的完成，东亚已经进入到现代世界历史进程中了，这个时候中国已经不是亚洲文化的代表了。我们在讨论这个问题的时候，确实很纠结。

我想说的是，这种他者该怎么理解。还有就是，我们是不是也要警惕和防止这种所谓奴隶的文化心理？因为它会带来很可怕的后果。在后面，展安又提出来，要更新我们的语言，讲述我们的经验。包括他讲到非洲的时候，有一种不安，我觉得涉及到了更核心的问题。还是和旷老师说的跟创造一种价值观是有关系的。对于今天崛起的中国来说，我们更应该创造的是一种新的文明，既不是西方式的征服式的文明，也不是一种文化或者文化中心主义的文明。但是，怎么创造这种文化也是一个复杂的问题。我就是根据下午各位老师的发言，做了这样的一个总结。我们讨论这个问题，第一像刘老师说的，这个话题很大，超越了文学批评，是在这个视角之外来看文学批评。一个是广度，一个是深度，我这个总结可能也不一定完整，可能有点混乱，所以下面请太光来帮我补充一下。

鲁太光（中国作协《长篇小说选刊》杂志社）：李龙兄的评议很详尽，很条理，我要说的话就很少了，就几句话。第一，展安上半场评议的时候打开了这个话题，使我们超越了文学批评，甚至超越了文学来谈文学批评问题，很有启发性，以至于下半场我们还停留在这个场域中，讨论中国与世界、中国与欧美、中国与非洲的问题，感觉像开了一个国际政治的会。这也使今天会议上下半场互补：上半场，我们主要是在对中国内部问题的反思和检讨中，考虑中国文学和文学批评的问题；下半场，则主要在中国与世界的关系中，讨论这个问题。上半场的核心，在中国的社会性质问题；下半场的核心，在于如何在创造一个他者的过程中来创造一个新中国。其实广义来看，也还是中国社会性质的问题。我们这两场的讨论，就是如何在这两重视野中，认识中国文学和文学批评的问题。

我再提点缺点。我们讨论的是不是稍微有点宽泛了？因为我们的主标题是“文艺评论：新的方向与可能性”，我们这一场的分论题是“新世纪以来文艺评论的回顾与反思”。我们谈的这些问题都是文学问题，或者可以在文学里面找到，但稍微具体一点，可能有助于我们展开对这个主题的思考。好在明天下午还有一个对文学具体问题的讨论，我们可以适当地往回拉一拉。

刘继明：那我们今天下午的讨论就结束了，我觉得太光这个提醒还是比较好的，明天讨论的时候还是围绕着我们的主题来谈。

第二届全国青年文艺论坛

文艺评论：新的方向与可能性

第三单元

西方理论、中国经验与当代文艺评论（上半场）

时　间：2014年6月27日（9：00—10：30）

地　点：北京西藏大厦三层会议室

主　办：中国艺术研究院马克思主义文艺理论研究所

主持人：王磊（中国艺术研究院马克思主义文艺理论研究所）

王磊：大家好，今天上午的议题是“西方理论、中国经验与当代文艺评论”。昨天讨论的时候好像张慧瑜提到了一个问题：文艺评论为什么今天又被再次强调？我觉得可以这么解释：是因为文艺评论能引导思潮和价值观，引领文艺乃至文化的方向。今天是一个价值多元的时代，也是一个价值混乱的时代，建立一个核心的价值观，确立文化的方向，是非常重要的问题。而这个问题不论是官方，还是民间都已经深刻地感受到了。官方在大力提倡社会主义核心价值观的培育。关于社会主义核心价值观，我觉得宏观层面上其方向似乎是确定的，但在微观层面又非常模糊。也正是这种价值观的模糊实际上给来自文化界、思想界、艺术界的各路力量、各路思想，提供了一个角逐的空间，这是当前思想文化的真实现状。

正因为没有方向，所以我们才要探讨新的方向与可能性，我想这正是这次全国论坛主题的由来。那么在今天的语境中，我们把西方理论、中国经验和当代文艺评论并置在一起，显然意味着我们的价值观需要重建，特别是30年来以西方理论为基础的某些文学观念需要反思。那么怎么重建、怎么反思？我想一个出发点就是中国经验。我的开场白就说到这里，下面请大家发表高见。

周展安（上海大学中文系）：西方理论和中国经验是一个老问题。自现代以来，我们共产党的表述就是马列主义和中国革命相结合，当然在这个表述当中，西方理论是非常具体的，就是马列主义理论。当然这个话题今天提起来非常陈旧了，我们现在一提西方理论好像就是专指西方学院里比较时髦的理论，但我觉得毛泽东和他的战友们所总结的这个东西还是挺有意义的，我从这点开始谈吧。

毛泽东在1941年有个文章叫《改造我们的学习》，提到三个方向。第一就是要认识中国的现状，第二是认识中国的历史，特别是近代以来的历史，第三是学习马列主义理论。重点是前两个，他对马列主义的把握是从方法的角度、立场的角度、观点的角度上来把握的；他反对那种单纯的引用理论的应用方式，我觉得这个论述看似很朴素、很简单，其实非常有力量。就是说，理论与实践的关系是近代以来，或者说是中国历史上的一个基本话题，当然中国历史上是用知和行来表述的，而近代以来我们用理论与实践来表述。

举个小例子，陶行知我们都知道，他第一个名字叫陶文俊，后来改名叫陶知行，最后改叫陶行知；他改名的过程，也是具体而微地展现刚才讲的近代以来理论与实践，或者知与行的关系调整的历史。可以说，中国共产党人或者中国化的马克思主义者，非常有力地继承并推进了这个历史课题。那么理论与实践相结合，或者马列主义与中国具体实践相结合，一个在逻辑上或者理论上的指向，是我们在中国的脉络里面，一方面反对激进主义，一方面反对教条主义；用现在的话说，一方面反对一元主义，一方面反对多元主义；一方面反对所谓一般的普遍性，一方面反对所谓特殊性。特别是要反对以特殊性来对抗普遍性，尤其是那种想以特殊性来对抗普遍性，从而最终坐实所谓的普遍性的企图。

那么，鲁迅讲的“横战”的位置、“横战”的姿态，就是左、右都要抵抗。反对一元主义，反对西方中心论，反对一般的普遍性，反对一般的普世价值，这是比较容易理解的，但是反对多元主义，反对特殊性就比较难了。当你一讲中国经验，我们的表述叫中国特色社会主义，尤其是讲中国的特殊经验，背后还是一个多元主义的思维，但是这个多元主义的思维显然有问题，我从几个方面来检讨。当然，最理论性的是像黑格尔或其他很多人说过的，即任何一个事物内部都包含三个东西，一个是普遍性，一个是特殊性，还有一个是个体性，这是任何一个事物内部所包含的。但只在这个层面上阐述，并不能把它立刻转化到对历史的分析中去，多元主义或者执着于特殊性经验的表述，或者执着于特殊性的表述，是在平面上展开的一种思维方式，它不是一个深层分析的模式。比如说，现在的多元主义往往支撑的是特殊文化、特殊经验和特殊民族，是在一个文化范畴里展开论述，不处理经济差异的问题，不处理我们一般讲的不平等问题。或者说，六七十年代以来，西方从所谓承认的政治、尊重差异这套思路所发展出来的多元主义，从来都没有有意识地去清理多元主义或差异政治和经济不平等或不平等之间的关系等问题。这是第一点。

第二点，多元主义实质是对现在的民族国家分析模式的一个翻版，或者是一种坐实的策略。这就引起两个后果：实际上复制了民族国家的思考模式，所以一方面它不能有力地分析民族国家内部的差异性；另一方面，在一个相反的方向上，它又不能分析民族国家在当前不平等的世界格局当中，民族国家在客观上具有的抵抗性、正当性。那么它试图以文化的、民族的这些范畴、元素来肢解民族国家，这也是多元主义内部所包含的一个问题。

第三，所谓多元主义，它基本上是一种封闭的、孤立的思维模式。所谓多元，是封闭的、自足的，不是在一种相互联系的关联里来看问题，好像是各安其位的意思。包括费孝通那个“和而不同”，整个表述应该讲是庸俗化的。

最后，多元主义表面上讲多元，实际并没有真正尊重多元，也就是说，多元主义是放置在一个框架里面的。在民族国家内部，受制于更高的框架制约，受制于所谓宪政、宪制；在国际层面，是受国际法等一系列所谓普世价值的框架制约。它不是真正尊重所谓多元，每一个级、每一个元，其实没有真正的创造性发展，这个多元的内容是以现在的框架规范好、制定好的。这是我从四个方面来对多元主义进行的分析。

那么从这点继续往前走的话，我们就不能从特殊性的角度来把握中国经验，很显然也不能从一般所谓西方理论出发把握中国经验。我们不接受一般的所谓西方理论，我们要以中国经验跟他们对抗，但也不是说一下子就跳到中国理论。当然，学界有一些论述说我们不能放弃普遍性，这是对的。不能放弃普遍性，如果只是从哲学角度说的话，其实非常空洞。你说不能放弃普遍性，是的，但又怎样呢？彻底的历史化和我们要求的普遍性，这两个东西看似矛盾，其实它都有一种抽空的毛病。我刚才提到毛主席的《改造我们的学习》，他没有一般的去论述所谓普遍性，他讲的是非常具体的。他总的方法是矛盾论的方法，激进一点讲就是阶级斗争的方法。就是说，在每时每刻，中国革命所遇到的问题都需要放在阶级斗争的结构里来处理；而在这个处理的过程中，唯物论或者马克思主义理论，它本身作为一个方法而存在。从理论层面上，它是要实现自我否定的，也就是说，是反唯物论的唯物论，大概是这样一个模式。

所以说，今天来谈中国经验，我觉得不是一般的理论上的创造，说我们是特殊性，或者说我们是普遍性，而是说要怎样重新寻找到那个矛盾的结构。就是昨天讲的，怎样重新寻找到敌我关系，或者怎样用更灵活的方式来架构阶级斗争。只有把握到了这样动态的、关系性的结构，理论的问题才能被包容进来，并且才能用来解决现实难题。

王磊：谢谢展安，有谁接着有所回应，或者有什么新的想法？

张慧瑜（中国艺术研究院电影电视艺术研究所）：我简单回应一下展安兄提到的文化多元主义，这是90年代以来西方非常流行的文化理论，也是一种付诸实践的政治理论，比如身份政治、文化差异政治等。文化多元主义确实在回应西方的现实问题，它有几个特点：一是冷战后大量第三世界移民进入美国、欧洲等发达国家，种族、移民问题被转化为一种多元文化共存的问题；二是60年代资本主义体制内部的反叛运动失败后，再加上苏联式社会主义陷入危机及终结，文化政治、身份政治成为后工业社会的主流政治形态，比如追求同性恋权益、保护少数族裔和社会弱势群体等；三是文化多元主义与后现代主义有密切关系，排斥国家、政党、组织等大政治，诉求于一种多元的文化身份。文化多元主义从90年代传入中国，也成为中产阶级的文化教养之一，就是尊重差异、包容他者。文化多元主义看起来很多元，不管苹果、西瓜、桃子等都可以组成一个文化拼盘，但实际上却抹平了不同水果之间阶级、政治的差异。文化多元主义建立在西方经济自由和政治民主的基础上，也正是在这个意义上，新自由主义经常以文化多元主义为幌子，文化上显得大度包容，背后却坚持西方民主和市场自由的一元化政策。这种文化上被允许的差异性，掩盖了不同种族、群体之间政治经济的不平等。

刘岩（对外经贸大学中文学院）：听两位老师谈文化多元主义，尤其是关于多元主义的一元框架，很受启发。90年代德里克在批判儒家资本主义和所谓亚洲价值的时候，也谈过类似问题，东亚资本主义的儒学符号好像是打破了欧洲中心主义，展现出新的文化价值，但它仍然是深嵌在全球资本主义的总体框架之中的。举一个更庸俗的例子，肯德基的墨西哥鸡肉卷到了北京变成了北京鸡肉卷，这就是全球资本主义框架下的文化多元主义。也就是说，文化多元主义的那种“多元”不可能是零散化和碎片化的，它一定在一个总体性的框架里；而我更感兴趣的是，在当代中国经验里，是否也有某种政治经济框架下的多元文化。

费孝通先生有一个很有名的说法叫“中华民族多元一体格局”。关于“多元一体”，有不同解释，有时候会直接把“一体”等同于主体民族汉族，这就变成了一种汉族中心主义或者大汉族主义的叙事，可能是需要警醒的。“中华民族多元一体格局”是80年代末提出来的，那么，该如何看待此前30年传统社会主义时期的“多元一体”呢？用一个电影的例子来说，我们知道80年代，中国电影第五代出现了，第五代是在哪儿发轫的？广西，广西电影制片厂去拍陕北，拍《黄土地》。那么谁来拍广西壮族自治区呢？长春电影制片厂，拍了电影《刘三姐》。

祝东力（中国艺术研究院马克思主义文艺理论研究所）：“文革”前的是吧？

刘岩：对，“文革”前。“文革”前和80年代的中国电影属于同一个传统社会主义生产体系，在这个体系里，不同地域之间互相拍摄，文化生产的主体和资源不是过度集中在某个单一的中心，比如像今天都集中在北京或上海，然后再从这样的中心出发，去拍摄各种地方性的客体，不是这样。广西电影制片厂的前身是南宁电影制片厂，是由中央新闻纪录电影制片厂和长春电影制片厂援建的。它的一个主要功能是做译制片，不是把外国电影翻译成汉语，而是把国内的电影翻译成少数民族语言，比如说长春电影制片厂还拍过一个云南白族的电影《五朵金花》，南宁电影制片厂把《五朵金花》翻译成壮语，让壮族同胞来看。在国家主导的社会主义的政治经济框架之下，汉族文化并不是单一的主导文化，不是说你要看电影，就必须学汉语。再比如，普通话叫“汉语普通话”，为什么不像民国时候叫“国语”呢？就是为了避免汉族中心主义或者说大汉族主义。在毛泽东时代，普通话并没有在少数民族地区强制性推广，相反，国家帮助很多少数民族创造了自己的民族文字。而在中华人民共和国成立之前，国民党是不承认中国有那么多少数民族的，顾颉刚有篇文章叫《中华民族是一个》，他说中国只有一个民族，这个民族里面的人可能会有不同的信仰，但是民族只有一个。

祝东力：蒋介石那个《中国之命运》也是这样，说中国只有一个民族，下面的都叫部族，不叫民族。

刘岩：“56个民族，56朵花”，是中华人民共和国成立后才有的表述，对少数民族的识别，民族身份的建构，属于社会主义多民族国家的总框架。这是我刚才听两位老师的发言受到的一点启发，想到了传统社会主义时期的多元一体。

刘涛（中国艺术研究院院办公室）：“中华民族是一个”，当时傅斯年也是这么说的，因为当时是抗战时期，而抗战就要把内部分散的力量结合起来，顾颉刚和傅斯年的论述要放在抗战的大背景之下进行理解。

刘岩：我知道您说的这个背景，顾颉刚是中国历史地理学的奠基人，这个学科的建立就是要回应帝国主义侵略造成的边疆危机。但是，是不是为了回应这样一种危机就一定要建立一元民族的论述？而且这个一元民族的论述可以有一个脉络的追溯，比如说孙中山在否定“五族共和”之后提出的大中华民族主义，他所说的“中华民族”并不是我们今天意义上的56个民族的总称，而是指有民族同化能力的汉族。

相反，中国共产党也在抗日，也在抵抗日本帝国主义，但是并没有建立这样一种单一民族的叙事。不能因为某个敌手，就把某种论述合理化。

刘涛：孙中山在辛亥革命前后的论述也是不一样的，革命前强调排满，《中华民国临时约法》就讲“五族共和”，因为考虑要维持内部的平衡。“中华民族”这个概念是梁启超提出的，他主要针对孙中山他们的排满，所以不强调满汉差别。我们谈这些的时候，还是要看一下这些概念的具体针对性。

刘岩：谢谢您的提醒，我知道您的意思，就是要语境化、历史化，我理解您的意思。

卢燕娟（中国政法大学人文学院）：我想接着刚才刘岩的思路谈一谈。讲多元问题，我其实觉得民族问题未必是一个很合适的例子，因为新中国建立的认同是“56个民族，56朵花”，但是下一句就是“56个民族同唱一首歌”。所以我觉得还是回到刘涛的提醒里面，其实到底是用一个主体民族来建立大中华的认同，还是新中国成立以后，建立一个更大的认同的问题，恐怕不能以是否多元来裁判其历史合法性。比如说不管是《刘三姐》，还是《五朵金花》，都有一个民族语言、民族身份的识别，但是从刘三姐和五朵金花的故事所承载的文化价值观来说，其实又是一致的，并不多元。

接下来我想谈两个问题，一是理论本身的活力和意义在哪里？二是我们经常讲中国经验，那中国经验是什么？在刚才这个问题里面，刘涛有一个提醒特别对，他说顾颉刚的民族理论是因为当时在抗战，包括中共也在抗战，需要一个能建立强大共识、迅速形成凝聚力的意识形态。这就是我刚才说的，不能以是否多元为标准来判断历史合法性，要从历史场域出发来理解历史问题。同样，虽然中共没有提出我们只能有一个民族，但是中共同样提出一个中华民族统一体，并以此发挥了强大动员力量。因此，我们今天讨论一切理论问题，同样应该从今天的现实环境、现实问题出发，而不能预设一个先验的价值标准——尤其当这种标准来自与我们从历史经历到现实经验都不一样的西方，我们更需要谨慎对待。

昨天大家讲到一个很有趣的现象，就是现在的批评文章，基本是同行写给同行看，除了同行都不看。各种刊物上会看到某种特定的讨论方式非常盛行，即大家都喜欢梳理某个理论的原典，比如说自由主义喜欢讲阿伦特，左派喜欢讲杰姆逊，都在讨论他们的原典，追求能够精确阐释他们的理论原意。这种讨论不能说没意义，比如说在大学课堂上，向学生传授一种正确的知识谱系是有意义的，或者我们在阅读思考的时候，确实应该尽量准确理解原意也是有意义的。但是越出这种课堂传授、个体阅读之外，理论的意义和活力在哪里？

昨天我印象特别深的是展安讲到的问题，就是整个中共起死回生是在大革命失败后开始讨论中国问题；也是在昨天，我在《文艺理论与批评》上看到鲁太光师兄提到这次中国问题的讨论。我想这种“英雄所见略同”，不仅是巧合，可能只要关注中国当下，就会自然进入这个问题。如果说这场讨论像展安说的是起死回生，那这种起死回生的意义，应该是在一个世界的视野里提出了中国问题。

从这个问题出发，另一场很重要的讨论是延安整风。刚才展安也讲到了，整风的意义在于，在外来理论、中国经验和中国问题当中建立了一个价值观。今天很多历史学者把整风解释成一场权力斗争，毛泽东要干掉王明，这种解释的问题不在于是否真实，而在于是否有效：权力斗争的视角，无论举出多少史实，都只能陷入简单的道德控诉中，而无法解释历史方向选择、发展动力这些根本性问题。那么这种动力在哪里呢？在于经过延安整风之后，建立起一个价值体系，强调对中国本土经验和本土问题的关注，强调马克思主义理论的全部活力都在于此——这才找到了真正激活马克思主义理论的动力。否则，我们回到王明去想一想，在中国现代历史上，没有哪个理论家对马列理论熟悉的程度超过王明，王明是公认的中共的大秀才、大理论家，能大段背诵马克思主义原典。但后来，历史对他的定论，恰恰说那是“教条主义”，是“死的马克思主义”。他背诵得越熟练、越准确，马克思主义的生命力就消失得越彻底。我们记得葛兰西在《狱中札记》中，把马克思主义理论称为什么？葛兰西把马克思主义理论那么庞大的谱系，称为“实践哲学”，这是葛兰西对马克思主义理论生命力的提炼。马克思本人也说，哲学家的兴趣往往在于了解世界，但问题在于改造世界。我想所谓“改造世界”的意义不仅是说像马克思、恩格斯那样，要具体参加某一场工人斗争，而是说理论真正的力量在于要面对当下问题，要创造出一个能回答历史问题、解释当下问题，从而推动认识世界和改造世界的框架。也恰恰在这个意义上，才能真正做到理论的激活。

所以刚才周展安说了一个特别朴素、在今天仍然有意义的东西，所谓马克思主义理论和中国实践的结合，这种结合的背后是一个理论新视野。在这下面我要谈的第二个问题是，我们讲了那么多的西方理论，也充分意识到中国经验的重要性，但中国经验仍然是一个非常复杂的问题。布罗代尔提出了一个世界时间的观念，世界时间是一个横向的概念。他说在同一个世界的同一个历史段上，只有那些最强大的地方才能被纳入到世界时间的视野。但是在今天来说，我觉得这个世界时间不仅是一个横向的意义，它同样是一个纵向的意义。比如说，我们看一下中国的文化现状，能够纳入我们视野的，横向来说仍然是西方，这是不管我们怎样都难以否定的事实；而纵向来说，在中国历史上我们最爱提汉唐。昨天看到一个新闻，一个学校，教育部官员穿上了汉服去授予学位。今天我们会发现如果把布罗代尔的世界时间扩展成一个横纵交叉的坐标的话，那么我们的当下恰恰是消失的，而伴随当下一起消失的，是整个20世纪的中国经验和中国历史。所以今天谈中国经验，应该包含两个问题：第一是我们对20世纪历史的有效阐释，第二是从这个有效阐释进入对当下中国现状、中国问题的认识和把握。

李零老师的《鸟儿歌唱》提出了一个很重要的问题，整个20世纪的大问题是革命和战争，而恰恰在这个问题上，中国经验是非常独特的。比如说我们今天讲马克思主义，讲左翼理论，其实我们都很熟悉，而在西方，这些理论的大部分都退守到校园文化里去了，恰恰是在从苏联到中国这样的国家，产生了实践意义的文化政治。问题就在于如何在今天有效地阐述这种经验，有效地激活它，以及如何来面对当下。其实中国已经是世界第二大经济体了，为什么在整个文化的世界时钟的坐标上，仍然是茫茫一片，仍然是消失的？从这种问题视野出发，如何去有效地借鉴，或者说理解，或者说创造我们新的理论框架？从这点上说，我觉得是否正确阐释某个理论，可能没有那么大的意义。我就说这么多。

刘岩：稍微解释一下，可能有点误会，我并不是要追求一种非历史的政治正确，不是在这个意义上讨论中国的社会主义多民族国家建构是不是合乎文化多元主义。主要是刚才受周展安老师和张慧瑜老师的启发，因为他们讲到多元的总体框架和平等问题，包括资源分配的平等和不同主体的平等。我觉得，这样的问题之所以有意义，就像刚才卢燕娟老师说的，是以现实、以当下的问题和语境为参照的。比如在主流舆论中，市场化给人一种解放的、打破束缚的感觉，各种要素根据供需关系自由流动；但我们发现，恰恰是在所谓解放的、松绑的情境当中，资源越来越集中到某些中心点。

再比如，刚才卢燕娟老师说到了汉服的例子，教育部官员穿所谓汉服参加某个学校授予学位的仪式，汉服是这个仪式的统一服装。新闻一出来，网上马上有很多评论，很多人立即产生了这样一种联想，说是不是56个民族每个民族都应该有自己的学位服？授学位的时候，各个民族的老师和同学都穿自己的民族服装？还有人说，如果是民间行为也就罢了，但你是教育部官员啊，你这不是破坏民族平等和团结吗？从这种质疑可以发现，传统社会主义时期建构的统一的多民族国家的表述并没有被遗忘，仍然作为历史遗产和政治资源在发挥作用。

但有些时候，在文学批评中，这种历史遗产可能会被遗忘。比如说 80 年代韩少功有一篇小说《爸爸爸》，很多人认为是写国民性的，但是这个《爸爸爸》里面的鸡头寨是什么地方呢？是一个苗族村寨，一个汉族的寻根文学作家，为什么会到苗族那里去寻根？对他而言，苗族究竟是他者还是自我呢？如果不考虑传统社会主义时期统一多民族国家建构的历史，如果只是在中西二元对立的框架中，批评家就无法想象一个汉族作家如何可能用一个苗族村寨来代表中国，就无法解释类似的现象。

赵文（陕西师范大学文学院）：我想更具体地就“中西方理论”或“中西方文学理论”来谈一谈这个问题：西方理论和中国经验到底应该是什么关系。这个问题，我们应该有一个有机性的思考。首先，只有对西方的批评理论也做一种整体的观照，才能从其“内部发生”到“外部影响”有一个完整的认识，才能客观地看到它的历史重要性。历史地看，西方文学批评自 17 世纪发轫以来，一直在解决一个任务：明确批评的任务并以理论建构的方式完成这一任务。文学批评的任务是什么？我觉得这段历史已经很明确地表明，即申张或确认某种价值。近代以来，西方文学批评的发展过程实际上是用人道主义、科学主义、历史主义的话语平台，取代古典理性主义话语平台的过程，也是通过对文学的建构和言说，确立新的价值典范的过程。

其次，我们也应该看到，西方批评理论在 19–20 世纪完整地建立起自己的一整套话语体系、批评范式和制度原则之后，由于意识形态环境的外部条件的制约，可以说，它的话语已经进入了一种“内部耗散”的结构。一方面，西方批评理论使自身构成了一个“内部”，一个嵌入西方文化的“内部”，成了后者的一个“有机的组成部分”。从我们的观点看，这个“内部”怎么和中国经验相结合呢？与中国经验相结合的有机性是成问题的或者说是缺乏的。所以，我们对西方批评应该保持一种反思性审视的态度。昨天慧瑜也提到，当代的西方理论已经越来越学院化，这的确是西方文学理论，尤其是 80 年代以来西方文学理论的一个重要面相。我们看到，新时期以来，中国文学理论建构为了“换取时间”而过度照搬西方 50 年代以来骤变似的“模式”，在西方文论的“内部逻辑”当中重演了一遍其发展轨迹，但有一个非常重要的因素被忽略了，那就是“中国经验”本身。

另一方面，当代西方文论的“内部”也日益呈现出“内部耗散”的结构。我们梳理一下谱系可以看到，整个西方文学理论在学院体制当中，不断从神话学、修辞学、语言学、符号学，甚至包括语用学、叙事学等新兴的人文科学中，去借取一些非常细节性的语言，去重构批评话语，但是在最基本的话语反思上，应该说是没有的。就整体而言，西方文学理论与西方社会文化、西方经验之间的关系，已经形成了一种“有机”的默契逻辑。这种现象或许可以概括前面一些学者提到的那些方面，即当代西方批评理论是“方法多元”，而非“价值多元”，作为体系的“西方文论”的当代发展，不断在方法内部进行“裂变”，而绝不会真正以他者视角动摇其真正的“一元价值”。

所以，如果再仔细看一看，会发现，当代的新历史主义批评、女权批评，还有后殖民批评，这些话语实际上仍然是在一个既定的机制当中运作的。新历史主义也好，女权主义或后殖民主义也好，实际上的自我定位是在一个比较边缘的批评意义上对西方文化逻辑起到“修补”作用，而非正面的批判。

我觉得，如果中国的学者或者批评家，仍然在这个意义上去借鉴的话，它的有效性或者它的有机性是非常成问题的。所以说，对西方的理论，我们应该更多地以一种自信的态度，去与之建立正面的对话关系或批判关系。但问题是，我们这么做的资源何在？昨天几位老师也谈到这方面的困惑。我觉得，我们最重要的问题就是正面建构自己整体的价值体系，及与之相适应的方法体系。80年代以来，应该说，我们自身的话语被西方话语一点一点打散了，直至现在，我们发现我们说话的“基点”似乎没有了。这是我们应该思考的，怎么回到自己的价值资源？这是非常重要的。

王磊：我想这里有一个最令人尴尬的问题，我们用来反思西方理论的观念本身来自西方，那中国经验应该怎么讨论？是不是大家谈一谈中国经验的问题？

李龙（吉林大学文学院）：我接着赵文师兄谈到的问题说，我非常同意赵文这个观点，就是说跳出西方的逻辑，然后再回到自己的价值多元的基础上。

首先我想说，我们的论题是文艺评论的新的方向和可能性。我自己的研究方向是文学理论。昨天和徐志伟交流他还说，你这个思路一看就是文艺理论的思维方式，和我们现当代文学完全不同，所以我说的可能有点抽象。我想说的第一个问题是批评的问题。我们说到批评或者说是批判的时候，也就是 critic、criticism。我想到的是什么呢？昨天张慧瑜说到什么是批评的问题，我想到康德在提出三大批判的时候，他对批判本身做出的定义，批判也好、批评也好，实际上本身的目的不是否定或者反对，而是要追问知识是否可能以及如何可能。那么，文艺批评也应该是这样，不是简单的否定，或者直接对立。而是说，既然是文艺批评，就要追问文艺的可能性以及如何可能的问题，那么这就涉及对它定位的问题。

说到文艺本身是否可能，涉及很多基础性的问题，而最根本的，就是对文学的理解的问题。实际上很多时候，我们批评中的一些争论，更多的是脱离了文学活动本身的争论，是停留在一些抽象概念当中的争论。我在《文艺争鸣》写过一篇文章，谈到这个问题，我们讨论的各种抽象概念、范畴，只是对现实的文学活动的某种抽象，它们只有在这些关系存在的时候才是真实的。脱离这些关系和具体的历史语境，抽象谈论这些概念、范畴的意义，用马克思的话说，“这是黑格尔式的废物，这不是历史，不是世俗的历史——人类的历史，而是神圣的历史——观念的历史。”这种“神圣的历史”观，把包括文学在内的所有人类活动，都视为某种观念或永恒理性的发展工具，用马克思的话来说，这是一种“多么美妙的同义反复”。就是说我们在批评文学研究的时候，不应该先设定一个永恒的文学本质观，设定这样一个逻辑起点，然后在这个起点上建构对文学的理解，又在这个基础上对文艺本身展开批评。所以从这个角度说，很多时候，我们争论的就是概念范畴层面的东西，就是刚才我说的，因为脱离现实的文学活动，把这些概念范畴神圣化了。那么，比如当我们设定文学的前提是人性或者其他东西的时候，那也肯定不是真正的文学历史、人类的历史，而是神圣的历史、观念的历史。

回到赵文刚才提到的问题，用我们自己的话说，今天这种文学观念的资源是什么的问题。实际上，中国过去一百多年已经形成了很好的传统，形成了自己独特的对文学的理解。西方人对文学本身的理解有自己的逻辑，而我们中国人也形成了自己的逻辑。西方这种逻辑，我们当然都知道，是在 19 世纪资本主义文明崛起之后形成的。有几个基本特征：一是强调知识的分化，强调这种文学本身的独立性，强调美学的自律，导致学科的出现和学科化的理解；还有一个，它的基本逻辑起点是从主体性出发，像哈贝马斯说的，用主体性为现代立法，所形成的文学观念、美学观念，主体性是一个重要基础。因此，在知识领域的分化和强调主体性的基础上，他们在文化观念上，关注的是人的精神层面的东西，而审美、艺术和人的自由是正相关的。德国古典美学家席勒提出，审美先于自由，把文学的历史理解成人性的历史。另一个特点，是在人和自然、人与社会、人与自我的紧张的对立中，来理解文艺、理解文学创作、理解现代派艺术，所以现代主义的写作也都有这个特点。

说到中国，我们讨论文学，当然还有一个更高的超越于文学本身的视角，因为就文学谈论文学，那不是一种客观的真正面对文学的理解。回到我刚才说的，那实际上是一个抽象的从原点出发的同义反复的自我演绎而已。那么我们现代中国的文学观念的形成，实际上和整个中国的近代国家转型是有关系的，我们从传统的“天下”视野进入一种所谓“世界”的视野。昨天下午，我说到东亚的觉醒是欧洲历史的完成，这种世界观念的形成，当然是一种欧洲的所谓历史观念的完成。

那么在走出“天下”、走向“世界”的格局当中，中国应如何自我定位？文学在这个过程中，实际上扮演了重要角色，像梁启超提到的“三界革命”，包括后来的“五四”，以及在那前后提出的改造国民性等，实际上都和现代国家转型有关系。还有一个特点，就是认为文学本身是塑造新的现代国民的一种工具。从早期的国民性反思和批判，到后来提出建构社会主义新人形象，都有这种内在的追求。当然，还有强调文学为什么人服务的问题。除这几个特点之外，在我们的文化观念中，还有中西问题、古今问题等，我们这种求新的趋向是很明显的。比如如何建构新的文化身份，建构新的语言表达形式，创造一种新的形式、新的文化。这些都是在过去不到100年时间里非常值得珍视的东西，形成了我们独特的文学传统和资源。就像赵文师兄提到的，怎样去寻找自己的价值资源。为什么会出现这个问题呢？因为过去30年，中国的发展实际上重又被纳入世界资本主义的体系之中，所以当我们面对现实，实际上很多东西都发生了一种有趣的碰撞。我发言的目的，主要还是回应赵文师兄提到的这个问题，就是我们自己的价值资源到底是什么。但是，我们的价值资源经过这几十年的变革，话语体系发生了很多变化，已经被同化了。我们怎样重新寻找，或者重新挖掘这样一种资源，是一个很难做的事。

赵文：李龙的发言提醒我想到了中国批评理论的历史资源。我说的历史资源可能和直接的文学批评无关，涉及的是怎么以自身为基点，在正面批判中建构自身的批评理论。新中国有两次影响深远的批评实践，今天看特别有意义。这两次实践能够显现社会主义中国的自我价值建构的理论自信。一次是中苏论战，在马克思主义理论发展的脉络上，为马克思主义理论的发展做出了贡献。一次是70年代大规模地对中国古代政治哲学的批判性反思，即大家所熟知的评法批儒。撇开特殊的历史、文化背景不谈，今天看，这次对于中国传统的批判性借鉴，形成了许多重要的理论观点，一直到新时期，许多有建树的专治中国史、中国思想史的历史学家，都是在这些理论中定位了自己的研究。所以，我觉得这两件事在某种意义上，是把马克思主义理论与中国经验——不仅是当代经验，而且是历史经验——相结合的典型事例。

刘涛：我再回应一下李龙老师。从天下到国家的转变，确实是近代以来特别重要的一件事，有两篇文献值得一提：一是康有为的《大同书》，他面对当时新的世界形势，试图用儒家的价值为世界立法；二是梁启超的《新民说》，开篇就不点名批评康有为的说法迂腐，现在这种形势下儒家怎么可能进取，并为世界立法？中国要从天下退守到国家的层面。

之后，梁启超的思路一直占上风，统治中国思想界一百多年，这一百多年来，中国最优秀的知识分子几乎全心全意地向西方学习。直到最近几年才有了较大的变化。这两年，保守主义、民族主义对西方的批评是非常强的，他们强调中国的传统或近代以来被压抑的传统，王汎森用“执拗的低音”来形容。

张永禄（上海交通大学人文学院）：我也说两句，关于西方理论资源，我想表达自己的理解。西方马克思主义里面有一脉是英国的马克思主义，也就是英国文化唯物主义这一派，值得我们重视。我当年做类型学，也是更多借重结构主义和法兰克福学派等思想资源，后来有人提醒我说，做文学批评和文学理论应该多关注文化唯物主义。中国人的思维重视经验和感悟，和英国相似，比如说雷蒙·威廉斯和托尼·本尼特，他们是经验主义，注重物质性，在物质性的基础上感性结合情感。他们也做了大量实证研究，你看雷蒙·威廉斯常年在英国开放大学，也就是我们的电视大学这样的机构教书，和工人保持长期密切接触。可以说，他们的理论多通过大量实证，是从经验出发的建构，这和德法批判理论重视思辨和抽象很不同，这很值得我们学习。我们在面对西方的理论资源时，是不是可以更加开放、更加包容？德法的批判理论，因为过于强大的理性色彩和我们整个民族的思维方式是不是隔了一点，和我们经验主义的直观感性的传统有点远？像我们这些学院派的话语方式，外面一般人是听不懂的。

第二点感想是，我们今天已经处在西方的知识谱系中，在座各位使用的语言基本上是西方化的。我们现在打着西方来反西方，是很困难的，就好比用语言来研究语言，这本身就是个悖论。要彻底抛开西方话语方式，建立一套自己的话语，这个可能性不大。我个人的感受是，西方很多理论经过半个多世纪的选择和吸收，和传统文化一样，成了我们新的传统。今天来开会之前，我在一个朋友家里竟然看到韩毓海老师的《马克思的事业：从布鲁塞尔到北京》这样专业的书，我的朋友是一名普通读者，他用红笔在书里做了很多记号，显然他是比较认真地读过这本书的。我就很奇怪他为何要看这本书？他说这本书很好懂，有意思。我就感觉到马克思主义也是中国的传统了，只是我们在何种意义上把它作为中国的传统。就是说，我们不要动不动想着再造概念，当下的关键是转化、吸收然后再选择，并重新清理的问题。

这是我要表达的第二点。

鲁太光（中国作协《长篇小说选刊》杂志社）：我提一个小问题，提给刘继明老师。为什么提给刘继明老师呢？因为咱们这个主题是“文艺评论:新的方向与可能性”，今天的分论题是“西方理论、中国经验与当代文艺评论”。我觉得80年代以来，进入中国的西方理论的一个重要维度，就是文艺理论、文化理论，而刘继明老师就是从那时到今天以来的重要作家之一，而且今天他又变成一位思想者——有点偏左的思想者。他是历史的当事人，把“当事人”的心路历程呈现出来，有助于我们分析问题。好了，不解释了。我的问题是：刘老师，你那个年龄段的作家，对新时期引进的西方理论，尤其是文化理论中最感兴趣的是哪些部分？你今天怎么看这些东西？

刘继明（湖北省作家协会）：我刚才也在听大家的发言，我的老乡张永禄讲的我还是蛮赞同的，大多数批评家都局限于西方知识或西方经验，跟中国的现实和经验粘合度不高。刚才他提到韩毓海的书，这本书的个别章节在《天下》杂志刊发过，我当时看到韩毓海这几篇文章就有种感觉，他解读马克思，视野比较广阔，历史的、现实的都被囊括进来了。在座的各位可能都学有所攻，某一领域的研究比较细分，但知识背景和视野可能要狭窄一点。这当然跟各自的学术背景、知识结构乃至年龄、阅历有一定关系。刚才太光他说我这一代人，也就是60年代出生的人，这一代人是在新时期文学背景下成长起来的，但在接受西方知识和经验方面其实跟在座的70后、80后没有多大区别。那时候我们在大学学的也全是西方的东西，什么形式主义、结构主义、存在主义、符号学，都是现代主义的那一套话语，以至于对我们这一代人的写作产生了支配性的影响。像出道比较早的先锋派苏童、格非这些人，他们初期的作品跟翻译体差不多，像是从卡夫卡、博尔赫斯作品那儿移植过来的，那么后来像莫言，他跟中国的本土经验结合得比较好一点，这同样跟各自的阅历甚至年龄有关。到了90年代以后，我们中的一些人就开始怀疑，逐渐把目光转回到中国的现实和文化传统。90年代初期的中国文学在市场经济启动以后，曾经有一个短暂的不适期，后来出现的新写实、新状态，包括我本人的创作，都可以看作是对80年代文学和90年代现实的反思，体现出了一种企图回归中国经验和传统的努力，但我觉得这种努力是有限的。刚才有一个观点我非常认同，表面上形成了一种众生喧哗、多元共生的文化局面，但这种“多元”只有方法论的意义，价值观上其实只有一元。表面上我们好像也经历了一个从西方回到中国自身经验的过程，但文学的价值立场仍然植根于或者说没有摆脱西方的影响。我们看待世界的眼光，我们对中国自身的认识，说的不客气一点，甚至还不如100年前罗素的思考。我看过罗素的《中国问题》，这本20世纪初出版的书，里面有些观点对我们今天如何认识西方以及中国自身的传统，仍然具有振聋发聩的警示意义。这属于思想史的话题，我很难谈得更深入，东力兄应该比我更有发言权，他有一篇《我们这一代人的思想曲折》，写的非常好，理清了我们这一代人的成长轨迹，包括对80年代以来中国思想文化的脉络，都做了十分贴切准确的梳理。我建议请东力兄谈一谈。

祝东力：这有点像击鼓传花，我说几句吧。我跟继明老师都算60后，我可能还大两岁，上大学的时候，我记得第一堂课，当时北大中文系的楚斌杰老师教古代文学史，拿了四卷本《马克思恩格斯选集》，说这就是我们的指导思想，这就是我们的理论，大致意思是这样。我们当时刚从高中进入大学，完全是仰望，对马恩当然也是非常崇拜的，当时，1980年的时候，文学批评的文章也是以引用马、恩、列的原典为高大上。因为“文革”结束之后，拨乱反正回到十七年，回到十七年实际上就是从毛泽东晚期回到马列，有这样两三年的时间。但这个阶段确实很快就结束了，像我本人大概1982年的时候算是一个青年马克思的信徒，到了1985年是新儒家的信徒，1985年杜维明在北大哲学系开儒家哲学课，当时他确实为我们打开了两扇窗子，一个是西方理论，他引用了很多马克斯·韦伯这类西方理论来讲中国儒家哲学，同时又打开一个传统的窗子，当时我们20出头，确实是受益匪浅，当然后来回过头看实际上那也是很肤浅的东西。到1988年又变成一个解构主义的信徒。所以，80年代的思想经历还是有一点曲折的。

刚才大家的发言很有启发，我谈几点感想。展安、刘岩讲到普遍性和特殊性、共性和个性的问题，这个问题从西方的历史经验来讲也是存在的，比如说中世纪罗马教会和拉丁语代表普遍性，而各个民族代表特殊性或地方性，这种关系在近代民族君主国兴起之后发生变化，民族国家纷纷使用自己本民族的语言，北方国家还摆脱了罗马教会，特殊性颠覆了普遍性。中国也有一个类似于拉丁语的官话，有主体民族汉族这样的普遍性，还有儒家意识形态相当于罗马教会的普遍宗教，同时还有一个大一统的国家。所以，我觉得，从中国历史经验讲普通性和特殊性的矛盾关系，就更紧张。这个问题到了近代以后更变本加厉，因为这时候的普遍性已经不是本土的普遍性，而是来自于西方的普遍性，这个普遍性离我们的特殊性距离更远，这里的矛盾关系就更尖锐更复杂，今天我们还纠结在西方的普遍性和中国的特殊性里面。其实，今天的很多人仍然纠结于怎样才能做好西方的优等生这样的问题。

实际上，以一种普遍性的理论来框范我们活生生的经验，今天的情况跟“文革”大字报的情况其实差不多。“文革”高潮的时候，大字报上的语言和思维方式其实都是新民主主义革命时期，特别是《毛选》四卷中的语言，就是毛语体——他的确哺育了几代人，但是到“文革”的时候，这种东西的确泡沫化了，的确禁锢了人的思想，包括语言。这种情况跟我们今天“胶柱鼓瑟”、“邯郸学步”、“东施效颦”地去模仿西方理论和语言是异曲同工的，这个问题是近代以来大多数时期没有很好解决的问题，只有在新民主主义革命时期和建国以后一些个别时期解决得比较好。刚才也有人提到二三十年代的中国社会史论战，其实这个论战还是西方理论对中国历史经验的裁剪，半封建半殖民地这个最核心的概念来自于苏联，而且“五阶段论”也是苏联马克思主义，用这种理论来裁剪中国历史，是二三十年代中国社会史论战的一个特点，以后形成了定论，直到80年代才被全面质疑。

所以，不应该过高评价那次论战，那次论战即便奠定了中国社会科学的基础，但它的整个理论框架与中国历史经验仍然是背离的。其实，真正值得肯定的是到了陕北之后，从六届六中全会毛泽东提出中国风格、中国气派，特别是到了延安整风时期，这是马克思主义普遍原理和中国实践相结合，以及它的理论成果——毛泽东思想系统表述的时期，中国革命应该说这时候在理论上才走上了正道。这是关于普遍性和特殊性。

关于文化多元主义，刚才刘岩把文化多元和社会主义的架构联系起来，我觉得特别好。社会主义，从理想形态的社会主义讲，是一种全民共享的政治经济体制，只有在这样一个政治经济全民共享的平等的制度框架内，真正的文化多元、文化平等才有可能。如果是一个官僚国家，或者一个资本社会，或者权力垄断，或者金钱垄断，在这样的架构内，文化多元即使有的话也是一种表面的装饰，一种表面文章。所以，真正要落实文化多元主义的话，一定要有一个社会主义全民共享的政治经济架构，这是特别有意义的一个思路。

另外说到民族关系，从国民党的前身同盟会，再到同盟会的前身——孙中山的兴中会，都是一以贯之的，从排满到抗日，他们都是大汉族主义，同盟会的纲领“驱除鞑虏，恢复中华”，就是朱元璋讨元檄文中的前两句话。而这个民国，实际上他们的中国概念也是明朝的中国，所谓小中国、内中国，中国本部18省。孙中山就任临时大总统，受到北方的压力不得不接受五族共和的概念，后来他下野，到20年代他都不承认这个五族共和。“驱除鞑虏”这个口号和理论，一个结果就是外蒙脱幅而去，你不是驱逐我吗，我就走人。所以，中华民国没有处理好民族关系，新中国建立后确实非常真诚的要实现民族平等。解放军 1951 年进藏的时候纪律要求极其严格，包括进寺庙在喇嘛面前不能做不文明的举动，都有详细规定。当然历史上也经历过曲折，这个比较复杂。我就这些感想，先说这些。

乔焕江（哈尔滨师范大学文学院）：大家都说到民族问题和个人主义的问题，祝老师从大的历史去讲这个问题，我补充一个细节。今年我的一个硕士生毕业，他是达斡尔族，是东北的极小民族之一。他做论文，我也就去阅读了一些他们的资料。刚才祝老师说，只有在一个全民共享的政治经济体系里面，才可能出现真正的多元，我觉得是比较接近的。我提供一个资料，社科院的民族文学研究所，大概在 1956 年到 1960 年有三次调查，就有对达斡尔族的调查，里面有一个很有意思的东西，就是达斡尔族聚居区的成员比周边的汉族反倒更容易接受社会主义价值观。那么，这就摆脱了像一般意义上的民族研究那样，不能简单地把它看作一个原始民族。

我这个学生做论文，关注点是在当下，在市场经济，就是 90 年代以后。恰恰在那之后，那个达斡尔族聚居区逐渐演变成现代化的乳业集团的一个奶源基地，大概是 20 世纪 90 年代末，被上海的光明集团收购了。光明乳业其实现在也是一家国际资本，收购了达斡尔族当地的一个乳制品厂，然后扩大生产规模，把当地变成一个完全附着于资本链条的区域。恰恰在这样的时候，达斡尔族的社会内部、社群内部的不平等问题，包括传统文化消失的问题，才如此剧烈地出现。

王磊：不好意思，咱们上半场的时间到了，下面我们请两位评议人对上半场的发言做一个简单的评议。

尹庆红（上海交通大学人文学院）：大家好，我来自上海交通大学。评议不敢，因为在座的都是专业的批评家，而我是做文艺理论和美学的。非常感谢祝老师、王磊兄、云雷兄给我这个机会。我们上海交大人文学院已经和马文所建立了合作关系，所以有机会来参加这个会议，我这次来主要是抱着学习的目的。

谈到两个单位的合作，大家对马文所了解的比较多，因为有一个杂志《文艺理论与批评》。其实在我们上海交大人文学院也有王杰老师主编的《马克思主义美学研究》杂志，至今 18 年了，现在是半年刊。我在这里也顺便做一个广告，希望大家以后有好的文章也投给我们。另外我了解到，青年文艺论坛已经举办了三年，主要是以青年文艺批评家来参与讨论为主。而在我们上海交大也有王杰老师组织的“中英马克思主义美学双边论坛”，2014 年 4 月份召开了第四届，2015 年第五届在交通大学举行，希望年轻朋友能够来参加。这是我想表达的第一个意思。

第二，我想谈谈自己的两点感受。我来北京的前一天，中国社科院的张江副院长正好到交通大学跟王杰老师和朱立元老师有一个对话，他们讨论的话题就是关于西方文论。这说明现在很多学者已经意识到，我们已经到了有必要对西方理论进行深刻反思的时候了。今天这一场讨论的主题也是西方理论的反思。我昨天在会上听到很多老师，包括今天也有很多老师提到关于批评家的作用或者任务的问题。我想起伦敦大学的马修·博蒙特，他去年来参加我们的会议，对伊格尔顿做了一个访谈，题目就叫《批评家的任务》。那么批评家的任务到底是什么？作为一个马克思主义的批评家，按照伊格尔顿的说法，其任务，简单一句话，就是推动大众文化的解放，这也是基于英国的文化研究传统，到今天都一直是英国马克思主义的重要命题。

伊格尔顿在 1980 年《批评的功用》那本书里面，批评了英国传统的文学批评缺少实质性的社会功用。他借鉴美国一位学者对 18 世纪启蒙运动以来关于“批评”这个词的研究，现代批评这个概念的出现是跟资本主义，或者资产阶级社会公共领域的兴起密切相关。在今天，作为马克思主义批评家，一定要介入公共领域。他认为批评具有独特的对话交流功能，这是批评体系中不可缺少的一部分；而他自己，以及英国的很多马克思主义理论家们，都是身体力行的。英国有一个马克思主义节日，已经办了四十多年了，每年 6 月或者 7 月份举办一次，我参加过两次，是真正的一些来自底层的工人和劳动人民参加的，还有很多像伊格尔顿、齐泽克这些大学里的马克思主义研究者每年都去参加。这个会议持续七天，有上百场演讲，都是工人阶级去听。在英国有一个这样的传统，那些作为学院派的教授和马克思主义理论研究者，他们是跟大众文化、跟工人阶级的运动和学习小组是密切相连的。

所以，批评家的任务之一，就是要帮助指导大众文化的解放。其实在我们国内，从 1921 年共产党成立，到后来很长一段时间内，那些早期的马克思主义革命家，也是积极参与各种各样的文化活动，如民歌运动、农民文化活动，这些文化实践与伊格尔顿的思想是相一致的。第二，关于中国经验以及未来的方向，赵文刚才已经提到了。昨天我也在想，其实关于批评激情的丧失也好，没有活力也好，很大程度上是跟乌托邦的丧失有关。2014 年 4 月我们在英国开会，包括 2013 年我们在交大，张永禄组织了一个小规模的关于乌托邦的会议，都讨论到了乌托邦的问题，到后年就是《乌托邦》这本书面世 500 周年。在西方学术界，也认为整个资本主义世界在面临乌托邦的丧失，也就是没有未来，人类的美好未来如何可能？回到中国经验问题，王杰老师他们在做关于中国悲剧的理论阐释，以电影为主要批评对象，从最近几年的电影如《三峡好人》，2014年的《天注定》、《白日焰火》，还有最近张艺谋的《归来》入手。虽然这些电影的票房可能不是很好，当然《归来》除外，但是当我们以悲剧理论去解释这些作品时，就能从这些普通人身上看到像伊格尔顿所说的"尘世的崇高"，或者按照王杰的概念就是"优美化的崇高"。昨天陆建德老师也提到，其实在我们日常生活中普普通通的人中间，他们身上也是有某种积极向上的力量和精神的。那么作为批评家是可以从这些作品中，阐发出中国的理论或者说寻找到文学批评的方向。我就简单说到这里，不当的地方请朋友们多多谅解。

王磊：谢谢尹庆红的发言和介绍，下面有请崔柯。

崔柯（中国艺术研究院马克思主义文艺理论研究所）：听了大家精彩的发言，有很多收获。今天的发言大致沿两个方向展开。展安兄开了一个高屋建瓴的头，大家的讨论也延续了一个比较广阔的视野，在中国近现代思想史的框架，乃至一个"天下"的思想格局中进行讨论。另一个方向是赵文兄、李龙兄、刘继明老师从文学理论、批评的层面上做了一些反思。总体觉得，大家在这样的框架中展开了很多精彩的讨论，提出了一些很有现实意义的问题。

但是另一方面，我们多年来一直没有解决的一些老问题，在今天的讨论中依然没有得到较好的答案。我一直觉得，当前中国的文艺学领域有两个老问题。第一个是我们似乎一直在讨论文学理论的基础问题，比如说，90年代有关所谓"失语症"的讨论，世纪之交前后的文学终结论，以及新世纪以来文艺理论研究的转向，包括后来对新时期30年的文艺理论历史的反思和总结等。我们会发现，我们始终在一些基础性的问题上讨论，对选择哪一条路特别焦虑，始终没有办法在某种共识的基础上，就一些具体的问题做一个对话，往往是试着走一段路，发现不太妙又折回去。

另一个问题是，上午的题目有两个关键词：西方理论、中国经验，这其实隐含了我们文艺理论研究中的一个尴尬：西方出理论、中国出经验，我们强调中国经验，却不能提出中国理论。之所以说尴尬，倒不仅是出于我们的自尊心，还因为理论对经验其实是有一个优先地位的。从认识规律看，认识过程有两个相反的道路：第一条道路是完整的表象蒸发为抽象的规定，第二条是抽象的规定在思维的行程中导致具体的再现。这两条道路构成了"具体—抽象—具体"的否定之否定的认识过程。但是，中国的经验很难提升到理论的层面，只能借助西方理论来阐释。而且，"西方理论、中国经验"的说法，从具体和抽象的辩证运动来看，我们会发现这个道路分叉了，西方理论在表象蒸发为抽象的时候，其中的表象有相当一部分完全不涉及中国经验、中国表象，所以我们从理论再回到具体，就出现了很多问题。昨天智联忠兄举过一个例子，就是我们做理论、做批评的经常会面临创作者“you can you up”式的质疑，然后往往会很惭愧地说，那我们要加强对实践的了解。但是我觉得问题的症结，并不在于我们对实践的陌生——当然对实践层面的了解无疑是必要的——当别人批评我们不懂实践的时候，我觉得问题更在于我们的理论层面没有做好。这是我的一点感想，谢谢大家！

王磊：谢谢崔柯，我们现在休息几分钟。

第二届全国青年文艺论坛

文艺评论：新的方向与可能性

第三单元

西方理论、中国经验与当代文艺评论（下半场）

时　间：2014年6月27日（10：45—12：00）

地　点：北京西藏大厦三层会议室

主　办：中国艺术研究院马克思主义文艺理论研究所

主持人：苏仲乐（陕西师范大学文学院）

苏仲乐：各位老师好，我们整个单元讨论的都是西方理论、中国经验与当代文艺评论的问题。我前面没有发言，借主持的机会，说一下自己的感想。

说到西方理论，前面不少同仁说，我们的很多发言其实还是在用西方理论。我觉得，不能说反思西方理论就不能批判地使用西方理论，以我的浅见，这未尝不可，“打着红旗反红旗”我倒觉得是一种很高级、很智慧的手段。马克思主义，它本身就是西方话语，但是跟中国革命实践结合以后，我们还对它有了进一步发展。从另一个角度看，也是一个“打着红旗反红旗”的成果。

西方理论，对中国近现代历史，包括人们思想的塑造，发挥了很大作用。在上半场讨论中，有一些同仁认为，它的价值是一元的，方法是多元的。由此我就想，西方理论对我们今天来讲，到底是一种思想资源，还是仅仅是一种工具或手段？很显然，各种理论现在更新得越来越快，跟微信刷屏一样，更新速度之快，到了我们只能点赞，不能评论的地步。但是我自己的一个直观感受，是理论在我们的思想和生活中的重要性或者地位，也有一个变化过程。

在祝老师他们那个时代，在祝老师所讲的80年代那一代大学生当中，那时候西方理论或者思想，的确有很大的塑造作用，比如说像存在主义、人道主义等。而今天，各种各样的理论对我们思想的塑造作用，似乎没有过去那么大，越来越由一种思想资源变成一种工具而已。我特别想说，我们这个会议，让人感觉很振奋、很清新，为什么呢？我们都是很认真地来对待西方理论、中国经验，也就是说我们在座的朋友们，确实有一种现实的关切，也是种理论的探索。其他一些学术界开的会，有些其实和学术本身没太大关系，很多时候人们把理论就作为写论文、申课题、报项目等等的工具，认为和现实问题没什么关系。

目前，我们对西方理论的探索、消化和运用显然还需要深入。刚才提到了中苏论战，我们去看看“九评”，仍然散发着一种理论的气息。而回头看我们现在的各种论战，我们显得很被动，相对于自由主义、一些我们所讲的大V，很被动。所以，这种理论的建设是迫在眉睫的。另一点说到中国经验，对中国经验的理解或许我们应该突出它的问题意识，有我们自己真正的问题。比如讲比祝老师他们更早一代的学者当中，也就是“文革”中的老三届，从后来他们的回忆中可以看到，当年他们在没有接受高等教育之前，就上山下乡了，马恩著作、联共党史等都成为他们阅读、研究的对象，也是他们的思想资源。而他们在阅读的时候，的确有自己真正的问题，这些问题都出于他们对中国当时命运的思考。这些人有的后来成为知识界引领我们的重要人物，这和他们有一种真正的问题意识有很大关系。

所以，我们在谈西方理论的时候、中国经验的时候，要想把西方理论真正作为我们的思想资源，就必须在面对中国经验、认识中国经验的时候，有一种真正的问题意识。

我就说到这里，下面请各位发言。由于时间紧张，咱们就直接上干货，两位点评人也不一定非要等到最后做总结的时候才发言。

王行坤（天津工业大学外国语学院）：我说两点。第一点回应一下赵文兄刚才说的，关于中国经验的两个具有世界历史意义的事件。第一个，中苏论战有老师说过了，我就不再狗尾续貂。我谈谈儒法斗争。我理解，儒法斗争的提出，是要在中国历史传统内部来寻找社会主义过渡和建设的思想动力。毛泽东说过一句话，马克思主义就是反潮流，反潮流在儒法斗争里面表现为评法批儒。儒家话语在中国历史上一直占主导地位，而法家在汉代之后是被压抑的，商鞅和秦始皇在历史上的评价从来都很低，甚至是被污名化的。只有一个新时代才能把他们“解放”出来，将历史颠倒过来，这和谱系学的任务是相通的:谱系学就是要挖掘被压抑、被边缘化的历史。重提儒法斗争可以说是重新寻找中国历史的内在动力，重新发现法家，并古为今用。我们知道杨荣国在当时是一个非常著名的人物，但他并不是我们所说的御用文人，只是跟风、跟潮流走，他很早就比较反儒家，倾心于墨家，后来转向法家是有他内在的理路的。包括鲁迅等思想家，他们反传统或反儒学的资源，并非完全来自西方思想，而有其内在的历史资源。反观当下，有些人认为马克思主义不行了，于是要回到传统。传统是什么呢？那就只有一个儒家，于是就有了新儒家；还有一些把儒家和社会主义放一块，让儒家来拯救社会主义，就是儒家社会主义。这真能解决问题吗？这是思想上的懒惰。

第二点，因为我主要做批判理论和文化研究，所以我也想从文学理论的角度来谈谈。我们知道文学理论和文学批评是不一样的，昨天有一位老师提到，严格意义上的西方文学批评到19世纪才正式出现，19世纪之前主要表现为文学理论。如果学西方文论的话，我们可能先学《理想国》和《诗学》，前者主要表现的是诗人和哲人之争，后者主要是关于亚里士多德的创制，即poiesis理论，这是诗学poetics的词根，而诗学则是关于制作的技艺。正是基于这一点，阿甘本将诗学解释成一种创造性的生产，在这个生产过程中，由于新的空间开启，真理才得以呈现。所以我觉得，从这一点可以把创制和马克思主义意义上的生产结合起来。

我们今天说的文学批评，主要关心的是文学和意义的流通，关心的是消费或者说意义的解码层面，并不关注生产或者编码这个层面。批评家在当下很难再干预文学生产过程，因为作家负责生产，批评家只管流通，作家和批评家几乎没有有机的互动。那为什么19世纪会出现文学批评呢？我们知道古代西方和古代中国一样，文学是比较个人化或者说非市场化的行为，它主要是个人情感和思想的表达，只有到了19世纪或者工业革命之后，崛起了所谓的中产阶级阅读群体以及相应的阅读市场，才诞生了现代小说。现代小说面对的是大众，是新崛起的中间群体，这样就需要作为中介的批评家去面向大众、市场，去进行解释。而之前是不需要的，之前主要是所谓的文学理论。今天的批评家很难再介入文艺的生产里去,但也有例外。据我所知，中央戏剧学院的赵志勇，是真正介入打工群体的戏剧创作里去的。可以说他是一个有机的批评家，不只是阐述作品，同时也介入生产过程中。尤其是面对底层群体的时候，我认为还需要一点列宁主义，需要一个比较启蒙化的批评家，向不那么启蒙的创作者灌输较高级的思想理念。当然，这种灌输也要考虑到他们的接受程度。

当下中国更需要这样的批评家，需要更多介入到文艺生产中去的批评家。我前一段时间看过一个数据，是关于打工者阅读的：现在有很多打工文学作品，但打工者对打工文学却并不那么感兴趣。这就产生了一个问题:作家的生产和批评家的介入，如何能生产出读者愿意接受的作品，同时又表达出比较高的思想性和公共性？如果我们坚持认为，文艺是真理的中介的话，那么我认为这就是当下的批评家所要面对的任务。这是我的两点看法，谢谢。

张慧瑜（中国艺术研究院电影电视艺术研究所）：我接着说几句。这场讨论的是“西方理论”和“中国经验”，之所以会提出这样的问题，是因为人们越来越觉得西方理论无法阐释中国经验了。80年代以来，不光文艺学崇拜西方理论，经济学、社会学、法学、政治学等社会学科“西化”得更严重，这些学科的教材直接就是美国教材的翻译版。如果说文艺学者对使用西方理论，可能多少还有一种自省和怀疑的态度，那么对于其他学科来说，引用西方理论是论文写作的基本规范和前提。这也是海外汉学的模式，用中国经验来验证西方理论的是否适用，而做得比较好的，也无外乎就是得出西方理论无法解释中国经验的结论。

其实，西方理论对西方经验的阐释力还是很强的，就像马克思等19世纪的理论家，能对西方资本主义社会认识得如此深刻，在这一点上确实不得不佩服西方理论家的敏锐和创造性。学习西方理论，最重要的就是把西方理论放置在西方经验中，看看这些抽象的概念究竟在回应西方的什么问题。比如昨天很多老师提到他者的概念，暂且不谈拉康的他者，他者之所以会成为二战后西方哲学、理论界的核心概念，与西方社会的自我反思有关。西方为何会陷入对西方中心主义的反思，又与五六十年代前殖民地纷纷获得民族独立有关，这使得西方近代以来所建立的殖民帝国瞬间瓦解，曾经不被看作“人”的土著也要分享与西方平等的权利，这对西方中心的价值观造成巨大冲击，他者成为西方文化不得不重新反思的问题。从这里可以看出，他者是深深地根植于西方殖民历史之中的，如果我们不加反思地用他者来描述中国的经验，就有可能削足适履。因此，我们应该重视中国的本土经验，提出符合中国经验的概念、认识和理论。

刚才行坤老师提到一个问题，在后30年的文艺实践中，基本看不到工人和劳动，在主流文艺形态中，新工人几乎成了看不见的“隐身人”。我想从后工业社会的角度来理解这个问题。劳动、劳动者之所以被隐匿起来，与工业社会向后工业社会的转型有关，正如从前30年到后30年，也是中国从以生产者为核心的工业社会，向以消费者为核心的后工业社会转变的过程。毛时代的文艺实践以工农兵为中心，这种工农兵主体是一种人民主体，也是社会主义建设的主体。即使不谈毛时代文艺的革命性和政治性，仅从表象看，这种文艺形态也是与工业化大生产相匹配的。而我们当下的文艺作品主要是一种后工业社会的形态，是一种去工业化的消费主义生活的呈现。

后工业社会是70年代几个美国社会学家、未来学家发明的概念，如丹尼尔·贝尔、阿尔文·托夫勒等，他们认为现代资本主义社会即将进入一个崭新的后工业社会。这个时代有几个特征：第一是随着低端制造业转移到东亚等欠发达国家，第一世界的蓝领工人消失了，随之出现的是白领和中产，这与二战后的福利国家制度有关，于是，发达国家宣称没有工人了，阶级也不存在了；第二是专家和技术人员阶级日益占居主导地位，经典的资产阶级也退出历史舞台，从这里看，后工业社会的提出主要是为了回应社会主义的挑战；第三是从产业形态看，服务业、文化产业、旅游业、金融产业等成为支配性产业，白领和中产也主要在这些部门任职。中国城市自90年代以来，也在重复西方发达国家的后工业转型，所以像首钢等传统工业要迁出去，城市大力发展文化产业、旅游产业等服务业。

这种从工业社会向后工业社会的结构转向，不仅指出了马克思以工业社会为原型构建社会主义蓝图的失效，而且颠覆了以生产、劳动作为理解资本主义发展的理论路径。西方很多文化理论也以批判消费主义为目标，用这套以后工业社会的西方经验所建立起来的理论来阐释当下的中国经验，就显得有点捉襟见肘。因为中国这30年恰好完成了两个过程：一是以世界工厂为代表的工业中国，一是以北上广为代表的后工业城市。如果我们用后工业社会的方式来思考中国，只能看到中国的一个侧面，后工业社会的文化逻辑在中国就像文化雾霾一样，让我们看不见雾霾背后的工厂和工人。

杨肖（美国西北大学艺术史系）：刚才听了慧瑜兄的讨论，觉得和我想谈的主题比较相关，所以我就插进来。事先没有做很多准备，我的研究主要是围绕艺术史，刚从巴黎看了很多博物馆回来，想就对我印象比较深刻的现当代艺术展来谈。刚才说到要从本土经验来理解理论，实际上西方理论对西方经验的概括、解释、推动乃至引导的能力还是很强的，我就谈一下法国经验和法国当下文化理论之间的关系。

今年上半年，我在巴黎看了蓬皮杜中心的一个学术特展，叫作“Modernit é s Multiples”，从2013年10月开展，一直展到2015年1月。这个标题，我不确定是否应译作“多元现代性”，或是更中性的“多种现代性”。二战后，美国纽约逐渐取代法国巴黎成为世界艺术中心，这一历史状况在河清的《艺术的阴谋》中有过介绍和分析。从蓬皮杜中心这个展览，或许能看到法国艺术界通过策展实践，对20世纪现代主义艺术史叙事的一次理论反思，并希望作为当下世界先进文化代表，与美国一争高下，重新引领世界艺术风潮。我先简单介绍一下这个展览，再谈我觉得可供我们思考和借鉴的东西。蓬皮杜中心建于70年代，“法国国家艺术文化中心”是它另一个名字。它的收藏所涵盖的内容，主要是20世纪初以来的世界现当代艺术作品，也就是后期印象派之后出现的欧美现代主义各流派，一直到当下，也包括一些亚非拉地区的现当代艺术作品。巴黎很多博物馆的现当代艺术收藏和私人收藏，都被整合到蓬皮杜的收藏里。有这样丰富的世界现当代艺术收藏，才可以举办从1905到1970年这么长时间段的“多种”现代性的展览。当然，由于馆藏本身的局限性，不大可能囊括世界现代艺术的所有样貌，但从展览理念上，比过去还是有所突破。通常欧美学者对20世纪以来的现代艺术史写作时，一般会把现代主义艺术的起点界定在20世纪初野兽派在法国出现，到60年代反精英现代主义的波普艺术在美国兴起，再到70年代初兴起的“观念艺术”对“现代主义”更深入的反思，进入所谓“后现代”；论述对象主要围绕欧美地区的艺术现象展开，只有少数超出此区域的案例，如前苏联的“构成主义”和战后日本的“具体”运动等。可以说，其他地区出现的大量本土现代性艺术实践，很长时间都未受到关注。蓬皮杜展览的一个动机就是要以策展的方式重读20世纪这六七十年的现代艺术史，这清楚地呈现在展览的整个布展和图录说明里。

蓬皮杜现任馆长谈到该博物馆整体的收藏理念时说，“我们首先收藏的是普遍意义上的现当代艺术，而法国的现当代艺术只是我们关注的一个面，作为国际性艺术机构，要向观众展示国际现当代艺术的景观。”这个展览我看了两次，想谈谈展品选择和展览布置。首先，这个展览的各个分展厅不是线性排列的，不是沿着一个走廊一直走下去，而是有很多平行交错的展厅，你可以领一张地图，然后走到某个展厅开始看，展览空间本身没有强制性的参观顺序。这个展览也不是对西方现代艺术中的毕加索、马蒂斯等大师作品的罗列，而是从创作于20世纪这段时间的所有馆藏中选出一批作品，标准是可以表现全球范围内在某地域具有重要影响和开拓意义的现代艺术实践，或者是影响已遍及全球的重要艺术思潮，将相对独立又彼此具有共时性或对话性的展品进行划分组合，布置在相互平行交错的各分展厅中。在组织作品方面，一个是从观念主题系统来组织作品，另一个是从地域特色系统来组织作品。无论作品来自西欧、东欧、美国，还是亚洲国家，比如中国、日本，或是拉丁美洲和非洲，只要是在各自本土历史上有影响的艺术实践，都会被容纳和欣赏。这个展览关注的对象，可以概括为20世纪初到70年代之间全球范围内的、具有实验性的，在其各自本土所创造出的新型文化的多种艺术实践。之所以要这样安排，目的很清晰，就是让观众首先置身在一个全球艺术史的视野中，但又要去思考具体地区的本土文化与艺术经验，显示了理论和实践结合的展览策略。

这个展览使我想到了艺术领域的“全球化”议题。在信息化时代，我们如何理解艺术？我们不能脱离全球视野谈本土经验，但这并不等于认同西方价值或者等同于西化，也不是一定要建立一种非此即彼的逻辑。我们看中国艺术家的实践，事实上从20世纪初开始，已有很多中国艺术家开始在世界资源和本土经验之间寻求推动本土的民族艺术发展。随着来自世界不同地区的艺术家越来越多的在全球范围内旅行、迁徙，相互参照、联系，在不同国家、文化之间交流，20世纪初以来的这一历史趋势，还将在当下的艺术实践中进一步延续和展开。

蓬皮杜中心这个展览的策划，并不仅仅是法国文化艺术界乡愁式的追忆，要回到20世纪初那个法国，或者只是强调巴黎是一个世界主义的、倡导多元文化的大都市，更是基于对当下现实和未来发展的思考和展望。实际上，它可能还希望把领导世界文化艺术走向的地位，重新从纽约夺回到巴黎，从美国转向法国。因为现在，在欧洲从学院到大众，包括美国本土具有批判意识的一部分人，都已开始了对美国霸权文化和晚期资本主义社会问题的反思；所以才会出现这样的展览，或者出现这样的策展动机。这种动机既不是单纯追求所谓的普世性，也不是简单强调差异。现在中国也在大力建构国家博物馆，私人博物馆也大量涌现，许多都围绕现当代艺术，从这个角度看，我觉得法国博物馆的这样一些策略、这样一些经验，也可以为中国提供参考。

苏仲乐：谢谢杨肖，下边请赵柔柔发言。

赵柔柔（北京大学中文系）：我今天来旁听，学到很多东西。第一场中，祝老师和几位老师都从西方理论如何进入中国历史、中国以什么方式接纳它，来谈二者的关联；这其中就涉及很多复杂的状况，也是今天思考西方理论与中国经验之间冲突与共鸣的必不可少的背景。张慧瑜老师，从后工业社会的社会根源方面来处理这个问题，也对我有很大的启发。

我想从自己的一些阅读、实践方面的经验，来谈一些感受性和现象性的东西。我在看到这个论题的时候，心中闪过三个概念：第一是西方理论，第二是文学批评，第三是文学。它们在我脑子里面立刻形成了一个层级结构。文学和理论其实都面对同样的对象，就是“现实”或“经验”，而文学批评首要面对的是文学文本。从再现的角度看，这个结构可以看作是一个过程，即它本身带有一定的时序性，三个概念各自侧重不同，占据的位置不同。就我粗浅的阅读来说，西方理论是针对现实经验的，也就是说，当我们的经验溢出了我们现在的话语体系之后，为了解释和理解这些经验，我们就不得不去“生产”一套新的理论，以使我们有能力、有话语去讲述这些新经验，让它们被编入一套新的知识系统里面。而文学也同样是针对这些新经验的，只不过呈现为另一种方式，且在许多情况下是先于理论的。我之前做过关于《1984》的研究，发现很有趣，如果我们进行比较深入的文本细读的话，会发现它在某种意义上可以看作是20年后阿尔都塞那篇《意识形态与意识形态国家机器》的图式化摹写。用“影响”来解释是很牵强的，我觉得它就是对二战后同一种现实经验的再现，只不过路径不一样，文学再现要更迅速，也更暧昧些。这种经验只有经过一段时间的沉淀和积累，才会被普遍感知到；只有溢出了既有话语，它才会以一种经过思辨的理论形态进入知识。相对而言，文学批评介于二者中间，它首先是针对文学再现的，理论只是提供给它一些可能的介入路径，而它与现实经验的连接也是经由文学文本达成。在这个意义上，文学批评的力量和特殊性是值得注意的：不管怎样，它直接面对的是文学文本。因而，一方面，如果批评完全被理论绑架，用现有理论来硬套文本，显然没有任何生产性；另一方面，尽管发掘文本背后的现实经验是批评的重要旨趣之一，但是这也很容易陷入“主题先行”的陷阱，仅将文本看作例子来反证经验。

我想这些错动的关系，也是探讨中国经验的困难之一。今天我们强调中国经验，要求发现中国经验，但是真正谈及什么是中国经验时，却常常语塞。我认为，这种现象折射出来的一个事实，可能就是西方理论也许参与了我们经验的“建构”。换句话说，我们将什么看作我们的经验，如何解释这些经验，本身也是需要反思的。举一个小例子，我发现有些研究者在用历史资料，或用西方的族群研究的相关理论来分析中国的少数民族历史与现状时，常常带有一种倾向，就是发现其中的建构性。这本身是很好的研究路径，但问题是它又很容易导向某种价值评断，即由于这个问题带有建构性，便是伪问题，不需要讨论了。那么理论究竟在这种情形中扮演什么角色呢？首先确实打开了问题，但是如果过于急躁和依赖理论，不是以理论解释、发现经验，而是用理论框定、规约经验，那么结果很可能导致对问题的封闭，令那些溢出解释框架的、极具相异性的东西消散、隐形。

我由此生发出来一个关于文学批评的想法：由于文学批评具有中间性，因而它既要运用理论来尝试讲述隐含在文学文本中的东西，又不会被理论彻底掌控，反过来往往是理论的生发点。因此，谨慎而深入的批评的重要性恰恰在于，借助它，我们可以搭建起经验和理论之间的桥梁——一方面去发现溢出理论的本土经验，一方面又以此为本尝试生发出、触碰到新的理论资源。这是我的一点小小感触，谢谢主持人。

徐志伟（哈尔滨师范大学文学院）：我插几句。前面有些发言谈到了社会主义经验，尤其是赵文兄谈到两个非常重要的中国社会主义经验：中苏论战和儒法论争。这里有一个非常重要的问题需要注意，就是今天如何处理社会主义经验？现在有很多文学研究者尝试去重新处理社会主义经验，但我觉得并不成功——他们大都设置了一个社会主义和资本主义的二元对立框架，然后去挖掘社会主义经验对资本主义的超越性。这种处理方式显然是很简单的，因为这种超越性在 50 至 70 年代已经被充分论述过，今天如果还停滞于此的话，就是一种简单的重复。我们今天重谈社会主义经验，应该把它放在当下的语境中，首先对一些基本问题有所思考。比如社会主义实践和现代中国是什么样的关系？改革开放前后的两个 30 年是什么样的关系？社会主义实践与所谓的“中国梦”能否建立起一种关联？社会主义经验在什么程度上，能够回应今天中国的现实问题？如果没有对这些基本问题的思考，是没有办法重谈社会主义经验的。

中国经验也是一样，我们谈中国经验，首先要弄清我们所说的“中国”是哪一个中国，是古代中国，还是现代中国？是改革开放前 30 年的中国，还是改革开放以来的中国？如果我们认为只存在一个中国，那这个中国的总体性是什么？只有弄清楚了这些问题，才有可能更深入地挖掘中国经验。我就说这一点。

苏仲乐：把下面的机会给李松睿，刚才他夫人发表了看法，他要表个态。

李松睿（中国艺术研究院《艺术评论》杂志社）：刚才听了几位老师的发言，感到特别受启发。不过前面发言的老师可能都是研究文艺学的，而我本人是做中国现代文学研究的，所以想根据自己所在的领域的情况谈谈这个问题。据我所知，西方理论和中国经验，是一个不断被现代文学研究界谈及的话题，而且人们会形成某种带有共识性的看法。这个看法，如果用理论性的语言来表述，那就是西方理论是外来的，而中国经验带有自身的独特性，如果生搬硬套使用西方理论，就会在研究过程中出现水土不服的现象；如果用通俗化的语言来表述，则是用西方理论来阐述中国经验，写出来的东西让人看不懂。或者换一种说法，就是因为在文学研究中大量使用西方理论作为资源，以至于文学反而消失了。

在我看来，使用西方理论阐释中国文艺作品，之所以会让很多研究者产生反感，主要有两个原因，一是语言的问题、二是实践的问题。其实西方理论大规模进入中国是一个持续性的过程。可以说，自 19 世纪末中国开始现代化转型之后，这个过程就已经启动了。特别是五四运动之后，这个过程开始加速，人们纷纷使用各式各样的西方理论来理解中国问题。而当西方理论进来之后，首当其冲的问题，就是这些理论如何用中文来表达。我想胡适之所以在那时产生巨大的影响，一个重要原因就是他引进了一系列西方理论概念，诸如内容、形式、结构、主题以及人性等，并把它们纳入白话文写作，写出了很多重要的白话长篇论文。正是由于他成功的将这些概念引入汉语，以至于今天已经不再把这些术语看作是西方理论了。

除了五四运动前后，另一次西方理论大规模进入中国学术界，是20年代末到30年代，即马克思主义在中国广泛传播。其实，当马克思主义理论刚开始进入我们的文艺批评活动时，同样有很多批评家、研究者表示看不懂。最有名的例子，当然是梁实秋对鲁迅的批评。他说鲁迅对马克思主义的翻译是硬译,用手指头指着那些句子，很费力的揣摩语法结构都没办法读懂。可能因为这类自由主义知识分子的心智过于柔软，使得他根本没办法消化那些非常“硬”的东西。但鲁迅的说法很有意思，他觉得恰恰是那些文化程度很低的人，愿意花费心血，伸着手指头一点一点去阅读非常繁难的理论文本,最终他们将读懂这些虽然复杂,但与他们的命运息息相关的东西。那么什么人读不懂？是梁实秋这类虽然文化程度很高，但不愿意去懂的人。因此能不能读懂西方理论，愿不愿意接受西方理论，存在一个克服西方理论与汉语之间的异质性的过程，如果付出足够的努力，汉语是有足够的吸纳力把外来的理论吸收进来的。

其实在新中国成立以后，国家花了很大努力做这项工作。我前一段看了石挥导演的电影《关连长》。这部1951年上映的影片中有几个特别有趣的镜头：上海来的大学生要给山东来的解放军战士讲解马克思主义理论，当他讲到一些西方理论概念，诸如阶级、唯物主义以及世界观的时候，讲课陷入僵局。那段场景为了讽刺知识分子不切实际，着力用对比手法，把知识分子在台上满头大汗、手足无措的窘迫，和解放军战士在底下互相抱怨听不懂、昏昏欲睡的镜头剪辑在一起。这个镜头本身当然是讽刺知识分子的语言不能进入普通老百姓，但它恰恰反映了一个重要现象，即我国在五六十年代以一种强制性的方式，将西方的理论话语推广到普通民众中去。以至于到了今天，曾经对老百姓来说非常深奥的东西，诸如马克思主义，已经能够进入普通的语言中。几乎每个人都懂得什么叫阶级，什么叫唯物主义，什么叫世界观。汉语的形态也在这样一种大规模吸纳西方理论的趋势下发生了改变。今天的研究者如果看到一个人用阶级分析法来分析文艺作品，一般都会说这个人分析方法陈旧，而不会抱怨他在谈理论问题。因为我们的汉语已经成功地把马克思主义理论吸纳进来了。今天我们的文艺批评家抱怨看不懂西方理论，其原因可能在于像结构主义、精神分析这类西方理论，还没有被成功的吸纳到汉语中来，这是一个语言层面的问题。

另外还有一个实践层面的问题。正像我刚才提到的，中国在20世纪经历了几次大规模引入西方理论的潮流，如20年代初期、30年代初期等。你会发现每次西方理论话语的进入，都是大的社会历史变动的一个组成部分。从表面上看，这些西方理论话语出现在文艺研究、文艺批评领域中。但这些西方理论话语之所以出现，是因为研究者对中国的理解、对中国现实状况的理解发生了变化，他们在有意识的利用不同的理论资源来处理中国的现实，把他们自身的问题带入进来了。30年代的那些左翼批评家，的确是用马克思主义处理文艺问题，但他们从事文艺批评的目的，是希望自己能参与到改变中国面貌的行动中去。因此在这里，西方理论是中国革命的一个内在组成部分，根本不必区分什么西方理论与中国经验之类的东西。前两年我读了一本西方理论著作，是拉克劳、巴特勒还有齐泽克三个人的笔谈——《偶然性、霸权和普遍性》。在他们三人的思想交锋中，我发现他们用的是不同的思想资源，诸如黑格尔、女性主义、拉康的精神分析学说以及文化翻译等理论；但问题意识却特别集中，他们都是在探讨当代西方社会马克思主义的困境，即阶级话语已经失效的情况下，整个社会被分割成不同的利益群体，如女性问题、同性恋问题、环保问题、少数族裔问题。而一旦各种利益诉求出现的时候，社会动员就找不到一个具有整合力、吸引力的东西，把所有这些群体集合起来，和压抑性的国家机器对抗。也就是说，当阶级话语已经失效，阶级的旗帜已经不能召集反抗者的时候，左翼运动应该怎么办？怎样重新找到一种具有整合力的普遍性话语，让具有不同利益诉求的群体，能够在这个话语中找到公约数，让他们团结起来？这个问题是巴特勒、拉克劳以及齐泽克在思考的。所以我们看到西方的文艺批评也好、文艺理论也好，都是建立在社会运动基础上的，他们在尝试用理论思考真实的社会问题。对比一下西方的思想家，还有我们30年代的那些前辈，我想今天的文艺批评可能就差在没有具体的实践方向这点上了，因此西方理论永远会跟我们的中国经验相脱节。

苏仲乐：谢谢李松睿，时间已经不允许再发言了。现在把剩下的几分钟时间交给两位评议人。

赵文（陕西师范大学文学院）：说不上评议，根据大家的发言提一点想法。

咱们这场有一些发言也是对前面问题的回应，而且很有意思的是，在这些回应当中有一个内在的脉络。苏仲乐老师和李松睿老师，他们在问题上有某种相似性：西方理论进入中国，究竟是作为工具，还是作为资源？如何有效地使西方理论成为真正意义上能够介入我们的经验或者整合我们经验的资源？他们也都以各自的方式说明了，只有在我们具有自身问题意识的批评中介和实践中，西方的理论才能有效进入到中国经验当中，成为我们理解自身经验的有效的资源。

实际上对李松睿与苏仲乐二位的回应，构成了第二类发言的脉络。王行坤老师、杨肖老师、赵柔柔老师、徐志伟老师就是在这个脉络中思考的。如果概括他们观点的话，可以说，批评本身就是一种生产：一方面批评必然面对活泼的现实经验，另一方面批评也是对理论的一种生动运用；因而批评作为中介，可以有效地在经验与理论之间建立沟通关系，表述经验并修正理论。在这个意义上，批评是“生产性”的。从四位老师的发言中，我们还可以看到一个非常重要的提法，那就是“批评”活动相对于普泛而零散的经验，相对于范式化、固态化的理论而言，显示出更具优势的整合能力和理论调节能力，从而为理论提供着第一手的进入方向或入口，而理论也能有效地从批评当中获取自身的生产性资源。在这个意义上，“批评”正是康德所说的“判断力”活动：一方面对经验起构成性作用，一方面为理论起调节性作用。

就我从这场发言的学习感受来说，诸位老师都落实到“实践”这个关键词上，应该说为我们理解中国批评和未来的理论建构方向，提供了一个有效的概念范畴，让我们看到“批评”应如何在生产当中生产自身，从而为理论提供一种具有内生机制的生产可能性。这就是我的一点感受。

刘岩（对外经贸大学中文学院）：跟前面老师的说法差不多，但我真不是模仿他们的话语方式，而是发自内心的说，我不是在做评议，而只是谈自己的学习感想，真的是很受启发。前面的讨论有两个关键词，一个是西方理论，一个是中国经验。张慧瑜老师对这两个关键词做了分析，说这是常识性的话语，在这个常识性的话语当中包含着某种焦虑。为什么说西方理论、中国经验，不能说中国理论、西方经验呢？为什么不能用中国理论来观照西方经验呢？我们正在使用的这些理论，是不是我们自己的理论呢？外来的理论能解释我们的经验吗？这里面，首先就有一种身份上的焦虑：中国与西方。王行坤老师说到儒法斗争，在儒家社会主义之外，提出一种法家社会主义，似乎儒家和法家是我们自己本土的理论，而社会主义就是一种从西方学来的理论，我们要把它和本土的思想资源作一种结合。杨肖老师举了一个法国的例子作为参照，巴黎在失去作为全球文化的中心之后，如何来处理本土和全球的关系。

透过这些讨论，隐隐能感受到这样一种焦虑，就是关于中国和西方、本土和全球的身份焦虑。

与之形成对照的是，刚才好多老师都谈到了60年代的中苏论战，中苏论战的时候为什么没有这样的区分或者焦虑？人家苏联社会主义搞多少年了，苏联的马克思主义理论大家比我们多得多，我们那时候为什么没有说，那是他们的理论，咱们是向人家学习的？或者是，中国有中国的问题，应该先把中国自己的问题搞好？恰恰那时完全没有这样的顾虑，直接就能和苏联进行论战，具有非常充分的理论自信。为什么会有这样的自信，而没有现在这种身份上的焦虑？我们经常说要把马克思主义的普遍原理和中国的具体实践相结合，恰恰是那个时候，我们找到了一种普遍性的原理，普遍性的真理。当某种普遍性的真理出现的时候，人们就不会想这个问题，不会问这是不是我们的，是不是我们的本土的。比如说基督教，发源于中东，创建者是犹太人，但是欧洲各民族不会考虑说，这基督教是从哪地方来的，是什么地方的人发明的，是我们本土的东西吗？他们不会为这样的问题而焦虑。当一个被认定是普遍真理或普世价值的东西出现的时候，这种身份焦虑就消失了。那么什么时候身份焦虑出现了，说这个东西是外来的，到我们这儿是不是水土不服，和我们的经验是不是对不上茬？恰恰是在不言自明的普遍原理消失的时候。李松睿老师说到了"五四"，大规模引进西方理论是从"五四"开始的，因为经历了三千年未有之大变局，传统中国的普遍性话语框架，包括康有为他们具有变革诉求的今文经学的框架，已经装不下当时的中国经验了，这时候我们就要"别求新声于异邦"。80年代的情形也与此类似，我们觉得传统马克思主义理论已经解释不了中国的当下，解释不了我们的经验了，也是要"别求新声于异邦"，各种各样的西方理论就来了。

如果和90年代做一个对比，80年代非常有意思的一个现象是，持何种理论，和你的社会立场、政治立场并没有必然的关联。比如上半场祝老师曾经回溯自己的思想历程，从青年马克思主义到海外新儒家到解构主义，并不是说当我信仰青年马克思主义的时候、我讨论异化问题的时候，我就是一个左派；或者当我服膺海外新儒家的时候，我就是一个右派。当时并不是这样。大量理论进来了，中国知识分子接受各种各样的理论，但是中国的知识界并没有发生分裂。而这个分裂在90年代出现了，如果你用哈耶克的理论来解释中国的现实，那你基本就是个新自由主义者；如果你用的是阿尔都塞、齐泽克，那你基本就是个左派。为什么会出现这种情况？左派的理论到了中国就是左派在使，右派的理论到了中国就是右派在使，很显然跟中国进入了资本主义全球化的整体框架有关。无论中国特定的经验是什么，我们已然进入了这种总体格局，已经参加了全球资本主义的群雄逐鹿。但另一方面，任何一种现成的西方理论，无论左右，都无法有效解释中国的现实，我们在这里看到了中国经验的复杂性，或者说全球资本主义地理空间的不平衡性——每一个地方都有特殊的现实、特殊的经验。那么这时候就出现了另一种焦虑了，就是理论介入现实的焦虑，或者学院知识分子介入现实的焦虑，我想这可能是更普遍的焦虑。我们的理论有效吗，或者仅仅是我们学院中的游戏？怎么和中国的现实发生连接呢？很有启发性的是，刚才赵柔柔老师说的理论和经验的关系，可能不是简单地用理论来照亮我们的经验，不是那种我们都被意识形态所束缚着，我们生活在柏拉图的山洞之中，然后有一个理论的真理之光就把那个世界照亮了，我们就发现真理了，可能不是这么简单。当某种有启发性的理论介入现实中的时候，我们需要做的事情，可能不是让理论高踞在经验之上，单纯用理论来指导经验、照亮经验，或者检查我们的经验，可能首先要做的，是解放我们的经验。我们的经验已被主流意识形态剪裁和整理过，充满种种常识谬误，理论不会直接把真理送到我们眼前，但它仍然具有某种解放功能，就是激活我们对日常生活的丰富感知。

李松睿老师说到有些传统做文学研究的人有这样的焦虑，大量使用理论话语，然后文学看不见了。我想，可能这里面还包含这样的焦虑，用歌德的话说，“理论是灰色的，生命之树常青”，而文学最直接对应着这样一种生命经验。今天大家谈的理论，可能更多的是社会科学的理论，或者是批判理论；而在20世纪西方文论中还有一种理论，就是所谓“文学的内部研究”的理论，比如英美新批评和俄国形式主义。俄国形式主义的代表什克洛夫斯基有一句名言，叫“让石头成为石头”，或“让石头显出石头的质感”，文学批评的理论，即使是以介入和批判为使命的理论，除了高屋建瓴的总体性，也还要承担这样的功能，就是“让石头成为石头”，恢复我们生命的、日常经验世界的质感。

祝东力（中国艺术研究院马克思主义文艺理论研究所）：再耽误大家一分钟时间，刚才刘岩提到一个问题，我觉得特别关键。针对“西方理论、中国经验”这个话题，他提到中苏论战的时候中国为什么表现得非常自信，因为中国在理论上、实践上都可以说是苏联的学生，所谓“走俄国人的路”，这是中国革命几十年的经验。那么，中国当时的理论自信是怎么样确立的，它的基础是什么？我觉得取决于两点：第一点，马克思主义这种西方理论经过列宁主义的改造之后传到中国，已经经过了一个本土化过程，确实和中国的实践经验结合得相当好，经历了新民主主义革命，经历了建国以后对资本主义工商业的社会主义改造，这种大规模改造在 1956 年完成了。本土化以及和实践结合得非常好，这是一点。对照我们今天，这么多西方理论，应该说没有和我们的实践经验结合起来，这是我们今天缺失的一点。

再有一点，在 60 年代中苏论战的时候，是中国首先发现、提出并且探讨了社会主义国家政治实践的前沿问题，也就是在无产阶级专政建立之后，新的阶级关系、新的社会关系演变的问题，用当时的语言来讲，就是修正主义的问题、变修的问题。而这个问题苏联没有发现，第一，没有发现；第二，在别人提出之后极力回避。所以，这个理论自信的另一个基础就是，你是否能发现连你的老师都没发现的前沿问题。这一点是我们今天更缺乏的。我就说这些。

苏仲乐：谢谢祝老师，今天上午的会议就到此结束。

第二届全国青年文艺论坛

文艺评论：新的方向与可能性

第四单元

当前文艺评论的现状与前沿问题（上半场）

时　间：2014年6月27日（14：30—16：00）

地　点：北京西藏大厦三层会议室

主　办：中国艺术研究院马克思主义文艺理论研究所

主持人：乔焕江（哈尔滨师范大学文学院）

李云雷：下面开始，我们先介绍一下李陀老师，大家欢迎。

乔焕江：各位，很高兴今天下午这场由我来主持。我先说一下这两天听会的一点感觉，我觉得，在上午我们基本上是进入佳境，希望下午能够掀起高潮。昨天老一代的批评家提出了自己的困惑，像陈福民老师说“90年代批评的依据已经被掏空了”，然后旷新年老师提出“重构价值观”的问题，后来沿着这个脉络，也是陈福民老师讲，要有一个“对当下历史的知识表述”的问题。当然，这恐怕不止是一个表述的问题，更是在当下历史当中的知识实践的问题，就是：除了表述本身，也许我们应该以一种实践的态度来理解这种表述。另外，上午赵文提出了“有机性”的问题，就是西方理论和中国经验的有机性结合的问题。我觉得这些都是很有价值的，希望我们沿着这个路子往下走。

我们下午的议题是“当代文艺评论的现状与前沿问题”，但事实上和前面的两个议题都是紧密相关的。希望大家畅所欲言，沿着上午那个有效的和有机的路径，提出一些具体的策略或者看法。

李龙（吉林大学文学院）：上午，包括王行坤、慧瑜，还有志伟都提到一个问题，就是知识系统的问题，还有一个是徐志伟说到的几种语境。因为我们一直在谈西方理论、中国经验，实际上大家谈了好多中国经验，我一直想问一个问题，后来徐志伟也提到了，最大的问题是我们当下的语境是什么。一方面，学院派都是用西方化的一些理论话语；另一方面，我们又说自己的经验很难解释，但问题就是我们中国最大的现实是什么？大家讨论了好多，这是我当时要提的问题。

我下午的发言主要想从这几点来谈，可能还是有一些抽象，这是文艺理论的一个缺点。第一个是我们知识系统的问题。今天我们在进行理论阐释和解读的很多时候，像上午周展安兄提到的一个问题，还是太过宏大；我跟徐志伟聊天，他说你是文艺理论的思维，跟现当代文学的思维不一样。为什么会出现知识系统上的差别？很重要的一点，就是因为我们今天，无论我们承认与否都存在的，当前的这种学术体制化的问题。这种体制不是政治体制的体制，而是学科化的体制，学科化固定的知识范式，成了我们讨论问题的一种既定背景。很多时候我们很难超越这个体制的束缚，很多东西可能构成了我们思考的界限、限度，难以超越。学科化本身，实际上是现代西方学术制度的产物，我们中国在过去一百多年逐渐走向现代的过程中，也逐渐接受了这种现代的学科划分。我想到海德格尔写的一篇文章，《世界图像时代》，他提到现代社会的一个特点，就是科学成为世界的图像。这样来看，我们今天出现的各种不同学科，以及在这些不同学科内形成的一些基本范式、研究方法、概念系统，就难免出现很多解释不了的问题。像上午我们谈论文学的时候，不是真正介入到文学活动当中来，而是先从一个抽象的、先验的概念入手，然后再来谈文学是什么，或者是谈我们心目中的文学批评应该是什么样子。其实这还是一个抽象的同义反复的问题，是把鲜活的文学活动，这些现实的、历史的活动，变成一个抽象观念的过程。这是我想说的第一点，就是学科化的思维对于我们今天理解文艺批评所带来的一些问题。

第二个就是张慧瑜说到的中国经验和西方理论的问题。为什么不是中国理论和西方经验的问题？当然这是一个很好玩的比喻。赛义德提出了理论旅行的概念，比如说你想把你的理论兜售给人家，人家为什么要买你的东西，为什么要和你交换？这是一个比喻，当然这个比喻不一定恰当。我上午发言说到，我们过去已经形成了一种独特的关于文艺的理解，形成了文艺批评的一些基本范式，但是最近几十年我们逐渐被纳入到全球资本主义的逻辑之后，自己的特色逐渐消失了。这时候就涉及到志伟兄上午说的问题，当我们谈中国经验的时候，今天中国最大的现实是什么？就是我刚才说的，已经被彻底纳入到资本主义全球化的逻辑当中，我们在当下该怎么处理之前所形成的社会主义文学的经验？这是很矛盾的问题。只有在这个背景下，我们上午讨论的很多大的问题，比如民族认同的问题、国家认同的问题、文化身份的问题，才能够得到合理的解释。

上午我也提到，康德在谈批判的时候，说批判就是追问知识是否可能以及如何可能。当前文艺批评实际上也在追问这样的问题，但是在追问的过程中应该避免一个倾向，就是不要把文艺批评本身搞得太神圣化，搞得太沉重。因为今天我们面对的现实是什么呢？刚才说是资本主义全球化问题，我还想到 2011 年美国占领华尔街运动，齐泽克在现场的那个演讲，大家可能已经在网上看到了。他说，我们今天站在这里，我们要做什么？不是说再过多少年之后，我跟我的后代说我也在场或者怎么样，而是说我们要共同来追寻人类生活的新的可能性。

如果把我们的文艺活动放在这个大的背景中来理解，那么很多我们上午讨论的问题都可以得到比较合理的解释。我们文艺批评要解决的一个问题，就是我们怎么样来应对这种逻辑。当然这种批判不是狭隘的拒绝，而是说该怎么样寻找一种新的可能性的问题，这就正好回到我们这个主题上来，新的方向和可能性的问题。只有这样，我们的文艺创作也好、文艺批评也好，才能够找到一种更加厚重的历史感，因为我们都知道马克思在讲人的解放的时候，提到了什么是历史——历史是行动着的、现实的、思维着的人的一种创造性的活动。解放则是一个历史的、创造性的活动。我们在谈意识形态问题的时候会说，解放，首先是对这些不同的意识形态所制造出来的幻象的破除，也就是靠理论的批判；但更重要的，是现实关系本身的一种变革，这才是最重要的。所以，当我们讨论这一问题的时候，不应该过于放大文艺的作用，批判是必要的，但不能把它神圣化。

刘涛（中国艺术研究院院办公室）：我接着李龙兄说，上午周展安兄一开篇就把调定的很高，上午一直讨论大问题下不来，我谈点具体的。目前，对 70 后、80 后的作家或者评论家的代际研究非常兴盛，很多的学者、团体、机构、出版社、杂志社都参与了这项工作。大家也都比较熟悉，我稍作梳理。2013 年中国作家协会召开过 70 后作家研讨会、80 后评论家研讨会；《人民文学》颁过奖，也以青年作家和批评家为主；中国现代文学馆迄今有三届客座研究员，都以 70 后、80 后评论家为主；当然，还有中国艺术研究院的青年文艺论坛办了三年，青年学者参与较多。前一阵，沈阳师大孟繁华老师召开过 70 后作家的讨论会。很多杂志也参与进来，《文艺报》推出“聚焦文学新力量”栏目，后来还出了两本书。《西湖》杂志也开过 70 后的专栏、80 后的专栏。《大家》杂志做过青年作家专号。《芳草》有 70 后作家访谈。再比如像《都市》，就是陕西一个不太大的杂志，也做过 80 后评论家的一些访谈。云南人民出版社出版过 80 后评论家文丛，共八本。我知道北岳文艺出版社也在策划一套青年评论家的丛书。很多学者也在做这事，孟繁华、白烨、李云雷、徐刚、徐勇、杨庆祥、张艳梅、张丽军等。

从这些现象看，代际研究形成了一种潮流，为什么呢？我想讨论一下原因。

晚清以来，中国基本上十几年就有一次相对较大的变动，譬如西方列强入侵、洪杨之乱、戊戌变法、新政、辛亥革命、北洋军阀内部各种混战、北伐、九一八、七七事变、1945年、1949年、1957年反右，再到1966年“文革”、1978年十一届三中全会，1978年之后到现在基本上处于相对稳定的阶段，当然其间也有一些挑战，但国是未变。

每一次变动，文学也会有变化。第一是文学范式会产生变化，第二是文学的参与者也会产生变化。前面就不说了。十一届三中全会拨乱反正，中国从“文革”进入新时期。就文学而言，就是“二为”方向的确立。一些评论家、作家都参与了文学界内的拨乱反正，革掉文学界旧范式，建构新的文学范式。

陈思和、王晓明他们提出“重写文学史”，就是要重写革命意识形态下的文学史，把当时称为“毒草”的作品“香草”化，把当时视为“香草”的作品“毒草”化。他们当时遭到一些年纪相对大的同志的反对，但当时年轻的学者比较支持。在文学范围内，伤痕文学、知青文学、改革文学也对此前的文学范式做了改变，确立了1978年之后新的文学范式。这个文学格局和文学范式建立起来之后，当然有一些挑战，有一次比较集中的挑战，就是1998年的“断裂”问卷事件，由南京的韩东、朱文等发起，但是这件事我觉得是失败的。如果说，“重写文学史”是一夫倡之，百夫和之的话，那么“断裂”事件和之者寥寥。“断裂”事件没有天时、也没有人和，只是体现了一些年轻作家的身份焦虑，他们需要被认同，需要从边缘走到中心，充其量就是一个“影响的焦虑”的问题。所以在当时没有引起特别大的反响，他们反而把自己小圈子化了。

为什么“重写文学史”事件能够成功，“断裂”事件反而失败了？原因就是“重写文学史”处于社会变革时期，而“断裂”事件还是处于相对平稳的时期，所以不会取得那么大的社会轰动效应。“断裂”事件之后，对于文学秩序、文学格局的挑战是不太多的，底层文学是一种，这里不谈。近几年，代际研究的兴起就是一种暗暗的革命，主要参与者有意无意地吸取了“断裂”事件的教训，因为若想通过大的“断裂”来重新实现文学秩序与格局的革新，从“断裂”事件来看是不可能的。代际研究就是希望通过自然年龄的顺序实现文学史的变化，推动文学格局的变化。和平年代的文学秩序，大致是如此的。

乔焕江：中国艺术研究院的宋宝珍老师这两天一直在认真的听，我们先听听她的意见。

宋宝珍（中国艺术研究院话剧研究所）：我特别感谢给我这么一个机会，聆听大家对文艺批评发表高见，大家在谈西方理论、文学经验，对我很有启发。此前我在延安待了几天，有些新鲜的感受。毛主席在延安的时候，特别反感王明那样的理论家，王明到抗日军政大学、到鲁迅艺术学院去讲课，总是带着一大摞外文版的马列著作，他讲一段话就引证说，这一段援引马克思文集几卷几页几行，我这一段阐发源自列宁文集几卷几页几行。王明的这种讲课方法，跟毛主席的讲课方法完全不一样。毛主席后来说，这类的讲述狗屎都不如，狗屎还能够肥田，王明的理论在空中飘，落不到中国土地上。因此，毛主席在延安就是要反空洞的理论、反形式主义的教条。

但是真正的理论还是必要的。列宁讲过，没有革命的理论就没有革命的行动，理论和实践当然不能割裂，但也不能随便混淆。我来到咱们研讨会上，一看大标题，是“文艺批评：新的方向与可能性”，恰好不久前有家期刊有个约稿，希望我能谈谈网络时代的戏剧批评，我做了一篇小稿，就把主要内容跟大家做个汇报。

我觉得就目前的批评现状来讲，什么是批评？批评什么？表面看来，好像大家认识一致，但在实际操作时各行其道。在网络时代，一些艺术批评的概念需要重新界定。广义的批评，已经演变成各种观点的随机展现，点赞算不算？吐槽算不算？《一个馒头的悲剧》显然也可以看成是对电影《无极》的批评，一个戏演得不好，我用脚投票，扭头就走，算不算批评？也算。那好了，批评要什么都是，我们就得界定什么不是批评。在网络时代我们的文艺批评向何处去？我们怎么发挥自身的作用？

在网络时代，文艺批评出现了新的特点：一是白噪音式话语，在同样的音频中众声喧哗、混同一片，批评的能指、所指被淹没、被混淆得失去意义。二是沙漏式的更迭，你的原典研究也好，文本解读也罢，理论的高屋建瓴，还有当下的即兴漫评，这些东西一旦成型就被后来者遮蔽、覆盖，一层层累积永无止境。现在有人在骂文艺批评失语了、堕落了，其实这也不能仅仅归罪于批评者，要看到在沙漏式、白噪音下存在的批评，它们本身就带有不确定性。三是批评话语的僵化，网络批评看起来热热闹闹，实际上使用的语言却是从众的、简化的、机械的，甚至是僵化的。我看到网上有人发了一条消息说，我失恋了好伤心，结果一大片点赞，是对他的失恋点赞，还是对他的伤心同情？网络语言的表意功能竟然是含混不清的。电脑写作，常用词汇会自动前移，语言的丰富性和个性化色彩不是增强了，而是减弱了。表面上看起来网络文艺批评不拘形式、灵活机动，实际上是一种新的套路、新的定型。

按照萨义德的观点，文艺时评、艺术史写作、艺术鉴赏、艺术理论，均应纳入到批评范畴之中，但是何为批评？应当有一个文体学上的界定，应该有一个文本规范，点个赞、吐个槽，骂骂咧咧的几句话，不能算作批评，因为它缺乏专业知识的支撑，也没有文化建构的意义。

我也在考虑批评权力的问题，批评当然是一种话语权力。在20世纪50年代，一篇有关鬼戏的批评让中国戏剧界饱受重创。毛主席说，戏剧界“被死人统治着”，文化部成了“外国死人部”，结果很多人提心吊胆。当批评的权力跟政治的权力高度一致时，艺术的问题就超越了应有的探讨意义，因此批评的权力应当回归文艺领域，按照艺术的标准进行。

我希望对于文艺作品，应当进行释义性批评。什么叫释义？就是揭示它的人生价值、艺术内涵、美学特点、思想哲理。在网络时代，我认为应当减少简单化的判断性批评，那种不是好就是坏的批评，对艺术无补、对受众无益。

作为批评者，学理的基础、专业的知识是必须的，不然如何认知艺术的精华，如何阐释其存在的意义？不久前，一个年轻人看了一场外国人演的外国戏，叫做《假面玛丽莲》，他在网上发表评论说，看了《假面玛丽莲》之后，北京人艺的《阮玲玉》滚出不送。有了香蕉就丢掉苹果？我觉得这种熊瞎子批苞米式的批评要不得，怎么这么崇洋媚外、毫无文化包容之心呢？难道我们看了西方的戏剧，就是为了进行自我贬低？或把它拿过来变成炫耀的工具？人类丰富的艺术产品，本来应当成为共同的精神资源和艺术武库，我们对其进行吸纳和消化，目的就在于强大我们自己的文化。

萨义德讲到批评的意义，他说，就在于知识分子运用自己的专业知识，对于批评对象发表基于个人立场的有效见解，这种见解在最大程度上促进人类思想的自由。我觉得批评的目的，就在于提供一种对艺术的合理性进行阐释的可能，而不是假艺术之名建立某个人的权威的判断性，让人们对于一种话语权力产生被动的认同。不能认定了A，就否定了B、C、D等，在网络时代，文艺发展的多相度和多元性越来越突出，这就召唤着批评家必须要有专业的修养、平和的心态、开放的视野、包容的胸襟。

乔焕江：好，宋老师提了一些挺尖锐的，也是挺现实的问题。昨天最开始的时候有老师已经讲到，当下的文学活动所呈现出的这样一种新的样态，包括当代文学在文化结构中的位置，和原来相比几乎是完全不同的。云雷也有一篇关于新文学传统终结的文章，认为不仅仅是一种文学风格的终结，更是既有文学活动方式的终结。

那么这个时候，我们再来设想一种理想的批评应该是怎样的，恐怕也就不能以原有的一些模本作为未来批评的标准；当然过去还能提供一些经验，但毕竟也要在新的框架里面来组合。我借主持的便利多说几句，对于“点赞”或者“用脚投票”，按照理想的批评来苛求显然是不可能的，因为它实际上就是大众的一种即时表达，你不能要求它必须承担什么责任。那位研究生恐怕也是这样，他在说出那句话的时候，实际上是说：我就是一个大众，我没有以一个批评者来要求自己。我本人也做网络文学的一些研究，在当下网络文学的生产传播中，大量的评论实际上就是在它的跟贴，包括它的推荐里面出现的，甚至还包括它的一些所谓“同人文”之类的再生产，比如说你出了一篇小说之后，他把里面的人物按照另外的性向重新书写，类似这样的东西都可能在一定意义上被称为是批评。

这样的现象恐怕是以前的批评、以前的文学生产里面所不具备的，但是这里面有没有批评的能量呢？我们也不能断言就没有，因为它的确是在很大程度上影响了，或者说参与到网络文学的生产流程当中。所以如何看待理想批评的问题还是比较复杂的，希望能够听到更多老师的意见。

鲁太光（中国作协《长篇小说选刊》杂志）：我说两句，先说一点批评与自我批评的话。昨天上午那些资深的老师辈的评论家谈到一个问题，说当下的文学作品好像不能为我们提供优美的、崇高的、静穆的、庄严的、有价值的东西，渐渐的，这个话题又延伸到底层文学上，说底层文学在这方面表现尤其突出，尤其不能提供这些东西。今天上午，又听到在座的青年评论家在谈这个话题，重复这个观点。坦白地讲，我不敢苟同。为什么呢？可以从三个方面来回答。

关于底层文学，批评的声音这两年少多了。底层文学刚出来时，批评的声音太多了，但大多也不过是这种论调：即底层文学展示暴力，缺乏温暖；展示黑暗，缺乏光明，因而不能为我们提供正面价值。那么我们首先就要考虑：底层真正的生活状况是沉重的部分多，还是轻松的部分多？苦涩的部分多，还是甜蜜的部分多？冰凉的部分多，还是温暖的部分多？我觉得这些问题是首先要考虑的。

前两天我看到一个网络视频，北京一个城中村的一些打工者的小孩，几个孩子把一个小孩打倒在地后，又拿着一块大石头把这个小孩给打晕了。这就是底层的孩子的生存状态，就是我们的孩子的生存状态。这样的孩子，不管是打人的还是被打的，有多少温暖的东西可以提供给我们？而这，又绝不是单纯的道德问题，也不是单纯的个人问题，其背后有深刻的社会原因，因而其黑暗和暴力，既是个体性的，也是社会性的，这是底层生活的缩影之一。换个角度看，假如我们要求底层文学提供温暖，那么这个温暖的根基就是沉重的、痛苦的。说得远一点儿，新时期以来的文学，包括当下的文学，也不是没有对底层世界田园牧歌式的书写，这种书写提供了一种为知识分子所欣赏的美，但更大程度上是对生存真相的遮蔽。这是对这个问题的一个回答。

另外，如果我们要求底层为大家提供高大上的价值观的话，那么应该再问一句，高大上阶层又为我们、为中国提供了什么东西？从这个角度看，我觉得这种言论是为自己开脱。如果大家都是这么批评的话，我倒真想建议文学应该分层，有上层文学，有中层文学，有底层文学，每层里边再分个三六九等。为什么这么说？我觉得那些老师的发言都是真诚的，不是出于傲慢或偏见。既然如此，我为什么又批评这种说法呢？因为说到底，这是屁股决定大脑的结果。因为这样看问题的人，生活基本上已经比较安逸了——当然，仅仅是知识分子的安逸，是小安逸，或者说是乐天知命的安逸，而不是土豪的安逸、先富的安逸——已经看不到我们还有许多底层，看不到底层人民的生活还存在着众多的艰难与不易、众多的苦难与苦涩，甚至存在着一些残酷与残暴。由于这种身份的差异，他们就用自己的价值观衡量底层的生活，有的还进一步偏离，把对底层及其文学的批评，发展成为对自己生活及其价值的辩护。我们可以这样想一想，如果知识分子都这样苛责底层及其文学，那么权贵又会如何看待底层及其文学？又会如何看待自己的生活及价值？在他们眼中，自己的所作所为，不就更加合情合理了吗？

我常常担心，自己以后会不会变成这样的“知识分子”，变成只看到自己生活而看不到别人生活的“知识分子”，我觉得应该警惕这种潜移默化的变化。

第三个方面是事实层面上的。我自己也阅读了许多底层文学的作品，我觉得小说里的“底层”不是这个样子的，里面的声音是相当多元的，面向也是相当多元的。有展示生活痛苦的，也有写家庭关系的，有愤怒，也有微笑。而且，从另一个角度看，有时候愤怒、痛苦，甚至黑暗也是“正价值”。难道对社会不公的呈现与批评不是“正价值”？我们不能因为有人写了黑夜就以为他排斥光明，我们不能不加分析就莫名其妙地接受一些东西。我很赞同李龙兄上午跟我交流的意见，我们讨论中国经验，首先要弄清楚中国最大的现实是什么。如果对我们最大的现实都看不清楚就讨论批评，就讨论方向与可能性，那简直就是面壁虚构，说的更难听一点就是南辕北辙了。在底层及其文学问题上也是如此。

我还想讲一个问题，就是新的批评空间开创的问题。为什么讲这个问题呢？祝东力老师发言提到了一个问题，问为什么这几年文学批评式微，他觉得一个重要原因是没有有份量的文学作品出现。这是个值得注意的问题，有比较才有鉴别。新中国建立多年，当代文学也发展多年，大致可以划分这么几个阶段：一个是革命文学，或者革命时期的文学；再就是新时期文学，或者说改革时期的文学；大约从 90 年代往后走，文学又有了新变化，但命名不一，大致可以叫做新世纪文学。每个阶段数一数，就会看出不同来。前两个阶段文学还是很丰茂的，尽管在今天去革命的思潮之下，对革命和革命文学有很多妖魔化、污名化的举动，但它的经典文本就摆在那里，哪怕批评它、污蔑它、妖魔化它。从另一个角度看，之所以如此用力，不就是因为它太好、太经典了吗？也就是说，这是从反向的角度来肯定它，更不用说还有许多从正面肯定这些作品的研究。前几天我跟鲁院的作家朋友交流，我跟他们说，不要说你们写得牛，你们如果能写出一个典型人物来，如果能像柳青写《创业史》那样写出一个典型人物来，不用要梁生宝、梁三老汉这样的人物，就是写出一个小人物的典型，比如改霞这样的人物来，你就是今天最牛的作家之一了。到今天，我们就是没有这种典型人物，从 90 年代到现在，一直没有创造出典型人物形象来。难道我们的生活不复杂，我们的生活中没有典型人物？恐怕不是这样的吧。要不，为什么生活比文学更激烈、更有戏剧性，这句话都被大家重复的烂俗了呢？新时期文学，尽管我们对它也有很多批评的声音，但冷静地看，也有不少好作家、好作品，最不行我们还有诺贝尔文学奖。莫言的作品大家可能有很多批评，但是你认真细读还是写得蛮不错的，他也有有力量的东西。如果说诺贝尔文学奖大家还笑的话，那我们还有真正牛的作家，他叫张承志。我觉得谁也否定不了新时期以来我们有这么一位标杆式、让人尊敬的、当代鲁迅式的作家的存在。这是新时期文学。再就是新世纪文学了，从 90 年代到现在，你数不出有大气象的作家。当然，这些人有的还很年轻，不能一棍子打死，但这一作家群的主体 70 后大多数也四十多了，60 后更是五十多了。整体来看，当下的创作似乎很有活力，但就是让人感觉气象不大、格局太小，出不了大东西。当然，我作为同龄人可能焦虑更多。

那么，追问一下：为什么会产生这种现象？随着这个问题，新的问题产生了，即我们的文学生产方式、动员方式，是不是每个时代有每个时代的特点？或者说，是不是我们今天的文学生产方式、动员方式发生变化了呢？革命时期的文学生产、动员方式，刚才也有老师提到了，有的是政治动员甚至政治批判的方式，有的是思想批评和批判的方式，也有文艺批评，那个时候不缺文学运动、文学思潮，有的还可能是国家范围内的思潮。现在回过头看，这对个人生活造成了伤害，无论如何也不应提倡；但从某种意义上看，它也积蓄了文学能量。有好多人当时是鲜花，不许开放，但是后来变成了“重放的鲜花”，怒放得美丽极了。从这个角度看，文学运动与思潮的意义十分重大。如果我们能够排除其中人身伤害的因素，而倡导严肃的文学批评乃至批判，是否会激发文学活力？这是一个问题。接下来是新时期以来的文学，李陀老师在，他是当代文学资深的见证人，他可以指正我说的对不对。我的看法是，新时期以来的文学思潮也是层出不穷，那时候的文学也是非常活跃的。那时候文学会议几天一个，但大家都是针对大的文学问题、文学思潮、文学运动发言，比如讨论新写实问题、讨论先锋文学问题，有很多。也就是说，那时候的文学生产和动员方式也是以文学思潮和文学批评，乃至批判的方式运作出来的，文学生产也是有活力的。最后就说到我们当下的文学生产和文学动员方式了。今天在座的，云雷和我，还有刘涛，参加的研讨会相对比较多，我想问问，咱们参加的研讨会，除了“青年文艺论坛”，还有哪一个是以思潮的名义召开的？大多数是作家作品研讨会吧。你上网搜一搜，一年开100个研讨会，有99个是作家作品研讨会，再也没有文学思潮的会议了，再也没有文学批评的会议了。作家作品有没有研讨的必要？当然有，而且非常必要，但是缺乏提大问题的，关乎文学思潮的会议，这些单个的作家作品研讨会，也就失色不少。

这就涉及一个文学管理方式的变化问题。革命时期的文学无疑发挥了建立社会主义文化领导权的重要作用，以至于有时候党的领导人都出来谈文学问题。新时期以来，随着社会转向，主要是一些作家、评论家，还有大学老师，他们在为文学鼓吹，在推动文学思潮——当然背后有隐性的社会变迁的权力之手在操控，具体运作方式还需要仔细分析，但那时候的文学管理和动员方式还是有活力的。我们今天文学动员的方式又怎样呢？绝大多数文学会议都是各级作协和文联搞的，乍一看批评的声音是多样的，可你连续开几次会，就会觉得只有一种声音。如果从人员的角度分析，这种单一感更甚，现在从事文学批评的或者说主流文学批评家，大都是作协的，或者跟作协关系密切的人。好多大学老师、教授，研究机构的研究人员，包括我们都很尊敬的孟繁华老师、陈晓明老师、白烨老师等，他们好像有一半“关系”在大学或研究机构，另一半“关系”在作协，因而，有时候他们发出的声音其实也是作协的声音，至少跟作协的声音差别不大。

这就涉及我们今天的文学管理方式问题。今天的文学管理方式就是去思潮化、去思想化、去运动化的管理方式，就是我给你个人开研讨会，让你美滋滋的，然后让每个人都沉浸在个人的感觉中，沉浸在“纯文学”的思维中，而不思考超越个人之外的，带有全局性视野的大问题。作为一种管理方式来看，这是相当成功的，从这个意义上看，作协功莫大焉。各位不要误会，以为我反对作协，其实不是这个意思，换句话说，如果没有作协，可能还会有其他的“协”来做这个工作。问题的核心在于，我们从事文学工作的人，也就是说作家和批论家，要有点超越的眼光，除了充分利用好作协这个平台，在这个平台上发出自己的光和热之外，还要开创新的批评空间、新的文学空间。如果只讨论作家作品而不讨论或者较少讨论文学思潮、文学运动、文学流派，那么其他人可不可以写文章讨论这个问题?

顺便谈谈70后的问题。这其实是一个伪问题，因为70后是80后的衍生物，它不是一个文学思潮性的存在。怎么说呢?只是单纯的被命名，你无法把它作为一种文学思潮来解读。70后作家的写作没有一点共性，甚至每个作家的作品都缺少共性，今天写的和明天写的好像是两个人。质量也如此，一篇像是一个高水平作家写的，令人激赏;另一篇又像是一位很蹩脚的作家写的，令人不解，这种不稳定性相当普遍，令人讶异。

这种现象就是我们多年来没有文学思想、没有文学思潮的原因。我们为什么开这个会?就是要找可能性。在这个问题上，大家要清醒。有些老同志说批评的激情消退了，你们也跟着这么说。事实果真如此吗?或者说，他们批评的激情消退了，我们就要跟着消退吗?当然不是。李龙老师可以作证，他们那时候做批评，生龙活虎。他们的意思是，今天是你们不要生龙活虎，你们要激情消退。我们不要上当。这当然是玩笑话。如果我们真的要创造新的可能性，还是要重建文学批评的整体性，带着整体性看问题，创造文学思潮。

我觉得还有一个问题。昨天冯敏老师的话我有一部分赞成，我们这些70后的孩子太老实了，以为跟着人拎包就能混成大佬。那不可能，尤其是文学和思想，本就是通过争辩、斗争出来的。原来陈晓明老师他们搞先锋文学是很“疯狂”的，作家也是很“疯狂”的。从某种意义上说，他们的文学世界真是自己斗争出来的，值得肯定，值得学习。我们呢?我们一直鞠躬作揖，就永远长不大。因为是同龄人，我原来对70后作家期望很高，而且公开褒扬，后来发现不是这么回事，就是他们自己不行，连一点斗争的积极性都没有，所以肯定写不出来什么东西。我刚才有点跑题，但是我觉得现在的一些先锋作家，甚至晚一些的作家，即原来那些批判整体性的作家，好像在写作中对中国这30年来的社会转型，又有一个整体性的判断浮现出来，在慢慢形成一个新的整体视野。本来，70后、80后应该是对30年的整体变化做判断的生力军，可我们却把这个视野和判断的能力阉割了，我觉得是极其不应该的。我就胡说八道这么多。

智联忠（福建省京剧院）： 今天上午听了李龙老师和崔柯老师发言之后，我有一些问题想谈一下。我简单说一下浅薄的认识，就李龙老师讲的理论和实践的问题谈一点看法，其实现在我们谈评论很多时候就是在玩概念。

鲁太光： 我再插你一句，你说的那种类型的评论文章，三分之二是表扬的、三分之一是批评的，在发表时，批评的部分肯定会被删除的。我建议你以后写文章从第一句就开始批评，到最后一句也批评。

智联忠： 我确实感觉，文艺评论工作，概念上的探索、理念上的探索，可以稍微少一点。深入实践和深入生活是不一样的，我们评论作家要深入文学，比如这个诗怎么创作出来的，恐怕我们要先熟悉。今天崔柯老师说，批评家要去了解创作，比如说戏曲怎么写剧本，怎么作曲，怎么创腔，怎么表演，怎么唱。不一定理论家就要搞创作，非得成创作者，我是说要深入实践，明白怎么写的剧本，怎么作曲，怎么配器，怎么彩排，包括合成，怎么做这一套东西，然后才会更有的放矢，更准确、更深入地说出来，然后才会信服，评论可能需要我们这么做。还有一个问题，理论和经验。有时候我们做评论，可能恰恰是一些很有用的经验在起作用：现场感觉这个戏很不错，不会说马上就有一个理论能说明白它哪好，其实好多理论深入你的内心，深入你对艺术的认识之后，它就成了你的经验。反过来，好多经验以后也可以提升为理论，理论与经验相互交融，相互提高，相互佐证，可能是这样的关系。

有时候有些理论也不一定对，有时就是你搞你的理论、我搞我的实践。我觉得戏剧界就存在这样的情况，有时候觉得理论家提的不对，实践者说你们搞那个都是瞎说，就不听你的。确实也有一部分理论没有深入到实践，没有说得很准确，太理论化了，实践者自然不接受。这是一个现象和问题，我们作为批评家可能更应该思考一下。我感觉是这样，谢谢大家。

陈国战（首都师范大学文化研究院）： 听了各位的发言，大家主要谈的是文学，刚才这位朋友谈的是艺术，我想谈一谈大众文化的问题，我们今天的题目是文艺评论，其中也应该包含大众文化批评问题。在我看来，我们批评大众文化的标准和文学艺术批评的标准应该是不一样的。2013 年，我们青年文艺论坛也开过一期研讨会，就是讨论文艺作品的价值观和评价标准问题。在那次会上祝老师还有李云雷老师，包括张慧瑜和徐刚都提出了非常有价值的观点，这次我准备了一个比较长的发言稿，简单地把我的观点介绍一下。

最近几年我们能感觉到一个很明显的现象，就是中国的大众文化生产和批评，仿佛陷入了某种僵局。一方面，是大众文化乱象丛生，就是官方所谓的“三俗”大行其道；另一方面，作为产业的大众文化，又成为新的经济增长点，变得越来越强势，越来越说不得、批不得。如果一个评论家要想介入大众文化的批评，必须要有足够的心理承受力，准备迎接大众文化生产者和消费者的强势反攻。我想我们在座的很多批评家都有过这样比较惨痛的经历。值得注意的是中国当代大众文化的三个代表人物：郭德纲、冯小刚、赵本山，他们都对批评者进行过猛烈的，甚至是辛辣的反击。比如说 2009 年，郭德纲就发挥自己的特长对专家、学者进行了报菜名式的攻击和谩骂，认为专家、学者身无一技之长是流氓，是嚼舌头根子，一点正事都没有的无业游民等等。在 2011 年春晚小品《同桌的你》当中，我们都知道赵本山“临时起义”，发挥了一句台词，说赵本山的小品太俗了，那玩意我们高雅的人都受不了，我们从来不看它。表面看是一种自嘲，但其实是利用春晚这个无比强大的平台，来实现对批评者的反击。如果说这些反击还是随机的点到为止，那么去年年底冯小刚的《私人定制》就更像一场战略总攻，因为他在电影中建构了一个非常完整的故事来讨论雅和俗的问题。他在当中直言不讳地表达了对雅文化的一个观点，说所谓雅文化就是“四不二坚持”：不好看、不好听、不好懂、不接地气，坚持审丑、坚持莫名其妙。这就是他对雅文化，包括批评者的一个基本概括。

可以看出这些娱乐大佬对批评家的声音之所以不屑一顾，甚至还肆意奚落和谩骂，一方面，是因为他们是市场中的赢家，财大气粗；另一方面，也是因为在他们看来，批评家是在高雅和低俗这样的价值标准下来要求作品的，而他们对高雅和低俗这样一种价值秩序是不认同的。赵本山就曾说过，艺术确实有雅俗之分，但大俗就是大雅等。虽然他的这种大俗大雅说充满中国式的辩证法或叫诡辩论，但是他对雅俗艺术的论述基本上是可以成立的。因为雅俗涉及的确实是审美趣味问题，没有高下之分，不能用高雅艺术来否定通俗艺术存在的合理性。如果高雅艺术表现出对通俗艺术的贬低或打压，那么就是审美上的专制主义。毛泽东早在《延安文艺座谈会上的讲话》中就曾经对阳春白雪和下里巴人这种审美趣味范畴进行过分析，认为它们有着各自的合理性。所以在这些反击者看来，大众文化是平民主义的，是受高雅文化压迫的，这样一来他们就获得了正当性，用一种受伤的姿态来对大众进行民粹主义的召唤。所以专家学者处于弱势地位也就不难理解了。

然而我们可以感觉到，娱乐大佬们的这种批评在很大程度上是一种误解，或者是一种伪装。因为当前大众文化批评很显然已经多元化了，既有审美批评、道德批评，也有社会学批评、政治学批评；而他们这些人都更愿意把所有批评都理解为是一种审美批评，都理解为是一种站在高雅艺术立场上对通俗艺术的打压。这是他们要选择一个易守难攻的、防守性的姿态，另一方面，也和90年代以来中国大众文化批评的状况有关。今天上午很多老师都谈到西方理论和中国经验的问题，在90年代，很重要的一个案例就是对文化工业理论的介绍和引用。文化工业理论被介绍到中国的时候，它的思想背景就是人文精神大讨论，而我们都知道法兰克学派的文化工业理论其实是一种社会批评、一种体制批评、一种政治批评，而不是一种审美批评。在人文精神讨论的背景下，中国大众文化批评就只是借来了法兰克学派的批判工具和术语，对它的批判思路还有批判对象，做了巧妙的转换，把这种批评转向了审美和道德领域，和当时的人文精神讨论完全一致。所以中国大众文化批评，并不像很多人认为的那样，完全照搬了文化工业理论，而是更接近于列维斯的传统。从时间上看，列维斯在20世纪初的英国感受到商业化的大众文化对精英文化和高雅文化的冲击，和90年代中国学者的感受是一致的，这也是我们在运用西方理论时产生的一种误解。由此，我认为也造成了我们对大众文化批评应该坚持什么标准有些似是而非，很显然用高雅和低俗的标准是不合适的。一个可以替代的方案，就是应坚持一种价值观的标准。上午王磊还有几位老师都提到了，大众文化批评，应该坚持价值观的标准，而不应该用艺术的或文学性的标准。

从这个角度看，当前大众文化表现出的突出问题并不是官方所说的“三俗”问题，而是价值观的误导或混乱问题。比如说赵本山的小品，可以说它在审美趣味上很低俗，但更严重的问题是价值观上的误导。比如说在他那个最具代表性的《卖拐》系列中，里面憨厚老实的，别人说什么就信什么的范伟接连上当受骗，然而他不仅没有得到观众的同情，反而成为取笑和引以为戒的对象。相反，赵本山扮演的那个大忽悠只会坑蒙拐骗，虽不能说他被塑造成了一个学习的榜样，但至少也是一个相当机智可爱的角色。这无疑给观众造成一种暗示，如果你在生活中像范伟一样老实善良，那么就活该上当受骗；只有像大忽悠一样随机应变、见风使舵才能在社会上如鱼得水。

这比他对残疾人、对寡妇的不正当的表现，我觉得更严重。再比如，还是在春晚小品中，黄宏和巩汉林，还有林永健，他们几个人表演的一个春晚小品叫《开锁》，只有出示了证件，这个开锁公司，还有物业公司才能给他开锁；而只有开了锁打开这个箱子之后，他才能取出他的证件，这样就制造了一个戏剧性的悖论。这个小品我们可以明显地感觉到：它讽刺的是物业公司的那个经理，还有开锁公司的员工，讽刺他们不知变通、不够灵活，有钱不挣。董卿有一句话，说有钱不挣是傻子，所以就表现出对这样一类人的讽刺。但是从制度精神的角度来考察，这两个人的行为是完全没有瑕疵的，甚至还是我们这个社会急需的一种资源，就是照章办事或者叫制度精神。所以这个小品在价值导向上也是有问题的。

综合以上，我想提出一个核心的观念，就是面对大众文化，我们批评者应该明确：我们的评价标准，不要从高雅和低俗的标准来批评，更重要的是从价值观的导向上来分析。如果有不合适的地方请各位批评，谢谢。

张慧瑜（中国艺术研究院电影电视艺术研究所）：问太光兄一个问题，就是你刚才提到一年开 100 场文学批评的会，平均三天一场，能透露一下能挣多少出场费吗？（笑）

鲁太光：我开会没那么多。

张慧瑜：这当然是个玩笑话，我想问的是文学批评与文化生产机制的问题，这与当下文艺批评的现状是密切相关的。现在确实讨论作品的会议很多，但文学批评的质量普遍不高，因为很多作品研讨会就是红包会、吹捧会，这也是文学小圈子化的体现。在这个时代，应该追问三个问题：一是为什么要从事文学创作？二是为什么要阅读文学？三是为什么要写文学评论？第一个创作的问题，有刘继明老师、石一枫老师在，就不用我回答了。第二个是为什么要阅读文学？我想了三个理由：一是现代文学还承担着国民教育的功能，这也是现代文学的基本职能；二是个人兴趣和爱好；三是和国战兄提到的有关系，文学有可能转变为文化产业，古代的、现代的著名作家都是地方文化资源。这就是我想到的文学还具有的三种职能。第三个问题是，为什么要写文学评论？我觉得很难回答。一种动机是，太光兄所说的文学评论是体制内的职业需要，比如在文联作协系统工作，难免要参加一些作家作品研讨会；还有一种动机是，文学系的高校老师需要写文学评论的论文来评职称；或者是，杂志编辑约写一篇文学评论。除此之外，好像找不出写作文学评论的动力。其实，文学创作、文学评论的衰落早在 20 年前、90 年代之初就发生了，当时开这样的会可能还有针对性，今天再开文学评论的会，有点感觉像开非物质文化遗产传承与保护的会议。这也没有什么可悲观的，因为现代文学这样一种伴随着西方工业化、大众社会而出现的艺术表达方式不过也就是二三百年历史，最终成为人类永久保存的文化遗产也不是坏事。在这个意义上，我同意云雷一篇文章中的观点，现代文学、五四式的新文学已经终结了，因为当下的文学不再发挥“现代”的职能了。我想这是一个严肃的问题，关系到我们在座的很多人的饭碗。（笑）

祝东力（中国艺术研究院马克思主义文艺理论研究所）：这是电影对文学的嘲笑。我先提一个问题，太光、一枫和云雷，我希望你们哪位能够言简意赅的给大家介绍一下当前文艺评论的现状，至少我相信有很多朋友可能不太了解这个现状，能不能让大家概貌式的了解一下，这个现状是什么样子的。

刘涛：我回应一下刚才太光说的。第一，70后概念是一个方便的说法，这两年我在这方面的一些工作，也是力图展现他们内部的复杂性和多样性。第二，底层文学我们很早之前就谈过一次，我觉得底层文学就是对90年代以来的新左派现象在文学领域内的一次回应。有一次，我跟师力斌吃饭也谈到这个问题，还是要对中国有整体的视野，之后才能做整体的判断，底层的视角也未必全面。

鲁太光：刘涛说得很对，70后就是一个被命名的产物，我们的研究就是要把这个概念背后的复杂性呈现出来。我刚才接刘涛的话比较急，没把意思说清楚。

乔焕江：我们这场还要留点时间给两位仁兄评论，但我还想占一点时间。刚才听到太光、智联忠兄，包括陈国战兄的发言，陈国战兄和你们两位的发言正好有一个对照。国战发言，总是在替做大众研究的做一点辩护，意思说我们这个也不那么低端，也不那么下作，也有点意思。其实我觉得我们在讲清楚一个前提，我们都是在社会再生产的意义上来研究它，所以这个价值观的混乱不仅出现在大众文化，即使是在精英文学创作中，价值观的混乱恐怕一点都不少。

祝东力：关键是乱源在哪儿？乱源肯定不在大众文化的层面里。

乔焕江：对，我觉得精英文学理论混乱的现象是更多的，甚至是迷惑性更强的，所以我倒觉得我们依然可以理直气壮地说我就做大众文化研究，那没问题。

徐志伟（哈尔滨师范大学文学院）：今天下午上半场的讨论我觉得是比较成功的，其中很重要的一点就是大家的发言都很切题。今天上午的发言和昨天的发言尽管很有深度，面也很广，但对会议的议题却没什么推进。比如今天上午谈“西方理论、中国经验和当代文艺评论”，重点应该是谈前二者与后者的关系，但从发言来看，除了赵文兄等少数人，大多没有谈到这一层。

我没有能力把刚才的发言进行归纳、总结，只能谈一点儿零散的感想。李龙兄的发言主要是反思现代知识生产方式对现实所造成的割裂，其中隐含的一个问题是：在今天，我们是否能够重建一种新的知识生产方式？这个问题当然是很重要的。刘涛兄的发言主要是在分析一个问题，即70后、80后这样的代际研究何以会成为一种潮流？他对现象背后的社会动力的分析是有道理的，但我觉得他的分析可能有把70后、80后本质化的倾向。70后、80后这些概念在某种程度上是出版商和批评家生产出来的，如果不加反思地使用这些概念，可能会影响到对问题的深入程度。宋宝珍老师的发言主要是谈当下文艺批评存在的问题和出路。她把当下文艺批评归纳为三种类型：沙漏式的、层垒式的、即兴式的，并指出了其中存在的问题，最后提出要倡导一种合理、公正的释义批评。我的疑问是，这种合理公正是如何可能的？任何一种解释，背后肯定都会涉及立场问题，如果脱离了人民立场，所谓的合理公正是可以成立的吗？

太光兄的发言首先为“底层文学”提出了一个辩护，然后重点谈了新的批评空间的开创问题。他的一个说法很有意思：当下的文艺管理方式是“去思潮化”的，这使得各种关于文学的讨论越来越具体化、原子化，而凝聚不成一种力量。我觉得太光兄的这个发言对云雷或许是一个提醒：“青年文艺论坛”应该避免被作协体制、官方体制所吸纳，继续保持一种有力的“思潮性”。联忠的发言主要是谈理论与实践的关系问题，他认为理论来自对实践的总结，产生于一种实践的理论很难对另一种实践有指导意义。我觉得他的这个观点背后其实隐含着一个更大的吁求，即在中国经验的基础上重建一种中国理论。国战兄的发言主要是谈大众文化的研究方法问题，他试图要重建一种大众文化的评价标准。他认为，目前学界从审美的标准出发，对大众文化进行批评是无效的，应该从价值观的导向上对其进行分析。我觉得这个观点是值得商榷的，因为价值观的标准和审美的标准是一个金币的两面，互为表里，要想抛弃审美来谈价值是很难的。我认为，我们对大众文化的分析，不应该简单地建立在好与坏的价值判断上，而应该进入一种对文化生产机制的分析，这样的分析对我们理解大众文化可能是更有益的。还有慧瑜兄最后对文学批评的未来表达了他的悲观。我个人也是比较悲观的，我觉得，今天的文艺批评，已经不是意义生产的重要场域，尽管它也在生产意义，但它的影响力是很有限的。在今天，它越来越像一个被给定的场地，在这个场地内，你可以随便折腾，但基本无效。我就简单地说这些，比较零散。

师力斌（《北京文学》杂志）：时间很短，我简单说两句。徐志伟兄谈的我就不再重复了。我觉得今天下午基本上是一个“反抗绝望”的会，尤其是慧瑜这个问题提出来以后。主要有两个大的主题：一个是悲观的，即张慧瑜的担心，将来的文学批评可能非物质遗产化；一个是乐观的，就是鲁太光的看法，批评的空间可以开创，他对王晓明的提法进行了重新阐述，注入了新的活力。我觉得这两种观点实际上为我们今天下午的讨论，提出了一个更基本的出发点，就是批评的立场。虽然太光兄的标题是“批评的空间”，但实际上谈的是批评的立场。前面几位朋友：李龙谈批评的位置，在野蛮资本主义、全球资本主义化这么一个空间里，批评的位置是什么；刘涛谈批评的力量，比如说70后、80后，甚至50后等各种批评力量的出场；宋宝珍老师谈批评的界限，网络批评、点赞，包括批评最后被政治所挪用等，批评的界限到底在哪儿；陈国战老师谈批评标准的问题，对大众文化该采取什么样的批评标准，审美的文学标准已经不存在了，雅俗的标准也有问题;智联忠兄谈批评的实践性，等等，我觉得最后都落脚到批评立场问题。

实际上大家都明白，我们这个批评论坛，就是权威话语缺失的焦虑的一种表征。我们谈了这么多问题，很难找到一种权威的话语。我们每个人从自己的立场出发，对中国当下的批评提出了自己的看法，很难一致，所以我怀疑中国经验这个问题本身是不是成立，它有没有必要被提出，其实关系不大。只要我们清楚自己批评的立场，就像太光兄这样，勇于开拓批评的空间，站到底层的立场上写作，或者人民的、草根的立场，立场选择了以后，可能所有的问题就迎刃而解。慧瑜兄提出了批评立场的制约问题，包括我自己，批评立场是受限制的，可能调出作协才能够超越自身，或者说，我们在体制内保持一种超越体制的批评立场是非常困难的。他的问题真的很严肃，对我确实是一个考验，几乎是颠覆性的，但我还是力争超越身份的限制。许多人，包括早期的共产党员，很多人是地主出身，但他们也有无产阶级的思想意识，所以，体制内的作家可能会产生超越体制的立场，慧瑜兄的悲观可以稍微打消一点。

乔焕江：好，我们这场到此结束。

第二届全国青年文艺论坛

文艺评论：新的方向与可能性

第四单元

当前文艺评论的现状与前沿问题（下半场）
闭幕式

时　间：2014 年 6 月 27 日（16：15—18：00）

地　点：北京西藏大厦三层会议室

主　办：中国艺术研究院马克思主义文艺理论研究所

主持人：孙佳山（中国艺术研究院马克思主义文艺理论研究所）

李云雷：我们下半场开始，先介绍一下新来的几位老师，孟登迎老师，还有石一枫老师，还有周汉萍老师。

孙佳山：大家好，经过两天的论坛，我们已经就文艺评论的方方面面进行了很深入的讨论。用比较文艺的说法概括，我们之前讨论的是“文艺评论的今天，如何成了昨日所不曾料想的将来”。在讨论中，大家都聚焦于文艺评论如何再度成为公共文化的主要载体，如何再度成为提出公共议题的主要渠道，如何处理中国经验，以及在文艺评论中如何重建中国视野等问题。那么我们这半场，就主要聚焦于当前文艺批评的前沿问题。

我们讨论文艺评论的前沿问题，应该直面以下两个维度。第一个维度，是文艺评论和新媒体的关系。实际上，无论是我们的娱乐文化方式、社交形态、本地生活服务、媒介传播，还是金融、教育等传统领域，都开始被互联网重新定义。因此，我们文化艺术领域自然也不能例外。无论是文学、影视、音乐，还是动漫、网游，包括舞台艺术，互联网不仅是新的传播渠道，更成为了文化艺术的物质性载体，整个文化艺术生态都在被互联网所重新塑造和定义。第二个维度是，文艺评论与新现实的问题。在之前的讨论中，大家都提到了在20世纪中国有着非常独特的自身经验，这也构成了我们今天反思文艺评论的重要资源。但在21世纪的今天，中国同样正在生成新的经验。一方面，我们正在从世界第二大经济体大踏步地迈向世界第一大经济体；另一方面，在大众文化症候上却出现了从《蜗居》到《小时代》的文化表征。我们今天正处于一个内在高度分裂的时代，大家对于文学批评、文化研究等领域的理论焦虑，其实正源于这种内在分裂。

综上，今天，我们价值观、情感模式的形成，包括最基本的认知方式，都在受到这种新媒体、新现实的冲击，甚至被其决定。那么关于我们今天的文艺前沿问题，我想就该由此出发。

乔焕江（哈尔滨师范大学文学院）：我怕刚才掀起的激情一下消退下去，因为接下来要讲的稍微有点学术化，我先给各位打一个预防针。我谈的问题也是最近在思考的问题，想谈一下当代文化研究在新世纪以来，在知识生产当中的意义问题。如果这个问题不搞清楚，至少现在我们看文化研究，它的面目是越来越模糊的，它的不同类型，或者说基于不同目的的文化研究搅和在一块，所以它和当代的学术生产、知识生产，包括文化生产的关系就很缠绕——它本来应该产生断裂性的意义，然而现在有很大的被埋没的危险。我先抛出我的看法，我把当代文化研究看成是基于本土的需求，或者说由本土的现实需求所驱动的那么一种西方理论。这个话题应该在上午“西方理论与中国经验”这个单元来讲，但我不把它看成西方理论，也不把它看成我们说不清楚的中国经验，而是把它看作由我们本土需求所驱动的对西方理论的使用。

我将借用阿尔都塞“难题性”的概念，把90年代末以来的文化研究和此前知识生产的断裂性意义加以澄清，具体是把它和80年代的“文化热”以及90年代初“人文精神大讨论”这两个思潮做一个对照。在一些人的描述中，愿意给当代文化研究塑造一个前史，即文化研究是由80年代的文化热和90年代初的人文精神讨论顺续沿革下来的一个脉络。怎么看待这样的追溯？当然就文化研究学术队伍的构成，或者其中的一些价值诉求、一些话语习惯来说，似乎确实有某种连续性，由此我们大概会得出一个知识生产可以通过自我调适与革新而不断发展的印象。但这种对连续性的追认，在塑造和维护有着自身内在生命力的知识体形象的同时，却在很大程度上遮蔽了文化研究正式出场的断裂性意义和价值，也使得新世纪以来的文化研究始终面目不清，甚至会纠结到一些，比如说在文艺学界经常会谈到的所谓边界问题，也就是由日常生活审美化等一些争论所导致的文学边界争论的问题。其实这个问题我倒觉得是一个伪命题，没有什么大的意义。

回到文化热和人文精神讨论的问题。从80年代文化热和90年代初人文精神讨论，包括到90年代文化研究的出现，在某种程度上都有一个社会实践的诉求，他们都主张文化在社会结构当中的重要价值。但是，文化热的主要动力是正在展开的现代化的改革进程，主要目标是为整个社会的全面现代化张目，强调文化对于实现现代化的重要价值。尤其重要的一点，它的主要批判和反思的一个潜在的对象，就是此前由“文革”所昭示的被认为陷入困境的社会主义实践。在当时推动文化热的知识分子看来，这段历史以及它所产生的文化观念，无疑已经成为迟缓中国现代化脚步的障碍。相反，无论是对传统的转换接续，还是对西方文化经验的阐释接受，都被视为是中国社会现代化进程的关键。在这里，现代化有一个天然的合法性和正义性，尽管当时也有人意识到这里的文化讨论的双重任务。比如说甘阳在1988年主编的《中国当代文化意识》的前言里面，就说到了两方面的问题：一方面要深入反省并且纠正以往我们理解西方文化的种种不足、偏差和错误，另一方面又要深入思考20世纪以来，特别是近几年来，西方文化和学术发展的内在机制和根本矛盾。他虽然有这种表述，但至少从客观效果上看，后一方面的考量我倒觉得是落空了。具体到文化热作为一个话语构造的历史机制来说，贺桂梅有一篇文章讲，制造文化热的话语构造的历史机制与全球范围内的后冷战的历史结构密切相关。具体到文化热的三个编委会来说，他们对于文化的讨论，一方面为现代化改革提供合法性表述，另一方面又以集体活动的方式，发挥着他们作为知识分子的社会影响。关键在于，他们的文化表述，事实上正是通过社会实践而成为一种新意识形态，即改革的现代化的意识形态。因此，文化热所潜含的文化政治的对抗模式，事实上正是两种意识形态的冲突，而不是非政治的文化和政治的意识形态之间的冲突。

简单讲，对内来说，文化热是新时期启动的改革开放进程的内在补充；对外来说，则是与80年代开始由全球资本驱动的，新自由主义意识形态的扩张相关联。到了90年代的人文精神讨论，它的起点是90年代初一下子展开的全面市场化进程。此时的人文精神大讨论，虽然气氛很热烈，但是话题很分散，包括有人说基本概念都不清楚，当然是存在这样一些问题。但是，我觉得李书磊当时有一篇文章提到一个问题，他说：有比界定概念更重要的，就是话语场的出现，使我们看到在当代知识生产的阵营当中，出现了不同的心态，不同的立场、期待、诉求，也就是知识分子阵营的分化开始出现。问题在于这种分化是不彻底的，所形成的舆论后果倒是被塑造成的另一对矛盾，就是新兴的大众文化，或者说物欲化的社会与纯粹的精神追求，或者说是一个比较高级的价值观念之间的一对冲突，也就是欲望和道德之间的冲突，成了人们对人文精神大讨论的印象。在这个过程中，把历史当中复杂的矛盾，抽象为道德和欲望的二元对立，而复杂的历史的变动，显然被放到一边了。

接着说文化研究，为什么文化研究在90年代末出现，并在很短的时间内迅速铺展开来？尽管在今天的学术话语体制当中，就像国战刚才说的，在以一种辩护的姿态为大众文化研究开脱；但是我们都知道，至少文化研究打开的视野，在众多的学科中已经收到很多成效。当然，我们现在也有一些负面的声音，比如说伯明翰学派已经不行了，你还搞这个。在这里，我暂时借用阿尔都塞的“难题性”概念，阿尔都塞区分了“问题”和“难题”，“问题”是 question，“难题”是 problem。“问题”是什么？“问题”是某种哲学话语可以提出来，在自己的话语逻辑当中，自己可以解答。“难题”（problem），更接近 trouble，用东北话说就是“事儿”，就是说尽管你有很多疑问我们都可以置之不理，但是这个“事儿”你是摆脱不了的。无论你看或者不看它，想或者不想它，想解决或者不想解决它，它始终都在，影响你所有的举动。从这种视角来看，文化热和人文精神大讨论，最后似乎都走向了一个把复杂历史机制提出的问题抽象化，抽象到自己的话语逻辑当中并可以抽象解决的“问题”，而不是“难题”，所以说还没有一个“难题性”的自觉。

从 90 年代开始的当代文化研究等于说另起炉灶，就是说：不在原来的话语逻辑当中说话，也不采取你原来那样的学术方式，或者知识实践的方式，完全以一种另外打开的空间、采取另外的方式，在自身与现实纠结缠绕的过程当中，不断地实现对“难题”的自觉。所以，就这点来说，文化研究和此前的研究和批评显然是构成了一种断裂性的关系。在今天强调这种断裂性的关系，不是对当代文化研究进行褒奖，而是对它的苛求，就是我们必然要在这样的意义上，拿出勇气、拿出智慧，在一个新的平台上重新展开艰难的工作。

孙佳山：谢谢乔老师，哪位回应一下？

徐志伟（哈尔滨师范大学文学院）：我的发言和焕江的发言有关，但构不成对焕江的回应。我主要谈一下当下文艺批评所存在的问题。从大的方面说，当下文艺批评的危机当然是一个结构性的问题——在今天的社会结构中，文艺批评的空间是很有限的。但是我不准备谈这个社会结构的问题，我要谈的是，为什么就算是置于一个有限的空间，当下的文艺批评却没有获得一种有效性？

我觉得，造成当下文艺评论无效性的原因有以下几个方面：

一是批评方法与批评对象的错位。90 年代以来，中国文学的生产机制发生了重大变化，这个变化，王晓明老师在 2003 年的文章《面对新的文学生产机制》中有过详细论述。但面对这个变化，评论界一直缺少方法论的自觉，导致有些结论经不起推敲，最典型的是对网络文学的一些评论。其实，很多网络文学作家并不讳言自己不是传统意义上的文学写作，而是和资本、市场联系在一起的一种文化生产，这时候，如果我们还像研究鲁迅一样去研究网络文学，显然是无效的。而要想更好地理解和解释它们，就必须极大地扩充我们的知识及研究方法，这意味着文学研究领域的扩大和研究难度的提高。近年来，对网络文学的研究没有标志性的成果，已有的成果大都隔靴搔痒。今年《人民日报》在“文艺评论版”开设了一个栏目叫“网络文学再认识”，既然叫“再认识”，理应比以往的研究更进一步。但让人失望的是，发表的文章大都乏善可陈。我摘录了几篇文章的观点，有一篇叫《要善于引导，也要宽容一点——网络文学一议》，认为：“应该有意识地鼓励一批有志之士，下决心转入网络文学创作队伍，写出好的网络文学。这不是一件容易且短期能奏效的事。实施起来，要有耐心、有韧性。”这篇文章显然还是用传统的文学标准来要求网络文学，而无视网络文学其实不在这个逻辑上。还有一篇叫《网络文学如何进入“文学场”》，认为“网络文学在可预见的时期内,还是一个自我循环的文学圈,无法有效地进入‘文学场’，改变将是十分缓慢的”。这篇文章和前面的文章所使用的批评标准是一样的，作者为网络文学预设了一个好的前途，即进入主流的“文学场”并被经典化，这同样是一个批评方法与批评对象的错位。还有一篇叫《媒介新变与“网络性”》，错位更严重。“网络文学”这个东西，尽管涉及网络，但要是只谈其“网络性”，是很难洞察其内在的隐秘的。我们要知道，“网络文学”这样一个概念是被生产出来的，它并不是一个实体性的存在，它从来都是和资本、纸媒、影视媒介联系在一起的。所以如果不能找到合适的研究方法，自觉地将政策、社会结构、媒介传播、文化心理这几个不同层面结合在一起进行分析，是没办法研究所谓的“网络文学”的。

二是碎片化，没有总体性的问题。今天文艺批评的产量很大，但是在大量文艺批评背后，很难找到彼此的关联性。张旭东老师曾在一篇文章中指出：和西方相比，中国人文学术之落后，不在于规范化和技术操作等层面，而在于没有一个总体性的问题脉络或问题意识。所以，局部研究做得再好，严格说都是一个不成形的东西，要么是散兵游勇，要么陷在故纸堆里出不来。而西方学术即使做得再局部，也有一个整体性的问题意识和学术发展的框架在后面支撑，所以每个具体问题上个别学者的微小进展，都得益于整体，也能反馈回整体。张旭东老师所批评的中国人文学术当然也包括文艺批评。今天中国的文艺批评如果想获得有效性，很重要的一点是寻找自己的思想脉络和问题意识，寻找现实问题和文艺问题的交叉点，寻找当代文艺问题和以往文艺问题的连续性，寻找中国文艺和西方文艺相通的地方，从而参与到总体性问题的构成之中。如果没有这种自觉的话，今天的文艺批评就很难成为一种有意义的话语行为。

三是缺少对文艺批评独特性的思考。今天的很多批评家，都特别强调文艺批评要对现实发言，把文艺批评等同于社会批评、政治批评，而忽略了对文艺批评独特性的思考。事实上，如果只是针对现实发言，并不一定需要文艺批评。如果要改变现实的话，工农运动要比文艺批评有力得多。文艺批评较之于其他批评，一定有它的特别之处。所以，当要求文艺批评介入现实的时候，一定要先思考文艺批评的介入和其他批评的介入有什么不同？独特性是什么？较之于一头扎进现实，今天的文艺批评更应该加入到对文学性定义的争夺之中，加入到对中国文艺经验的检省之中，加入到中国总体性价值的生产之中。刘岩兄上午说到文学在面对日常生活时应保持一种“质感”，“质感”这个词用得很好，文艺批评也同样需要保持一种“质感”，这是其独特性的一个重要体现，不应该轻易丢弃。

吴闻博（中国传媒大学凤凰学院）：我顺着徐志伟老师的话往下走一下，因为我的工作可能跟大家有点差别，我是做电视研究和节目研发的，但本科和硕士读的是中文，博士读广播电视艺术。所以从我个人的角度，可以稍微扩展一点讲文艺批评、文化批评跟电视节目生产之间的关系，供大家参考。

我个人感觉10年以前对电视或电视文化的研究，可以纳入到我们固有的文化理论或文学理论的范畴之内，可以从一个固有的理论去审视电视节目；但2004年后我们发现，电视已经超出了固有的理论，不再是一个我们能完全把控的东西。因为2004年到2005年，出现了一档节目叫《超级女声》；而在2008年左右，又热播了一档节目叫《百家讲坛》。这两档节目的出现使得电视文化开始超越我们已有的文学理论或文学批评的范畴。为什么这么说？因为《超级女生》抬升了大众或者草根的地位，而《百家讲坛》从表面看降低了知识分子或者文化批评家的位置，当然具体怎么样可以探讨，但至少表面看是这样的。这两档节目改变了我们对电视节目的认知，进而影响到我们固有的文化观念。2014年前后，可能还会有一档节目，会改变我们的文化认知，就是《爸爸去哪儿》。其实2013年《中国好声音》的出现，已经快达到这个位置，但很遗憾第二季做的不好，没有实现这个效果。这两年电视界流传一个词，叫做“现象级”，我觉得“现象级”跟我们文学的文本研究是一个道理。

孙佳山：可以理解为无与伦比的意思，其实就是英文里的phenomenal，形容水平或影响达到叹为观止的程度，英语新闻中的常用词汇。

吴闻博：对，可以这么说。大概的意思是说这档节目已经超出了电视这个单一范畴，它涉及了网络、经济、文化等，其整个领域已经达到了一个全覆盖的效果。也就是说这样的一档节目，虽然只是一个产业链中的单元，但围绕它却展开了涉及各领域的话题，所以称为现象级。尽管这几档节目的出现，已经超出了我们固有的文化理念，但它的超出并不意味着文学或者文化跟电视已经没有关联了，或者追赶不上了。我们发现，现在很多对电视的评论，往往是在电视节目出现之后，对节目中的一些所谓文化理念进行批评；也就是说文学批评家或文化批评家，并没有在《超级女声》这样的节目出现后，实现理论的整体前移，我们是在跟着它跑。因为我们已经习惯了，只要我有一个理论就可以去审视一切。但是我们没有意识到，其实传媒的力量已经在更改着我们的认知方式，尤其是民众的认知方式。所以，当我们去探讨理论的焦虑的时候，电视行业其实已经抛出了类似的问题。

刚才大家已经提到了一个问题，就是为什么赵本山、冯小刚他们会对我们的批评提出反击，因为我们的话语根本就是处在一个不平衡的状态。刚才有一位老师提到了，我们一定要去熟悉戏剧的各个流程。我非常赞同这一点，不见得你会去做，但你要知道，因为你必须以他们的话语方式来进行平等交流，这样才能让他们足够地尊重。赵本山这个案例其实非常简单，因为我们对他们的批评是从文学概念出发，而不是节目程序出发。

事实上文化的领域、文化的批评，和电视批评是贯通的。在上一场讨论中我发现大家提到了几个问题。第一个问题就是资本主义意识形态扩展的问题，也就是中国和西方思维的问题。其实这个问题也是当代电视领域需要考虑的一个问题。为什么这么说？因为《中国好声音》等国外的模式在进入中国后，产生了极大的影响力，带动了更多的国外节目模式进入中国，可以说开启了中国电视的模式时代。但国家广电总局为什么要三令五申限制模式引进？鼓励原创是一方面，可能还有一个重要原因，就是很多模式实际上是跟着 4A 公司，也就是大的广告公司进来的，许多 4A 公司只盯着国外的大模式，因为通过大型模式在中国的推广进而可以注入大资金，建立自己的资金链和文化传播渠道。

李陀（著名评论家）：这是根本原因，而好多人都没注意到这个原因。

吴闻博：这个问题是我们现在正在讨论的一个问题，我们文学在讨论整体思维，电视研究者也在讨论这个问题，可能电视制作人不会考虑这个问题，他们考虑的是这个节目买进来之后，能不能获得较高的收视率，但一个文化研究者就必须要考虑这样的顶层问题。第二个就是刚才有一位老师提到了代际的问题，其实现在最火的节目都是代际节目:《爸爸去哪儿》、《爸爸回来了》、《爸爸请回答》、《爸爸看我的》、《爸爸向前冲》，还有《妈妈请回答》等许多节目都是代际节目。为什么我们可以从文学的视角来看待代际问题，却不能以转化话语的方式来指导代际电视节目呢？我一直在做节目研究，在和许多节目制作人沟通时出现了非常多的笑话。比如说，有一次我跟节目制作人聊天，他问我做什么工作？我说我是做节目研究的。他笑了，说你研究什么，你会做节目吗？我说我做过节目，他说那你研究什么，直接做不就完了？我说很简单，我要研究你这个节目要表现什么和怎么表现。很多节目的制作人以为有完备的节目圣经——节目的制作手册，有完备的明星档案和传播渠道就足够了。但是一档节目好坏的根本在于，你要表现什么样的主题？也就是我们在文学上所讲的价值观问题，但是这个价值观在节目当中，要从文字转化成视觉——我们看到的是什么？为什么《爸爸去哪儿》这档节目这么受宠？因为它解决的是父和子或父和女之间如何沟通教育的问题，这是生活中的一个刚性问题。文学关注生活，电视同样也关注生活，不同点在于文学可以把生活中的东西提炼出来，或者塑造出来；而电视必须以一种直观的方式，把生活的横切面单向的展现出来。如果我们说电视不能表现高雅，那为什么《舌尖上的中国》能获得那么高的收益和收视率？当然第二季比第一季差，差在什么地方？就差在生活情感的真实注入不如第一季。所以电视不管低俗也好、高雅也好，它跟文学一定是有相同之处的，这是我个人第二个观点。第一个是中心思维的问题，第二个是代际的问题。

第三个就是刚才乔老师讲到的人物塑造问题。现在的文学作品为什么塑造不出一个非常成功的人物？其实对于电视来讲，我刚才讲的核心，是要表现什么，而如何去表现是需要载体的，就是人物的塑造。对于很多电视节目的制作人来讲，他以为能请到一个大牌明星，就能实现节目的成功；但事实上，国外的节目制作，一个人物的塑造，尤其是性格的挖掘，以及不同人物之间的配合方式，都是节目成功的要素。所以当我们考虑为什么文学创造不出一个良好的人物性格的时候，也许电视同样面临这个问题，就是要选什么样的人，为什么要选这样的人，以及把这些人放在一起，如何去配合才能实现效果的最大化？这是第三个问题。

今天非常有幸听各位老师从理念或者从思维的角度来探讨文学、文化批评，那我个人的观点就是，如果说我们能够把自己的理论视野整体前移，不是跟在一个节目出现之后再去评论它，而是在一开始就发现这个苗头，并以我们的理论优势去指导它该如何表现，进而确定节目的核心，也许这才是我们文化批评或者文艺批评的制高点作用。因为我在跟很多节目制作人交流的时候，他们第一个反映是你不要跟我讲理论，你那些理论已经过时了，我也听不懂；但是，当我们把一个理论转化成一个合适的话语告诉他：你这个节目的内在逻辑、思维是什么样子的时候，他们觉得还是非常有道理的。

举一个简单的例子，某卫视在一档大型节目结束后，举办了一个总结会，当时许多国内的电视研究学者、文化学者都来讨论这个节目。讨论完，节目的制片人跟我说，为什么我们不能在节目开播之前，就请大家来讨论？他们其实也非常需要大家讨论，讨论的目的是什么？就是节目的内在核心需要通过讨论来定位。节目的制作者能够从流程、从元素上搭配一档节目，但是在理念上，可能依然缺乏对节目的明确认知。如果我们能够利用自己的理论优势，对节目的认知产生一定影响力的话，那么我想这种前移，对于文化思潮的辨析、文化批评的开展，都有很好的促进作用。这就是我粗浅的一些认知，谢谢大家。

孙佳山：谢谢闻博兄。下面请高东旭先生就网络文化为大家做一些介绍。东旭是中娱智库的资深专家，为文化部有关司局做了很多政策调研工作。

高东旭（中娱智库）：各位老师下午好，非常荣幸能够和大家分享关于网络文化、网络游戏、网络音乐的一些前沿研究。21 世纪以来，我们社会已经整体进入到了一个数字和网络化的时代，而这种数字和网络化，在文化领域最有代表性的映射就是网络游戏、网络音乐。大家现在都用手机，而且几乎都用智能手机，智能手机在内容上，使用最多的就是手机游戏和音乐，这两个细分领域的发展速度很快。作为新的文化表现形式，网络音乐和网络游戏很值得研究。文化部文化市场司组织过人民网、北大文化产业研究院以及北邮的一些专家，探讨过网络游戏评论的一些话题，佳山也是主要参与者。网络游戏，作为本世纪初引入中国的互动娱乐形态的文化形式，受到了很多人关注。它的特点就是互动性、交互性强，这种新型的文化形式，极大地区别于原来的一些艺术形式，例如小说、电影等单向传播艺术。

下面分享一下我们对网络游戏、网络音乐的研究数据，希望大家对网络文化的大致轮廓能有个了解。网络游戏方面，2001 年开始，之前的《万王之王》，包括后来的《传奇》，主要是引进韩国，同时也有美国的一些游戏。在第一个阶段，算是我们网络游戏的文化吸收阶段，即 2001 年到 2003 年，当时国内的游戏产品几乎都是海外的，尤其是韩国和美国的。到 2003 年之后，随着国内互联网公司的崛起，包括盛大、腾讯、九城，在引进国外产品之后，开始把国外的游戏产品转化成自己的产品，国产游戏开始占据国内市场，网络游戏的文化艺术性也开始显现。现在大家玩游戏的话，可能知道游戏有多种题材：有休闲的、角色扮演的、魔幻的，还有一些科幻题材，这都是文化艺术性的体现，传统的文化艺术包括海外文化，对游戏产品的影响还是蛮大的。

2004 年到 2008 年这个阶段，游戏的形式主要是国内的客户端游戏，主要在网吧，一些在 PC 电脑上应用的游戏占据了市场。而在 2008 年到 2012 年，主要是网页游戏等一些轻型的游戏引人瞩目。然后从 2012 年到现在，手机游戏成为主流。最典型的例子是从 2013 年开始，随着微信的流行，2013 年下半年微信开始运营游戏，《天天爱消除》、《天天跑酷》等一系列手游产品，已经占据了尤其是上班族的业余生活。所以说，这也对大家的生活有很大的影响。

总结网络游戏进入中国的过程，我认为应分为三个阶段：2001 年到 2003 年，是文化吸收的阶段，吸收国外游戏的过程；从 2004 年到 2008 年，是文化承载阶段，国内一些研发商把三国的题材、水浒的题材、西游的题材，转化为游戏产品。2008 年之后，中国网络游戏产品开始大规模对外输出，网络游戏产品已经成为文化输出的良好载体。比如说向越南、马来西亚等东南亚国家，香港、台湾等地区输出，网络游戏已成为国内文化输出的一个重要载体。这是三个阶段。

网络游戏目前已经进入到了全民娱乐的时代，因为网络游戏的互动性、参与性很强。还举刚才微信的例子，大家在玩《天天酷跑》、《天天爱消除》的时候，都有一个朋友的排名，大家在争排名的过程中，就形成了竞争关系，为了这种竞争排名，参与性也就更强。同时，现在的社交类游戏，比如原来的一些偷菜游戏，包括微信上的全民小镇，大家半夜偷个菜、挪个车已经成为生活的一种乐趣了。另外，尽管网络游戏发展到现在这个地步，整个社会对网络游戏的评价却是相当负面的。一般社会上一报道网络游戏，就是沉迷，就是网络游戏怎么怎么着，包括对网吧，还是负面报道比较多。文化部作为行业主管部门，已经开始引导网络游戏的评论工作，像腾讯、北大，他们对网络游戏、网络文学等一些泛娱乐领域的理论研究，包括对网络游戏自身价值观的研究越来越深入，网络游戏的理论水平也得到提升，社会对网络游戏的正面认识开始加强。当然，这还不够，在座的都是国内文艺理论研究的大家，也请更关注网络游戏，网络游戏算是集成了音乐、美术、文学等一系列文化艺术形态的泛娱乐的综合性载体。刚才大家提到了网络文学，网络文学改编成网络游戏，已经成为网络游戏题材的重要来源，比较知名的像《诛仙》、《星辰变》等，网络游戏的真实互动体验性强，对网络文学的传播也有很好的延展。同时，在制作网络游戏的过程中，一些好的美术题材、好的美术素材，也开始作为衍生品。比如说，网络游戏的人物形象，作为衍生品可以进行销售，扩大了文化产业链。网络游戏作品在制作过程中，还涉及网络音乐的制作，网络游戏的音乐，已经开始成为音乐的细分领域了。所以，网络游戏本身，是一个泛娱乐化的综合载体。以上是我对网络游戏这块的介绍。

接下来简要说一下网络音乐。网络音乐，我们从 2009 年为文化部做产业调研以后，发现音乐是用户量很大的市场。比如我们拿到的数据，2013 年，网络音乐的用户已经达到 4.5 亿，在整个网民的占比是 73.4%，这个比例是相当高的。同时延伸一下，网络视频是 4.2 亿的用户，网络游戏是 3.3 亿的用户，网络文学是 2.7 亿的用户，可见，网络文化产品的用户数量相当庞大。

李陀：你这个发言有成型文章吧？

高东旭：有。

李陀：你能不能发给我？我需要这个资料。

高东旭：没问题，这都是我们之前的研究报告，是对传统文艺表现形式，如文学、音乐，还有电影、动画，在新的互联网时代的延伸的研究。刚才说到网络音乐，网络音乐用户量很大，但因为它的商业模式有问题，付费率很低，导致网络音乐的生产制作公司、唱片公司，还有歌曲创作人员的收入比较低，只能通过现场演出，或者演唱会来实现他们的经济利益，这样对产业链的发展是不利的。从 2009 年到现在，新的唱片公司很少。我们再梳理一下歌手的情况，选秀出来的，除了《超级女生》、《我是歌手》等节目选出来的明星外，几乎没有原创歌手，这是很悲惨的事情。因为，文化产业的本质是需要内容供应源的，而音乐的内容供应源就是原创歌曲。

李陀：不是说《中国好歌曲》还有一些不错的东西吗？

高东旭：但毕竟是少数，不像上世纪 90 年代，经典歌曲大量涌现，还是挺不乐观的。在网络和数字化对传统文化的冲击中，音乐是很受影响的一个细分领域。以上是我跟大家的一点分享，是抛砖引玉，毕竟我们更专注于细分行业研究，对理论研究少。但我们可以和大家分享很多好东西，能为大家做理论研究提供比较充足的数据：网络游戏的数据、动漫的数据，还有音乐的数据等。谢谢。

孙佳山：谢谢东旭兄，他为我们提供了一些大家平时看不到的东西。下面请祝帅兄发言。

祝帅（中国艺术研究院《美术观察》杂志社）：在座都是搞文学理论的，而我是学美术出身的，在中央美术学院读本科和硕士，后来在北大读新闻传播学的博士。虽然不是文学理论专业的，但因为自己的爱好，所以经常关注一些这个领域的著名学者和他们的作品。在北大的时候，也听过中文系现当代文学方面的课程，所以我想从一个旁观者角度，对当下的文艺理论和文艺批评谈一些自己的看法、一些自己的问题，借这个机会也请教一下在座的各位老师和同道。

我想说三个问题。第一，我特别不明白为什么叫“文艺理论”，或者“文艺批评”？我看到不管是杂志也好，学术会议也好，名称里往往有文艺理论、文艺评论、文艺学。从字面看，文艺应该包括文学和艺术，但是我发现，可能大家谈的除了文学，就是电影，其他艺术门类为什么没有体现出来？文艺美学、文艺理论或者文艺学，本身就是模棱两可的，不知道为什么会叫这个名字。这是很简单的一个问题，这么多年来却没有得到质疑。可能大家都在这个圈子里面，我并不知道大家有什么实际的讨论，那么为什么允许一个在外人看来很奇怪的学科存在？我觉得这可能是一个问题。

在我们中国艺术研究院有两个杂志，一个叫《文艺研究》，一个叫《文艺理论与批评》，这两个杂志就不一样。《文艺研究》就是艺术界的，给美术界发的文章很多；《文艺理论与批评》则是文学理论界的。我看 CSSCI 那个目录中，两本杂志就是一个放在艺术类，一个放在文学类。我觉得这个问题让外人看起来很奇怪，至少在我这样一个非文艺学专业的学生看来，是很怪的一个现象。

李陀：我也觉得很怪，好多年了。

祝帅：李老师是专家，一会儿希望您来解疑释惑。此外，我发现文艺理论这个学科很容易投机，怎样投机呢？我注意到有一个学者，他是中文系文艺理论专业的，我注意到他在不同场合的说法就不一样：他在哲学界说自己是搞文学的，而在座的都是搞哲学的；到了搞文学的里面，就说在座的都是搞文学的，我是搞哲学的。我觉得这个例子可能就说明一些问题，这是令我很困惑的。我听过一个搞文艺理论的老师的课，这个老师怎么讲的呢？他说我是福建人，福建出两类人：一类是搞文艺理论的，另一类是卖假药的——其实这两类人都是一类人。这让我更加觉得这个学科自身确实有一些问题，至少外人看来是很奇怪的。

第二个问题，就是学科的重复建设。比如文艺美学，本身哲学系有美学专业，中文系又有文艺美学专业。这两者到底是什么关系呢？其实很模糊。我自己读博士的时候，我的导师过去是搞美学的，后来转行搞广告研究。人家就跟他讲，你过去搞美学，现在搞广告，那你写一本《广告美学》吧，一定是写的最好的，因为搞广告的都不懂美学，搞美学的都不懂广告。我老师想了想说，我这本书不能写，为什么呢？因为我写了这本书，那就又害了广告，又害了美学。我后来想想，他说的这话很有道理。我自己搞美术研究，包括设计方面的研究，发现凡是我们圈子里叫《设计美学》的书，往往是既不懂设计又不懂美学的人写的。这么一交叉以后，其实是让原来学科的层次降低了，本来是一个一级学科，交叉以后变成二级学科了，但是大家还津津乐道。我觉得这也是我很困惑的问题，为什么叫文艺学、文艺美学？向李陀老师和在座的各位老师、同道请教。

第三个问题，刚才大家都在谈日常生活审美化，文艺理论学科边界的拓展等问题，我也注意到大家过去都是关心文学的，现在则关心文化。但是文化现象有很多，为什么大家只关注影视呢？很想知道这究竟是为什么？我们中国艺术研究院有很多所，不光有影视研究所，还有戏剧、曲艺、美术、摄影、建筑、工艺美术……总之有很多文化艺术现象，可为什么文学理论界的人偏偏只会对电影这么感兴趣？我在北大读的那个学院，有一个老师就是搞电影的，有一次我去看本科生办的新年晚会，有人装这个老师，有人装那个老师。有一个学生扮演这个搞电影的老师，另一个学生问他说，老师我请教你一个问题，然后这个演老师的学生就说，什么问题？学生回答说，我问你关于电影的什么什么问题。这个扮演老师的学生就说：这个问题你要去中文系，问我的竞争对手戴锦华教授。我突然发现，其实中文系和新闻传播学院搞电影的老师，他们的研究领域都是差不多的。后来我上中文系听戴锦华教授的电影史课，戴锦华教授讲课上来就说：我以前开这个课，很多同学都拿艺术学院电影史课程的作业混我的作业，所以这学期大家不能把艺术学院那个课的作业直接拿来用。我吃惊地发现，同一个专业的同名课程，在北大竟然由新闻传播、中文、艺术三个院系同时开设！那么这是不是一种资源浪费？我虽然读书不多，但以前也看过涂尔干的《社会学研究方法的准则》，他说为什么会形成一门独立的学科？是因为这门学科所从事的对象是别的学科不研究的。这是很简单的一个定义，可为什么这个电影专业，偏偏中文系、新闻传播学院和艺术学院都在抢呢？以至于我们常说，现在全国各个高校的新闻传播学院和艺术学院的院长，几乎都是搞电影的。我就不明白，为什么书法、美术、设计、戏剧、曲艺、工艺美术、摄影等其他同样很有群众基础的艺术门类，就得不到这种“宠爱”？艺术门类有很多，为什么文学理论、文化研究界却偏偏只对电影这么感兴趣？这是我想说的第三个问题。

其实还有很多疑问，因为时间关系，我就不多说了。谢谢大家！

孙佳山：谢谢祝师兄，祝师兄也是知名的青年书法家，在书法界很有影响。我们有没有要回应的？谁想有回应，都可以随时举手。

林品（北京大学中文系）：各位老师下午好！我想从今天凌晨刚刚发生的一个文化现象切入，以“好莱坞大片中的中国形象”为方法路径，就佳山师兄之前提到的两个问题：文艺评论与新媒体的关系、文艺评论与新现实的关系，谈一谈我的一些观察与想法。

今天凌晨零点，好莱坞大片《变形金刚 4：绝迹重生》在我们国内的各大影院正式公映，其零点场也就是午夜场的票房成绩达到了惊人的 4000 万元人民币，创造了中国内地零点首映票房的新纪录。我看到这则新闻和这个数字的时候，最初感到的是些许震惊，但稍加思索，也不觉得意外。一方面是因为，近年来我们国家电影院线快速发展和电影市场急剧膨胀，这里有些资料数据：2007 年《变形金刚》第一部上映的时候，中国内地的银幕总数是 3527 块；2011 年《变形金刚》第三部上映的时候，银幕总数是 8925 块；而 2014 年 3 月底，电影院线的银幕数量就突破 20000 块了。2007 年，中国电影市场的全年总票房是 33.27 亿元；而到 2011 年，超过了 130 亿元；2014 年全国电影市场的总票房更是达到了 217 亿元，可见中国电影市场的增幅之快。另一方面是因为，好莱坞作为跨国资本的文化工业，为了开拓前景广阔、潜力巨大的中国电影市场，从内容到宣发都做了主动的调整与迎合。

以《变形金刚》系列为例，前三部的拍摄都获得了美国军方的鼎力支持，因而也被不少媒体和影迷戏称为“美军的征兵宣传片”。在 2007 年的第一部中，有这样的情节：在美国遭到来历不明的袭击之后，美军先后三次“错误地”猜测攻击者的身份，其中，伊朗、朝鲜各被提及一次，俄罗斯被提及两次，而中国则三次都成为嫌疑国。这些“误认”的桥段，曝光了后冷战时代一种真实的政治意识，那就是，GDP 和国防开支均已跃升为世界第二位的中国，正在成为美国在世界新格局下的头号假想敌。但更为微妙而有趣的是，在 2011 年的第三部里，《变形金刚》这部好莱坞大片开始植入了数目可观的中国商业广告，其摄制也开始获得中国资本的投资。今天凌晨上映的第四部更进一步，不仅是由美国派拉蒙影业与中国电影频道以及相关公司联合出品，植入了更多也更明显的中国商业广告；而且在影片中，中国成了至关重要的场景，成了故事高潮的发生地，由中国演员扮演的人物也成了戏份颇重的正面角色，成了主角一方的重要合作伙伴。这些都向我们透露这样一种信息：虽然对于美国的全球霸权而言，中国是一个在世界格局重组过程中具有潜在威胁的新兴大国，但与此同时，以外向型经济模式对接全球化进程的中国，又是美国利益攸关、不可或缺的经贸伙伴。不仅影片中充满了中国元素、中国噱头，《变形金刚 4》在宣传发行上也大打“中国牌”，发行方在中国电影市场投入了大量的宣发力量，而且，在电影档期上也安排中国内地与北美同步公映。不仅如此，它还以上海电影节闭幕影片的身份，6 月 22 日就在中国国内率先上映。正是得益于这般造势，才造就了其首映场的票房纪录。

在这里简短地回应一下祝帅师兄：不同的研究者在谈论不同类型的电影时，会有不同的研究诉求与研究思路。而我之所以要谈论好莱坞大片，谈论好莱坞主流商业电影，是因为它汇聚、凝结了后冷战或者全球化时代两股相辅相成的强权力量——强势资本的跨国流动与世界霸主美国文化霸权的建构。以这样的文化表征或曰症候，作为文艺评论的对象，有可能帮助我们接近当今时代的现实，触摸意识形态的脉搏。

回到我的论题，在《变形金刚 4》、《X 战警：逆转未来》、《地心引力》、《钢铁侠 3》等近期好莱坞大片中，中国主要呈现为两种形象。其一，是跨国公司的世界工厂、美国资本的合作伙伴，为处于危难关头的美国英雄提供及时帮助的施惠者。这种与“中国威胁论”可谓南辕北辙的形象，体现了好莱坞主流商业电影在国际政治经济新格局下所做的策略调整。这一切，正联系着今天所面对的某种新现实：一方面，在“美元币缘圈”垂直分工的贸易结构中，中国作为世界第一制造业大国，承担了产业链中游的“世界工厂”职能，中国制造的大批量廉价商品，在很大程度上保证了处于产业链最高端的美国能够保持相对低廉的物价，进而保障了美国社会在高失业率下依然能够维持相对稳定的状态；另一方面，中国作为世界第一外汇储备大国，又是美国金融产品最重要的投资国、美联储债券的最大持有国，中国长期对美顺差的贸易盈余，大部分都通过购买各种金融产品的方式回流美国，为“华尔街 – 华盛顿共同体”长期维持赤字财政，并从“美元币缘圈”持续盈利的运行机制提供了强劲的支撑。当然，在政治体制上，中国与美国存在巨大差异；但是，从全球经济新秩序的视野看，中美又并非只是简单的势同水火，而是存在相互依存关系，中国已经并不自外于，而是深刻地内在于全球资本主义体系中了。这样的现实境况，恐怕是我们在做文艺评论，尤其是大众文化研究时，不得不考虑的一个外部参照系；面对这样的新现实，我们需要超越那种“后冷战时代的冷战式思维”，予以更具有复杂性的社会历史分析。

另一种中国形象，是颇具东方玄幻色彩的视觉奇观。例如，远至《阿凡达》，近自本月刚上映的两部好莱坞大片《变形金刚4》与《X战警：逆转未来》，都可以看到中国奇绝而神秘的自然风光，如何借助最先进的数码技术而成为魅力四射的视效奇观。这向我们提示了另一个需要重视的议题，那就是媒介变革与审美新变。随着数字特效技术日新月异的进步，随着动画、游戏与真人电影之间的产业链条日益通畅，那些自小就生活在数码媒介环境中的“数码原生代”日渐成长为文化消费的主力军，流行文化的数码时代正在到来。为了创造并满足新主流受众的新需求，开拓并占领世界范围的新市场，好莱坞的造梦师们大胆地杂糅了来自“传统”与“现代”、“东方”与“西方”、“科学技术”与“魔幻灵异”等五花八门的元素，来为世界观架构、概念设定、造型设计提供可资采纳的文化资源与创意灵感。但是，这些奇观的生产纵然瑰丽迷人，却并不意味着对中华文明、东方文明的承认，而是服务于好莱坞跨国资本确立其全球文化霸权的动态平衡过程。这种过程既充满活力，又蕴含着内在的紧张，需要我们细致地辨析。以上就是我的一些观察和想法，谢谢大家！

孙佳山：我们下一位请孟登迎老师，孟老师也是我们论坛的老朋友。

孟登迎（中国青年政治学院中文系）：谢谢大家，我其实不是来参会的，是想看几个外地过来开会的朋友。虽然我也算搞文艺理论的，但惭愧的是这么多年我很少看文艺评论这方面的刊物。话说回来，我想任何一个对文学感兴趣、对文化现象有兴趣的人，都会对文艺评论有一些自己的期待。我就谈一些我的期待。

我们要成为一个批评家，就得回应现实矛盾，要回应现实矛盾就得找到一个支点，这个支点可能就是我们对国内最主要的矛盾、对国际格局给中国带来的新矛盾的清醒认识。这一点我想在昨天和今天的讨论里大家可能已经谈过了。对这个现实处境的认识，其实也是很困难的一件事情。当然，经过“新左派”和“自由主义”的多年争论之后，这个框架我觉得基本明晰了。就是说，我们能清楚处在一个什么样的国际环境当中、一个什么样的国内环境当中。目前的商品经济混杂着原来的社会传统，是一个很复杂的处境。只有直面和进入这种复杂的现实处境之后，才能真正进入我们要讨论的文化产品所折射出来的现实矛盾，或者说才能讨论文化产生的意识形态幻象的问题。

在这个意义上，我想回应刚才有发言者对不同艺术门类和学科分化的疑问。我觉得文艺批评并不分什么学科，跟学科没有任何关系。戴老师在电影学院也可以讲电影，在中文系也可以讲电影。其实中文系关注的问题决不是单一的、简单的文学问题，它可以关注日常的文化空间的问题、文化符号表现的问题，还可以关注文化产品表象以及它的生产方式这些问题。借鉴刚才几位从事文化产业研究者的观点，我也认为对文化产品的生产过程我们要重视，只有这样，我们才能真正去揭示文化产品作为一种想象性的、虚幻性的解决现实矛盾的方式所带有的那种虚伪性，或者说它的脆弱性。在这个方面，我个人的感觉就是，电视出现了也好，其他更多更新型的传媒形式层出不穷也好，都不会对理论甚至文艺批评构成致命的挫伤。我相信理论如果失灵，问题并不在理论，而在我们搞理论的人没有找到自己要针对的矛盾点。我举一个例子，刚才大家都提到《爸爸去哪儿》这个节目，我也看到毛尖在“父亲节”所写的一篇很短的关于父亲形象的文章，结合我自己做父亲的体会，感觉她发明的“孝顺父亲”这样一个新称谓，很有意味。现在涉及父亲的电视节目，基本上就是让男人回归家庭，矮化父亲的高大形象，弱化父亲的公共角色和价值，让父亲成为一个能赚钱、能陪着孩子玩乐、能体贴老婆的这样一个顾家的小男人形象。这表面上是媒体人在塑造，可能小说也会这么写，只要是文化符号都可以表达这种模式化的诉求，但这实际上是一个意识形态幻觉。让男人回到家庭，成为“好男人”，社会就充满爱和公平，这种对父亲角色的“去政治化”，实际上是一个“再政治化”的虚伪过程。

那么，我们作为一个男人、一个父亲、一个丈夫，我们的压力其实是要面对这个现实矛盾，而且对这些塑造“父亲”形象的文化产品提出有距离的批判，这样，我们才可能真正给孩子一个负责任的父亲形象。我看到毛尖那篇写父亲的文章，同时想到我父亲的人生经历和职业生涯，感慨很深。60、70 年代的父亲们很多都是所谓大公无私的样子，今天看来可能有些僵化，但是他们可能给了我们真正的父亲形象。而今天，我们天天在伺候孩子，我们可能给孩子的是一个非常软弱的父亲形象。

我举这个例子是想说，批评家应该对未来社会有更高的期待，因为我们对这个社会的想象，决定了我们能不能采取一个适当的批评手段。在这个意义上，比如说我们对经济民主，对平等互助的新型的文化空间建设有没有设想？如果我们能有一定的认知的话，自然会对新产生的、新型的文化产品做出相应的负责任的判断。我们的批评家并不要求人人都信我们，也许搞文化产业的人会觉得有些格格不入，就应该有一群格格不入的人，才有批评的可能。如果批评家能深入到文化产品的生产过程里面，会发现文化产品的生产过程渗进了各种相互交织的权力、政治、经济和意识形态，而且会利用民众对一些东西的非常浅层次的期待，造出一些看起来光鲜、充满魅惑力的东西。把文化产品内在的魅惑揭示出来，这是我所认为的批评家的责任。

我是局外人，不做文艺批评，但这是我对批评的认识或者期待。说多了，耽误大家时间，谢谢。

孙佳山：谢谢孟老师。实在抱歉，由于我们时间有限，一会还有一个闭幕式，所以就只能进入评议环节了。首先请慧瑜为我们做一下评议。

张慧瑜（中国艺术研究院电影电视艺术研究所）：这是最后一场讨论，各位老师开了两天的会也非常疲惫，我就简单说一下听这场发言的感受。这次论坛的主题是文艺评论，大家的发言是对文艺评论的评论，那么我的回应则是对文艺评论的评论的再评论。这一场发言争论少了一些，有点像学术论坛。从主持人佳山老师开始，就提到了两个主题：一个是日新月异的新媒体，一个是这种新媒体所带来的新现实，这两个主题也成为本场讨论的关键词。

一开始乔焕江老师和徐志伟老师都谈到了文化研究，今天在座的李陀老师正是90年代就把文化研究最早引进中国并推动文化研究在中国发展的人。焕江老师把文化研究在中国的出现，放在八九十年代文化论争的脉络中来理解，强调文化研究与80年代文化热、90年代人文精神论争之间有断裂性；这种断裂性是因为，90年代出现了一种大众文化的新现实，为了回应大众文化这种新的文艺生产方式，文化研究被作为有力的理论武器。志伟老师也从文化研究的角度研究90年代末以来网络文学的问题，网络文学改变了传统文学创作和发表方式，而文化研究更容易揭示网络文学生产的新机制。志伟老师提到了一个重要观点，就是90年代以来文化批评与社会运动脱节了，从事文学批评与从事政治没有关系了，这种理论与实践的脱节本身，是后革命时代的症候之一。接着吴闻博老师和高东旭老师从文化产业的角度向我们展示了电视媒体和网络游戏等新兴媒体发展的状况，有非常详实的数据，这对我们理解当下支配性的文化生产是有启示意义的。吴老师和高老师所讲述的这些新的文化形式，是高度资本主义化的生产方式，就像十八届三中全会公报指出要“建设统一开放、竞争有序的市场体系，是使市场在资源配置中起决定性作用的基础”。文化生产显然会进一步产业化；因此，要理解文化，就必须了解文化资本的运行原则和规律，这也是为什么文学批评要重视文化生产机制研究的根本原因。

祝帅兄提出了两个尖锐的问题：一是文艺学中文学与艺术的关系问题，二是电影研究与传媒研究的问题。这样两个问题一会可以请李陀老师来回答，因为李老师在 80 年代既是批评家，又是电影理论家。最后，孟登迎老师提到了自己对当下文化生产的看法，提到为何现在以电视文化为代表的主流文化，要让男人多挣钱、让男人多回家的问题。我想，这确实是当下大众文化生产中比较核心的问题：一方面，男人要成为一个成功者，一个能买房买车的大男人；另一方面，又希望男人变成一种陪老婆、做家务的小男人。这些都是新的大众文化所塑造的主流价值观，反映了自由市场时代把社会压力转移到男人和家庭的过程，我们只有理解形成这些价值观的社会机制，才能真正理解大男人的辛苦和小男人的无奈。我就说这些，谢谢大家！

孙佳山：谢谢慧瑜。下面请首都师范大学文化研究院的陈国战老师评议。

陈国战（首都师范大学文化研究院）：谢谢佳山。评议真的不敢当，就说一下我在听的过程中的一些感受。就像佳山刚才说的，由于时间比较紧张，今天下午的交锋比较少，但我觉得，大家发言的主题还是比较接近的。用孟老师刚才的话总结一下，这个主题就是：我们的文艺批评，不仅应该关注大众文化的最终成品，还要关注它的生产过程——徐老师、吴老师也表达了相似的观点。我想，这也是文化研究、大众文化批评，应该拥有的一种方法和视野。

乔老师提出了文化研究的意义问题。的确，90 年代末出现的文化研究和 80 年代的文化热在很多方面都非常不同。我们今天再来讨论文化研究的时候，一个很突出的问题就是，现在文化研究的合法性大家基本上不再质疑了，但文化研究在缺少了论敌之后，如何开展自己的工作？这是目前国内文化研究面临的一个非常紧迫的问题。徐老师提出了当前文艺评论存在的问题，他总结了三点，我也深有同感，他的发言在很大程度上也回应了上一场祝老师提出的问题，使我们对当前文艺评论的前沿状况有了一个整体把握。第三个发言人是吴老师，他提出的问题非常重要，也体现了目前国内两个学科在研究思路上的一些区别：很多热门的电视节目也是文化产业的研究对象，但文化产业关注的，主要是它们在商业上是如何成功的，这和文化研究的价值取向非常不同，但二者也可以并行不悖。我们承认它在商业上的成功，并不影响我们对节目的社会影响进行一些批评性的工作。就他提到的那个案例来说，《爸爸去哪儿》这个节目确实应该引起我们的重视，它涉及很多问题。我自己有一个感觉，因为我也是一个父亲，我的女儿跟里面的小孩差不多大，我觉得被很多人忽视的一个问题是童年消费问题。据说，这些“星二代”的出场费是很高的，甚至超过了他们的父亲，这会对孩子产生什么影响？我觉得值得研究。还有，这个节目会给观众造成什么影响？也值得分析。我女儿很喜欢看这个节目，但很显然，它展现的生活，和我们作为一个普通父亲所能提供的完全不一样。一个五六岁的小孩子，不可能理解这背后的商业问题，不可避免地会有一种比较，觉得自己不如电视里的孩子可爱，这会对他们的心理成长产生什么影响？我个人是比较忧虑的。

高老师对网络文化非常了解。通常，我们在提到网络游戏、网络音乐的时候，会习惯性地采取一种批判立场，而其实，我们对这个行业的运行状况并不太了解。从这个角度来说，高老师给我们，最起码是给我个人上了很好的一课。祝帅老师提出的两个问题都非常尖锐，直接否定了我们文艺理论的合法性。我想，这么宏大的问题，只能寄希望于李老师或者祝东力老师来给我们解答了。最后发言的是孟老师，他非常犀利，他对“爸爸现象”的解读很有启发性。他提出，这些节目表面上看是对父亲角色的去政治化、去社会化，其实是一种再政治化的过程，生产出一种意识形态幻象，我非常认同这个观点。同时，我也想补充另一个例子，就是去年出现的“女汉子”现象。对于这个现象，我们很容易从女性主义角度，来批判女性在当前社会中的生存状况越来越糟糕，她们要想获得社会承认，就必须像男人一样去战斗。这种解读是合理的，但同时也是很不够的。我们应该看到，生存状况、工作状况的恶化，可能不仅仅是女性面临的问题，同时也是男性面临的问题。在女性男性化的同时——用一句不好听的话来说——可能男性已经驴子化了。这也提醒我们，当前社会中的很多现象都是异常复杂的，在解读它们的时候，需要动用多种不同的理论资源，从不同视角来观照，才可能得到一个比较令人满意的答案。我就说这么多，谢谢大家。

孙佳山：谢谢国战，下面请李陀老师为我们做一个总体性的点评。李陀老师一直关心和支持我们论坛，并多次出席，我们年轻人都非常感动。

李陀：我不才，就是来听的，刚才慧瑜不停提我的名字，那我就简单说一点。第一，李龙提到，我们做文学批评的时候，应该注意我们的知识来源、知识结构，这个问题我非常有同感。我们现在的很多文学批评，虽然表面看起来知识资源比较丰富，但是80年代的很多影子或者制约都还在。80年代的知识潮流，在我看来最重要的有两个：一个是官方所发动的思想解放运动，一个是知识分子由下而上发动的新启蒙。这两个知识潮流，构成了后来影响90年代，乃至今天我们考虑问题的时候都会发生效应的一个大的知识背景，或者知识环境。所以，我认为如果今天重新考虑文学批评或者艺术批评，我们就要对自己拥有的知识资源、知识结构做反省或者检讨。我认为反省和检讨自己在80年代的亲历是必须的，我自己就是其中的一个，有可能的话，我会写一些系统的文章，对这方面的问题做一些检讨。这是我讲的第一点。

第二，具体说到文学批评，就是说，文学批评究竟应该是什么样子，应该干什么，应该负什么样的责任？或者，文学批评究竟有什么样的功能？我觉得我们首先应该考虑文学和历史的关系。文学批评的任务也好、目标也好、特色也好、风格也好，都是历史性的，没有一个固定的文学批评所必须遵循的、不变的原则。那么，我们今天的文学批评要做什么？我特别赞成大家多次指出来的，就是要对我们今天大的环境、大的世界潮流，做一个大的批评和分析，我们自己要心里有数。在我看来，虽然今天我们会上很多人都提到资本主义的问题，但我觉得我们对资本主义的讨论、对资本主义的认识，还是比较一般化的。我建议咱们青年文艺论坛能不能对21世纪全球化的资本主义，做一个专门的讨论。大伙都说21世纪全球化是一个资本主义全球化，但我个人觉得，这个资本主义跟马克思时代的经典资本主义，跟韦伯所描写的资本主义，以及后来冷战时期我们经历的，或者理论上描述的资本主义，包括冷战之后短暂的20年，也就是新世纪之前的那个资本主义，都很不一样。所以，对20世纪资本主义的发展，我们没有更细致的分析。只有认清其阶段的特殊性，才能知道今天的资本主义到底给世界带来了什么，给中国带来了什么。关于这种具体的资本主义，我们的知识都是比较泛泛的、比较一般化、比较笼统。当然这里确实也有困难，这个困难并不是我们中国知识分子独有的，全世界的知识分子对当前的新环境可以说都认识非常模糊。当然也有一些理论家试图做一些新的说明，比如说巴迪欧，比如说齐泽克，他们都试图对当代资本主义做出新的说明，但是我个人认为或者我怀疑，都是不够成功的。

那么，这个时代的中国知识分子，就有一个特别的任务，这是我个人的观点，也许是错的，就是21世纪全球化的资本主义如果是一个新的资本主义的话，那么它可能在中国表现的最为典型。我经常跟朋友说，中国的问题就是世界的问题，中国的资本主义问题就是当代资本主义的核心问题。所以，我们中国知识界，包括文学批评家，在这个时代的特殊使命，就是需要把这个难题摆在我们的日程中来，我们要解决这个问题。当然，我们不是理论家，不是从事社会理论或者世界史研究的，但是对于文学批评来说，在这点上我们应该努力和全国其他领域的知识分子或者知识界的人有一个合作，大家一块努力来解决这个问题。而且，文学批评比其他领域的理论家有时候更敏锐，我们发现问题可能比他们快，也许我们没有他们那么深入，或者我们的理论素养没有他们深厚。但我觉得，大家如果合作起来，还是有可能解决这个难题，这也是全世界的难题。

我们今天到底生活在一个什么样的环境里？我们面临的新问题是什么？这是我要说的第三个问题。今天大伙都说到文化研究的问题，我也觉得有很多话要说。结合我刚才的话来说，我觉得文化研究在今天确实非常重要，比我 90 年代在国内介绍它的时候重要的多。在这点上，张慧瑜对文学的轻视有一定的道理，当然我不完全同意，因为他自己一直在做电影，做文化产业的研究，所以他可能体会深一点。现在从文化研究这个角度来说，我们面临着什么新任务呢？就是和当代资本主义的新形式或者新性质有关。我这里提出一个设想，或者一个看法，不一定对，就是直到 20 世纪中期，直到 70、80 年代，都有一些西方的理论家试图对那个资本主义，就是冷战期间的资本主义，做一个概括或者说明，也出现了很多重要的思想家，比如说福柯、哈贝马斯，他们的著作现在很多都翻译成中文了。但我感觉，尤其是哈贝马斯，他对资本主义的概括和对新资本主义的研究，顶多部分的能说明他那个时代的资本主义，用他的理论在今天作为视野来研究今天的资本主义，已经不适合了。比如，他那时候特别强调，如果没有 20 世纪科学技术发展的话，资本主义已经维持不下去了。是什么挽救了资本主义？他认为是科学技术，是科学技术的新发展使得资本主义找到了一个新动力、一个新的能量，使自己不但维系下去，还能向前发展；不但没有垂死挣扎，还有相当的活力。

但是今天，这种科学技术的发展，已经不能完全说明当代资本主义的特点。比如说，大家刚才都说到文化工业的问题，我个人认为，今天，建立在当代规模宏大的文化工业基础上的文化消费，很可能比科学技术更重要，更加成为当代资本主义的合法性、合理性的主要物质基础。我们通常把消费问题认为是资本主义发展以后，随着市场经济带来的特点之一；但我更认为，这是一个根本性的东西，特别是今天网络的出现、电子技术的进步，又有一个新的趋向。是什么呢？就是科学技术的新发现，和建立在当代远远超过了冷战时期规模的文化工业基础之上的新的文化消费。这两个趋向结合起来之后，是非常可怕的。我认为，它们正在建立新的资本主义统治秩序，不但在影响今天的新秩序，还在影响我们的生活方式，影响我们的社会关系，在全面建立一个全新的、人类没有面临过的政治经济文化秩序。所以，我觉得文化研究，应该是在这样大的背景下展开才有效，在这种情况下，我们对具体作品的分析就要有一个大的视野。当然，我们不能把这些看法直接搬到作品分析里来，那我们又犯了过去文学批评所犯的错误，但这是一个视野、一个背景。刚才孟登迎对《爸爸去哪儿》这个节目的分析我觉得是很精彩的，虽然他只简单说了几句，但是这个分析是能说服人的。我当时看这个节目，还很轻视，后来才发现问题很严重。实际上，文化消费主义就像卢卡奇当年说的，如果商品形式成了社会的主导形式，它会改造我们社会生活的各个层面，没有一个层面不被这个形式所改造。当然，卢卡奇完全没有想到，今天科学技术和文化消费主义结合起来之后，他的话是如此有先见之明，而且他的预言在今天实现得如此之彻底。在这个意义上，我们的文化研究也好，文学批评也好，它的目标、任务都是历史性的，都是由历史规定的。

如果说20世纪20年代新批评在英美出现的时候，是由于当时的资本主义摆脱了一战阴霾以后，突然获得了文化自信，而新批评是这种自信在文学批评上的反映和表现；那么在今天，我们就需要能和今天这样的社会环境相适应的新的理论和新的批评语言，这个时候，我觉得我们中国人责无旁贷。我在美国和中国之间来回跑，我就感觉，这个话怎么说呢？总体来说，就是西方自从德里达、福柯去世以后，西方理论界，他们也在走下坡路；我认为真的是最重要的原因，就是他们没法解释中国，没法说明白中国是怎么回事。他们所有自由主义的或者其他的成熟理论，都不能解释今天的中国现实，左翼的、右翼的，都解释不了。在这种情况下，有能力解释这个事情的，就是我们中国人，特别是我们的文学批评家，都有这个责任。当然，这个解释的麻烦在哪呢？我们又不能直接写理论，因为我们不是干这个的，只能通过作品分析，对具体的文化商品和产品的分析，来表达我们的认识。而这种分析，可能有的时候会走在理论的前面，因为理论的概括有时候是挺难的，变成一个学术文章，变成一个学术思想，需要更多的积累。而我们有这个方便，因为在很多作品，或者很多文化产品当中，更容易看到新的征兆、新的问题，或者说新的难题，这样我们做分析的时候，就对思想发展做出了贡献。我就想说这么多，不一定对，供大家参考。

孙佳山：谢谢。李陀老师对我们提出了新的期待和希望，我们年轻人也一定会多努力。好，那我们进入闭幕式环节。先请海南大学文学院院长刘复生老师对这两天的论坛进行学术总结，谢谢。

刘复生（海南大学人文传播学院）：说不上总结，我发现总结这个活儿特别难干。从开幕式到现在，我一直高度紧张，一直在记录，生怕错过诸位的光辉思想，但到最后，我发现这个记录根本没用。我也不可能做评述，因为每一场都有两个评议人已经做了很好的评述，我不必再去复述大家的观点。所以，我想，所谓总结，只是去提出这两天讨论背后的总问题，或者说问题结构。我总结了三条，可能是由于自己的视野所限，我认为这三个问题是支持我们讨论的动力。

第一个问题就是批评的功能和意义问题。刚才李陀老师其实又回到了这个问题，无独有偶，刚开始的时候慧瑜就提出来，什么是文学批评？我们的讨论形成了一个完美的结构。其实这个问题正是这次会议试图面对的一个最重要的问题，也是这个时代对我们文学批评提出的最尖锐的质问。我前几年也写过一篇文章《什么是当代文学批评？》，也试图做出回应。我认为当代文学批评，是一个面向未来的东西，是打开未来社会实践空间的力量，所以，它天然地就具有政治性和社会历史的能动性——我自己这几年特别偏爱用一个词组，就是社会历史的能动性，它才是文学批评的根本意义所在。但恰恰在这个问题上，文学批评家们是暧昧不明的，尤其是 90 年代以后，我们甚至连 80 年代曾经具有的那一点朦胧的文学批评的自我意识都丧失了。

我认为，文学批评是一种革命性的解放性力量，所以我特别赞同展安对鲁迅杂文的判断，他说鲁迅杂文作为一种批评——当然不见得是文学批评，它的价值恰恰产生在和现实时弊交锋的截面上，它不追求永恒，它意识到自己的历史性，但恰恰是在这种历史性之中，它获得了某种永恒性。李陀老师刚才也回到了这个问题，说得也非常好。赵文提到的“有机性”，也包含这层意思。慧瑜也说，当代文学批评丧失了面对中国现实的能力，它不关心底层，甚至也不关心中国具体展开的现代化的进程。

当然，与此相关，还有另一个问题，我们没有重点展开，但我认为也同样重要。那就是，不能由于我们对批评的政治性的强调，就完全否定审美经验的地位，其实对文学和社会实践的关联，不能这么机械地来理解。文学的社会历史的实践能量，如何获得一种形式感和审美经验的强度，这恰恰是文艺的一个内在的问题。我们往往受 80 年代先锋主义和“新批评”理论的影响太深，总认为社会政治的内容是一种外部的内容，其实，社会政治性的内容恰恰是文艺内在的内容。当然，这种坚硬的政治性内核和文学的形式感、审美经验的强度，是怎么样辩证转化的？这是我们要面对的问题。这也是志伟所说的，文学研究的特殊性在哪里？还有刘岩也提到审美经验的意义，尤其是文学解放经验的特殊功能，他提到，让石头成为石头，恢复我们对生命的敏感，其实都触及了这样的问题。不过，在当下，这样的问题虽然值得注意，但不必是我们讨论的重心。这个问题我就不多说了。

第二个问题，关于批评有效性的问题。我想对于上面所说的文学批评的功能，大家原则上不会反对，但随之而来的问题是，我们如何有效地和现实建立关联？这个问题比较复杂。我们身处的是一个极其特殊的时代，是一个文化空前政治化的时代，它对我们文艺批评的挑战也比80年代来的更尖锐。我有一个不成熟的看法：当残酷的军事厮杀，或者说以战争等形态呈现的暴力斗争形式不再占主导地位的时候——至少在很多主流的区域不是主导形式，那么在文化领域里的政治厮杀，会空前剧烈；而且由于手段的丰富，各阶级、各社会集团在物质层面上的厮杀，会转移到文化领域，以一种更隐秘的方式在文化领域展开，并和现实的政治格局形成紧密的互动关系。所以，这是一个现实被层层的意识形态所覆盖，超级真实取代真实的时代，而这个时候，也就特别需要文学批评。

这就提出了一个新的要求：我们怎样在这样空前复杂的意识形态的地形图里，重新进行测绘？文学批评的功能，就是要建立一种位置感——我们和历史是什么关系？和社会是什么关系？这种方位感文学批评应怎么给予？这是这个时代给我们文学批评从业者提出的空前挑战，这个挑战要求我们具有超强的能力。张永禄先生也提到这个问题，他说，在这个时代，别的学科里的学者可以心安理得地不看其他学科的书，但是搞文学批评的人却不行。的确，职业要求我们必须成为一个百科全书式的学者，我自己就强烈地体验到这样一种要求。这个时代我们要成为一个合格的文学批评家，就必须对史学和社会学有很好的研究，还必须对政治学，尤其是政治哲学有很好的研究；美学理论倒在其次，充其量只是一个入门功夫而已。作为文学批评家，如果没有这些能力，就没办法在社会历史之间，在各种文本之间来确立文艺作品的真实意义。

在这个时代做文学批评家真的不容易！80年代相对来说很容易，只要掌握文学理论可能就差不多了；现在我们除了要精通各种理论知识，还必须时刻关注现实。我们要掌握各种让我们理解现实的理论工具，包括我个人，这两年大量时间花在研究经济学与金融学上面。很显然，对于像《爸爸去哪儿》这种现象，用传统理论是解释不通的，一定要在文化生产或文化产业的格局里去理解它，而它的意义表达和这个背景密切相关。比如，金融资本的运作，包括跨国的资本运营，某种政治力量的悄然介入等。电视剧生产也是如此，文学生产同样如此。比如，莫言为什么会得诺贝尔文学奖？它背后的政治经济文化因素就多了去了。

怎样有效地建立联系？首先我们要掌握这样的能力，但是大家也不要怕。因为有人可能会担心，这么多知识怎么可能都掌握呢？我觉得是可能的，因为我们文学批评家掌握知识和学究式的掌握不一样！我们不需要进行非常迂腐的研究，我们有着非常准确敏锐的判断力，一下子就能抓住某个学科最棒的、最优秀的、最精华的成果，然后自己建立一种总体性的现实判断。一个批评家最重要的职业素养是判断力，对现实和文本的敏感和理解力。从这个意义上说，我特别不同意有些学者说的文学批评知识化。某些学院化的批评追求知识化，追求对理论的准确理解，这些本没有错，但是如果认为文学批评是建立在这样的基础之上就完全搞错了。尼采有一本小书，很薄，我特别喜欢，看了好几遍，《历史对于人生的利弊》。他说，对于一个人最重要的是什么？知识只是我们进行生存决断的一个条件，你不要以为一个个体或一个民族，有了无限丰富的历史记忆、无限多的知识和智慧，就一定是好事，那可能导致它在历史进程中被淘汰。因为这种历史记忆会压死他们，使他们没有办法开创未来。

在这个意义上，我们会明白，像尼采这样曾经的古典语言学的学者为什么会有这样的忧虑，会写出那样的文字。也正是在这个意义上，我一直不佩服钱钟书，钱钟书学问很大，但是他缺乏进行生命决断的意志和判断力。他写的文章我都不怎么喜欢。他学问很大，这我承认，但是学问是用来干什么的？他不知道。贺桂梅曾经说过一句话，我挺喜欢。她说，虽然在80年代我们缺乏理论的自觉，但是我们从事现代文学研究的人，还是知道要拿现代文学来干什么，我们朦胧的知道是要创造新的历史。虽然我们讲人道主义或主体性，甚至形式自律或审美自由，我们喜欢谈张爱玲与沈从文，都是想用它们来开创一种新的历史实践。到了90年代之后，我们开始追求学科化，极力想把现当代文学建立成一门像古典文学那样的学问，把文学批评改造成一种科学化的阐释技术。就完全跑偏了。

这是第二个问题，即批评有效性的问题，或者说我们应如何介入现实，作为一个当代批评家我们应做好什么样的准备。我不列举大家具体的言论了，只做总体性的评说。

第三个问题是西方理论与中国经验的关系问题。昨天讨论得也非常热烈，这里也牵扯到很复杂的理论问题，不细说了；但我想指出一点，所谓的中国经验实际上是没有的，它其实已经内在地包含了西方经验。所谓中国的现代经验，某种意义上讲已经被西方理论，包括社会理论和美学理论，先验地修改与塑造过了。所以，对所谓中国经验的反省，其实意味着我们中国人在自我意识内部的一场搏斗，这个问题的复杂性，不能简单地用中国经验和西方理论的二元化来解决。我个人认为，对所谓中国经验的讲述，不可避免地要经过几个阶段：第一阶段，像80年代那样，用西方理论来削足适履地阐述中国现实；第二阶段，大体上是90年代，是一个更加自我迷失的阶段，用中国经验来讲一个西方故事，把自己讲到人家那去了；第三阶段，有选择地，用经过修订的西方理论来讲述中国故事，这大概对应到2000年左右吧；第四阶段，是用自己的中国理论来讲中国故事，当然这还没有来到，但已经开始；最后一个阶段，才是用中国的理论来讲述世界的故事。我认为，即使现在，我们对中国经验的讲述，也先验地已经具有了世界性的内容。这个李陀老师刚才也讲到了，不要以为我们讲述“文革”,似乎还可以作为一个世界的局部来讲,更不要说讲述当下，它已经内在的是一个世界性的问题。下一步，我们奋斗的目标，就是用中国的理论来把中国经验的世界因素和普遍意义，更深刻地讲出来。

以上就是我认为的三个非常重要的问题。

最后这一场，讨论文化研究的问题，也值得说一说。我们现在不妨反省一下，为什么在90年代以后，很多原来从事现当代文学研究的学者和批评家，纷纷转向文化研究领域，包括李陀老师。为什么去从事文化研究？就是因为大家觉得，在文学研究领域已经找不到那种和现实对话的激情。有时候我自己也反思，在80年代为什么会喜欢文学？当时朦胧地认为自己热爱文学，其实不是，从根本上讲，我是希望通过文学来完成一种自我理解和历史理解，只是当时不觉得这样。所以，如果90年代以后，当文学批评已经背离了这样一种初衷，那我们就该毫不犹豫把它抛弃掉。的确，我们在电视剧、电影，还有其他大众文化研究里面，重又找回了当初从事文学批评时的快乐。与之相反，我们所从事的文学研究，则让我们深深地厌倦，就是因为它不能让我们得到这样一种历史意识和现实感。

以上，就是我对会议背后潜藏的这几个问题的总结吧。最后，我还想再提一句，不是问题，只是感受，它源于刘继明老师在第一天说的一句话，他说当代的文学和文学批评已经体制化了，利益集团化了，我觉得这恰恰是我们这些青年批评家们特别需要注意和警惕的一个问题。

李陀：我以前的好多哥们儿都陷在这里完蛋了。

刘复生：对。我们青年批评家特别要当心的就是这一点，现在很多成名成家的批评家，已经成了利益体制的一部分，要么成了新的秩序的吹鼓手，要么自身就已经利益集团化了。

我们面临这样问题，有的人可能有顾虑，我能够理解，但同时我也觉得，年轻人不要那么势利。这两天开会，我觉得大家的勇气似乎不是很足。年轻人也不要太把现实的利益当回事，年轻人要有血气，要有挑战陈腐的文学批评秩序的勇气。刚开始的时候展安说过一句话，不要把年轻人本质化，年轻人可能也是反动的。我也认为年老和年轻的分野，就在于你是不是堕落为反动的力量，而且最可怕的是甘于反动。我觉得这是年老和年轻的差别，像李陀老师就是年轻的。

孙佳山：好，谢谢复生兄的精彩总结。我们下面请中国艺术研究院马克思主义文艺理论研究所所长祝东力老师，为我们做闭幕式的致辞。

祝东力：谢谢大家。首先，特别感谢这两天一直参与这个论坛的新朋友、老朋友。说感谢不太准确，对专业问题能够保持持续的兴趣和热情，这样一种精神，其实我是感觉非常钦佩的。同时，也要特别感谢第一天上半天来参加我们论坛开幕式的领导和专家、老师，这不是一句客套话。因为像我们青年文艺论坛这样一个在体制内人微言轻的论坛，大家能够表现出这样的关心和支持，我还是有些感动的。还有，我们的主管院领导王能宪副院长出差，没能来参加开幕式，他刚才特地发来短信，让我向大家表示问候。

另外，我想借这个机会谈一点我的感想。我们论坛的总议题和分议题的设计，基本上出自于李云雷。这里的逻辑关系还是很清楚的：第一个分议题是“新时期以来文艺评论的回顾与反思”，是一个纵向的历史经验教训的总结；第二个是“西方理论、中国经验和文艺评论”，可以说是一个横向的参照，西方理论在三十多年来中国文艺批评当中是一个非常重要的因素、非常重要的力量。一个纵向的，一个横向的，基本框定了我们这次总议题所涵盖的空间时间范围。最后，第三个分议题是“当前文艺评论的现状和前沿问题”，是历史的、横向的总结、参照之后，对现状和前沿的探索。这三个分议题，共同支撑了总议题，就是“文艺评论的新的方向和可能性”。我觉得稍微有点遗憾的是，大家直接面对这个总议题的发言好像不太多，其实这是论坛的根本宗旨和意图，就是想回答这样的问题。

我在最后几分钟，想触及一下这个问题。今天之所以提出文艺评论的新的方向和可能性问题，是基于我们对90年代以来的一个完整时代的文艺创作和文艺批评的不满意。我这里主要想说文学。那么文艺评论、文学评论的新的方向和可能性是什么呢？我想，常规的文学评论，是在有影响力的作品出现之后，有成就的作家出现之后，对这些作品、作家进行评论，进行分析评判，这是文学评论和创作之间比较常规的关系。而今天的情况应该说不是这样，在整个90年代以来，文学创作逐渐退出公众的视野，它不再是一个公共的体裁、公共的话题，越来越在自己的小圈子，在专业人士和发烧友这个小圈子里循环。而文学不再承载80年代曾经承载的功能，那也是“五四”以来文学一直在承担的功能。在这种情况下，我们看现在的作家群体，当然也有优秀作家，但是总体来讲，我个人的印象中，作家群体的资质是比较让人担忧的。在这样一个整体的文学生态当中，文学评论就应该打破那种常规的创作与评论的关系，应该先行一步，因为文学评论在整个文学格局中有着很特殊的作用，它具有特殊的、理论自觉的功能，有能力先行一步，走在创作的前面。它可能区别于传统的、常规的文学评论，可以作为一个助产士，来催生、来引导新的文学的出现，来催生、引导能够成为公共话题的文学作品的出现。

我还是比较看好文学，因为文学受外界的牵制是最小的。比如说，电影、电视是要大资本介入，要整个团队协作。而文学创作，比如小说创作，一支笔，就可以纵着论 5000 年，横着论 8 万里，这是其他文艺体裁不具备的一个优势。所以，我特别希望，文学评论先行一步，能够替换 80 年代以来形成的、已经约定俗成的文学观和社会理论，来重新对我们当代中国的社会性质，对当代中国在长时段的历史进程当中所处的历史阶段进行新的认识。而在这一点上，我特别赞同刚才复生讲的，文学评论家一定要成为百科全书式的学者，因为很多工作需要他了解社会科学各个学科已有的知识和成果。其实，当今的社会科学，很多探索已经远远超过了小说家、文学家，而在“五四”以来的历史当中，文学却经常走在社会科学的前面，因为文学不需要理论的沉淀，不需要概念的提炼，它可以走在时代的最前面。这就是我大致要说的，因为时间比较仓促，很多话就不再讲了。最后还要特别感谢李陀老师能来参加我们的论坛。

李陀：我和青年文艺论坛都成一家人了。

祝东力：对，但您毕竟来的不多。另外要感谢马文所这些天来紧张筹备论坛工作的几位老师。大家如果筹办过会的话就知道，方方面面，非常琐碎。另外，我们也要感谢速记员小苏，她这两整天确实非常辛苦，她也是我们论坛长期的一个合作者。我的话就到这里。

孙佳山：好的。我宣布，第二届全国青年文艺论坛，胜利闭幕。谢谢大家！

（根据速记整理，经过本人审定。
阎晶明、施战军、陈福民、李陀等由孙佳山代为整理）

附　录

“青年文艺论坛”各期主题

第一期：当代文艺批评的现状与前沿问题（2011 年 6 月 28 日）
第二期：“底层叙事”与新型批评的可能性（2011 年 7 月 20 日）
第三期：新世纪中国电影的“繁荣”与忧思（2011 年 8 月 18 日）
第四期：流行音乐：我们的体验与反思（2011 年 9 月 22 日）
第五期：日常生活美学：理论、经验与反思（2011 年 10 月 27 日）
第六期：我们的时代及其文学表现——与著名作家座谈（2011 年 11 月 24 日）
第七期：艺术史：观念与方法（2011 年 12 月 28 日）
第八期：《金陵十三钗》：从小说到电影（2012 年 1 月 12 日）
第九期：“春晚”30 年：我们的记忆与反思（2012 年 2 月 16 日）
第十期：消费文化时代的四大古典名著（2012 年 3 月 15 日）
第十一期：武侠：小说与电影中的传奇世界（2012 年 4 月 25 日）
第十二期：多重视野下的《甄嬛传》（2012 年 5 月 24 日）
第十三期：中国“新诗”的现状与前景（2012 年 6 月 21 日）
第十四期：当代文学的代际更迭与当下学术格局的反思（2012 年 7 月 12 日）
第十五期：红色题材影视剧的传承与新变（2012 年 8 月 30 日）
第十六期：《白鹿原》：如何讲述中国故事（2012 年 9 月 20 日）
第十七期：诺贝尔文学奖与当代中国文学（2012 年 10 月 18 日）
第十八期：“中国风”向哪里吹：当代艺术文化中的中国元素（2012 年 11 月 21 日）
第十九期：《一九四二》：历史及其叙述方式（2012 年 12 月 13 日）

第二十期：当前文化语境中的文风问题（2013 年 1 月 24 日）

第二十一期：现代主义思潮再反思（2013 年 2 月 28 日）

第二十二期：《归来》：美学批评与历史批评（2013 年 3 月 21 日）

第二十三期：新工人艺术团：创作与实践（2013 年 4 月 25 日）

第二十四期：青年亚文化与当代社会思潮（2013 年 5 月 16 日）

第二十五期：当代大众文化中的美国想象（2013 年 6 月 20 日）

第二十六期：新视野中的世界与文学——青年作家座谈会（2013 年 7 月 4 日）

第二十七期：“窃听故事”与意识形态的表述——以影视作品为中心（2013 年 8 月 22 日）

第二十八期：娱乐文化的形式变迁与时代内涵（2013 年 9 月 26 日）

第二十九期：当前文艺作品的价值观和评价标准问题（2013 年 10 月 17 日）

第一届全国青年文艺论坛:转型年代、青年与中国故事（2013 年 11 月 16、17 日）

第三十一期：左翼文艺研究：热点与前沿（2013 年 12 月 26 日）

第三十二期：“中国梦”与当代文艺前沿问题（2014 年 1 月 23 日）

第三十三期：春晚：新民俗与文化共同体（2014 年 2 月 27 日）

第三十四期：文艺与政治：意识形态去哪儿了？（2014 年 3 月 27 日）

第三十五期：移动互联网时代的文化形态（2014 年 4 月 17 日）

第三十六期：20 世纪历史与我们时代的文化——从李零《鸟儿歌唱》出发（2014 年 5 月 21 日）

第二届全国青年文艺论坛:文艺评论:新的方向与可能性（2014 年 6 月 26、27 日）

第三十八期：主旋律文艺生产的变迁（2014 年 7 月 17 日）

第三十九期：跨文化传播中的“韩流”现象（2014 年 8 月 29 日）

第四十期：文化新格局中的舞台艺术（2014 年 9 月 25 日）

第四十一期：新世纪的群众文艺与公共空间（2014 年 10 月 16 日）

第三届全国青年文艺论坛：全球文化视野中的电视剧（2014 年 11 月 27、28 日）

第四十三期：互联网时代的文化权利与数码乌托邦（2014 年 12 月 4 日）

第四十四期：《智取威虎山》：文本与历史的变迁（2015 年 1 月 8 日）

第四十五期：当代中国文学的前沿问题（2015 年 2 月 12 日）

第四十六期：《平凡的世界》：历史与现实（2015 年 3 月 26 日）

第四十七期：民族风格的实践及其困境——以中国动画为例（2015 年 4 月 23 日）

第四十八期：七十年后再回首——重读《白毛女》（2015 年 5 月 28 日）

第四十九期：市场化时代的劳动美学——新时期以来关于劳动的想像与书写（2015 年 6 月 29 日）

第五十期：综艺节目“爆发”背后的逻辑和困局（2015 年 7 月 16 日）

第五十一期：反法西斯文化再反思（2015 年 8 月 27 日）

第五十二期：中国科幻文艺的现状与前景（2015 年 9 月 24 日）